U0581182

文学主流的多维空间

Multidimensional Space
of Mainstream
Literature

胡良桂 ◎著

人民出版社

责任编辑：洪　琼

图书在版编目（CIP）数据

文学主流的多维空间／胡良桂　著 . – 北京：人民出版社，2011.4
ISBN 978 – 7 – 01 – 009630 – 8

I. ①文… 　 II. ①胡… 　 III. ①当代文学 – 文学评论 – 中国
　IV. ① I206. 7

中国版本图书馆 CIP 数据核字（2011）第 010609 号

文学主流的多维空间
WENXUE ZHULIU DE DUOWEI KONGJIAN

胡良桂　著

人 民 出 版 社 出版发行
（100706　北京朝阳门内大街 166 号）

北京新华印刷有限公司印刷　新华书店经销

2011 年 4 月第 1 版　2011 年 4 月北京第 1 次印刷
开本：880 毫米 × 1230 毫米 1/32　印张：20
字数：450 千字　印数：0,000 – 3,000 册

ISBN 978 – 7 – 01 – 009630 – 8　定价：54.00 元

邮购地址 100706　北京朝阳门内大街 166 号
人民东方图书销售中心　电话（010）65250042　65289539

目　录

社会责任 · 理论思维 · 文学使命

（代序）

先进文化与主流文学是一个国家与民族核心价值的重要支撑，也是一个知识分子社会职责的崇高使命。

知识分子的社会属性决定它必须承担崇高的社会责任。因为知识分子是社会成员中掌握科学文化知识较多、思想意识较强的群体，所以他们的活动对社会生活有着更加重要的影响，因而也就相应地承担着更大的社会责任。在当代中国，知识分子是工人阶级的一部分。这就决定了知识分子同工人阶级和广大人民群众有着共同的政治立场、共同的利益和共同的理想。知识分子的价值与使命，主要是以其所拥有的知识和才能，为社会主义服务、为人民服务。知识分子的地位和作用，决定了他们在实现国家富强、民族振兴、社会和谐和人民幸福的过程中，起着重要的作用，是推动社会发展的积极的、健康的、稳定的力量。知识分子是由脑力劳动者构成的社会阶层。他们主要是以脑力劳动的形式从事各项工作和事业，服务于社会和人民。他们的劳动和工作有着相对独立的特点，主要表现为独立思考、独立判断、独立创造。没有这种相对独立性，就不可能有精神产品的创造，也不可能有思想文化和科学知识的积累和传承。知识分子是从事特殊劳动方式的社会群体，主要是由直接从事物质资料生产、精神生产和文化传播的人们所构成。在改革开放和发展社会主义市场经济的条件下，私营经济部门的知识分子逐渐增多，有的创办了高科技企业、咨询机构、法律事务机构、文化研究机构和其他各种非政府、非营利组织，也有的成为自由职业者。但不论从事何种工作与职业，知识分子的社会属性并没有改变，也没有改变知识分子应承担和履行的社会责任。那么，知识分子的社会责任体现在哪些方面呢？

首先，担当服务国家、振兴民族的使命。我国知识分子向来具有"先天下之忧而忧，后天下之乐而乐"的品质，崇尚以天下为己任的献身精神，以"位卑未敢忘忧国"来鞭策自己，以自强不息、利民兴邦为使命。近代以来，面对民族的危亡，面对国家的贫弱，在屈辱和悲愤中奋起的知识分子，为寻求民族解放和国家独立，进行了不懈的奋斗。新民主主义革命的胜利，为中国人民赢得了民族的独立；中国特色社会主义道路的开辟，为实现中国的现代化和民族的复兴展现了广阔的前景。知识分子的社会责任和使命，首先体现为投身于建设中国特色社会主义，服务于社会主义现代化和民族复兴的伟大事业。在实现民族独立、人民解放和建设社会主义现代化国家的过程中，知识分子是先进生产力的开拓者，是社会主义制度的优越性同先进科学技术相结合的桥梁和纽带，是建设中国特色社会主义的一支重要依靠力量，在加快发展、实现民族振兴的过程中，负有十分重要的责任。在当今时代，科技进步和创新是发展先进生产力的决定性因素。国家的强盛、民族的振兴，首先要求科技振兴，要求创新能力的提高，要求知识分子充分发挥自己的作用。我们正面临着世界经济和科技前所未有的大发展，也面临着前所未有的激烈的国际竞争。要使我们的国家和民族在竞争中永远立于不败之地，广大知识分子就必须以强烈的社会责任感，发扬热爱祖国、无私奉献、勇于攀登的精神，不断提高创新能力，为科技事业的发展作出贡献。

其次，担当发展和传播先进文化的责任。知识分子作为人类科学文化知识的重要继承者和传播者，作为精神产品的重要创造者，对于发展和传播社会主义先进文化负有义不容辞的责任。文化是民族的灵魂和血脉，是民族生存和发展的根本，是维系国家统一和民族团结的精神纽带。建设中国特色社会主义，不仅要发展经济，发展民主政治，还要发展先进文化，实现文化的繁荣。发展社会主义先进文化，就要积极推进理论创新，批判地继承传统文化，广泛吸收人类文化的一切优秀成果，从而创造更多的体现民族精神和时代精神的文化产品，为社会发展提供精神动力和智力支持，引领社会文明的进步，而这一切都离不开知识分子的创造性劳动。随着经济全球化的发展，文化在全球范围的传播也日益加强，各种文化相互激荡，有吸纳又有排斥，有融合又有斗争，有渗透又有抵御。在这样的形势下，努力加强先进文化建设，已成为中国特色社会主义建设的一个战略性任务。每一个爱国的知识分子，都应为促进我国文化事业的全面繁荣和文化产业的快速发展，增强我国文化的总体实力，推动中华文化更好地走向世界，尽到自己的职责，作出自己的努力。

最后，担当民主政治建设，反映社情民意的职责。以饱满的热情，从国家的需要、社会的需要和人民的需要出发，参与国家和社会生活。在参与国家和社会生活中，汲取营养，施展才华，是知识分子不可推卸的责任。随着改革开放和现代建设事业的发展，知识分子对国家政治生活的参与意识、对自身能力的发挥和自身价值的追求，都呈现出积极的发展态势。表现出越来越高的发展期望。社会主义民主政治的不断发展，也为知识分子参与国家政治生活创造了更为有利的条件和更加广阔的天地。社会主义民主政治在中国的发展，必须沿着中国特色社会主义道路，必须体现党的领导、人民当家作主和依法治国的有机统一。如何根据中国的国情，同时又借鉴人类政治文明的经验，不断推进政治体制改革，实现社会主义民主的制度化、规范化和程序化，既能使权力充分代表人民的意志，又能对权力进行有效的制约和监督，这需要进行大量的理论研究和探索。在推进社会主义民主政治建设的过程中，知识分子在加强理论研究、宣传普及民主知识、提高全民族的民主意识方面，应当发挥自己的作用，进一步作出自己的贡献。反映社情民意、忧国忧民，也是知识分子的一个突出特点。在中国特色社会主义发展过程中，知识分子应当承担起反映社情民意、为党和政府建言献策的责任，在促进社会进步、构建和谐社会和维护社会稳定方面发挥积极的建设性作用。我国改革发展正处在一个关键时期，社会利益关系比较复杂。尤其是社会主义市场经济的发展，改变了原有的利益格局，出现了利益多元化的局面，形成了不同的利益主体。与此同时，由于体制的转换和社会结构的调整，许多问题如就业、分配不公、住房问题等成为人们广泛关注的热点，知识分子应当深入研究和分析这些问题，为党和政府正确处理各种社会矛盾提供思路和对策。这是知识分子对社会、对人民的责任，也是知识分子社会良知的体现。

马克思主义理论家，就是那些在实践中，借助马克思和恩格斯所创立的学说——思想体系中一系列概念、判断、推理表达出来的关于事物的本质及其规律性的认识体系的人们。那么，怎样才能成为马克思主义理论家呢？毛泽东早在《整顿党的作风》中就曾指出："我们读了许多马克思列宁主义的书籍，能不能就算是有了理论家呢？不能这样说……我们如果仅仅读了他们的著作，但是没有进一步地根据他们的理论来研究中国的历史实际和革命实际，没有企图在理论上来思考中国的革命实践，我们就不能妄称为马克思主义的理论家"，"我们所要的理论家是什么样的人呢？是要这样的理论家，他们能够依据马克思列宁主义的立场、观点和方法，正确地解释历史中和革命中所发生的实际问题，能够在中国的经济、政治、军事、文化种种问题上给予科学的解释，给予理论的说明。"①邓小平也说过："不能设想离开政治的大局，不研究政治的大局，不估计革命斗争的实际发展，能成为一个马克思主义的思想家、理论家。"②这些论述告诉我们：马克思主义理论家不能仅仅读过马克思主义著作，懂得马克思主义原则，甚至能够写出有关马克思主义的文章和著作，最首要、最根本的是在科学掌握马克思主义理论真谛的同时，能够结合不断发展的实际去坚持、运用、实践和发展马克思主义。马克思主义发展史表明：判定一个人是不是马克思主义理论家，绝不能单纯从理论角度去看问题，绝不能停留在和局限于"理论的视野"中。因为这样做，不仅没有抓住根本和要害，甚至由此混淆马克思主义者与教条主义者的界限。真正的马克思主义理论家，不仅要有深厚的理论素质，熟悉、精通马克思主义理论，而且更重要的是能够正确运用马克思主义理论和方法解决现实问题，对社会实践给予科学指导和科学阐释，并从中总结、概括、抽象出

① 《毛泽东选集》第三卷，人民出版社 1991 年版，第 814 页。
② 《邓小平文选》第三卷，人民出版社 1994 年版，第 179 页。

新的理论。这就是马克思主义理论家必备的素质与职责。这种职责不仅是人们对自己所负责任和义务接受、认同以及由此生发出的勇于承担、努力完成的心理渴望和自觉追求；还是一种意志品质，一种精神动力，起到鞭策自己、鼓励自己、激发自己的作用。有没有职责意识，职责意识是否强烈，对于马克思主义理论家能否履行好职责，关系重大。为此，凡是马克思主义理论家都必须做到如下方面：

第一，要正确理解和勇敢捍卫马克思主义，理直气壮并大张旗鼓地宣传马克思主义的基本理论与基本方法，特别要用马克思主义中国化的最新成果即邓小平理论、"三个代表"重要思想和科学发展观武装人们的头脑。马克思主义尽管是普遍真理，却仍然存在一个对它能否正确理解的问题；它虽然已经成为我们的指导思想，却依然需要科学维护和勇敢捍卫。正确理解的过程，就是根据新的情况发掘其意义的过程；勇敢捍卫的同时，考验着马克思主义者的意志、气度和能力。而理解和捍卫，又是与宣传和教育密切相关的。我们要把对马克思主义、特别是对其当代形态和最新成果——邓小平理论、"三个代表"重要思想和科学发展观的理解和捍卫，融入到大张旗鼓的宣传和教育之中，融入到用科学理论武装头脑这一战略任务的落实之中。马克思主义只有在运用和实践中才显示其真理性和科学性。在当前，我们要把对马克思主义的运用和实践，与中国特色社会主义事业、与全面建设小康社会、与改革开放和现代化建设紧密结合起来，来推动科学发展，推动历史进步。

第二，要不断丰富、发展和创新马克思主义，在总结概括实践经验和人民群众智慧的过程中增强马克思主义的生机和活力，使之始终保持强大生命力和影响力。马克思主义既要坚持又要发展，坚持与发展是同一个问题的两个方面。对马克思主义只坚持而不发展，就会导致僵化、封闭；只发展而不坚持，就易于背离和抛弃。当代社会，新情况不断涌现，新问题不断增加，要解决这些新情况和新问题，从马克思主义"本本"中是找不到现成答案的。因为，马克思主义创始人及其后继者并非神灵，是不能为其之后所发生的一切作出解答的。当代马克思主义理论家要研究新情况、解答新问题，进而作出科学的结论，丰富、发展和创新马克思主义；不能积极发展、勇于创新马克思主义的理论家，是没有出息、没有作为的。

第三，要以马克思主义为指导，进一步繁荣文学创作，弘扬先进文化，凝聚民族精神，促进思想解放，推动社会文明进步。这一职责，是马克思主义理论家在履行对马克思主义正确理解和勇敢捍卫、科学运用和大力实践、不断丰富和发展创新等职责的过程中，同时要承载的，客观上也是能够做到的。因为在我国，马克思主义是繁荣文学创作的指导思想，是先进文化的核心内容，是思想解放的科学指南。坚持和发展马克思主义，与繁荣文学创作、弘扬先进文化、凝聚民族精神、促进思想解放，是内在统一的，是根本一致的。一方面，对马克思主义的坚持和发展，能够为文学艺术事业、文化思想精神建设等，奠定科学理论基础，提供科学方法指导，使之具有思想依靠和主心骨；另一方面，文学艺术事业的繁荣发展、文化思想精神建设的推进，又为马克思主义的坚持发展构筑宽广舞台，提供丰厚养料，创造优质条件和健康氛围，并充分证明其科学性、真理性及其巨大功能和影响力。马克思主义理论要以马克思主义为指导，坚持"二为"方向和"双百"方针，在认识世界、探索规律、传承文明、繁荣创作、张扬正气、凝聚人心等方面，作出应有贡献。

文学作为人类一种重要的精神活动，是用来满足人类精神需要的。文学使命从本质意义上说，就是揭示人类的一种生存方式。当代德国哲学家马丁·海德格尔曾说："诗不只是此在的一种附带装饰，不只是一种短时的热情甚或一种激情和消遣。诗是历史的孕育基础。"①在海德格尔看来，文学不是现实的装饰物，更不是一种消遣，而恰如德国诗人荷尔德林的诗所作出深刻的阐释那样："充满劳绩，但仍诗意地，栖居在这片大地上。"这就是说，人类无论有多少劳绩，还只是一种有限的世界，而人类却应该冲出这有限的世界，达到无限。无限就是对有限超越中的一种自由状态，而这种自由只能存在于精神世界。从劳绩到诗意，实际是从物质到精神，进而也就是从有限到无限。文学的真正意义也就上升为生命与存在的意义，人类的本真生存方式总是要寻求诗意的栖居，伟大的文学家总是通过作品揭示出世界的意义。通过艺术的世界，揭示大地，展现天空，大地变得宽阔而宁静，天空充满无限的神性，人在此间是如此的澄明而生动。文学使命从本体意义上说，就是民族精神的载体。民族精神是一个民族赖以生存和发展的精神支撑，它是民族文化、民族智慧、民族心理和民族情感的客观反映，是一个民族价值目标、共同理想、思维方式和文化规范的集中体现，一个伟大的历史悠久的对人类作出巨大贡献的民族，都有一种个性鲜明的拥有较强凝聚力和向心力的民族精神。而文学的发生和发展总是和一个民族的发生和发展密切联系在一起的，文学的发展史就是一个民族的兴衰史，一个民族的文学必然承载着该民族复杂的文化心理和深厚的思想意识。别林斯基说："要使文学表现自己民族的意识，表现它的精神

---

① ［德］海德格尔:《荷尔德林和诗的本质》，见《海德格尔选集》，上海三联书店1996年版，第319页。

生活，必须使文学和民族的历史有着紧密的联系并且能有助于说明那个历史。"作为民族精神载体的文学，必然要表现自己民族的精神和意识，展示自己民族的历史与现实，探索自己民族的生存与命运。这样，文学的使命意识就显得愈加鲜明而强烈。

其一，文学使命在于给人以情感的亲切抚慰与心灵皈依的启迪。文学所写的人、事、物都是人们似曾相识的人、事、物，所传达的情感与思想，也是人们共同体验的结果，在文学中一切陌生化手法所产生的独特性，不过是作家为加强人们的通感而设计的艺术途径；作家的深刻性与先见之明，其实也并不意味着作家可以无中生有创造出世间从无踪影的思想与情感，而只能是他对人世间被掩饰被遗忘甚至被故意诋毁的思想情感的重新发现。他比一般人深刻，但他看到的仍然是人自身的情感态度、优劣品质，我们最多只能说他由个体达到了人类整体的高度，绝不会超然到与这个整体分离。因此，作家展现出来的文学世界，总是使读者感觉到是似曾相识的，它以共鸣的方式，吸纳读者，唤起人们同样刻骨铭心的体验，但又可以使他们拉开审美距离，超然于功利纠缠之上去品味人世人生，获得精神的愉悦。这个使人感到亲切与美好的过程正好像人对自己故乡的神游，因此，在文学的境界里，人们感到"就像在家里一样"，充满着皈依的温馨与实在。即使是悲剧作品，悲情的释放通过想象的方式达成，不但不会产生实际的危害，还会启迪心智，造就善恶观念，从而更加增强人际之间的亲和力。优秀文学作品给人们提供的，就是这样一个值得依赖可以依傍的心灵启迪，在这里，人的浮躁之情、浪迹之心会得到深深的抚慰。

其二，文学使命在于以丰满的人性温暖人的心扉、净化人的灵魂。文学需要高品质的温暖。它如灯火照亮人们心中的黑暗给读者以希望，它如船工的号子给疲惫的心灵以力量。温暖，肯定是一种让人感动的文学品质，毕竟人是需要慰藉的，人在寒冷之中，你告诉他寒冷并没什么用，但如果给予一点温暖，还不至于让他冻死，所以，温暖是慈悲的，更是一种智慧。能够打动人心，让人难以忘怀，给人以生活的智慧和生命勇气的作品，大多具有温暖的文化品质和文化精神。文学中的温暖是一种力量，它能够超越时空，直抵心灵，它是一种慰藉，能使冷漠的情感火热起来；它是一种生命，能感染乃至唤醒另一种生命。而人性则是人类文明的一个重要标志，是人走向自身的重要所得。① 所谓人性，就是人区别于动物的各种特性或属性的总和与概括。这里所要强调的是，人性的获得过程是一个艰难的过程，在这个过程中，人类已有的人性会不断被异化被扭曲，因此，追求人性之路，同时也是一条人性复归之路。② 人性的追寻或复归，只能通过实践丰富人的知、意、情三种潜能来实现。"知"相对于自然而言，它派生出科学，使人触及真的境界；"意"相对于社会而言，它派生出哲学伦理，使人获得善的目标；"情"则相对于人自我内心世界，它派生

---

① 可参考卢梭对人性的论述来加强理解。卢梭说："人性的首要法则，是要维护自身的生存，人性的首要关怀，是对于其自身所应有的关怀；而且，一个人一旦达到有理智的年龄，可以进行判断维护自己生存的适当方法时，他就从这时候起成为自己的主人。"（卢梭：《社会契约论》，商务印书馆 1980 年版，第 9 页）

② 对此，马克思说："共产主义是私有财产即人的自我异化的积极的扬弃，因而是通过人并且为了人而对人的本质的真正占有；因此，它是人向自身、向社会的（即人的）人的复归，这种复归是完全的、自觉的而且保存了以往发展的全部财富的。"（《1844 年经济学哲学手稿》，见《马克思恩格斯全集》第 42 卷，人民出版社 1979 年版，第 120 页）

出艺术，创造出美的世界。正因为艺术与认识有着这样重要的作用，尼采认为在悲剧的社会人生中，人可以逃往艺术与认识之乡来获得生存的力量。由此可见，文学在人类的人性追寻过程中充当着重要的角色，它可以恢复并拓展人对生活的感觉①，使被扭曲麻木的心灵在情感与良知的洗涤之下回复活性，重新燃起对生活的热爱之情。

其三，文学使命在于社会责任担当与引领精神生活。文学应当承担起反映社会生活和时代巨变的现实使命。毋庸讳言，我们的时代正在经历着有史以来最深刻的历史悸动和最伟大的社会变革，穿越过五千年历史隧道的古老中国，奋斗探索了60年的新中国和在改革开放大道上奋然前行了30多年的伟大人民，都重新站在了一个新的起点上。面对这一"前无古人"的伟大实践，我们的作家和我们的文学是应当而且有能力有责任摹写和反映这一伟大实践的。生活就像一个浩渺无涯、变幻万端的海洋，这里是历史与未来的衔接，有漠野与都市并存，亦有心灵与实际碰撞，暖流与寒流交锋……从总体上说，文学应该并且能够担负起多角度、多层次、多色调地反映这种现实生活的责任，担负起引领人们更高尚更高雅精神生活的使命。如果说改革开放之初人们精神生活单调，娱乐方式单一，无法满足广大人民日益增长的精神生活的话，那么在互联网日渐成为家庭消费的今天，情况就复杂多了，各种音乐、影视作品、电子游戏等"乱花渐欲迷人眼"，在这样价值多元、利益多元、

---

① 可参看什克洛夫斯基的有关论述。他认为，"艺术的目的是提供作为视觉而不是作为识别的事物的感觉，艺术手法就是事物奇特化的手法，是使形式变得模糊、增强感觉的困难和时间的手法，因为艺术中的感觉行为本身就是目的。"（《艺术作为手法》，见《俄国形式主义论文集》，中国社会科学出版社1989年版，第65页）

精神生活多元、娱乐方式多元的情势下，去精英化虽然给大众参与文学创作提供了可能性，却不能保证这种参与的质量，一些文学作品也在利益的诱惑下，沦为快餐文化的一部分，而真正关注时代命运并且引起强烈反响的作品寥若晨星。在这种情况下，文学更应该发挥它的传统优势，振动它高洁的翅膀引领人们的精神世界。

一、先进文化——高扬的旗帜

先进文化的历史缘起与理论渊源

一

　　文化的问题，是一个国家与民族的战略思维与前进方向的问题。亨廷顿认为："一个不属于任何文明的、缺少一个文化核心的国家"，"不可能作为一个具有内聚力的社会而长期存在。"[1] 也就是说，一个国家或民族的存在标志就是它与众不同的"核心文化"。在我国，"核心文化"就是先进文化。那么，在世界文化多元存在的事实中如何建设中国先进文化？首先必须弄清什么是文化？什么是先进文化？尽管目前关于文化的定义名目繁多，但其共性还是存在的。英国著名人类学家泰勒认为，文化"是一个复杂的整体，包括知识、信仰、艺术、道德、法律、习俗以及作为社会成员的个人而获得的任何能力和习惯"[2]。美国学者奥格本则称，"文化可以被认为是人类社会产品的积累，包括物质对象的使用、社会制度和行为方式。"[3] 日本学者岩崎允胤说："文化是人作为主体作用于客

---

① ［美］塞缪尔·亨廷顿：《文明的冲突与世界秩序的重建》，周琪等译，新华出版社 2002 年版，第 353 页。

② ［英］泰勒：《原始文化》（英文版），1987 年，第 1 页。

③ ［美］威廉·费尔丁·奥格本：《社会变迁——关于文化和先天的本质》，王晓毅、陈育国译，浙江人民出版社 1989 年版，第 29 页。

体，将自己对象化于客体，从而将现实作为我的东西来占有的这种活动，同时也是活动的成果；而且，是包含着这种活动成果的过程。"① 在中国古代，"文化"即文治教化之意，与武功相对，而武功是动物性行为（弱肉强食）的历史化形式。汉代刘向称："凡武之兴，为不服也，文化不改，然后加诛。"② 因此，《易·象》云："文明以上，人文也……观乎天文，以察时变；观乎人文，以化成天下。"这些都对文化作出了人化的理解。到了近现代，对它的解释更是明确，梁启超在《什么是文化》一文中说："文化者，人类心能所开积出来之有价值的共业也。易言之，凡人类心能所开创，历代积累起来，有助于正德、利用、厚生之物质的和精神的一切共同的业绩，都叫做文化。"③ 以上定义都共同地将文化看成人类创造活动与创造成果的总和，只是包括而没有等同于信仰、知识、宗教、艺术、习俗等观念形态，因此，人们的实际运用是呈现狭义化趋势的。这一现象提出了一个问题：如果文化的广义没有错，人们为什么只是狭义地运用呢？这个问题涉及文化的广义和狭义之间的联系，弄清楚这一联系的各个方面，将得出一个结论：文化定义的狭义化具有积极的人文意义，揭示了文化最核心的价值之所在，也就在最高的抽象层面上概括了文化的先进性之所在。这里所说的人文意义，诚如韩国学者赵永植说的："否定单纯追求物质的、制度的，还有科学的、技术的世界，即依存或单纯追求外在于人的世界，而要寻找回以人我为中心，依

---

① ［日］岩崎允胤：《文化和人类活动的辩证法》，《哲学研究》1990年第2期。
② 刘向：《说苑·指武》。
③ 梁启超：《饮冰室合集》（5），文集之三十九，中华书局1989年版，第98页。

于自我的，为着人本身的人类世界，即人本主义世界。"①按照辩证法的理解，新的东西总是比旧的东西有更多的合理性，才能取而代之。那么，事物的新形态、新内涵也就代表了其先进的方面。这样，文化的先进性及其前进方向就不仅都存在，而且还是文化的常态。文化哲学家朱谦之早在 20 世纪 30 年代就说过，"文化生活乃在永远创新，永远变化的过程当中；文化本身就是变和动的表现，而这个变动，就是生活进行，就是进化"②。对此，恩格斯在《反杜林论》中也有一个著名的论断："文化上的每一个进步，都是迈向自由的一步。"③ 这里既肯定了文化发展的动态性质，又简洁地阐明了文化的先进性标志。后来，毛泽东在讨论文化问题时，一方面使用过"方向"这一术语（他称鲁迅代表了"中华民族新文化的方向"）；另一方面又用"好"与"坏"、"新"与"旧"、"精华"与"糟粕"来描述过文化的对立性质，肯定了文化有先进性的问题。从文化的定义，特别是文化定义的狭义化便可看出先进性之所在。因此，这种狭义性在较大程度地超越了人的自然需求，它的形式与自然物有着明显的区别，为人类所特有。比如宗教，人们用它来解释大千世界，寄托自己的灵魂，与物质生产没有直接联系；再如艺术，借助于这种形式，人们可以无所约束地表现自我和反映现实，可以克服一切限制去追求心灵的自由，把人的想象力、创造力发挥到极致。德国哲学家谢林称颂艺术"不仅完全与真正的野蛮人向艺术所渴求的一切单纯感官享受的东西断绝了关系，与唯有那个使人类精神对经济发明作出最大努力

---

① ［韩］赵永植:《重建人类社会》，清玉、姜日天译，东方出版社 1995 年版，第 172 页。

② 朱谦之:《文化哲学》，商务印书馆 1990 年版，第 13 页。

③ 《马克思恩格斯全集》第 20 卷，人民出版社 1971 年版，第 126 页。

的时代才能向艺术索求的实用有益的东西断绝了关系，而且也与一切属于道德风尚的东西断绝了关系，甚至把那种在毫不利己方面最靠近艺术的科学也远远地置于自己的地位之下，这纯粹因为科学总是涉及自身以外的某种目的"①，尽管谢林的说法不无唯心主义本体论的色彩，但还是恰当地揭示了艺术与人的自由天性的内在联系。正是在这一意义上，日本岩崎允胤认为，原始文化"首先具有为生活所必需的意义"，而"在今天，文化已经超出了这种生活价值而在本质上同人类的自由，真正的和平的理念相联系，从这个意义上说，它是更高的、更丰富的价值"②。这种只将那种容易感受到人的本质力量、人的独特价值的东西称为"文化"，而将那种与自然物交织紧密，难以体现人的特殊本性的东西逐渐排除在"文化"范围之外。这表明，在文化分化的过程中，文化定义的狭义性获得了充分的意义。因此，文化既是人的创造物，又是人的标志物，文化的意义就在于它对人之所以为人的价值性。这种价值性一方面要满足人的生存、发展的需要；另一方面更满足人的精神世界的丰富性、完善性、高尚性、超越性的需要。这样的文化才被称之为先进文化。

现代中国的先进文化既是历史上的中国传统文化的血脉源流，又是无产阶级革命文化的历史延续。尽管中国文化中包括多种形态、派系，而且早在春秋战国期间就奠定了基本格局，突出者有儒家、法家、道家、墨家、名家等，后来又形成儒、释、道三家鼎足之势。但儒家文化长期保持了正统和主导的地位，以致成为中国传统文化的代称。

① ［德］谢林：《先验唯心论体系》，梁志学、石泉译，商务印书馆 1976 年版，第 271 页。
② ［日］岩崎允胤：《文化和人类活动的辩证法》，《哲学研究》1990 年第 2 期。

春秋战国时期，是中国由奴隶社会向封建社会转变的时期。天下和谐整齐的大统一秩序在周王朝的衰微和诸侯国的兴盛中坍塌，孔子的思想便是诞生在这个社会动荡、礼乐崩坏的时代背景中。儒士起源于殷商时代参与仪礼操持的巫祝史宗一类的文化人。①他们继承了巫祝的传统仪礼习惯，在他们那里，礼仪的秩序象征着社会的秩序，因此儒士比当时任何人都看重礼仪制度。这是处在动乱时期的孔子主张恢复周礼的思想背景。"克己复礼为仁"②是孔子思想的核心内容。在孔子看来，礼仪不仅是一种动作、姿态，也不仅是一种制度，作为秩序的象征，它是社会秩序得以确认和遵守的保证。因此他主张君主以身作则，臣民恪尽职守，共同遵守以周礼为蓝本的礼仪制度。然而孔子看到，对礼仪的敬畏和尊重依托人的道德和伦理的自觉，他提出"非礼勿视、非礼勿听、非礼勿言、非礼勿动"③，强调人要按照礼仪来规范自己的行为和举止，注重培养遵循礼仪的自觉习惯。为了确保礼仪所象征的社会秩序不受到其他思想的颠覆，孔子进而为它找到了一个最终的价值依据和心理本原，即"仁"。"仁"，"爱人"之意，"夫仁者，己欲立而立人，己欲达而达人。"④孔子将"仁"奠基在血缘亲情上，认为如果人能以爱父母兄弟的真情感来处理自己和他人的关系，那么爱心就能一步步从血缘之爱向外推广之对社会众生之爱，所谓，"入则孝，出则悌，谨而信、泛爱众，而亲仁。行

---

① 参见葛兆光：《中国思想史》第一卷，复旦大学出版社 2007 年版，第 88 页。
② 孔子：《论语》，见杨伯峻：《论语译注》，中华书局 1980 年版，第 123 页。
③ 孔子：《论语》，见杨伯峻：《论语译注》，中华书局 1980 年版，第 123 页。
④ 孔子：《论语》，见杨伯峻：《论语译注》，中华书局 1980 年版，第 65 页。

有余力，则以学文。"① 仁爱之心，在孔子这里，既是"礼"的秩序的合理性基础，又是"礼"得以自觉遵守的保证。孔子"克己复礼"的文化思想实际上注重的不再是礼乐外在的制度化仪式化的东西，而是强调个人伦理道德的修为，以人的自觉遵守来实现社会秩序的稳定有序。而他对有序的社会秩序的追求以及以道德教化保障秩序等思想是儒家思想被后世统治者接纳的基础。

孔子之后，他的弟子继承其广收门徒、兴办私学的传统，使儒学迅速成为思想界的显学。在纷乱变动、百家争鸣的时局里，为了思想的生存、学说的实现，从荀子起的儒家具备了一种十分入世的思想倾向，重视学说在现世治理中的实用功利，强调教育与学习在养成遵守规则、服从秩序的习惯中的作用。至于大统一的汉朝，经济得到一定恢复后，统治者急需一种思想来巩固统治、稳定社会、协调观念。儒家学派适时而动，对其学说进行适应需求的阐释扩充或者说是重建。其中起到关键性作用的是董仲舒。他进一步巩固"君权神授"的合理性和权威性，深化了教化在人性完善方面的决定性作用，促成了"道统"和"政统"的融合，使"儒家学说终于形成了理路兼通、兼备形上形下、可以实用于社会的国家意识形态，完成了从理想主义向现实主义过渡"。②

1875 年 7 月 6 日的美国《纽约时报》发表文章称，清朝的知识分子"阅读的经典著作是孔夫子时代创作的，世界历史或人类思想、智慧的发展史，以及所有事物发展和学问的来源之一切最本质的东西，就在那个时刻停顿下来。从那以后，华

① 孔子:《论语》，见杨伯峻:《论语译注》，中华书局 1980 年版，第 4—5 页。
② 葛兆光:《中国思想史》第 1 卷，复旦大学出版社 2007 年版，第 256 页。

人就一直在不断地咀嚼着那几块干骨头，并且，如果有任何其他知识的小舟敢于向他们靠近的话，他们就会咆哮不止"。[①]实际上，这也就是两千多年里中国文化的主流状况。一个历史人物的思想在这样漫长的时间里成为唯一的、共同遵守的准则，应该说这在世界文化史上是一个奇迹。尽管如此，中国文化中又有着百家争鸣和各家互补的传统，如魏晋玄学兴盛、士人蔑视礼法、狂放成风；隋唐则一度佛道盛行，而当宋明理学统治甚严时，民间的纵欲主义偏偏大行其道。这种一元与多元共存的现象，一方面说明了中国文化与中国社会超稳定结构之间有密切联系，统治阶级用儒家文化来包装自己的意志，统一民众的认识，规范民众的行为，而且通过教育保证其代代相传，这样就促成了所谓超稳定结构的形成；另一方面，中国社会的所有空间不可能为主流思想所完全控制，多元文化思想事实上纠正一元化的偏颇，对朝野产生不同的影响，形成了进取与保守之间的张力，保证了文化的自我调节，使之成为一个完整的自足体。

中国文化中的另一个突出现象是：汉文化的强大同化功能。在历史发展过程中，汉族与周围少数民族的关系一直维系着既斗争又和解的格局。矛盾最尖锐的形式，那就是少数民族入主中原，成为中国的统治者，辽金、元代和清代是最典型的时期。但是，即使在这种情况下，汉文化对少数民族文化仍然保持了话语优势，甚至，征服者的文化同化于被征服者的文化。宋辽时期，辽代统治者就实行了全面汉化的文化政策。辽太祖阿保机建国不久，就祭祀对象问题征求意见，左右"皆以

---

① 郑曦原编：《帝国的回忆——〈纽约时报〉晚清观察记》，李方惠等译，三联书店 2001 年版，第 91 页。

佛对"，阿保机认为"佛非中国教"。耶律倍提出："孔子大圣，万世所尊，宜先。"于是，"太祖大悦，即建孔子庙，诏皇太子春秋释奠"①，形成所谓"辽家遵汉制，孔教祖宣尼"②的局面。在这一基础上，辽代的制度、法典、文字等都普遍呈现汉化的现象，连在宫廷里演奏的音乐都是"窃取中国之伎"。比较而言，蒙古民族建立的元代汉化程度稍微低一点，但是忽必烈（1215—1294年）亲王还是采纳了许多汉文化因素。在他周围，聚集了很多儒生士大夫，他们屡屡进言"行汉法"。于是，儒家典章制度的大部分，如帝号、官制、课程、太庙、学校、贡举等，都推行开来，元曲这一元代的重要艺术形式自然更有汉文学的意蕴在内。清一代的统治者是满族人，但满族文化的汉化程度是极其深广的。清朝的第一个皇帝顺治开始连汉文奏折都很难看懂，后来不只是解决了这一问题，还对汉文化中的小说、戏剧、禅宗佛教文学产生浓厚兴趣，后来以他的名义刊行了15部汉文学著作。到雍正皇帝时代，孔子思想得到充分肯定。雍正认为这不仅可以正社会风气，于民有益，而且"为益于帝王也甚宏"③。此后，经程朱理学改造了的儒家思想成为官方思想，并以此为内容通过科举考试控制和笼络汉族知识分子，古典汉文化在清代出现了最后的辉煌。

汉文化具有强大同化功能的原因，首先当然是与生产力及生活方式有关的。相对来说，当时的汉族比周边少数民族要发展得快一些，文明形态要先进完备一些，这样自然容易产生吸引力——正是这一原因，导致了中国文化从19世纪开始发生走向现代先进文化的重大转折。其次在于汉文化本身。正因为

---

① 《辽史·宗室列传·义宗耶律倍》。
② 耶律楚材：《怀古一百韵寄张敏之》。
③ 《清世宗圣训》卷四，《圣学》。

中国封建社会的长期性、超稳定性的存在，与之相适应的文化便具有成熟性、完备性、丰富性、实用性的特点，足以为别的文化去学习和仿效，除非这种文化是立足于更强大的生产力水平的。正是由于这一原因，中国传统文化在漫长的历史旅途上延续着自己的生命力，也是现代中国先进文化的源泉。

历史也证明，并非中国传统文化都具有先进性。当历史向"世界历史"转变之际，"世界发生了意料不到的变化"。马克思、恩格斯在《德意志意识形态》中说："各个相互影响的活动范围在这个发展进程中越是扩大，各民族的原始封闭状态由于日益完善的生产方式、交往以及因交往而自然形成的不同各民族之间的分工消灭得越是彻底，历史也就越是成为世界历史。"[1]即资本主义西方向全球扩展，终而横插入中国平稳而缓慢的历史进程中，于是，中英鸦片战争爆发（1840 年），中国在自己的土地上战败，中国人开始感受到西方给自己这个老大中央帝国带来了空前的危机。李鸿章在 1874 年深感中西方的转折不是历史上中国与周边地区的关系重演，而是"数千年来未有之变局"，西方列强是"数千年来未有之强敌"[2]——西方以蒸汽机为标志进入工业时代，而中国仍然停留在牛耕马拉的农业时代。当西方国家的军队已经全部用火器装备起来时，中国还在坚持"枪箭并重，不可偏废"的观念。到鸦片战争爆发时，清军还使用着两百年前的火炮。这就是费正清所说，"18世纪梦幻般的中国被无情地蒙上了肮脏、落后的阴影，当新教的复兴精神使美国传教士前往非信教地区时，他们宣称，工业、民主和基督教是产生西方强国的三大要素。中国的学者、

---

① 《马克思恩格斯选集》第 1 卷，人民出版社 1995 年版，第 51 页。
② 许苏民：《比较文化研究史》，云南人民出版社 1992 年版，第 487 页。

官员认为他们自己更明事理，但却无从证明这一点。船坚炮利是一决定性的事实，而且，极具道德原则的传教士也会无孔不入。"① 从根本上说，实力的检验使得中国及中国文化在西方面前完全失去了光彩。1908年11月16日《纽约时报》在评论慈禧太后逝世的消息时，写下了这样一段文字："慈禧的顽固和冷酷无情为整个大清国带来了最不幸的后果。在她最初单独统治大清国时，有关清国国力的神话尚未破产。欧洲国家害怕招惹这个帝国，并且人们一般相信，任何对大清国的进攻都会引发她巨大的后备潜力"，"是日本人打开了世界的眼界，让人们看到大清帝国真正的无能……所有西方列强们立即把贪婪的目光投向大清国，并且开始谋划割让大清国领土，以及获得商贸特权。"② 实际上，鸦片战争已经使中国在西方人眼中失去了光彩。1876年2月20日《纽约时报》的文章以尖刻的语言描述了中国人的形象，"我们从清国人那麻木、呆板的面孔上看不到任何的想象力。他们的面容从未闪现出丝毫幻想的灵光。他们并非弱智，也不乏理性，但就是没有创造性。在人类智力发展的进程中，他们是世界上最教条、最刻板的人。个人是如此，整个民族更是如此：冷漠、很难脱出既有的条条框框、缺乏进取心、厌恶一切创新和改革，汉民族的这种特性就好像是与生俱来的、深入骨髓的。实在不应该是这样啊！"③

在这样的一个基础上，两个文化主体的文化态势是完全不一样的。美国亨廷顿在说到中国18、19世纪的闭关自守政策

① 费正清：《观察中国》，傅光明译，世界知识出版社2001年版，第6页。
② 郑曦原编：《帝国的回忆——〈纽约时报〉晚清观察记》，李方惠等译，三联书店2001年版，第159—160页。
③ 郑曦原编：《帝国的回忆——〈纽约时报〉晚清观察记》，李方惠等译，三联书店2001年版，第101页。

时，认为"中国的拒绝主义政策在很大程度上植根于中国作为中央帝国的自我形象和坚信中国的文化优越于所有其他文化的信念①"，这种自信心使得中国认为没有必要去推行自己的文化。1793年10月，乾隆皇帝在一封致英国国王的信中，拒绝了英国要派常驻使节来中国的要求，其中一条理由是：倘若"仰慕天朝，欲其观习教化"，则"尔国自有风俗制度，亦断不能效法中国，即学会亦属无用"。② 可以说，此时中国的文化既无进取之能力，也无进取之动力。而西方文化则不同，由于工商业的发展，资本主义的利润要求导致整个社会机制适应于扩张与进取，经济和技术的视野高于纯文化的视野。这样，作为文化主体，西方在强大经济和技术力量的支持下，自然会根据物质力量而不是精神力量来权衡与他种文化的关系。利奇温认为，实际上，在18世纪末，中国与西方的文化关系就开始破裂，因为西方人越来越只把中国看做是一个大市场，"英国关于中国的作品越来越侧重于纯粹实际的和商业的利益"，"经济利益几乎把其他一切排之幕后"，他把这称之为"19世纪的精神"③。斯塔夫里阿诺斯在谈到早期西方殖民主义者与亚洲人的交往时，就总结出一条，"凡是欧洲人给别的人们留下印象的地方，必定是由于其技术成就的缘故。"④18世纪以后中国文化的衰落，就意味着那种"文化（Civilization）也变成为

① ［美］塞缪尔·亨廷顿：《文明的冲突与世界秩序的重建》，周琪等译，新华出版社2002年版，第64页。
② 萧致治等编撰：《鸦片战争前中西关系纪事》，湖北人民出版社1986年版，第254页。
③ ［德］利奇温：《十八世纪中国与欧洲文化的接触》，朱杰勤译，商务印书馆1962年版，第130页。
④ ［美］斯塔夫里阿诺斯：《全球通史：1500年以后的世界》，吴象婴、梁赤民译，上海社会科学院出版社1992年版，第231页。

梅毒花（Syphilization）了"，① 这样的文化无论如何也不能说具有先进性。

二

鸦片战争的一声炮响，轰塌了古老中国封闭的大门；"西风东渐"的滚滚洪流，导致了古老文明方式的瓦解，这时候的先进文化诉求，必然体现在中西文化的关系之中。

"中体西用"就是"中学为体，西学为用"。沈寿康在《匡时策》一文中说："夫中西学问，本自互有得失，为华人计，宜以中学为体，西学为用。"② 孙家鼐则指出："应以中学为主，西学为辅；中学为体，西学为用。中学有未备者，以西学补之；中学有失传者，以西学还之。以中学包罗西学，不能以西学凌驾中学。"③ 张之洞对中体西用也作了详尽的阐释，提出不可变者为体，可变者为用，"中学为内学，西学为外学；中学治身心，西学应世事……如其心圣人之心，行圣人之行，以孝悌忠信为德，以尊主庇民为政，虽朝运汽机，夕驰铁路，无害为圣人之徒也"。并明确地说："《四书》、《五经》、中国史事、政书、地图为旧学，西政、西艺、西史为新学。旧学为体，新学为用，不使偏废。"④ 由于张之洞的地位显赫，后来人们将他看做是"中体西用"的首倡者。尽管在西方文化的进一步攻势及中国文化的深入反省过程中，"中体西用"也受到了严厉的批评。但是，"中体西用"在事实上却有着顽强的生命力。李

---

① 朱谦之：《文化哲学》，商务印书馆1990年版，第215页。
② 《万国公报》1895年第75卷。
③ 孙家鼐：《遵议复开办京师大学堂折》。
④ 张之洞：《劝学篇·设学篇》。

泽厚在 1995 年还说，今天"仍然是'中体西用'思想占据着主导地位"①。张岱年、程宜山则主张对"中体西用"作辩证分析，认为此说"并不是完全没有道理的"，甚至，"今天，在确立了马克思主义指导地位和社会主义经济政治制度的情况下，也可以在具体的经济、政治、科技、教育体制方面进行改革，也可以引进外来的先进科学技术、经营管理方式，乃至部分地引进资本主义的经济成分。这也可以说是一种中体西用、变器不变道。"②也就是说，今天不仅存在着"中体西用"的思想市场，而且存在着"中体西用"的文化事实。对此，亨廷顿也认为，"中体西用"是与拒绝主义和全盘改变不同的第三种选择，实际上，这不限于中国，"在非西方的精英中，这种选择一直是最流行的"，即以本土文化为体，西方文化为用。在中国，"全盘西化在 20 世纪末已不如它在 19 世纪末那么可行。领导人于是选择了一种新的'中学为体、西学为用'版本：一方面是实行资本主义和融入世界经济，另一方面是实行政治权威主义和重新推崇传统中国文化，把两者结合起来。"③亨廷顿对"中体西用"模式的指认是很有道理的。阐明这些事实，并不是说要简单地恢复"中体西用"模式，而是说在表达中国先进文化的诉求时，必须充分考虑到中西体用范畴的必要性。首先，中西这对范畴反映了中国思想形态与西方思想形态的重大区别，以及这种区别对近代中国的客观意义，这是研究近现代

---

① 季羡林等编选：《东西文化议论集》下册，经济日报出版社 1997 年版，第 612 页。

② 张岱年、程宜山：《中国文化与文化论争》，中国人民大学出版社 1990 年版，第 331 页。

③ ［美］塞缪尔·亨廷顿：《文明的冲突与世界秩序的重建》，周琪等译，新华出版社 2002 年版，第 106 页。

中国文化问题的历史起点。尽管毛泽东在 1956 年说过，"学"是指基本原理，应该是中外一致，不应该分中西。但我理解这主要是指自然科学，因为他在这个谈话中实际上非常强调中西方文化的差异，强调要以中国为基础，要与中国的实际相结合，他只承认"水是怎么构成的，人是猿变的，世界各国都是相同的"①。而体用之所以必要，在于它能够精辟地、言简意赅地、概括性地表达文化主体对矛盾对象的分析与综合，特别是表达了在中西之间的基本取舍，而不是使人不得要领。一般认为，严复在 20 世纪初对"中体西用"的批判是最有力的，宣告了体用之不必要，其实并非如此。严复在借用了"牛有牛之体用，马有马之体用"的说法后，指出"中学有中学之体用，西学有西学之体用，分之则并立，合之则两亡"，认为"中体西用"是"斯其文义并舛，固已名之不可言矣，乌望言之而可行乎！"②严复在这里讲的是一个物体自身的规定及其功能的关系，有一定道理，但也不绝对。因为物体之间的区别，取决于种属，而种属是分多重层次的，在一个层次上不同并不意味着另一个层次上也不同；在同一个大层次上，即使是小层次上不同的物体，也是有相通之处的，牛马在生物学上不同科，但属于同一纲目，从体到用都有"合"（移植、借用等）的可能性，并非相隔十万八千里。"中体西用"范畴的对象是中国文化与西方文化，都是特定人群的文化，怎么就不能互相移植、借用呢？实际上，"中体西用"论者是在中国哲学的背景上使用体用概念的，而不是指具体的个体及其功能的关系。宋代程颐就说过："至微者理也，至著者象也，体用一原，显微无间。"③

① 《毛泽东著作选读》下册，人民出版社 1986 年版，第 748 页。
② 严复：《与外交报主人论教育书》。
③ 程颐：《易传序》。

这种以"理"为体、以"象"为用的观念表明，中国哲学在本末、主辅、常变、内容形式的意义上使用体用范畴的。所以，体还是用，就有一个判断在内。可以说，不用"体"、"用"，就不能表达对多个对象的判断，除非是这些对象是相同的、等值的，而事实上中学和西学是不相同、不等值的。因此，在中西之间表达先进文化诉求时，必须有体用的明确判断，而不是含混的综合。

"全盘西化"就是主张完全放弃中国文化，全面接受西方文化，用西方的思想制度来改造中国。早在19世纪70年代，清朝"出使西方第一人"郭嵩焘在赴英国考察时，就改变了自己原来对中国文化——特别是道德的信心，认为中国在仁、义、礼、智、信五个方面都不如西方，这实际上已有全盘西化的倾向，因此他至死都受到舆论的抨击。此后，维新派思想家谭嗣同也对中西文化进行了全面比较，提出"今中国之人心风俗政治法度，无一可比数于夷狄"，主张"画此尽变西法之策"，甚至要改变中国人的衣冠、语言文字。[1]

从形态上说，20世纪初爆发的五四新文化运动是全盘西化思想走向自觉、明确的一个重要阶段，因为当时对旧学——中国传统文化进行了激烈的批判，对新学——西方文化进行了高度的称颂，连陈独秀这样的人也提出："无论政治、学术、道德、文章，西洋的法子和中国的法子，绝对是两样，断断不可调和迁就的。……若是决计革新，一切都应该用西洋的新法子，不必拿什么国粹，什么国情之类的话来捣乱。"[2]胡适"主张充分的西化，一心一意的走上世界化的路"[3]。尽管胡适本人

---

① 参见《谭嗣同全集》，中华书局1981年版，第225、227页。

② 陈独秀：《今日中国之政治问题》，1918年7月15日。

③ 《中国基督教年鉴》，1929年。

后来承认这个说法是有语病的，但可以作"充分世界化"的理解，因此还是坚持这一立场。比胡适更激进的"全盘西化"论者是陈序经，他在 1935 年的中国本位文化论战中，批评胡适在这个问题上的不彻底立场。在同年出版的《中国文化的出路》中，他通过文化比较来完全否定中国文化，提出"现代化＝西化"的观点，系统阐述了"全盘西化"的思想。事实上，"全盘西化"不仅暴露出了绝对化的问题，在哲学上也是站不住脚的，实际上也是不可能的，这样提只是表示一种情绪的存在，只是用来作为最大限度地实现西化的策略。即使半个世纪后，胡适的思路又为新一代"全盘西化"论者所接受。可见，"全盘西化"这个主张一开始就在学理上存在着提出者也承认的缺陷，是一个伪命题。当然，也还有陈序经这样的人，顽固地认为，"百分之一百的全盘西化，不但有可能，而且是一个较为完善较少危险的文化的出路"。[①] 他的理由是"文化的各方面都有连带的关系，……不能随意的取长去短"[②]。但他的理由只能停留在理论上，事实上正如胡适所说，面对文化的历史因袭成分，全盘就很难实行了，让人人都吃西餐就显然是不可能的。就是亨廷顿的意见也是值得"全盘西化"论者反省的。亨廷顿承认当今世界上客观存在着的文化"西化"现象（牛仔裤、可乐、摇滚音乐、好莱坞影片等在全世界的泛滥），但并不能说明全球文明与文化在彻底向西方同化，理由是，"一个文明中的革新经常被其他文明所采纳。然而，它们只是一些缺乏重要文化后果的技术或昙花一现的时尚，并没有改变文明接

---

① 陈序经：《全盘西化的辩护》，《独立评论》第 160 号。
② 陈序经：《再谈"全盘西化"》，《独立评论》第 147 号。

受者的基本文化"。① 文明间的鸿沟仍然是很深的。在《文明的冲突与世界秩序的重建》中，亨廷顿的实际立场处处流露了西方文化优越论，但他肯定本土文化核心之必要，肯定文明之不可全盘移植，这也可看做是对全盘西化模式的有力质疑。从近一百多年的事实看，对西方文化的全方位移植并未如胡适所说"自然会使他成为一个折中调和的中国本位新文化"，而是如胡国亨所说："我们摒弃了本身优良的一面，但却不自觉地保留了坏的一面；反之，我们吸收了西方最表面、最肤浅及最劣的一面，但却没有摄收到西方最深层和优秀的一面。例如我们盲目地沾染了西方的消费主义和炫耀心态，但没有贯彻高消费经济背后那种重视个体的责任感；仿效西方民主选举形式，但没有法治的基础及其他机制去约束操纵选举的行为；硬生生地输入西方的科技，对科学背后的哲学及精神却不加深究；只憧憬和进行西方式的竞争，却漠视这种竞争对个人发展的正面意义。"②

"儒学复兴"既指儒学的复兴，也泛指中国传统文化的复兴。19 世纪末 20 世纪初，面对西方文化的扩张，辜鸿铭提出"半部《论语》振兴中国"的奇想。陶希圣等在《中国本位的文化建设宣言》中则惊叹："中国在文化领域中是消失了"，"要使中国能在文化的领域中抬头，要使中国的政治、社会和思想都具有中国的特征，必须从事于中国本位的文化建设。"③ 到20 世纪后期，由于东亚经济的起飞，"儒学复兴"论在海外取

---

① ［美］塞缪尔·亨廷顿：《文明的冲突与世界秩序的重建》，周琪等译，新华出版社 2002 年版，第 45 页。

② 季羡林等编选：《东西文化议论集》下册，经济日报出版社 1997 年版，第 602 页。

③ 陶希圣：《文化建设》第 1 卷第 4 期，1935 年 1 月 10 日。

得进展。以杜维明、余英时等为代表的华裔学者，认为东亚地区所发生的事实，证明儒家精神与现代化是不相矛盾的，因此有必要重新估价中国文化传统，重新复兴儒学，以回避西方文化的弊端。这一思想对西方学者也产生了一定影响，如美国人艾恺（Guy Alitto）、澳大利亚人李瑞智（Red Little）和黎华伦（Warren Reed），他们都认为只有儒家的思想才能保证世界的平衡和持久发展，克服西方发展模式的危机性前途。香港学者胡国亨也在 1995 年出版的《独共南山守中国》一书中猛烈抨击了西方文化，认为这种文化在给人类带来空前发展时，也将带来毁灭的后果，主张用"大孔子学说"来统一世界。对此，这里必须弄清三个问题。首先，儒学复兴必须与现代社会的发展保持一致性，必须与现代社会相适应，否则就缺乏复兴的内在必然性。在近百年的历史实践中，儒学之所以从国家意识形态的地位衰落下来，并不是它自身发生了解构，而在于它对现代性茫然无知，并在实际上构成对现代性的消解。因为现代化是由工业化、市场化、城市化所决定的，而儒学所适应的社会特征是远离这几个"化"的。如清代雍正皇帝在阐述自己的重农业而轻工商业的思想时，就认为兴工商必然会使"小民舍轻利而逐重利"，冲击"农为天下之本务"的传统观念，必须"使民知本业之为贵，崇尚朴实，不为华巧"。① 这就是依据儒家的重义轻利观念来排斥现代物质文明。这位皇帝还称，"若无孔子之教，……势必以小加大，以少陵长，以贱妨贵，尊卑倒置，上下无等，干名犯分，越礼悖义，……其为世道人心之害，尚可胜言哉。"② 可以说，正是这样的观念，严重地妨碍了

---

① 《清世宗世录》卷五七。
② 《东华录》雍正五年（1727）七月。

工商业社会所需要的自由人的产生。斯塔夫里阿诺斯就认为，儒教在中国"成为保持各方面现状的极好工具。最终，导致了处处顺从、事事以正统观念为依据的气氛，排除了思想继续发展的可能"，使中国"在技术上落后于西方"①。其次，儒家的生命力是不可怀疑的，其历史地位的丧失只是偶然的，因此，只要提供适当的条件，儒学便可复兴的观点还是值得质疑的。从世界范围来看，自西方工业革命以来的历史充满了大量的曲折和戏剧性场面：科学技术改变人类生活方式，世界大战造成空前灾难，殖民主义与民族主义反复较量，社会主义与资本主义你死我活……可是一条主线是什么呢？那就是资本主义的全球化。这个历史进程在未走到顶端时，无论有多少曲折，无论需要改变为何种形式，它也会进行下去。马克思、恩格斯将此过程描述为："大工业……创造了交通工具和现代的世界市场，控制了商业，把所有的资本都变为工业资本，从而使流通加速（货币制度得到发展）、资本集中。"它还"消灭了以往自然形成的各国的孤立状态"，"到处造成了社会各阶级大致相同的关系，从而消灭了各民族的特殊性"，"消灭意识形态、宗教、道德等"。资产阶级"迫使一切民族——如果它们不想灭亡的话——采用资产阶级的生产方式；它迫使它们在自己那里推行所谓的文明，即变成资产者。一句话，它按照自己的面貌为自己创造出一个世界"。②历史已经证明，作为一项国家政策，资本主义全球化之外的孤立主义迟早是行不通的，资本的本性是不会保护过时、与它相悖的文明的。想通过自我封闭、自我保护而"复兴儒学"，这只是一相情愿的事。再次，

① ［美］斯塔夫里阿诺斯：《全球通史：1500 年以后的世界》，吴象婴、梁赤民译，上海社会科学院出版社 1992 年版，第 17 页。

② 《马克思恩格斯选集》第 1 卷，人民出版社 1995 年版，第 114、276 页。

以包括日本在内的亚洲国家在经济上的崛起为例来证明儒学复兴的可能性，这只是一个观察视角的问题，并不具有绝对的意义。一些亚洲国家走向或接近了现代化，这些国家在思想观念上并未完全西化，仍然在很多方面保留着儒家传统，这都是事实。但是，在多大程度上可以说这是"儒学复兴"的结果呢？这是不能简单认定的。19世纪中前期，日本也被西方列强所控制，但是，日本人很快就抛弃了排外主义，积极主动向西方学习。1868年，日本天皇在文告中称要"广兴会议，万机决于公论"，"破除旧习……求知识于世界"，在实际上抛弃了儒家的教条。到19世纪70年代，西方思想与器物在日本就大为流行起来。当时的一位英国官员这样对比了中国人与日本人，在受到西方的入侵时，"中国人不断后退，并很可能继续后退到帝国彻底崩溃时"，但又对西方的东西"不屑一顾"，而日本人则一开始就"不但能够采纳并急于采纳"西方的"进步和文明"。① 同样，"亚洲四小龙"与日本也差不多。美籍学者许倬云就质疑说："为何在从前大家都说中国文明的底子使得中国无法发展成近代国家，而今又说'四条小龙'的经济成就是儒家影响的后果？这两种说法之间是不平衡和不协调的。"② 他还引证了中国台湾21世纪基金会1988年度的"文化发展之评估与展望"材料，其中称台湾地区有五大问题："在工业社会发展的冲击之下，传统价值体系失去吸引力与约束力"；"缺乏文化发展指标的指引"；"环境皆缺乏亲切性、人文性、整体性的关照与安排"；"文化创作与消费的素质不高"；"资讯化加深

---

① 参见［美］斯塔夫里阿诺斯：《全球通史：1500年以后的世界》，吴象婴、梁赤民译，上海社会科学院出版社1992年版，第485页。

② ［美］许倬云：《中国文化与世界文化》，贵州人民出版社1991年版，第15页。

造成文化冲击"①，这都与中国传统文化的失落有密切关系。因此，所谓"儒家学说造成现代化"的状况，从另一个角度来看，正是儒家学说在这些国家和地区逐渐地消退，而西方思想观念及体制模式在日益扩张，所以它们较快地走上了现代化的轨道。所以，无论如何，也不能说是由于儒学的原因，它们才达到目前的现代化程度的。

综上可见，只有把"中体西用"包括"西体中用"、"全盘西化"、"儒学复兴"等加以综合，取其精华，去其糟粕，才是中华文化复兴的唯一坦途，也是构建现代中国先进文化的智慧源泉。

三

科学的真理与方法都是相通的。马克思主义是一种以辩证唯物主义和历史唯物主义为指导的世界观和方法论。它既是科学的真理，又是科学的方法。这种学说与理论就决定了马克思主义理论的先进性，而马克思主义的文化理论无疑就是中国先进文化的理论渊源。

构建马克思主义的先进文化，必须用唯物主义历史观来考察文化，只有用唯物主义的历史观点，从人类社会劳动实践活动出发来考察文化发展的轨迹，科学地分析文化产生和发展的历史过程，才能揭示出它在所处的历史阶段上是什么性质的文化。这就是马克思主义文化学说的鲜明特点。马克思、恩格斯肯定过人类学家摩尔根的研究成果，并赞成摩尔根的文化分期

---

① ［美］许倬云：《中国文化与世界文化》，贵州人民出版社 1991 年版，第200 页。

法。摩尔根的文化分期法的主要依据是社会生产力的发展程度。恩格斯依据人类生产力发展水平来判断人类古代世界文化发展阶段，得出了与摩尔根相同的结论：文化是整个社会生活进步的标志。恩格斯发现："在英国、法国、瑞士、比利时和德国南部的洞穴里，大多只是在土壤沉积的最下层中，发现有这些已经死绝的人类的工具。在这个最低的文化层上面（中间往往隔着一层厚薄不等的钟乳石），发现有第二个有着种种工具的文化层。这些工具属于一个较晚的时代，它们的制作精巧很多，它们的材料也复杂得多"①。早期的人类在社会实践中学会了制造工具，脱离了动物界，进入了人类社会。马克思在论及人类文化初期时，指出："只有当人类通过劳动摆脱了最初的动物状态，从而他们的劳动本身已经在一定程度上社会化的时候，一个人的剩余劳动成为另一个人的生存条件的关系才能出现。在文化初期，已经取得的劳动生产力很低，但是需要也很低，需要是同满足需要的手段一同发展的，并且是依靠这些手段发展的。其次，在这个文化初期，社会上依靠别人劳动来生活的那部分人的数量，同直接生产者的数量相比，是微不足道的。"② 劳动实践是人类生存和发展的最根本的活动方式。这种活动方式是人类区别于动物的最根本的文化标志。随着物质生产的剩余劳动的增多和生产力水平的提高，专事精神文化的人或者说从事脑力劳动的人出现了，发明了文字并用于文献记录。随后人们的精神生活及其需求不断增加，源于剩余劳动的精神劳动逐渐从物质劳动中分离出来，从而使真正意义上的文化活动有了相对的独立性。马克思指出："物质劳动和精神劳

① 《马克思恩格斯全集》第19卷，人民出版社1963年版，第478页。
② 《马克思恩格斯全集》第23卷，人民出版社1972年版，第559页。

动的最大的一次分工，就是城市和乡村的分离。城乡之间的对立是随着野蛮向文明的过渡、部落制度向国家过渡、地方局限性向民族的过渡而开始的，它贯穿着文明的全部历史并一直延续到现在……"这里，马克思是从社会分工的角度来考察文明发展过程的。从中我们可以看出，社会分工对文化发展具有重要意义。

在马克思的文化理论中，从来不主张泛泛地谈论"劳动"、"社会"，并明确反对"劳动是一切财富和一切文化的源泉"的观点。马克思指出："孤立的劳动（假定它的物质条件是具备的）虽能创造使用价值，但它既不能创造财富，也不能创造文化。"马克思赞成这样一种观点："随着劳动的社会性的发展，以及由此而来的劳动成为财富和文化的源泉，劳动者方面的贫穷和愚昧、非劳动者方面的财富和文化也发展起来。"并明确表示，"这是到现时为止的全部历史的规律"。这是因为"一个除自己的劳动力以外没有任何其他财产的人，在任何社会的和文化的状态中，都不得不为另一些已经成了劳动的物质条件的所有者的人做奴隶。他只有得到他们的允许才能劳动，因而只有得到他们的允许才能生存。"[1] 在马克思看来，在资本主义社会里，是资本创造了文化。他说："这种剩余劳动一方面是社会的自由时间的基础，从而另一方面是整个社会发展和全部文化的物质基础。正是因为资本强迫社会的相当一部分人从事这种超过他们的直接需要的劳动，所以资本创造文化，执行一定的历史的社会职能。这样就形成了整个社会的普遍勤劳，劳动超过了为满足工人本身身体上的直接需要所必需

---

[1] 《马克思恩格斯选集》第 3 卷，人民出版社 1995 年版，第 298 页。

的时间界限。"① 这就是说，资本主义文化是由价值和剩余价值及"资本"本身的存在而形成的。因此，资本和利润迫使资本主义文化生产不断提速，并以其强大的科学技术，不断创造和生产出新的文化产品，形成了当今资本主义的文化工业。发达资本主义国家的文化工业以其前所未有的文化技术和生产力，诉诸各种手段，对内唤起人们对于"权力"、"金钱"和"性"的外露的或潜在的欲望；对外以其咄咄逼人的文化侵略性向第三世界国家腐蚀和剥削。这种现象令世界上许多正直的和有良知的人们忧心忡忡。这里，马克思、恩格斯用唯物主义的历史观来考察文化现象，就驱除了在文化理论领域里散布的各种唯心主义的迷雾，构建起了一种崭新的马克思主义的文化学说。这就是中国先进文化的最根本的理论渊源。

共产主义文化就是人的自由而全面发展的文化。马克思曾把人类社会的历史划分为三大历史形态和三个发展阶段：第一大社会形态作为第一个阶段是自然经济和人的依赖关系。在人类最初的社会形态中，包括原始社会、奴隶社会和封建社会，人的生产能力只是在狭窄的范围内和孤立的地点上发展着的阶段。"在这里，无论个人还是社会，都不能想象会有自由而充分的发展。"② 第二大社会形态作为第二个阶段，人类进入资本主义社会，是商品经济和物的依赖关系的阶段。"在这种形态下，才形成普遍的社会物质变换，全面的关系，多方面的需求以及全面的能力的体系。"③ 第三大社会形态作为第三个阶段，人类将进入社会主义和共产主义，那是商品经济和自由人的联合体的阶段。马克思、恩格斯在《共产党宣言》中说，共产主

① 《马克思恩格斯全集》第 47 卷，人民出版社 1979 年版，第 257 页。
② 《马克思恩格斯全集》第 46 卷（上），人民出版社 1979 年版，第 485 页。
③ 《马克思恩格斯全集》第 46 卷（上），人民出版社 1979 年版，第 104 页。

义社会"将是这样一个联合体，在那里，每个人的自由发展是一切人的自由发展的条件"①。马克思后来在《资本论》中，再次提到共产主义社会是一个"以每个人的全面而自由的发展为基本原则的社会形式"②。到那时，"人终于成为自己的社会结合的主人，从而也就成为自然界的主人，成为自己本身的主人——自由的人"。

在前资本主义社会，在私有制度下，旧式的社会分工片面地发展个人的某种或某些素质，其他许多素质却被扭曲、压抑、扼杀了，所以使人变成了片面、畸形的人。那时，文化的主要价值取向是以权力为本位或以宗法血统为本位，所以文化的功能主要是体现人与人的依赖关系。资本像一把刀，资本家像是持刀人，他们在追逐剩余价值和资本增值时，无意中割断了拴住社会之舟的缆绳，使之漂离了封建的锚地。随着资本主义的大工业和社会化大生产的发展，劳动者摆脱了从前时代的一切人身依附关系，不再是生产资料并列部分，也不再是生产的客观条件，也就是说劳动者从物质地位上升到了有独立人格的地位。但是，劳动者在生产资料上是一无所有的人，出售劳动力是他们唯一的手段，于是劳动力成了商品。所以对劳动者来说，他们只有支配自身劳动力的自由。资本家则通过等价交换的形式自由雇佣劳动者，并从他们身上榨取剩余价值。资本主义生产方式的核心内容是雇佣劳动制，追求最大化利润是它的意识形态。因此，在资本主义社会，文化的价值取向主要是以金钱为本位或以个人为本位，所以文化的功能主要是体现以物的依赖为基础的人的"独立"。

---

① 《马克思恩格斯选集》第1卷，人民出版社1995年版，第294页。

② 《马克思恩格斯全集》第23卷，人民出版社1972年版，第649页。

　　社会主义是在社会全体成员共同占有生产资料基础之上的社会制度，在否定私有制的前提下，形成劳动者与生产资料、个人利益与社会利益、劳动活动与全面自由活动之间的协调关系。社会主义的价值取向主要是人向人自身和社会的人的复归。所以社会主义的文化功能主要体现在培养有理想、有道德、有文化、有纪律的社会主义新人，提高全民族的思想道德素质和科学文化素质，从而为人的全面发展进而为社会的全面发展开辟广阔的前景，造就出素质全面发展的人。按照马克思、恩格斯的设想，共产主义彻底否定了私有制，完全打破了旧式的社会分工，人类社会生产力高度发达，社会物质和精神财富极大丰富，从而实现每一个人全面而自由的发展。马克思、恩格斯曾描绘出这样一幅社会前景："由于分工，艺术天才完全集中在个别人身上，因而广大群众的艺术天才受到压抑。……在共产主义的社会组织中，完全由分工造成的艺术家屈从于地方局限性和民族局限性的现象无论如何会消失掉，个人局限于某一艺术领域，仅仅当一个画家、雕刻家等等，因而只用他的活动的一种称呼就足以表明他的职业发展的局限性和他对分工的依赖这一现象，也会消失掉。在共产主义社会里，没有单纯的画家，只有把绘画作为自己多种活动中的一项活动的人们。"[①] 在共产主义社会里，在马克思设想的"自由人联合体"的时代中，由于物质财富十分充裕，人们不仅早已摆脱了人对人的依赖关系，而且也已解除了人对物的依赖关系。因此，共产主义的文化价值指向主要是崇尚能力和人的素质。其文化的功能主要是造就出自由个性和素质全面发展的人。

　　无产阶级文化是人类全部知识发展的一种阶段性文化。

---

① 《马克思恩格斯全集》第3卷，人民出版社1960年版，第460页。

1848 年，马克思、恩格斯提出的"全世界无产者，联合起来"的口号得到了广泛的传播。到了 19 世纪 60 年代，工人阶级的队伍迅速壮大，马克思主义已经深入人心。马克思主义的广泛传播，极大地推动了欧洲各国工人运动的发展。1871 年 3 月 18 日至 5 月 8 日爆发了巴黎公社起义。公社虽然仅仅存在了 72 天，但它是有史以来建立的第一个无产阶级专政的雏形，是无产阶级推翻资本主义制度的第一次演习，具有重要的历史意义。巴黎公社文化的先进性，主要表现在新颖的题材、崭新的主题、鲜明的政治倾向性、彻底的革命精神和强烈的战斗性。其中巴黎公社的诗歌尤为突出：在起义前夕，像欧仁·鲍迪埃的《自由吧，巴黎》和《1870 年 10 月 31 日》、路易丝·米谢尔的《和平示威》、爱弥尔·德勒的《一块牛排就交出巴黎》等革命诗篇是巴黎无产阶级夺取资产阶级政权，建立人民政权的战争动员令。在巴黎公社期间，拉绍塞的《我们兄弟般友好》、拉潘特的《无产阶级之歌》、塞内沙尔的《共产主义联盟》等诗歌，充满了战斗的激情和革命英雄主义，是巴黎无产阶级夺取资产阶级政权的冲锋号角。同样，十月革命也是一件震撼世界的历史性的重大事件。伟大的十月革命打破了资本主义一统天下的局面，打破了资本主义生产方式永远长存的神话，造成了社会主义和资本主义并存共处并展开竞争的世界新格局。

十月革命胜利以后，列宁面临着怎样建设无产阶级文化的艰巨任务。面临着如何对待过去的文化遗产的迫切问题。当时，初具规模和颇有影响的无产阶级文化派在理论上鼓吹所谓纯粹的阶级科学、阶级文化，采取历史虚无主义的态度，拒绝前人的文化成果，否定历史遗产，说什么"有阶级的数学、阶级的天文学"，进而提出他们的目的是要"创造新的无产阶级的阶级文化"。列宁十分重视无产阶级的文化建设问题。他及时地发表了《青年团的任务》和《论无产阶级文化》两篇文章，娴熟地应用马克思主义的观点，严厉批评了无产阶级文化派的错误观点，全面地阐述了无产阶级文化与文化遗产之间的辩证关系。

列宁针对无产阶级文化派的文化虚无主义思想，明确指出："当我们谈到无产阶级文化的时候，就必须注意这一点。应当明确地认识到，只有确切地了解人类全部发展过程所创造的文化，只有对这种文化加以改造，才能建设无产阶级的文化，没有这样的认识，我们就不能完成这项任务。无产阶级文化并不是从天上掉下来的，也不是那些自命为无产阶级文化专家的人杜撰出来的。如果硬说是这样，那完全是一派胡言。无产阶级文化应当是人类在资本主义社会、地主社会和官僚社会压迫下创造出来的全部知识合乎规律的发展。条条大道小路一向通往，而且还会通往无产阶级文化。"① 列宁认为，无产阶级文化不仅不应当简单地抛弃和否定资产阶级时代所创造的文明成果，而且要善于吸取和改造资本主义以及以往所有文化中的优秀成果。他指出，没有资本主义文化的遗产，我们建不成社会主义。除了用资本主义遗留给我们的东西以外，没有别的东西可以用来建设社会主义。他还说，我们不能设想，除了建立在庞大的资本主义文化所获得的一切经验教训的基础上的社会主义，还有别的什么社会主义。列宁还举证说，马克思主义这一革命无产阶级的思想体系赢得了世界历史性的意义，是因为它并没有抛弃资产阶级时代最宝贵的成就，相反的吸收和改造了两千多年来人类思想和文化发展中一切有价值的东西。由

---

① 《列宁选集》第 4 卷，人民出版社 1995 年版，第 285 页。

此，列宁坚持认为：“只有在这个基础上，按照这个方向，在无产阶级专政（这是无产阶级反对一切剥削的最后的斗争）的实际经验的鼓舞下继续进行工作，才能认为是发展真正的无产阶级文化。”在如何对待文化遗产问题上，列宁还有大量的深刻的论述。比如，他提出的“一个民族，两种文化”的学说等，都闪烁着辩证唯物主义的理论光辉。由此可见，列宁是高度重视文化建设的理论与实践的。他主张无产阶级文化的先进性在于吸收和借鉴了人类所创造的一切文明成果的思想，曾有力地指导过苏联共产党领导的文化艺术工作，也曾深刻地影响过中国共产党领导的文化艺术工作。马克思、恩格斯与列宁的文化思想和领导无产阶级的文化工作的经验及其指导社会主义的文化工作的经验，对于中国先进文化建设仍然有着极其重要的借鉴意义。

中国先进文化的发展轨迹 *

    中国的现代化历程，就是中国文化的现代化历史。在这一艰难的历程中，从"五四"新文化到新民主主义文化，从社会主义建设文化理念到新时期先进文化建设。中国共产党及其指导思想——马克思主义，始终都如"日月经天，江河行地"，开创了中华文化伟大复兴的发展道路。

一

    "五四"新文化改变了中国传统文化的格局与面貌，也是现代中国先进文化的起点开端。从鸦片战争到 20 世纪初，西方对中国的冲击呈不断加剧之势。西方既给中国带来了全新的思想文化观念和生活方式，也将中国逼向亡国的边缘。这一态势给现代中国先进文化产生和形成提供的历史背景是：在资本主义工业革命向全球扩展的过程中，工业革命及其文化观念必然影响到一切后发展的国家。这些国家，无论它们原来的文化是多么悠久和辉煌，也不可能逃避资本主义全球化的文化扩张。这些国家的文化必然发生转型，参照系首先是发达国家的

---

  * 本文涉及许多历史史料，在构思与论述过程中，得益于王文章主编的《中国先进文化论》（文化艺术出版社 2004 年版）和黄力之著的《先进文化论》（上海三联书店 2002 年版）的启示，并参阅引用了相关著作与文献的资料。

文化。以是否推进生产力发展为标准来衡量的话，发达国家的文化必然代表了现代先进文化的前进方向。然而，现代中国先进文化的内在需求，并不是一开始就有自觉性的，而是由不自觉发展到自觉的。在 19 世纪后期，面对中西方冲突的恶劣后果，中国在确立向西方学习的基本立场以后，在如何学、学什么的问题上，经历了一个过程，这个过程最后的指向是文化变革。毫无疑问，人们最初认为中国的失败是器物的失败，于是有了 19 世纪 60—70 年代的洋务运动，试图走西方的坚船利炮之路。但是随着人们对西方了解的深入，也有人发现西方的先进不只是器物方面，制度与文化也自有其特色。晚清"出使西方第一人"郭嵩焘就说过，"西洋立国有本有末，其本在朝廷政教，其末在商贾，造船、制器相辅以益其强"①，于是后来又有了维新变法之举。应该说，维新派在试图变革制度时也提出了文化变革的问题，但是他们没有分清问题的主次，在思想文化观念还未能普遍更新之前，就想解决制度问题，显然是不可能真正奏效的。鲁迅于 1907 年写下了《文化偏执论》，试图从中西文化异同比较中找出中国落后的原因，发现了文化观念的重大差异。他注意到法国自 1789 年大革命以来，"平等自由，为凡事首，继而普通教育及国民教育，无不基是以遍施。久浴文化，则渐悟人类之尊严"，因此，对中国来说，"其首在立人，人立而后凡事举"②。于是，许多怀疑中国文化总体上落后的知识分子，越来越倾向西方现代先进文化观念，越来越对中国传统思想产生怀疑。正是鲁迅的这一观念，证实了西方文化的影响是 20 世纪初中国文化革命的思想根源。特别值

① 《中国近代史资料丛刊·洋务运动》（一），上海人民出版社 1959 年版，第 142 页。

② 《鲁迅全集》第 1 卷，人民文学出版社 1981 年版，第 50、57 页。

得注意的是，在西方诸国中，法国对中国的影响更大，而法国本身则因最早爆发大革命之故，成为现代西方的催生地。海外学者周策纵在其《五四运动史》中说："这个时期，法国对中国影响之大实在无法形容。自跨入 20 世纪以来，法国大革命时的政治思想在中国青年革命者和维新者中间的风行可说一时无两。"① 由于陈独秀的中国文学革命运动首先是他研究法国文学史的结果，后来有人还把五四运动看做是"中国的法国启蒙运动"。这样一个背景决定了五四新文化运动必然会以反传统激进的面目出现。事实上，从日本留学归来的先进知识分子陈独秀，1915 年就在上海创办了《新青年》杂志（最初叫《青年杂志》）。陈独秀本人有参加反对袁世凯而没有成功的经历，他之赴日本来就是逃亡之举。因此，他对中国人，特别是青年人的思想启蒙非常关注，他认为必须有一个思想阵地来进行这一工作，这就是创办《新青年》的动机。在发刊词《敬告青年》一文中，陈独秀以激烈奔放的感情、新鲜活泼的文字鼓动青年，鼓吹新文化新思想，说"吾国之社会，其隆盛耶？抑将亡耶？""惟属望于新鲜活泼之青年，有以自觉而奋斗耳！"他向青年提出六大原则：自主的而非奴隶的、进步的而非保守的、进取的而非退隐的、世界的而非锁国的、实利的而非虚文的、科学的而非想象的②，通篇充满了对中国传统思想观念的抨击。陈独秀对中国传统思想观念的批判，在他后来回答读者时说得很清楚。读者常乃德曾经询问他：为什么只鼓吹传统大家庭的崩溃，而不直接鼓励中国人实行西方的小家庭制？陈

---

① ［美］周策纵：《五四运动史》，陈永明等译，岳麓书社 1999 年版，第 43 页。

② 参见陈独秀：《敬告青年》，见《中国近代思想史参考资料简编》，三联书店 1957 年版，第 1074—1087 页。

独秀的回答是：大家庭制是以儒家伦理观念为基础的，在儒家伦理观念占统治地位的前提下，建立小家庭则意味着不孝、不德，因此必须先推翻儒家观念。①

就在《新青年》杂志在上海活跃起来时，1916 年蔡元培出任北京大学校长，实行改革，奉行思想自由的政策，一大批新思想人物进入学校教授团，如李大钊、陈独秀、胡适、周作人、鲁迅等。30 年代有人评价道："所有最富有生气和有天才的年轻一代中国知识分子都群集在他的领导之下。结果在几年之内创造出一种令人难以置信的多产的思想生活，几乎在世界学术史上都找不到前例。"②1918 年，受教师支持的北京大学激进学生创办《新潮》杂志，提出"批评的精神"、"科学的主义"、"革新的文词"，响应和支持《新青年》、《每周评论》，这样就出现了《新青年》集团和北京大学的文化联合行动，这些参与者后来大都在中国社会生活和思想舞台上扮演着重要的角色。遵循历史给定的逻辑，新文化运动一方面集中批判了以儒家思想为代表的中国传统文化；另一方面自觉地认同西方思想——特别是科学民主的思想。陈独秀在 1919 年的《〈新青年〉罪案之答辩书》中说："他们所非难本志的，无非是破坏孔教，破坏礼法，破坏国粹，破坏贞节，破坏旧伦理（忠孝节），破坏旧艺术（中国戏），破坏旧宗教（鬼神），破坏旧文学，破坏旧政治（特权人治），这几条罪案。""本志同人本来无罪，只因为拥护那德莫克拉西（Democracy）和赛因斯（Science）两位先生，才犯了这几条滔天的大罪。要拥护那德先生，

---

① 参见［美］周策纵：《五四运动史》，陈永明等译，岳麓书社 1999 年版，第 63 页。
② ［美］周策纵：《五四运动史》，陈永明等译，岳麓书社 1999 年版，第 70 页。

便不得不反对孔教、礼教、贞节、旧伦理、旧政治；要拥护那赛先生，便不得不反对旧艺术、旧宗教；要拥护德先生又要拥护赛先生，便不得不反对国粹和旧文学。""西洋人因为拥护德赛两先生，闹了多少事，流了多少血，德赛两先生才渐渐从黑暗中把他们救出，引到光明世界。我们现在认定只有这两位先生，可以救治中国政治上道德上学术上思想上一切的黑暗。"① 这里，他是运用比较的方法——中西方文化的比较来进行论证，认为民主和科学在西方已经行之有效，因而中国也必须接受，以此作为先进文化的内核。

新文化运动引发了中国思想界的震动，特别是对青年产生了巨大的影响。读者纷纷用"一声雷鸣"、"望眼欲穿"来形容自己对《新青年》的感受。而这份杂志的印数也由最初的1000 来份增加到 16000 份，这在当时的中国是很惊人的。在民主科学的启蒙思潮影响之下，成千上万的青年人走出了封建桎梏，解放了思想，成为推动中国社会变革，让中国走向世界，走向现代化的中坚力量。毛泽东就是深受影响的一个代表人物。他当时远离中国的政治文化中心，但非常热心这份刊物，他不仅是一位热忱的读者，还是积极的投稿者（他早期的重要文章《体育之研究》就发表在《新青年》上）。同时，在这份杂志的影响下，他还组织了著名的新民学会，实际上开始了自己的改造中国的道路——也就是中国现代化的道路。后来，毛泽东充满深情地称颂五四运动，说"自有中国历史以来，还没有过这样伟大而彻底的文化革命"②。在这一通过文化比较而演进为先进文化的过程中，恰恰是早期的中国马克思主

---

① 陈独秀:《〈新青年〉罪案之答辩书》，见《中国近代思想史参考资料简编》，三联书店 1957 年版，第 1103—1104 页。

② 《毛泽东选集》第二卷，人民出版社 1991 年版，第 700 页。

义者（李大钊、陈独秀等）成为中国现代先进文化的主要倡导者；而受五四新文化运动影响着的一代先进人物中，许多人成为了马克思主义者，如毛泽东、周恩来等第一代中国共产党人。更富有历史意义的是，五四新文化运动的先进文化建构不是一次完成的，它在较短的时间内完成了两次飞跃：一是从中国传统文化飞跃到西方先进文化，一是从一般的西方文化飞跃到马克思主义，解决了一个历史悖论：一方面，西方的文化观念比中国先进，是与高级文明相适应的观念；另一方面，资本主义的西方又是中华民族的剥削者和压迫者，它们并不希望中国发展为一个现代化的资本主义国家，它们只把中国当成有利益可瓜分的对象。这就是毛泽东在《论人民民主专政》中所揭示的情形：鸦片战争以后，中国的先进人物认识到西方资产阶级民主主义的文化是可以救中国的先进的文化，但"帝国主义的侵略打破了中国人学西方的迷梦。很奇怪，为什么先生老是侵略学生呢？中国人向西方学得很不少，但是行不通，理想总是不能实现……就是这样，西方资产阶级的文明，资产阶级的民主主义，资产阶级共和国的方案，在中国人民的心目中，一齐破了产。"① 结果，同样是来自于西方的、既体现了西方文化的先进性（民主、科学都包含在内）又否定了资本主义弊端的马克思主义，成了中国先进文化的最后选择。毛泽东本人就典型地体现了这一过程，他在 1936 年这样回顾道：新文化运动之初，在陈独秀的《新青年》杂志的影响下，"我的思想是自由主义、民主改良主义、空想社会主义等观念的大杂烩。我对'十九世纪的民主'、乌托邦主义和旧式的自由主义，抱有一些模糊的热情，但是我是明确地反对军阀和反对帝国主

---

① 《毛泽东选集》第四卷，人民出版社 1991 年版，第 1470—1471 页。

义的"。到 1920 年，在参加工人运动的实践中，读了《共产党宣言》等马克思主义文献以后，"树立起对马克思主义的信仰。我接受马克思主义，认为它是对历史的正确解释，以后，就一直没有动摇过"①。而当时的世界潮流就是社会主义、马克思主义，这一点，著名自由知识分子蔡元培的态度很能说明问题。据张国焘的回忆：1920 年下半年，成立中国共产党的事已经大体明晰化了，张在此时拜访了蔡先生，蔡表示，看来中国只有走社会主义的道路，无政府主义始终没有组织，只是一个弱点。张认为，蔡先生对自己的学生是很率直的，此话"显然不是敷衍式的客套话"。② 对此，美国学者莫里斯·迈斯纳（Maurice Meisner）公正地说："正是在'五四'运动所产生的这种新的政治环境和思想环境中，一部分知识分子开始转向了俄国革命的模式和马克思主义关于世界范围的革命性变革的理论。""对于中国的知识分子来说，既要否定中国过去的传统，又要否定西方对中国现在的统治，因而出路只能成为马克思主义者。"③ 因此，关于五四选择的根本文化性质，毛泽东明确地说："在'五四'以后，中国产生了完全崭新的文化生力军，这就是中国共产党人所领导的共产主义的文化思想，即共产主义的宇宙观和社会革命论。"④

---

① 《毛泽东自述》增订本，人民出版社 1996 年版，第 37、45 页。
② 张国焘：《我的回忆》第 1 册，现代史料编刊社 1980 年版，第 102 页。
③ ［美］莫里斯·迈斯纳：《毛泽东的中国及后毛泽东的中国》，杜蒲等译，四川人民出版社 1992 年版，第 23 页。
④ 《毛泽东选集》第二卷，人民出版社 1991 年版，第 697 页。

二

新民主主义文化，是革命战争时期中国共产党的文化理念与实践品格。毛泽东说："自从中国人学会了马克思列宁主义以后，中国人在精神上就由被动转入主动。从这时起，近代世界历史上那种看不起中国人，看不起中国文化的时代应当完结了。伟大的胜利的中国人民解放战争和人民大革命，已经复兴了并正在复兴着伟大的中国人民的文化。这种中国人民的文化，就其精神方面来说，已经超过了整个资本主义的世界。"①这一论断表明，以马克思主义为内核的中国先进文化，在20世纪中国革命进程中始终发挥了旗帜作用，党借助于对中国先进文化的代表，促进了历史任务的完成。比如，在争取民族独立和人民解放的革命战争时期，党完成历史任务的主要手段是进行武装斗争，但由于党的指导思想是"共产主义的文化思想，即共产主义的宇宙观和社会革命论"，因此党在一开始就表现出强烈的文化自觉意识，表明它不是一个单纯的武装集团，而是新型文明的创造者，这就是毛泽东在革命战争年代所说的："我们共产党人，多年以来，不但为中国的政治革命和经济革命而奋斗，而且为中国的文化革命而奋斗；一切这些的目的，在于建设一个中华民族的新社会和新国家。在这个新社会和新国家中，不但有新政治、新经济，而且有新文化。这就是说，我们不但要把一个政治上受压迫、经济上受剥削的中国，变为一个政治上自由和经济上繁荣的中国，而且要把一个被旧文化统治因而愚昧落后的中国，变为一个被新文化统治因

---

① 《毛泽东选集》第四卷，人民出版社1991年版，第1516页。

而文明先进的中国。一句话，我们要建立一个新中国。建立中华民族的新文化，这就是我们在文化领域中的目的。"①在革命战争时期，中国共产党在"为中国的文化革命而奋斗"方面的表现，首先是推进先进文化的本土化，完善五四运动后形成的先进文化理念，为民族确立了辩证的文化理念和文化方法。1940年，毛泽东在其新民主主义文化论纲中，从文化理念的角度提出了"民族的科学的大众的文化"这一口号，坚持和推进了五四新文化运动形成的文化理念。其中，"科学的大众的"是直接来自于五四的文化主张，即科学与民主的要求，而"民族的"则正是对那种偏颇的、教条主义倾向的文化理念的克服，也是对"不合乎中国国情"的建设性回答。毛泽东说："形式主义地吸收外国的东西，在中国过去是吃过大亏的。中国共产主义者对于马克思主义在中国的应用也是这样，必须将马克思主义的普遍真理和中国革命的具体实践完全地恰当地统一起来，就是说，和民族的特点相结合，经过一定的民族形式，才有用处，绝不能主观地公式地应用它……中国文化应有自己的形式，这就是民族形式。民族的形式，新民主主义的内容——这就是我们今天的新文化。"②应当说，毛泽东在这里对"民族的形式"的强调，并不只是讲民族的"形式"本身如何重要的问题——这是我们过去讲得较多的，更重要的是这样做所具有的方法论意义，即文化建设要从实际出发，这个实际包括文化的民族背景、民族传统。在将外来先进文化移植过来时，不但不能完全脱离本土，而且要完成本土化过程，否则就会使先进文化的先进性转化为消极的东西。正是在这样一种文

---

① 《毛泽东选集》第二卷，人民出版社1991年版，第663页。
② 《毛泽东选集》第二卷，人民出版社1991年版，第707页。

化理念的指导下，中国共产党人不仅解决了新文化在中国的立足和发展，也为新民主主义政治、经济在中国的实现提供了正确的观念和思维方式。

在革命战争时期，中国共产党立足于历史所提供的土壤，从中国的国情出发，努力建设民族的科学的大众的新文化。这个历史土壤有两个特点，一是反动文化有着强大的话语权，即新文化要面对封建主义文化的负隅顽抗，帝国主义文化的渗透同化，还有资本主义文化与这两者的结盟；一是中国的劳动大众在文化上极其贫乏，他们连基本的教育都享受不到，而文化人又很少顾及他们。因此，建立民族的科学的大众的新文化必须将破与立相结合。在第一个方面，有了这样的文化理念，党才能够在早期的文化建设中既反对"纯粹的东方派"——"宗法社会之旧教义"，又反对"纯粹西方资产阶级文化"——"个人主义，伪慈善主义"①。这一先进文化理念的最后确立，使中国找到了摆脱封建主义、官僚资本主义统治，抵制帝国主义侵略的正确道路，这就是现代中国先进文化产生的伟大意义，也是中国共产党对中国现代化的伟大贡献。这里有中国的国情：中国受着长期的封建统治，缺乏民主不只表现在政治生活中，文化生活也是如此，统治阶级或者运用"文字狱"之类的手段剥夺被统治阶级的话语权，或者运用自己掌握的意识形态机器拼命向大众灌输自己的文化观念，不经过斗争——甚至非文化手段的斗争，被统治阶级就无法创造自己的文化空间。因此，在30年代，毛泽东说反动派对革命力量进行了两种互相配合的"围剿"——军事围剿和文化围剿，党在领导反军事围剿的

---

① 《中国共产党党报》1923年11月30日，见《中共中央文件选集》第1册，中共中央党校出版社1989年版，第206页。

同时，也领导左翼文化力量进行了反文化围剿的艰难斗争。而
"文化围剿"的中心就在上海这个文化都市，而远在农村根据
地的共产党人表示了对左翼文化力量的各种支持，在这场斗争
中，左翼文化取得了难得的胜利，而鲁迅则成了中国文化革命
的巨人。反对派的文化围剿是残酷的，但以鲁迅为代表的左翼
文化力量毫无畏惧，对反动文化进行了不妥协的斗争，鲁迅对
世人最后的留言是：让他们怨恨去，我一个也不宽恕。无产阶
级新文化的影响，使得反动势力大为惊恐，他们惊呼："五卅
以后，赤敌大张，上海号为中国文化中心，竟完全受了左翼作
家的支配……不过十年功夫，今日之域中，已成为'普罗文
化'之天下了。"[1] 显然，鲁迅反"文化围剿"的贡献是难能可
贵的，因为他并未加入共产党，他是凭自己对中国先进文化的
理解而进行不懈的文化斗争的，因此，毛泽东称他"没有丝毫
的奴颜和媚骨，这是殖民地半殖民地人民最可宝贵的性格"，
他是"空前的民族英雄"。[2] 毛泽东还说："共产党在国民党统
治区域内的一切文化机关中处于毫无抵抗力的地位，为什么
文化'围剿'也一败涂地了？这还不可以深长思之吗？"[3] 毛泽
东的论断说明：在特定的历史条件下，中国先进文化是在残酷
的斗争中发展的，中国共产党的文化理念是始终以民族的需
要、民族的命运为内核的。鲁迅不是共产党人，他的威望与任
何权力无关，但与中国共产党的文化主张是完全一致的，这本
身就证明了党的文化主张的先进性。在第二个方面，党在进行
艰难的武装斗争时，始终把劳动大众在经济上政治上的解放与
文化上解放联系在一起，按照国情来建设新文化。早在第一次

---

① 《胡适来往书信选》中册，中华书局 1979 年版，第 326—327 页。
② 《毛泽东选集》第二卷，人民出版社 1991 年版，第 698 页。
③ 《毛泽东选集》第二卷，人民出版社 1991 年版，第 702 页。

国内革命战争时期，毛泽东就总结了农民运动所做的十四件大事，其中之一就是文化运动，他痛感中国的农民没有文化，因此坚决支持开办符合农民需要的农民学校，使得农民的文化程度迅速地提高了。后来，党领导的武装斗争有了根据地、解放区，新文化的建设更加成为突出的大事。在这方面，毛泽东提出了很多看法，进行了实践，使党的先进文化理念变成文化事实。这里特别值得提出来的是，毛泽东对人民大众的文化生活给予了充分的关注。他不认为文化建设只是文化人的事，先进文化首先必须满足人民大众的精神需要。在著名的《湖南农民运动考察报告》中，毛泽东检讨自己从前的立场：看到农民反对"洋学堂"，觉得农民是不对的，后来"有了马克思主义的观点，方才明白我是错了，农民的道理是对的。乡村小学校的教材，完全说些城里的东西，不合农村的需要。小学教师对待农民的态度又非常之不好，不但不是农民的帮助者，反而变成了农民所讨厌的人。而当农民发动起来以后，农民学校开办起来，"农民的文化程度迅速地提高了"，这些农民学校"在乡村中涌出来，不若知识阶级和所谓'教育家'者流，空唤'普及教育'，唤来唤去还是一句废话。"①

毛泽东在文化理论上的一个伟大建树就是提出了新民主主义的文化纲领，在这个纲领中，他继承了五四运动提出的科学精神，用"民族的"来克服五四运动时的形而上学——对洋八股、洋教条的迷信，而对五四运动时的民主精神，他用"大众"来取代。他认为，这在实质上是一致的，但又有特定含义，"这种新民主主义的文化是大众的，因而即是民主的。它应为全民族中百分之九十以上的工农劳苦民众服务，并逐渐成

---

① 《毛泽东选集》第一卷，人民出版社1991年版，第40页。

为他们的文化。"①在这样一个前提下，毛泽东提出了"普及与提高"的方针，就是充分考虑到了中国的国情，切实可行地满足工农劳苦民众的文化需求。他认为，对"不识字，无文化"的劳动大众，当务之急不是"锦上添花"，而是"雪中送炭"，必须来一个普遍的启蒙运动，在普及的基础上才能提高。应该说，革命根据地和解放区在这个方针的指导下，"民族的科学的大众的新文化"才实实在在地逐渐建立起来，新文化对广大劳动大众的普及，是中国几千年来的任何一个文化运动所无法相比的。除解决文化理念问题外，党在实际的文化建设上也取得了很大的成绩。考虑到当时的根据地、解放区，物质条件非常简陋，生活异常困难，可是先进文化的建设仍然是如火如荼，如办学校、扫盲、出版报刊杂志、创作文艺作品等，如瑞金根据地出版过六十余种报刊，最大的发行量是五万份；延安1938年的戏剧节就吸引了四万余观众。1934年11月，国民党军队攻占中央苏区宁都县以后，进行了社会调查，发现苏区对教育比国民党自己"似更积极"，"遍设列宁小学及俱乐部，尤以消灭文盲运动为更积极，每家悬挂一识字牌，联合四五家派一识字者，担任教授，各通衢街口，亦悬有识字牌，其余如文化展览室、书报所、夜校、消灭文盲协会等，到处皆是。"调查者不得不承认，苏区教育的"办学精神足资仿效"②，这都说明中国共产党始终具有自觉的文化意识、始终代表中国先进文化的前进方向。

---

① 《毛泽东选集》第二卷，人民出版社1991年版，第708页。

② 何友良：《中国苏维埃区域社会变动史》，当代中国出版社1996年版，第116—117页。

三

　　社会主义建设，走的是一条探索经济现代化与文化现代化的道路。毛泽东曾预言，"随着经济建设的高潮的到来，不可避免地将要出现一个文化建设的高潮。中国人被人认为不文明的时代已经过去了，我们将以一个具有高度文化的民族出现于世界。"① 随着中华人民共和国的成立，用马克思主义理论设计的人民民主国家，成为了社会主义国家。对此，毛泽东又进一步提出："中国的面貌，无论是政治、经济、文化，都不应是旧的，都应该改变，但中国的特点要保存。"② 他还说："中国的文化应该发展。"③ 在新中国最初几年的发展中，党在革命战争年代所形成的先进文化理念有了更大实践空间，文化教育受到高度重视。大专院校及科研机构得到恢复或筹建，以苏联东欧及西方古典文化为主的外来文化被大量引进，古代文化艺术遗产得以整理并重新推出，文学艺术的创作热情非常高涨，农村群众性扫盲运动如火如荼。可以说，通过党对先进文化的积极建设，中国人的素质和智力水平大大提高，转而为社会主义经济建设提供了人力资源保证。在这一时期，党已经由革命党转变为执政党，反动势力的"文化围剿"已不复存在，要求文化为夺取政治统治权服务也失掉了充分的历史理由。怎样才能在满足人民日益增长的物质文化需求过程中代表中国先进文化，这是党的领导人所面临的新问题。与此相联系的是，中国先进文化的本土化问题再一次提了出来，其背景是，在学习苏联的

---

① 《毛泽东著作选读》下册，人民出版社 1986 年版，第 692 页。
② 《毛泽东著作选读》下册，人民出版社 1986 年版，第 752 页。
③ 《毛泽东著作选读》下册，人民出版社 1986 年版，第 751 页。

先进经验时，而对苏联模式暴露出来的文化方面的问题，如教条主义、思想僵化、文化单一等弊端，我们的先进文化建设如何避免呢？毛泽东延续了他在40年代的本土化主张，即按中国的国情发展社会主义的科学文化，于是在50年代中期形成了有利于推动社会主义文化发展的"双百"（百花齐放、百家争鸣）方针。可以说，这是这一阶段先进文化建设在理念上的最大成就，而在事实上违背这一正确方针，则又成了这一阶段的最大失误。在国民党反动派实现残酷的"文化围剿"的历史条件下，中国共产党人对非马克思主义的思想都有着强烈的斗争意识，这是当时所必需的。但是，在人民当家作主以后，文化建设应该怎样发展呢？毛泽东一直在作战略性的思考，当"百花齐放、百家争鸣"的方针在他的思考中逐渐成形时。1951年，毛泽东为中国戏剧研究院题词时，写了"百花齐放，推陈出新"几个字。1952年至1953年，有人就中国史研究问题向毛泽东请示时，他两次说要"百家争鸣"。1955年，中宣部领导人向毛泽东请示中共党史的编写问题时，毛泽东又作了如此表示。①

　　1956年，国内外形势有一些新的特点，国内进行了生产资料所有制的社会主义改造，进展顺利，鼓舞了人们的社会主义热情；国外则发生了苏联共产党二十大反斯大林的事件，在社会主义阵营引起连锁反应，民主呼声颇高。面对复杂的局面，中国共产党越来越倾向于独立寻求中国社会主义建设的道路。1956年4月28日，毛泽东在中央政治局扩大会议上说："'百花齐放、百家争鸣'，我看这应该成为我们的方针。艺术

---

① 参见文严：《"双百"方针提出和贯彻的历史考察》，《新华文摘》1991年第2期。

上的问题百花齐放，学术问题上百家争鸣。"5月2日在最高国务会议第七次会议上又说："百家争鸣是诸子百家，春秋战国时代，两千年前那个时候，有许多学说，大家自由讨论，现在我们也需要这个。"① 当时中央赞同了毛泽东的意见。

1957年，毛泽东正式系统地阐述了这一方针，他说："百花齐放，百家争鸣，长期共存，互相监督，这几个口号是怎样提出来的呢？它是根据中国的具体情况提出来的，是在承认社会主义社会仍然存在着各种矛盾的基础上提出来的，是在国家需要迅速发展经济和文化的迫切要求上提出来的。百花齐放、百家争鸣的方针，是促进艺术发展和科学进步的方针，是促进我国的社会主义文化繁荣的方针。艺术上不同的形式和风格可以自由发展，科学上不同的学派可以自由争论。利用行政力量，强制推行一种风格，一种学派，禁止另一种风格，另一种学派，我们认为会有害于艺术和科学的发展。"② 他还宣布："百花齐放，百家争鸣，这是一个基本性的同时也是长期性的方针，不是一个暂时性的方针。"③ 应该说，这一方针直接继承了"五四"的启蒙精神（以科学和民主为内核），体现了最广泛的社会主义民主政治的要求，体现了文化的现代化要求，符合世界文明发展的大方向，在执政条件上完善了先进文化的理念。而且，通过10年的努力，极大地提高了中国国民的基础文化水平，为培养工农出身的新型知识分子奠定了基础。

但是，在社会主义与帝国主义对峙的历史条件下，在逃往台湾的国民党不断对大陆破坏的客观情况下，对于社会主义国

---

① 宋贵仑：《毛泽东与中国文艺》，人民文学出版社1993年版，第192—193页。
② 《毛泽东文集》第七卷，人民出版社1999年版，第229页。
③ 宋贵仑：《毛泽东与中国文艺》，人民文学出版社1993年版，第195页。

家的执政党来说，"双百"方针是不是意味着党对任何思想观念都一视同仁，党不必坚持主流思想文化的立场呢？毛泽东当时就承认，"双百"方针在字面上回避了这个问题。他指出，"这两个口号，就字面看，是没有阶级性的，无产阶级可以利用它们，资产阶级也可以利用它们，其他的人们也可以利用它们。"①共产党当然不允许用这个口号来取消主流思想文化，于是又增加了香花与毒草之说，提出了当时所认定的六条标准，而处理异端邪说的办法是，"凡是错误的思想，凡是毒草，凡是牛鬼蛇神，都应该进行批判，绝不能让它们自由泛滥"②。这样，"双百"方针一开始就出现了某种操作上的不便之处："凡是……都应该进行批判"的主张带有简单化的倾向，容易妨碍这一方针的实行；但不加前提的话，主流思想文化的地位无从体现。1957年以后，党内发生"左"的错误，以"文革"为极端。"双百"方针实际上被抛弃了，在"以阶级斗争为纲"的思想指导下，出现了用非文化的手段去解决文化问题的做法，这一做法主要是将文化与意识形态等同起来，又把意识形态看做是阶级意识的完全自觉表达。从50年代初中期的"三大战役"（批判《武训传》、《红楼梦研究》、胡风）到1966年开始的"文革"，毛泽东运用简单化的意识形态模式叙述了现代中国的文化艺术史。作为他的政治失误的副产品，他的这种文化解读也是严重的失误。在意识形态分析的名义下，现代中国的相当数量的人文知识分子、文艺家遭到了错误了批判，严重地挫伤了人们的文化生产积极性，为文化史留下了无尽的遗憾。"应该承认，毛泽东同志对当代的作家、艺术家以及一般

---

① 《毛泽东文集》第七卷，人民出版社1999年版，第233页。
② 《毛泽东文集》第七卷，人民出版社1999年版，第281页。

知识分子缺少充分的理解和应有的信任，以至在长时间内对他们采取了不正确的态度和政策，错误地把他们看成是资产阶级的一部分，后来甚至看成是'黑线人物'或'牛鬼蛇神'，使林彪、江青反革命集团得以利用这种观点对他们进行了残酷的迫害。这个沉痛的教训我们必须永远牢记。"①"左"的时期文化理论上的失误有哪些呢？第一，忽视了不同种类意识形态的复杂构成。尽管毛泽东在另一些场合承认并出色地论证了文艺的审美特性，但在把它看成意识形态时，不考虑审美特性使文艺与其他意识形态有多大的差异，认为所有的文化（意识形态）与政治、经济的关系都是相等的，不仅不区分文艺与政治思想这两种意识形态的不同之处，还把文艺看成政治的附属物。第二，忽视意识形态在性质上的复杂性，只承认社会主义意识形态与资本主义意识形态的对抗性存在，将所有弹性的、过渡性的思想、观念、情感简单地归之于姓"社"或姓"资"。第三，对审美意识形态与社会经济基础之间的关系作简单化理解。过去时代的审美文化在不同的经济基础背景的社会之存在，被看成是上层建筑与经济基础的必然矛盾表现，遭到行政意志的强行取消。实际上，一个时代的审美文化可以有历史继承性，其原有的意识形态功能可以转移，具有相对独立的意义。第四，在社会主义所有制改造基本完成以后，剥削阶级作为一个阶级已经消灭，不同社会阶层中的人们在经济关系上已趋于平均化，意识形态中的阶级性内涵已失去最普遍的基础时，却坚持从政治观念而不是从经济出发，进行牵强附会的阶级意识形态分析，使不具备对抗性质的社会舆论不一律现象无法存在，文化发展失去激励机制。第五，在价值观念上，对

---

① 《胡乔木文集》第2卷，人民出版社1993年版，第494页。

资产阶级意识形态在历史上的进步性估计不足，不承认其与人类基本精神的某种相通性，提出用"全面专政"的手段来解决思想观念问题，导致封建的文化专制主义重新出现。第六，对意识形态生产过程中的自觉性成分与非自觉性成分缺乏辩证认识，只看到意识形态自觉性的一面，看不到非自觉性也可以产生意识形态，因而要求意识形态生产者对其产品的一切后果承担责任。这样的意识形态分析模式，也就是人们通常所说的"大批判"。这里，问题并不在于"批判"一词包含了思想交锋，而是在于：在民主和法制严重欠缺的体制下，这种模式不只是一种理论形态而已，它还与政治权力直接联系在一起，被用来作为消除异己思想的手段。一件精神产品，只要被划入资产阶级意识形态的范围，作者便要面临灭顶之灾。

应该注意到，对文化问题上的"左"的错误，毛泽东并不是完全没有意识到。在他去世前一年（1975年），以文艺政策调整为标志，试图对现状有所改变。这年7月，他指出："样板戏太少了，而且稍微有点错误就挨批。百花齐放都没有了。别人不能提意见，不好。"[1] 这说明，毛泽东晚年已经意识到自己在文化问题上的错误之所在了：发展社会主义文化的正确方针——"双百"方针被抛弃了。但是，从1957年至1966年，中国共产党带领全国各族人民开始转入全面的大规模的社会主义建设。在这10年里，我国科学技术、文教卫生等文化事业的面貌，发生了根本的改观，文化事业的机构和队伍，较之旧中国，有了几十倍甚至几百倍的增长。在初步普及教育的基础上，中国人民的文化素质有了很大的提高，初步建立了一支庞大的社会主义知识分子队伍，产生了一批具有国际影响的科技

---

① 宋贵仑：《毛泽东与中国文艺》，人民文学出版社1993年版，第215页。

文化成果，出现了一批能代表新中国创作水平的优秀文学艺术作品。这些成绩为中国先进文化的建设打下了一定的基础。

四

新时期先进文化建设，既是党的先进文化理念的恢复，又激发了文化的活力。从 20 世纪 80 年代初开始，邓小平一方面纠正了离开经济发展去搞文化建设的唯心史观倾向；另一方面实践了对"双百"方针的辩证把握，从而在事实上发展了"双百"方针的丰富内涵。邓小平在 1989 年总结改革开放的经验教训时，先后三次指出，十年改革"最大的失误"是思想政治教育不够，教育发展不够，这实际上就是对只抓经济现代化、忽略文化现代化倾向的批评。为什么说文化建设上的失误是"最大的失误"呢？从邓小平反复强调我们的现代化是"社会主义"的现代化，而"不是搞别的现代化"。可以看出，邓小平认为中国的现代化在器物层面上可以向西方看齐，而在文化层面上则必须保持社会主义色彩。因为，在思想文化方面，社会主义是有自己的优势的，是有可能或者说事实上已经达到了现代化，这体现与资本主义制度、文化观念的比较中。邓小平在 1980 年说过，"无论如何，社会主义制度总比弱肉强食、损人利己的资本主义制度好得多。我们的制度将一天天完善起来，它将吸收我们可以从世界各国吸收的进步因素，成为世界上最好的制度。这是资本主义所绝对不可能做到的。"[1] 在这一前提下，邓小平非常辩证地处理了经济建设与思想文化建设的复杂关系，他提出了"两手硬"的著名观点，抵制来自党内的

---

① 《邓小平文选》第二卷，人民出版社 1994 年版，第 337 页。

"软弱涣散"、"一手硬，一手软"的倾向，坚持马克思主义的指导地位。

针对市场经济过程中有人将社会精神文化领域与市场经济混为一谈，"一切向钱看"、"把精神产品商品化"的倾向，邓小平严厉指出，"有些混迹于艺术界、出版界、文物界的人简直成了唯利是图的商人"①，认为"思想文化教育卫生部门，都要以社会效益为一切活动的唯一准则"②。为了克服用经济取代、排斥文化的倾向，邓小平还提出了另一个重要的思想，即"经济建设这一手我们搞得相当有成绩，形势喜人，这是我们国家的成功。但风气如果坏下去，经济搞成功又有什么意义？会在另一方面变质，反过来影响整个经济变质，发展下去会形成贪污、盗窃、贿赂横行的世界"③。应该说，这一思想的文化意义是非常深远的，它实际上提出了现代化的健康模式问题——这是西方学者也在苦苦思索的问题。邓小平在这里对经济成功提出了文化标准问题，意味着中国现代化的社会主义性质与先进文化的理念是密切相关的，也可以说，没有先进文化作为国家和民族的灵魂，经济发达并不会给人们带来真正的幸福。这在现代化过程中是非常重要的。由此可见，在中国现代化的进程中，邓小平一方面坚定不移地进行"以经济建设为中心"的改革；另一方面坚持中国社会主义文化的本位立场。

那么，如何看待和处理改革开放时期文化建设的消极面，这涉及完整理解和科学执行"双百"方针的问题，对此，邓小平也有独特贡献，这主要表现在80年代的主流文化保卫战上。80年代的主流文化保卫战已经离我们越来越远了，随着

① 《邓小平文选》第三卷，人民出版社1993年版，第43页。
② 《邓小平文选》第三卷，人民出版社1993年版，第145页。
③ 《邓小平文选》第三卷，人民出版社1993年版，第154页。

距离的拉大，客观、冷静地分析它的各个方面，已经具备了可能性。而且它对 90 年代现代文化格局的形成是非常有意义的。与那种"左"的大批判不同，主流保卫战一方面坚持了对错误思想、错误作品的批判立场，另一方面又将问题的性质限制在思想交锋的层面，不搞以言定罪，不搞株连，不将批评的范围超过问题本身，并且允许被批评者进行反批评，允许为自己辩护，这实际上就是用民主政治的原则来处理思想文化问题。事实上，80 年代的主流文化保卫战中，所有受到不同程度批评的人们，都有机会进行反批评，甚至还有人整个地否认对他们的批评，但并未受到任何行政与法律的处罚，他们仍然以文艺家、理论家的身份从事创作与研究，并且可以继续发表作品。它体现了务实与务虚的辩证统一，实为实践，现实需要；虚为理论、道理。在实与虚有矛盾时，先务实；在落到实处后则务求虚的完满、正确，即说理充分，合情合理。比如，邓小平不搞无实际意义的批判，也不因批判有难度而不批判，现实需要是批判的最高准则。这里，现实需要即现代化事业，即国家与民族的利益。因此，在每一次批判资产阶级自由化思潮时，他都要强调，如果对错误思潮不顶住，任其泛滥，就会出现无政府状态，就会使国家四分五裂。1989 年政治风波中的危机，证实了邓小平的看法是正确的。于是，邓小平指出："反对资产阶级自由化的问题，我们不搞运动，尽量缩小这个问题的范围，减轻这个问题的性质和分量。""反对资产阶级自由化是一个长期教育的问题，同四个现代建设将是并行的。为了刹住一个时期的势头，例如对这次学生闹事，需要采取一些比较紧迫的办法，但从根本上说，这是一个长期的事。四个现代化，我们要搞五十至七十年，在整个四个现代化的过程中都存在一个反对资产阶级自由化的问题。既然是长期的事，不可能搞运动，只能靠经常性的说服教育，必要时采取一些行政手段和法律手段。"① 所谓"同四个现代化建设将是并行的"，所谓"长期教育"，即是指错误思想是消灭不了的（更不用说并非正确，但只是中性、模糊的思想了），既然消灭不了就不能寄希望于"斗争"手段，只能进行有说服力的教育。这样一个认识，客观上承认了主流思想文化将长时期地与亚文化、反文化并存的事实，并且把如何在复杂的多样性格局中保持主流的主导地位问题提上了议程。应该说，这样的认识，与过去的"在上层建筑各个领域里实行对资产阶级的全面专政"的提法是完全不同的，这反映了对中国国情的进一步的准确认识，也说明了在中国形成符合现代民主政治原则、符合现代文明要求的文化格局条件已经成熟。而从文化模式上说，这正是"双百"方针的辩证运用。正是80年代的不搞运动，尽量缩小问题的范围、减轻问题的性质和分量的主流思想文化保卫战，奠定了90年代文化建设的基础，同时也积累了丰富的文化建设经验。

1989年春夏之交以后，中共第三代领导集体逐渐形成。党的第三代领导核心在高举邓小平理论旗帜时，总结了文化建设正反两方面的经验教训，不断地提出了文化建设的新思想和新举措：1991年，在纪念中国共产党成立70周年的讲话中，江泽民在提出建设有中国特色社会主义文化的主张时，明确反对指导思想的多元化，坚持了马克思主义的指导地位，明确地继承了邓小平在这一问题上的立场。自1991年开始，实施精神文明建设"五个一工程"，按照"弘扬主旋律，提倡多样化"

---

① 《邓小平文选》第三卷，人民出版社1993年版，第207—208页。

的原则，对每一年度的优秀社会科学著作、论文以及文学艺术作品进行国家奖励，形成文化建设的正确导向。

1992年邓小平南方谈话以后，由于确立实行市场经济体制，在改革措施上不再争论姓"社"姓"资"的问题，社会生活转型，"大胆地试，大胆地闯"的精神受到鼓励。于是，越是建立市场经济体制，市场的负面效应就越会大面积地发生，思想观念、社会风气方面的问题也呈上升趋势。这就使得主流思想文化处于一个新的两难境地：新的形势要求加快主流重建的步伐，尽快树立新的社会导向；新的形势要求改变主流重建的旧有模式，不能再以保卫战的方式来树立自己的权威。在这一背景之下，1992年9月3日，中共中央政治局会议通过《中共中央关于改进宣传思想工作，更好地为经济建设和改革开放服务的意见》，在这个文件中，提出"坚持物质文明与精神文明两手抓，是建设有中国特色社会主义的战略方针。社会主义精神文明建设，必须是推动社会主义现代化建设，促进全面改革和对外开放，坚持四项基本原则的精神文明建设"，"精神文明建设要着眼于建设。要适应商品经济的发展，切实加强思想道德建设和教育科学文化建设"。① 所谓"精神文明建设要着眼于建设"，就是说在主流思想文化的建构上，要将重点放在适应新情况、形成新思想上。江泽民在1995年提出，"要在积极探索社会主义市场经济条件下，搞好精神文明建设的新思路、新办法，逐步形成有利于社会主义现代化建设的舆论力量、价值观念、道德规范和文化条件。"② 确立这一方针以后，重建主流思想文化的工作重心转移到了新论证、新方法上。如

---

① 《十三大以来重要文献选编》下，人民出版社1993年版，第2177页。
② 《十四大以来重要文献选编》中，人民出版社1997年版，第1475—1476页。

逐年进行的社会主义精神文明建设"五个一工程"评奖，就对精神文化的生产起了明显的导向作用。在专业领域里，电影的政府奖（原"华表奖"），戏剧的"梅花奖"，社会科学研究的国家资助项目（每年评审一次），等等，都是如此。而对某些有争议的理论观点、文艺作品，国家意识形态部门一般不轻易介入评论，保障专家学者的自由磋商和讨论。由于确立了"重在建设"的方针，重建主流文化的工作就从被动走向了主动。因为，主流思想文化有了自己的新目标，即市场经济条件下主流的内容要素和形式要素的自我改善，主流文化与亚文化、反文化相互关系的处理，文化格局的战略构想，等等，而不是被动应付某些理论和作品出格的可能性。总之，"重在建设"的思想在经过几年的实践检验之后，证明了它是主流文化的基本战略方针由传统型向现代型转变的一个标志，意义深远。1996年10月，中共十四届六中全会通过了《中共中央关于加强社会主义精神文明建设若干重要问题的决议》，这一决议从有中国特色社会主义整个事业和世界发展的大局出发，把社会主义精神文明建设作为长期的社会发展战略目标看待，从根本上解决了"一手软、一手硬"的问题。1997年9月，在中共十五大政治报告中，江泽民对有中国特色社会主义的文化作出了非常完整的概括："建设有中国特色社会主义的文化，就是以马克思主义为指导，以培育有理想、有道德、有文化、有纪律的公民为目标，发展面向现代化、面向世界、面向未来的，民族的科学的大众的社会主义文化。这就要坚持用邓小平理论武装全党，教育人民；努力提高全民族的思想道德素质和教育科学文化水平；坚持为人民服务、为社会主义服务的方向和百花齐放、百家争鸣的方针，重在建设，繁荣学术和文艺。建设立足中国现实、继承历史文化优秀传统、汲取外国文化有益成果的社会主义精神文明。"① 这一概括既继承了党在新民主主义革命和社会主义建设时期已经形成的先进文化理念，同时也将改革开放时期的新内容补充于其中，反映出中国共产党在漫长的文化历程中完善了自己的文化理念。2000 年年初，在思考中国共产党的跨世纪历史使命时，江泽民提出了"三个代表"的重要思想（党要始终代表中国先进生产力的发展要求，要始终代表中国先进文化的前进方向，要始终代表中国最广大人民的根本利益），并且提出"三个代表"是"立党之本、执政之基、力量之源"，这样，中国先进文化的重要性在与党的性质、宗旨、命运的必然联系中再一次得到肯定。它标志了中国共产党的先进文化理念的更加成熟。

① 江泽民:《高举邓小平理论伟大旗帜，把建设有中国特色社会主义文化全面推向二十一世纪——在中国共产党第 15 次全国代表大会上的报告》，《求是》1997 年第 18 期。

创新文化与先进文化的创新

一

自然创新是一种自发的创新，人类社会的创新则是一种自觉的创新。这里只讨论人类社会创新，不讨论自然创新。

从哲学上讲，创新是人类有目的地改变既有事物形态、性质或内容的一种活动。既然是活动，就必定处于活动主体和活动客体的关系之中。这就是说，创新是创新主体与创新客体之间的一种动态性的关系。创新主体、创新客体以及创新关系是创新活动的三要素。缺少任何一个要素，创新活动都无法展开。人是社会创新活动的主体，自然也是创新活动的主体。创新客体是被人作为对象而加以改造、变异、出新的各种事物，既可以是物质形态的，也可以是理论或精神形态的。当人作为创新主体有目的地对创新客体进行改造、变异、出新时，双方就发生了创新关系。当人只是潜在的创新主体，事物也只是潜在的创新客体的时候，它们之间的关系也只能是潜在的创新关系，而不是现实的创新关系。在日常的话语世界中，创新常常是同"创造"混同使用的。在非严格的意义上，这种"用法"是可以的，也是有效的。但是在严格的意义上，这种"用法"是不可以的，也是无效的。在非严格的意义上，创造与创新一样都可以表示对对象的改造、变异、出新；但在严格的意义上，创造却只是表示对对象的改造、变易，而不表示出新，从而并不是严格的或实际的创新。创新活动中的"出新"环节是非常重要的，它决定着创新活动是否真正实现，是否由潜在完全变成了现实。这里的"出新"就是生成了符合创新主体目的的新事物。如前所述，创新是主体有目的地改变既有事物形态、性质或内容的活动。这种"目的"就是要出现或生成符合主体目的的新事物。如果没有这种符合创新主体目的的新事物出现，那么，创新活动就没有真正完成或实现，从而也就不是严格意义上的创新活动。创新既然属于主客体之间的一种动态性关系，而主体又只能是人，因而人类远古时期用来表达超自然力量的上帝或神创造世界或"创造奇迹""活动"的"创造"概念，就不适合今天的创新含义。从主体的活动角度来分析，创新概念具有如下内容：其一，它是从非存在到存在的变化，而且具有首创性，创新的结果应该是新的，即原先未存在过的；其二，它是对既有事物或原先事物的超越，因而具有超常性；其三，作为主体有目的的活动，创新是非自然而生的，在结果中映现着创新主体的性质和内容。由于在现实世界中并不存在从绝对的虚无向存在的变化，所以，创新也并不是没有条件的。不凭借任何条件的创新活动是无法进行的，或者说是根本就不存在的。不过，作为创新主体的人，可以改变现有的条件，通过这种改变条件的活动，创造出以前从未有过、而且按照自身变化也无法出现、同时也符合主体预期目标的事物来，从而实现创新的目的。

创新作为人的创造性活动，是人的各种高级能力和活动方式有机协调和综合运用的过程。主体与对象、个人与社会、认知与评价、否定与肯定、理想与现实、需要与能力、批判与建构、观念与实际，这些创新活动中必然涉及的诸方面的有机统一，体现着创新者与创新对象、人及其所属社会的多重关系，体现着创新者对真善美统一的自觉追求。创新者要将创新过程坚持到底，仅凭个人的天赋以及已有的知识、能力和经验是不够的，它还需要人类所特有的强大精神力量的介入与支持。人的精神是人所特有的主观世界，人的精神具有极大的丰富性，就其形成的根源和对人的发展的影响而言，可以区分为科学精神与人文精神两种基本类型。

科学精神是创新的动力源泉，它产生于对自然界合理性的追问或对其进行理性探询的科学研究活动中。它的本质特征有两个方面：一是指向和尺度的对象性；二是探索性和对对象的求真、求实。科学精神这种以对象性的物为指向和尺度，以物为本的对物的探索精神、求真求实精神，正是以对现存事物的不满足、批判和超越为实质的创新活动得以展开的。科学精神对创新活动的影响和作用主要有以下两个方面：第一，科学精神及由它所生发的科学情怀使创新者能够欣然投身和专注于创新活动，为创新提供必备的前提条件。科学情怀由科学精神生发，主要表现为人的主观情感世界的科学意向与寄托。它是人内在的主观情感世界与外在的科学研究对象及活动的对接，它为创新者拓开了一片任其创新思维活动自由驰骋的思想空间。在科学情怀的关照驱动下，创新者能够深深地被他周围事物所具有的神奇魅力所吸引，并产生对其进行研究的浓厚兴趣和极大热情，以及征服、改造、超越的强烈欲望和冲动；能够不为世俗的狭隘偏见所限制，不为短期的近利所诱惑，耐得住孤独与寂寞，始终把目光、兴奋点聚焦、锁定在思考创新的对象上；能够在创新活动中始终如醉如痴地忘我投入，甚至在面临外界的巨大压力抑或死亡威胁时，也能如同阿基米德那样无法移情、罢手。科学情怀所导致的对解读对象的执著追求，将使创新者的创新活动提升到超然忘我境界，成为创新者进行创新的支撑力量和不竭的动力源。第二，科学精神内涵的科学态度和科学理念是创新者进行创新性思维的必备条件。在一般意义上，科学态度主要指主体对客体及其相关方面应有的态度，如严谨务实、不浮躁、不轻率、不盲从、不迷信等。科学理念主要指主体在科学研究活动中，用来统摄和指导认识、把握以及改造客体过程的理性层面与理想状态的思想观念，它实际上是一种关于自然界和科学的哲学观。科学态度和科学理念对创新者进行创新活动，特别是创造性思维的具体操作具有不可或缺的重要作用。创新者具备科学态度和科学理念，才能以极其敏锐的目光与现代先进的思维方式和方法去观察、思考身边的事物，追问其存在的合理性，从而能够从现实生活的惯性轨道上产生"离经叛道"和求新、求变、求发展的创新意识与动机，继而确定创新对象，展开创新活动；才能在创新中正确地对待与其相关的现有理论和权威意见，做到不墨守成规，不盲从权威，为探索真理敢于另辟蹊径，走前人未走过的路，使创新思维中闪现的智慧火花得以迅速地被捕捉，创新主体的创造潜能与资源得以较好地发掘和运用；才能在对作为创新对象的事物现存状态的否定与肯定、舍与取的质疑性批判中，在追求事物理想状态的探索建构中，既积极大胆，又审慎求实；既求新求变，又脚踏实地，从而达到重构、再造理想状态中的事物，即超越的创新目的。

如果说科学精神作为一种精神力量是与作为人的对象性的自然物相关的，那么人文精神则是在人类反求自身中得到的另一类强有力的精神力量。人文精神是在追问人的存在的合理性或对人的存在进行理性探寻中产生的，它以人自身作为指向和尺度，把人本身存在的价值和意义作为认识和实践的最高准则与目的，开掘与弘扬专门属于人的那些特性，展现人的丰富的内心世界，是一种直接关注人的发展目的、价值与意义，关爱生命和人类命运，求善、求美、求自由的精神。第一，人文精神对人以及人类社会存在合理性的追问，激励人们在社会向度的创新中成果不断，以积极推动社会的发展与人类的进步。社会向度的创新，即在社会科学领域里，在人文学科以及社会生活的各个方面，为适应社会发展的需要实现对社会现实存在中不健全不合理方面的批判、否定和超越，从而建构新的理论、学说、制度、体制和社会活动方式等社会领域中具有新属性的思想和建制，它是人类创新成果中的重要组成部分。人类在探索自然取得物质文明成果的同时，从未停止对人类自身的认识与对人的存在方式合理性的追求。古往今来，多少人类的精英及众多的平凡小人物，他们怀着对人生和人类命运的终极关怀，重新诠释人生的价值、意义、社会的道德规范，以求人类性与时代性的统一，使人的精神不断提升，人类社会日趋合理。第二，人文精神以人为目的的导向作用，使创新有了合乎人的主体尺度的"导航仪"。科学精神对于创新固然重要，但是，它的物的指向性，使其对于人及人的发展只起着手段和工具性的作用，而缺失作为目的性的主体尺度和人文关怀的结果会导致科学主义的蔓延，使科学创新的成果成为与人类发展相对立的异物、障碍，甚至使人类面临灾难。因而，人文精神对于科学创新的导向作用十分重要，科学创新必须坚持以人为目的的主体尺度的正确导向。创新主体不仅要研究对象，而且也要关注其对人类社会可能产生的影响和后果，创新者必须具有社会良知、学术良知，关爱生命和生存的环境，将创新的最终目的定位在推动人类社会发展和为人类造福上。第三，人文精神对人内心世界的开掘与对人生价值和人生理想追求的倡导，使创新获得一种更为强大的精神动力。如果说科学精神之于创新者是由外在物的吸引而产生的一种被动力，那么，人文精神则是一种由主体人而生发的自觉的主动力，它存在和贯穿于创新活动的全过程。志在开拓进取的人生观、价值观和远大崇高的人生理想，以及对创新之于人本性与国家民族重要作用的深刻自觉和由此激发的强烈责任心、爱国情和使命感，必然驱使创新者关注人与社会发展的需要，特别是国家与人类亟待解决的问题，主动投身于创新活动之中，努力多出成果，出好成果。在进行充满艰辛的创新活动中，健康的心理与积极、乐观向上的情感状态能够使创新者从容地面对创新中不断出现的一道道难关，并以坚强的意志品质和锲而不舍的精神将创新的过程进行到底。同时，良好的道德素养，对个人与团队归属关系的价值认同，会使创新者较好地处理人际关系，同与他合作创新的人形成和谐有力的攻坚团队，专注于对理想的执著追求。这无疑是战胜一切困难，无往不胜的强有力的精神支撑与动力。毫无疑问，科学精神与人文精神皆为创新必不可少的精神力量，二者相互契合、相辅相成，共同为创新提供了动力源泉与精神支撑，并形成创新得以发生和实现所需的境界。

二

创新文化就是以创新的观念和价值取向为核心的文化。文化是人类创造的物质财富和精神财富的总和，是人类遵循真理尺度和价值尺度改造世界的结果，而文化一经产生，就作为人类实践的环境，通过对实践的构成要素的影响，对实践产生促进或阻碍作用。创新作为一种实践活动，与文化有着密切的关系。因此，要从创新与文化相互关系的角度来把握创新文化的科学内涵。创新文化包含着两重含义：一是指外在于创新实践的文化环境；二是指内在于创新实践的文化要素。作为外在于创新实践的文化环境，创新文化是指适合或有利于创新的制度环境、文化组织和社会氛围；作为内在于创新实践的文化要素，创新文化是指创新所需要的观念、价值取向、精神、思维方式和行为方式等。前者简称为外在创新文化，后者可以叫做内在创新文化，创新文化就是外在创新文化和内在创新文化的总和。从另外一个角度即创新文化本身来看，也可把它区分为内在文化与外在文化。内在文化就是观念文化，外在文化则是制度文化和器物文化。两类文化从不同的方向作用于创新活动。能够创新的主体必然有其相应的文化特质，这种文化特质我们称之为创新的内在文化，主要包括适于创新的价值观和创新者的心理素质、认知品质和行为模式等。内在文化恰如一粒种子的活性。若是种子被煮熟或腐烂了，它就不可能萌芽生长。创新种子中的活性，就是创新思想萌生的依据。而种子要生长发芽，除活性外，还需要有适宜的土壤、空气、水分等。创新要展示自己的活力，也需要有合适的创新环境——外在文化。一个确保创新的自由环境首先是由制度文化提供的。制度中的体制对不对、机制灵活不灵活、管理好不好，决定了这种制度文化是否有利于创新。创新活动不仅仅是技术活动，也不是创新者的孤立行为，它更主要地表现为创新人群的社会活动。创新人群所处的社会环境，如政策、法规、五大流（物流、人流、资金流、信息流、知识流）的渠道、市场等，必然会对创新活动产生影响，有时甚至是决定性的影响。另外，创新的外在文化还包括器物文化，即创新所需要的物质生活条件，这是创新能够发生的基础。观念文化、制度文化和器物文化构成了创新文化的基本内容，创新文化建设也就是观念文化、制度文化和器物文化的建设。

创新文化建设并不意味着有一座既成的创新文化大厦等待着我们去添砖加瓦。创新作为主体的一种活动总是在一定的文化氛围和环境中进行的，这种与创新联系在一起的文化氛围和环境就是我们所说的创新文化。当然，与创新联系在一起的文化并不是专门为创新而存在的，也不是仅仅对主体的创新活动才发生作用。文化作为一个有机整体，对创新发生作用的文化因素在对创新发生作用的同时，也对其他的事物发生着作用。因此，所谓的创新文化建设不是要求我们去独立地构造一个只与创新相关、只对创新发生作用的文化体系，而是在既有的文化环境中，不断将作为一种精神的创新融入民族或群体的文化之中，从而形成越来越有利于创新的文化氛围和文化环境。所以，创新文化建设不是单一的文化建设活动，而是整体的文化建设的一个部分或方面，其目的就是要为创新主体创建一个适合创新特征、符合创新规律、激发创新意识、提升创新能力、实现创新价值的良好环境。随着经济全球化和科学技术发展进程的加快，创新的规模和范围在不断扩展，从企业技术创新、集群创新、区域创新体系到国家创新体系，可以说对创新环境的要求越来越高，从而使得创新文化建设的任务也更加艰巨了。然而，无论形势怎样变化，创新文化建设的任务多么艰巨，我们都必须始终坚持"以人为本"。人固然是由其所处的文化塑造的，但人同时也是文化的创造者和推动者。文化从某种意义上说就是人的文化。离开了人，文化只能是一种虚无。在创新文化建设中坚持以人为本的原则，就是要为实际和潜在的创新实践者创造一个良好的文化氛围和环境，尊重他们的自由探索，尊重他们的首创精神，鼓励和激励他们通过不断的创新来实现自己的个人价值和社会价值，让其以个人的创新成就展现自己、服务社会、引导他人；要提供和创造条件，充分发挥一切参与创新实践的人们、特别是广大科学技术人员的聪明才智和想象力，激发他们的创造活力，真正让创新的精神深深融入民族和群体的文化之中。这便是创新文化建设的崇高职责和价值所在。只有在广泛的社会领域，乃至全民意识当中形成创新的氛围、习惯和自觉追求，才可能真正营造出有利于创新的良好的文化氛围和文化环境，并通过这种文化环境的作用，全面激活民族的创新潜能，提升民族的自主创新能力，进而提高其国际竞争力。比如中国改革开放的三十年，实际上就是中国不断强化创新意识、提倡创新精神、营造创新的文化环境的三十年。创新不仅是中国几千年来进步的动力，更是这三十年高速发展的灵魂，这种创新的动力和灵魂给整个民族带来了勃勃生机。由此可见，首先，创新要有良好的环境。良好的环境，对于创新型人才的成长至关重要。在营造创新的文化环境方面，我们不仅要为各类人才解决更多的实际问题，而且需要更新人才观念，正确看待创新人才一些特别的思想和习惯。这对于创新型人才的成长尤为重要。创新型人才往往由于其独特的思维方式，在开始时难于为人所接受。我们鼓励创新，就要突破旧的对人才认识的框框，创造爱护、支持和宽容创新人才的文化环境。当然，创新型人才不是全才。要为创新型人才的成长创造良好的文化环境，必须在思想上和工作上都能够宽容他们的缺点和弱点。事实证明，越是杰出的人才，越是拔尖的创新人才，越有可能在某一或某些方面存在弱点，甚至是严重的弱点。许多杰出的科学家甚至不能自理自己的日常生活，许多伟大的艺术家甚至对普通的人情世故茫然无知。更常见的是，在一个领域敢于创新、善于创新、卓有建树的专家往往对其他学科知之甚少，甚至一窍不通。世事洞明，人情练达，往往并不是专业创新人才的强项，但他们却最容易在现实的人际交往中受到伤害，为日常琐事所纠缠和拖累，从而无法专心致志于自己的专长和创新事业。因此，合理地利用创新型人才，让各类创新人才到他应该去的岗位上，扬长避短，并包容他们在工作和生活中所表现出的弱点和缺点，大力宣传和嘉奖他们的创新贡献；对待学有专长的年轻学者、专家，要用其所长，鼓励他们在科学探索中敢为人先，勇于创新，不怕失败。要坚决反对用人上的论资排辈，墨守成规，真正创造百花齐放、百家争鸣的学术气氛和创新环境。对于有突出才能的年轻人才，要敢于压担子，把他们放到重要岗位担当重任，为他们搭建更宽广的创新活动舞台。这是为创新型人才成长创造一个良好文化环境的根本所在，也是创新文化建设的重要任务。其次，创新要有科学的教育。教育是重要的文化活动。在营造良好的创新文化氛围、为创新人才的脱颖而出创造良好的文化环境方面，教育具有特殊的功能，起着非常重要的作用，是培育民族创新意识和创新人才的重要摇篮。无论在培养高素质的劳动者和专业创新人才方面，还是在提高创新能力和提供知识和技术创新成果方面，教育都具有特别重要的意义。正如江泽民在第三次全国教育工作会议上所指出的："教育在培育民族创新精神和培养创造性人才方面，肩负着特殊性使命。"良好创新文化环境的形成很大程度上就是教育潜移默化的结果。创新文化建设，就是要促进从事创新活动的人们更有效地获取知识、创造知识和应用知识，增强他们的创新能力与创新绩效。教育作为知识创新、传播和应用的主要阵地，必须积极参与到创新文化建设的历史任务中来，努力为创新型人才的培养，为中华民族的振兴作出自己应有的贡献。

那么，如何进行创新文化建设呢？一是重建伦理道德文化。伦理是一个群体的行为规范，它的实质是对人与人、人与社会、人与自然关系的约束和调节。这种约束和调节主要通过法律和道德来实现。中国传统文化中，伦理学最为发达。传统伦理通过对复杂社会关系的梳理、归纳，形成了"忠、孝、节、义"等基本范畴，并以十分完备的礼仪、规范来保证，同时，通过文化的载体，以大众喜闻乐见的形式普及、渗透，代代传承。目前，忽视传承、忽视文化载体、教育形式单一，以及频繁变动的"要求"太多，持之以恒的"规范"太少，无疑是重要原因。中国传统的伦理道德是精华与糟粕并存的，它反映了封建统治阶级的利益与意志，同时也蕴涵着中华民族特有的善良、正义及表达方式。其优秀传统可以随着时代的发展而赋有新意。比如抗日战争期间，国难当头，无数母亲，其中包括一字不识的劳动妇女，毅然送子参战，当她们以"忠孝不能两全"相勉时，人们感受到的绝无丝毫的封建道德，而是一种洋溢时代精神的民族大义。对于民族的伦理道德，正确的方针应该是在批判继承中创新，而以往的文化批判，往往因缺乏科学分析而失之偏颇。长期以来，继承和发扬民族传统美德特别是在创新道德体系上，未能得到应有的重视。导致当前伦理道德方面存在诸多问题。二是价值体系的重建。信仰，包括从宇宙观到人生观、价值观一系列基本概念，在文化体系中处于核心地位，同时，与其他要素构成复杂的互动关系。当代中国，社会经济成分、组织形式、就业方式、利益关系以及分配方式呈现多样化发展的趋势。作为主流意识形态，坚持马克思主义及其世界观、人生观、价值观，才能对社会各种思想文化实行有效的整合、凝聚和引导。信仰及其价值观是人的精神支柱。我们曾经把理想与现实、信仰和政策混为一谈，犯过脱离实际、急于求成的毛病。我们党纠正了错误，把迈向远大目标的脚步放在了现实的土地上。从社会主义初级阶段的实际出发，中国特色社会主义建设的巨大成就，鼓舞了人们创造新生活的信心，坚定了人们对建设中国特色社会主义的信念。同时，应该看到，科学的理想、信仰以及马克思主义世界观、人生观、价值观在全社会的普遍确立需要付出长期而艰巨的努力。内心有正确价值观的支撑，远处有科学的理想之光的照耀，现实生活才变得有意义。人需要现实的鼓舞，同时又执著于终极关怀，这就是文化的使命与创新。因此，如何把理想与现实更加紧密地结合起来，坚持不懈地抓好以科学信仰为核心的价值体系建设，是文化建设中最为重要的任务。其中，包括科学信仰与建设中国特色社会主义信念的有机联系，从而实现信仰与现实的互动，现实关怀和终极关怀的结合；包括科学信仰如何与大众的人生及常人、常理、常情相融合，真正成为多数人的人生追求和精神寄托，等等，均需要在认真分析的基础上创新。要特别注重把马克思主义的指导思想、中华民族的优良传统和现今的主流价值观，渗透到文化创新和社会生活的各个方面，以此提高民族的素质、建立科学的信仰。在这个渐进的文化创新过程中，既要立足现实，又要面向长远，长此以往，方能奏效。三是正确处理继承和创新的关系。文化是一个民族的灵魂和血脉，是这一民族的精神记忆。它从这个民族古老的祖先传承下来，随着历史的发展不断更新，又始终保存着祖先的基因和特质，由此而形成这一民族共有的认同感、归属感和凝聚力。文化建设贵在稳定，重在积累，在稳定中发展，在积累中创新。中华民族的优秀文化传统，既包括两千多年以来古代优秀文化传统，也包括新文化运动形成的民主、科学的传统，还包括党领导下形成的革命文化传统和社会主义文化传统，这是一笔宝贵的精神财富，是当代中国先进文化发展、创新的坚实基础。同时，应该看到，传统从来是精华与糟粕并存，即使是优秀传统，也需要适应时代的发展，不断地改造和更新，赋予新的内涵和活力。在各种思想文化相互交流、激荡，综合国力的竞争日趋激烈的形势下，丢弃传统，必然丧失自我；故步自封，必然落后于时代。发展是最好的继承，创新才有时代的积累。只有在继承的基础上，紧跟时代的发展，以永不自满、永不懈怠的创新精神，推进民族文化的现代化，谱写民族文化的新篇章，民族才能永葆生机，国家才能兴旺发达。

文化的本质是人的外化，是人的存在和意识、能力和愿望的反映，是人类创造性思维活动的产物。文化作用之对象也在于人类自身，对人的素质和能力、生存方式和生存状态产生着深刻的影响。因此，文化的起源可以说是"由人变文"，而文化的功能也可以说是"以文化人"。正因为如此，文化是一个门类众多、层次不同、性能各异、包容性极大的领域，从总体上看，文化的教育、启迪、陶冶、审美、愉悦等功能和作用，更多地体现于间接和深远，常常是发生在潜移默化之中。从这一意义上说，文化如水，滋润万物，悄然无声。因此，对于文化问题的思考和处理，特别需要长远的历史眼光，需要区别对待、分类指导的政策措施，需要周到细致的方式方法。

三

任何先进的理论与学说在历史长河的运动中，都必须发展与创新。"诗文随世转，无日不趋新"①，"诗固病在窠臼，然须

---

① 赵翼:《论诗》,《瓯北集》卷四十六,上海古籍出版社1997年版,第6页。

知推陈出新，不至流入下劣"①。中国文化要想长期保持先进文化的地位，就必须与时俱进，开拓创新。

理论创新与人民群众创造新生活的实践，既是文化创新的核心，又是文化创新的不竭源泉和动力。毫无疑问，思想、理论、价值观是文化的内涵和本质特征，具有相对稳定性和广泛的渗透性。它既是社会发展保持连续性的文化基础，又可能成为社会进一步发展的制约因素。因此，理论创新是文化创新的核心和前提，历史上任何一次文化复兴无不从思想的解放和理论的创新开始。20世纪70年代末，关于实践是检验真理唯一标准的讨论就是一场伟大的思想解放运动，也是中国社会迈进改革开放新时期的一次文化启蒙运动。30多年来，国际国内形势的重大变化，我国社会主义现代化建设的巨大成就雄辩地证明，思想的解放、理论的创新，对于一个政党、一个国家、一个民族，乃至一项事业的发展和前途，是多么的重要。科学发展观就是当代马克思主义中国特色理论的最新成果，与时俱进是其突出的理论品格。党的十七大报告指出："科学发展观，是立足社会主义初级阶段基本国情，总结我国发展实践，借鉴国外发展经验，适应新的发展要求提出来的。"②"把科学发展观作为重要指导思想确立起来，就是要把它作为一面旗帜举起来，在全党全国人民中间自觉运用这面旗帜来统一思想和意志、凝聚智慧和力量、激发创造热情和活力"，③从而赋予中

---

① 方薰:《山静居诗话》,《清诗话》下册, 上海古籍出版社1978年版, 第957页。

② 《中国共产党第十七次全国代表大会文件汇编》, 人民出版社2007年版, 第13页。

③ 赵可铭:《切实把科学发展观作为重要指导思想》,《求是》2006年第19期。

国共产党人以强大的思想武器，为中国人民面向未来，开拓创新，打开了无限广阔的创造空间，其政治上、思想上、理论上、实践上的深远意义，将越来越为历史所证明。坚持党的思想路线，解放思想、实事求是、与时俱进，是我们党坚持先进性和增强创造力的决定性因素，也是文化领域坚持先进文化的前进方向，不断推进文化创新的根本保证。世界在变化，中国人民建设有中国特色的社会主义现代化的实践在发展。坚持以科学发展观统领文化建设，指导文化创新，就是要求我们根据时代的发展、世界的变化和实践的要求，审视我们的文化思想和观念、内容和形式、体制和机制，坚持中国先进文化前进方向，以与时俱进的精神状态，不断地推进文化创新，大力弘扬和培育民族精神，为民族的复兴做好思想上、文化上的准备。

先进文化创新首先是文化本体的创新。文化思想的观念、内容和形式应适应时代的发展，合乎人的需要。这就要求中国先进文化的发展必须植根于中国社会主义现代化建设的实际，着眼于当代世界科技文化发展的前沿，适应中国先进生产力的发展要求，遵循中国先进文化的前进方向，符合中国最广大人民群众的根本利益。人民是文化工作者的母亲，人民群众创造新生活的实践是文化艺术的源泉。深入生活、深入实际，感受时代的脉搏，倾听人民的心声，始终保持同人民群众的血肉联系，文化的发展才有不竭的源泉和持久的推动力，文化的改革、创新也才会有正确的价值取向和根本的检验标准。文化与人民的关系问题是社会主义先进文化的核心问题。人民群众的实践及其利益、愿望、需求处于不断发展变化的过程之中。认识广大人民群众的实践和利益，体察人民群众的愿望和需求，是先进文化为人民服务的必要前提。当前，时代对于文化的发展，人民群众对于文化的需求，日益呈现出新的发展趋势：随着全面建设小康社会进程的推进，人们实现自身全面发展的意识更加自觉，文化需求日益增长，需求总量越来越大，质量要求越来越高，选择意愿越来越强；随着社会主义市场经济体制的建立和完善，人民群众这种多层次、多样化的文化需求将主要通过市场来实现，市场在繁荣文化艺术，满足人民群众精神文化需求方面的功能和作用将得到进一步增强；随着现代科学技术的发展，特别是信息技术革命的兴起，文化产品的生产、传播和接受更加科技化、现代化，文化的普及比以往任何时候都要广泛而快捷，凭借科技和市场的力量，文化产业作为一种新兴产业，日益显示其强劲的势头和巨大的潜力；随着世界多极化、经济全球化的曲折发展，包括文化在内的综合国力的竞争日趋激烈，各种思想文化的相互交流、激励、碰撞日益加剧，文化的影响力和竞争力，不仅反映在文化的本身，而且越来越广泛地反映在物质产品的文化内涵上，渗透在社会生活的各个方面。正确分析和认识国内外形势的发展，深入研究和了解人民群众的愿望和需求，可以大大增强文化创新的自觉性，增强建设中国特色社会主义文化的历史责任感。

先进文化创新必须推进制度文化创新。制度文化是人类处理个体与他人、个体与群体之关系的文化产物，包括社会的经济制度、婚姻制度、家族制度、政治法律制度，实行上述制度的各种具有物质载体的机构设施，以及个体对社会事务的参与形式、反映在各种制度中的人的主观心态等。经济制度即生产关系，包括生产资料所有制形式，生产过程中的人际关系或劳动组合方式、管理方式、劳动产品的分配形式，等等。婚姻制度是两性关系的历史表现形式，标志着两性在家庭中的地位。政治法律制度是社会的上层建筑，它以扬弃的形式包含了社会的经济制度、婚姻制度、家族制度的主要内容于自身，它把各种制度以法的形式确立起来，同时它又反映着特定时代的物质文化的要求，并且给以物质文化重大影响。毫无疑问，制度文化中凝聚积淀着观念形态的文化。一是在文明时代，一定的政治制度总是按照一定的社会理论建立起来的。按照列宁的看法，在社会的物质关系和思想关系的区分中，政治上层建筑基本上是属于思想的社会关系。因为政治、法律制度同生产关系、经济关系不同，生产关系、经济关系是不以人的意志为转移的外在的客观关系、物质关系。政治上层建筑则是人们根据经济基础的要求，并"通过人们的意识而形成的"①。历史上奴隶制、封建制和资本主义的经济关系，都是自然而然地发生的，而政治法律制度则是统治阶级为维护占统治地位的经济关系而自觉地建立的，是以一定的思想观念为指导的。在秦汉中央集权的封建国家形成以前，这种封建国家的思想模型就已经由韩非、荀况等人提出来了。欧美近代资产阶级的国家制度，都是根据自然法学派的政治理论建立起来的。在法国大革命之前，资产阶级共和国的原型就已存在于孟德斯鸠、卢梭的学说之中了。二是观念形态的文化不仅是特定制度文化形成的前提，而且在特定的制度建立以后，反映制度文化自我调整需要的观念形态的文化依然在向着特定的制度文化凝聚积淀。例如在秦汉封建国家建立以后，董仲舒的"春秋大一统"理论就适应了强化中央集权、加强封建思想统治的需要，在制度文化上表现为"罢黜百家、独尊儒术"的思想文化政策的确立。因此，特定的政治制度是与人的文化心理素质所达到的历史水平相适应的。黑格尔说过："每一民族的国家制度总是取决于该民族的自我意识的性质和形成；……所以每一个民族都有适

---

① 《列宁选集》第 1 卷，人民出版社 1960 年版，第 8 页。

合于它本身而属于它的国家制度。"① 在黑格尔看来，普鲁士国家"而它尽管恶劣却继续存在，那么，政府的恶劣可以从臣民的相应的恶劣中找到理由和解释。当时的普鲁士人有他们所应得的政府"。② 在马克思看来，没有人民的自我意识的普遍觉醒，是不可能建立起现代民主制度的，所以他一再强调：必须唤起人民的自尊心，即对于自由的要求，才能使社会成为一个民主的国家，成为一个为了共同目标而团结在一起的联盟。在法国，路易·波拿巴利用法国农民的拿破仑崇拜，在雾月 18 日的政变中轻而易举地取得了政权，其原因亦正如马克思所指出，农民不能自己代表自己，一定要别人来代表他们，他们崇仰的是高高在上的主宰，是不受限制的政府权力，希望从上面赐给他们雨水和阳光。由于中国近代反封建的思想启蒙严重不足，辛亥革命以后，多数国民的思想依然停留在帝制时代的水平上，民主共和远未深入人心，所以袁世凯敢说是人民叫他当皇帝，而袁世凯之所以失败，其原因亦正如孙中山所说，不在于其实行帝制，而在于他后来取消了帝制。鲁迅在 20 年代初针对中国当时的政治状况指出："现在常有人骂议员，说他们收贿，无特操，趋炎附势，自私自利，但大多数的国民，岂非正是如此的么？这类的议员，其实确是国民的代表。"③ 鲁迅由此得出了必须进行思想革命以改造国民性的理论，认为倘国民性不改造，则今后无论是专制，是共和，是什么什么，招牌虽换，货色依旧，全不行的。所有这些论述都说明，政治制度的性质是直接受到社会政治心理所制约的。也就是说，制度文化的发展总是随着社会生活的变化而变化的，抑或叫做制度文

---

① ［德］黑格尔：《法哲学原理》，商务印书馆 1961 年版，第 291 页。

② 《马克思恩格斯选集》第 4 卷，人民出版社 1995 年版，第 215 页。

③ 《鲁迅全集》第 3 卷，人民文学出版社 1981 年版，第 22 页。

化创新。今天制度文化创新就是为了充分调动文化艺术工作者的积极性和创造性，为了充分调动广大群众的积极性，动员全社会的力量广泛参与文化建设，推动文化艺术的繁荣，满足人民精神文化的需求。因此，制度文化创新必须把社会效益放在首位，力争两个效益的统一。两个效益如何统一？质量是必要前提，市场是基本途径。其目的是发展先进文化，支持有益文化，改造落后文化，抵制腐朽文化。制度文化创新需要总体设计，逐步推进。从宏观到微观，从体制到机制，从管理到运营，从试点到全面，积极稳妥地进行，其目的是"推进社会主义文化大发展大繁荣"。制度文化创新需要建立相应的法律、政策、市场、人才、评估等保障体系和配套措施。摆脱那种"放即出乱"、"收即趋死"的怪圈。其目的是健全相应的法规体系和执法体系，实现从微观向宏观、从直接向间接、从传统的行政管理向依法管理转变。总之，要把深化改革与调整结构、促进发展结合起来，要把面向群众、面向市场的体制及机制改革作为制度文化创新的重点。在社会主义市场经济体制条件下，市场已成为满足人民群众精神文化生活的重要途径，文化产业要获得大的发展，文化资源的优化、整合和配置也只有通过市场才能得以实现。只有这样，才能推动当代文化建设的大发展大繁荣。

先进文化创新必须推进话语创新与弘扬民族精神。用话语创新与弘扬民族精神去应对全球化，在确认中国问题产生的背景为全球化以后，我们也就看到了中国文化问题之所在，即中国精神的失却，表现为中国话语的失却。从报章标题的大量英文缩语到每一台晚会的西方娱乐风格，从先锋艺术的模拟运动到经久不息的西化思潮，甚至还加上都市风貌的西化，人们也许感到一种现代化的氛围，感受到发达国家的味道，可是我们也会常常地产生疑问：这就是真正的中国文化吗？人们从表层看到的是，中国的某些文化越来越失掉中国的民族面貌，失掉了中国文化的民族自信心和对人类文明的超前关注。而从深层上说，这种现象表明中国文化的可能危机在于：中国的文化理论越来越远离中国问题，以重复西方话语作为先进的、创新的话语，在重复式的发展模式中沾沾自喜，这样的文化态势越来越弱化了中国的国家意识和民族意识。对此，江泽民在提出"着眼于世界科学文化前沿"之后，紧接着又说，"要把培育和弘扬民族精神作为文化建设的一个极为重要的任务。"①民族精神的弘扬本来就应该如此，为什么要加上"培育"一词呢？难道这不是对全球化时期中国文化问题严重性的表述吗？无论是西化问题还是文化安全问题，都说明了在中国先进文化的现代构成中，中国民族精神都是非常重要的板块。要培育和弘扬民族精神，就必须以创新中国话语去应对全球化。列宁曾经有过这一著名论断："在拉丁语中有《cui prodtest》（'对谁有利？'）这样一句话。要是一下子看不出哪些政治集团或者社会集团、势力和人物在为某种提议、措施等辩护时，那就应该提出'对谁有利'的问题。""……直接为某种观点辩护的人是谁，这在政治上并不那么重要。重要的是这些观点、这些提议、这些措施对谁有利。"②同样，谁将某种文化说得很好或很坏也并不重要，重要的是，被肯定的或否定的东西对谁有利。例如，美国世界观察研究所撰写的《世界现状（1995）》一书，诸多地方涉及中国，比如称颂"中国文学和中国哲学中就一直存在两个能在当今世界中引起强烈共鸣的主题，这就是与大自

---

① 《江泽民在中央党校发表重要讲话》，《人民日报》2002年6月1日。
② 《列宁全集》第19卷，人民出版社1959年版，第33页。

然保持和谐和对家人——不仅要对现时尚在的家人，也要对不在人世的先辈和未来的子孙——负有责任。与大多数主要文明相比，中国的传统和哲学要更符合关于可持续发展的社会。"①这种对中国传统文化的称颂对谁有利呢？该书的答案是：中国将以对许多全球问题负有主要责任者的身份，开始向人口较少的美国提出挑战。具体地说，中国的人口与可耕地提供的粮食之间会发生矛盾（尽管中国人均谷物消费即使上升到 400 千克，也只有美国消费水平的一半）；汽车工业的发展会使中国在 2020 年成为二氧化碳排放量最多的国家（目前排放量最多的是美国，而中国的人均排放量是世界的五十名之后）；中国的发展还将使美国及其他发达国家对原材料的高消费产生忧虑，总之，"从某种意义上说，1/5 的人类迅速跨入消费时代的前景，将迫使目前消费大量世界资源的工业化国家正视其目前实行的不可持续发展。"②在这种情况下，要求中国单方面奉行天人合一、安贫乐道的传统文化原则，对谁有利，答案不言自明。由此看来，由于全球化使民族利益的冲撞越来越频繁，于是民族文化存在的根本理由与民族利益的必然联系也就进一步凸显。在这个意义上，民族利益与民族文化是同在的，民族文化作为符码可以发生变化，但与民族利益的联系则是不变的。在发达国家与不发达国家的利益冲突中，文化及其具体文明样式仍然是民族意识的特定表达方式，是民族利益的外在符码。在不可调和的利益冲突背景下，"文化的全球化"客观上使发展中国家的人们在精神上放弃自我意识，丧失国家观念，认同

① ［美］莱斯特·R. 布朗等：《世界现状（1995）》，刘静华、刘铁毅等译，科学技术文献出版社 1998 年版，第 150 页。
② ［美］莱斯特·R. 布朗等：《世界现状（1995）》，刘静华、刘铁毅等译，科学技术文献出版社 1998 年版，第 173 页。

于发达国家的价值观念，而对发达国家的经济殖民主义失去警惕。西方"文化战略"指望在完全同化的欢歌笑语中，使发展中国家的民族逐渐消亡。面对全球化时期中西方文化的矛盾，抓紧话语创新中的先进文化建设，才是其应对的策略：采取一切可能的文化形式，在创新中培育与激发民族忧患意识，形成强大的民族凝聚力。在全球化的过程中，自强不息，自立于世界民族之林，这是民族的共同命运，也是民族文化的灵魂之所在。

先进文化与现代人格建设

　　从先进文化的性质和功能上说，它必须有利于推动社会的全面进步和人的全面发展，促进社会的现代化和人的现代化。只有坚持解放思想和实事求是的一致性，客观规律性和主观能动性的一致性，历史的发展要求和最广大人民群众的根本利益的一致性，寻美、求真和崇善的一致性，才能确保文学体现和代表先进文化的前进方向及价值取向。中国的现代化只处于起步阶段，20 世纪 80 年代以来的改革开放，加速了实现物质现代化的步伐，但作为现代化的主体人的现代化仍有很大差距。从文学艺术所塑造的文学人格形象看，"媚俗"、"媚钱"的倾向，失掉了可贵的人文关怀，丧失了关注和表现当前现实的热情，或是转向遥远历史或是有意地模糊历史时间，醉心于琐碎家事、豪门恩怨、妻妾争宠、秽行丑闻；或以调侃油滑、冷漠无情、写性成风、观淫成癖的方式咀嚼颓唐和无聊。对理想与崇高的消解已经达到这种地步，要想使文学发挥塑造人、培养人、引导人的作用，简直是缘木求鱼。所以，要塑造符合现代化建设要求的人格，就必须找到一个新的支撑点，重新阐释文学的意义、价值与人的生存发展、人文精神的关系。

　　人是文化的主体。人创造了文化，文化同时又塑造了人。用先进文化培养现代人格，主要是现代人的审美意识的培养。审美意识即一定的审美心理结构。它包括人的审美观念、审美理想、审美趣味、审美需要、审美能力、审美情感等，是人类精神文明的重要组成部分，它是现代人格的重要内涵，直接表现出一个人、一个社会精神面貌和文明程度。而审美教育则是实现精神文明的中介和桥梁。文艺培育现代人格是指文艺教育作为美育的一部分在培养现代人格方面所担负起的独特功能。优秀的文艺作品塑造出生动的艺术形象，鞭挞丑恶、颂扬美善，正是为了促进文艺人文精神化，关心人的生存价值，提升人的思想品格与理想追求。因而可以培养人的高尚审美趣味，帮助人们提高识别美丑善恶的能力，从而趋善避恶、崇美厌丑。

现代人格建设还应注重人格品质时代的先锋性与品格的崇高性。

所谓时代的先锋性，就是体现和代表先进文化和实践理性的主体，始终是代表着社会发展的前进方向，时代前沿的精神主流。我们知道，文学的创作主体、创作对象和服务对象实际上都是从事创造的历史活动的社会实践的主体。只有创作主体具备了先进的文化思想素质，才能从创作对象身上，发现和展示他们所体现和代表的先进的文化思想素质，从而影响服务对象，培养其先进的文化思想素质。当代中国的现代化历史进程，必然实现中华民族的伟大复兴，同时一定伴随着文化的复兴。新时代呼唤、感召和期待着塑造千千万万具有先进文化素质，能够掌握科学理论和显示出实践力量的"新人"，并内化为与肩负现代化历史使命相适应的现代化人格。

品格的崇高性是人格的最高境界，它是超越功利的。唯有超越功利的人格，才能面对各种艰难困苦，凭着道德的自觉，无私无畏地履行自己的信仰，从孔子赞美颜回的安贫乐道到孟子高扬的"充实之谓美"，再到宋明理学家倡举的"天地良心"，不管其政治背景如何，在论述道德与人格关系时，都始终以超越功利作为道德的内核和人格的基础。先进文化人格建设是建立在工人阶级和绝大多数人民利益基础上的，是为广大人民谋利益、谋幸福的，因此，他们的人格才是最高尚、最完美、至诚无欺的。德国古典哲学家康德认为道德的本体是超验的，是一种无上的命令，这种超验的道德也是人格伟大的本原，"位我上者灿烂之星空，在我心中者神圣之道德律令"；孟子也认为"尽其心者，知其性也"。对善的追求只有达到了尽其性，也就是对道德的自我体认与自我超越，精神世界才可以说是找到了最后的归宿，才有了人格的最终依托，从而产生浩然正气，培养出"富贵不能淫，贫贱不能移，威武不能屈"的伟大坚强的人格。这种道德修养由于进入了无我的境地，故能超越功利是非，变成了一种类似本能的东西。所以，理想人格一旦具备了至诚无欺的道德之后，可以荡涤胸中偏私，精神得到升华，于是与那万古长存、生生不息的日月星辰、江河大地相感应，自我融入了那无穷的造化之中，人格境界已不分天人、物我，进入了至一的神圣境界，这种境界既是善的境界，也是美的自由境界。至诚、完美的人格，就是高尚人格的人生写照，也是人生智慧的最高体现。

先进文化与世界眼光

  江泽民同志关于"三个代表"的重要思想，深刻阐明了我党始终代表中国先进文化前进方向的重要意义，并多次强调了"世界眼光"。这就是说，我们不仅强调适应先进生产力发展要求，代表最广大人民的根本利益、符合人类文明发展趋势的文化，还要自觉地把中国的发展同世界的发展紧密相连，从世界格局的高度和人类历史发展的深度来思考中国的现代化进程。先进文化与世界眼光的辩证统一，就是中国先进文化的发展方向，因此，只有以马克思主义理论为指导，代表着人类社会发展的总趋势，以实现人的全面发展为价值目标，又在克服资本主义文化弊端的基础上，吸收符合人类社会发展需要的新文化成分，以实现物质文化与精神文化、个人与社会、人与自然的协调一致为目标的文化，才是人类社会发展的灵魂，历史发展的内驱力，新的社会形态浴火重生的火种。而只有大力拓宽视野，具备了世界眼光，既立足中国大地又面向世界，既正视国情现实又放眼未来，把中国的改革开放和社会主义现代化同世界大势和时代主题结合起来，才能在理论创新、制度创新与科技创新中，铸就民族进步的灵魂，开掘中华复兴的不竭动力，从而使我国步入经济发展和社会进步的快车道，跟上当今世界经济与科技发展的步伐，确立我国在世界发展大格局中应有之地位。

  毫无疑问，强调世界眼光，在当代中国蓬勃发展的先进文化，仍是具有独立品格和鲜明个性的民族文化。这就需要正确处理民族性与时代性的关系，吸收世界文化与发展民族文化的关系。民族文化是在世代传承中积累和发展的文化。它是民族的灵魂，也是维系民族团结的重要精神纽带。我们历来反对对外来文化单纯的"依傍和模仿"，而强调外来艺术因素与民族文化的浑然一体，外来艺术形式与民族生活的和谐协调——也就是融合。不说古希腊科学、文艺的繁荣，包含了埃及、巴比伦等外来文化的影响；中国古代文化中的优秀成果，对欧洲文艺复兴运动产生了巨大的推动作用。就以鲁迅为例，他热情赞扬陶元庆的绘画采用了"新的形"、"新的色"，而其中仍有中国向来的魂灵——民族性。鲁迅本人的创作，也体现了外来艺术因素与民族文化的浑然一体，体现了外来艺术形式与民族生活的和谐协调。例如鲁迅杂文的讽刺艺术，固然借鉴了俄国果戈理、谢德林，英国萧伯纳，法国路易·菲力普等大师的创作经验，但《儒林外史》作者吴敬梓"戚而能谐，婉而多讽"的高超手法无疑对他产生了更为重要的影响。同样，洋溢在鲁迅杂文中的幽默感，固然取法于英国的随笔和得益于日本作家鹤贝佑辅理论的启示，但其中更表现出中华民族的智慧和中国农民式的风趣和机智。又如，鲁迅开始进行小说创作时，所取法的大抵是外国的作家，所仰仗的大抵是外国作品；但是，鲁迅也最早脱离外来影响，为世界文学贡献了很多就民族形式而言是不可模仿的作品，因而取得了举世公认的思想和艺术成就。显然，融合外来形式，拿出自己的眼光，并不是只看自己，而是看世界；或者说，并不是只看世界，也看自己。看整个世界，以中国文化的博大胸襟与犀利眼光看包括自己的文化传统在内的世界上所有文化与人类历史上一切文化的全部资源，以中国胸怀，世界眼光，作出独特理解下的独特整合，作为中国文化的进展，也作为对世界文化的贡献。只有以中国胸怀，世界眼光作出了独特整合的文化实绩，才能既是中国的，又是世界的。

着眼世界文化发展的最前沿，瞄准它的最新思想、观念、知识成果，是吸收世界科学文化精华的最佳切入点。当前世界文化发展的一个显著特点是，随着经济的全球化，西方文化以强势的态势迅速扩张。一方面，好莱坞、CNN为代表的美国大众文化，正以工业方式大批量地生产和复制，迅速传播到世界各国；另一方面，作为当代西方文化重要思想形式和理论形式的当代西方社会思潮，如知识经济思潮，生态文化思潮，人本主义思潮，全球化思想，等等，对包括我国在内的各国社会产生了广泛的影响。近年来我国思想文化界的许多热点问题都与此有密切的关系。然而，要建设有中国特色社会主义文化的先进性，不仅在于拥有先进的价值观念，还应该拥有科学的思维方法，把目光真正触及世界文化发展的最前沿。多种文学思潮冲击而来，作家也不可能兼收并蓄，总是要选择那些带有前沿性的思想、文化、观念进行重新组合。这里作家的个性、经历、素质起很大作用，也决定于他对时代、人生的理解。吸收世界文化发展最精华、最前沿的成果，也不能囫囵吞枣地照搬、移植，而应该选取"人有我无"、"人长我短"的部分，而且只吸收其精华来滋养自己，创造新"我"。由此可见，构建先进文化，就必须以更加开放的眼光，恢弘的气度，吸收人类社会创造的一切文明成果，并立足实践加以融会贯通、发展创新，从而使社会主义文化能够在博采众长中始终立于时代文化大潮的前列。

社会主义文化要始终处于世界发展的潮头，就必须与时俱进，不断创新，创新才有生命力。创新既是马克思主义先进性的内在要求和特有品质，也是中国共产党始终做好中国先进文化前进方向代表的关键。当代文化艺术的发展和创新是否充满生机和活力，至少应当具有这两个标志：一是在世界各种文化艺术相互激荡、激烈竞争中，中华民族文化艺术在新时代的发展和创新，能否在人类文明进程中具有和中国五千年灿烂文明相称的地位和作用；二是在世界文化多样化带来文化消费选择多样化的趋势下，特别是在我国加入世贸组织后，中华民族文化艺术的优秀成果是否成为中国广大人民群众进行文化消费选择的主体。显然，前者指的"原创性"，后者指的"普及性"。只有"原创性"才是文学创作的真正"创新"。什么是"原创性"？就是以前人不曾用过的素材、手法、塑造人物形象的范式、艺术形式，对习见的主题作出新阐释，对"母题"的创造，方可称为"原创"。也就是说，文学的原创性，是作家的首创性运用。那种很不容易做到的"第一次性"，只有做到了，才是真正意义上的"创新"。而所谓高新科技渗透于文化领域而形成的文化产业群，即高新科技融入艺术的创新，主要是指 20 世纪 80 年代以来迅速崛起的电视文化产业群、音像艺术产业群和电脑文艺产业群，它就是高新科技、文化和经济三者的结合。应当说，科技、文化和经济结合为文化产业，是人类文化发展创新的结果。从印刷作坊到印刷产业，到电影产业，到当今的文化信息产业群，等等，是这种结合在历史发展中的几个重要现象，并且都对原有艺术格局产生过不同程度的冲击，都带来过具有科技优势和经济优势的艺术种类的勃兴。如果说，要考察中国自明清以来、西方自文艺复兴以来艺术的形式、种类、格局和整体面貌的演变；那么，就不能不重视文化产业发展这条历史线索。而且，文化产业的这种历史发展进程，在总的趋向上是把艺术从少数人垄断中不断解放出来，使艺术成为更多群众所享有的文化成果。这些，显然需要以世界眼光，积极继承和发扬人类社会创造的一切先进文明成果，走出来一条新路。

先进性文化哲学的当代建构

一

文化哲学是一种将哲学的形而上思考奠基于现实文化之上的当代哲学发展的新形态，是一种打通理性与经验，"形上"与"形下"两种思维运思屏障的新的哲学态度和哲学模式。它是从哲学形而上的价值理想预设出发，去审视和研究人的现实生活世界和文化世界，从中探求人们的生存本性、行为根据、存在价值、生活意义乃至前途命运，去求解人的现实文化实践背后的人文精神，并展示个体生命存在的多样化特征。文化哲学作为一种人类哲学的思维方式，就是哲学不再以某种物化的实体形态作为其致思的终点，不再以空间作为它的思维方式，而是以时间、生命作为它的思维方式。这种思维方式就预示着人类活动方式的重大转折：传统哲学侧重于解答人类认识活动的本原、根据和手段，主要探寻认识如何可能，怎样达到认识和实践目的，等等；而文化哲学以检讨人类文化创造的结果为起点，主要回答当代文化实践的价值、文化对人类生活的规范意义、文化进步与时代精神的关系，以及当代人类的生存方式和发展方式，等等。显然，文化哲学作为一种对人类文化活动及其结果的系统反思形式，它并非是"文化"与"哲学"的简单组合，而是一种具有逻辑内在联系、表达和反映时代精神的一种新的哲学形态。这种哲学形态一方面通过对人文精神的反思构筑各种具体文化理论研究的学理基础，为具体审视各种文化实践提供基本的价值参照；另一方面则把目光投向包括科学、宗教、伦理、语言、艺术在内的全部文化生活世界，从而在更广阔的背景中追踪生活、表达理想。因而它是一种先进性的文化哲学。

文化是人的主体性的体现，是人类所独有的生命存在方式，文化的发展表征着人与自然、人与社会的动态联系，因此也是人类文明与进步的历史表达。所以，文化哲学作为技术与人文、理性与价值的对接，不是通过文化的某一层面来表达人类的理想与进步，而是通过人类文化创造的整体性价值来表达人类的理想与进步。这种文化的整体性进步并非简单的文化积累，而是一个复杂的文化选择过程。人类历史的每一次进展，一方面为现实人生营造了新的物的结构，产生了更多的物质产品，因而都再一次地满足了人无止境的物质要求；另一方面，历史的进步也意味着人类对物化的消解，对人作为自由存在的发现，对人与人关系合理性的提升和与这种关系对物的交换的扬弃。而当历史表现为物的增值的同时，也表现了文化的胜利，用马克思的话说——表现了人向真正人的回归。因此，从文化对人的生存和发展的意义看，文化哲学就是对主体文化创造自由的确认与解答。它的先进性整体性集中体现在如下方面：

第一，建构有机和谐的世界文化。人类只有一个地球，我们所面对的世界是人类共同的世界。这个世界不应仅仅被物质和技术所充斥，而应该洋溢一种健康的文化精神。加拿大学者D.保罗·谢弗在《经济革命还是文化复兴》一书中指出，人类正在迎来一个"文化时代"而代之以即将过去的"经济时代"。文化时代到来最突出的标志就是当今世界正在发生的整体化转变、环境保护运动、人类需求的新认识、为平等的斗争、认同之必要性、对于生活质量的追求、对创造力的重视，以及文化作为世界上一股重要影响力的兴起。他强调："这样一个时代的主要成果是，在其包括一切的结构中，文化和民族文化、整体论、人民、人道关怀、共享、利他主义、平等、自然资源保护、合作，以及精神文明和环境保护，将获得更高的优先发展地位。这就有可能降低人类对于自然环境、自然资源和其他物种的需求，同时也能够把财富、收入、资源和机会更平等地分配给全世界所有的人民和国家；同时，这种时代还将把人道主义推向一个更加强大的地位，使地球文明的未来发展方向得到切合实际的、持续连贯的确立。"[1] 面对日益恶化的生态环境、此起彼伏的战争冲突和技术对人文的肢解，我们需要的就是对文化时代的建构。西方技术理性精神过于强调对立变动的一面，因而造成了工业社会阶段中人与自然、人与社会、人与自我的分裂，进而带来了生态平衡的破坏，更加深了意识形态结构、政治结构、经济结构之间的内在矛盾。因此，中国面向世界所提出的"和谐世界"新理念，是对这种文化时代所作出的准确判断。"和谐世界"包含政治、经济、社会、生态等各方面，内容十分丰富，因此也可以说就是和谐文化的当代建构。它强调国家、地区、集团之间和平共处，在经济上强调互惠互利，共赢、共荣；在文化上鼓励文明的对话，主张不同文明求同存异，相互学习。这个理念不仅存在于人类社会，也存在于人与自然的和谐方面，强调要保护环境，实现可持续发展。可见，"和谐世界"理念与人类追求进步、发展的普遍愿

---

① ［加］D. 保罗·谢弗：《经济革命还是文化复兴·序言》，高广卿、陈炜译，社会科学文献出版社 2006 年版，第 9 页。

望是相通的，建构以人与自然、人与社会、人与自我的有机和谐为内在意蕴的新文化时代，对于维护人类精神平衡，造就一种以和谐、自由为最高境界的理想人格具有积极的意义。所以，一个有机的文化时代，不论在物质世界和精神世界，互相联系、互相依赖、有机统一、综合平衡的重要性都将重新被人们所体认。一个世界，多元文化，和而不同，世界文化才更有创造的活力。

第二，塑造新型的人、"完整的人"。马克思曾说："人以一种全面的方式，也就是说，作为一个完整的人，占有自己的全面的本质。"① 塑造"完整的人"，既是指技术与精神的平衡，又是人类整体性发展实践的最终目标。因为，现代生活极大地拓展了人的物质技术空间，同时，人的精神空间也在不断地在被物欲所填充。在一个工业化、技术化的社会里，如何保持物质技术与精神情感之间的平衡协调，使人不至于沦为"单向度"的工具，这一严重问题日益引起思想家们的关注。海德格尔曾指出，现代技术以"预置"的方式展示物、构造世界。预置就是为着单纯的目的、留取单纯的功能、指向单纯的存在者的某种关系网络，它原则上不考虑丰富而复杂的物之物性的保有，使得"物"都成了"设置物"。当信息时代的来临使人类的物质生活范围和内容大大扩展，可我们却也逐渐意识到，信息的充斥导致了生活中直接经验的退却。在技术与商业合谋构筑的规则、范畴、程式中，人们真正的内在世界被遮蔽了，随之被隔离的是传统生活世界人类精神的"人道关怀"。这样，在追求物质与技术的路上，人不经意地丢失了本真自我，并导致自我与他人、人类与自然、现代与传统之间渐行渐远的疏

---

① 《马克思恩格斯全集》第 42 卷，人民出版社 1979 年版，第 123 页。

离。对于"工具"，我们必须赋予其一种全面的人性，从而使工具在对对象世界的创造中展示出复杂多样的文化规定性，从而展示人类生活的价值与意义。当今人类所面临的种种危机和困境，从根本上说并非由于人类认识水平的不足，而在于对自身的无知，即还没有充分认识人作为主体性存在其根本的价值取向是什么。人类已拥有令人目眩的大量知识，但在对人的存在、行动和幸福最为重要的领域，我们却往往缺乏深层的思考。人认识外物的知识与体悟内心的知识的不和谐，造成了人所应有的内在力量、能力和智慧与关于自身所达到的认识之间的巨大落差。要想摆脱人类的困境，就必须使人类对自身的认识来一次彻底的变革。在马克思看来，文化的进步说到底是人的进步，这种文化与人的进步是通过向内与向外两个维度同时展开的，向外表现为技术世界和文化符号的形式，向内则是人的实践的诸感觉（视、听、嗅、味、触、思维、观照、意志、爱等）的质的生成。在这种内在世界与外在世界的协调一致中，人们"能认识和领会真正合乎于人性的东西，使他能认识到自己是人"①。对于技术的物化态度在客观上导致了人与自然的隔绝，人无法实现自己的真正本质。这种价值目标的单一化必然导致社会发展目标的单一化，社会所希冀的丰富多彩文化发展目标也就不可能实现。因此，我们在使用技术时，必须仔细考察技术的目的性，考察人对技术的文化态度。人之作为主体性存在，技术理性只是其规定性之一，它并不完全代表人的终极价值和最高目的，因此，必须在更广泛的视野中拓展人的主体价值，着眼于新型的人、"完整的人"塑造。

第三，构建普遍认同的文化价值理念。普遍文化价值是确

---

① 《马克思恩格斯全集》第2卷，人民出版社1957年版，第166—167页。

保当代人类整体发展的内在精神，只有自觉坚守和认同这种普遍文化价值，世界文化图景才不至于涣散。人是一种类存在物，现代知识和技术越发展，越可能使人类忘记自己的存在之根，人类可能越容易淡化彼此之间的精神联系。因此，在现代生活实践中，我们必须自觉去构建人类的普遍文化价值。今天，人类文化正经历着空前的文化整合。通过文化整合，把各种分散的、孤立的、甚至冲突的文化价值力量整合为一种凝结着人类整体利益和整体价值理想的力量，从而使人类的文化实践行为充溢着一种健康自觉的人文精神关怀。深一步看，这种文化整合不仅要超越具体的价值和目的，而且在整合过程中，还要抵消、同化及融合那些具体的文化价值和目的，使其顺乎人类整体的文化运作而成为一种文化实践合力。这种文化实践合力作为一种超越性的人类文化理想，反过来将对各种具体的文化实践行为和文化形态具有价值导引的作用。所谓人类普遍文化价值，从根本上说，就是有利于人类整体进步与发展的价值，它是世界各个国家和民族在文化交往中所恪守的基本原则，如尊重人的现实生存、善待人的生活世界、保障平等发展，等等。自觉倡导人类普遍文化价值，是人类整体化发展时代的必然选择。它作为文化的理想维度，并不是在经验层面发挥作用的，而是在理念信念层面对人们的文化实践给予某种引导、规范和启示。换句话说，人类普遍文化价值是人类文化实践的理想维度，是居于文化的精神内核而对现实文化实践的一种导引和提升。一是在多元文化的前提下，倡导人类社会必须认同也可以认同的某些价值观念、道德规范和行为准则，它应该受到人类的普遍尊重，具有超越民族、文化、宗教的普遍约束力；二是应努力寻求不同文化传统在走向普遍文化价值中所能发挥的特殊作用，尊重世界各个民族文化创造的权力。简言之，人类普遍文化价值追求的是，在尊重各种文化传统的价值基础上发掘和利用不同民族文化传统中的价值思想资源，建构用来解决当今经济全球化进程中人类生活所面临的共同问题的文化理念。但时至今日，人类并未达成世界各个民族所共同认可的人类普遍文化价值。如果把它作为一种文化理想，人类普遍文化价值对于任何一个民族来说，从来都是其不懈追求的目标之一。人类始终生活在同一块大地上，这种共同的生存环境，可能是人类在价值层面达于普遍性思维的客观物质前提。当人们形成一种人类存在共同体和命运共同体的文化意识时，就有可能和必要达成全球性价值立场的相对一致，从而形成某种程度上共享的人类文化价值观。这种人类文化价值观正是我们确立一种普遍主义文化理想的世界性视景的基础。那么，人类普遍文化价值应该如何达成呢？首先，应该谋求一种建立在人类共同利益基础上的公共理性，如与自然和谐相处、维护人类和平等。这种公共理性是在多元文化的沟通与共识前提下形成的，因而具有广泛的社会性和普遍性。其次，人类普遍文化价值所诉求的是人类社会最基本、最起码的而不是最优化、最理想化的理念，如不同文化间的相互尊重、平等与宽容、维护世界和平等。最后，人类普遍文化价值所诉求的理念是跨文化、跨地域的人们可以在特定的生活条件下共同认可和践行的公度性理念，如风俗、礼仪、传统等。因此，我们强调人类普遍文化价值，其基本诉求是当代世界不同文化形态间的交流与建设。只有首先确立一种普遍主义的价值立场，进而把各种特殊的文化形态视为这种普遍文化理想的具体表达，各个特殊的文化之间的交流才有可能达成。人类不堪忍受无根的生活，人类普遍文化价值作为人类文化的理想维度，客观上将引导着人类的现实文化实践，并且在普遍主义立场共识基础之上寻求各个特殊文化的富有个性的发展。

二

先进性文化哲学的当代建构，离不开深厚的理论资源的滋润。这种厚重的理论资源，直接决定了文化哲学理论深度和价值选择。只有努力占有哲学社会科学已经提供的丰富的理论资源，深深植根于人类现实的和历史的文化丰富性，才能期待先进性文化哲学的重大理论突破。

首先，要充分挖掘实证性和具体性的文化历史资源。文化作为各个时代占主导地位的生存方式和生活样式，渗透到个体生活和社会生活的所有层面，集中体现在各种社会心理和社会意识之中，体现在精神性的对象化成果之中。因此，应当从两个主要方面挖掘文化哲学的现实和历史的文化资源：一是各种文化人类学流派所考证和揭示的图腾、神话、习俗、仪式、规范、礼仪等自发的文化现象与文化特质；二是各个时代文学、艺术宗教等人类精神性成果。我们知道，19 世纪后期，在达尔文进化论学说的影响下，文化开始成为文化学家、人类学家、考古学家的研究对象。19 世纪下半叶到 20 世纪初，涌现出一大批著名的文化人类学家，他们通过田野考察及实证研究对文化现象所作的描述和阐释至今还深刻地影响着文化学与文化哲学的研究。以"人类学之父"泰勒以及摩尔根、巴霍芬等人为代表的古典进化论学派是第一个自觉地以文化问题为研究对象，并提出关于文化的系统阐释的流派。他们深受达尔文进化论的影响，强调文化的普遍性和进化性特征。此后，以德国人类学家弗里德里希·拉策尔、莱奥·弗罗贝纽斯、弗里茨，奥地利民族学家威廉·施密特，英国人类学家威廉·里弗斯、埃里奥斯·史密斯和威廉·佩里等人为代表的文化传播论学派对古典进化论学派进行了激烈批判。他们反对后者关于各个文明"独立发明说"和"平行发展论"的观点，认为文化最初只起源于地球的某一个地方，如埃及，并以此为中心向世界各地传播扩散，因此，全部人类文化史就是文化的传播与借用的历史。以博厄斯等人为代表的历史特殊论学派则从另一个角度对古典进化论学派提出了挑战，他们以相对主义的文化观反对后者关于文化进化普遍规律的论断，强调各种文化都是各个社会独特的产物，都有其独特的发展线索。因此，他们致力于"文化圈"、"文化区"的研究，强调文化的民族史，反对文化的世界史。到了 20 世纪，许多文化学家均热心于文化问题的探讨。其中，文化模式论的见解很有影响，如本尼迪克特通过对印第安人的日神型文化模式和酒神型文化模式的研究，以及对日本民族的耻感型文化模式和西方的罪感型文化模式的探讨，深刻地提示了文化模式对个体和民族行为的决定作用。在文化人类学中还存在着关于文化问题更为具体的研究。例如，拉德克利夫—布朗、马林诺夫斯基等人为代表的功能主义文化学派的研究；卡迪纳、米德、林顿、克拉克洪等人关于文化和人格问题的研究；列维—施特劳斯等人的结构主义人类学对于具体文化现象的结构学探讨；利奇、道格拉斯、特纳等人的象征人类学对仪式象征问题的研究，等等，这些文化人类学家从不同的角度、不同的层面、不同的时间和空间尺度对文化问题作了极为细致与深入的探讨。然而，在人类历史中，比文化人类学各种流派关于历史文化的描述更为久远的是文化、艺术、宗教等学科，它们在不同民族和不同时代，以不同的语言方式诉说着各种历史文化的内涵，代表着不同民族和不同时代人类关于自我形象、自己的价值、自己的文化的反思和表达。因此，我们看到，从古希腊哲学到德国古典哲学，一直到马克思那里，文学、艺术、宗教、历史一直在许多重要哲学家和思想家的研究中占据十分重要的地位。这就要求我们不仅要读文化人类学的研究成果，诸如理论学说史、宗教学说史、文学史、文化学理论史，更要读诸如历史、宗教史、文学作品、文化人类学所挖掘的实证的文化史。只有这样，才会为我们敞开古往今来人类的精神世界和文化世界，构成文化哲学当代建构的活水源头和坚实基础。

其次，要切实保持抽象化和范式性的思想理论资源。虽然关注具体的文化现象和文化特质，可以避免先进性文化哲学的抽象化。但对文化哲学，还必须保持其特有的形而上维度，保持自己的理论品格，以免文化哲学降格为具体的文化学、人类学、历史学、文学等实证性学科。因此，在发掘文化哲学的实证性历史文化资源的同时，我们必须特别重视文化哲学的抽象化和范式性思想理论资源。应当说，过去一两个世纪的哲学和其他人文学科的理论进展，为文化哲学提供了不少抽象化和范式性理论资源。一是价值理论。应当说，从古希腊起，价值与文化的问题即已进入了哲学的视野。但是，在相当长的历史时期，这些问题并没有成为哲学关注的中心。在近现代，以近代自然科学特别是实验科学为背景所形成的追求理性逻辑、绝对真理、普遍规律的形而上学和认识论哲学范式，几乎占据了人类精神世界的全部领域，完全否认了关于人类生活意义及价值问题的历史哲学与文化哲学的特殊性和独特地位。新康德主义的弗莱堡学派比较早地开始了哲学对价值问题的关注，他们把握了文化现象与自然现象的差异，确立了从价值视角思考文化问题的范式。比如，文德尔班就认为，19 世纪哲学发展的重大转变是关于价值和意义问题的思考重新成为哲学关注的中心问题。他把哲学的对象确定为"文化价值的普遍有效性",并明确无误地区分历史科学和自然科学,要求哲学从自然科学的范式中摆脱出来。① 文德尔班为文化哲学的发展划定了领域,这就是人存在的历史领域。文化科学或历史科学的研究重心是价值问题,同时也是人的问题。人存在的根据不再是自然规律,而在于历史本身。文德尔班的学生李凯尔特更加明确无误地突出了文化哲学的地位。李凯尔特认为,自然现象具有直接给予性和普遍的连续性,因此,自然科学的方法是一种普遍化的方法,它排斥特殊性和个别性,而强调自然之物中的普遍性和同质性,寻找规律性。他认为,传统哲学的问题在于,用自然科学的普遍化方法去构造自己的哲学体系。而实际上,这是不适用的,因为文化现象与自然现象相比具有很大的独特性。与自然现象的给定性和客观性不同,文化作为人为的现象的突出特征是其价值内涵。② 由此可见,文化科学的方法不能是普遍化的方法,而应当是个别化的历史方法,它尊重文化的个别性和价值内涵。价值问题的突出,使文化哲学在研究范式上同意识哲学和理论哲学区分开来。二是生活世界理论。在 20 世纪的哲学王国中,不是某个哲学家零散地、偶尔地将目光投向了生活世界领域,而是许多哲学家或哲学流派不约而同地从不同视角将注意力聚集到生活世界上,提出了关于生活世界的构想和批判理论。我们可以从胡塞尔的现象学、维特根斯坦的语言哲学、海德格尔的存在主义、哈贝马斯和列菲伏尔等人的西方马克思主义、许茨的生活世界理论、K. 科西克和 A. 赫勒的

---

① 参见〔德〕文德尔班:《哲学史教程》下卷,罗达仁译,商务印书馆1993年版,第 928 页。

② 参见〔德〕H. 李凯尔特:《文化科学和自然科学》,涂纪亮译,商务印书馆 1986 年版,第 21 页。

东欧新马克思主义等重要哲学流派的主要观点中，看到 20 世纪哲学向生活世界回归这一重要转向。生活世界理论对于文化哲学的重要性在于，它从不同侧面自觉地揭示了生活世界的文化规定性，以及文化在个体生存和社会生活中的重要地位。从社会历史方位来看，生活世界无论作为个体再生产的领域或层面，作为主体间交往的背景、视野或境域，还是作为社会再生产的基础，作为社会历史运动的深层基础，都体现了文化规定性，即是说，生活世界是作为一种给定的、非课题化的、非反思的、自明的知识储备、规则体系、价值观念等影响、制约、规范、驱动着个人的再生产和社会的再生产，以及社会历史的演变。显而易见，只有回归生活世界，我们的文化哲学才能把握住文化的基础和根基。生活世界不是独立的存在领域，但又是渗透到个体生存和社会运行等一切领域中的文化模式及内在机理。在这一点上，哈贝马斯作了很好的阐释，他把世界划分为客观世界、社会世界和主观世界。而由文化、社会和个性构成的生活世界不是世界的一个独立的组成部分或领域，而是内在于上述三个世界之中，为行为主体提供给定的文化传统力量（知识储备）、规则体系和价值支撑的条件与背景世界。作为交往行为主体的主体间性的生活世界，实际上是以文化的解释力量内在地与所有其他三个世界相互交织和相互影响，或者构成所有这些对象领域的内在的文化机理。三是新史学理论。20 世纪，在哲学所营造的回归生活世界的文化氛围中，史学、政治学、社会学等众多社会科学领域都出现了告别宏大叙事、向生活世界回归的趋势。法国的年鉴学派、意大利的微观史学派、德国和奥地利的日常生活史学派、英国的"个案史"学派等，都反对只写重大历史事件和只关注政治、经济、军事、外交等宏大叙事的历史学，而主张把关注中心转向文化，转向具体、微观的日常生活世界的各个领域。法国年鉴学派的费尔南德·布罗代尔提出的"长时段史学"概念，对 20 世纪史学的变革产生了重大影响。他认为，在社会现实中，存在着多元的社会时间，特别值得关注的是瞬时性和长时性两种对立的时限。一般来说，传统史学属于短时段历史学，它主要关注事件或政治时间，即历史上的革命、战争等突发现象，因此是一种事件史。而人类社会中存在着一些长时段历史现象，主要是结构或自然时间，指历史上在几个世纪中长期不变和变化极慢的现象，如地理气候、生态环境、社会组织、思想传统等。布罗代尔明确反对传统史学的政治事件史，他强调，短时段的历史无法把握和解释历史的稳定现象及其变化，长时段现象才构成历史的深层结构，构成整个历史发展的基础，对历史进程起着决定性和根本性的作用。法国年鉴学派等新史学的范式意义在于，它不再孤立地围绕着大事件等宏观政治来建构自己的历史解释模式，而是把政治现象放到地理环境、文化传统、经济结构等深层次、长时段的历史现实中加以把握，展示了社会政治运动和经济活动的深层次文化基础，把研究视野从关于政治、经济、军事、外交等重大历史事件，转向具体、微观的日常生活世界及社会运动的各个领域，并揭示出文化、日常生活等因素的更为深远的历史意义和历史作用。综上所述，价值理论为我们揭示了文化现象不同于自然现象的内在规定性；生活世界理论确立了文化作为个体生活和社会运行的内在机理的社会方位。新史学理论为我们揭示了历史进程的深刻的文化内涵。这三个方面的有机结合，为文化哲学的哲学理解范式和历史解释模式的构建确立了重要的范式原则。

最后，要主动利用针对性与现实性的文化批判资源。文化哲学是一种具有强烈现实关怀和批判的学科，它的建构还需要借鉴针对性与现实性的文化批判资源。因为这样一种文化批判理论对于中国的文化转型具有重要的理论范式意义。就中国语境而言，我们的文化批判应当体现出"双刃"的锋芒：一是与国际学术界同步，关注西方发达国家的现代性文化危机，借鉴西方的文化批判理论；二是立足于本土文化，揭示中国的现代性生成所遭遇的内在文化阻滞力，发掘中国现代化进程中的文化批判资源。首先要借鉴西方文化批判理论。西方社会从 19 世纪下半叶起，一方面是科学技术的发展速度有增无减，人类向大自然显示了前所未有的力量，并在前所未有的程度上改善了自己的生存条件；另一方面，人类对自然的技术征服和统治却带来后者无情的报复，而且人类用以征服自然的技术本身也愈来愈成为自律的和失控的超人力量。技术的异化促使一些异化的文化力量和社会力量失控发展：官僚制的极权国家、以批量生产和商品化为特征的大众文化、以操纵和控制人的精神世界为宗旨的形形色色的意识形态、斩断人与自然以及人与人天然联系的大都市，等等。在这种背景下，唯意志论、现象学、哲学人类学、存在主义、西方马克思主义、后现代主义等哲学流派和理论思潮，从不同角度对于西方理性文化的危机展开了深刻批判。20 世纪的哲学家们不但深刻批判了技术异化和文化危机现象，而且从不同层面揭示技术异化和文化危机的根源。例如，胡塞尔倾向于从实证主义思潮的流行（或对实证科学的迷信）来寻找文化危机的根源；新马克思主义理论家从马克思的异化理论出发，在文化层面上批判了现代社会各种有影响的社会力量和文化力量，特别突出了意识形态批判、技术理性批判、大众文化批判、性格结构与心理机制批判等主题；以德里达、福柯、利奥塔德等人为代表的后现代主义思潮激进地否定了发达工业社会的主导性文化精神。这些文化批判理论，对于现代文化哲学的自觉和对现实的深刻把握，具有重要的价值。其次是应重视日常生活批判对于中国语境中文化批判的特殊意义。日常生活批判从一个基本的判断出发，它认为，一个社会占主导地位的文化模式或文化精神并不简单地体现在政治、经济、精神生产等宏观层面，相反，它有着深刻的微观层次的文化根基。以衣食住行、饮食男女、婚丧嫁娶、礼尚往来等日常消费活动、交往活动和观念构成的日常生活世界，是一个凭借给定的归类模式和重复性思维以及血缘、天然情感、经验常识、传统习俗等加以维系的自在的、未分化的、近乎于自然的领域。它一方面直接塑造了自在自发的活动主体，另一方面以其自在自发的文化模式影响和制约社会生活与社会运行。因此，对于一个民族而言，要实现文化的转型和人自身的现代化，要形成现代的社会运行机制，必须经历日常生活世界的批判重建过程，使人超越传统日常生活结构和图式对人创造活动的束缚，由自在自发的日常生存状态向自由自觉的非日常存在状态跃升。这里需要特别指出的是，现代性虽然在发达国家和地区遭遇深刻的危机，但是，它依旧具有内在的潜力和自我完善的能力，正如哈贝马斯所言，现代性是一个"未完成的设计"。当代中国社会所面临的问题，主要不是现代性的危机，而是现代性的基本"不在场"。现代性对我们许多人来说并不陌生，但是，它只是以碎片的、枝节性的、萌芽的形态或方式出现在某些个体的意识中，出现在社会理论和精神的流动之中，出现在社会运行的某些方面或侧面，而没有作为社会深层的和内在的机理、结构、图式、活动机制、存在方式、文化精神等全方位地扎根、植入、嵌入、渗透到个体生存与社会运行之中。换言之，中国现代性的生成遭遇到传统文化的巨大阻滞力，这与中国特别发达的日常生活世界及其文化图式有着本质的关联。

三

　　毫无疑问，文化哲学的当代建构，是以中国现代化为主题，要走进现实生活，并通过对中国传统哲学的改造，建构以生命的文化创造为内核的本体论，并把对文化的现实和形而上的思考结合为一体、蕴含着新的哲学规定的一种特殊形态。

　　文化哲学形而上建构——存在就是生命。存在就是生命，而生命具有两个相互制约、而不可对任何一方做弃舍的方面："生命之动"与"生命之形"。"生命之动"就是生命活力。它就是生命由于"生"（"活着"并"活得更好"）的欲望和追求所表现出的"活生生"的朝气蓬勃的样子。它是一切人的（民族的）文化运动和"存在"样式变动不居的"原动力"。人（民族）之所以能够"创造历史"，正是人（民族）的活跃着的"生命力"在创造历史；如果人（民族）的生命力萎缩了、衰弱了，甚至连"活着"的兴趣和勇气都没有了，他就不可能创造历史，也就不可能有自己的"进步的"历史。反之，只有那些具有生命朝气和对生活有更好、更高追求的人（民族），才是文化的人（民族），才能创造历史，使自己生活得更好。而"生命之形"就是生命通过意识的自我教化塑造自我实体形象和活动的实体制度。也就是说，生命是活动的，而活动必然要落实到"形式上"，即按照一定的程序和规则来进行，同时，生命活动也必然以外在的形式（质料之物或者符号之物）为其活动的直接目的，或者为其活动的工具。也就是说，生命本身必然要用"形式"把自己"表现"出来。在严格意义上说，任何生命本身都是"形式的"，个体的生命形式就是"身体"。

没有无形式的生命。生命以自己的"生命力之动"永远在"为自己塑形"，这"形"就是处于历史流变"不定"中的暂时的"定"，由于"定"都是由生命自己规制（建构规则和制度，或者按照生命心灵的外在性活动规则设置）出来的，所以就叫做"规定"。所以，人类的各个历史时期，人的存在就都表现为人把自我文化（向文雅、文明而变化）的过程。之所以形成连续不断的序列，就是因为人的生命欲望和对生活得更美好的从不间断的且日益强烈的追求；而这个连续不断的过程，都无一例外地是以人类各种暂时性的制度和"创造物"（形式）的不断新旧更替所表现出来的。一方面是文化活力，另一方面是不断更替的各种各样实体的文化形式。历史的发展在实质上就是文化生命力总要以其前所未有的活跃和力度（在发生学意义上）创造出新的"文化形态"（制度和符号），或者（在历史学意义上）否定和摧毁旧有的"文化形态"（制度和符号）而创立新的"文化形态"。由此可见，文化，实际上就是人的生命（"存在"）的两种相互联结、且相互作用的特点的表现：以生命力的活跃来推动和实现自己的发展，而以对实体的文明形式的创制来一步步把自己的发展"落到实处"。历史就是人不断鼓舞、激扬自己生命的"文化活跃性"并同时也就以此来为自己创建新的"文化形态"、文明的总体过程。所以，生命力的活跃和旺盛，靠的是人（民族）以一种"狂欢"和"冲动"的态度来激发自身。中国文化的"乐"中包含了这种态度，而西方文化中的"酒神精神"直接就是这种态度。在一定意义上，这种狂欢态度伸展人（民族）的可能的"自由"程度，冲决一切对人（民族）的"生命优化"欲望的限制性形式。这就是人（民族）的"文化创造精神"，它是一种相对于固定成型的文化形式来说的否定性力量、批判性力量。人正是靠生命的这种活跃性来不断发展和提升自己的。

而生命的形态化（即文明化），靠的是人对制度和符号的自我创设能力。这种创设在最初意义上有两种方式：被动的创设和主动的创设。被动的创设结果就是"禁忌"的形成，这就是人为自己规定"不应该做什么"；而主动的创设结果就是图腾的形成，这就是人为自己规定"应该做什么"。在此基础上，文化史形成了这两种创设的漫长系列。泛而言之，中国文化中的"礼"与"教"和"为"与"不为"，西方文化中的"阿波罗精神"和"理性"精神等，都与这种创设能力及其成果有关。在一定意义上，这种创设能力建构人（民族）所赖以存在于其中的自然界（天地）环境"框架"、社会（共同体）"制度"、人（民族）自身的行动和思想"规范"，以及人（民族）的精神生活"境界"。人正是靠生命的这种创制能力来筹划、落实自己的人生愿望和理想。应该说，文化活力和文化创制能力是描述人（民族）的文化样态和探讨人的文化（存在）进步可能性的两个重要的基本范畴。"生命之动"就是文化的"动力学"，而"生命之定"就是文化的"形态学"。"文化"就是处于生命之动与生命之定二者的激荡与和谐中的生命不断升华的发展过程，就是一部文化史。这里要特别强调的是：如果没有人的生命的活跃性，就没有文化创造力，那么，任何既有的制度、规范和"纲常"再好、再完善，都不过是死水一潭。而要使人"有精神"，使民族"有生气"，就应该重视激发人的生命活力，重视培养人的生活情趣，调动人的创造性思想和创造性活动的积极性，给人的创造性的展开提供尽可能大的文化社会空间；同时，在人充满激情和创造力的时候，要善于引导人们进行制度创设和规范建设，而不要盲目崇拜人的本能的"自发性"。要把人的自发性区分为"积极的自发性"和"消极的自发性"。对积极的自发性进行促进，而对消极的自发性要用"现代禁忌"加以抑制和消除。总之，要使一个人（民族）有文化，就应该对"激发活力"与"创设制度规范"并重。当然，不同时期文化发展的这两个方面，都面临着由历史所奠基的、实际所昭示的时代任务。在不同时期文化任务各不相同甚至很不相同，因而，到底是应该更侧重激发生命的活力还是应该更重视制度创设能力，要视时代任务而定。这也是很自然的。但不管在哪个历史时期，在不同"度"的侧重的前提下，随机地协调文化之动和文化之定，使二者形成一种动态的均衡，这也可以称作"文化发展的历史辩证法"。

文化哲学的时代建构——虚拟交往反思。文化哲学是面向生活世界的基础批判理论。而建立在互联网虚拟平台基础上的虚拟交往，一方面弥补了传统交往的不足，另一方面也给传统交往带来了巨大冲击。如何看待虚拟交往给人类生活带来的变化，厘清虚拟交往的特点以及利弊，从而更好地为虚拟交往平台的合理构建以及虚拟交往行为的理性参与提供有价值的指导，已经成为当代文化哲学的时代课题。所谓虚拟交往，是指两个或两个以上主体在以互联网为基础的虚拟空间中以符号化、数字化或电子化的语言为信息交流载体的交往方式。虚拟交往主要通过电子邮件、网上电子公板（BBS）、即时通信工具（OICQ、MSN 等）和虚拟社区等方式进行，它在一定程度上弥补了传统现实交往行为的不足。首先，虚拟交往有利于交往信心的重建。层级现象在现实社会等级体系中十分明显，金字塔型的社会结构体系决定了大部分人在现实交往中处于非中心状态。在虚拟网络中，主体之间的关系是由一对一的关系结成的关系网，所有的人都是关系网的一个节点，因而每个人都是中心。这为那些由于相貌、社会地位等因素而在现实交往中处于劣势的人提供了一个可以充分发挥自己潜力的公平竞技场，使他们有机会得以重新建立交往的自信心。其次，虚拟交往消除了物理距离的限制。由于信息传递工具发展状况的限制，传统交往一般是基于血缘、地缘或业缘关系建立起来的，而网络是一个由多国家、多局域网构成的四通八达的虚拟平台，信息技术带来传播方式的现代化，特别是信息高速公路的建设，使得空间距离进一步缩短，我们居住的星球正在变成一个麦克卢汉曾预言的地球村。影像、声音、文本等各式各样的信息形式可以方便快捷地通过国际互联网传送，物理距离已经不再成为跨地域交往的障碍。最后，虚拟交往在一定程度上摆脱了现实交往的功利性。虚拟交往活动展开的平台以及依附的空间是非物质性的电子网络，在交往行为中，交往的主体、客体及交往的媒介，都是基于一些虚拟的电子信息符号所建构而成的人工环境。虚拟交往中信息的传递以及语言交流，主要是以电脑介质进行的，无论是网络通信、文件传送、远程登录和网络浏览，还是以这些行动为基础单位而组合起来的各种各样更为复杂的虚拟实践交往，都以虚拟的方式进行，并不具有在现实的物理空间中所进行的实践活动那样的实在性，网络的非物质性使其难以得到物质上的回报，因而人们也不再期望获得回报。

虽然虚拟交往比传统交往具有更大的便利性和自主性，但虚拟交往毕竟是对现实交往的模拟，它是现实交往的某种延伸而绝非人类交往的全新模式，在推动人类交往发展的同时，虚拟交往也带来了一些困扰。第一，虚拟交往在一定程度上带来了自我认同的危机。由于虚拟交往的去身体化、匿名性等特点，主体在虚拟交往中所展示的自我实质上是一个理想自我。虚拟交往给主体提供了一个可以根据自己的意愿、通过对自己历史的重新阐释来重新塑造一个全新的自我。在网络上所呈现出来的自我，往往是自己所期待、但在真实世界受到既有生命历程及其社会关系所羁绊而无法如愿的那一个面向之自我。同时，虚拟自我在网络中一般会同时拥有多个面向，在虚拟社区中，个人将会更彻底地维持着数个可能截然不同的自我认同。虚拟世界就像一个舞台，每一个主体可以在这个舞台上扮演他自己心目中的英雄，而对那些以与真实世界中一样的身份出现在虚拟世界中的人来说，他们只不过是选择了扮演真实世界中的他自己，从这种意义上来说，人人都在虚拟世界中演戏。这样，主体会迷失在自己所设定的不同的历史叙事当中而产生自我认同的危机。第二，虚拟交往可能带来现实人际交往危机。人都有追求新生事物的本性，这是人类进步的源泉。虚拟交往似乎拥有更大的魅力。网友越来越多，可交情却越来越浅。传统交往中需要几年到几十年才能结下的深厚情谊在网上被浓缩至几天甚至几个小时，而这样来得匆忙的情谊自然去得也容易。这种沉溺与匆忙共存的交往所导致的最终结果是现实人际关系的弱化。人的生活时间是有限的，在线的时间越长就意味着离线时间越短，过度沉溺于虚拟世界会荒疏于现实生活，执著于虚拟交往的人也许因某一方面的共同兴趣形成网络族，却与近在咫尺的亲友之间产生鸿沟，造成现实人际关系的冷漠和心灵的隔阂。由此可见，网络使用得越多，人们用来与身边家人、朋友交流的时间就越少，他们的社区圈子就越小，而由此产生的孤独感和绝望感就越强烈。第三，虚拟交往会引发网络道德的危机。虚拟交往隔断了虚拟化身体与现实身体之间的纽带，弱化了现实人际交往规则的权威性，由于身体不在场和交往的匿名性，人们在现实社会中的地位、身份和角色对交往的影响和制约作用就变得微乎其微。不仅"在网络上没有人知道你是条狗"，并且对自己进行一定的伪装已经成了虚拟交往主体的必备技能。因为，网络人际关系的特色并不在于它们是经过媒介的，而在于它们是以网络的媒介特性为基础而建立起的、在虚拟社区中陌生人之间的接触。于是，各种谎言、欺骗和不负责任的消息几乎成了虚拟交往中的一种常态。甚至网络犯罪的复杂性也使网络犯罪成为世人所关注的问题。由此可见，建立起对虚拟交往的文化哲学反思理论不仅是促进虚拟交往健康发展的需要，更是文化哲学自身发展的必然结果。

文化哲学的先进性——马克思主义的理论支撑。马克思哲学在中国社会的当代建构并不表现在它可以成为我们解决具体问题的灵丹妙药和万能公式，而在于为我们提供一整套符合现代社会发展潮流的科学的思维方式、人生观、价值观。这特别集中地体现在为中国社会实现由农业文明向工业文明的转型和中国现代化建设提供强大的理论支撑上。首先，用马克思哲学作为指导思想推动和加速中国社会的文化转型。人类社会由低级向高级不断发展是一种基本的趋势，但是这种发展与自然界的周期性运动不同，它不是一个"自然过程"，而是人类自觉活动推动下的"自为过程"，人的实践活动可以加速或延缓这种发展的步伐。从农业文明向工业文明的转变是一次极为重要和艰难的文化转型，尤其对于具有几千年历史、农业文明极为发达的中国来说，实现这一转变更为艰难。中国社会的转型与世界的不同步性和中国社会当下的内外生存条件等因素，也增加了实现转型的难度。这种由人积极参与的社会转变活动需要先进理论的指导，单纯依靠自己的传统文化是无法实现的。历史证明，中国的儒家思想、道家思想、新儒家思想，西方的自由主义、后现代主义等思想流派，都无法承担起推动这种社会转型的理论指导作用。相对而言，马克思哲学的批判精神、理性精神、实践精神、人道主义精神等，对于批判农业文明精神、推动中国社会转型具有重要作用。马克思哲学是在批判旧的观念和制度中形成的，对批判旧观念和旧制度具有强大的"杀伤力"。马克思认为，不对旧的制度展开批判就无法创建新的制度；他告诫人们"愉快地同自己的过去诀别"，指出"当旧制度本身还相信而且也应当相信自己的合理性的时候，它的历史是悲剧性的。当旧制度作为现存的世界制度同新生的世界进行斗争的时候，旧制度犯的是世界历史性的错误，而不是个人的错误。因而旧制度的灭亡也是悲剧性的"。马克思哲学的批判精神无疑是有助于先进性文化哲学的当代建构。其次，用马克思哲学催生中国的现代文化精神。中国的现代化进程的确是中国历史的一个伟大进步，但是，中国的现代化进程并不是一个简单的模仿或照搬西方现代化模式的过程。西方的现代化之路背后有一整套以现代性为标志的文化内涵、以理性精神和人本精神为核心的价值体系——现代工业文明的文化精神。农业文明的文化精神与工业文明的文化精神是两种完全不同的思维方式和价值体系，相对而言前者代表着保守和落后，后者代表着革命和进步。从人类历史的演进过程来看，工业文明是对农业文明变革的结果，是历史进步的必然发展，是人类在生产方式、思维方式、价值观念、行为方式等方面的彻底批判和超越。中国是一个有着悠久历史的农业文明国家，在几千年的漫长历史中形成了非常发达的农本社会文化精神，而且这种文化精神仍然存在于广大民众的日常生活之中，仍然作为一种在现实生活中发挥实际作用的潜规则而存在。这表明，以现代性为核心的文化精神在当代中国并没有生成和扎根，因而需要用马克思哲学来做进一步的、深入的文化启蒙。作为现代西方工业文明精神的精华，马克思哲学本身体现了现代性的核心理念，它对中国传统社会的文化精神具有极强的批判性，通过这种批判可以在中国建构出现代工业文明的文化精神。最后，用马克思哲学为中国社会的进步提供精神动力和理论支撑。中国与西方发达国家的现代化进程的不同步性，导致了今天中国的现代化处于中国传统文化与西方文化、现代性文化与后现代性文化的并存和冲突之中。我们的现代化建设既要承受现代化的负面影响和付出代价，又要在思想上经受住对现代性批判的困扰。如果我们在中国的现代化建设中始终受文化保守主义、文化激进主义和自由主义等思想观念的影响，不能从理论上识别其理论的虚假性和危害性并加以批判，就会阻碍乃至葬送现代化的历史进程。文化保守主义过分强调本土传统文化的优越性，从根本上排斥西方文化中的精华；文化激进主义过分贬低本土文化、否定其合理之处，试图用全盘西化的方式彻底改变中国文化；自由主义则完全不顾中国的历史和国情，用西方的模式解决中国的问题。因此，上述各种流派貌似合理，实则偏颇，无助于从根本上解决中国的现代化建设问题，相对于马克思哲学均具有明显的不足和缺陷。历史证明，只有马克思哲学可以肩负起明鉴是非、针砭时弊、导引航向的作用。① 所以，马克思哲学就是先进性文化哲学，由此从经济的角度去判断文化的先进性，它正如毛泽东在《新民主主义论》中说的："没有资本主义经济，没有资产阶级、小资产阶级和无产阶级，没

---

① 本文涉及深层次的哲学理论问题，由于本部分整体构思的需要，参见许苏民的《文化哲学》（上海人民出版社 1990 年版）、邹广文的《文化哲学的当代视野》（山东大学出版社 1994 年版）、衣俊卿的《文化哲学》（云南人民出版社 2001 年版）和《文化哲学——理论理性和时间理性交汇的文化批评》（云南人民出版社 2005 年版），并引用了相关文化哲学论文的观点与材料，特作说明并表示感谢。

有这些阶级的政治力量，所谓新的观念形态，所谓新文化，是无从发生的。"①而从文化本质去判断文化的先进性，满足人的精神需要，使人更加人化。这样的人才能够协调人与人、人与自然、当代人与未来人之间的关系；这样的文化，不论它是否处于生产力高度发达的阶段，它都是先进文化，因为它更长远地有利于生产力的发展，符合人类的长远利益。

---

① 《毛泽东选集》第二卷，人民出版社 1991 年版，第 695 页。

和谐文化与先进文化

一、和谐文化与先进文化的理论阐释

胡锦涛总书记《在中国共产党第十七次全国代表大会上的报告》中，进一步高瞻远瞩地明确指出"和谐文化是全体人民团结进步的重要精神支撑"，要"建设和谐文化"[1]，对此，十六届六中全会《决定》曾有深入的阐释，"建设和谐文化，是构建社会主义和谐社会的重要任务。社会主义核心价值体系是建设和谐文化的根本。必须坚持马克思主义在意识形态领域的指导地位，牢牢把握社会主义先进文化的前进方向，弘扬民族优秀文化传统，借鉴人类有益的文明成果，倡导和谐理念，培育和谐精神，进一步形成全社会共同的理想信念和道德规范，打牢全党全国各族人民团结奋斗的思想道德基础"，"马克思主义指导思想，中国特色社会主义共同理想，以爱国主义为核心的民族精神和以改革创新为核心的时代精神，社会主义荣辱观，构成社会主义核心价值体系的基本内容。"[2] 这些论述，为我们进一步理解和认识社会主义和谐文化的基本内涵提

---

[1] 《中国共产党第十七次全国代表大会文件汇编》，人民出版社 2007 年版，第 34 页。

[2] 《中共中央关于构建社会主义和谐社会若干重大问题的决定》，《人民日报》2006 年 10 月 19 日。

供了根本性的指导。"所谓和谐文化，是指一种以和谐为思想内核和价值取向，以倡导、研究、阐释、传播、实施、奉行和谐理念为主要内容的文化形态、文化现象和文化性状。它包括思想观念、价值体系、行为规范、文化产品、社会风尚、制度体制等多种存在方式。"[①] 从和谐文化的表现形式来看，它是一种社会形态的一定历史阶段中，具有和谐性和进步性的、能够共生共荣良性互动的文化现象的综合。即它的最本质的内容就是崇尚和谐理念，体现和谐精神，也就是以和谐理念贯穿于相关的文化形态和文化现象之中，以和谐精神作为这种文化的基本价值取向，并以此影响其他各种文化形式。在和谐社会视野中，和谐文化最根本的要求就是坚持社会主义核心价值体系。它的灵魂和发展方向是社会主义先进文化。它的精髓是以爱国主义为核心的民族精神和以改革创新为核心的时代精神。它的道德基础是社会主义荣辱观。它所面临并要解决的时代主题是中国特色社会主义的共同理想。

然而，有人竟认为和谐文化就是一团和气，平均主义，没有差异，排斥改革。这其实是对和谐文化的误解。古代思想家孔子说："君子和而不同，小人同而不和。"在孔子看来，君子注重团结、尊重差异，小人随声附和、朋比不周。晏婴也以烹调的五味和奏乐的五音向齐侯说明"同"与"和"的区别，认为五味不同，只要主味突出，各味调剂得好，就能成为美味；五音各异，只要主律鲜明，各音配合得好，就能组成佳音。有些人习惯于搞"一言堂"，没有"杂音"，在贯彻上级精神时照本宣科，在做思想工作时"我打你通"。孰不知，一致是相对的、有条件的，不一致是绝对的、无条件的。七嘴八舌、议

---

① 李忠杰：《论建设和谐文化》，《光明日报》2006 年 10 月 9 日。

论纷纷、各抒己见，恰恰是通往和谐的必经之途；锐意改革，消除体制和机制上的障碍，割除不和谐因素，正是构建和谐社会的根本措施。如果不能把差异引导到科学轨道而实行正确的集中，就会是一盘散沙，就会损害和谐大业。民主集中制是我们党的根本组织原则和组织制度，民主法治是社会主义和谐社会的第一特征，科学执政、民主执政、依法执政是我们党必须提高的第一能力。所以，和谐文化既是和谐社会的思想根基和文化源泉，也是和谐社会的重要特征和精神支撑；既是实现和谐社会的精神动力，也是衡量社会和谐水平的重要尺度。在构建和谐社会和建设中国特色社会主义文化中，和谐文化是中国特色社会主义文化的重要组成部分，处于这一文化的基础地位；和谐文化强调的是，在先进文化的统领下，在和谐理念的培育中，包容文化多样，尊重文化差异，谋求"和而不同"；和谐文化侧重于在包容多样中扩大社会认同，在尊重差异中形成思想共识。因此，我们应当以和谐文化的本质要求和社会主义核心价值体系的基本内容为根据，努力建设与和谐社会要求相适应，与中华民族"和合"文化传统相承接，汲取人类有益文明成果，反映时代进步潮流的和谐文化。

同时，胡锦涛总书记《在中国共产党第十七次全国代表大会上的报告》中，也谆谆告诫我们"要坚持社会主义先进文化前进方向"[1]。所谓先进文化，就是符合最广大人民群众根本利益，符合人类文明发展趋势，并在历史的纵向和横向比较中具有优越性的文化。"发展先进文化，就是发展有中国特色社会主义的文化，就是建设社会主义精神文明。"[2]先进文化所蕴涵

[1] 《中国共产党第十七次全国代表大会文件汇编》，人民出版社 2007 年版，第 32 页。

[2] 《江泽民文选》第三卷，人民出版社 2006 年版，第 276 页。

的价值观念不仅是建立各种社会制度的价值源泉，而且也是新社会建立一系列道德规范的价值尺度。新社会的建立事实上是先进文化所蕴涵的价值观念制度化和规范化的过程。从西方社会的发展史来看，在由封建社会向资本主义社会转型的历史过程中，文艺复兴运动以及随后的新教改革运动所倡导的先进文化不仅敲响了基督教神学统治的丧钟，而且为资本主义社会的诞生奠定了思想基础。其后，西方资本主义社会的一系列政治法律制度和道德规范的建立，都可以从文艺复兴运动和新教改革运动所倡导的文化中找到其最初的价值观根源。正如马克思·韦伯在《新教伦理与资本主义精神》一书中指出的那样，新教所倡导的伦理观念正是资本主义精神的实质所在，它不仅使人们获利的冲动合法化，而且把获利看做上帝的直接意愿。事实上，人类历史的发展，社会形态的更替，并不是一帆风顺的。新的社会形态所以能在受到多次挫折之后浴火重生，一个重要原因，就在于有先进文化的内在支撑。先进文化是新的社会形态能够浴火重生的火种，是新的社会不断发展的力量源泉。因此，人的行为本质上是一种建立在一定合理性基础上的行为，只有当人们的行为被认为具有某种合理性时，人们才会理直气壮、义无反顾地去践行。在人类社会的发展过程中，一旦先进文化支撑的社会形态的确立遇到曲折、反复，先进文化就会给人们以信念的支撑，就会成为人们追求新社会的力量源泉。所以，先进文化既是人类社会发展的灵魂，也是人类历史发展的动力；既是人类文明进步的结晶，也是人类精神文明的载体。在当代中国，先进文化既是建设中国特色社会主义和构建和谐社会的思想旗帜，也是中国共产党的灵魂和旗帜及其先进性的显著标志。这种显著的重要标准就是：是否有利于发展社会主义的生产力，是否有利于增强社会主义的综合国力，是否有利于提高人民的生活水平。由此可见，先进文化应有利于促进社会主义现代化建设，有利于构建社会主义和谐社会的文化；应有利于增强人们的精神力量，有利于树立中国特色社会主义共同理想的文化；应有利于弘扬民族精神，有利于培育时代精神的文化；应有利于提高人们的道德情操，有利于促进人的全面发展的文化。当然，先进文化也是具体的历史的，是与一定历史的生产力发展水平及相应的政治、经济制度相联系的。在半殖民地半封建社会的旧中国，那些体现民族独立、人民解放、国家振兴的文化就是先进文化；在新民主主义革命时期，我们党所倡导的无产阶级的人民大众的反帝反封建的文化就是先进文化。在当代中国，先进文化就是在马克思主义指导下，"面向现代化、面向世界、面向未来的，民族的科学的大众的社会主义文化"，就是在科学发展观统领下的，有利于社会生产力发展和人的全面发展的文化。马列主义、毛泽东思想、邓小平理论和"三个代表"重要思想以及科学发展观，是一脉相承的完整的科学体系，是科学的世界观和方法论，是中国特色社会主义文化先进性的根本保证。在中国特色社会主义文化建设中，先进文化处于核心和主导地位，发挥的是文化发展方向的引领作用与文化品质的提升作用。

二、和谐文化与先进文化的辩证关系

先进文化与和谐文化是当代中国化的马克思主义者相继提出的两个重要的文化概念。这两个重要的文化概念之间的逻辑关系、思想内涵、精神价值和社会功能是统一的。在逻辑关系上，先进文化是和谐文化的核心与主导，而和谐文化是通往先进文化的必要条件；在思想内涵上，先进文化与和谐文化都是中国特色社会主义的文化，都是当前社会文化建设的努力方向和着力点；在精神价值上，两者都为和谐社会建设提供强有力的思想保证、精神动力和智力支持；在社会功能上，两者都对现代化建设和民族复兴的伟业起推动和促进作用。通过分析先进文化和和谐文化在精神实质上的统一性或一致性，我们可以得出初步的结论：一方面，先进文化是具有和谐属性的先进文化。先进文化的和谐属性，内在地决定了每一种形态的先进文化都内含着一定的和谐文化。先进文化之所以具有和谐属性，内含一定的和谐文化，是因为先进文化的民族性、科学性、大众性及其时代性与开放性特点决定了它必然与时代潮流和时代精神相一致，也必然与民族优秀文化传统和外来优秀文化成果相协调，与当代中国社会实践相吻合。先进文化的民族性特点强调的是文化的中国作风与中国气派，谋求的是文化在传统与当代之间的沟通、承扬与和谐。先进文化的科学性特点必然包含和谐文化的精神元素。先进文化的大众特点表明它必然从根本上反映人民大众的根本利益，满足人民大众对人际和谐、人与社会和谐及人与自然和谐的追求，体现中华民族几千年来渴望社会和谐的理想。先进文化的时代性特点通过文化与改革开放实践，与社会政治经济相结合相协调的互动过程体现和谐文化的要求。先进文化的开放性特点表明它在弘扬主旋律的同时，必须尊重差异，包融多样，体现和谐。另一方面，和谐文化是具有先进性质的和谐文化。和谐文化之所以具有先进性质，首先是因为和谐文化必须以社会主义先进文化为指导，坚持先进文化的发展方向，这是决定和谐文化先进性质的根本因素。和谐文化融合了社会主义先进文化、优秀传统文化、外来优秀文化成果以及与现时代相适应而产生的文化成果。优秀传统文化、外来优秀文化成果、新时代的文化成果等都应当是人类文化成果中的精华，其先进性特点是不言而喻的。也正因为如此，和谐文化除了具有突出的包容性和广泛的适应性等特点外，同样也在一定程度上具有民族性、科学性、大众性及时代性与开放性特点。人类文化从总体上说是多样的，是丰富多彩的。多样文化必然形成不同文化之间的矛盾与冲突，同时，同一文化内部也总是存在着"百家争鸣，百花齐放"的局面。和谐文化倡导和谐理念，培育和谐精神，营造和谐氛围的过程，实际上就是一个在不断解决内外矛盾和冲突中谋求和谐，体现合理性、进步性和先进性的过程。由此可见，缺少先进性质的和谐文化与没有和谐精神的先进文化，都是不理想的。先进文化本质上应当是和谐的，和谐文化本质上也应当是先进的，两者良性互动，融为一体，铸成既先进又和谐的当代中国的思想结构和体制结构。正是这种先进的和谐文化和这种和谐的先进文化有机结合筑成了中华民族的文化大厦。建设和谐文化必须涤荡和铲除一切不和谐的社会思想现象，和谐文化的确立和发展正是在不断解决社会思想矛盾的过程中逐步实现的。建设先进文化必须改造落后文化、抵制腐朽文化，先进文化的确立和发展同样是在与一切反先进的社会文化思潮的斗争中逐步实现的。正是这种和谐的先进文化和先进的和谐文化作为富有中国特色的当代马克思主义的文化主体和文化载体，为实现中华民族的伟大复兴，推进现代化的历史进程，为建设社会主义核心价值体系，弘扬以爱国主义为核心的民族精神和以改革创新为核心的时代精神，提供强有力的思想保证和精神动力。

毋庸讳言，只和谐不先进的文化是有缺陷的。中国封建社会的晚期，以"天人合一"为核心的和谐文化已经沦为一种畸变的宗法专制文化。这种已经失去了历史的合理性和进步性的所谓的"和谐文化"的背后，掩盖着社会的颓丧。约250年前的《红楼梦》的作者曹雪芹和他的小说中的贾宝玉等人物已经意识到中国封建帝国到了行将就木的末世，开始"内囊却也尽上来了"，这个即将轰然崩塌的天是无法补的了。而时下的一些展示中国清王朝的康乾盛世的小说，特别是影视作品，由于没有把这个时期的中国封建宗法制社会放到全世界这个宏大的历史背景去考察和比较，以致造成夜郎自大和孤芳自赏，竭力美化这个"夕阳无限好，只是近黄昏"的封建末世的虚假的繁荣景象。实际上，这个时期的中国传统的封建宗法制社会开始滑坡，所谓"中兴"的"太虚幻境"遮蔽着、潜伏着深刻的危机和衰竭的祸根。这个时期的中国封建王朝依然封闭锁国，实施政治专制，大搞文字冤狱，抑制工商，蔑视技艺，打压知识分子，禁锢先进思想，阻抗变革潮流，已经酿成腐朽和没落的颓势。对康乾盛世的美化和诗化，麻醉了国人的神经，遮蔽了具有改革意向的志士仁人的世界视野。正是在这个时期，英国的中产阶级勃然崛起，更新了立宪政体，发动了工业革命，带动了经济腾飞，成为新时代的开路先锋，而古老的中国则被排斥在世界现代文明的大门之外，旋即坠入半封建半殖民地的黑暗的深渊。这种阻碍历史发展和社会进步的、实际上是宣扬滞后和倒退的"和谐文化"是我们所不取的。而只先进不和谐的文化也是有缺陷的。有的超级大国拥有极其发达的经济和高精尖的科技成果，却利用这些先进的经济和技术手段施暴于自然，抢占、掠夺和消耗世界的能源、破坏自然生态，造成地球变暖，如不加以遏制，任其恶性膨胀，可能导致人类这个唯一的绿色星球的毁灭。这些超级大国往往违背人类的公平和正义的原则，践踏平等的国际关系，充当世界主宰，挟经济、科技和军事的强大实力威慑天下，唯我独尊，实行大国霸权主义和穷兵黩武政策，充当国际宪兵，侵犯他国主权，引发军备竞赛，成为世界和平的破坏者和国际争端的制造者。这些先进文化的拥有者不是利用先进的文化成果造福人类，而是危害人类，成为全球范围内的人与自然的关系、国与国的关系和人与人的关系的不和谐的根源。这种只先进而不和谐的文化同样是我们所不取的。

我们需要和追求的则是既和谐又先进的文化。我们所主张的和谐与平衡不是消极的、滞后的，而是先进的、积极的和谐与平衡。这种和谐与平衡不仅有利于正确处理人与自然的关系、公正地解决国际关系，而且有利于推动现代化的历史进程又好又快地向前发展，有助于促进社会的全面进步和人的全面自由发展。先进的和谐文化不仅要求人们具有和谐意识，而且要求人们具有先进意识，要求人们发扬自强不息、厚德载物的人文传统；要求激发人们"敢为天下先"的勇气；要求培养人的创造精神和发明能力，特别是增强科技领域中的领先意识和品牌意识；要求调动人们的求索和探险乃至冒险精神；要求人们为了实现强国富民的伟业不断奋发进取、建功立业；要求铸造人们的自强意识、自立意识、竞争意识和效益意识，让创造历史的人们的生活充满自豪感和成就感；发扬敢于斗争和敢于胜利的"长征精神"、"延安精神"、"西柏坡精神"，把新历史条件下的新长征不断推向前进，取得新的辉煌。倡导和谐文化的同时，适当遏制社会生活中的那种耽于安逸、享乐、豪华、奢靡等充溢着腐烂气味的文化氛围，追求清新、雄健、宏伟、壮丽的阳刚之美和大丈夫气派。当然，和谐是发展的、动态的，在人类的社会实践过程中不断更新的活性结构。马克思主义认为，社会生活在本质上是实践的。哲学的伟大使命和根本目的不在于用不同的方式解释世界，而是改造世界。马克思、恩格斯为了强调实践的极其重要性，甚至把他们的哲学称为

"实践唯物主义"，认为"对实践的唯物主义者，即共产主义者来说，全部问题在于使现存世界革命化，实际地反对和改变事物的现状"。马克思、恩格斯指出："为了实现思想"，"要有使用实践力量的人"，[①]马克思、恩格斯还把能否依靠"实践力量"、"改变旧环境"作为区别"新人"与"旧人"的根本标志。[②] 他们企盼造就能够掌握"实践理性"、使用"实践力量"改变旧世界的一代新人。[③]

三、先进文化与和谐文化的主流性和和谐美

先进文化本身就是一种主流意识形态。任何一个国家、一个民族、一个社会，都有自己的主流意识形态，也有自己的主流文艺。所谓主流意识形态，就是一个国家中占主导地位的、为执政党和政府所信奉、倡导的意识形态。马克思曾经说过："统治阶级的思想在每一时代都是占统治地位的思想。"[④]这一论断是在对人类历史进行深刻分析后得出的，它是我们分析主流意识形态的理论前提。不同的社会与国家的主流意识形态可能相同，也可能不同，这是由每个国家的社会形态、政治制度、法律体制的状况决定的。主流意识形态或隐或显、或公开提倡或悄然存在，但没有一个国家的主流意识形态是阙如的。美国、欧洲自不必说，就是加拿大、澳大利亚这样一些以多元文化为基本文化政策的国家，也显然有自己的主流意识形态。首先，"多元"本身即是一种意识形态策略；其次，加、澳属

① 《马克思恩格斯全集》第 2 卷，人民出版社 1957 年版，第 152 页。
② 参见《马克思恩格斯全集》第 3 卷，人民出版社 1960 年版，第 234 页。
③ 参见陆贵山:《高举和谐文化的旗帜》,《文艺报》2007 年 3 月 3 日。
④ 《马克思恩格斯选集》第 1 卷，人民出版社 1995 年版，第 98 页。

于西方资本主义价值体系，其主流意识形态仍然是以自由、民主、人权、个人主义等为话语核心的资本主义意识形态。毫无疑问，有主流意识形态，就有主流文艺。文艺是意识形态的一个部类，即使文艺有时显得离政治比较遥远，它仍然打上了意识形态的深深烙印。主流文艺，以主流意识形态为指导，体现了主流意识形态的意志，并且自觉或不自觉地为主流意识形态服务。主流文艺与主流意识形态的这种关系，马克思、恩格斯早就有过科学的论断。目前，我国实行的是以公有制经济为主体的经济制度，国有经济仍然控制着国家的经济命脉；我国的社会制度是社会主义制度，中国共产党是执政党。这样的经济制度和政治制度决定了我国主流意识形态的性质与面貌。马克思主义与科学发展观是全社会的主要指导思想，爱国主义、集体主义、社会主义和民族传统美德是全社会必须弘扬的价值体系，培养有理想、有道德、有文化、有纪律的社会主义公民是有中国特色社会主义文化的战略目标；构建人与自身、人与社会、人与他人、人与自然和谐相处、科学发展是中国特色社会主义的伟大道路。这些就构成了我国当前社会的主流意识形态。与此相应，主流文艺在当前文艺多样化的格局中仍然是主要的、决定性的，无论在数量上还是质量上，主流文艺都是文艺生活中具有支配性地位的部分。为了确保主流文艺始终代表先进文化的前进方向，我们必须强调：第一，主流文艺必须始终坚持走"为人民服务，为社会主义服务"，"贴近实际，贴近生活，贴近群众"的正确道路。主流文艺既不是小圈子的文艺，也不是贵族文艺，它必须牢记为人民服务的根本宗旨，走中国化、大众化道路。历史证明，一种主流文艺如果只局限在上流社会中，拒斥广大人民群众的参与，甚至沦为宫廷文艺，它就必然会逐步走向保守、没落，最终为时代和人民所唾弃。

在毛泽东《讲话》、邓小平《祝词》和江泽民、胡锦涛《讲话》指导下壮大起来的中国社会主义文艺，本身就以为最广大人民群众所喜爱、所支持为自己的最大优势，而这也是符合世界文艺发展的潮流的。然而，当前一些非主流文艺仍在与主流文艺拼命争夺受众、争夺青少年、争夺市场份额。有鉴于此，我们不但不能抛开主流文艺的传统优势，相反必须更好地巩固它、发扬它。第二，必须不断提高主流文艺水平与质量。主流文艺要在与非主流文艺的竞争中赢得优势，归根结底就是要创作出群众喜闻乐见、经得起历史检验的主流文艺作品。有了这种主流文艺的精品与经典，我们就不用害怕各种非主流文艺甚至反主流文艺的挑战。主流文艺要成为创作、出版与舞台文艺的绝对主角，就要靠先进性与艺术性的双峰并峙，并在思想精深、艺术精湛、制作精致上达到完美统一。"五个一工程"奖和各种艺术门类的政府奖，其举办的目的和努力的方向，正是提高主流文艺作品的思想艺术质量，以确保其生命力和竞争力。第三，必须坚持开放性的文化姿态，海纳百川，与时俱进。一般地说，主流文艺还处在非主流的地位时，总是能够汲取一切新鲜的养分，壮大自己的力量；一旦它从边缘移向中心，成为主流，往往容易变得故步自封，僵化保守。社会主义主流文艺从一开始就以"古为今用、洋为中用"、"百花齐放，推陈出新"作为自己的基本方针，特别善于吸收古今中外的一切优秀文化成果。它的文化姿态是开放性的。但我们也曾出现过"文化大革命"那样极"左"的文化政策，使文学艺术一片萧条，濒于枯萎。而今天，资本主义文化仍然具有较强的生命力，仍在推出一些高水平的文化产品，我国一些另类新兴文化也表现出了极为活跃的态势，这就要求我们的主流文艺继续采取开放的、包容的文化姿态，吸收它质文化的优点，整合各种文化资源，使自己不断得到充实发展。

和谐文化的本质，就是矛盾因素协调运作，融合为一个新范畴。这个新范畴能唤起人们的美感。这种美感就是和谐美的灵魂。事实上，和谐不是相同因素的相加，而是相互差异相互对立的种种矛盾因素协调运作，融合为一个新范畴的进程。因为任何一种音调一种色彩一种味道重复相加，如宫声加宫声，白色加白色，辣味加辣味，都不可能产生悦耳的音乐、华丽的文采、好吃的味道。盛行于公元前6世纪的毕达哥拉斯学派为西方美学提出了第一个范畴——和谐。可惜毕达哥拉斯没有留下任何著作，他的门徒波里克勒特在《论法规》中转述道，毕达哥拉斯学派认为，"和谐起于差异的对立，因为和谐是杂多的统一，不协调因素的协调"，"音乐是对立因素的和谐统一，把杂多导致统一，把不协调导致协调"。毕达哥拉斯学派还把和谐原理推广到建筑、雕塑等其他艺术领域中去，甚至推广到天文学中去，提出"诸天音乐"与"和谐宇宙"概念。古希腊的朴素唯物主义辩证法的最大代表赫拉克利特对和谐的本质作了卓越的概括，"相互排斥的东西结合在一起，不同的音调造成最美的和谐"，"音乐混合不同音调的高音和低音、长音和短音，从而造成一个和谐的曲调"。毕达哥拉斯、赫拉克利特这些大思想家们都通过音乐的产生阐述和谐美的本质——对立因素协调运作，融合为新事物。其实，矛盾又统一斗争，是辩证发展的实质。毛泽东指出，"矛盾着的对立面又统一斗争，由此推动事物的运动和变化。"和谐——对立因素协调运作，是矛盾斗争性的重要表现形式。矛盾斗争，不都采取外部冲突的对抗形式，在众多情况下，采取对立因素协调运作的非对抗的和谐的斗争形式。当前，世界民族矛盾纷纭复杂，解决民族矛盾的方式，从对抗冲突走向政治和谈，运用和平、和谐的方式正是大势所趋。我国通过坚持民族平等、维护民族团结、促进民族经济发展、实现民族区域自治等促进对立因素协调运作的和谐的斗争方式解决民族矛盾，为世界树立了典范。和谐——对立因素融合为一个新范畴，更是矛盾统一性的重要表现形式。矛盾转化是矛盾统一性的重要内涵。矛盾转化有多种形式，如：有的矛盾转化，一方克服另一方；有的矛盾转化，矛盾双方"同归于尽"，为新的矛盾双方所替代；有的矛盾转化，对立面相互融合，融合为一个新事物；等等。这种种矛盾转化形式，都可能用和谐的方式——对立双方协调运作的方式，实现转化，相对立因素融合为一个新范畴，则是矛盾和谐的转化形式的基本内容。马克思指出："两个相互矛盾方面共存、斗争以及融合为一个新范畴，就是辩证运动的实质。"马克思把人的全面而自由的发展当做共产主义的本质特征，而人的全面而自由的发展，是在一定社会历史条件下，通过人的素质的众多对立因素的融合而实现的。当前，重大的经济进展，深刻的社会变革，给我国发展进步带来巨大活力，也凸显了种种突出的社会矛盾。这种矛盾有：城乡、区域、经济社会发展很不平衡，民主法制不健全，人口、资源、环境压力加大，等等，为了解决这些矛盾，保证全面建设小康社会的历史任务顺利进行，党和国家领导人及时提出了构建社会主义和谐社会的重大战略决策。其结果，必然形成经济社会协调发展的社会、民主法制健全的社会、人与自然和谐相处的社会，这样，社会种种对立因素就融合为一个个新范畴，实现了社会矛盾的和谐转化。社会种种对立因素融合为一个新范畴，并没有进入"无冲突境界"。而是一个不断化解矛盾的持续过程。中国和合哲学的一些重要论断，如"和而不同"、"和而不流"、"和不弃争"等，也说明了这个问题。了解和谐在辩证发展中的重大意义，我们会更加深入认知和谐美的本质。试以杨少衡的小说《林老板的枪声》为例，县长徐启维刚上任就与县工商联会长林奉承展开了一场惊心动魄的较量，林奉承奸狡地用金钱、美女、升迁向徐启维发动猛烈进攻，但徐启维凭借廉洁情操、大度襟怀、智慧头脑沉着应对，巧妙还击，创造性地粉碎了林奉承的一次次进攻，并以历史唯物主义的视角大力表彰林奉承对调整农村产业结构作出的重大贡献，致使林奉承对他折服得五体投地，自愿捐献 80 万元做民营企业创业基金，还在同意安置工人的并购县机械厂的协议书上签了字，在奔向社会主义和谐社会的征途上"两人渐趋和谐"。由此可见，和谐不是没有矛盾的和谐，而是矛盾因素的和谐，是矛盾因素协调运作，融合为一个新范畴的和谐，把握美的和谐规律这一要义，才能自觉地使文学艺术闪放出和谐美的灿烂光辉。

和谐文化的建构与担当

一、和谐文化的承续与理论创新

所谓和谐文化，就是指所有那些有利于追求和谐的人类创造物之总和。和谐是一种关系，但又不是一般的关系，而是理想的关系、善的关系，体现为稳定、有序、协调、互动、共存的状态。在先秦的以儒者为代表的礼乐文化中，"和"就是最核心的范畴之一。在《论语·学而》篇中，孔子的弟子有子说："礼之用，和为贵。先王之道，斯为美。小大由之，有所不行；知和而和，不以礼节之，亦不可行也。"① 就是说，在礼的运用中，以和为贵。礼，在儒者的思想体系中，是一个涵盖面极广的中心范畴，主要范畴，它有政治、伦理、仪式、哲学等诸多层面。礼治，既是一种治理天下、统驭臣民的方式，它也包括了"仁政"、"王道"等政治理想及其实践；又是一个道德规范的系统，包括"四维"、"八德"、"三纲"、"五常"等，借以约束人的行为，维持君臣、父子、夫妇、长幼、尊卑、贵贱的等级制度，不使僭越。礼仪，既包括婚丧嫁娶的仪式，朝聘盟会的仪式，宫室、车马、服饰、仪仗的等第名分等，也包括宗教祭祀、巫祝卜筮的信式等。和，也是包括在礼的大系统

---

① 刘宝楠：《论语正义》，《诸子集成》本，中华书局 1954 年版，第 16 页。

之中的大概念，带有全局性。而且，它是多种要素并存下的一种关系的有序的理想状态，含有和谐、雍熙、和合等意思。它既是礼的贯彻方式，又是礼的内在结构状态，更是礼治社会的特点。"和"，还可释为调，调和之调。按照有子的阐释，礼的运用以和为贵，就是先王之道。按照历来注家的阐释，先王，就是指古来的圣人，比如尧、舜、禹、汤、文、武、周公等。在有子看来，按照先王之道，以和运礼，用和的方式推行礼治，并达到和的状态，便是美。但是，如果把和强调得过了头，也是行不通的。清人刘宝楠在《伦语正义》中解释有子的这段话时，作了如下一段颇有见地的案语："案有子此章之旨，所以发明夫子中庸之义也。《说文》：庸，用也。凡事所可常用，故庸又训常。郑君《中庸目录》云：庸，常也。用中为常道也。用两义自为引申。尧咨舜，舜咨禹云：允执其中。孟子言汤执中。执中，即用中也。舜执两端，用其中于民。用中，用即中庸之例文。周官大司乐言六德：中、和、祇、庸、孝、友，言中和，又言庸，夫子本之，故言中庸之德，子思本之，乃作《中庸》。而有子于此章已明言之。其谓以礼节之者，礼贵得中，知所节，则知所中。《中庸》云：'和而不流，强哉矫；中立而不绮，强哉矫。'和而不流，则礼以节之也，则礼云中也，中庸皆所以行礼，故礼篇载之。《逸周书·度训》云，和非中不立，中非礼不慎，礼非乐不履。乐谓和乐，即此义也。"[①]刘宝楠把和、贵和的观念，与中庸思想联系起来加以发挥，应该说是非常深刻的。执两端而用其中，或叫允执其中，就可以避免偏向两端中的任何一端，而失之片面。在多种要素共存的统一体中，每一种都有执两用中的平衡之势，那么整个

---

① 　刘宝楠：《论语正义》，《诸子集成》本，中华书局1954年版，第17页。

统一体就会处于有序的平衡之中，就会呈现出中和的，或中庸的，或和谐的总态势。这样就会使个人与个人，个人与群体、宗族、朝廷、国家相容而不相悖。而"和"的范畴，就是"君子和而不同，小人同而不和"。郑氏注说："君子心和，然其所见异，故曰不同。小人所嗜好者同，然各争利，故曰不和。"[①]刘宝楠进一步申说："和因义起，同由利生。义者，宜也。各适其宜，未有方体故不同。然各不同因乎义，而非执己之见，无伤于和。利者，人之所同欲也，民务于是则有争心，故同而不和。此君子小人之异也。"[②]这是对"和而不同"所作的伦理阐释，引入了义、利之辨，并以此区分"君子"和"小人"。然而，和而不同的思想，还有更深入一层的哲学方法论的素朴内涵。刘宝楠在他的阐释中引了两个例证，一是《国语·郑语》史伯对郑桓公问时讲的一段话，一是《左传》昭公二十年的晏子与齐侯的对话。前者正是野心勃勃的郑桓公向史伯问计，史伯对答中认为桓公现在执行的是"去和取同"的方略，认为不可行；然后史伯就对和与同作了展开的对比："夫和实生物，同则不继。以他平他谓之和，故能丰长，而物归之。若以同裨同，尽乃弃矣，故先王以土与金、木、水、火杂，以成百物。是以和五味以调口，刚四支（肢）以卫体，和六律以聪耳，正七体（指七窍）以役心，和八索（指八卦对应之首、腹、足、股、目、口、耳、手），建九纪（指九个脏器）以立纯德，合十数以训百体，出千品，具万方，计亿事，材兆物，收经入，行姟极。故王者居九畡之田，收经入以食兆民，周训而能用之，和乐如一，夫如是，和之至也。于是乎先王聘后于

---

① 刘宝楠:《论语正义》,《诸子集成》本，中华书局1954年版，第296—297页。

② 刘宝楠:《论语正义》,《诸子集成》本，中华书局1954年版，第297页。

异姓，求财于有方，择臣取谏工，而讲以多物，务和同也。声一无听，物一无文，味一无果，物一不讲，王将弃是类也。"①这已经把和合的方略上升到哲学认识论和方法论的高度，近取诸身，远取诸物，连类引喻，从四肢七窍，体内脏器，到万事万物，说明系统内多种要素和合协调，而又相异互补，充满生机，才是真正和谐的理想状态。

和谐文化建设是具有标志性意义的理论创新。创新文化是创新事业的灵魂。有了创新文化，才能形成创新发展的氛围，才能为创新发展提供引导和动力。和谐文化的理论创新，是当代中国化的马克思主义经典作家相关和谐文化的当代发展。马克思主义经典作家为构建和谐社会提供了一些主要的理论资源：其中有关于历史发展理论，有关于建设"社会有机体"的理论，有关于创造"全面自由发展的人"组成的"社会联合体"的理论，有关于实现"人道主义和自然主义"相统一的理论。当代中国的马克思主义者汲取了马克思主义经典作家关于历史发展的理论资源，通过和谐文化的建设、和谐社会的构建、坚定实现共产主义伟大理论的决心和信念，当代中国的马克思主义者承接了马克思主义经典作家关于建设社会"有机体"的理论资源，实现了经济、政治、文化协调互动，形成社会有机结构和全面发展的和谐社会；继承了关于由"全面自由发展的人"组成的"社会联合体"的理论资源，提出"以人为本"的根本宗旨和"权为民所用，情为民所系，利为民所谋"的基本原则，为提高人的思想文化素质和伦理情操，逐步地实现人的全面自由发展开辟了无限广阔的道路；还创造性地发展

---

① 《国语·郑语》，《丛书集成》韦昭注本，商务印书馆 1937 年版，第186—187 页。

了关于"人道主义和自然主义"相统一的理论资源，以全球范围内的生态危机为警戒，提出人与自然应当和谐相处，通过现代化的社会实践，使人道主义和自然主义得到共同实现，达到人与自然的和谐。和谐文化的理论创新，是中西文化的辩证综合。中国的传统文化是以"天人合一"理念为标志的。西方文化则是以"天人对立"为特征的。应当说，这两种文化各有魅力与局限，实质上既有对立的一面，又有互补的一面。合理地认识和处理好天与人，即自然与人类的相互作用，关涉对自然生态的呵护和人类社会的健康发展。如果脱离"天人合一"不适度地强调"天人对立"，形成所谓"人类中心论"，由于不适度地征服自然，虽然可能促进社会的迅猛发展，但又可能会造成对自然生态的严重破坏；如果排斥"天人对立"而单纯孤立地主张"天人合一"，合到"人"那里，与"人类中心论"相同，"合"到"天"那里，形成所谓"自然中心论"，由于一味地强调顺从自然，又可能导致历史发展的滞后，甚至会形成超稳定的社会结构和思想结构，使这样的国家和人民长期处于被动挨打的贫穷和落后状态。当代中国马克思主义者为了人民的福祉，加速现代化的历史进程，准确地完整地理解和运用马克思主义的对立统一的规律，面对上述两种不同的中西文化，采取"以我为主，为我所用，辩证取舍，择善而从"的态度和策略。既吸取"人类中心论"的合理因素，主张"以人为本"，同时强调"发展是硬道理"，通过实施和贯彻"科学发展观"，对自然进行合理的开采，尽可能从大自然中索取更多的资源和财富，以不断提高人们日益增长的物质生活需要；又吸取"自然中心论"的合理因素，善待自然，爱护自然，使适合于人类居住的宇宙中唯一的绿色星球的生态环境得到良性发展，防止对大自然横征暴敛，进行"杀鸡取卵"式的掠夺和

"竭泽而渔"式的发掘，而强调珍惜自然，与自然共命运，主张建设"环境友好型"和"资源节约型"国家。中国化的马克思主义把"人类中心论"和"自然中心论"各自的长处加以优化，进行辩证整合，实现和谐文化的理论创新。和谐文化的理论创新，是立足当代中国社会生活与现代化实践的理论总结。任何一种新理论都是对新的社会实践提出来的新问题所进行的新的理论概括的产物。和谐文化的提出宣告了以阶级斗争为纲的时代的彻底结束。新的历史条件下，和平、稳定、发展、和谐成为时代的强音和主调。为了使中华民族雄立于世界强国之林，必须加速现代化的历史进程。对作为发展中国家的当代中国来说，发展是硬道理。但这种发展又必须是科学的发展。毫无疑问，社会的经济、政治、文化的发展都应当保持一种良性的生态。用和谐的文化思想处理和协调人与自然的关系、人与社会的关系、人与人之间的关系和人自身的关系，求得有机互动、协调发展的态势。只有处理好当代中国社会现代化的历史进程中所出现的这些新情况和新矛盾，才能驾驭社会现代化的航船快速而又平稳地前进，实现中华民族伟大复兴的宏伟目标。为此，必须致力于和谐文化的建设，探索发展的平衡机制与和谐状态。

二、和谐文化的特征与审美意蕴

作为对现实需求的理论回应，和谐文化应该包含两个层面，一是它所表达的和谐内容，即和谐理念、和谐精神、和谐思维方式等；另一方面，则是它的特征。其一，和谐文化是宏观的、动态的，是包含着差别、矛盾、对立冲突和斗争的。历史的经验和教训告诉我们：只讲斗争，不讲和谐，或只讲和谐，不讲斗争，都是不符合生活的实际情况的，也是违反辩证法的。和谐与矛盾、对立与冲突往往表现为一个问题的两个方面。事物本身既存在着差异、矛盾、冲突和对峙的一面，又存在着同一、统一、融合与和谐的一面。与外部世界不相协调的痛苦的和荒诞的人生状态，正是文学创作、文学批评、文学理论强调和宣扬批判精神的根据。强调创造和谐文化，建构和谐社会，更要居安思危，正视现实生活中潜在的不稳定因素，不能掩盖社会矛盾，遮蔽重大的严峻的社会问题，制造虚假的现象。不然，可能会丧失正常的社会良知和健全人文精神，客观上会冲淡、消解文艺的批判精神和批判功能。我们既要强化和优化文学的批判精神，又要培育和弘扬文学的和谐精神，通过批判、揭露和抨击现实生活中的专制的、腐败的、丑恶的社会现象，促进人与自然的和谐、社会的和谐和人际关系的和谐。

其二，和谐文化的理想状态是适度。古代圣贤主张"过犹不及"、"恰到好处"、"极高明而道中庸"、"致中和"是颇有道理的。哲学上也非常讲究"度"的概念。世界上的一切事物。对人来说，都存在着一个和谐和适度的问题。风调雨顺，方能国泰民安。比如阳光、空气、水，从整体上来说，都是人类生存所必需的，但只有适度才能有益于人类。无阳光，人类是无法生存的，但阳光酷烈，也会危及人的生命；无空气或空气稀薄，人类也是无法或难以生存的，但如果空气的流动凶猛，形成台风，也会造成风灾；水是维系人的生命的重要元素，但水少则旱，水多则涝，过少或过多，都会不利于人和社会的生存和发展。社会各方面诸如经济的、政治的、文化的发展，也都需要有机制的协调发展。社会主义现代化进程，既要快速，又要稳定，求得可持续性发展；既要市场经济，又要宏观调控，走中国特色伟大道路；既要改革开放，又要坚持社会主义的基本原理，夺取建设小康社会新胜利。人的进步既要强调创新能力和基本素质的提高，又要追求和谐的全面自由发展。和谐即是美。和谐才能真正体现"以人为本"的宗旨，才能体现人民的根本利益。不和谐，反而会不同程度地损害和牺牲人民的根本利益，甚至酿成不幸和灾难。其三，和谐文化需要重铸人的思想灵魂、人的价值取向和人的思维方式。中国古代的人文思想对塑造新时代的新人的人格和性格，都具有一些方面和一定程度上的滋养和借鉴意义。如道家思想尽管有主张清虚无为、回归自然、灭智弃圣、不思进取、消极倒退的一面，但它强调守中、尚中、淡泊明志、心境平和，不失为一种素朴的人生态度。儒家思想，特别是传承中被异化、发生病变了的那些负面的东西尽管带有明显的专横和禁锢的意味，但孔子所提倡的中庸、中道、追求"至德"、"尊礼"、"仁爱"，堪称为一种高尚的人生境界。两者面对全球化的消费主义浪潮都具有重要的警示意义。特别是《易经》中的格言"天行健，君子以自强不息"给中华民族的生存和发展提供了精神动力的源泉。我们追求和谐，将其内化和优化为人的一种思想、素质、操守和习惯，同样需要为了建构和实现和谐社会的理想所表现出来的崇高、壮美、阳刚、英雄主义气概，同样需要努力增强人民的主体意识、创造意识、自强意识、变革意识、竞争意识、效益意识、忧患意识，培育和发扬人民的奋斗精神、进取精神、冒险精神、献身精神，抵制拜金主义、享乐主义和无节制的欲望主义，涤荡社会中和舞台上的那种几乎近于病态的女儿气、脂粉气、小家子气，防止和遏制那种带有腐蚀性和麻醉性的孱弱的，乃至惰性的、畸变的、奢靡的社会文化氛围，以防酿成民族生命力的退化，使中华民族失去"敢为天下先"的锐气和勇气。社会主义的文学艺术应当大力弘扬新历史条件下的时代精神和民族精神，高举爱国主义、集体主义、社会主义的伟大旗帜，树立社会主义荣辱观，扶正祛邪，扬善惩恶，使全体人民始终保持奋发进取和昂扬向上的精神风貌，以推动社会的全面进步和人的全面发展。

　　和谐文化有着丰富的思想内涵和深邃的美学意蕴。和谐是一种社会理想，一种天地同和、万民同乐的太平盛世；和谐是一种道德风范，一种包容宇宙、协同万物的君子之风；和谐是一种美学境界，一种富有诗意、祥和明丽的和美景象。第一，和谐是一种至高的理想。人类在其漫长的发展过程中，经历了无数次战争、杀戮，生灵涂炭、流离失所，无数的家园被毁坏，无数的族群乃至国家被毁灭。人们在经历了穷兵黩武、互相残杀的苦难之后，反思战争的罪恶，渴望和平与安宁。中华民族是最早反省战争，提倡和平、和谐的民族。《老子》说："兵者不祥之器，非君子之器，不得已而用之。"（《第三十一章》）《韩非子》也说："兵者凶器也，不可不审用也。"（《存韩》）《孟子》指出："春秋无义战。"（《尽心》）甚至连专门探讨用兵之道的《孙子兵法》也提出："善用兵者，屈人之兵而非战也。"（《谋攻》）我们的先哲提倡和平、和谐、和睦，通过礼乐教化来维护社会秩序，进而提出了"小康世"和"大同世"这样的理想社会。在这样的社会里，没有战争，没有贫困，大家和睦相处，诚实守信，男女老幼，各得其所。这样的社会，看似平常实则不易，是一个充满着和谐精神的至高无上的理想社会。然而，它又不是一个虚幻的"乌托邦"，不是陶渊明笔下的"世外桃源"。这样的社会，通过人们的努力是完全可以实现的，人类应当朝着这一理想境界不断进取。毛泽东不仅是这样一位伟大革命家，还是一位伟大的诗人。他的诗词，襟怀阔大，气象开张，雄视千秋。他在《沁园春·雪》

中说："惜秦皇汉武，略输文采；唐宗宋祖，稍逊风骚。一代天骄，成吉思汗，只识弯弓射大雕。俱往矣，数风流人物，还看今朝。"就是朝着统一全党思想，既为随后的抗日战争的胜利和解放战争的胜利准备了思想条件，又倡导了刚健清新、黄钟大吕、大国气象的美学境界。第二，和谐是一种至大的气度。和谐意味着宽容，和谐意味着谦让，和谐意味着友善，和谐意味着尊重。它能使事物的种种对立因素协调运作，相互促进，融合为一个新范畴，从而推动事物向前发展，由此产生和谐，唤起美感，这就是美的和谐规律。所谓杂多统一唤起美感，其实就是这种对美的和谐规律的简要概括。比如迟子建的小说《一匹马两个人》，老两口养一匹瘦马，过去瘦马常挨鞭子，受虐待，但儿子被捕后，他们把它当做儿子。一天起大早，老马拉着车，车上睡着老两口，天亮了，到了农田，老马打起响鼻，唤醒了老人。老太太死后，老马最后一次拉车来到农田，老头老长时间没有下来，通人性的马知道老头死了，没有再停留，调转车头，向村里驶去。老人没有了，麦子熟了，老马来到农田赶鸟，还踢伤了偷麦子的人。这些对立因素协调运作，融合为一个新范畴的进程，就唤起了人们的强烈美感。这种美的和谐规律的实质是杂多统一唤起人们的美感。杂多统一中的杂多，不是那种贫乏的杂多，即把相同或相近的东西堆积到一起的杂多，而是丰富多彩的杂多，即相互差异相互对立的众多矛盾因素结合到一起的杂多。系统论认为，任何一个事物都是一个系统，因此事物矛盾的存在形式就不是矛盾的个体，而是矛盾的群体，或者说矛盾的体系。人，新人，英雄，其内心世界，都是多侧面的对立统一体——充满了创新与守旧、独清与合污、升迁与贬降、公益与私利、新风与旧俗、果断与犹疑等多重矛盾，这些矛盾斗争，不断掀起心灵的波澜，激起人们的美感。第三，和谐是一种至美的境界。无论从社会还是道德的角度判断，和谐都是一种至高、至大、至善的境界。即使从审美的角度看，和谐也是一种至美的境界。"致中和"，不偏不倚，恰到好处，是一种美；"和而不同"，求同存异，同中有异，又是一种美；"乐极和，礼极顺"，其乐融融，有礼彬彬，是一种美；"己所不欲，勿施于人"，这样体己及人的善心，又是一种美；"列星随旋，日月递炤，四时代御，阴阳大化，风雨博施，万物各得其和以生，各得其养以成。"天地之间，万物和谐共生，更是一种美。可以说，人世间和自然界一切真、善、美都是统一的。像古代曾晳所描述的景象："暮春者，春服既成，冠者五六人，童子六七人，浴乎沂，风乎舞雩，咏而归。"① 暮春时节，五六个志同道合的人一道，带着一群孩子，在沂水里痛痛快快洗了个澡，在雩坛上跳跳舞，吹吹风，一路上唱着歌回去。这是一个多么富有诗意的境界！这种安宁祥和的社会景象，不仅令人陶醉，而且具体而生动地体现了和与和谐社会的美学意蕴。这正如费孝通所提倡的"文化自觉"，主张以"和而不同"的思想处理好世界上各种不同文化之间的关系，提出了著名的"美美四句"，即："各美其美，美人之美，美美与共，世界大同。"② 费孝通这里用"美"概括了"和谐"的意蕴，为世界文化多样化描绘了"美美与共"的发展理念和美好前景。他认为，在全球化条件下的今天，既要正确认识自己的文化，又要正确对待别人的文化，不同民族、不同地域的文化应当相互尊重、相互交流，既保持自己的文化传统，又学习借鉴其他文化的长处，通过交流、融合，达到共同发展、共同

① 《论语·先进第十一》。
② 《文明对话的最高理想》1990年11月，在日本东京召开的"东亚社会研究研讨会"上的演讲。

繁荣。

三、文艺在和谐文化建设中的作用与责任担当

文艺作为"文化"的重要组成部分，在凝聚力量、鼓励人心，激励亿万人民为民族独立、国家富强、人民幸福而不懈奋斗方面，发挥着不可替代的重要作用。与"文化"的其他组成部分相比，文艺主要是通过审美娱乐功能来实现认识功能、教育功能和鼓舞作用。在建设和谐文化的伟大进程中，文艺能够以生动丰富的文学作品、舞台艺术、影视作品反映生动、丰富、感人的社会生活，折射出文艺家的哲学观念、审美情趣、伦理道德，反映哲学社会科学等其他领域提出的和谐理念、和谐精神，在很短的时间内影响很多读者和观众，在潜移默化之中引领和启迪人们的思想，陶冶和激励人们的精神，塑造和培育人们的品格。我国的传统文化、传统道德、爱国主义精神就是通过文艺这个载体，以人民大众喜闻乐见的形式普及、渗透于人民大众之中。古代的统治者和思想家都认识到文艺具有展示和谐精神、体现和谐理念的重要作用。《周礼·春官》记载："以六律、六同、五声、八音、六舞大合乐，以致鬼神示，以和邦国，以谐万民，以安宾客，以悦远人，以作动物。"周朝的统治者认识到，音乐、舞蹈具有使国家与国家和谐、人民与人民和谐、主人与宾客和谐、人与自然界和谐的独特功能。唐宋之际的很多大文学家提倡"文以载道"的思想。柳宗元说："文者以明道。"[1] 周敦颐说："文所以载道也。"[2] 这些论述鲜明地

---

① 柳宗元:《答韦中立论师道书》。
② 周敦颐:《通书》。

展示了中国古代文人明确地把自己的文学作品与传播理想、信念、人生观、价值观联系起来，承担起文学教化人民的责任和道义。实际上，文艺的许多形式如戏剧、美术、曲艺、杂技、书法、摄影、电影、电视都可以从不同的方面以不同的艺术形式展示和谐理念、和谐思想、和谐精神，为构建和谐文化起到了很好的作用。当前，文艺作品要以极其丰富的内容、风格、样式和品种来讴歌改革开放和现代化建设的火热生活，描写人民群众走共同富裕之路的生动实践，反映各族人民对于美好幸福生活的追求，倡导人与自然、人与社会、人与人和谐的思想理念，促进全社会形成文明诚信、平等友爱、融洽和谐的良好社会风尚，不断促进和谐文化的建设，促进人的全面发展。另外，和谐文化以崇尚和谐、追求和谐为价值取向。文艺在营造崇尚和谐、追求和谐风尚的过程中，能发挥独特的作用。因为文艺具有疏导思想冲突、缓解思想矛盾的巨大作用。文艺作品的一个非常重要的目的就是促进人民和谐心态的涵养，使人民能够以一种和谐的心态去处理好同自然界、社会、他人之间的关系。《乐记》说："先王耻其乱，故制《雅》、《颂》之声以道之；使其声足乐而不流，使其文足论而不息，使其曲直、繁瘠、廉肉、节奏，足以感动人之善心而已矣；不使放心邪气得接焉。"《乐记》认为，古代的圣王为了克服社会的混乱状况，通过诗、歌感动人的善心，祛除人的邪恶心。荀子认为音乐的教化可以起到移风易俗的作用，最终达到社会和谐的作用。他说："乐者，圣人之所乐也，而可以善民心，其感人深，其移风易俗，故先王导之以礼乐而民和睦。"[①] 当前，我国正处于发展跨越的关键时期，也是社会矛盾的凸显时期。社会思潮的冲

---

① 《荀子》。

突中既有非对抗性思想的分歧，也有各种外来思想文化的相互激荡，各种不健康思想甚至错误思想的冲突，还有敌对势力的思想文化渗透。在这种情况下，文艺各门类要发挥自身优势，各展所长，形成合力，使观众在审美享受的同时，认清是与非、真与假、善与恶，增进社会共识，促进社会思想意识的和谐，有效避免因为思想差异和冲突而引发社会矛盾。当然，文艺也可以通过对不和谐现象的抨击，加速不和谐现象的消失，促进和谐文化的建设。我国历史上许多文学艺术工作者以敏锐的思想、犀利的笔锋抨击反动统治的黑暗，激励中华民族的优秀儿女为实现民族解放和社会进步而前仆后继。当前，在改革开放和对外交流的过程中，不可避免地出现了一些不和谐思想、不道德现象甚至违法乱纪的情况，引起了广大人民群众的不满，影响了和谐社会的构建。文艺作品应该通过鞭挞一切假恶丑的现象，在全社会营造一种对不道德行为、不法行为形成老鼠过街人人喊打的氛围，抨击歪风邪气、树立社会正气，为建设和谐文化作出积极贡献。此外，建设和谐文化，离不开和谐文艺创建。胡锦涛总书记在中国文联八次代表大会、中国作协七次代表大会上的讲话中明确指出："文艺是中华文化史册中色彩瑰丽的篇章。从我国秦汉以前的诗经、楚辞到汉赋、唐诗、宋词、元曲以及明清小说，从五四运动时期兴起的新文化到新中国成立以来的社会主义文艺，我国人民创造的形式多样的优秀文学艺术，描绘了我国人民壮阔而又艰辛的奋斗历程，展示了我国人民细腻而又丰满的艺术情趣，记录了我国人民充实而又多彩的社会生活，是中华文化宝库中的瑰宝。"① 而和谐

---

① 胡锦涛:《在中国文联第八次全国代表大会中国作协第七次全国代表大会上的讲话》,《人民日报》2006 年 11 月 11 日。

文艺最重要的内容就是创作大量的优秀文艺作品。优秀文艺作品所展示的真、善、美，体现了文艺家们对人的精神情感层面的人文关怀，体现了文艺家们的社会责任感。一部好的文学作品、一部好的电影、戏剧、电视剧，能够影响一代人甚至几代人的精神风貌和人生选择，这种巨大力量，可以说是任何其他作品都难以达到的。在建设和谐文化的伟大进程中，必须多创作生产群众喜闻乐见的优秀文艺产品，通过优秀的作品鼓舞人，为和谐文化建设作出积极贡献。

建设和谐文化，是我们党从实现全面建设小康社会宏伟目标、开创中国特色社会主义事业新局面的高度作出的重大战略决策，对于巩固马克思主义在意识形态领域的指导地位，打牢社会和谐的思想道德基础，有效凝聚全党全国各族人民的智慧和力量，共同致力于构建社会主义和谐社会的伟大事业，具有极其重大的意义。而将此界定为"现阶段我国文化工作的主题"，则可以理解为党中央对广大文艺工作者寄予的深切厚望。深刻认识和领会，并以自己的创造性劳动表现和实践这个主题，无疑是我国文艺工作者的庄严使命与责任担当。事实上，人民群众的伟大创造不断推动着文艺活动的发展；而文艺活动的发展进一步激励着人民群众的伟大创造。这二者的交互促进，不断为文艺活动提供持续不绝的发展动力，并最终开创文学艺术的繁荣局面。建设和谐社会是符合中国人民根本利益的伟大事业，所以，我们完全可以期许，在这个壮阔的历史进程中，社会主义文艺事业一定会获得无比广阔的天地，并一定能够发挥出不可替代的重要作用。对此，我们一定要清醒地意识到：第一，中国社会正处于在向市场经济深刻转轨的历史进程之中，与之相伴的基本现实是，物质化的力量正以不可阻挡之势日益深入生活的根部。这一切给所有社会成员带来了前所未有的困扰和挑战。较之于我们以往轻率地漠视和蔑视物质生活的那种愚顽状态，这无论如何都显示了一种进步。我们真诚地欢迎这种进步。然而，人的生活毕竟不是仅仅依靠物质内容便能加以涵盖的，在物质化的生活之外和之上，这个生物种类永远还需要一种非物质的力量来滋养它、支撑它、保护它、提升它，这就是人类的精神需求永不枯竭的"生命学根源"。只要这种"生命学根源"尚未颠覆瓦解，人类就永远需要文学艺术、哲学、人文社会科学这些精神性的存在来丰富和完善自身的生活。按照马克思的观点，文艺活动作为人类的一种特殊的现实实践活动，是人的本质力量的对象化。人类将自己"本质力量"的一部分，通过文学艺术的创造和欣赏展现和外化出来，文艺活动是人类为自己再造的一个"属人的存在"，有了这个"属人的存在"，人类作为物种的生活才真正成为完整丰富的。一个崇尚丰富生命内涵的民族，其社会成员不容易被狂热的情绪左右，并且能够自觉保持对社会的关怀，对大自然的审美尊重，在经济建设中也更节制和更理性；一个具有丰富精神生活的民族，其社会成员在物质化力量甚嚣尘上之际，能够比较清醒冷静地葆有人格操守和道德自律，抵御低级趣味的侵蚀和困扰。就是因为将"繁荣社会主义先进文化，建设和谐文化，为构建社会主义和谐社会作出贡献"，作为"现阶段我国文化工作的主题"，绝不是强加于文学艺术的额外要求，而是现阶段我国文学艺术事业发展所理应依循的内在规定。第二，弘扬社会主义核心价值体系的一项重要内容，就是用体现这种核心价值体系的文艺作品满足最广大人民群众日益丰富的审美需要，不断提高人民群众的审美能力，不断丰富人民群众的精神生活，使社会主义核心价值观成为凝聚全民族精神，引导社会积极向上的主要价值取向。文学艺术正是这种核心价值观与广大人民群众之间的良好中介。文艺借助于真善美，借助于作品中凝聚着道德理想的艺术形象，感染人的心灵，净化人的灵魂，使人们获得内心的充实。核心价值观借助于文艺，将理性的规范变为活生生的有血有肉的艺术形象，使抽象的道德准则、价值理想，获得了更易于人们理解和接受的美的品格，得到有效的传承和维系。同时，借助于文艺作品，还可以移风易俗，达成纯粹在社会道德、伦理体系内部有时难以完成的嬗变和升华，使社会的主流、正面的价值观不断发扬光大。因此，文艺不仅可以改善社会个体的精神空间，而且，作为民族精神的感性表达，它还代表着一个民族想象力和艺术创造力所达到的高度。伟大的文化创造体现着民族的文化尊严，在客观上，它是综合国力的组成部分。正如胡锦涛总书记在讲话中说："谁占据了文化发展的制高点，谁就能够更好地在激烈的国际竞争中掌握主动权。"[1] 占据主动权的标志就体现为本民族的正面、核心的价值观在世界上拥有感召力和影响力，国家的主权、民族的尊严得到尊重和保障，在世界民族之林中拥有相当的地位。我们相信，一个伟大民族在构建和谐社会的进程中，由它的优秀文艺家精心创作出来的文艺作品，理所当然地将融入人类文化的机体之中，并对人类的文明进步作出不可替代的贡献。

---

[1] 胡锦涛：《在中国文联第八次全国代表大会中国作协第七次全国代表大会上的讲话》，《人民日报》2006 年 11 月 11 日。

中国形象的历史形态与文化发展

 中国形象的确立与发展、辉煌与停滞、崛起与塑造，既在与"西方文化重智，东方文化惟情"、"西方人侧重于向外探求……东方人侧重于向内探求"、"西人尚力，国人尚德"、"西人重利，国人崇义"、"西洋文明主动，东洋文明主静"[①] 中呈现出不同于西方的独特性，又在传统的儒、道、佛文化，四维结构文化，转型文化；现代的"五四"新文化，革命文化；当代的全球性文化发展的生生不息中呈现出不同的形态性。中国形象是相对西方而逐渐形成，又与中国文化发展相辅相成的。

 这样一种"国家形象是一个综合体，它是国家的外部公众和内部公众对国家本身、国家行为、国家的各项活动及其成果所给予的总的评价和认定。国家形象具有极大的影响力、凝聚力，是一个国家的整体实力的体现。"[②] 将中国形象作为一个整体考察，既是一种软实力的象征，又是国际体系中一种公众的评价。

一、理想化国土中强盛的中国形象

 从巫、史文化的兴替到四维文化结构的确立，从"百家争

---

① 陈伯海：《传统文化与当代意识》，上海三联书店 1991 年版，第 32 页。
② 管文虎主编：《国家形象论》，电子科技大学出版社 2000 年版，第 23 页。

鸣"到"三教合一"。这种文化的繁荣，正是中国形象从树立到走向辉煌的鼎盛时期。中国文化建构运动的起点，是以巫、史两种文化起伏与兴替为标志。汉代所确立儒术一尊的局面，不仅表现于儒家对古代典籍的精心整理和大力传播上，更在于儒学对传统文化精神的发扬，使史官文化提到了一个新的高度。因此，不论是在天道观方面，还是历史观方面；不论是在社会伦理方面，还是修身治国方面，都守旧而又维新，复古而又开明，这样一种二重性的立场，使得儒家学说能够在维护礼教伦常的大前提下，一手伸向过去，一手指向未来，给正在消逝的贵族分封制宗法社会和方兴的封建大一统宗法社会之间架起了桥梁。战国初期，以老、庄为代表的道家，在许多方面都是儒家的对立面：儒家注重人事，道家崇奉"天道"；儒家讲求文饰，道家向往"自然"；儒家主张"有为"，道家倡导"无为"；儒家强调个人对家族、国家的责任，道家醉心于个人对社会的超脱。后者这种怀疑一切、否定一切的思想倾向，深刻地反映出原有宗法关系解体形势下人们严重的精神危机。因此，道家学说并非宗法社会巩固和强大的产物，它是应传统秩序发生破裂、走向崩坏而生。其中缘由是因为道家虽否定了传统秩序，却并不企图建立新的社会秩序。当然，道家和儒家在精神上也不是全然对立的，或者说，对立之中又有某种相互接近、相互沟通的素质存在着。西汉中叶以后的佛教输入，是几经折腾，才取得与儒、道鼎立的地位，并经过了一番综合改造工夫，它的一些思想精华，如"空有一如"的本体说，"渐修"与"顿悟"相结合的认识论，"明心见性"、"返本复初"的心性观等，亦为我们的传统文化所吸收，对儒、道各派起了重大的影响。被称作"新儒学"的宋明理学，正是从佛教（也包括道家）教义中搬来了传统儒家所缺乏的形而上的思辨构架，才得以实现自身理论体系的完形与总结，为后期封建社会提供了指导思想。于是，儒道互补的文化结构，便又发展成儒、佛、道三教互补，亦叫"三教合一"。而游牧民族统治下中原文化的变异，对隋唐文化有直接的启发作用。它不光是"三教"流行，任侠也构成了唐人的重要习性，再加上都市文化的兴起，民族文化的四维结构（即乡镇文化、山林文化、江湖文化和都市文化）于此得到全面的展开和比较和谐、均衡的发展，唐代文化因而成为民族精神的完美的象征。造成这样的情况，根子固然在于唐代社会本身的变革演进，亦和唐人对南北文化的综合改造分不开。我们看并称"汉唐盛世"的大一统王朝，唐文化与汉文化在气质上就颇有分歧。汉代开创了"独尊儒术"的时代，唐人却以心态开放、兼容并包著称。宋元明清，理学成了统治思想，"义利"、"理欲"之辨为各方关注的焦点，于是异质与同构的对立被推上前台位置。矛盾重心的转移，体现了四维结构内部诸因子的消长变化，并由此显示出整个民族文化传统由生成、演进而走向蜕变的历史。

也就在这一悠久而漫长的历史进程中，中国社会发展成为一个理想化的国土。中国发达的工商业，繁华热闹的市集，宏伟壮观的都城，完善方便的交通，普遍流通的纸币，以至印刷术、火药、指南针的发明，都成了中国人高度文明、和平而繁荣的象征。正像英国学者威尔斯在《世界简史》中指出的：

在整个第七、八、九世纪中，中国是世界上最安定、最文明的国家，……在这些世纪里，当欧洲和西亚敝弱的居民，不是住在陋室或有城垣的小城市里，就是住在凶残的盗贼堡垒中；而许许多多的中国人，却在治理有序的、优美的、和蔼的环境中生活。当西方人的心灵为神学所缠迷而处于蒙昧黑暗之中，中国人的思想却是开放的，兼收并蓄而好探求的。①

中国从秦汉以来一直到清朝前期，特别是汉唐，是举世公认的世界上最强大的帝国之一。仅以唐朝为例，公元6至8世纪的长安，是一个开放的世界都市。长安的鸿胪寺曾接待过70多个国家的外交使节，他们多率颇具规模的使团，这就是王维在《和贾至舍人早朝大明宫之作》中所描绘的"九天阊阖开宫殿，万国衣冠拜冕旒"的大唐帝国鼎盛时期的气象。唐朝的国子学和太学，接纳了三万多名外国留学生。其中日本留学生最多时可达万名，其他亚洲国家也有不少。据《旧唐书》一九九（上）《东夷传》记载："质子及年满合归国学生等一百五人，并放还"②，就是说，"仅开成五年（840年）一次回国的新罗的留学生就达105名。"③日本学者井上清在他的著作《日本历史》中写道："唐朝的文化是与印度、阿拉伯和以此为媒介甚至和西欧的文化都有交流的世界性文化。"④据统计，"在长安城一百万总人口中，各国侨民和外籍居民约占到了总数的百分之二左右，加上突厥后裔，其数当在百分之五左右。"⑤元代开国君主成吉思汗横扫欧亚大陆，蒙古骑兵的铁蹄踏至多瑙河流域，建立起跨越欧亚的庞大帝国，也使中国声威远播。明代以来，西方传教士进入中国，由耶稣会士带回欧洲的

① ［英］威尔斯:《世界简史》，见李寅生:《论唐代文化对日本文化的影响》，巴蜀书社2001年版，第18—19页。
② 《旧唐书》一九九（上），《东夷传》，《二十五史》（上），上海古籍出版社等1986年版，第642页。
③ 李寅生:《论唐代文化对日本文化的影响》，巴蜀书社2001年版，第16页。
④ ［日］井上清:《日本历史》，李寅生:《论唐代文化对日本文化的影响》，巴蜀书社2001年版，第18页。
⑤ 沈伟福:《中西文化交流史》，上海人民出版社1985年版，第156页。

资料日渐增多，中国的形象在欧洲人的视野中逐渐变得清晰起来。1585 年西班牙修道士胡安·冈萨雷斯·德·门多萨所著《中华大帝国史》问世，在《利玛窦中国札记》发表前，这一直是欧洲最有影响的一部专论中国的百科全书，被《欧洲与中国》的作者赫德森誉为"从此为欧洲知识界提供了有关中国及其制度的丰富知识"，美国学者拉赫认为："门多萨的著作的权威性是如此之高，它可以作为 18 世纪以前所有有关中国著作可供比较的起点和基础。"① 在门多萨的《中华大帝国史》中，中国地域辽阔，交通完好，北京是世界上最大的城市，中国的建筑用材举世无双，坚硬无比，中国是世界上最富饶的国家，中国人在科学技术方面有很高的成就，中国人的火炮十分精良，性能优于欧洲，中国和欧洲处于平等的发展阶段，甚至在物质生产和国防力量的某些方面仍然优于欧洲。② 清朝的康乾盛世，中国社会的各个方面在原有的体系框架下达到极致，并曾以国力强盛、气象宏伟震撼一时，其时国家统一，经济发展，文化繁荣，时人所谓"德业于今臻盛大，直超三五辟鸿蒙"，"舞遍两行红结队，儿童齐唱太平年"，即是对当时繁荣景象的生动描述，而在朝官僚和皇帝更对大清帝国的未来充满了自豪和自信，坚信"海甸巩于金瓯，邦家奠于磐石"。正是一种经济繁荣、国家富庶、社会安定、国力鼎盛、学术兴旺、文教昌明的征象。

这一时期的中国形象在西方人心目中是"一个独立、统一和强大的中华帝国，其文明传统已经发展到了很高的水平"，

---

① 黄时鉴主编:《东西交流论谭》，上海文艺出版社 1998 年版，第 72 页。
② 这一观念的材料，参见代迅:《跨文化交流中的中国形象及其迁移》，《社会科学战线》2004 年第 1 期，并在核查这些历史资料的过程中对史实作了甄别。

政治开明、宗教宽容，体现着启蒙运动的理想，文艺复兴发起的西方现代文化，在启蒙运动中完成。启蒙思想的核心意义是以理性为主导追求科学知识与物质财富，通过教育与民主达成社会和谐，达成历史的进步。中国形象就曾帮助资产阶级确立绝对主义王权观念，限制贵族势力；继而又帮助资产阶级限制王权，将希望寄托在开明君主文化政治上。最后，一个表现平等、民权、精英政治与平民政治精神的理想化的中国形象，又反映在法国大革命的思想中。马可·波罗那一代旅行家开创的理想化的富强的中华帝国的形象，通过传教士书简的发扬，到启蒙运动时代达到高峰。启蒙时期欧洲出现了一个所谓的"中国浪潮"，著名的启蒙思想家伏尔泰的亲中国倾向是很有名的，路易十四的家庭教师念诵道："圣人孔子，请为我们祈祷"，莱布尼兹则建议西方君主都应该向中国学习，请中国的文人来，并派西方的文人去那里，以便发现普遍真理。欧洲人对中国怀有这样的信念：

存在一种由人自己管理自己和由理性来管理人的模式。没有宗教，没有教会：自由思想的绿色天堂。这个模式只要照搬就可以了。它的盛誉传遍欧洲。伏尔泰肯定地说，中国君王的身边都是文人，在人民苛求的目光注视下，文人的意见，甚至是责备他都认真地听取。人们曾把这种热情编成两句韵文：

沃修斯带来一本关于中国的书，

书里把这个国家说得奇妙无比。①

值得注意的是，启蒙时代的人对欧洲的一切都重新评价，但对中国社会却全盘肯定。启蒙主义哲学家竭力将中国渲染

---

① ［法］阿兰·佩雷菲特：《停滞的中国——两个世界的撞击》，王国卿等译，三联书店1993年版，第31页。

成一个世俗乐园，中国的开明帝王，宗教宽容的政策，孔夫子的睿智，都使当时的西方人自愧弗如。根据法国学者安田朴记载，在启蒙时期西方学者的笔下，孔夫子与僧侣和神父们相敌对，洞察一切，反对独裁，甚至精通物理学。伏尔泰在《哲学辞典》中这样写孔夫子："他从来不冒充先知，决不自称是受启示者，从不传授一种新宗教，决不求助或依赖于权威，从不吹捧他于其统治下生活的皇帝"。① 文学故事中的仙女要求人们"不要转弯而一直沿通向中国的道路前进"②。毫无疑问，这种"中国浪潮"既指一般意义上西方人对中国事物的热情，又特指艺术与生活中对所谓的"中国风格"的追慕与模仿。"中国浪潮"开始于 1650 年前后，结束于 1750 年前后，一个世纪间，"中国浪潮"表现在社会物质文化生活的各个方面，从高深玄妙的哲学、严肃沉重的政治到轻松愉快的艺术与娱乐。孔夫子的道德哲学、中华帝国的悠久历史、汉语的普世意义，中国的瓷器、丝织品、茶叶、漆器，中国工艺的装饰风格、园林艺术、诗与戏剧，一时都进入西方人的生活，成为他们谈论的话题、模仿的对象与创造的灵感，在欧洲社会面前，中国形象为他们展示了"梦寐以求的幸福生活的前景"③。同时，"中国浪潮"又是那个时代西方追逐异国情调的一种表现，没有比中国更遥远的地方，也就没有比中国更神秘更有吸引力的地方，包括他们的思想观念、人与物

---

① ［法］伏尔泰:《哲学辞典》，王燕生译，商务印书馆 1991 年版，第 186 页。
② ［法］安田朴:《中国文化西传欧洲史》，耿升译，商务印书馆 2000 年版，第 535 页。
③ Adolf Reichwein, Keganpaul, Trench, Trubner & co, Ltd. *China and Europe: Intellectual and Artistic Contacts in the Eighteeth Century*, 1925,pp.25–26.

产、生活方式。"中国浪潮"的发起人主要是商人与传教士。商人们贩运来的丝绸瓷器、茶叶漆器，在欧洲生活中掀起一股"中国浪潮"；传教士们贩运回来的孔夫子的哲学与中国的道德神学，在欧洲的思想界掀起了另一种热情，中国思想与制度，成为精英阶层的文化时尚。传教士们从中国回来，便成了社会名流，他们穿着中国长袍，谈论圣明的康熙大帝与玄妙的孔夫子哲学。他们介绍中国的书信在社会上流传，激进主义者感到兴奋，正统主义者感到恐慌。哲学家们不甘寂寞，也参与到中国哲学是否是无神论的讨论中来，有些人甚至冒险思考是否可以用中国道德哲学取代基督教神学。莱布尼茨希望在中国与欧洲之间，"建立一种相互交流认识的新型关系"。"鉴于我们道德急剧衰败的现实，我认为，由中国派教士来教我们自然神学的运用与实践，就像我们派教士去教他们由神启示的神学那样……"[1] 莱布尼茨对中国百科全书式的期望，到启蒙时代百科全书派哲学家那里，明确化为道德哲学。伏尔泰准确地发现中国文明在欧洲的利用价值。"……中国人在道德和政治经济学、农业、生活必需的技艺等方面已臻完美境地，其余方面的知识，倒是我们应该传授给他们的……"[2] 由此可见，文艺复兴时代西方在中国形象中发现或发明的积极的政治启示，到启蒙运动时代又有了更加先进或激进的现代意义。启蒙哲学家对中国形象的信念，来自于两个基本观念：一是性善论，二是道德理想通过政治权威达成社会公正与幸福。这两个基本观念，恰好又体现在他们构筑的开明的

① ［德］夏瑞春:《中国近事·序言》，见《德国思想家论中国》，陈爱政等译，江苏人民出版社1989年版，第9页。
② ［法］伏尔泰:《哲学辞典》上册，王燕生译，商务印书馆1991年版，第323页。

中华帝国形象中。启蒙时代西方对中国的开明专制主义的赞扬，更深一层意义是他们发现中国文官制度中隐含的民权、平等观念，在此中国形象的意义不仅是积极的，可能还是革命性的。中国形象昭示一种与贵族法权相对的平民政治，启蒙运动与法国大革命中的一些重要观念，如人民、平等等，都是杜赫德、伏尔泰、魁奈那一代人在共同人性与世界文明视野内从中国形象中植入的。

启蒙时代西方社会文化生活中普遍出现一种泛中国崇拜的思潮，把将近五个世纪西方不断美化的中国形象推向高峰，中国几乎成为西方文化向往的乌托邦。那么，西方人对中国形象的推崇目的何在呢？

第一，效法中国，发展西方的文艺哲学和医学。以世界性的眼光，认为中国的一切，无论是文化艺术，还是哲学医学，都是他们效法的榜样。因为中国的文人善于感受、捕捉生活中的真善美，月夜花园中的玫瑰、草坪上的树影，盛开的鲜花、松树的清香，都会凝结成优美的文学作品。中国的哲学源远流长、高深玄妙，真正的哲学是自己时代精神的精华、隽永清澈，是宇宙人生的最高智慧、韵味无穷。中国的医学是以完整系统、博大精深的理论体系、高超的医疗技术和丰富的典籍著称于世。所以，英国哲学家罗素才带着对西方工业文明与前苏联革命的双重失望，于 1920 年漂洋过海来到中国，"探寻一种新的希望"。在罗素的想象与描绘中，中国是一个美丽神秘的国度，那里民风淳厚、景色如画。他在游览西湖时叹道："这儿简直美极了。无数的诗人和帝王已经在西湖边生活了两千年，使之增添了更多的美景。这个国家似乎比意大利更加仁慈博爱，更为古老。它的风景如中国画一般，这里的人民像 18 世纪的法国人那样充满情趣，聪明幽默，但更加活泼可爱，生活充满了笑声，我还没有见过如此快乐的民族。"①罗素回国后出版了《中国问题》一书，从多方面探讨中华文明的可取性与价值，认为中国人更有耐心，更为达观，更爱好和平，更看重艺术。并告诫西方人：如同与中国人做生意能使我们口袋鼓起来一样，中国的思想也能丰富我们的文化。

第二，模仿中国，发展西方政治管理西方国家。只有哲人政治，才是最完美、最开明的政治。他们在中国发现了哲人王，发现了哲人当政的制度，发现了理想化的伦理政治秩序。这是中国形象的意义，同时也是一些启蒙主义者尊崇的新型的政治伦理社会的理想尺度。由此可见，中国能向世人提供一服医治整个欧洲乃至西方"忧郁病"的灵丹妙药，那就是模仿中国，像中国那样治理国家。英国的散文大师威廉·坦普尔在《论英雄的美德》中，热情赞扬中国是世界已知的最伟大、最富有、人口最多的国家，拥有比任何别的国家更加优良的政治体制，惊讶于西方人从柏拉图开始就憧憬的哲人治国的理想在中国竟是现实，称赞孔子是最有学问、最有智慧、最有道德的人，认为中国的科举制度有利于人才选拔，远胜过只注重世袭门第的英国贵族制度。不仅如此，他还将异域文明当做一面镜子，认为遥远的民族不但可以提供一幅异域生活图景，而且可以启发对自身的反思与省察。尤其是博学之士罗伯特·伯顿，他从马可·波罗和利玛窦的游记与著述中了解到有关中国的知识，认为繁荣富庶、文人当政、政治开明的中国是一个堪为效法的榜样。尤其是中国选拔人才的制度，深得伯顿的称颂，他说："他们从哲学家和博士中挑选官员，他们政治上的显贵

---

① George Allen & UnwinLTD，Bertrand Russall，*The Autobiography of Bertrand Russell*，London，1969，p.137.

是从德行上的显贵中提拔上来的；显贵来自事业上的成就，而不由于出身的高上"，而自己国家的官吏只知道"放鹰打猎，吃喝玩耍"①，根本无暇顾及国家的治理。这里，伯顿对英国乃至西方的讽刺和批判显而易见，其目的旨在质疑当时英国乃至西方的社会秩序，寄托一种模仿中国政治管理的强烈愿望。

第三，对西方社会的质疑和颠覆，促进西方社会的改造与变革。中国形象实际上是那个时代西方人追求改造社会的一种思想武器。尤其是法国的哲学家，他们在中国形象中发现批判现实的武器。在推翻神坛的时候，他们歌颂中国的道德哲学与宗教宽容；在批判欧洲暴政的时候，他们运用传教士们提供的中国道德政治与开明君主专制的典范；在他们对君主政治感到失望的时候，他们又在经济思想中开发中国形象的利用价值，中国又成为重农主义政治经济学的楷模。所以，借用中国的故事、寓言、哲理、箴言讽喻西方，就是为了达到寄托颠覆某些不合理的制度、变革西方社会现实的愿望。哥尔斯密就曾借中国人的眼光来观察英国社会，对其不良风气，甚至社会政治都多有批判。比如说英国的议会选举，虽然场面上热热闹闹，但被选中者并不是因为他本人贤能，有德行，而是由于他款待热情，酒菜丰盛。哥尔斯密在《世界公民》中用中国开明的政治、富裕的生活、奖善惩恶的法律制度、合情合理的道德准则，对英国的社会状况进行了有趣而有益的评论。他在书中有许多推崇、美化中国之词，就是因为当时的英国需要一个真实的而又是理想化的中国，一个文明富庶、政治稳定、司法严明的乌托邦，以期用它来开启国人的智慧，激发国人变革现状的

---

① 范存忠：《中国文化在启蒙时期的英国》，上海外语教育出版社1991年版，第8页。

热情。

二、衰落国度中停滞的中国形象

转型文化是传统文化蜕变的产物，是在都市异质文化的兴起中反映出来的。这既印证了文化发展大体遵循"佛说一切转相，例分四期，曰生、住、异、灭"的规律，又是符合生命由生长到全盛到衰落的历程。这股蜕变的潜流于宋元变得明显起来，到明清之际露出了声势，开始撼动着传统文化的内在结构。同时它又为传统文化向近现代文化的转型准备着条件。明代与1840年前的清代，是中国漫长的封建社会的晚期。在这几百年间，中国社会的内部结构发生了缓慢而又重大的变化，随着自耕农的普遍发展，庶族地主力量的增长，以及屯田向私有和民田的转化，传统的地权占有形式发生变更；随着租佃关系上自由租佃的出现，永佃制、押租制的发展，雇佣关系上封建性雇工向自由雇工的过渡，封建依附关系发生松解；与此相关联，某些新的生产关系的萌芽开始在封建制度母体内出现，凡此种种，皆标志着中国封建社会已进入后期阶段。尤其是鸦片战争以后，随着近代大工业的兴起，小农经济和宗法关系沦于解体，传统文化再也不可能保持原有的结构。试想，那种以身心内外谐调为最高理想的价值取向，怎能同世界工业化浪潮中推出的开发精神和竞争机制相合拍呢？那种以家族伦理为本位的宗法关系，又怎能适应近代社会里的民主与法制原则呢？然而，这一自我蜕变的过程，并未能顺利完成，19世纪中叶，西方列强的军舰、大炮，挟带其文化思想席卷而来，敲开了古老中华帝国的大门，也敲碎了传统中国文化的外壳。裂变发生了，但并非起于自我的分裂与转化，而是外力强行输入的结果。对此，英国哲学家罗素在《中国问题》一书中就曾指出："中国现在虽然政治无能、经济落后，但它的文化和我们不相上下，其中有些是世界所急需的。"①这种"政治无能"，"经济落后"，而文化却"不相上下"，是"世界所急需"的，恰好就是一种二律背反现象。对这种二律背反现象黑格尔有深刻的论述，他指出："只要对理性的二律背反的性质，或者更正确地说，辩证的性质，深入观察一下，就会看出每一个概念一般都是对立环节的统一，所以这些环节都可以有主张二律背反的形式。"所以，"二律背反的真正解决，只能在于两种规定在各自的片面性都不能有效，而只是在它们被扬弃了，在它们的概念的统一中才有真理。"②因为任何事物本身都存在矛盾，反映事物的每一个概念不能不包含矛盾的一面，所以，人们从每一个概念里都可以指出与其"背反"的现象。对这种转型文化的分析，关键要用辩证的而不是形而上学的方法：不仅要看到每一文化现象之中都蕴藏着矛盾的两个方面；而且要以唯物辩证法的观点去具体而深入地研究矛盾，从正、反两个方面，在矛盾的对立、推移和转化中来把握转型文化，从而达到真理性的认识。

文化的转型及其"三千年之一大变局"，使中国社会急剧地坠入落后挨打的境地而一蹶不振。其实，从乾隆中后期开始，与"盛世"相比，就是黯淡无光的。孕育和蓄积于18世纪的种种社会矛盾，在19世纪的时候已经成为人口、财政、武备、吏治的种种难题。人心在变，士风也在变。民间的揭竿

---

① George Allen & Unwin LTD, *Bertrand Russell,The Problem of China*, London, 1992,p.152.

② ［德］黑格尔：《逻辑学》上卷，杨一之译，商务印书馆1966年版，第200—201页。

造反与士大夫的经世议论，表现了朝野皆为忧患所苦。到嘉庆时代终于露出了百孔千疮。时人奏疏言及官场腐败与百姓困苦已有"积弊相沿""极重难返"之叹：

> 州县有所营求，即有所馈送。往往以缺分之繁简，较贿赂之等差。此岂州县私财？直以国帑为夤缘之具，上官既甘其饵，明知之而不能问，且受其挟制，无可如何。间有初任人员，天良未泯，小心畏咎，不肯接受，上官转为说合，懦者千万抑勒，强者百计调停，务使受代而后已。一县如此，各县皆然，一省如此，天下皆然。于是大县有亏空十余万者，一过奏销，横征暴敛，挪新掩旧，小民困于追呼，而莫之或恤。①

由此可见一斑。晚清政治，朝政不纲、窳劣无能、国势日颓、病入膏肓；晚清衙门，贪污腐化、官商一体、敲诈勒索、鱼肉百姓；晚清社会，"匪来如梳、官来如剃"、满目疮痍、百病丛生。于是，红墙内外，督府上下都笼罩在大厦将倾、民怨沸腾的惊恐中，江河湖泊、牙山东海都弥漫在战火纷飞、血流成河的惨败之中；更有塞北大漠、南疆中原赤地万里、尸骨堆山，京城繁市，乡村僻野饿殍遍野、日月无光；还有典章文化、礼仪乐章斯文扫地，青楼红粉、勾栏瓦肆衰败楼塌、一泻如注。这种社会的灾难史、精神的屈辱史，也如《毛诗序》说的："乱世之音怨以怒，其政乖；亡国之音哀以思，其民困。"②在这样一个凄风苦雨，萧条冷落的衰败之世，几乎没有一个活得洒脱的人。他们不是在丧权辱国的痛苦中挣扎，就是在新旧交织中搏斗。人们活得一点都不痛快，在整个时代的不痛快中

① 萧一山：《清代通史》卷中，台湾商务印书馆1976年版，第280—281页。
② 《毛诗正义》卷一，见阮元刻：《十三经注疏》上册，中华书局1980年版，第270页。

迷茫、怅惘、困惑。即使是皇帝，咸丰皇帝面对北京既陷，圆明园被烧而仓皇出逃，慈禧太后面对"京师陷落"而逃往西安。"对于国家来说，这是何等耻辱！"由于内乱外战，四野萧条，万民涂炭，不仅乡村的农民衣不蔽体，还出现了人肉公开出卖。对人的尊严来说，这是何等亵渎。于是，国破家亡的屈辱感，江山易主、腥风血雨的哀痛感，便铭刻在一段灾难深重的中华民族的悲剧史上，这"历史上的最后一朝也就逐渐沉入历史的海洋，而任人鞭尸了"①。

1750 年前后，欧洲的中国形象发生了明显的转变。这种转变不是突然出现、瞬间完成的，但转变的幅度依然令人吃惊。五个世纪的美好的中国形象时代结束了。欧洲文化当年对中国的热情几乎荡然无存，以至好莱坞影片中的中国和中国人，往往被描绘为阴险狡诈、行动诡秘、诡计多端、欺骗成性、肮脏不堪、缺乏道德。阴森可怖的唐人街是罪恶的滋生地，这里黑帮猖獗、妓女遍地，到处活动着吸食鸦片的流氓和恶棍。对此，布罗岱尔早就提出：现代世界是一个由不同国家民族不同力量在不同领域的相互创造生成的系统，离开了这个系统，任何所谓普遍有效的假设，诸如理性或进步、自由，都不足以成为历史的尺度。启蒙运动奠定了西方现代文明的现代性观念，这种观念绝非像西方中心主义叙事描述的那样是西方文明自发的，它在很多方面都有中国形象的影响。西方现代文明有双重意义：一方面是现代性，另一方面是现代主义。现代性主张自由与进步，现代主义则关注现代性造成的社会断裂，主张从审美批判中获得超越。现代性视野内"美好的中国形

---

① 　胡良桂:《晚清政坛上的精魂——唐浩明长篇历史小说论》,《文学评论》
2003 年第 6 期。

象"黯淡之后，中国形象从西方的道德政治期望进入审美教育期望，隐匿在浪漫主义的东方情调与现代主义的东方启示的想象中，构成一种超越现代性的美学批判力量。

启蒙运动曾经将中国形象当做批判与改造现实的武器。帝国主义殖民主义时代到来，西方的中国形象在现代性自由与进步大叙事中逐渐黯淡，但并没有消失，而是进入现代主义视野内，变成浪漫主义的、异国情调的审美想象，超越现代性缺憾的现代主义向往的牧歌田园。这是中国形象对西方现代文明的另一种建设。西方现代文明在观念上包括现代性与现代主义两个方面，而在这两个方面，都表现出中国形象的影响。

这个时期的西方人对中国的描述中突出的是专制和停滞，孟德斯鸠在《论法的精神》中写道："中国是一个专制的国家，那里笼罩着不安全与恐怖。它的统治只能靠大棒才能维持"，还要靠因袭旧套，"礼使老百姓服从安静。"[1]黑格尔担忧东方专制主义的阴影遮蔽了西方启蒙的光明，因而激烈地批判停滞腐朽、专制残暴的中华帝国，他在1822年写道："中华帝国是一个神权政治专制国家。家长制政体是其基础；为首的是父亲，他也控制着个人的思想。这个暴君通过许多等级领导着一个组织成系统的政府。……个人在精神上没有个性。中国的历史从本质上看是没有历史的；它只是君主覆灭的一再重复而已。任何进步都不可能从中产生。"[2]而他的同胞歌德却在赞美一个阳光明媚的、童话般的中国："……中国人在思想、行为和情感方面几乎和我们一样，使我们很快就感到他们是我们的同类

---

[1] ［法］阿兰·佩雷菲特：《停滞的帝国——两个世界的撞击》，王国卿等译，三联书店1993年版，第32页。

[2] ［法］阿兰·佩雷菲特：《停滞的帝国——两个世界的撞击》，王国卿等译，三联书店1993年版，扉页。

人，只是在他们那里，一切都比我们这里更明朗、更纯洁，也更合乎道德。"① 在此我们看到两种完全不同的中国形象：一种是政治视野内的东方专制帝国，另一种是审美视野内的道德与自然的乐园；一种是现代性自由与进步视野内被否定的东方帝国，另一种是现代主义美学期望中的乌托邦。这种现代主义东方情调的、美学化的中国形象，集中表现在克洛岱尔、彼埃尔·洛蒂、谢阁兰、圣_琼·佩斯和亨利·米肖等人的作品中。曾经晴朗的"开明帝国"，现在笼罩在一种末日的昏黄中，朝着梦幻开放。

19世纪以后，从西方社会期望中消失的中国形象，作为西方现代主义文化的向往之地，却不知不觉地进入审美期望中。因此，社会期望与审美期望就形成了鲜明对比。前者是西方试图将中国形象从幻想引渡到现实；后者是西方试图将中国形象彻底沉入幻想。前者的中国形象的感召力是现实的、实用的；后者的中国形象的感召力是非现实或逃避现实的，因为它虚幻，才有意义。前者中国形象出现在历史的未来；后者中国形象出现在历史的过去。前者中国形象的精神是自然神性与理性的；后者中国形象的精神是超验神秘的、非理性的。所以，审美期望中的中国是现代主义心灵的象征。它不仅是失望与逃避现实的方式，也是确立主观性与自由的解放的方式。它在与现实的疏离感中完成现代主义对现代性的反抗，确立了个人内在精神的真实与权利。

中国形象成为西方现代主义美学超越现代性异化的田园牧歌，作为前现代想象中的"他者"，在时间上代表美好的过去，

---

① ［德］爱克曼辑录：《歌德谈话录》，朱光潜译，人民文学出版社1978年版，第112页。

在空间上代表美好的东方，寄托着现代主义思潮中对怀乡恋旧与精神和谐的向往。中国是"由美丽的山脉、鲜花、或耕耘着自己土地的一群既是学者也是绅士的农民组成的奇妙乐土"。由《中国佬的来信》中描绘的"中国理想"，在赛珍珠的《大地》中进一步故事化，王龙就是那种"既是学者也是绅士的农民"的典型，他在战乱与灾荒中幸福而勤奋地耕耘自己"奇妙的乐土"。诗意的中国就是生于土地死于土地的质朴勤劳的中国农民的中国。20世纪初，西方现代主义审美化的中国形象出现复归现实的冲动，它对美好的中国形象的重构，省略了明显不合时宜的哲人王或哲人专政等政治内容，强调与现代工业文明相对的乡土精神。强调超越权威回复自我、超越社会复归自然的个性与艺术解放的价值。

西方的中国形象在启蒙运动中期达到顶峰，退潮由此也就开始了。"一个否定性"的中国形象除了遭遇"贬抑与厌恶"，更可怕的是遗忘。那么，这种转变是如何发生又何以发生了呢？

一是西方现代扩张史上中西经济关系的变化。1750年前后，此时的欧洲已经能够大批生产瓷器，工艺也有了较大的改变，基本上可以满足西方社会的需求，无需再大量地从遥远的中国高价进口。瓷器的价格跌落了，进入寻常百姓家，漆器壁纸的欧洲产品甚至比中国进口的还优秀。英国人喝茶上瘾，商人们大量贩运茶叶，1716年英国东印度公司建立了与广东的直接贸易，茶税从世纪初的100%降到世纪中的12.5%，茶价一路下跌，1750年英国年进口的茶叶已达到3700万磅，茶也成了寻常百姓的日常饮料。① 更重要的是，他们终于找到了

① 参见周宁：《西方的中国形象史：问题与领域》，《东南学术》2005年第1期。

中国人需要的东西：鸦片。他们将印度的鸦片运往中国贸易茶叶，英国对华贸易出现顺差。英国东印度公司基本上控制了印度次大陆，欧亚贸易中亚洲从出口成品到出口原材料，欧洲不仅占有经济优势，而且也表现出政治军事优势。欧亚贸易已从重商主义自由合作贸易进入帝国主义殖民劫掠贸易时代。而且，这一时期英国又完成了对印度的殖民统治，以英国为首的西方扩张的第三波开始。同时，衰落出现于所有的东方帝国，首先是萨菲王朝，其次是莫卧儿，最后是满清帝国。世界格局变了，英国军事与经济实力已强大到足以打破旧有的平衡。在整个一个世纪里，英国人及时避免了革命的消耗，又放弃在欧洲争取霸权，他们一边发展国内经济，一边继续海外贸易，加强国际市场的竞争力。他们在美洲与印度战胜了法国人，普拉西战役基本上完成了英国在印度的全面征服，建立起有效的殖民统治。英国在印度的殖民化统治的建立，对英国本土来说，有助于完成工业革命，对东方扩张来说，赢得了打开中国的基础，首先是英国人用印度的鸦片扭转了西方三个世纪对中国的贸易逆差，其次是英国以印度为基地，用印度的补给与雇佣军赢得了鸦片战争，西方持续三个多世纪向东方扩张的进程临近完成。在世界现代化竞逐富强的进程中胜出的西方，还有可能继续仰慕一个愚昧专制停滞衰败的东方帝国吗？

二是文明关系的变化。西方现代文明的扩张，在启蒙运动之后，是自我肯定与对外否定性的。外部世界是经济扩张军事征服政治统治的对象，也是传播基督教或推行现代文明的对象。古希腊文明来源于近东文明，对于东方世界，古希腊文化心理中既有恐惧又有向往。这种心理延续到中世纪，恐惧来自于伊斯兰威胁，向往则指向传说中盛产黄金的印度与长老约翰的国土，马可·波罗的契丹传奇又将这种东方向往转移到中国。中国变成西方想象中的世俗天堂。地理大发现是一场革命，它不仅改变了世界，也改变了西方对自身、世界、历史的看法。这种文化相对主义观点出现于文艺复兴时代，在启蒙运动中达到高潮。东方神话根植于西方文化的源头，东方神话发动了地理大发现，地理大发现似乎又确证了东方神话。当大中华帝国作为优异文明或现世乌托邦出现在启蒙文化时，中西关系在观念心理层次上对西方文化的巨大的"现实价值与神话般的力量"就实现了。中华帝国在社会生活方面，它是时尚与趣味的乐园；在思想文化上，它是信仰自由与宽容的故乡；在政治制度上，它是开明君主制度甚至哲人王的楷模。东方产生优异的文明。东方神话在中华帝国形象中获得了某种新的、现实的解释。启蒙运动是文化大发现的时代。启蒙主义者相信，对广阔世界的了解，能够使他们更好地认识与改造自身的文化。在启蒙理性的背景上，有一种深厚的乌托邦冲动与浪漫主义精神。他们不仅仰慕中华帝国的文明，甚至以伊斯兰文明批判欧洲文明。值得注意的是，西方人在政治经济层面上扩张征服外部世界的同时，在文化上却敬慕颂扬这个正不断被他们征服的世界。在东西关系上，现实层次与观念层次的倾向完全相反，但又相互促进。对东方的向往与仰慕促动政治经济扩张，扩张丰富的东方器物与知识，又在推动已有的东方热情。两种完全相反的倾向又相辅相成，这就构成一种历史张力。

三是西方现代性文化结构自身的变化。西方现代性从早期开放的解码化的时代进入逐渐封闭的再符码化时代。明显的标志是：一、"古今之争"尘埃落定，明确现代胜于古代，今人胜于古人；二、地理大发现基本完成，世界上再也没有未发现的土地，而在已发现的土地上，还没有人间乐园；三、西方政治革命、科学革命、工业革命的成功，使西方摆脱中世纪以来那种对神圣、对古代、对异邦的外向型期望与崇拜。西方文化视野从古代异域转向现代西方，价值取向也向心化了。启蒙哲学家在理性启蒙框架内构筑的世界秩序观念，是欧洲中心的。首先是进步叙事确立了西方的现代位置与未来指向，所有的异域文明都停滞在历史的过去，只有西方文明进步到历史的最前线，并接触到光明的未来。然后是自由叙事确立了西方社会与政治秩序的合法性与优越性，西方之外的国家，都沉沦在专制暴政与野蛮奴役中。最后是理性叙事，启蒙精神使西方外在的世界与内在的心灵一片光明，而东方或者整个非西方，依旧在愚昧与迷信的黑暗中。正因为进步与自由是西方现代性"大叙事"中的核心概念。中国形象作为"他者"，正好确定了这两个核心概念的对立面：停滞与专制。在西方现代文化构筑的世界观念秩序中，中国形象的意义就是表现差异，完成西方现代文明的自我认同。中国是进步秩序的他者——停滞的中国；中国是自由秩序的他者——专制帝国。所以，在强烈的西方中心主义文化价值秩序中，中国形象逐渐黯淡了，马可·波罗时代以来500年间西方美化的中国形象的时代也结束了。

三、交流对话中崛起的中国形象

由辛亥革命所唤起的中国社会的希望，同民国初年中国社会的黑暗之间形成一种巨大的落差，巨大的落差产生了巨大的波潮，于是而有新文化运动。"所谓新者无他，即外来之西洋文化也；所谓旧者无他，即中国固有之文化也。"[1]在器物和制度之后，是西方近代文化同中国传统文化的整体对立。这种对

---

[1]　汪叔潜:《新旧问题》,《青年杂志》1915年9月第1卷第1期。

立促成了观念形态的革命，引发了中西文化的激烈论争。新旧之争一变而为民主和科学的巨响，随着大潮的泛起，涌来了中国革命的胜利。这就是中国共产党人找到一条马克思主义普遍真理和中国革命实践相结合的道路，才把半封建半殖民地的旧中国，变成了人民当家作主的新中国，在神州大地上建立起社会主义。

既然保持民族传统的固有模式已不可能，盲目追随外来文化又不可取，那么切实可行的途径，便是立足于我们的革命实践，一方面借鉴外来的文化思潮，另一方面转变传统的文化结构，熔中西古今于一炉，以铸合成民族的新文化。比如"五四"时期以鲁迅为代表的新文学创作的成就，是大家公认的。新文学鼓吹新思想，采用新形式，学习西方的痕迹比较明显，是否就成了西方文学的简单移植呢？不能这样说。姑且无论它叙写的仍是民族的生活，揭示的仍是民族的心理，即便像鲁迅等人所倡导的用文学以"疗救社会"的宗旨，不就跟民族传统中"经世致用"的观念（当然已改变具体内涵）一脉相承吗？也正是这种"经世致用"的态度，使新文学的创造者避免了亦步亦趋地模仿西方，而能够借鉴别人的方法来表现自己的内容，构造出适合本民族需要的新的文学样式来。这就是中外古今得以结合的明证。再比如共产党领导下的中国革命能够取得胜利，就是因为把马克思主义的基本原理与中国的实际相结合，确定了依靠农民为革命的主要动力，走农村包围城市的道路，并由此发展出武装割据、游击战争等一整套军事策略。这里有马克思主义指导下的对我国情况的具体分析，同时吸取了我们民族固有的军事思想的精华，集中了我们民族的智慧。马克思主义揭示的是人类社会发展的普遍规律，既适用于西方，也适用于东方。马克思主义是源于西方的先进思想，马克思主义与中国实际相结合，就是运用西方先进思想来促使传统推陈出新的好例子。革命战争与文学创作，从广义来说，都属于文化的一部分。中国现代文化在其现实的建构运动中，已经取得了这样一些局部的成功的经验，有什么理由怀疑其不能推广于全局呢？这里的关键在于从实际出发。只有依据了革命实践的需要，才能合理地选择和消化外来的文化成分，推动固有文化结构的改造，使中西对峙转为中西互补，新陈纠葛变成新陈代谢，以最终实现由旧文化向新文化的过渡。从而建构出一种既能迎接世界文化新潮的挑战，又具有中国特色中国精神的革命文化。

从衰落的中国到崛起的中国，是新文化革命与共产党领导的辉煌结晶。"十月革命一声炮响，给我们送来了马克思列宁主义"；[1]五·四反对帝国主义、封建主义爱国运动的爆发，使社会主义思潮成为了新文化运动的主流；中国共产党在上海嘉兴南湖的成立，犹如平地响起一声春雷，这是中国崛起开天辟地的大事件。中国的社会变革是经历了30年的浴血奋战，才夺取了民主革命的伟大胜利。中国共产党创建以后，从国共合作的建立到新局面的形成，不仅在大革命的洪流中，推动了北伐的胜利进军和工农运动的高涨，而且经济也步入快速发展的正轨，出现了近代以来中国经济现代化的高峰。恰恰就在这时，凶悍的日本帝国主义却发动了大规模侵略战争，粗暴地蹂躏了大片华夏的壮丽河山，使中国遭受了空前的破坏。一方面中国各种政治势力在抗日民主的旗帜下团结起来，出现了近代以来很少见的团结局面；另一方面，中国共产党为建立抗日民

---

① 毛泽东:《论人民民主专政》，见《毛泽东选集》第四卷，人民出版社 1991年版，第1471页。

族统一战线进行着艰苦卓绝的斗争，成为抗日战争的中流砥柱。八年血战，中华民族以惨痛的代价赢得了百年以来第一次反侵略战争的胜利；残酷的内战，导致了经济崩溃，却赶走了蒋家王朝。1949年，中华人民共和国的成立，标志着一个久遭凌辱、饱受苦难的民族站立起来了。亿万工农的翻身，人民政权的建立，民族自尊心的空前增强，社会主义阵营的援助，交汇成新中国大踏步走上现代化的新纪元。向自然开战，加快现代化建设，成为时代的最强音。安定团结的国内局面，和平共处的国际环境，世界新技术革命浪潮的涌动，都为新中国的蓬勃发展提供了新机遇。尽管有经济"大跃进"、"文革"的失误，致使社会主义建设遭受重大挫折，拉大了与西方国家的差距，但"仍然在广大干部群众的共同努力下取得了进展"，"粮食生产保持了比较稳定的增长。"[1]改革开放30年，是中国崛起的30年。以经济建设为中心的急迫要求，安定团结的宽松环境，和平与发展的世界主旋律，构成了中国腾飞的千载良机；由计划经济向市场经济的全面启航，"私营经济是祸水还是活水"[2]，在争执中壮大，加入WTO中国经济融入了世界经济的一体化；到科学发展的世界眼光，以人为本的民生情怀，统筹兼顾的战略思维，和谐文化的现代建构，等等，都在加快着有中国特色社会主义社会的建设，中国这艘古老而悠久的航船，就在新的起航中崛起，正驶向文明、富强、民主的港湾，逐渐进入世界强国的巍峨殿堂。

现代西方的中国形象，一再表现出"软国力"的感召力

---

[1] 胡绳主编：《中国共产党的七十年》，中共党史出版社1991年版，第549页。

[2] 马立诚：《交锋三十年——改革开放四次大争论亲历记》，江苏人民出版社2008年版，第181页。

与影响力。20世纪中国形象又焕发出新意义。中国不仅是亚洲第一个现代意义上革命建国的国家（辛亥革命早于十月革命），而且，红色中国在50—70年代，一度成为西方左翼思潮中表现启蒙理想的物质与道德进步的乌托邦。中国开辟了一条独特的现代化道路。中国的国家形象，有着丰富的历史遗产，整合、发扬这份伟大遗产，是当今中国文化国力策略思考的前提。它可以让我们在跨文化的公共空间中清醒地清理我们的文化资源，在现代化历史中找回我们一度失落的文化信心，在全球化大趋势中使往昔的光荣、现在的梦想变成未来的事实。当真像沃勒斯坦所预言的那样：21世纪中叶资本主义世界体系将让位于一种或几种后继的体系，而"占人类四分之一的中国人民，将会在决定人类共同命运中起重大的作用"①。

斯诺与他的《西行漫记》不仅开启了近半个世纪西方激进知识分子的中国朝圣之旅，也开启了红色中国的理想化形象。在20世纪西方的左翼文化思潮中，中国形象扮演着重要角色。它不仅复活了启蒙运动时代西方的中国形象的种种美好品质，而且还表现出现代性中自由与进步的价值。1949年之前西方记者笔下的共产党统治的"边区"，"无乞丐，无鸦片，无卖淫，无贪污和无苛捐杂税"，几乎是"一个柏拉图理想的复制品"，毛泽东是那里哲人王式的革命领袖。西蒙·波伏瓦率先在新中国发现"一个生活在未来的光明中的国家"。20世纪60年代前后，许多西方知识分子带着这个信念或怀疑这个信念，来到中国。他们在红色政权的盛情款待下，走同一条路线看同一些地方，从广州到北京，从北京到延安、大寨……回

---

① ［美］伊曼纽尔·沃勒斯坦：《现代世界体系》第1卷，罗荣渠译，高等教育出版社1998年版，第460页。

到西方又说同一些话，歌颂这个遥远、古老的东方帝国翻天覆地的变化，他们相信，像毛泽东领导的那种不断的、彻底的革命，昭示了人类改变自身与社会的最新希望。

红色中国成为20世纪表现启蒙理想的进步乌托邦。其进步理想表现在物质与道德两个方面。红色中国巨大的经济成就让他们吃惊，那些激进的"朝圣者"们，发现了一个"全新的社会"：既不属于传统的中国又不属于现代的西方；既不属于以苏联为首的社会主义，又不属于以美国为首的资本主义。所谓的"中国道路"首先是彻底的社会革命，它改变了整个文明结构，以现代理想重新规划现实，使一个贫困、衰落的传统国家变成一个充满热情活力的飞速发展的创新型经济大国，这不仅令西方发达世界惊慕，也值得所有不发达的第三世界学习。

但是，同一个中国，在20世纪西方却表现出两种完全不同的类型，在可爱与可憎、可敬与可怕两极间摇摆。美国的两位记者的观点与报道内容就完全不同。怀特将中国描述成一个高贵淳朴、勤劳奉献、大公无私的道德理想国。而他的同伴巴克利的观点正好相反，他报道"新中国"最大的成就就是对人的奴役，中国依旧是世界上最大最恶劣的极权国家。但当时没有人注意也没有多少人相信他的说法。因为美国读者都在想象他们的总统前往访问的是一个无私无畏的民族，平等幸福的国家。没有人还愿意听巴克利重复50年代邪恶中国的陈词滥调。可五年以后，美化中国的新潮达到高峰后迅速下落，人们开始注意那些"带回坏消息的人"，也开始听他们的话。此后，在西方的想象中，始终有两个中国，一个是人民丰衣足食、社会安定团结、道德高尚淳朴的美好的乌托邦式的中国，另一个是饥荒动乱、暴政恐怖、堕落邪恶的中国。前者是牧歌田园，道德理想国，后者是陷于贫困、苦难、饥荒、疾病、暴行、无知之中的专制帝国。20 世纪 70 年代中后期与 80 年代末，西方开始清算美好的中国形象，后一个中国再次取代前一个中国。到 21 世纪"中国能够坚持自己的道路，它将创下历史上最伟大的经济奇迹……中国已经是世界上第三大经济强国。"① 中国又回到"富饶广阔、文明悠久辉煌的国家"形象之中。其实，自中国形象进入西方社会以来，在现代化历程的不同阶段以不同方式参与构筑了西方的现代文明观念。它一方面证明世界现代化是一个多元发展、相互作用的系统进程，不仅西方塑造了中国的现代化运动，中国形象也作为文化"他者"参与塑造西方现代文化。另一方面，它也说明中国形象蕴藏着巨大的"软国力"，其知识体系、意识形态、社会制度具有广泛深刻的影响力，而且在世界现代化历史上已经形成了一种传统。

新中国 60 年是中国崛起的关键历史时期，不仅取得了举世瞩目的伟大成就，赶上了和平发展的时代潮流，走上了奔向富裕安康的广阔道路，而且使一个繁荣、进步、文明的新中国巍然屹立在世界东方，在国际事务中发挥着越来越大的作用，那么，中国形象的时代特征是什么呢？

首先，她是一个独立自主、发展富强的中国形象。民族独立与国家富强是从毛泽东到邓小平、从江泽民到胡锦涛等几代中国领导为之奋斗的目标。民族独立就是坚持国家和民族利益至上、誓死不当亡国奴的民族自尊品格，万众一心、共赴国难的民族团结意识，不畏强暴、敢于同敌人血战到底的民族英雄气概，百折不挠、勇于依靠自己的力量战胜侵略者的民族自强信念，开拓创新、善于在危难中开辟发展新路的民族创造精神，坚持正义、自觉为人类和平进步事业贡献力量的民族奉献

---

①   Colin Mackerras, *Western Images of China*, Oxford University, 1999, p.137.

精神。有了这种精神，就能集中全国人民的智慧和力量，聚精会神搞建设，一心一意谋发展，坚定不移地推进改革开放，坚定不移地走中国特色社会主义道路；就能引领全国各族人民依靠自己的艰苦奋斗、顽强奋斗、不懈奋斗，彻底改变旧中国"一穷二白"的面貌，把新中国建设成为一个同政治大国地位相匹配的经济大国。所谓经济大国当然是指一个国家的综合国力，具体而言，就是"把贫困的中国变成小康的中国"，"把落后的中国变成发达的中国"。事实上，随着改革开放和经济的快速发展，中国人民那激昂的民众热情、自觉的国民意识，对于西方来说，真正就像一头醒来的巨龙，令西方社会惊讶和敬畏。美国著名的政治家和国际问题专家基辛格博士说，中国将成为一个新兴的超级大国，西方社会要同中国进行真正的战略对话。① 今天的中国不仅吸引了许多西方国家、台湾地区的投资商，而且是一个充满活力、充满机会的国家。

其次，她是一个国家统一、人民幸福的中国形象。新中国60年，是国家面貌发生天翻地覆变化的60年。从一个受帝国主义掠夺和奴役的国家，变成了一个享有主权的独立的国家；从一个四分五裂的国家，变成了一个除台湾等岛屿外实现统一的国家；从一个人民备受欺凌压迫的国家，变成了人民当家作主、享有民主权利的国家；从一个经济文化落后的国家，变成了一个走向经济繁荣、全面进步的国家；从一个在世界上被人瞧不起的国家，变成了一个受到国际社会普遍尊重的国家。一言以蔽之，就是把旧中国一盘散沙、贫穷落后的国家形象，变成了新中国团结进步、焕然一新的国家形象。新中国60年，是抓住机遇，追寻世界文明突飞猛进的60年，继工业革命、

---

① 参见［美］亨利·基辛格：《新闻周刊》1997年1月27日。

电气革命之后，新技术革命的浪潮正以排山倒海之势汹涌澎湃地推动着中国现代化的进程。西方国家 200 年间抓住了产业革命、电气革命、新技术革命的契机而迅速走上现代化道路，新中国 60 年的现代化进程虽然步履维艰，但却正在腾飞，正在彻底地改变中国人民的生活质量，提升中国人民的幸福指数，做到学有所教、劳有所得、病有所医、老有所养、住有所居，人人享有基本生活保障，个个享有基本医疗卫生服务。它适应了国内外形势的新变化，顺应了各族人民过上幸福生活的新期待。

最后，她是一个世界和平、共同繁荣的中国形象。中国在对外关系上始终秉承"亲仁善邻，国之宝也"的思想，坚持"强不执弱"、"富不侮贫"的精神，提倡"海纳百川，有容乃大"的气度，主张"协和万邦"、"和而不同"的理念，真可谓吸纳百家优长，兼集八方精义。对此，毛泽东在新中国诞生前夕就说过："我们的民族将从此列入爱好和平自由的世界各民族的大家庭，以勇敢而勤劳的姿态工作着，创造自己的文明和幸福，同时也促进世界的和平和自由。"[1] 所谓文明与幸福，是人类在物质和精神两个方面取得成果的总和及感受到或意识到自己预定的目标和理想的实现或接近而引起的一种内心满足；所谓和平与自由，是指没有战争和武装冲突的社会安定环境及在社会关系中受到法律或得到认可的按照自己意志进行活动的权利。文明与幸福偏重物质，战争与和平则是政治的具体表现形式。真正的社会主义既重视物质，又反对战争，反对霸权主义，维护世界和平；而真正的自由则"是在不损害他人

---

[1]　毛泽东:《中国人从此站立起来了》，见《毛泽东文集》第五卷，人民出版社 1996 年版，第 344 页。

权利的条件下""社会所能合法施用于个人的权力"。① 社会主义国家如果损害别国主权、搞霸权主义，不仅损害社会主义在世界上的形象，还损害本国的社会主义事业。因此，中国的发展和进步，不会对任何人构成威胁。一是中国主张不同社会制度的国家和平共处，中国是维护世界和平的坚定力量；二是中国的现代化建设需要不断营造和平稳定的国际环境、睦邻友好的周边环境、平等互利的合作环境、互信协作的安全环境、客观友善的舆论环境。只有这样才能"既充分利用世界和平发展带来的机遇发展自己，又以自身的发展更好地维护世界和平、促进共同发展"。因此，中国在世界和平的发展中有重要地位，有不可替代的作用，对西方的经济有不可或缺的意义，中华民族是"伟大民族"。

四、全球化下中国形象塑造的思考

在全球化语境下，我们以主动的姿态参与世界文化交流的一个重要基础还在于，当今世界政治、经济的发展需要多元共生的文化生态环境。当代中国，尤其是改革开放以来的中国现代化经验与成就，无疑对于当今世界各国在政治、经济和文化建设上提供了重要的参照意义。文化在新的世纪扮演的重要角色是不容忽视的。相对于经济全球化的同质化，文化作为综合国力的一部分需要大力发展，已成为人们的普遍诉求。全球化不等于英语化，也不是西方化；全球化是一个学会尊重差异性的过程，是东西南北共同组成人类性的过程。但是，我们看

---

① ［英］J. S. 穆勒：《论自由》，见冯契主编：《哲学大辞典》，上海辞书出版社 1992 年版，第 598 页。

到，目前全球不仅在政治、经济上出现了严重的失衡，在文化上也出现了严重的不平等，文化生态建设的重要性并不亚于自然生态，"文化帝国主义"、"文化虚无主义"正在破坏着当今世界的文化生态建设。以积极主动的姿态参与世界文化交流，是我们基于一种人类的角度，面对共同的问题，如环境与生态问题、种族冲突问题、国际恐怖主义、贫穷与战争、疾病与健康……提供中国文化的处方，使世界在相互尊重、相互依靠、平等互助中共同发展、共同繁荣。这是中国文化为维护当今世界文化生态平衡所作的必然选择，也是世界文化发展的迫切需求。

正如华裔学者杜维明所说，面对西方，我们应该有一种"以不卑不亢的胸怀，不屈不挠的志趣和不偏不倚的气度，走出一条充分体现'沟通理性'的既利己又利人的康庄大道来"。我们不以仰视的目光来神化西方，抹杀民族文化，从而陷入民族虚无主义；也不应以俯视的眼光来丑化西方，理性的态度是以平视的眼光来审视西方，面对西方可以提倡一种"文明对话"的方式，以平等对话的方式，使西方能够真正地认识中国文化。仰视西方往往带来片面认同、迎合殖民者的身份塑形，"唯西方马首是瞻"，一切以模仿西方为宗旨。俯视西方则往往过度丑化西方，不利于我们吸收全人类的文化丰富自己。唯有平等对话才能加深相互的认识与了解。费孝通提出，文化之间应该"各美其美，美人之美，美美与共，天下大同"①，这16个字后来被国际学者广为引用，充分表达了当今世界文化对话中所应有的健康心态。子曰："君子和而不同，小人同而

---

① 费孝通:《文明对话的最高理想》，1990年11月在日本东京召开的"东亚社会研究研讨会"上的演讲。

不和。"文化之间的"和而不同"是我们认识自己，认识他者，认识世界的出发点和归宿。

我们要全方位地深入认识、发现和整理我们的文化传统和现有成就，从数千年华夏文明的辉煌历史到改革开放以来中国人在经济建设和文化创造上提供的"具有中国特色"的经验价值和成功模式；从科技层面、制度层面、思想层面到信仰层面；从哲学、文学、历史到科技，等等，我们都可以在理性与自觉的态度中重新加以审理，该加以扬弃的就加以扬弃，该创新的就创新，与时俱进，绝不抱残守缺。我们应该认真、平和地审视当今世界的文化生态环境，认真理性地反思我们的文化传统与现实，一步一步、踏踏实实地来进行文化建设和文化的传播与输出。我们相信，只要拥有面向世界、面向未来、面向现代化的眼光和气魄，我们必将摆脱自卑、自大、自恋的文化心态，树立起自强、自信、自豪的中国形象。

不言而喻，一个国家的文学艺术成就，对其国家形象的塑造具有十分重要的意义。古希腊被世界公认为灿烂的文明古国，它的神话、戏剧、哲学功劳卓著。有些经济强国却因缺少重大思想成果和科学成就，而被讥讽为"经济动物"。雨果曾说："试将莎士比亚从英国取走，请看这个国家的光辉一下子就会削弱多少！莎士比亚使英国的容貌变美。他减少了英国与野蛮国家的相似点。"[①] 正是在这样的思想语境中，我们发现近年来中国文学出现了把文学建构中国形象方式窄化的倾向，有人仅从文艺创作上表现我们民族的苦难深重、民族劣根性之类的创作有损中国形象，以此把中国形象等同于作品正面形

---

① ［法］维克多·雨果：《威廉·莎士比亚》，丁世忠译，团结出版社2001年版，第252页。

象，则未免简单。他们希望所有读到中国文艺作品的人对我们国家都产生良好的印象，令每一个外国人夸赞向往，其拳拳爱国之心值得肯定。但是他们没有想到，如果以"中国形象"为由拒绝文艺作品真实深刻地表现社会生活，不仅无法创作出优秀的文艺作品，相反还将带来一系列不良后果。首先，这会违背文艺创作的真实性原则。文艺是社会生活的反映和表达，从马克思主义文艺"反映论"来看，社会生活中既存在光明也存在阴暗，既有好人好事，也有坏人坏事，即使在同一个人身上，也既存在积极面，又存在消极面。任何国家、任何社会、任何个人都不例外。从文艺"表达论"来看，每个作家对社会生活都会有不同的观察和理解，正是这种不同才构成了创造的基础。如果以塑造"中国形象"为名，拒绝真实地描写社会生活，文艺作品就会变成褒扬好人好事的公益广告。其次，将导致"题材决定论"。自十一届三中全会后，经过拨乱反正，思想解放，文艺界对"题材决定论"、"塑造高大全"等文艺思想进行了反思。写什么和如何写应当由文艺家自己决定，这在文艺界已形成共识。如果以"中国形象"之名，要求作家只能写什么样的题材，只能如何写，文艺创作的丰富性将大打折扣。同时，还会否定文学史中具有反思批判精神的作家的历史地位。如写《离骚》的屈原，还能不能算爱国诗人？杜甫的"朱门酒肉臭，路有冻死骨"式的批判现实的诗歌，是不是给唐朝盛世"抹黑"？鲁迅作为写民族劣根性最多的作家，他的作品会简单地让人把阿Q、祥林嫂、孔乙己、人血馒头与中国人的形象联系起来吗？按此道理，西班牙应当憎恨塞万提斯，因为他的小说让人把西班牙人想象成不着边际的唐·吉诃德。法国人就应当憎恨巴尔扎克，他会让全世界人把法国人都看成吝啬的葛朗台。显而易见，文学建构中国形象的方式，主要的并不是通过作品中的人物、事件、环境的"正面形象",而是取决于文艺作品所表现出来的思想力、想象力和创造力,以及这些作品所展示的文学艺术创作水平和创作成就。离开真实何以展现一个国家的思想力、想象力和创造力?何以创作出优秀的文学作品?没有优秀的作品、缺乏思想力、想象力和创造力,何以形成外人对我们的美好的印象,又何谈提升国家形象?因此,中国当代文艺在面向世界塑造中国形象方面,的确还存在着明显的缺憾。其一,文艺形象纷杂背后的相对单一。当代中国的文艺形象塑造经历了政治话语(主流文化)——先锋话语(精英文化)——西方话语(西方文化)——世俗话语(大众文化)的演变历程,尽管总体形象序列是持续丰满的,但不能不说这个形象序列是单一静止的,各个话语系统在特定时期还缺乏应有的互补和呼应,形成了"你方唱罢我登场"的替代式发展格局,造成文艺形象的局部性打造有余,而整体性构架不足。其二,文艺形象纷杂背后的深度缺失。中国当代文艺曾一度在政治本位、商业本位、文化本位之间摇摆不定,自律性与他律性的矛盾始终没能得到很好的解决,文艺自身的功能定位、文化诉求和深度开掘做得不够。近几年,文艺发展更是呈现出了传统韵味疏离、意义中心泛化、人文关怀淡薄、经典恶搞成风等倾向,肤泛的娱乐化以及媚俗之风更是降低了文艺应有的品位,文艺发展的世界视野和国际接轨同样显得滞后。其三,文艺形象纷杂背后的原创性不足。虽然全球化时代的地域界线已渐趋模糊,但世界文艺中必须有中国自己的声音、自己的形象。遗憾的是,中国当代文艺形象序列表面的琳琅满目并不能掩盖深层次的苍白平淡。德国汉学家顾彬在谈及中国当代文学的现状时曾坦言,中国到现在为止还没有发出自己的声音。此论虽不免绝对化,但足以启发我们重视文艺的原创性问题。应该看到，原创性既源发于中国自身的深厚传统，又应具备国际胸襟、世界眼光和更大的开放性、阐释力和辐射力，能够引发世界的"和声"效果。这就是中国文艺面对中国形象塑造的"瓶颈"问题。

毫无疑问，由于今天中国的国际地位日益提高，"中国的和平崛起"更为世界各国瞩目。我们就应更加通过繁荣文学艺术，催生伟大的作家、哲学家、思想家，来提高民族文化的影响力；通过在"和平崛起"的现实语境中对文艺形象原创性的追求中，塑造出真正能体现群体与个体形象并从中映现中国形象，来提升中国国家形象的软实力。一是文艺形象要彰显民族特质。中国当代文艺要在世界上发出自己的声音，必须探求民族根性，挖掘民族神韵，凸显民族底蕴，展示民族理念，塑造民族形象。这是中国文艺塑造中国形象的当代使命。"在全球化整合中只有不断保持自己民族的根本特性，使自身具有开放的胸襟和气度，又坚持自我民族的文化根基和内在精神的发扬光大，才能使不断创新的中国文化精神成为人类精神的重要组成部分。"[1] 比如，在以《拯救大兵瑞恩》、《辛德勒名单》、《侏罗纪公园》等为代表的美国好莱坞大片及至好莱坞动画版的《花木兰》中，我们都能深刻地感受到艺术作品背后蕴涵的"美国式"的价值观念和生活方式。多哈亚运会开幕式的点火仪式，巧妙安排了一位阿拉伯骑士驾驭纯种马点燃星盘，从而向世界展示了卡塔尔所具有的特定的"阿拉伯性"。此外像日本的动漫片和韩剧等，也都表现出民族自身所特有的文化理解和文化价值，充斥着强烈的民族气息和民族精神。在世界艺术交流影响日趋广泛深入、文化的渗透扩张更加温情脉脉的全球

---

① 　王岳川：《大国形象需要文化辨认》，《北京青年报》2007 年 1 月 7 日。

化时代，文艺自觉承担起发掘和传播民族自身所特有的内涵与气质便显得尤为重要。二是文艺形象要指向现代生存。现代生存是当代文艺形象塑造的着力点和根本旨归。关注人的思想、心理、性格、人性、时代、环境，深入到人的心灵深处和生存、生活、生命的每一个过程，以强烈的生存意识和人文精神关注主体的"人"，是中国乃至世界文艺形象塑造的必然选择。像美国大片《泰坦尼克号》、海明威小说《老人与海》的世界意义在于"沉船"和"捕鱼"这些表象背后深藏着的是对人类特定生存危境的展示与生存意志的描绘，充满了强烈的"现代生存"意识。中国的《红高粱》、《老井》、《可可西里》等一批影片在国际上获奖，也不是因为仅仅向世界展现了中国式的愚昧落后，而是中华民族面对生存灾难所表现出的强烈的生存抗争与生命追求。在中国逐步走向国际化、现代化的进程中，在中国经济转轨、社会转型、观念转变的特殊历史时期，人的生存状态、生存际遇、生存需求、生存困惑、生存出路究竟怎样，中国当代文艺必须给予回应和解答。中国文艺要以关注现代生存这个"共同的文艺"为基点展开形象塑造，以此展现中国形象，并实现与世界的融通。三是文艺形象要具备国际视野。顾彬曾说："中国作家还是卡在一个房子里头，不敢打开他们的眼睛来看世界。"事实上。视野狭隘、世界性不足是中国当代文艺的通病。应该看到，西方对中国形象的"妖魔化"，既有西方社会对民众实行长期"洗脑"和中国自身原创性不足的原因，也与中国文化的国际视野不够，未能打开世界销路、形成世界认同有关。不过，中国艺术的世界眼光和国际视野，并非一味地崇尚西方、迎合西方、言必西方，也不是主动进入西方话语系统所预设的霸权规则，以纯西方的视野来观照和阐释中国，而是在保持民族品性的基础上与世界的深层次接轨、融通和对话。从当前各国文化艺术的世界影响来看，中国形象既依赖于艺术作品的个体创作对国际视野和世界思维的吸纳，也依赖于国家文化发展的国际战略打造和整体形象营销。北京奥运会开幕式文艺表演已成为中国展示国家形象的一个绝好舞台，中国以此为契机已全方位地展开新一轮、立体化、持续性的形象展示，让世界真正了解中国，让中国真正走向世界。

当然，我们表现中国形象时还必须注意几个问题。第一，是狭隘民族主义与多元文化共生。中国文艺表现中国形象必须警惕"狭隘民族主义"，即只接受本民族的艺术形象，对他者文化一律予以排斥或否定。其实，无论是全球化的时代发展还是中国的和平崛起，都要坚持民族性与世界性的统一，达到多元共生、和而不同。也就是说，一种文化与另一种文化不再是孤立封闭的，而应是互补、互证和互识的，要由隔阂对立走向贯通融合。中国文艺既要有自身的民族根基，又需要"他者"作为文化参照，从而在"民族性"和"世界性"的新型融通中展现形象塑造、寻求全新发展。第二，是历史形象与现实形象。亚里士多德曾经指出，艺术家不仅要表现"事物本来的样子"和"事物为人们所说所想的样子"，同时要表现"事物应当有的样子"。文艺既要善于表现历史形象，通过历史反观和映照现实，寻求历史事件的当代意义和当代事件的历史根基，又要立足于现实，在现代生存中传达出当代思考和未来意义，塑造具有时代特征和世界意义的中国形象。而且是在历史与现实的互动、传统与现代的结合中展开自身形象塑造。第三，是市场取向与审美品位。市场经济时代的文艺固然不能忽视消费需求和市场运作规律，但问题是，文艺体制的改革在体现市场取向的同时，不能迷失文艺自身的功能和角色定位，审美追求才是它的根本追求和价值使命。如果一味地迎合市场、取悦世俗、追求一时的经济效益，甚至不惜媚俗，文艺必将走入它的反面。当代文艺在虑及市场取向的同时，应该坚守审美品位，提升受众的"生命满足感"，并自觉担当起"发展人的审美能力，净化人的情感世界，塑造审美化的人格精神"[①] 的历史重任。第四，是艺术蒙养与生活基础。"从来大境界非大胸襟未易领略。"[②] 中国当代文艺要塑造中国形象，唱出自己的声音，离不开大境界、大视野、大胸襟、大手笔的艺术家。设想一下，五四以降的诸多大手笔哪一个不是出于大家之手，又有哪一个大家不是通古今、贯中西？清代画家石涛曾说："墨非蒙养不灵，笔非生活不神。"[③] 可见，当代艺术家既要具备深厚艺术蒙养（文化修养、国学根基、艺术底蕴、创新思维等），又需要具备深厚的生活基础（生活积累、生活体验、生活提炼、世界眼光等）。只有博古通今、内外兼修，才能塑造出大境界的艺术形象乃至中国形象。无疑，中国当代文艺急需造就这样一批分量重、境界高、影响大的艺术家，只有这样才能在世界的大舞台上重塑伟大的"中国形象"，这不仅仅是所有中国人的愿望，也是世界的召唤。

---

① 徐放鸣:《审美文化功能与审美人文精神》,《徐州师范大学学报》1999年第 4 期。

② 金圣叹:《杜诗解》卷一。

③ 石涛:《画语录》,《苦瓜和尚画语录》,周远斌点校纂注,山东画报出版社 2007 年版。

二、文学责任——历史的使命

科学发展观与新型农民形象

    科学发展观，作为一种统领执政兴国，坚持以人为本，全面、协调、可持续发展的新理念，既是为了统筹城乡发展、统筹区域发展、统筹经济社会发展、统筹人与自然和谐发展、统筹国内改革和对外开放的要求，又是以促进人的全面发展和社会全面进步为目的。而人的全面发展和社会全面进步，除了物质文明水平的不断提高，其中还包括文学创作中的坚持以人为本，全面、协调、可持续的健康发展。因为文学是满足人日益增长的多样化精神文化需求、提升人的精神境界和人格品质的一门"学问"。坚持以人为本，把满足人、服务人、提升人当做出发点和落脚点，是文学创作的不二法门和题中应有之义。

    在科学发展观指引下，新农村建设中农民的人生命运正在发生着变化，他们的精神心理世界也在发生着变化。尽管直到今天他们绝大多数依然身份未变，但种田不交税，读书不收费；看病有医保，极贫有低保；打工有自由，工钱有保障，等等；并逐步实现了乡村亮化，道路硬化；种田机械化，农舍规范化，等等。这一切都在孕育着现代式"新型农民"的精神心理。但从目前创作现象来看，虽然乡村文学已经展现了一些农民精神、性格方面的变化，却大多侧重于表现他们的传统文化性格——不变或变化甚少的一面，热衷于揭示他们在两种文化冲突中的人格人性的变异与扭曲、辛酸与隔膜、贫困与觉醒，而对那些逐渐走向"新生"、现代因素潜滋暗长的一面，却表现得较少或者浅尝辄止；现代式的"新型农民形象"，似乎很少出现。

然而，新农村建设的时代与历史选择，需要一大批新型农民，需要塑造一大批新型农民形象。这就要求我们，一是善于发现新型农民的优秀品格与良好素质。今天的农民大都主动摆脱世代传统的束缚，主动与现代大工业发生联系，主动成为社会建设、推动社会前进的生产力，并在这当中接纳新知获得精神蜕变，这已经是一个重要的生活潮流，它的意义早已不限于"打工仔"、"农民工"的命运，而且有着民族素质、民族精神提升的意义。中国近百年来的文学，反复在关注、思索的"国民性"、"农民性"问题，到今天应该是到了可能出现转换性变化的历史契机，应该有更多作家像当年鲁迅在一片自满、自足声中发现了阿Q精神弱点那样，在当前文学对农村的一种怅惘式的书写中，要以清醒的目光去发现更多的正在走出阿Q时代的农村新人，去探索那些真正着力摆脱"国民性"、"农民性"、走向精神高地的伟大的灵魂。事实上，当我们将目光投向中华广袤的土地、一个个错落的村庄的时候，就会发现那里有许多震撼心灵的故事、可歌可泣的人物：那个带领村民奋斗几十年使华西村率先实现城市化的吴仁宝，那个顺应民心在当下中国组建起第一个"农民协会"的蒲州镇的女青年郑冰，那个把南街村治理成"各尽所能，按需分配"的"共产主义"小社区的王宏斌，那个从"旗帜"到凡人再到"商海"女强人的郭凤莲，等等，都曾经是传统的农民，有着小农经济意识，有的甚至还有"左"的思想观念，但现在的他们不管思想深处多么复杂，新型农民的现代思想和市场意识无疑已成为他们的主导精神。这些农民自然是群体中的极少数，但他们是中国农民的先行者，昭示着广大农民的未来之路。这样的新型农民就需要我们作家以睿智的眼光去对他们进行发掘，发掘他们处于变化成长中的，不断滋长新型农民元素的各式各样的精神因素，发掘他们的开拓精神、科学头脑、市场意识等。这是中国传统农民最缺乏的，但却是市场经济社会最需要的，也是旧式农民走向现代农民应该具有的精神素质。乡村社会的那些成功（如商人、企业家）农民，无不具有这种现代精神素质。黑格尔认为：典型人物"性格的特殊性中应该有一个主要的方面作为统治的方面"。这种在市场经济社会中生成的新型农民形象，正是一种时代性格特征，它已然成为一小部分农民精神世界中的"重要的方面"，我们的作家应该努力去发现它，表现它。

二是走出缺失误区提升农民素质。虽然我们的乡村文学曾经塑造过像刘雨生、梁生宝、肖长春、李双双那样著名形象，但近年的乡村文学却鲜有类似的典型产生。现在一些作家笔下的农民，人物性格单一、浮泛、缺乏内蕴而显得苍白。这种状态不能不说与乡村文学缺乏具有震撼人心、具有一定审美价值、高层次的新型农民形象有极大关系。因为，有生命力的新型农民形象与小说神奇的想象力、精彩的故事、引人入胜的情节、丰富的文化内涵、纯净的文学语言一样，是不可或缺的重要因素。要在思想观念、科学文化、法治意识等上提升农民素质，就必须走出缺失误区：第一，对农民主体地位缺乏充分认识，在近几十年的农村改革历史中，数亿农民始终是变革的动力和主体，强有力地推动了中国的现代化进程，但由于他们在社会利益的分配中处于弱势状态，使我们轻视了他们的社会和历史地位，因此表现在作品中就使这一庞大的群体渐渐萎缩和虚化了。第二，缺乏对各式各样新型农民形象的塑造，从传统的小生产者到进入市场大潮的新的、现代的农民，他们从灵魂到外表经历了多么痛苦、曲折的蜕变。但在我们的乡村小说中还是现实叙事的少，正面讴歌的少，体验深切精心提炼的少。出现的还是那些似曾相识、灰头土脑的旧式农民，新型农民形象寥若晨星。第三，作家的写作，很难超越特定时期具体的乡村文化环境，以及与之相关的时代氛围、价值取向、人文立场，人物总是深深地刻有具体时期的社会政治痕迹并主导人物的行为，人物在这里只是情节的产物，木讷的符号，他们的地位是"功能性"的，并没有进入人物的精神——心理这一本质层面，就是说，人物从属于故事或事件，丧失了饱满的性格和丰厚的内涵。四、市场化、商品化对乡村社会生活和文化的影响、冲击，农民的精神理想渐化为"破碎的激情"，作家在极力摆脱"宏大叙事"的同时，却陷入了"个人化"、"私人化"、"淡化"的表达困境，较少追求富于震撼力的人物心灵世界。总之，种种外在的内在的因素，制约、限制或妨碍了作家进一步深入农民心灵的复杂层面，塑造出更深刻、更具有普遍性、超越性的新型农民形象。

三是作家如何才能塑造、挖掘新型农民的深层内涵，创造高质量、高水准的不朽的新型农民形象？农民的精神心理世界，是个极为复杂矛盾而神秘的领域。其中既有传统文化精华的品德，也有封建落后的意识；既有改革春风滋润的新生元素，也有在"新农村建设"中勇于开拓、探索、创造的新型农民。而且是精华、糟粕和新质犬牙交错、相反相成、此消彼长，构成一个错综驳杂的矛盾体。因此，中国农民精神人格的建构是一个比经济、政治建设更为漫长的过程，作家对农民的走近、熟悉、探索、塑造，也是一条艰难、无尽的路程。第一，作家在观照姿态上要用一颗真诚的心走近农民。视他们为历史的主人，建设新农村的主力军，甚至要有一种顶礼膜拜的虔诚，去发现他们身上犹如"春芽"一般的新绿，看到他们在现实生活中是"平凡而伟大"的"全人"。只有这样，作家的理性思想和人物形象才能构成一种巧妙的张力和复杂的结合，凸显出一个个新颖独特而又意蕴深远的新型农民来。第二，改变农民的整体命运。在一个全新的现代文明到来面前，农民是带着历史前进足音去寻求新的生存环境的一颗不竭的灵魂。不管他们属于这个整体的哪个阶层，倘若不主动改变生存观念和生存方式，都必然会落到生活的边缘甚至被生活所淘汰。正视这一点，就能为乡村文学审美升华提供极为丰富的底蕴，对增添文学创作历史的厚度和悲剧感有着不可忽视的意义。第三，重建人文精神和道德立场。一个时期以来，作家一写到农民就是愚昧落后、奴性狭隘、迷信保守；一写到农村就是社会阴暗、闭塞邋遢、肮脏粗鄙，乡村文学越来越卑微和琐碎，尤其缺乏具有人格化力量、气正道大、有道德感和正义品性的农民形象。只有真正地表现农民的优秀品性，人物才能具备一定程度的审美品质，才会具有永恒的终极价值。文学的书写才具有强大的象征意义，才能提升一个民族的道德水准，而且在美学表现上也才会有强劲的张力。第四，追求精神深度与哲学意识。精神深度是负载广阔的历史内容的诗性叙事与情感表达，哲学意识是形而上的独特发现与精辟概括。塑造新型农民形象，既要有生活，又须通哲学；既要个性化，又有普遍性，发现人物性格的多极性与外在世界的独特关系，塑造一个不为外部世界所累、能体现一个意味世界的人，完成"形而上与形而下的结合部"，这样的新型农民形象，才会具有巨大的精神深度，才会产生代表科学发展时代水准的不朽的典型人物。

以人为本：文学的价值取向

以人为本是科学发展观的基本价值取向。以人为本就是把人民的利益作为一切工作的出发点和落脚点，不断满足人们的多方面需求和促进人的全面发展。文学要满足人们日益增长的多样化精神文化需求、提升人的精神境界和人格品质，就必须以"充沛的激情、生动的笔触、优美的旋律、感人的形象"的独特审美方式，去把握世界、反映世界，从而在"升起更加昂扬的理想风帆，描绘更加美好的生活蓝图，激励更加坚定的奋进信心"中，实现科学发展观的价值目标。

以人为本文艺观的核心，就是我国当下文学价值取向的灵魂和指针。

首先，坚持以人为本，要求我们特别关注"底层写作"。其意义不是着眼于题材，而是关注于社会转型期底层群体的生存问题和社会的发展进步与公平、正义的关系问题。因此，我们不仅要正视并尊重农民对自己乡下人身份的焦虑不安及改变身份的渴望，正视并尊重农民工与城市平民生存的艰难与自足自得的生存感觉，正视并尊重国企改革中工人对所谓"工人代表"身份的拒绝与对改革进程中公平、正义的要求，还要超越"底层写作"的"浮浅"与"隔膜"，只有理解了"底层"、熟悉了"底层"，并以自己过人的眼力思考"底层"，然后才能写好"底层"。这里更需要的是作家的"眼光"、"境界"与"思想"，需要作家精神主体的强大、丰富与超越，去写出底层人民对自己权益的日益自觉的争取，以及工人、农民、城市平民作为觉醒了的"个人"的自救自立自强。

其次，要深入全面小康社会建设的实际，深入变革时代的最前沿，贴近群众、感悟生活。面对蒸蒸日上、如火如荼、加速发展的时代现实，作家必须用他们那支饱蘸情感的妙笔，多歌颂战斗在平凡岗位上的英雄、多描写群众生活中的创造，多注意我们社会主义因素无数积累和进步、多总结全面小康社会建设和经济全球化参与过程的经验和教训。善于用人民群众自己的感人事迹、创造精神来感奋、警醒和愉悦人民，既表现和描写领导干部和英雄人物的典型事迹和英勇壮举，又要表现和描写普通群众的日常创造和平凡事迹；既表现和描写东部沿海地区的人民在改革开放中取得的伟大成绩，也要描写和表现中西部地区的人民克服困难，知难而进，在中部崛起、西部大开发的历史性行动中所取得的不平凡业绩；既要描写和表现成功人士的事业，也要表现和描写失败者特别是生活困难群体的挫折和痛苦，及其发愤图强克服困难和挫折的可贵品质。

最后，坚持反对当下各种错误的文学，倡导正确的创作思想。随着对外开放的加深，西方某些颓废的思想观念和生活方式影响了我们的文学队伍，极端个人主义和利己主义在文学中有所表现，某些文学工作者开始脱离群众，文学成了他们表现自我、张扬私欲的手段和样式，而对人民群众的利益、需要和愿望漠然置之；另一些人则将市场经济的价值交换法则当做文学创作的唯一指针，热衷于"欲望创作"、"下半身写作"和恶意炒作名人绯闻等，一味迎合、怂恿低级下流庸俗的品位，从而放弃了文学工作者应该坚持的基本准则；还有一些人，丧失了关注和表现当下现实的热情，不在深入工人、农民、城市平民生活一线上下工夫，不在文学的内容上下工夫，不在文学的风格和样式上下工夫，热衷于浮在生活的表面，将一些粗制滥造、质量低劣的作品拿来糊弄人民，博取名利，文学是越来越不那么纯粹了；也有个别人看不到我们社会生活的主流，将我们政治和社会生活中的个别阴暗面普遍化，将我们的社会描写得一团漆黑。凡此种种，都是违背以人为本的文学观所产生的必然结果。

以人为本明确了发展的价值尺度是"人的全面发展"。这种发展观是以价值理性和工具理性的方式给人类社会的进步提供目的意义和前进动力。人类社会的历史就是通过不断的发展与创新提升人的生存价值和文明程度，从而使人成为一种具有崇高境界的真正全面自由发展的历史主体。这种实现人的全面而自由的发展，是全部马克思主义的精神实质，也是科学发展观所追求的价值目标。

人的全面发展需要审美的教育、艺术的熏陶。文学作为人的自由自觉的活动，其本质特征和价值功能是与人的自由发展一并展开并相适应的。审美是人的自由境界，它是通过艺术和其他审美活动形态净化和升华的情感意绪、人格襟抱，并与德、智、体相结合，去培养全面发展的人。文学在最高层面上通向"人的一般本性"并不排斥其在诸如意识形态层面、文化层面与一定历史时期相适应的"发生了变化的一般本性"的功能。优秀文学作品塑造出生动的艺术形象，鞭挞丑恶、颂扬美好，可以培养人的高尚审美趣味，帮助人们提高识别美丑妍媸的判断，从而趋善避恶、崇美厌丑。马克思主义认为艺术生产不仅为主体生产对象，而且也为对象生产主体。"首先，对象不是一般的对象，而是一定的对象，是必须用一定的而又是由生产本身所媒介的方式来消费的。……因此，不仅消费的对象，而且消费的方式，不仅在客体方面，而且在主体方面，都是生产所生产的。"而艺术"不过是生产的"一种"特殊的方式"，"并且受生产的普遍规律支配"。因此"艺术对象创造出懂得艺术和能够欣赏美的大众——任何其他产品也都是这样。因此，生产不仅为主体生产对象，而且也为对象生产主体"。所以文学在培养人的全面发展时主要担负着现代人的审美意识的培养，它应包括健康的审美观、较强的审美能力和创造美的能力。审美意识也即一定的审美心理结构，它包括人的审美观念、审美理想、审美趣味、审美需要、审美能力、审美情感等。它是人类精神文明的重要组成部分，它是人的全面发展的重要内涵，直接展示出一个人、一个社会的精神面貌和文明程度。众所周知，人类所面对的有真善美三个领域，与此相对，人类的精神世界也就有知、情、意三个领域，而美与审美恰恰处于真与善、知与意的中介领域，承担着统一真与善、知与意、感性与理性、个别与一般的重任。因此，文学的审美是培养现代人的审美心理结构，推动人的全面自由发展的中介与桥梁。

当下中国文学要提升和建构科学发展观的价值体系，对于作家来说，塑造出既有远大理想又有崇高精神、既有内在必然自由又有规律精湛把握的时代英雄和英雄形象体系，并以他们宏观的、整体性的理想信仰与远大抱负、观念模式与价值取向、行为方式与伦理道德情操，去征服、温暖、滋润和激励广大人民群众的心，去调动蕴藏在整个社会民生中的历史的主动性和创造精神，使他们能够自由自觉地投身到从有限到无限的广阔时空中去，实现人的内在精神自由的境界，投身到改天换地的伟大实践中去，实现中华民族的伟大复兴。

当下文学价值的功能与问题

一

文学功能即价值，主要包括认识功能、教育功能和娱乐功能。这三者的辩证协调发展，能促进文学的繁荣；任何是此非彼，都会给可持续健康发展带来制约和影响。

我们知道，在很长一段时期内，我们都只强调文学作品是社会生活的形象反映。优秀的文学作品以鲜明生动的艺术形象，真实地再现自然和社会生活中的各种场景，反映一定历史时期的政治、经济和文化，反映社会的风尚习俗，描写不同类型人物的精神面貌、内心世界以及他们的各种现实关系，从而使人获得关于历史和现实、社会和人生的真切认识。而且它既可帮助人们认识不同时期、社会、民族的历史特点和现实状况，又可开拓人们的视野，增加人们的生活知识；既可帮助人们认识了解各个民族的社会生活、文化传统与沟通各族人民的思想感情，又可帮助人们看到不同的社会和民族的面貌。由此可见，与其他艺术样式相比，文学可以详尽细致地、绘声绘色地描绘各种人物和事物的特征和全貌，对读者具有巨大的认识功能。当然，人们认识世界是为了改造世界，作家反映生活也是为了改造生活。任何一个作家在反映社会生活的时候，都不会是毫无目的"纯客观"的反映，不管他自觉还是不自觉，在选择题材、塑造形象的时候，必然包含着他对生活的评价，以及对真理的探求，包含着他的爱和憎。因此，作家通过自己的文学作品，不仅向读者提供一幅真实的生活图画，而且还要告诉读者，在这纷繁复杂的生活图画中，什么是真、善、美，什么是假、恶、丑，什么值得肯定和赞扬，什么应该反对和批判，都可以通过文学作品提高人们的思想认识，激励和推动人们去改造客观世界，为建设更加美好的社会而努力奋斗，而且帮助人们正确认识和改造自己的主观世界，从思想、品德、性格到作风、习惯等，都能产生广泛深刻的影响。这种基于文学的认识功能、教育功能的理论概括与阐释无疑是正确的。实际上那时我们所重视的也只是这两种功能。于是，在新中国的文学舞台上，工农兵英雄一直活跃在文学前台，承担着有关共产主义理想的全部想象。从延安文学到新中国文学，工农兵读者在文本阅读中获得了空前的身份认同，他们不仅是知识分子思想改造的参照对象，而且是历史前进与社会革命的主导力量。正是由于我们过去只重视文学的认识功能、教育功能，而忽视娱乐功能，甚至曾将文学的认识功能、教育功能简单地从属于政治，甚至充当政治的附庸，结果以政治（认识功能、教育功能）的方式取代了人类用审美（娱乐功能）的方式把握世界。

新时期以来，鉴于已往的经验和教训，人们开始重视起审美功能来，这自然是十分必要的，但在辩证思维上又出了偏差，从一个极端走向另一个新的极端。一面是知识阶层的社会精英，在打捞、发掘现代主义、后现代主义、新殖民主义、新历史主义、女权主义等西学之物；一面是市井民间的芸芸众生，在轻喜剧、青春剧里谈论些家长里短、情爱故事。精英们乐此不疲于先锋文学的形式主义、人性探索、生命可能、宗教情结，百姓们津津乐道于言情小说、武侠小说、大众文化，影视剧本也几乎为情、爱、欲、物所充斥。如果说"普及"与"提高"相结合框架下的读者处在一个选择与被选择的位置，那么新时期以来的情形是迎合多于选择，娱乐休闲多于精神提升。从而导致娱乐逐渐成为一种时尚，消费主义成为一种生活方式。在心理上，人们追求一种工作之余的全身心的放松，青睐"拳头＋枕头＋噱头"式的程序化文本克隆出的精神鸦片；在行为上，表现出别人怎么享乐，我就怎么享乐，别人怎样判断，我就怎样判断的倾向。具有娱乐化色彩的言情、武侠、宫廷、官场文学，由于它的有趣性、刺激性，几乎成为人们茶余饭后的谈资，长此以往，从众心理必将导致更多的人在无意识中去大众媒体中寻找类似的文学阅读，从而加快了文学的娱乐化、粗鄙化进程。事实上，文学娱乐化、粗鄙化在给读者带来感官刺激的同时，也制造着低俗的、色情的、暴力的信息垃圾，引导读者沉溺于或轻松、或惊险、或奇异的感官体验，不能自拔。在娱乐化充斥的缤纷世界里，人们不再需要殚精竭虑，没有痛不欲生，没有精神抚慰，它甚至可以把人们的智力消耗降低到几近于零，轻而易举陷入它营造的文本世界。这是一个巨大的诱惑，当人们目睹影视剧、武侠小说、言情故事中那些少男少女的青春恋情终于柳暗花明，那些孤胆侠客终于化险为夷、功成名就，那些凡夫俗子竟然也能"指点江山，激扬文字"的场景时，会情不自禁地与其一道进入一个虚拟的童话世界，一个对他们自己的人生经验理想化了的幻影世界，共同分享文本制造的即时欢乐，缓解现代工业社会的生存压力。在这样一种粗糙、浅陋的叙事方式中，文学特有的精神价值被廉价地丢弃了，因为越是粗糙、浅表的阅读，越是能够刺激人们的随意和浮躁情绪，人们所感受与记忆的往往是一种场景、一种情绪、一种奢华、一种刺激。其实，作为人类的一种具有自律性的精神实践活动，文学倘若不能正确地对内容与形式作出选择，而是一味地由着市场与消费的需求无限制地随"波"逐"流"，那么，属于文学的精神领地就会逐渐变得单一而贫瘠，读者的心灵世界也会随之变得苍白而无力。这种所谓"娱乐为主说"、"娱乐本体化"、"纯审美论"，本质上就是一种俗世的写作，它是将娱乐、游戏、通俗、消费、时尚等元素紧密结合起来的一种文学现象。它的目的在于追求写作者物质利益的最大化，而不是要增强文学对人类精神深度的表现；它是向市场和读者趣味的妥协，而不是向作家和读者心灵世界的挺进；它是为了制造作家的明星效应，而不是彰显作家的良知与道义。这一新的极端就是将文学笼统地从属于经济、娱乐，甚至附属于市场、消闲，其结果势必导致或以利润或以享乐取代人类用审美（精神）方式把握世界。

显然，在文学创作中，不论是只强调认识功能、教育功能（历史观点即思想性）而忽视娱乐功能（美学观点即艺术性）的倾向，还是只强调娱乐功能（美学观点即艺术性）而忽视认识功能、教育功能（历史观点即思想性）；不论过去以阶级斗争为纲，只写阶级性，把"人性"、"人道"列为禁区，讳言忌谈，还是后来又一度刮起一股不小的生搬硬套西方资产阶级人性论，以开掘所谓人性深度为能事，甚至不惜放弃了社会主义文学作品必须坚持的人文精神和伦理道德应"健康向上"的基本原则，等等，都不符合辩证统一的思维方式，都有是此非彼的片面性。而辩证思维是根基于哲学上的历史唯物论和辩证唯物论，它是用全面的、辩证的、发展的观点取代片面性。而认识功能、教育功能与娱乐功能之间正是这样一种互相联系、互相促进的辩证统一关系。一是"寓教于乐"的相辅相成。任何一部优秀作品，都必须以深刻的思想内容为基础，如果缺乏深刻的思想内容，只是单纯追求形而上的华美，那就好像没有生命的花朵，很难起到真切的社会作用。反之，虽有正确的思想内容，不讲究艺术形式的美，也不能达到审美的实际效果。古罗马诗人贺拉斯提出的"寓教于乐"[①]的主张，说明了文学在发挥它的作用时不同于其他意识形态的重要特征。只有深刻认识和自觉掌握"寓教于乐"的特征，才能使文学的认识功能、教育功能和娱乐功能有机地结合起来。二是文学价值与市场经济的辩证统一。以利益导向为核心的市场经济，会促进物质经济的发展，却不会自动地带来精神文明的发展，甚至常常会起相反的作用；艺术生产的根本目的在于丰富和满足人的精神需要，培育全面发展的个性，充实人的生命价值的历史内涵和提高国民的文化素质，它摒弃并反对任何形式的拜金主义。但是，社会主义的市场经济，则只能是，也必须是以社会主义思想、原则及基本价值观念指导下的一个具体的运行机制，这是整体与部分的对立统一的辩证的关系。而市场经济远非衡鉴文学作品价值的天秤，但文学作品价值的实现必须通过流通与交换，把握了这二者的辩证关系，社会主义文学才会在市场经济条件下，走向新的繁荣。三是主旋律与多元化的正确对待。在某一具体作品中，它们并不是同等存在的。有的作品反映了比较重大的社会问题，内容丰富，思想倾向也比较正确，因而有较大的社会意义，但艺术上却稍嫌粗糙，娱乐功能也差一些；有的作品，如山水诗画，很难说反映了什么重大的社会生活内容，思想性（即认识功能、教育功能）也较淡薄，但它形象地描绘了大自然中某一景物，抒发了作者的某种美好

---

① ［罗马］贺拉斯：《诗艺》，《西方文论选》上卷，上海译文出版社 1979 年版，第 113 页。

的情思，在艺术上有独到之处，能使读者和观众产生美感（娱乐功能），精神上得到愉快和满足。这样，我们既不能因为美感（娱乐功能）稍差便完全否定其认识功能和教育功能，也不能因为认识功能和教育功能较小便否定其审美意义（娱乐功能）。凡此种种，都要求作家在哲学思维上贯通历史唯物论和辩证唯物论，在文学创作思维方式上反对形而上学、好走极端，在注意到一种倾向时同时防止可能掩盖另一种倾向，自觉坚持全面、辩证、发展的思维，坚持有思想的艺术与有艺术的思想的统一，坚持美学观点与历史观点的统一，也就是坚持认识功能、教育功能和娱乐功能的互相结合与辩证统一。

二

当下中国文学不乏产生轰动效应的作品，也不乏富有才华的作家，但就是产生不了像莎士比亚、托尔斯泰、曹雪芹、鲁迅那样伟大的作家，问题的症结到底何在呢？也许谁也无法说清楚，但当下文学创作的问题的确值得深思。

其一，多而不精，价值迷乱，缺乏生命写作、灵魂写作。正如雷达所指出的，"当下的作家普遍写得比较多，不是一般的多，而是汗牛充栋，前所未见的'繁荣'。产量一多，作品质地就不那么坚实了，人物就不那么丰厚了，细节就不那么精致了，作品也就不那么经得起长久阅读了。"究其原因，一是"书本"或"作品"的定义似已悄悄地发生变化。这也已严重地改变了文学的生产机制。原先的"书"是神圣的，是人类知识的结晶，放在书架上，要代代相传；对创作者来说，往往十年磨一剑，力求打造出货真价实的东西，跻身于"书"的行列。另外，书，特别是现在的作品，往往变成了一次性的、快餐性的物品——由于成了商品，消费性和实用性就占了上风。大凡商品，都有一个突出特性，那就是喜新厌旧、追逐时髦、吸引眼球，就是用完即扔。于是文学也就不能不在媚俗、悬疑、惊悚、刺激、逗乐、好看上下大力气，这样，也就不可能不以牺牲其深度为代价。二是出产要多的市场需求与作家"库存"不足的矛盾，市场要求的出手快与创作本身的要求慢、要求精的矛盾，几乎到了无法克服的境地。前者是因为在大众传媒和大众消费文化勃兴的时代，作品的定义在发生位移，这就迫使小说进入一个批量制作时代。一个作家如果在市场上没有一定数量的产品频频问世，就可能很快被遗忘，于是焦虑感压迫着作家，只有拼命地写。这对作家自身资源无疑耗损极大。后者是因为创作有一个不变规律，就是不下苦工夫，不深刻体验、积累，就不可能写出精深之作；而市场也有一个不变的规律，就是不花样翻新，不炫人眼目，不让作品的代谢周期变得越来越短，利润就不可能节节上升。一个作家如果十年、二十年才写一部小说，就跟不上这个时代的文化商品的节奏。现在很多作家身陷于两大矛盾之中，精神焦虑，甚至虚脱①。而"欲望化描写"与道德理想关系构成的矛盾，世俗化与崇高感之间的矛盾，解构历史、消解历史与突出历史理性精神的矛盾，在改编红色经典和文学名著的过程中出现的所谓"人性化处理"问题等，所有这一切都是由于价值观的矛盾，才导致价值的迷乱。从理论上说，在社会主义市场经济与文学价值的关系上，如果只强调市场经济的推行，而忽视商品生产及市场经济与生俱来的消极方面的意义和影响，这种看法上的片面性，虽未涉及社会主义制度基本价值原则的问题，但其认为社会主义发展

---

① 参见雷达：《当前文学创作症候分析》，《光明日报》2006 年 7 月 5 日。

进入了市场经济时代，社会的最基本价值原则，完全应该按照市场经济的运行机制和规则来"重构"，作为人们一切行动的最高依据，就在价值观上存在问题。因为以金钱或经济利益为核心导向的商品生产和市场经济，并不能也不会自动地变成实现和推进社会主义制度价值观念的力量；相反，如果调控不力，它却会成为破坏和瓦解社会主义价值观念的重要力量。经济的富裕，对个人或国家都是重要的，但经济或市场又绝不是万能的。西方的经济发达国家经济上是高度发展的，但并没有解决人的精神问题："人为什么活着？"因此，要把文学作品都统统推向市场，完全让以经济利益为导向的市场经济之"神"来主宰以精神创造为特点的文学产品，实际上就造成了在文学价值观念上的迷乱。所以，当下文学价值问题的多而不精、价值迷乱，不仅是不少作家的"库存"因为透支而被掏空了、耗尽了，生活积累、语言积累、知识积累越来越贫乏，还有生命写作、灵魂写作、孤独写作、独创性写作越来越罕见，直至缺失。

其二，道德滑坡，精神虚无，缺乏提升正面价值的能力。一个时期以来，中国社会部分人群的精神生态趋于物质化和实利化，腐败现象蔓延，道德失范，铜臭泛滥，以致一些人精神滑坡，这恐怕是不争的事实。当年那些曾经激励过中华民族士气，振奋过进取精神的文学创作，如今已有相当一部分陷入了某种狭窄、偏执，乃至萎靡、枯竭的境地。有的作家，丧失了关注表现当下生活的热情，或转向遥远的历史，或醉心于蜗牛壳里的琐碎家世，对豪门恩怨、妻妾争宠、秽行丑闻津津乐道，似乎在有滋有味地咀嚼着腐烂与淫靡。有的作品，露骨地表现出对不健康的畸形情欲和性欲有着特殊的偏好，以至于写情成风，观淫成癖，落得个"无性不成书"的讥评。即使是若干相当严肃、颇见功力的作品，也在有意无意地大量使用原非必要的性描写添加剂。不客气地说，文学创作上的"纵欲"倾向变得相当普遍，一批充满污秽的色情描写的东西，竟然刻意从尘封的书库角落里翻出，标之以"艳情小说"的招牌，以致地摊上触目皆是，甚至连现代京剧《沙家浜》中的阿庆嫂与郭建光的革命同志关系，竟也被戏说成是淫妇与奸夫的关系，形成卷地而来的"黄潮"，与当下创作上的纵欲倾向相推毂。有的小说，标榜着所谓"下半身写作"，以不动声色的冷漠渲染着创伤与污迹，落寞与颓唐。从而把读者引向消沉，消解着他们心中的理想与热情。这里有对文学与道德关系的忽视，把"文学本身"的某些属性与文学的道德功能对立起来；有形式主义文论的冲击，把文学与道德的关系看做"外部规律"甚至庸俗社会学；也可能有表现丑时操作技巧上的失误，如以为"零度写作"就是纯客观的表现人与生活，不要作者的道德评价；还有一个值得重视的原因就是，"社会转型"期道德观念的价值"失范"和道德观念的倾斜，反映到文学作品中便造成文学道德价值的失落和道德滑坡。而精神虚无，既指精神缺钙，又指文学缺钙。所谓钙，不仅指人格、良知、正义，还应体现于钙质的本土生成。凡是揭示民族性格的作品，是有钙质的。文学的钙质体现在作品的精神追求上，体现在作家的人格精神上，体现在对人的灵魂的关注上。当下文学钙质的缺乏却日益普遍化和严重化。一段时间以来，从文学主动承担思想启蒙任务的角度看，思想启蒙的声音在部分作家中日渐衰弱和边缘化，他们的文学告别了思想启蒙，走向解构与逍遥之途。从社会意识形态和个人政治追求的角度看，文学较为普遍地告别了虚幻理性、政治乌托邦和浪漫激情，部分作家或者走向实惠主义的现世享乐，或者走向不问政治的经济攫取，或者走向自然主义的人欲放纵。从审美的角度来看，文学便以较大规模和较快速度告别了神圣、庄严、豪迈而走向了日常的自然经验陈述和个人化叙述。从文学究竟应该务实还是务虚的角度看，从20世纪90年代开始，就是个商业、产值、利润、收入、成功人士凌驾一切的时代，文学本身也就在更广和更深的程度上被迫地或主动地由以前怀着无用之用的审美理想转换为一种市场化和消费性的存在方式。消费、浮躁、自我抚摩、刺激、回避是非、消解道义、绕开责任、躲避崇高等，几乎成了一个时期以来中国文学中较为普遍的精神姿态。所有这一切，其实就是缺乏提升和弘扬正面精神价值的能力，而这恰恰应该是一个民族文学精神能力的支柱性需求。当下的不少作品，并不缺少直面生存的勇气，并不缺少揭示负面现实的能力，也并不缺少面对污秽的胆量，却明显地缺乏呼唤爱、引向善、看取光明的能力，缺乏辨别是非善恶的能力，缺乏正面造就人的能力。

其三，原创匮乏，复制成风，缺乏对现实生存的精神超越和对时代生活的整体把握。原创强调的是原初性，即一切来自本源、根本、大地和生命，作品应有其不可复制性和排他性，它是新鲜的、独一无二的，它是反抗平庸、陈旧和重复的，它是一种新的对世界和人生的把握，一种新的生命形式的艺术显现。古今中外一切经典的或者卓越的作品，应该都具有原创的品质。原创性的含量可以或多或少，但真正意义上的创作绝不能没有原创性因素则是无疑的。它既是一种很高的标准，也是一种基本的价值保证。可是，当下文学创作的原创十分匮乏，现在长篇小说年产量仍是节节攀升，年均都在一千部左右，以至于长篇小说从20世纪90年代中期以后突然成为"第一文体"、市场的宠儿、最具市场号召力的文学样式。而一些作家写长篇的冲动，并不是来自现实生活的激发、长期积累的外化，而是觉得长篇重要，不弄出"几部砖头一样厚重的东西将来当枕头"，"大作家"的形象就树立不起来，于是拼命写长篇。社会、市场对长篇的需求与作者们普遍缺乏创作长篇文本的能力和准备，构成了尖锐的矛盾。试想，现在的长篇，有多少是能让人记住、让人想再翻一翻的呢？好作品不能说没有，但实在太少。究其原因：一是模式化。每一题材类型都有一套故事框架准备在那儿，所谓削平深度、消费故事，而且大同小异，万变不离其宗。写官场雷同，写家族雷同，写底层雷同，写青春雷同，写职场雷同，甚至写动物也雷同，怎么也摆不脱类型化的影子。二是平面化。作品停滞在对社会现象、矛盾、问题的堆积上，或者陷入自我言说的絮絮叨叨，既缺乏对生活的深层次思考，更不可能创造一个超越性的审美空间。三是空洞化。人们早就发现，很多小说叙述语言流畅、娴熟，故事新奇诱人，可全书竟找不出哪怕一个来源于生活、由作家自己发现的细节，更谈不上让人拍案叫绝的细节了，变成了一种叙事空洞，作品没有坚实的人物和血肉，也没有深厚的情感体验，读时虽有阅读快感，读后却绝无阅读记忆，一派贫乏、苍白、零碎的萧条景象，作者根本没有能力全面深刻地表现时代生活。而复制成风就是一个时段什么故事吃香、什么题材耸人，这类作品就像事先商量好的一样，联袂而出，而且发行业绩出奇的好；而命意独特的深思之作，往往受到冷落。流行总是压倒独创。千篇一律的偷情故事、千篇一律的受难故事，若捂住作者名字，你是绝对看不出有什么区别。不少名家渐渐形成万变不离其宗的结构"秘方"，把几种他最熟悉的审美元素拿来调制一番，就能调出一盘色香味俱全的"美味佳肴"。其实他永远在写着同一部作品。就是说，有的作家的作品只有写灰暗、污浊、腐败的能力，没有审视、思辨、取舍、提升以及使正确的审察植入作品血脉之中的精神能力。这种创作就不是高层次的原创，其形而下的批判远大于形而上的精神超越。比如如何表现新农村的问题，今天的农村已不再是鲁迅、沈从文笔下的农村，也不再是赵树理、柳青、浩然笔下的农村，甚至都不是周克芹、古华、高晓声笔下的农村了。所以作家们的评价眼光、价值尺度、主题取向，都有可能发生某些微妙变化。问题是，许多作家徘徊在固有的视角，重复着一贯的认识，停留在原有的启蒙话语或一般的寻根反思话语上，袭用现成的思想精神资源，提不出新问题。

三

繁荣当下的文学，必须走出"问题"的阴霾，激发文学价值功能、道德功能与审美功能的活力，增强作家的责任意识、建构能力和原创精神。

作家的本质就是求真、求善、求美。真，是从客观世界的运动、变化、发展之中所表现出来的客观事物自身的规律性。列宁说："人在自己的实践活动中面向着客观世界，依赖于它，以它来规定自己的活动。"又说："外部世界、自然界的规律……乃是人的有目的的活动的基础。"[①] 人的实践活动只有在符合客观世界的规律性的情况下才能获得成功，实现人的目的。美作为人改造世界的能动创造的生活表现，以对于真的认识和掌握为前提；就其作为历史的成果、作为一个客观对象来看，与真有着密不可分的联系。在实践上符合于人的目的的东西就是善，由于个别主体的需要，目的只能通过整个社

---

① 《列宁全集》第38卷，人民出版社1959年版，第200页。

会的协同活动方能得到实现，于是善又表现为个别主体的需要、目的、利益对整个社会的需要、目的、利益的关系。真、善、美，只有当人在实践中掌握了客观世界的规律（真），并运用于实践，达到了改造世界的目的，实现了善，才可能有美的存在。真、善、美是同一客观对象的密不可分地联系在一起的三个方面。人类的社会实践，就它体现客观规律或符合于客观规律的方面去看是真，就它符合于一定时代人民的利益、需要和目的的方面去看是善，就它是人的能动的创造力量的客观的具体表现方面去看是美。文学本身就意味着真善美的担当与责任，因为担当与责任，伟大的作品能够经久不衰，历久弥新。时代是文学的催化剂，伟大的文学，在急剧变动的时代和世界面前往往表现出雄浑博大的整合的力量。伟大的文学，那些在众多苦难的时代使人类的精神前行的文学，必定面对生活、历史和命运中真实的难题，承担起接受时代精神挑战的重荷。为了达到这种境界，作家必须进入一种不怕死亡、不怕坐牢、不怕排斥、不怕寂寞、不怕贫穷的生命写作、灵魂写作的状态。而只有进入这种状态写出的作品，没有一部不是思想深刻而丰富的；进入这种状态的作家，没有一个不是思想者。帕斯卡尔说："思想形成人的伟大。"① 又说："我们全部的尊严就在于思想。"② 加缪甚至认为："文学作品通常是以一种难以表达的哲学的结果，是这种哲学的具体图解和美化修饰。"人以思想为伟大，以思想获得尊严，何况"人类灵魂工程师"的作家。因此，进入生命写作、灵魂写作的作家，同样没有一个不

---

① ［法］帕斯卡尔:《思想录》，何兆武译，商务印书馆 1985 年版，第 157页。

② ［法］帕斯卡尔:《思想录》，何兆武译，商务印书馆 1985 年版，第 158页。

是人格崇高者，没有一部作品不是具有人类的光明与温馨。歌德非常推崇莱辛，认为莱辛是伟大的，是因为莱辛有伟大的人格。歌德甚至直言："……伟大人格在艺术里多么重要……"①而罗曼·罗兰则说："没有伟大的品格，就没有伟大的人，甚至也没有伟大的艺术家，伟大的行动者。"当下中国作家要追求真善美写出伟大作品，要使自己伟大起来，既要铸造自己的人格，勇于担当，又要直面大是大非，当仁不让；既要在遇到障碍和挫折时，迎难而上战胜一切困难，又要以慈悲情怀，驱散窝藏于人类心灵之中的黑暗；既要有"道"的教化，又要有"光"的闪耀。只有傲人的智慧，超人的发现，才成就伟大的作品；只有融入生命，穿过苦难，才成就伟大的作家。

一个民族的文学倘若没有自己正面的精神价值作为基础、作为理想、作为照彻寒夜的火光，它的作品的人文精神的内涵和它的思想艺术的境界，必然大打折扣——既不可能有睿智的目光和深远的思想，也不可能有超越既定的经验面对当代生活的崭新事实。所谓正面的价值声音，就是民族精神的高扬、伟大人性的礼赞，就是对人类某些普世价值的肯定，例如人格、尊严、正义、勤劳、坚韧、创造、乐观、宽容等。有了这些，对文学而言，才有了魂魄。它不仅表现为对国民性的批判，而且表现为对国民性的重构；不仅表现为对民族灵魂的发现，而且表现为对民族灵魂重铸的理想。因此，作家在表现社会存在时，要选择完善的道德观，重视道德观念的价值合理性。不把"文学本身"的某些属性——审美特性、语言特性等，与文学的道德评价、道德功能和道德价值对立起来，更不能以抹杀文

---

① ［德］歌德:《歌德谈话录》，朱光潜译，人民文学出版社 1978 年版，第228 页。

学的道德功能和社会功能的代价来换取"文学本身"的独立和自主。要看到，把文学作为道德说教的工具会使文学异化，但抹杀文学的道德功能同样也会使文学异化。文学一旦失去其社会功能，便只会成为茶余饭后以资消遣的东西和案头上的小摆设，这才真的降低了文学的层次。道德对文学的中介作用表现为道德评价，并最终表现于文本中。所以，作者对生活的道德态度，他所选择的道德观念，直接影响到文学作品的道德价值和道德倾向。同时，生活中的道德尽管是多元的，但并不都是合理的，作家只有选择了合理的道德观作为道德评价的标准，才能对生活有一个正确的道德态度，才能对生活中的善恶作出正确的道德判断，使作品反映出的道德倾向是合理的、有益的、健康的。事实说明，若把文学中的情感范式与认识对立起来，便极易滑向道德观念上的快乐主义和情感主义，把本能、欲望的满足奉为道德的标准，从而引起文学的道德"滑坡"。为了保证作者对生活的道德态度和文学作品道德倾向的价值合理性，必须重视理性、认识在艺术道德价值创造中的作用和地位。而当下不少作家把负面的国民性与道德观（奴性、麻木、欺骗与戏说、丑化、贬抑等）当做唯一的深刻和深度，在庞大可观的作品数字里藏有泡沫成分，藏有名不副实的成分，非文学化、非艺术化、非审美化，甚至非资源化、非道德化的作品充斥其中。这只能说明精神资源的薄弱，价值判断的迷乱，当下的难点在于，正面的价值声音，如何才能不是抽象地、外贴式地而是内在地、如血液般地化入文学作品的肌理之中；在于如何把民族精神资源转化为我们内心深处很丰富的信仰，并运用到我们的创作中去，如何把民族文化传统转化成我们的作品的精神力量——不仅有形而下的生存关怀和世俗关怀，而且还有形而上的精神关怀和灵魂关怀。比如陀思妥耶夫斯基，他关怀被侮辱者，并表达人性的追问，表达终极关怀。《红楼梦》更不必说，它绝望、悲悼甚至虚无，但它的内里却始终燃烧着美丽人性和青春浪漫的巨大光焰，从来就是"云空未必空"。因此，真正深刻的作品是不仅有揭露和批判，还有正面塑造人的灵魂的能力。善于表达精神的作家能够做到把故事从趣味推向存在，从道德的审判推向灵魂的审判，这才是文学的核心特征与灵魂。

当下文学要有对现实生存的精神超越和对时代生活的整体把握，其根本就在于作家要有对人类存在境遇的深刻洞察。一个能表达时代精神的作家，不但能由当下现实体验而达到发现人类生活的缺陷和不完美，而且能用审美理想观照和超越这缺陷和不完美，并把读者带进反思和升华的艺术氛围中去。因为作家是铸造人格精神的创造者，其创作终究是要"经世致用"的，从古今中外文学名著来说，哪一部不是如此呢？从《三国演义》、《红楼梦》、唐宋诗词，到国外的雨果、巴尔扎克、普希金等作家的作品，如果探究的话，这些大家的每一部作品，都有灌入其中的思想内蕴，都有干预生活的巨大激情，都有对美好生活的浪漫情怀，都有人格塑造的坚定信念。面对当下文学的价值选择与问题，我们需要的正是这种记录天翻地覆历史巨变的文学经典，令人耳目一新五彩缤纷的时代精品，塑造与时俱进崭新人格的不朽典型。既有对时代生活的忧患意识与历史精神的呼唤，又有对崇高理想的人格魅力与人格精神的升华；既有对前仆后继与血脉相连的传承，又有对穷且愈坚与矢志不二的追求。特别在原创力上要苦苦寻觅。因为"原创"不是天上掉下来的，是长期观察、体验、沉入生存，深切地、紧张地甚至是悲剧性地思考的结果。当年袁枚在《随园诗话》里引叙过一个士子的苦闷，有"我口所欲言，已言古人口，我手所欲书，已书古人手"之长叹，反映了古今中外创作者共感的一般性烦恼和难于超越自我的烦恼。文学是不能容忍复制和克隆的，失去了独创性、创新性，也就失去了文学的存在价值；要想保存住文学自身，就必须恢复原创力，拯救原创力。那么，如何恢复、拯救原创力呢？一要更新库存、扩大资源。作家要实现精神资源创造性转化与整合，从而转化为自身的精神营养。既要整合传统思想资源，包括以"仁义礼智信"为主体的儒家思想，以"天人合一"、"内外和谐"为要义的道家思想，以"生死轮回"、"普度众生"为宗旨的佛家思想；又要创化西方思想资源，主要包括"自由、平等、博爱"的思想，《圣经》思想，"公平、正义"的民主思想以及马克思主义思想；还要继承20世纪以来的革命思想资源，包括以鲁迅为代表的左翼文学实践和以毛泽东为代表的革命实践所产生的思想成果。二要有"中国经验"的实践。不了解新的现实变动和新的生长点、敏感点，何来中国情感的强有力表达？为了找回创作和尊严，作家必须还原生命的体验激情，培育对事物的好奇心、想象力，使创作成为生命的内在召唤，而绝非意识的自动化。原创性与"补钙"有关。在洞察当前文学创作问题的前提下，我们需要直面现实，正视民生疾苦，正视人的尊严、良心、正义的价值准则和被伤害问题，塑造坚强的中国性格，还原并扩大人性中的真善美。作家需要在个人经验的基础上培养原创性思维方式，重返文学的深度和本质。只有这样才能写出无论是从作品内蕴的丰厚程度，还是从人物心理与命运的精微状态，也无论是从超越意识形态的本真追求，还是从人格铸造的深刻与丰富程度等，都能体现我们时代的本质特征、人格风采与丰厚文化底蕴的大作品来，这才是深层次的，也将是历史性的。

文学价值的时代性与永恒性

当下的文学，不是被认为"趣味性，消遣性，猎奇性，实用性变得越来越突出"，就是"说它如何'老龄化，圈子化，边缘化，萎缩化'了"，原先的精英文学变成了"大众的文学"，过去的教化的文学变成了"娱乐为主的文学"，以致"快感阅读取代心灵阅读，消遣阅读取代审美阅读"。事实上，文学不但现在，就是将来也照样会存在下去，因为文学作为一种最古老的审美方式，它的魅力和能力不仅其他媒体无法取代，而且它那最具原创意味和基础意义的形式，是衡量一切叙事艺术的标准。那么，当下文学的永恒到底在哪里？它应该以怎样的价值形态存活？

一、时代性：文学的认识价值与审美功能

一切伟大的作家与作品，都是投入时代、拥抱生活的艺术结晶与精神花朵。中唐诗人白居易有"文章合为时而著，歌诗合为事而作"，俄国作家赫尔岑有"伟大的艺术家不能不属于他那个时代"，歌德在总结自己一生创作经历时也说："我极占便宜的事情是，自己出生在一个世界大事逐日相接的时代。"对时代本质的深切感知和不懈投入，是作家取之不竭的创作源泉。因此，强调文学价值的时代性，是催生时代精品力作的重要途径。

　　文学的时代性，是时代生活的真实记录。它体现在作家笔下就是一种或鸿篇巨制或艺术精品的鲜明的时代精神、厚重的社会涵负、积极的思想导向上。别林斯基认为："艺术应该是在当代意识的优美的形象中表现或体现当代对于生活的意义和目的，对于人类的前途、对于生存的永恒真理的见解。"这种见解只有在与时代生活的血肉相连中，才能正确地认识时代、准确地表现时代和深刻地反映时代。而文学要与时代生活血肉相连，作家就必须立于时代的潮头，处于时代的中坚，充任时代的先锋，切实与时代融为一体，休戚与共，耳畔时时刻刻跳跃着时代的音符，周身时时刻刻律动着时代的脉搏。不仅文学的生命之根和活力之源来自时代的土壤，而且文学的思想光耀与艺术灵韵也来自时代的旋律。任何疏离或舍弃时代精神，所有作家和所有文学创作都将注定一事无成。所以，文学的时代性既是文学家自己"跟其他一切社会人士一样受社会生活外部条件的节制"，又要超越于表象物质世界之上的人类总体的精神追求和道德理想。这种时代性的有机构成，生活内容是坚厚的骨架，时代精神则是飞升的灵魂。

　　时代性的精神体验，是创作主体一种超越了故事和人物外在性的深层体验。它能把历史和现实、政治和文化、形而上和形而下的种种体验，聚结到人物的文化心理的视屏上，使作品不再以提出"问题"的方式，而以呈示灵魂的方式出现。它注重对一定文化背景下的人物的心理变异的感受和表现，它要求作家从深层次的时代精神走向中找准人物行为和心理的支撑点。这种把人的存在状态及其精神内质投置到新的思考维度，把人在不同文化背景下的不同类性和精神特质深刻揭示出来，才是一个时代具有永恒价值的高品质文学。现在的一些个人化叙述的作家作品，在整个当代文学格局中显得轻狂，主要是缺乏时代性的深邃体验。这就要求作家必须改变这种现状，必须向时代的精神体验靠拢——既以主动的姿态，全身心地投入一种尚难把握的全新生活的真实，亲历亲知，感同身受，充分关怀和体味；又把文学作为民族或人类情感与精神的载体，在展示社会生活有多么复杂、丰富，人性的剖析就有多么复杂和丰富中，显示时代思想精神的高度，揭示本民族的精神发展史与心灵激荡史。由此可见，只有从生活到艺术，从内容到形式，从思想到精神，从情愫到心理，都有了时代性的生命体验，文学的内容与形式才可能是多种多样、色彩斑斓的，也才可能绽放出新鲜的光彩和陌生化的审美效果。

时代的审美升华，是对现实生存的精神超越和对时代生活的整体性把握能力。由于生存空间和人生履历的约束，人们往往只能接触到时代的一些片断和侧影。而现实中的时代精神并不是一个单一模式，而是多层次的动态结构。面对现实中质朴原生和如此繁茂的精神结构，一个能表达时代精神的作家，根本的使命应是对人类存在境遇的深刻洞察，把故事从趣味推向存在，不但能由当下现实体验而达到发现人类生活的缺陷和不完美，而且能用审美理想观照和超越这种缺陷和不完美，把读者带进反思和升华的艺术氛围中去。这种创作的过程就是一个复杂的主观心智运动与情感经验的综合投射。没有丰富的知识和理论准备，没有对社会人生的深刻观察和独特感悟，就根本谈不上对时代精神的美学发现。所以，提升作家正确的审察植入作品血脉之中的精神能力，提升作家的精神境界，树立文学工作者的正义、理想和良知，仍然是时代的审美升华不可或缺的过程。此外，还必须在创作中形成一种稳固的精神导向和审美标准，并以此作为一切艺术创作和价值评判的时代参数。既不简单地用时代精神代替作家个性感悟，使作品成为粗线条图解性文学；也不关注时代而一味追求所谓的"彼岸"和永恒的人类之爱，使文学转向宗教，丧失文学的审美品格，而以是否符合时代精神，活画时代风采为标准，去反映生活和人性的本质，赋予文学以闪光的思想、厚重的内容、生动的情节、鲜明的形象、创造的激情和强大的魅力，从而使文学具有崇高的意义、感人的力量、认识的价值和审美的功能。只有通过审美升华，升腾为烛照着艺术光泽的美学的时代精神，它才能构成作家主体强劲的精神积蓄。一旦有适宜的对象和机遇，便会像火山般喷发投射，使之从抽象的精神固化为异彩纷呈的作品，体现出时代的审美本质。

二、永恒性：文学的艺术境界与终极关怀

人性的普遍性，是审美的永恒性对历史与时代的一种超越。这种超越既在于"给具有普遍性的事物以正确的表现"，使作者创造的"这些人物是自然的，也是永存的"，"他们的喜怒哀乐能够感染各时代和各地方的人们"；又剖析人性深处形而上和形而下双重欲求的拼搏和由此引起"人情"的波澜和各种心理图景。这不是一种灵魂的呐喊与呻吟，而是直接把"具有普遍性的感情和原则影响的结果"与灵魂深处的两极矛盾、双重欲求而产生的内心情感颤动作为审美对象，作为分析、鉴赏、表现的对象。文学永恒性的魅力之源就在于对这种普遍人性与矛盾人性内容的揭示，也就是说，它们既写出了那些埋葬在人的性格里面的与他的伟大理性相反的一面、矛盾的一面，又不仅只写人的伟大的一面，而应当写出人的全面的人性。这种"全面的人性"就传递出了人类普遍命运、终极关怀、人文思想所共通的精神价值。把它作为民族、国家、社会

可以借此长传不断滋养后人的高尚品性与内质，就不仅是"超越时空的人性"，还成了"永恒人性的代表"。

语义学的精深度，是文学作品审美价值永恒的根本保证。精深度是对一部作品实力的测验，是让读者认同作品、进而展开想象活动的能力。塞缪尔·约翰逊说："有一些作品……它们的价值不是绝对的和确切的，而是逐渐被人发现的和经过比较之后才能认识的。"正是这种多义性和不可穷尽性使文学作品具有了永恒魅力。中国文学的艺术意境，就是通过形象化的艺术描写，来实现主观之意与客观之境的交融，从而能够把读者引入到一个想象空间的简洁凝练的抒情文学形象上。它的两个特征就是一种语义学的精深度，第一，是在一个较小的语言范围内实现主客观和谐统一，即所谓情景交融，意与境浑，意境融彻。第二，是呈现于读者面前的凝练鲜明的"象"具有强烈的扩张能力，足以引发读者想象和玩味，产生"象外之象，景外之景"，"韵外之致"，"味外之旨"。也就是说，它可以在实景上产生虚景，虚实相生，导致言近旨远，以片言明百意的灵动之境产生。凡在表现形式上精致、美妙、灵动的优秀作品都具有这样的特色——语言华美而又有深邃的灵魂，结构完整而又具独特的风格，阐释缜密而留有巨大的空间。

欣赏的情感性，是文学作品在读者方面引起的一种艺术思维活动，是人类永远的情感需求。优秀的文学作品都肯定和张扬人的审美欲求，强调人的情感需要，负载无穷的艺术魅力和永恒的审美意蕴。欣赏的感情往往受文学作品的直接感染和影响，不管欣赏者主观上愿意不愿意，他的感情会随着作品而转移、变化，乃至陶情冶性，铸造灵魂而不能自己。因为人类所处的世界是有情的世界，人生是有情的人生。"情"与生俱来并始终伴随着人类生命的进程。"万物之情，各有其志"，人类的秉性和追求，人类的悲喜歌哭等表象情绪，都需要寻找情感宣泄的渠道，这些都是情感流程中的不同环节。虽然世间之事，有时并非都能用道理去阐释，但它一定都伴随着情感的旋律，直至这种旋律上升到"至情"的境界，而优秀作品便是"至情的演绎"。因此，那些贯通于生死虚实之间、如影随形的"至情至性"，不仅常常呼唤着人类精神自由与个性解放，寄寓着求真、向善、崇美的社会理想，而且充满着丰富的人文情怀，雕刻着人类永恒的精神存在。

三、准确把握当下性与永恒性的辩证关系

文学作品的永恒，体现一种规范性和基本价值，而且这种规范和价值可以超越时间的限制。永恒价值并不是静态不变的，它不是存在于纯粹的过去，不是与解释者无关的外在客体。"所谓'无时间性'并不意味着它超脱历史而永恒，而是说它超越特定时间空间的局限，在长期的历史理解中几乎随时存在于当前，即随时作为对当前有意义的事物而存在。当我们阅读一部经典著作时，我们不是去接触一个来自过去、属于过去的东西，而是把我们自己与经典所能给予的东西融合在一起。"显然，文学作品的永恒价值，正是因为揭示了作为文学传统和文化传统在作者与读者那里得以薪火相继，以不同的形式、殊途同归地与当前的生活密切相连。它是与当代作者、进而与当下生活的密切联系中存活的，永恒价值的意义并不是固定和绝对的客观存在，而且，生活在不同的时代读者（也包括作者）根据自身所处的时代特征不断赋予、开掘了它们新的意义。

文学作品永恒价值除本身的"权威"外，还有一个时代的

解释评价随时代的要求而建立的权威。这意味着，从来没有哪一部优秀文学作品是孤零零地存在，没有任何人评说过，优秀作品连同对它们的阐释评论，实际上已经构成了一种知识传统，一种文化传统。史密斯曾指出，文学作品的价值是持续地由含蓄的和明确的评估活动生产和再生产的。像《红楼梦》、《西游记》、《三国》这类一流的优秀作品之所以经久不衰，不仅在于它们不断被不同时代所翻拍，还在于它们在一种特定文化中流传的连续性。重复地引用和再引用、转译、翻拍、仿效，并持续地建立高雅文化的互文性的网络中。这些阐释的权威甚至比优秀作品本身的权威更利害——它们起到的直接作用和施加的直接影响，就告诉人们"正确"的理解。这就是说，优秀文学作品在本质上是各种社会借此坚持其自身利益的策略性构想，因为这种永恒为控制一种文化看重的文本以及建造"重要"意义的阐释方法提供了可能。所以，文学价值的持久、永恒，很大程度上是因为它将我们与传统、与文化、与人类共同的寻求真理的渴望融合在一起。

当下的文学，要期盼它价值的永恒，并能够在时间之流中站得住，绝不能倒向市场化、类型化、网络化，用通俗文学的某些元素去置换。恰恰相反，它需要的是更加坚守文学的审美立场，并且接受经典化的洗礼，才能以其强大的生命力存在下去。大自然的万物才是最有个性的，而机械和电子产品却是千篇一律的。社会愈是向物化发展，人就愈是需要倾听本真的、自然的、充满个性的声音，以抚慰精神，使人不致迷失本性。文学有没有动人心魄的力量，为时代所需要，就看它能否不断发出清新而睿智的独特声音。快餐文化一定会更盛行，文学无疑要被数字化、复制化、标准化、网络化的汪洋大海所包围，这是原创个性的被消解，个性化被削平的最大威胁；而艺术一且失去了富于个性的表达就不再有魅力了。因此，不论科技如何发达，世事如何变迁，永恒价值的某些最基本的规律是不会变的，只要我们的文学仍在属于它的空间里更自由地驰骋，更大胆地创造，那么，文学永恒价值的空间不但不会缩小，反而会更加阔大而悠远。

文学形象的审美境界与核心价值

一

境界是在人与世界相融、相通、相知的过程中所形成和达到的情思、智识的综合反映。审美境界是一个人人生境界的重要组成部分,是综合了个人的审美意识、审美能力和审美理想等方面而达到的对美的整体认识和把握。审美境界的构建一方面与人的感知、想象、情感、理解等审美能力和审美趣味有关;另一方面与审美对象的性质有关,是主客体相互作用交融的结果。文学形象的审美境界,不是作家仅就人物本身去写人物,而是侧重去写人物的风范给别人造成的印象,让读者以此为依凭去想象人物本身所具有的特质,给读者提供一个可以充分展开想象的境界;其表现方式是通过对有限时空物象的描写,抒发无限空间中的历史感、人生感和宇宙感;通过意象的排列组合,创造具有"象外之象"的和谐广阔的情感活动空间,具有丰富蕴藉的情思内涵,能够引发欣赏者的想象和思索。因此,文学形象由于能够借助人物的想象描写来激起读者的想象,所以它可以让心情展开想象的境界,从而也能够自然地让读者尽量驰骋自己的想象翅膀,领会细致、深邃、丰富的精神世界。从这个意义上说,任何艺术也不能像文学这样陶冶人们的精神,拨动人们的心弦,给人们的美感的作用。正是由于语言文学既能直接描述人的心理、情感、情绪等抽象的东西，又能描写人的肖像、表情、行动、言语等具体的状况，而这一切都是诉诸于读者的想象和联想的，所以语言文学描绘的艺术，关键在于能够使读者凭借一定的形象，依托一定的情境去进行想象和联想。作品提供的艺术境界越广阔深远，越能激发读者的想象力，从而也越能够引起积极的欣赏活动，从中体会到美的情趣，受到美的熏陶。

文学形象的审美境界既内在于现实生活，又超越于现实生活。从境界观入手，可以从新的制度把握文学形象的审美内涵。对此，马克思肯定了哲学乃至哲学境界在表达人的本性方面的重要意义，指出在感性活动中从人的生成层面理解哲学境界的两个基本尺度。从第一个尺度看，人是按照任何物种尺度进行着生产，人是什么是和他们如何生产相一致的。这一尺度表明人怎样生活，必须通过客观对象化的生产活动加以印证，人的本质借助于这一客观对象性的活动表现出来。从第二个尺度看，人又每时每刻用"内在固有的尺度""衡量"对象，而"衡量"对象的尺度绝非存在于对象之中，因而是超越对象化的活动，对"对象"的"衡量"可以包括肯定、否定、批判、矫正等，因而马克思所说的"内在固有尺度"乃是哲学上的，是人按照"内在固有的尺度"构建衡量"对象"的根据、前提，这些都可以构成哲学境界所包括的内容。只有这样，我们才能理解马克思为什么说古希腊艺术和史诗给人们的精神享受在某方面说是一种规范和高不可及的范本，为什么说与物质生产相分别，社会还需要自由的（精细）的精神生产，为什么说"事实上，自由王国只是在由必需和外在目的规定要做的劳动终止的地方才开始；因而按照事物的本性来说，它存在于真正物质生产领域的彼岸"。① 人的生成不能离开人具有的"内在固有"的尺度，不能借助于外在规定加以限制，它是自由的、全面的、完整的。于是，马克思的问题有了哲学式的结论。人通过两种尺度进行着"生产"，努力在更高的水平上重新创造自己的真实存在。那么，文学形象的审美境界在其真实存在的生理与情感层次上，或者在低与俗上，它是描写人的本性的需要。首先，从人的生理本性层次上说，它是一种以悦耳悦目为主的一切审美感官所能感觉到的快感。人对于声、光、空气、运动、空间等都有一种生理学界限，如听觉、触觉、嗅觉、视觉及运动感、平衡感等各种感觉器官，都有恒定的舒适区和不舒适区，只要事物使人有了生理上的快感，人就容易感到它是美的，这是处于低级感性认识阶段的感官愉快。如味之美、窈窕淑女之美、山川之美、珠玉之美、赏心悦目之美等日常生活中常遇到的美。而长篇小说《笨花》中文学形象的原生态之美，《石榴树上结樱桃》中典型创造的民间叙述之美，《废都》中庄之谍与几个女人性描写的特质，《长恨歌》中王琦瑶与上海弄堂"一生"的故事等，都是对于乡土与都市产生的一种审美快感。这种美感形态，主要表现为直觉，表现为直接感受社会、自然、艺术中的审美对象，仿佛无需借助思考，便不假思索就能唤起感官的满足和喜悦。正如夏夫兹博里说的："眼睛一看到形态，耳朵一听到声音，就立刻认识到美，秀雅与和谐。"② 面对绿水青山、小河流水、花香鸟语，就会立刻发生赞叹、欣喜；读一首辞藻优美的诗，即使还没有考虑到它的内容和主题，便使人不自觉地获得美的享受；看一幅人物描写的肖像画，似乎分不

---

① 《马克思恩格斯全集》第 25 卷，人民出版社 1974 年版，第 926 页。

② ［英］夏夫兹博里：《道德家们》，见《西方美学家论美和美感》，朱光潜译，商务印书馆 1980 年版，第 95 页。

出"这一个"和"那一个"有什么区别，但那浮雕般活灵活现的美感却能给人深刻印象；听一支韵味无穷的曲子，也许并不清楚它表现着什么，但悦耳的旋律已使人陶醉……总之，这是由审美对象的可感的形式和形象直接作用于审美主体的感官而造成的。当然，审美境界中的悦耳形态绝非单纯感性的，实质上也包含有理性、社会性因素，因为人的意识一开始就具有社会性，就与动物的感觉和心理有着质的差别。从而具有它自身的特点。第一，直接性。就是说审美对象作用于人的感官直觉产生悦目的审美愉快，经常不是让我们考虑之后再去判定它美不美，应不应该喜欢，而是当下直觉地感到它美或不美。第二，超感性。这是指悦耳悦目虽然是一种感官愉快，并不等于"眼睛吃冰激凌"，并不仅仅是生理快感，而是精神性的满足和享受。第三，易变性。人的感官是社会的、历史的，但又毕竟是生理的。保持它的生理特性，必然就会影响到审美。因为人的感官本身容易疲劳，需要新鲜的刺激，因此需要变异。再好听的曲子，总是一遍遍重复，也会慢慢生厌的。正因为感官本身需要变异和调剂，一般悦耳悦目的美感形态虽然是经常的、大量的，但却是不持久的、易变的。因此，悦目悦耳表现单纯感官的快乐一般是在生理基础上，但又超出生理的一种社会性愉悦，突出的是感性特点，主要调动感性能力。其次，从人的情感本能层次上说，它是一种通过诉诸人的视觉和听觉的有限的形象，不自觉地捕捉和领会到某些较深刻意蕴，从而使人的情感在审美对象的触动下得到了极大的调动和迸发，并把自己的情感投射到物上，产生"感时花溅泪，恨别鸟惊心"式的"物物皆着我色"的审美感受，抑或悦心悦意。事实上在对审美对象的形象和结构的感受中，逐渐展开着其他心理功能，如想象、理解、情感。从有限的、偶然的、具体的形象中，领悟到对象本质的、无限的、必然的内容。比如听柴可夫斯基的音乐，感到的不是音响，而是托尔斯泰所说的"俄罗斯的眼泪和苦难"；看齐白石的画，感到的不仅仅是草木鱼虫，而是唤起一种清新放浪的春天般生活的快慰和喜悦。显然，这种情感层面的审美愉悦，主要表现为心思意向的享受，一般是在认识基础上的观念上的喜悦，突出的是理解性与内在美，调动的是知性和理性。其具体表现为：其一，和谐自由的想象和理解。如果说悦耳悦目的生理审美层次，看起来是感性的，实质上则是超感性的，这其中就包括着想象和理解等功能。不过这时的想象和理解是有限的，或限于非实用状态，或限于直觉状态；那么，作为悦心悦意的情感审美层次，其想象是自由的，往往超乎形象之外去领会形象所包含的深广内容。贾平凹的《高老庄》没有明确地讲子路最终与生命钟爱的故土的别离和西夏对于故土的归依是文化的异化与重建，但却能给人以文化的异化与重建的感觉。邓宏顺的《红灵魂》没有明确地讲和谐，但却能给人以和谐的启示，应该说产生悦心悦意，主要是通过想象，而想象中又包含着理解。所以康德认为，审美是理解力和想象力的和谐运动。其二，意味无穷的领悟和意会。悦心悦意中的想象和理解的自由运动，作为一种特殊的审美认识活动，它不是一种说教，不是一种概念认识，而是由对象的形式（形象）和形式（形象）之间的推移，引发想象自由地趋向理解，它的意味便自然而然地诉诸"心目"，使人心受到领悟和意会，正所谓："不着一字，尽得风流，语不涉难，已不堪忧。"[1]这里"不着一字"并不是说不用字，而是说不必用概念。由于想象、理解自由趋向内容领悟，这种领悟往往比概念的认识更丰富、

---

[1]　司空图：《诗品》。

更深入、更使人玩味。从而达到所谓"言已尽而意有余","使味之者无极，闻之者动心，是诗之至也。"①其三，精神愉悦的持续和稳定。悦心悦意的精神愉悦，比之悦耳悦目的感性愉快具有相对稳定性和一定持续性。虽然审美具有个人超功利性和非自觉性，但往往人们的审美又是处在自觉的有目的状态之中，它表现为对审美对象有意的审美选择，对审美感受的深沉持久的体验。特别是对复杂艺术美的欣赏，一旦沉浸在那审美境界之中，便获得一种稳定和持续的享受，反复品味，品味愈深，享受愈大，可以说调动整个心意乃至达到忘我的地步，即达到对人生态度的领悟，在你一生中都会留有影响和印记。

文学形象的审美境界在其精神层面的大美与崇高视阈上，或者在高与雅上，它是描写人的生命的本质。所谓"无我"之境，就是一种天人合一式的精神层面的大美，是大美无言的最高审美境界。庄子云："天地有大美而不言。"②这种大美、至美正是庄子所谓的圣人、至人、真人、神人所达到的"天地与我同在，万物与我为一"之境。在这种天人合一式的审美境界中，人进入了"物我两忘"、"物我同一"，"不知何者为我，何者为物"的大美之中，有限的生命与永恒的宇宙"一气流通"，融合为一，于是人变成了无限，这是最高的精神层面上的审美境界。在这种天人合一，物我交融之中，"人在审美意识中能超越周围事物之所'是'，发现其所'不是'，能超越周围事物之常住不变性，发现其异常的特征。所以审美意识所见到的总是全新的"。③在这一审美境界中，人能发现常人

① 钟嵘：《诗品·序》。
② 《庄子·知北游》。
③ 张世英：《天人之际——中西哲学的困惑与选择》，人民出版社1995年版，第206页。

不能见之美：在有限中见到无限，洞察到宇宙万物息息相通的本质。比如，影片《公仆》，就真实地反映了县委书记谷文昌"认认真真访民情、诚诚恳恳听民意，实实在在帮民富，兢兢业业保民安"的感人事迹，展现了当代共产党人崇高的精神境界。谷文昌执政为民、造福一方，干出一番利国利民的事业，不但是对祖国和人民的贡献，同时也会因部属的拥戴，人民的赞颂而在更高的意义上、更广的范围里实现自我价值。利他者利己，助人者自助，为社会奉献不但是公众利益的最大化，同时也是自我价值的最大化。当代中国，尤其需要像谷文昌一样的创业者和改革者式的英雄人物或新人形象。他们就是推动历史发展和社会进步"火车头"，对引导和带领人民群众实现当代中国现代化的历史任务具有积极作用。从革命实践和建设实践中涌现出来的一批批具有时代特征的既平凡又伟大的新人形象，为社会主义文艺创作提供了生动的、丰富的、具有典型意义的素材。人们有时从电视荧屏上所看到的现实生活中的那些真挚动人的先进人物和英雄人物甚至比起作家们所创造出来的艺术典型还显得更加灿烂夺目和光彩照人。观众从"感动中国"、"红色记忆"、"时代先锋"、"劳动者之歌"对历史和现实生活里的先进人物英雄业绩的写实性传播中，深刻感受到那些为了人民的解放事业进行艰苦卓绝斗争的勇士和志士们所表现出来的英雄主义和爱国主义精神，感受到那些为了实现当代中国的现代化建设而付出辛劳和智慧的民族脊梁和社会精英们所表现出来的丰功伟绩和崇高境界。所有这些从革命实践和现实生活中涌现出来的新人形象都以他们的既平常又超常的英雄行为和创造历史的辉煌，演绎着先进的体制形态、人生态度、思想观念、理想信仰和价值体系。他们用自身所创造出来的胜过雄辩的事实倾诉着，征服、温暖、滋润和激励着大众的心。

他们是生活在普通老百姓中间的真实可信的淳朴而又脱离了低级趣味的人，古人云："见贤思齐。"每当播放"感动中国"的时候，亿万观众围坐在电视机旁，凝神屏息，聆听着荡气回肠的天籁般圣洁的心声，人们被一种无法抗拒的感染力、说服力所征服，承受着思想、信仰和价值观念的洗礼，使精神受到震撼和重塑，使灵魂得到净化和升华，一种由这些人杰的可歌可泣的英雄业绩所引发出来的敬仰和崇拜之情使自身激动不已。可见，榜样的力量确实是无穷的；另一方面，也只有超越主客二分的"有我"之境进入天人合一的"无我"之境，才能体会得意忘形、大爱无言的最高审美境界。那么，当下那种天人合一的新英雄观应当怎样把握和表述呢？我认为，主要表现在三个方面的结合：第一，崇高精神与平民本色的结合。面对今天的艺术受众，英雄形象既要有崇高精神，大智大勇，又要有平民本色，百姓情怀；既要"高于"普通人，体现出应有的英雄品格和智慧风貌，又要"近于"普通人，有寻常人的喜怒哀乐，从而拉近英雄与百姓的心理距离。第二，英雄主义与求实精神的结合。在今天的读者眼里，英雄形象的魅力来自直面现实的勇气和冷静客观的求实精神，来自坚忍不拔的意志和愈挫愈奋的顽强，也来自坚定不移的理想信念，是在艰苦卓绝的奋斗历程中表现出的英雄本色，而不是单纯地用理想主义的态度表现英雄的所向披靡，无往不胜。第三，历史感与时代性的结合。英雄的诞生当然有其特定的历史情境，是特定历史环境塑造的英雄。在具体的英雄形象上鲜明地体现着历史的真实，同时必须看到，当代作品塑造的英雄又必然带有当今的时代印痕，要适应今天读者和观众的期待视野，要用新审美眼光透视历史情境中的英雄人物，进而用新时代的批判精神审视和评价历史情境中的英雄，从中追求历史感与时代性的有机融合。要达到这一审美境界，人必须以天人合一的眼光来看待世界，意识到"整个宇宙，包括自然、人类社会和人的精神意识领域，是一个普遍联系之网，宇宙间任何一个事物，任何一个现象，都是网上的纽结或者说交叉点，每一个交叉点都同宇宙间其他交叉点有着或近或远，或直接或间接的联系，这些联系既包括空间上的，也包括时间上的"。① 宇宙的无限联系之网能使人在一砖一瓦、一草一木上看到万物的踪影，感受无底深渊之美，感受天地神人合一之大美，感悟"一沙一世界，一花一天国"的妙境。另一方面，这种审美境界需要"心斋"、"坐忘"的虚静的审美胸怀。抛弃执著于是非、利害、成败、有无的功利之心，"解消了以自我为中心的欲望及与欲望相勾连的知解，而使心的虚、静性得以呈现，这即是打开了个人生命的障壁，以与天地万物的生命融为一体。"② 这样才能体悟到"庄周化蝶"和"庄鱼相乐"的妙处。在此境界中，人从有限望到无限，从出场见到未出场，从而忘掉自己的具体存在，超越了具体时空中的常识和理性，体悟到象外之象，景外之景，言外之意，韵外之致的无限之美。这种无穷意味、无限神秘的宇宙和生命之大美向心灵敞开，使人回到自由、本真的状态。这种超越主客二分的天人而一的"忘我"之境，使人不"以物累形"，不"以心为行役"，得以"游乎方外"。荷尔德林诗云："人诗意地栖居着"，人的这种诗意的审美的本性，使人不断地追求"忘我"、"无我"的精神上的大美和大自由。

文学形象的审美境界创造，不是一个单层的平面的自然的再现，而是一个境界层深的创构。从直观感相的摹写，活跃生

① 张世英：《天人之际——中西哲学的困惑与选择》，人民出版社1995年版，第266页。

② 徐复观：《中国艺术精神》，春风文艺出版社1987年版，第103页。

命的传达，到最高灵境的启示，可以有三层次。蔡小石在《拜石山房词》序里形容词里面的这三境层极为精妙："'夫意以曲而善托，调以杳而弥深，始读之则万萼春深，百色妖露，秋雪缟地，余霞绮天，一境也。（这是直观感相的渲染）再读之则烟涛澒洞，霜飙飞摇，骏马下坡，泳鳞出水，又一境也。（这是活跃生命的传达）卒读之而皎皎明月，仙仙白云，鸿雁高翔，坠叶如雨，不知其何以冲然而澹，翛然而远也。（这是最高灵境的启示）江顺贻评之曰：'始境，情胜也。又境，气胜也。终境，格胜也。'"显然，"情"是心灵对于印象的直接反映，"气"是"生气运出"的生命，"格"是映射着人格的高尚格调。西洋艺术里面的印象主义、写实主义，是相等于第一境层。浪漫主义倾向于生命音乐性的奔放表现，古典主义倾向于生命雕像式的清明启示，都相当于第二境层。至于象征主义、表现主义、后期印象派，它们的旨趣在于第三境层。即使是绘画也由丰满的色相达到最高心灵境界，所谓文学形象审美境界的表现，正如戴醇士曾说的："恽南田以'落叶聚还散，寒鸦栖复惊'、品一峰笔，是所谓孤篷自振，惊沙坐飞，画也而几乎禅矣！"这个禅就是动中的极静，也是静中的极动，寂而常照，照而常寂，动静不二，直探生命的本原。禅是中国人接触佛教大乘义后体认到自己心灵的深处而灿烂地发挥到哲学境界与艺术境界。静穆的观照和飞跃的生命构成艺术的两元，也是构成"禅"的心灵状态。《雪堂和尚拾遗录》里说："舒州太平灯禅师颇习经论，傍教说禅。白云演和尚以偈寄之曰：'白云山头月，太平松下影，良夜无狂风，都成一片境。'灯得偈颂之，未久，于宗门方彻渊奥。"禅境借诗境表达出来。所以审美境界中文学形象的创成，既须得屈原的缠绵悱恻，又须得庄子的超旷空灵。缠绵悱恻，才能一往情深，深入万物的核心，所谓"得其环中"。超旷空灵，才能如镜中花，水中月，羚羊挂角，无迹可寻，所谓"超以象外"。① 色即是空，空即是色，色不异空，空不异色，这不但是古人的诗境、画境，也是今人的心境、艺境。当代作家在文艺作品中塑造共产党人的精神境界时，运用的正是这种艺境与心境。对共产党人来说，衡量境界高低的主要因素是利他性，是为公众着想之心。公心是境界的支柱，公心多少决定境界高低。私心太重必然心胸狭窄、锱铢必较；即便地位很高，而境界很低；虽然权力很大，但胸怀很小。对他人的成功，眼红心妒；对自己的挫折，怨天尤人。在利益面前，手伸得像讨饭棍；在荣誉面前，眼瞪得像鼓环。比如影视与长篇小说中塑造的谷文昌、任长霞、李高成那样的党员。他们心中装着一个"公"字，襟怀坦荡、光明磊落、甘当公仆、任劳任怨、坚忍不拔、百折不挠，他们在不断提升精神境界中，领略着人生的风光。所以，境界决定着人的观念和作为；在有的人看来，官职的魅力在于权势的风光、地位的显赫和借以牟利的便利；而在谷文昌、任长霞、李高成这样的人民公仆看来，官职的意义在于有了一个报效祖国、奉献人民、服务社会的更大平台。这就是艺术的境界，既使心灵和宇宙净化，又使心灵和宇宙深化。恰如杜甫在形容诗的最高境界时所说，"精微穿溟滓，飞动摧霹雳"。前者是写沉冥中的探索，透进造化的精微机缄，后者是指着大气盘旋的创造，具象而成飞舞。深沉的静照是飞动的活动的源泉。反过来说，也只有活跃的具体的生命舞姿、音乐的韵律、艺术的形象，才能使灿烂的"艺"给予"道"以形象和生命，"艺"给予"道"以深度和灵魂。当然，作家所塑造的这种高尚的精神境界不是自然而然产生的，而是

---

① 参见宗白华：《美学散步》，上海人民出版社 1981 年版，第 65 页。

在实践锤炼过程中养成的。一个人追求真理、向往进步，并把这种追求和向往化为行动，精神境界就能够不断得到提升。有意义的人生，就是不断追求高境界的人生。谷文昌、任长霞、李高成能够公心如海，博爱无垠。他们就是我们的共产党人特别是领导干部的楷模，应该像他们一样充分发挥自己的智慧和力量，夙兴夜寐，殚精竭虑地干出一番为民族谋尊严、为祖国谋发展、为人民谋利益、为社会谋正义的事业。这是他们的崇高审美境界，也是当代共产党人应有的精神境界。

从哲学意义上说，这种创造就从"境界"的层面体现了时代精神的"精华"。马克思认为，人的现实活动将自然存在的"无"变成现实的"有"，从为我关系的角度把握对象，而哲学境界总是通过这种把握关系表达在特定阶段中隶属于人本身的相对性，同时又具有绝对性的东西。在这个意义上，时代精神的精华就是时代的哲学境界。它应从两个层面上加以把握。其一，哲学境界作为时代精神的精华表明现实层面的合理性的东西，在对时代内容的深层次内涵分析时，总能看到体现时代精神的主导因素。其二，哲学境界作为时代精神的精华还表明它本身是基于现实层面向未来层面的迁移性过程。这蕴涵着"此时"尚未有，"未来"将"形成"的可能性因素，而时代精神的精华最重要的特征在于通过哲学的否定性统一的自我意识方式，使哲学世界观定位于与现实必然性相结合的可能性层面，从而使时代精神的精华不是处在亦步亦趋的消极地位上，而是成为评判、度量、矫正、导向的尺度。同时，像谷文昌、任长霞、李高成这类共产党人式的英雄，又绝不是脱离人民而高高在上的精英，他们的精神世界和人民有着血肉的联系。也就是说，他们的心和人民的关系不是启蒙与被启蒙、拯救与被拯救的关系，而是黑格尔所指出的："人民就是丰收的大地，英雄们像是从大地里长出来的花朵和树干，他们的整个生命的生存是要受这种土壤制约的。"其实，在实际生活中，作家所创造的任何一个优秀共产党人的英雄人物，都不是孤立成长的。当代英雄的审美境界不但与广大基层民众的利益一致，而且集中地反映了他们的要求。如果不能在当代共产党人式的英雄精神境界上看到人民的力量，不能在基层民众心灵深处看见伟大的革命力量和现实生活的矛盾斗争，如果当代英雄人物不能和基层民众的力量和斗争紧密地结合，那么，这种当代英雄就是没有力量的孤胆英雄。他在精神境界上就有缺失，更谈不上审美境界。现在，中华民族正在和平发展，我们更加需要创造出在审美境界上具有开拓进取的英雄人物来鼓舞人们前进。因此，当前中国文学要着力挖掘和塑造这种有开拓进取的精神境界、审美境界的新的英雄人物，为中国文学增加新的典型形象。

二

价值、价值体系与核心价值体系，是层层深化、步步递进，逐次趋向更加成熟和自觉的价值形态。所谓价值是指凝结在商品中的一般的、无差别的人类劳动。而价值体系是价值的系统形态。核心价值是价值体系的灵魂，是指其中最重要的、基本的、主导的，起到组织、协调、统领和支配作用的价值体系。这种价值体系既是社会意识形态的本质体现，又决定着社会意识的性质与方向。社会主义的主导的核心价值体系的主要内容包括：通过实践活动不断趋近和实现的理想精神，以爱国主义为核心的时代精神和以社会主义荣辱观为核心的伦理道德精神。这种社会主义的核心价值体系是建筑在社会主义的思想体系的基础之上的。两者具有亲缘般的血肉联系。脱离价值体系的思想体系是空洞的，而没有思想体系支撑的价值体系是盲目的。价值作为一种基于物质属性对人的关系属性，是不能脱离人对事物的认知关系的。无论是理论精神，还是以爱国主义为核心的民族精神、以改革创新为核心的时代精神和以社会主义荣辱观为核心的伦理道德精神，从根本上说，都是以谋求和实现人民的利益和福祉为宗旨的。从民族精神而言，人民是民族的主体，民族精神实质上也是人民精神。祖国热爱人民，人民热爱祖国。从时代精神而言，人民是时代的主人和改革创新的生力军和动力源，时代精神实质上也是人民精神。从伦理道德层面而言，社会主义荣辱观的根本目的同样是为了通过培育和提升大众的思想文化素质和伦理道德情操，弘扬以人民为主体的民族精神和时代精神。贯穿于社会主义核心价值体系的红线和轴心是人民的价值和人民的精神。人民的价值是社会主义价值核心的核心，是社会主义核心价值的价值。一切从人民出发，一切为了人民。从这个意义上说，人民的价值是高于、统领和主导一切价值的元价值和母价值。

文学艺术以审美的方式反映一定时代的价值和价值体系，主要是通过塑造艺术形象来实现的。当代文艺要弘扬社会主义的核心价值体系，同样需要通过塑造社会主义新人形象表现出来。不同时代的杰出的历史人物和通过文学创作塑造出来的不朽的艺术典型，往往是所属时代的旗帜和弄潮儿，作为历史的创造者和社会的脊梁，作为民族的魂魄和精灵，都必然体现出具有强烈时代感的主导思想体系和核心价值体系。每当历史变革和社会转型时期，总会涌现出一批批具有超前意识的社会精英。他们体现着时代思想的精华，标志着与新时代相适应的全新的思想体系和价值体系的历史性出场。一些文学经典中所塑造出来的人物形象，都一定程度上体现出历史转折时期所需要的全新的思想观念体系和核心价值体系。当代中国社会的现代化建设能否获得成功，归根结底，取决于人的现代化建设，期待于人的思想文化伦理道德素质的优化和全面提升。塑造新人形象对培育和造就适合于当代中国现代化需要的社会主义的一代新人具有深远的战略意义。优秀作家非常关注和强调通过塑造新人形象倡导参与社会实践对变革社会现实和创造历史价值的重要作用。马克思、恩格斯在《德意志意识形态》等论著中，把能否改变社会环境确立为新人的重要标志。他们认为思想是重要的，但思想本身并不能实现什么东西，"为了实现思想"，必须"有使用实践力量"去"改变旧环境"的"新人"。中国共产党的三代领导人特别重视通过塑造社会主义的先进人物、英雄人物和新人形象，肯定和弘扬以"为人民服务"为宗旨的主导思想体系和核心价值体系。第一代领导人主张文艺为最广大的人民群众——工农兵服务，倡导作家表现新的人物和新的世界，号召通过典型的艺术描写，使人民群众惊醒起来，感奋起来，推动他们走向团结和斗争，实行改造自己的环境。第二代领导人主张文艺为人民服务，为社会主义服务，把"实现四化"和"振兴中华"的伟大实践视为社会主义文艺的创作源泉和根本道路，提倡通过塑造作为创业者和改革者的新人的形象，来激发广大群众的积极性，推动现代化建设的历史性创造活动，反映各种社会关系的本质，表现时代前进的要求和历史发展的趋势。第三代领导人主张一切进步文艺都源于人民，为了人民，属于人民，认为人民的创造实践是文艺创作的丰厚土壤和源头活水，一切进步文艺工作者的艺术生命都存在于同人民群众的血肉联系之中，号召作家艺术家在时代进步的伟大实践中汲取创作灵感，反映和引导人民创造历史的壮阔行动。

因此，我们的文艺应当在通过塑造具有强烈时代感的社会主义新人形象和形象体系，弘扬社会主义的价值体系和核心价值体系方面作出更大的努力，取得更加丰硕的成果。

当代中国处于社会主义初级阶段，这样的国情所面对的历史使命，需要通过提升和重建全新的社会主义核心价值体系，调动蕴藏在广大群众中的历史的主动性和创造精神，使他们投身到改天换地的伟大实践中去，实现中华民族的伟大复兴。因此，当前中国文艺绝不是放任自流各行其是的发展，而是在那些积极表现社会主义核心价值体系的优秀文艺作品的引领下发展的。这种科学的艺术发展观既要弘扬主旋律和发展多样化，也要强调那些积极表现社会主义核心价值体系的优秀文艺作品对多样化文艺的引领。而只有强调那些积极表现社会主义核心价值体系的优秀文艺作品的积极引领作用，才能大力发展进步文艺，才能扶持健康有益文艺，才能努力改造落后文艺，才能坚决抵制腐朽文艺。也就是说，没有那些积极表现社会主义核心价值体系的优秀文艺作品的积极引领，文艺的多样化发展就失去了发展的方向。这就要求我们在弘扬主旋律、塑造新型的英雄形象方面作出了积极的探索，以便塑造出具有崭新时代风貌的典型人物。近年来，在引起关注和反响强烈的众多英雄形象中，一是现实生活中实有而转化为艺术形象的"英雄"；二是文艺作品中虚构的"英雄"形象，我们大体可概括为四类英雄。第一，以真实人物为原型塑造的英雄形象。艺术地再现现实生活中的优秀党员和领导干部光辉形象的作品引人注目，任长霞、郑培民、牛玉儒、李连成、李家庚等已成为文艺舞台上突出的艺术形象。在他们身上体现着令人敬仰的人格力量和一心为民、无私奉献的崇高品质，他们无疑是我们的时代英雄。现实与艺术的完美结合，造成了受众一种因艺术加工而震撼，因真实人物而感动的社会效果。第二，军人英雄。近年来，军旅题材中的英雄形象引起了人们的热议。这表现在两个方面，其一是特定历史时空之下的战斗英雄形象，摆脱了"高大全"式精神象征的载体而还原了英雄的血肉之躯和独特个性，使他们成为"人"而不是"神"，甚至是有缺陷的、另类的英雄。如《激情燃烧的岁月》中的石光荣、《亮剑》中的李云龙、《历史的天空》中的姜大牙等。其二是和平时期的新一代英雄形象。他们是一批肩负历史使命，敢于迎接挑战，勇于探索创新，有决心有能力捍卫国家主权的军人。如《突出重围》中的黄兴安，《DA 师》中的龙凯峰，《沙场点兵》中的康凯、庞承功等。这些作品表现了当代军营多彩的生活，展示了当代中国军人独特的精神风貌和人格魅力。第三，反腐英雄。在《抉择》、《十面埋伏》、《大雪无痕》、《苍天在上》、《至高利益》、《绝对权力》等作品中所着力塑造的李高成、方雨林、刘重天、米树林等反腐英雄。这些作品敢于面对实际生活中人们广为关注的敏感问题，弘扬了主人公的浩然正气，人物的复杂性也得以艺术的再现。这些英雄形象在以往作品中不曾多见的，所以他们丰富了当代中国文学的人物画廊，更反映了那些对腐败现象深恶痛绝的普通民众的心声，具有相当强的艺术感染力。不过，从人物塑造的总体倾向来看，有逐渐类型化、抽象化趋势。一是性格趋同。这些人物虽然境遇各不相同，"但基本有着相似的性格品质：刚正不阿、嫉恶如仇，为惩治腐败而不惜牺牲身家性命。"二是反腐动机单一。英雄的反腐动机和动力脱离了群众的基础而成为个人的道德、使命和价值观的体现，作品虽做到了"绘时代之色"，但没有做到"抒人民之情"。第四，改革英雄。改革题材中的英雄又分为农村改革英雄和城市改革英雄。前者如《希望的田野》中的徐大地，《插树岭》

中的马百万,《淘金岁月》中的李春林,以及刘老根、史来贺等;后者如《时代英雄》中的史天雄,《天下财富》中的江海洋,《至高利益》中的李东方等。改革题材中的英雄人物多是一些平凡的普通人,其主人公大多是来自底层的农民,他们面对市场经济大潮,冲破传统观念,带领人民发展家乡经济,走向共同富裕。而以城市为背景的改革英雄也都具有勇往直前,坚毅不屈的性格,他们敢于向不健全的体制和制度宣战,善于在经济浪潮中把握规律,懂得如何有效地进行资本运作。这些改革英雄的形象塑造是成功的,给读者和观众留下的印象是深刻的。由此可见,只有塑造能充分体现社会主义的思想体系和价值体系的新人形象和英雄形象体系,才能更好地通过宣扬先进人物和英雄人物的理想信仰、人生态度、体制认同、观念模式、价值取向、行为方式和伦理道德情操,从而充分体现以正面教育为主的原则,对大众起到示范、启迪、疏导、规劝、镜鉴、陶冶、感化、鼓舞、救赎乃至提升的作用。

由于当代中国的国情与西方发达国家存在着明显的历史错位和时代反差,因此,盲目地笼统地宣扬世界"已经进入非英雄时代"的说法是不符合当代中国的社会状态和现实需要的,至少是过于超前的。一些受到后现代主义社会文化思潮影响的学人主张"告别革命"、"毁灭理想"、"躲避崇高"、"游戏人生"、"回归自我",文艺评论中宣扬"融化信仰"、"削平价值"、"终止判断"、"消解深度",都是缺乏历史使命感和社会责任感的。文艺创作和大众文化中所表现出来的非理性化、非英雄化、非崇高化的思想流弊和极端的个体化、欲望化、鄙俗化的价值低迷以及超商品化、超消费化、超功利化的价值畸变,都是不利于当代中国的精神文明建设和核心价值体系的培育的。而且,大量畅销作品拘囿于现实生活的具体情态及其日常感触，精神内涵简陋，时尚性的浅层人生欲望及其病态性的寻求与慨叹方式，成为一些作家审美观照的核心内涵。即使在那些广获文坛赞赏的作品中，也或者表现出对于物象世态的污浊、畸形、诡异面的审美兴奋感；或者着力表现强悍型的生命形态，却显示出狰狞和芜杂的精神生命特征，包含着浓重的人类世界负面生存形态的投影；或者满足于凭借娴熟的叙事能力和技巧，巨细无遗地展示混沌世相与日常表象，强健、充沛的创作主体精神的贯注，则相对欠缺。哪怕是一个时期以来引人注目的作品，也弥漫着极端、失衡、变态的人性病象、人间污浊、人世琐屑和人格扭曲，甚至出现了明显的世相卑污嗜好和对人类精神污垢的热衷。这实际上已经构成了对国家文学形象与时代审美风貌程度严重的损伤。

出现这种倾向的根本原因在于，文学创作的主体未能在全面、深入地体察当代社会面貌全部丰富性、复杂性的同时，充分重视对于时代生活核心境界的捕捉，切实认知和认同时代的核心价值体系，并以此为基础，来建构、驾驭和维持自我精神生态的平衡。具体说来，我们的文学创作应该立足以和谐社会建设为宏伟目标、致力于中华民族伟大复兴的历史新起点，从国家、民族的核心价值体系出发，来确立高度、凝聚思想，对当下语境既成的审美气象进行反思、弥补与重构，以克服创作中的各种矛盾、困惑和缺失，重新达成个体精神境界与时代审美风貌整体的健全、和谐与丰富。首先，创作主体应该更着力于考察中华民族在艰难的历史境遇中奋力前行的姿态，发掘其中所显示的民族文化生机与时代精神力量。当前呈现病态化审美症状的文本，多半出自于对 20 世纪中国社会生活的描绘及其艺术转换。现当代中国长期动荡、坎坷乃至"人祸"频仍的民族命运及其派生的世态万象，客观上使得这种体察和反思必然会具有人间负面生存形态的心灵投影。关键的问题在于，不少作家长期沉湎于艰难时世造成的悲凉、愤懑与哀叹之中，始终未能在苦涩的历史体悟、勇敢的精神探索之后，超越社会历史所造成的心灵阴影，作品自然就只能是病态有余而开阔雄健不足了。所以，我们的作家以更宏阔的思想视野，以中华民族始终奋力前行所包含的文化生机与精神力量为基础，从文化自觉的高度实行审美的转向，来克服自我历史观的偏差和精神步伐停滞的状态，实在很有必要。其次，创作主体应该在展示矛盾与紧张的同时，以更雄强的精神能力，努力参悟矛盾的解决演变过程的更高形态。近现代中外的不少作家，都倾向于对人在世界上的矛盾、紧张状态的捕捉，着力强化自我与社会、时代、文化的对立关系及由此导致的精神焦虑，以作品的"震撼力"和主体的批判立场为创作旨归，却未曾或不愿走到历史哲学和精神哲学层面"和合"的形态与方向。这甚至已形成了一种堪称积重难返的思想传统。实际上，矛盾的解决也是规律的一部分，甚至是矛盾过程的更高形态，展示矛盾的同时呈现出矛盾必将解决的方向，才是作家更为全面、丰满、强健的精神能力，才是作为人类世界发展推动力的文化创造更为核心的价值之所在。因此，有为作家必须更诚恳地认识和遵循人类文化创造的核心意义，更着力于认同和弘扬引领人类进步、和谐的精神元素，更健全地把握精神主体与世界的关系，这样才能走出当前审美风貌病态化的泥淖。再次，应该恰当地处理好审美独创性与精神和谐性的关系。当前活跃于文坛的不少作家，或者成名于反省我国历史曲折时期的失误与悲剧，或者成功于发现改革开放初期的缺陷与矛盾，其独特性由此形成。进入历史新阶段，时代精神的核心境界已经发生巨大变化，他们仍然固守自我以往的"独特性"，而以往的精神"独特性"是以对生命阴影的感受为底色，他们就只能以审美的诗意掩盖精神的病象。这时，他们的审美独特性实际上已经转化成了精神的局限性。所以，创作主体必须超越审美自我本位的观念，以时代业已变化了的核心境界为创作资源和审美依据，以精神世界的健全、生机与活力为主导方向进行审美核心元素的选择。建立在这种精神风貌基础上的审美独创性，才可能真正达成精神生命体的自我生态平衡，进入精神和谐、生机盎然的审美创造状态；才能具有与时代整体态势相对应的文化生命大气象，具有文化大创造的活力。总之，不仅努力以自我的创作丰满时代的整体面貌，更致力于深入把握和表现时代文化的核心价值体系、时代生活的核心形态，这样的文化创造才能趋近和代表一个时代的精神文化风貌。正由于此，我们应当提倡广大作家真正切实地强化自我同时代根本历史趋势和核心价值体系之间的精神联系，"更加自觉、更加主动"地站在党的十七大报告中所强调的"建设社会主义核心价值体系，增强社会主义意识形态的吸引力和凝聚力"的时代高起点，来认识和驾驭当今中国与世界的复杂现实，并努力从中捕捉真正具有生机与活力的、顺应社会主义核心价值体系的美学品质与精神境界作为艺术支撑和思想引领，来建构一种基于人类健全生态、雄健气魄和浩瀚胸襟的时代审美文化风貌。只有这样，我们的文学才能真正激发出精神的活力和创造的潜力，创作出足以代表中华民族伟大复兴时代的文化境界和国家形象的优秀作品，有力地助推时代文化的大发展大繁荣。①

文学形象的审美功利性和社会主义核心价值体系也是相辅

---

① 参见刘起林：《文学审美建构与核心价值观引领》，《人民日报》2008 年 1 月 3 日。

相成的。建立在唯物史观的马克思主义文艺理论认为，文学形象是可以具有意识形态性的以审美性为特征的社会意识形式。意识形态性和审美性，就是艺术形象的两大特性。十七大报告指出："社会主义核心价值体系是社会主义意识形态的本质体现。"这就表明，文学形象所具有的意识形态性，只能由社会的性质来决定，不能由文化的类型分工或其他因素来决定。社会主义文艺的艺术形象若要坚定地保持其社会主义的性质，就必须以社会主义核心价值体系为主导内容。因为在科学的马克思主义的审美理论里，艺术形象的审美性及审美价值具有多重结构因素、多种形态。它既有外在的形式表现因素，又有内在的可引发情感反应的因素。这种引发情感反应的内在因素，既可以对人类具有一般性的生活内容及精神情感的反映，也可以是对具有特定社会价值的生活内容及特定情感倾向的反映。随着社会状态的不同，审美价值的结构形态会有所侧重。一般说来，在社会的和平时期，审美价值中的形式表现因素及人类一般性生活内容所占的比重较高；在社会的变革时期，与特定社会价值倾向相联系的内容则较为重要。在中国近现代争取民族独立和人民解放的斗争中，文学形象社会功利内容在审美价值构成中的地位尤其突出。这一时期，人民的普遍愿望和强烈要求是革命、解放和进步，违反这一潮流具有逆动性质和内容的文艺形象，在人民眼中是不会具有审美价值的。正因为如此，进步的革命的典型形象在满足人民审美需要的同时，还成为"团结人民、教育人民、打击敌人"的有力武器。

在我国当前的社会主义新时期，社会相对稳定和平，不具有特定社会功利价值及其倾向的休闲娱乐性需求，文艺形象在审美中占的比重越来越大。与此同时，国家的发展、人民的事业、社会的状况及国际局势的变迁，这些现实生活内容反映到文艺作品的人物形象中，就转变为具有特定功利性的性格内容，构成有特定社会价值倾向的审美价值。对于社会现实功利性问题加以关注并且具有特定立场和明确意识的人们，在对此类文艺作品的文学形象加以审美接受时，必定会对审美价值中的功利性因素产生反应。此时，作品具有的社会功利价值倾向与审美接受者社会价值观念之间就会结成具体的审美关系。当二者相一致时，形象的审美价值可以正常实现，接受者可以形成审美愉悦；当二者不相一致时，接受者会形成该形象于己有害的感觉，对文学形象作出否定性评价，不能产生审美愉悦，该形象对他不具有现实的审美价值。如果接受者没有特定而明确的价值意识，则可能被动地受到文学形象价值倾向的影响，不知不觉地形成同样的价值观。而且，文学形象的艺术表现力越强，其价值倾向的影响力就越大。可见，进步文艺中的文学形象的意识形态性和审美性是有机融合的。社会主义核心价值体系作为文学形象的功利性内容，不仅不破坏文学形象的审美性，还有助于充分有力地建立起审美性，有助于审美价值的实现。因此，文学形象在社会主义文化建设中占有重要地位，既是社会主义意识形态的重要承载方式，又可以通过审美过程而成为社会主义核心价值体系得以实现的有效手段。例如，电视剧《亮剑》、《戈壁母亲》主人公所蕴涵的爱国主义、英雄主义和奉献精神，就为作品的审美价值奠定了坚实的基础。怀有同样思想意识的观众，可以充分地从中领略到艺术感染力，产生强烈的审美激动。这样的文艺作品，就在社会中发挥了积极的作用和影响，是"建设社会主义核心价值体系，增强社会主义意识形态的吸引力和凝聚力"的生动力量。同时，这些文学形象对青少年社会主义思想意识及价值观的树立，同样可以产生积极而深远的影响。

然而，在理论与创作上，对这种审美性与功利性，都存在着一些模糊的认识，有的甚至完全否定审美价值中的社会功利因素。这就从一个极端走入另一个极端，形成了片面的审美学说。在这种片面的审美论中，审美仅只是对艺术形式的观赏，对形式技巧的运用，对普遍人性、人类一般情感的表现，这都是一些不正确的认识。其失误主要表现在：第一，它不符合审美原理。它以为要肯定文艺及其形象审美的非功利性，就必须排除文艺作品文学形象的功利性内容。但它不知道，审美的非功利性质和审美事物的功利性内容之间是并不矛盾的。审美的非功利性专指审美体验的形成途径与方式，是要表明审美愉悦的形成，是通过对事物外在表现形式的知觉而实现的，不是经由功利性生存需求的满足而实现的。肯定审美时的形式知觉过程，并不否定审美对象本身可以具有功利价值或内容，也不等于说审美对象只是形式，不能有社会功利价值内容。因为任何形式都不能抽象地存在，必须与内容合为一体，统一为完整的事物。人在知觉到事物外在表现形式时，会同时意识到事物可能具有的功利内容，从而对审美判断产生决定性影响。文学形象是对社会生活的艺术反映，文艺作品整体上都是社会生活的外在表现形式。因此，人对艺术品的知觉与接受，从过程、方式、结果上讲是非功利的，而艺术品本身是可以具有功利性内容的。第二，它不符合唯物史观。人的品格、秉性、情感，等等，既有人与人的共同之处，更有人与人的不同之处。人作为具体的社会存在，其品性、观念和情感的生成都不是抽象的，而是现实的和社会的。在民族大义的基础上可以形成人民性的感情，在卖国求荣的基础上形成的则是反人民的感情。如果将是非观念相混淆，精神价值无区分，那么文艺中形象的思想倾向势必造成不良的后果。例如，在片面审美论影响下形成了这样一种创作主张：作品中的人物形象不能简单地区分为"好人"、"坏人"；人是复杂的，多重性格的，好的文艺作品就是要表现出人性的多样与复杂；为了表现人性的复杂，需要模糊"好人"和"坏人"的界线，让"好人"有"坏"、"坏人"有"好"。同时，社会价值方面的"好"与"坏"同人格方面的"好"与"坏"是混杂在一起的，而且人格方面的"好"与"坏"似乎更为重要，更具有"人性"意义。于是，我国近些年的一些文艺创作，又形成了新的概念化、公式化模式，作品中常常出现这样的情节：社会价值意义上的正面人物，一定在人格方面是有缺陷的，他们粗暴、不近人情；而社会价值意义上的反面人物，一定在人格方面是美好的，他们温情、孝顺、诚恳。这种创作的结果，就是使得有进步意义的人物变得生硬冷酷，不让人喜爱；而没有进步意义的甚至罪恶的人物，却变得令人同情、惹人喜爱了。这里试以"黑色"系列电视连续剧《黑冰》为例，作品中的贩毒头目具备相当优秀的人品及人格魅力，其"美好人性"被精心描绘，大肆渲染。这种艺术"匠心"不是没有成果，相当多的观众对这个大毒枭极为欣赏与同情。当剧情演到公安人员出发去逮捕这个毒枭时，竟有观众急得跳起来，对着荧屏中的毒枭大叫："你快跑啊！快跑！"片面审美论影响下的此类文艺创作，是不具有社会主义审美价值的，是不利于社会主义核心价值体系的建立的，也是有碍于国家文化软实力的提高的。毫无疑问，文艺具有振奋精神、激动人心、潜移默化的作用。蕴涵着社会主义审美理想的文化创作，在当今的文化建设中具有十分重要的地位。文艺是"把社会主义核心价值体系融入国民教育和精神文明建设全过程"的重要方式和途径。我们的文学形象创造和审美理论，一定要符合科学发展观，以建设社会主义核心价值体系为内涵与动力。只有这样，我们才能担当起塑造社会主义新人的职责，为社会主义核心价值体系建设贡献新的文学典型。

守望理想是作家的天职

　　远大理想是一种强烈而真挚的精神向往，它来自于人们对于美好未来的坚定信念。它是人类特有的精神现象，是人们追求社会事物合理性、完美性并且通过努力可以实现的美好向往和愿望。古往今来，远大理想始终是文学作品的一面精神旗帜。古希腊伟大的哲人苏格拉底就已经向世界昭示灵魂的完美是人类最高的追求，18世纪尼采发出"上帝死了"的呼喊，在召唤人类新的精神信仰，19世纪海德格尔寻觅诗意栖居的"精神家园"，20世纪诺贝尔文学奖奖励"创作出具有理想倾向的最佳作品的人"等等，说明人类一直都在关注自己生命的终极追求，探寻人类最高的诗性存在，表现理想信念的永恒魅力。

　　一个时期以来，由于有的作家缺乏远大理想，蔚然壮观的市场化大潮给中国人民带来了物质上的实惠，却没有带来精神境界的提升，享乐主义、拜金主义等观念迅速蔓延，公然向道德伦理、人格尊严挑衅。作为人类高级精神活动的文学在市场化的大背景下，不仅没有表现出商业主义环境中批判现实、净化灵魂的努力，反而普遍呈现出一种迎合欲望化生存、放逐思想追求、导致精神失落的倾向——既有最激烈的亵渎者对人生观、价值观和道德观的否定、对社会人生的嘲弄、对理想精神的背叛，也有在冷静和客观的叙述中不厌其烦地、以标榜真实的姿态呈现大千世界中芸芸众生的生存本相，鸡零狗碎的生活而使崇高理想、伟大爱情变得卑微、庸俗；既有干脆回避理想的存在，面对物质的诱惑，把一切社会规范和文明禁忌都无情地践踏在脚下，也有干脆炫耀金钱的万能，在对金钱的疯狂崇拜之下，最基本的人伦道德都灰飞烟灭；既有部分作家只关注"自我"，突出本能，"非理性"表述成为某种时尚，也有部分文艺工作者失去了应有判断，盲目接受，片面曲解，在"自我"问题上的认识走向了极端；既有一味突出对人的本能的探究、刻画和宣泄，追求原始的生命冲动和欲望表达，也有一味强调超越一切社会关系和历史的制约，追求随心所欲的对待一切。于是，渺小被当成伟大，歪曲竟成了和谐，病态的被当做正常；消解崇高，淡漠理想，无病呻吟，利益至上的风气日渐乖张；言及远大理想，不仅很难引起共鸣，甚至还会遭到嘲笑。原本是对自我的强烈追求，最终反倒丧失了自我；原本是摆出一副蔑视世俗的姿态，最终却陷入庸俗的泥淖。偏执于"非理性"创作，使得一些作家的精神世界彻底溃败，理想完全缺失，沉迷于人生种种黑暗、绝望、丑陋、龌龊的书写，醉心于平庸、低俗、浅薄、游戏的表述，长此以往，必将在整个社会、全体国民中造成巨大的负面影响。

事实上，文学不能没有远大理想，以之作为创作的动力和支柱，并成为阅读的引力和功效。作为人类精神航标和灵魂栖息地的文学，如果放弃理想而热衷于卑琐，就一定会失去跃动人心、引领历史的根本力量，失去人们对文学的敬畏和景仰。人们欣赏文学作品就是为了寻找美好的精神慰藉。即使在遭受挫折、承受苦难的时候，人们总是能从文学作品所表达的理想中，激发自己追求真善美的希望，汲取享受美好进而实现这种美好希望的动力，并以文学作品创造的美好艺术形象为参照，重新定位自己的人生坐标，树立正确的理想和价值。屈原虽遭放逐却赋《离骚》，靠的正是"路漫漫其修远兮，吾将上下而求索"的理想精神；李白虽然不能实现"为君王师"的政治抱负，却凭着"长风破浪会有时，直挂云帆济沧海"那种永不气馁的精神，为人类创造出最为瑰丽动人的诗篇，成为盛唐史上最富豪情的伟大诗人；杜甫一生穷愁潦倒，却唱着"安得广厦千万间，大庇天下寒士俱欢颜"的宏愿，以创造"诗史"性的作品，把中国古代诗歌创作推向了一个后人难以企及的高峰；曹雪芹虽家族败落，境遇潦倒，却能"从苦难中解脱"，"披阅十载，增删五次"著《红楼梦》，以致"自有《红楼梦》出来以后，传统的思想和写法都打破了"，"达到了中国小说前所未有的成就"。正是有了这种在厄运中创造辉煌的理想精神，人们才将文学作品称为"精神食粮"，表达出一个民族对于文学的信任甚至崇拜。试想一下，如果创作抽出了远大理想这个灵魂，片面放大生活中的假丑恶，放弃对生活中真善美的表达，只是关注自我、宣泄欲望的时候，文学也就只剩下一个躯壳，成为一个毫无思想的文本。缺乏了对生命、生活本质的拷问，这样的作品最终将成为低俗、媚俗、庸俗的代名词，甚至沦为物质的玩物，人们不会再从其中汲取到任何精神的营养。这样的文学存在只能赚取一时的笑声，而无法激起人们心灵深处的共鸣。果真如此，文学也就失去了它应有的尊严和价值，它的边缘化也就无可厚非了。

毫无疑问，作家突出个体，张扬自我，对于文学创作来说也是很重要的。因为文学创作本身就是最具个人特点的创造性的精神活动。刘勰说："是以贾生俊发，故文洁而体清；长卿傲诞，故理侈而辞溢；子云沈寂，故志隐而味深；子政简易，故趣昭而事博；孟坚雅懿，故裁密而思靡；平子淹通，故虑周而藻密；仲宣躁锐，故颖出而才果；公干气褊，故言壮而情骇……"① 显然，任何有个性有特点的作家，在其心灵深处都具有不同的性格和气质。今天我们强调"个体"与"自我"。既是由于现代人面临着商品、物质、财富、权力对人的个性、独立性、主体性的挤压和销蚀，并且被消解到无个性的群体化、符号化生存中去，这就需要反叛生活中的庸俗、低俗和媚俗；又有感于烦琐、无聊、麻木、浅层次的欲望化描写，以及心灵的萎缩等物化现象，这就需要反叛创作中的虚伪、邪恶和丑陋。事实上，在文学创作中绝对独立的精神个体是不存在的。人之所以高于动物，就是因为具备高于自然属性的社会属性。脱离了人的社会实践，非理性地把本能、欲望等当做世界的本原，不清楚人的本质是"一切社会关系的总和"，不了解要通过人的社会实践来改造客观世界，解决人类所面临的矛盾，就必将陷入唯心主义。一味追求绝对独立和自由，其结果恰恰是与整个社会隔离甚至于对立；一味将个人欲望当做最真实的理想去表达，希望能够得到某种关注和认可，其结果只能是自我孤立，继而为人所不齿。可见，"自我"是不可能超离社会关系和历史的制约而绝对独立和自由的。真正的"自我"反而应该是能够驾驭他特有的思维和情感方式，将社会性的东西吸纳、凝练、贯通，通过文学作品，将自我的思想加以表达。这种"自我"仍然是独特的，但是由于走进了大众，贴近了生活，摆脱了消极，这种"自我"将更深刻、更健全。② 所以，真善美仍然是人们最美好的追求，远大理想仍然是人们须臾不可或缺的精神支柱。只有这样，向往美好、渴望理想、期

---

① 刘勰：《文心雕龙·体性》，见周振甫注：《文心雕龙注释》，人民文学出版社1981年版，第309页。
② 参见廖文：《回归理想》，《人民日报》2010年9月7日。

盼复兴，才能成为我们这个时代的主旋律。

在社会历史的发展进程中，人总是在憧憬着、企盼着、思考着未来，希望的火花在人们的心中涌现，崇高的目标在吸引人们勇往直前。而远大理想则为人们提供反思现实的价值标准，超越功利的精神视野，摆脱平庸的高远境界，走向明天的前进方向。这些正是文学所追求的完美境界。要达到这种境界，需要作家理性地关注生活、关注时代，需要文学创作守望理想、坚持崇高。

树立远大理想是提升文学思想品格的关键环节。任何一部文学作品要成为精品或经典，思想是其灵魂。加强文学的思想性，就是让文学"有远大的理想"。为此，在主流意识形态上，必须把提升文学的思想性与发掘文学的思想深度、加大文学的思想力度与增强文学的思想强度，置放到整个中国特色社会主义理论体系的总体框架中去加以思考。只有在与社会主义理论的总体框架的联系中，才能充分凸显文学思想性的地位和作用、价值与功能。以审美方式，通过艺术形象和形象体系表现出来的文学的思想，理应成为整个社会主义理论体系的有机组成部分。对文学的思想性提出更新更高的要求，有利于实施"以人为本"的科学发展观和社会主义核心价值体系。只要在先进思想的引导下并通过成功的艺术形象宣扬先进的思想，才能从文学领域，对实现社会科学发展和人的全面自由发展提供有效的精神动力和舆论支持。这样，随着时间的流逝，人们在讨论一部作品的时候，可能会忘记某些故事情节，但唯独忘不掉作品表达的思想。一部充满理想表达的文学作品所反映出来的价值取向，必须是明晰的、向上的、崇高的，当这种价值取向得到广大人民群众普遍认可的时候，这部作品也就接近于经典。在文学的本质特征上，文学的思想性是与作家的生命情感体验、艺术直觉以及作品艺术形象融为一体的。肯定一部作品的思想价值的同时也就意味着对其艺术价值的肯定。作家的思想秘密就隐藏在"怎么写"、"写什么"的艺术话语中。愈是伟大的作家、伟大的作品，其思想性与艺术性的融合度愈高，而且，在这种融合中，其思想性的生命力往往占据更突出的地位。现代作家中仅就审美感觉的细腻、文笔的优美、生活积累的厚实、学问的专精等而言，与鲁迅相当甚至超过者不乏其人，但却无法与鲁迅媲美，其原因就在于鲁迅作品思想的深刻无人比肩。所以，只有生活的新发现，艺术的新突破，才有思想的深度和文学的力度。要在变幻的生活中作出深层的艺术发现，就需要思想的穿透力。就生活写生活、为艺术而艺术、为娱乐而娱乐式的写作，往往局限于思维或材料的局限，难以超拔而出，给人以精神的震撼和思想的提升。

守护共同理想是构建公共价值的必然选择。优秀文学作品所体现的理想观、价值观，必然引导并影响着民众的理想追求和价值取向。一般意义上说，远大理想并非都要附着伟大，但只要称为远大理想，就与欲望划清了界限，就意味着摆脱了低级趣味，意味着剥离了庸俗和卑琐，贴近了崇高。英雄是理想的化身，是文学最崇高的血脉，印刻着人类共同的理想和追求，塑造着高尚的生命和灵魂。英雄是民族精神的核心与脊梁，支撑着民族的信心和力量。时代呼唤英雄，英雄代表着波澜壮阔的时代变革中最富于生命、最富于朝气的新生力量，衍生着时代的最强音。所以，英雄形象的塑造从来都是文学创作的闪光点和制高点。一个个激动人心、催人奋进的英雄形象激励了一代又一代人奋勇前行。"新人"是精神的引导。通过塑造社会主义"新人"形象，来重塑文学的公共价值，表现思想、理性、智慧，铸造社会公民责任心和事业感，支撑人们实施公平和正义的原则，坚定人们的理想和信念。新时代的模范人物不仅是生产力的代表，而且是先进思想体系和价值观念的代表。只有塑造社会主义的新人形象，才能从正面充分体现和凸显社会主义的理论体系和核心价值体系，才能达到用先进的、科学的思想培育和武装人民的目的，从而不断提高广大群众的思想文化素质和伦理道德情操。这些平凡之中的伟大、细节之中的宏大、琐碎之中的辉煌，总是在陶冶着读者，感染着民众，引领着社会的精神风尚；这种人类的力量、人类的信念，总是作为国民思想素质教育和社会主义核心价值体系教育的一个有益补充，潜移默化地影响着人们理想信念的形成，进而也影响着整个民族共同理想的构建。时代进步需要共同理想的驱动，人民幸福需要美好理想的支撑。作家就是提炼、传达这种思想的最重要的主体，文学作品就是承载、传播这种思想的最有效的载体，让文学守望理想，这是必然的选择。

强化责任担当是作家义不容辞的神圣使命。美国作家威廉·福克纳说："作家的天职在于使人的心灵变得高尚，使他的勇气、荣誉感、希望、自尊心、同情心、怜悯心和自我牺牲精神——这些情操正是昔日人类的光荣——复活起来，帮助他挺立起来……他的作品应该成为支持人、帮助他巍然挺立并取得胜利的基石和支柱。"[①] 显然，远大理想是作家不能放弃的追求，而且在文学创作中坚持理想精神的引领，坚持精神上、情感上多层次的激发，具有"以高尚的精神塑造人，以优秀的作品鼓舞人"的关键作用。它能满足人民群众多层次的精神文化需求，推动和谐理念成为全社会的重要价值取向，给人们以解

---

① ［美］威廉·福克纳：《接受诺贝尔奖金时的演讲》，见《美国作家论文学》，赵永穆译，三联书店 1984 年版，第 368 页。

决问题的勇气和力量。虽然远大理想不是华丽的辞藻和宏大的铺陈。但越是在平凡生活中发掘的远大理想，越能够引起共鸣，越能够体现文学的价值和意义。所以，只要我们所处的社会还存在不完美，还存在改善的必要性和可能性，作家就应该担当责任与使命，通过远大理想的表达，为平凡的生活注入一缕生机，为精神的缺失撑起一个脊梁；在琐碎之中写出感动，平静之下写出波澜，鄙俗和罪恶彰显美丽善良和真诚正义，苦难困境中的挣扎，更伴有信心勇气与理想希望。作家就是要在它们之间找到生命的价值和意义，找到生活的美好和动力，找到理想精神和美的体验，并以此来影响大众进而改造历史。当然，作家更多地表现为个体创作，但个体的创作自由不是绝对的。作家的创作作为公共产品出现，就是社会的公共事业，必须担当社会责任，绝不能肆意妄为，随意把低俗、丑恶、颓废的东西以文学艺术之名加以传播。作为特殊的精神文化产品，文学要在多元价值取向的洪流中保持精神与品格操守，在媚俗化倾向泛滥的冲突中坚守和表达理想，带领人们走向美好的精神世界，远离庸俗低级的趣味。这就是理想的守望，更是作家的天职。

进步文艺与审美理想

　　胡锦涛总书记指出："一切进步文艺，都源于人民、为了人民、属于人民。一切进步文艺工作者的艺术生命，都存在于同人民群众的血肉联系之中。人民创造历史的活动，是文艺创作的丰厚土壤和源头活水。一切受人民欢迎、对人民有深刻影响的艺术作品，从本质上说，都必须既反映人民精神世界又引领人民精神生活，都必须在人民的伟大中获得艺术的伟大。"这就揭示出"进步文艺"积极引领的极端重要性，又进一步阐明了"反映人民精神世界"与"引领人民精神生活"的艺术辩证法，为我们坚持正确创作导向，繁荣发展社会主义文艺，促进和谐社会建设，提供了有力的思想保障。

　　审美理想，就是一种能充分肯定和体现人的本质力量的生活观念和人的观念形象的形式。从其心理实质来说，它是一种指向人的本质力量全面展开的未来生活的创造性想象。这种体现人们关于理想的美好生活和人的观念的具体完整的形象，一方面反映了美的事物中所积淀的自由自觉的特性；另一方面在反映过程和反映结果中又渗透了反映主体的自由自觉的特性。这种双重的自由自觉，就标志着人类总体的自由自觉和人类个体的自由自觉、实践创造的自由自觉和主观反映的自由自觉在这里的合而为一。因此，文艺的审美理想就是在一定的社会实践和艺术实践的基础上逐渐形成，并反过来影响人们的社会实践和艺术实践。它既与这个时代占主导地位的文艺的社会、思想的特质有着内在的联系，又不同程度地表现着全体社会成员的共同美学追求。

发挥进步文艺与审美理想的引领与升华作用，推动文艺的多样化发展。进步文艺不仅是社会主义当代文艺发展的前进方向，而且对社会主义多样化的当代文艺具有引领和整合作用。这种科学的艺术发展观，既反对庸俗进化论的偏向，也反对多元论的偏向；既强调弘扬主旋律和发展多样化，也强调进步文艺对多样化文艺的引领以及审美理想的升华。随着社会的发展，文艺总是不断发展进步的。马克思主义认为，"文学、艺术等的发展是以经济发展为基础的"，随着经济基础的变更，艺术也或快或慢地发生变革。在这种变革中，艺术都有程度不同的发展和进步。这样艺术的进步包括：既有艺术在历史的积累和接受的过程中的丰富和发展；又有艺术在思想品位上的提升和发展。而艺术与思想之间的联系不但相互促进，而且是本质性的。因此，承认思想的进步，就必须承认艺术的进步。既有艺术在艺术表现能力上的不断丰富和提高；又有艺术在技术基础上的飞跃和发展，因为艺术的技术进步，必然会影响艺术整体的发展。因此，坚持进步文艺对文艺多样化的引领。这是对中国当代艺术发展矛盾两个方面转化和发展的科学认识。进步文艺是社会主义先进文化的有机组成部分，强调先进文化的积极引领作用，也就是强调进步文艺对多样化文艺的积极引领作用。没有进步文艺的积极引领，我们不但不能正确地区分多样化文艺的高下，而且难以促进多样化文艺的健康发展。而只有在进步文艺的积极引领下，那些进步文艺才能得到发展，健康文艺才能得到支持，落后文艺才能得到改造，腐朽文艺才能受到抵制。也就是说，没有进步文艺的积极引领，没有审美理想的升华蒸腾，多样化文艺就失去了发展方向。因而，社会主义多样化的文艺绝不是放任自流的发展，而是在进步文艺引领和审美理想升华下的科学健康的发展。

用进步文艺引领审美理想的层次性，促进社会主义当代文艺的整体繁荣。文学艺术品种繁多，门类复杂，但主要有四种类型：以塑造人物为主要目标者；塑造典型人物，但能明确表现一定的思想观念者；主要是抒发一定的情感，思想含义并不明确，以及虽有一定寓意但不能直接看出，而且这种寓意又具有不确定性者；主要表现形式美，可能蕴涵了一定的理性因素，但难以追究其详者。前两种类型能够明确表现一定的思想观念，所体现的审美理想的内容也是明确的，一般说来，在我国的社会主义当代文艺中占主导地位。它们是社会主义文艺的最高层面、最高品级的审美理想。第三种类型，以浅显通俗的艺术形式，表现一般的人情美、人性美，虽没有达到最高品级的层面，却也能使人感受到陶冶，灵魂得以净化。或者正是因为普通而平凡，才与常人的喜怒哀乐更为切近，于是易为群众所接受。形式技巧、艺术表现不是那么精美高雅，却是也能引起较低层次的美感享受。这类文艺作品和这一层面的审美理想，亟须进步文艺的引领来腾升，跃入高层，以利于提高全民族的审美素质。这可以算是社会主义文艺的第二层面、第二品级的审美理想。第四种类型的文艺作品，极少或者没有明确的思想内容，而是以悦耳悦目的形式美取胜。这类文艺作品和这一层审美理想，时代性不那么鲜明，不那么强烈，它的普遍性极为广阔，可接受性极为宽泛；体现的是这类作品所体现的审美理想。它以悦耳悦目的形式美给人以美感，使人得到娱乐和休息。而且，它的时代色彩、音调、节奏、旋律，总会或多或少地渗透、映射和约制之，使之愉悦耳目，以利于身心健康，以利于人格培养，这可以说是社会主义文艺的第三层面、第三品级的审美理想，它仍应视为社会主义性质的，划归社会主义范畴。由此可见，只有一方面强调进步文艺的导向性，一方面重视审美理想的多层面性，这样才能更有利于社会主义当代文艺的多姿多彩，繁荣昌盛。

从进步文艺与审美理想的本质来看，社会主义文艺审美理想，应该是人的本质的真正占有和充分实现的主体论观念在艺术上的感性显现。人是社会历史发展的主体。"以人为本"就成为唯物史观的题中应有之义，它的实质就是以人民群众为本。而社会主义文艺的审美理想，也正是以艺术的方式对这一理想的集中反映。这是因为，文艺是人类审美地把握世界的一种情感方式，准确地说，文艺是以表现人的精神世界和作用于人的精神生活为宗旨的。在这里，正确反映人的精神世界是基础。要真正做到正确"反映"，就必须坚持以人为本，牢固树立人民群众是历史创造者的唯物史观，培养和增进对人民的真切了解和真挚感情，自觉以最广大人民为表现为主体和服务对象，通过作品为人民放歌、为人民抒情、为人民呼吁、为人民创造美。"气之动物，物之感人。"对于艺术家来说，生活积累是第一位的，但在生活积累中最重要最精华的是感情积累。意欲正确反映人民精神世界，就必须首先要求创作者自身的精神世界与人民息息相关、有真挚感情的厚实积累。而要真正做到"进步文艺"的"积极引领"，就必须把握先进文化、和谐文化及其美学理想的本质，站在代表广大人民利益的时代审美潮头。用优秀作品去丰富人民精神世界、提升人民精神境界和审美情趣，促成人与自然、人与社会、人与人、人与自身的和谐。文艺求美，而美是和谐。求美的文艺无疑与和谐相通，理应发挥陶冶情操、愉悦身心、化解社会矛盾、促进社会和谐的积极作用，努力以审美方式传播和谐理念，弘扬和谐精神，充当人民精神的"润滑剂"和"减压阀",引领人民团结奋进,共建美好和谐的精神家园。当然,我国现在还处在社会主义初级阶段,我们的文艺距离社会主义审美理想的尽可能完美的体现,还有一段相当长的实践的过程。我们应该更加努力地从理论和实践的结合上探索社会主义文艺审美理想的本质特征及其在现阶段体现的具体特点,但是这并不意味着我们可以降低对文艺体现社会主义审美理想的要求,放弃进步文艺对当代人民精神生活的积极引领。文艺领域的多方面探索和实验,是为了更好地、更高质量地体现社会主义文艺的审美理想,而绝不是冲淡、取消这种理想的追求。如果说社会主义审美理想是这种形象的理性呼唤,那么社会主义文艺审美理想则是这种形象的理性呼唤在艺术上的最自由自觉的和谐表现,如果说"文学是人学",那么社会主义文艺审美理想则是一种最理想的人学的探索和实践。

新农村建设与文学责任

一、乡村：作家的精神家园与情感依归

　　文学的起源与发展都与乡村有着天然的联系，乡土、乡村是文学的根脉与土壤。现代中国几代"大地之歌"的自觉吟唱者，大都来自农村。他们在泥土的芬芳和形象的创造中体悟到深沉而丰富的乡村人生，实现对生存现实的超越，对完美境界的追求。从而不断净化灵魂、陶冶性情、升华人格。唯其如此，现代作家李广田在《地之子》中说："我是生自土中，来自田间的，这大地，我的母亲，我对她有着作为人子的深情。"芦焚说："我是从乡下来的人，说来可怜，除却一点泥土气息，带到身边的真亦可谓空空如也。"甚至久居香港的曹聚仁也说："我永远是土老儿，过的是农村庄稼的生活。"无独有偶，当代作家张炜在《童眸》中也说："中国的孩子差不多都是农村的孩子，只不过有人离开土地早，有人离开土地晚……"甚至一度插队的上海知青陈村，也郑重其事地宣称自己"真的是乡里人，没有说谎。虽然我曾苦苦挣扎，竭力摆脱它的引力，但终究还是它的俘虏。它已渗进血管，侵入细胞，刻骨铭心"。这正道出了对土地与家园的歌唱，是几代中国作家的共同追求。所以，文学的创造与责任，在建设社会主义新农村中，实在大有可为。

　　自 20 世纪 20 — 30 年代鲁迅等提出乡土文学"启蒙叙述"的主张以来，就石破天惊地喊出了"忆述故乡的事情和抒写自己的乡愁"的时代强音。自此，乡村不仅仅是文学创作的题材，更是一种生活方式、一种文化价值，代表着许多作家的精神家园和情感依归。不论是解放初期的赵树理、周立波、孙犁的"民间叙述"、"田园牧歌式"写作，还是 20 世纪 50 — 60 年代柳青、梁斌、浩然等对时代的"宏大叙事"，或是 70 — 80 年代周克芹、高晓声、路遥的农村改革小说，毫不夸张地说，那些"土老儿"、"乡下人"、"黄土泥"都被引入了文学的巍峨殿堂，强调"地方色彩"的乡土、乡韵、乡情的文学创作始终是表现时代生活的一方圣地，常常引领时代文学的"风骚"，成为不同时期文学创作中的主流。《红旗谱》、《三里湾》、《创业史》、《山乡巨变》、《登记》、《许茂和他的女儿们》、《芙蓉镇》、《陈奂生上城》、《古船》、《乡场上》、《厚土》、《浮躁》、《人生》、《平凡的世界》等，这些可以载入当代文学史册的经典之作，让我们深刻地感到了文学的力量，读者在对这些当代文学经典的阅读中，不仅体味到小说艺术的无穷魅力，而且获得了巨大的时代精神力量。

　　建设社会主义新农村，就是要建设"生产发展、生活宽裕、乡风文明、村容整洁、管理民主"的新农村，其间蕴涵着高速与均衡的统一，幸福与节俭的统一，习俗与文明的统一，规划与自然的统一，民主与法治的统一。这种社会主义新农村，不仅对发展农村生产力，而且对调整和完善农村生产关系和上层建筑，以及农村和谐社会建设，都提出了新的时代要求；同时，也为工业反哺农业，城市支持乡村，建立有利于逐步改变城乡二元结构的体制，加快农业、农村发展和农民增收的步伐，促进农村经济社会全面进步，实现全面建设小康社会的宏伟目标，提供了新的契机与广阔天地。

为适应建设社会主义新农村这种新时代的要求，文学理应担当起不断塑造中国农村新文化的重任。中国文化的基础是农耕自然经济，中国农耕文化的温和性表现在"和平相处"和依靠"集体的力量"。孟子"五亩之宅，树之以桑……百亩之田，勿夺其时"的仁政规划，陶渊明"榆柳荫后檐，桃李罗堂前"的优美田园景观，都是农业文明中先民生活理想的写照。当前，人类社会已进入信息化时代，我们应该在继承中国优秀传统文化基础上，引进、容纳、消化、吸收西方文化的优秀成果，通过综合创造，融会贯通，创造出具有鲜明时代特征的、中国特色的社会主义新文化，让她为打牢广袤农村共同的思想基础，营造自然和谐的人文生态环境，创造美丽繁荣的现代乡村社会，提供强大的精神动力，作出独特的贡献。

二、是谁背弃了"乡村情感"

我们在缅想农村小说这块圣地辉煌的同时，也对当下农村题材创作怀有深深的忧虑。尽管当代文学在 20 世纪末的发展中仍有许多作家一直没有停止他们的探索，做着真诚的乡村坚守：或直面农村社会现实人生、社会矛盾，对生活作出明确的价值判断，表现农村世界的繁复和惊世骇俗，在传统现实主义基础上继续寻求创新；或以一种全新的文学观念、文学理论，强化小说文体意识和功能，使小说以一种前所未有的艺术方式整合农村社会的历史和现实秩序、结构，使小说生发为人的生存本相的形而上概括。但也不能不清醒地看到，20 世纪 90 年代以来，农村题材作品的数量和质量均呈急剧下滑的趋势，作品中能站得住的人物形象屈指可数，难成群像，小说文体所表现的现实生活世界缺乏哲理性的文化内在力量，也难以给人以进取的力量。表现亿万生存在广袤乡村空间人民生活的农村题材从昔日的豪迈走向冷寂和萧疏。

是谁疏远了农村小说创作？是谁背弃了"乡村情感"？农村题材的小说出现了短缺，作为社会主体的农民看不到写自己生活的作品，这是难以想象的。而一些脱离农民现实生活的描写性爱、凶杀、武打、戏说历史等作品却在无节制地泛滥。这样，农村题材文学作品不仅匮乏而且缺失从中国乡村底层锤炼出的感情与审美的震撼力，且无法也无人愿意逃脱既定话语模式的束缚去另辟新路。仔细梳理和思考农村小说，不难从中探究其遭到冷落的原因。

首先，是城市化与市场化的双重作用。无论是 20 世纪 50 年代初还是 80 年代初，农村问题、农村变革都是全社会人们关注的焦点。农民的命运和荣辱就是农村社会乃至全民族兴衰的标志。作家表现农村生活的热情也空前高涨，文学创造出了激动人心的氛围。90 年代初，社会发展的重心已转移到城市，城市成为社会广泛关注的焦点。作家中的大多数青睐城市文化，对现代意识的向往，使他们纷纷去探索、表现城市的或文明或灰色空间。于是，城市化的运动使农村的地位遭遇到前所未有的下滑。如果说在中国民主革命和社会主义建设时期，农村起到了至关重要的作用，在今日城市化的巨大声浪里，农村却越来越像一个穿着落伍的灰姑娘，被当做一个将要退出历史舞台的角色被人们忽略了、忘却了，而市场化又进一步淡化了农村的地位，因为农村题材的小说不再像城市题材小说、警匪题材小说一样吸引读者，没有理想的市场，作家也就对表现农村不感兴趣，不愿多花时间与精力倾心于农村题材的文学创作。

其次，是全球化与时尚化的渗透影响。20 世纪 80 年代以来，中国作家因为对现代化的向往，形成了对西方最新的文学、文化思想乃至审美境界和生命体验的趋同心理。近些年，随着全球化浪潮以及随之而来的对文化全球化可能性的信任，更使这种趋同心理理直气壮地表现出来。但是，对于全球化、现代性作为一种文化理论的历史合理性及其所可能构成的思想的局限，不少人则缺乏全面的思考和足够的警惕。而一些作家创作心态从思维观念层面上认同了这种合理性，以为这种对于时尚生活的描述，才真正把握了中国历史发展的敏感的脉搏。其实，任何社会最深厚的底蕴、最深刻的矛盾，恰恰都蕴藏在群众生活之中，而一旦超越时尚性的文学和文化语境后我们即可发现，当今的中国也同样如此。"三农"问题、基层危机、弱势群体的懦弱与无能等，其中该有着多么鲜活而丰厚的文学矿藏！哪里是一点点时尚生活所能象征、代表和深刻揭示得了的呢？中国的农村生活及其内涵与时尚生活的关系，就像深厚的土壤与漂亮的楼阁的关系一样。当今大量作家描述的，不过是暂时能给人以新鲜感的地表的楼阁，而一个真正胸怀开阔的作家、真正有作为的文学时代所应表现的，恰恰是那深厚的土壤。作为作家个体，当然完全有进行自我创作选择的自由，但作为一个整体，回避"三农"现实的表现，实际上意味着整个时代文学的根基浅薄，视野狭窄。这种由"现代化的陷阱"所构成的农村题材匮乏，不能不引起我们充分的自觉和深刻的反省。

再次，作家的责任意识与不熟悉农村的问题。当代中国社会政治、经济、文化的转型，市场经济大潮以及外来文化的涌入，人文精神、人文理想的迷失与寻找，价值观念、伦理观念的进一步开放，使整个社会渐生心浮气躁的心态，更多地走向城市、迷恋对城市的表达，放弃了对现实的针砭与追问，无视文学所应担负的历史使命，疏离时代，疏离人民，热衷于置身象牙之塔，专注于形式探索，将依靠情感的文学创作转化为纯粹的技术操作，这样的作家是不会真正关心农民的命运遭遇，潜心描写农民题材的。即使那些曾擅写农村小说的作家也很少有人像当年柳青、周立波、路遥那样扎根生活，或站在时代的高度，评判、表现当代农村生活的发展、变化、陋习、矛盾等错综复杂的现实状况；或是真切地表达对农民命运的关注，对其进行伦理、人性的审视。更多的作家恐怕是患了"生活贫血症"，在众声喧哗的现实生活和文学世界中，很难平静下来，很难从容地面对生活，给自己做恰当的定位。这种没有乡村生活的经验，不了解当前农民的痛苦和他们真正的欲望，以一个城里人的眼光来打量农村的视角，写出的农村只能是一个粗俗的、充满野蛮欲望的原始世界；写出来的农民也只能是既狡诈又愚昧的乡野莽汉，又怎么能够写出反映农民现实处境与愿望要求的优秀作品呢？

三、新农村建设中文学的使命

加快建设现代化新农村，推进构建和谐社会、实现全面小康宏伟目标，核心内容是要培育新农民、树立新风尚、建设新文化，在这个历史过程中，文学应该承担怎样的使命？作家何为？这无疑需要我们给予积极回应。

新农村建设首先需要我们立足现实，不断调整文学工作的目标与思路。农村精神文化需求不仅空间巨大，而且日益呈现多样化趋势，随着农村经济社会快速发展，能源、道路、公用设施的状况进一步改善，广大农民生活水平普遍提高，精神需求呈现急剧上升的旺盛势头，而我们所能提供的精神产品，无论数量、品种、门类还是质量、水平都有明显的差距。在服务的渠道、覆盖面上，在精神产品的针对性上，也与农村的需求有着不小差距，所有这些都应成为文学工作的重要参照。新农村建设中的文学创作，还应重视一个特有的群体，即"农民工"群体。这是一群闯荡陌生城市，身居简陋工棚，肩负繁重劳动的农民工。有人把写这一群人的作品称之为"打工文学"。"打工文学"在现代转型和城市化进程中的中国社会是极其重要的，它可以包含现阶段中国社会几乎所有的政治、经济、道德、伦理矛盾，充满了劳动与资本，生存与灵魂，金钱与尊严，人性与兽性的冲突，表现了农民突然遭遇城市环境引发的紧张感、异化感、漂泊感，因而不容忽视。同时，也可以把它称之为"农民工"问题小说。正如"五四"时期的问题小说提出问题以引起社会关注与疗救，这类小说大多也是"只问病源，不开药方"。它们有两个特征不容忽视：其一，一旦成为"农民工"，就意味着永远成为无根的漂泊者和异乡人，为了改变生活处境由农村进入城市，城市对他们来说是陌生的有距离的；而当他们要归乡时，其难度却并不亚于到达城市，于是，他们只能长期漂泊"在路上"。其二，"农民工"的苦难源于两个层面：物质的贫困与精神的贫困。后者尤为突出。从农民的终结——乡土社会的蜕变角度，即从社会发展的角度，作家应该有新的体验新的发现。

新农村建设这项开拓未来的全新事业，呼唤农村题材文学创作不断开拓新的表现领域、表达新的思想主题、体现新的精神气质。农村题材创作保持旺盛活力和勃勃生机的根本原因在于与广阔的农村现实生活的密切联系，其独特的精神血脉在于对农村艰辛历史与巨大历史性变革的深刻把握。因此，关注新农村建设，发现现代人所具有的多样化的乡土情结、乡土意识、乡村情感，不断拓展和深化农村题材小说的表现内涵和层面，进一步发展农村题材的精神向度，这是时代的命题。只有真正认识中国农村、中国农民的作家，才能写出揭示当代深层文化结构的作品，才能表现出一个民族心灵的历史。如果说新中国建立是把土地还给了农民，农民兄弟真正成了国家的主人，改革开放则使农民摆脱了贫困，走上了富裕的道路，在实现小康社会的目标下，建设一个生机勃勃、环境优美、生活殷实、乡村文明、社会和谐的社会主义新农村，则更是时代主旋律。这就要求作家大力反映当代农村开拓进取、加快发展的整体面貌，弘扬干部群众以高度的主人翁精神敢于迎接困境、战胜困难、争取美好生活的实践，体现广阔乡村社会在学科学用科学、移风易俗、树立新风尚等方面的努力，用手中的笔，向世人展示出一个欣欣向荣的新农村风貌，唱响积极向上、开拓发展、安居乐业的时代强音。这是当代文学责无旁贷的使命。

新农村建设需要动员和凝聚亿万农民兄弟，呼唤文学创作提供崭新的人物形象。在以往的人物形象画廊中，农民兄弟向来因老实憨厚、吃苦耐劳、勇于奉献而显现出独特的魅力，但也不同程度地存在形象脸谱化、单一化现象，以至于在读者中形成了固定的模式。应该特别看到，改革开放和建立完善社会主义市场经济的伟大实践，给当今农民群体的精神世界注入了市场经济意识、创新意识等许多新的因素，随着农村教育条件的改善，农民科学文化素质不断提高，一代新型农民日益成长壮大，并且已经成为当代农村的骨干和中坚力量，而城乡加快流动、现代文明不断传播等，对农民群体日益加重的新观念冲击，必将极大丰富农村人物形象的塑造。因此，在主旋律与多样化之间，在"精英表达"与"大众文化"之间，作出正确选择，积极表现农村的新人物，就能既塑造出更多积极进行知识创业、科技创业的农民形象，塑造出更多带领群众脱贫致富、共同富裕的乡村干部、乡村能人的形象；又把蕴藏在农民群众中的传统精神和真善美，把新农村建设者那种拼命肯干、吃苦耐劳的精神，知难而进、一往无前的精神，艰苦奋斗、精明强干的精神，忍辱负重、无私奉献的精神，真实地表现出来，丰富人物形象画廊，鼓舞广大农民奋发进取。

新农村建设呼唤文学积极体现创新意识。要使涉农的文学工作与文学创作既做到雪中送炭，又做到锦上添花，必须提升涉农文学工作水平，加强农村题材文学创作，着重从手段、途径、题材、载体、样式等方面不断迈出新的步伐。我们知道，新农村建设有许多任务，但最根本的任务就是要把农民从相对封闭落后的传统生活方式中解放出来，使其一同走进现代化。这是一场具有世界影响和历史意义的伟大变革。这场变革于文学的意义是多重的：一方面，农村变革带来的土地关系的变化、生产方式的更替、生活方式的进步、精神领域的嬗变，都给文学带来了无限可能性；另一方面，古老乡村的消失、农民与土地的分离、乡村情感的转化、田园牧歌的渐行渐远，也在另一意义上给予文学以表现空间。这就要求我们扎根农村沃土，不断开阔视野，拓展农村文学新的生长空间。广大农村与中国传统文学有着最深厚的血脉，新农村建设呼唤文学创作鲜明体现民族的风格和大众的气派——需要作家走现代化、民族化相结合的道路，对现实进行审美的诗性表达，创造出充满激情和张力及富有故事魅力、结构力量的厚重的阅读文体；需要作家自觉深入农村，贴近农民，了解农村日新月异的发展变化，把握农民的喜怒哀乐，只有渐渐地理解他们、平等地对待他们，才能像赵树理那样，把自己当成农民的学生，自觉汲取民间文化的宝贵资源，有意识地根据农民的欣赏习惯不断校正自己的创作，以散发浓郁乡土气息、富有鲜明地方特色的作品服务于农民。

批评家的责任与使命

批评家的责任与使命就是通过对文艺作品文化内涵进行阐释，揭示现实生活的意义和价值，引导人们的精神走向，从而肩负起推动文艺大发展大繁荣的历史重任。

批评家要从现实生活中汲取营养。这个现实应是既贴近现实，同时又能站在更高视点上观照现实的一种精神姿态和批判眼光。时下一些批评文章其实并不了解当今的"现实"，也不能真正进入当今作品的内部，他们只是利用某种书本理论优势在言说，于是就提供不了富于生命体验的解读。如果没有首先对生活、现实、历史甚至于现象的切肤的体会和认知，那就不管理论话语玩得如何圆熟，仍属没有生命力的批评。因为批评的征服性既表现在认识生活与作品上，也表现在判断镜像与作品的关联上。思想的含量始终与脚下的生活，与生活着的现实是血肉相连的。创作要有充足的现实性，传递心声，保持血肉联系，才能感人，同样，文艺批评也必须要有现实性，触及当下重大的精神问题，如国家形象、民族意识、英雄主义、环境生态、关注民生、人本意识（人的尊严和人的精神安顿，人的健全发展，灵与肉的和谐），等等，才能产生较大的影响力。我们常常强调的是作家和艺术家要深入生活，从生活中汲取主题、题材和有助于创作的一切营养，同样，批评也需要现实生活的滋养。没有现实生活对批评家的滋养，对批评家来说将面临着更大的危机和困惑。他们将失去对生活的正确判断，从而出现批评失语或缺位的现象。事实上，当我们对批评不满的时候，并不是说批评不存在了，也不是说没有进行批评，而是说批评对社会的关注程度减弱了，批评不再关注社会人生了，有的只是背离生活的商业化的"炒作"与操作。读者在批评中读不到希望，看不到前行的道路，感受不到生活的激情。这种批评本身就背离了"批评"一词原有的基本含义。个人的艺术个性与国家的发展潮流，生动的形象刻画与时代的进步运动之间有极密切的关联。切断了这种联系，批评就不可能有力量。因此，拥有厚实的生活积累又有真知灼见的批评家，大都同时代生活和创作实践保持着密切的联系。时代生活和创作实践是批评的最终来源，也是批评家审美判断的根本途径。批评家只有置身于时代生活和创作实践，才能站在高处指点迷津；而批评家的审美判断也只有在时代生活与创作实践中，才能不断汲取营养，永葆青春活力——这是被历史证明过的批评法则，今天依然闪烁着真理的品质。有责任感和使命感的批评家，就应不断地强化自我与时代生活和创作实践的联系，以知识分子的良知、审美高端的感知，捕捉时代潮汛，把握历史脉搏，站在发展前沿，发挥引领创作、引领鉴赏、引领人民精神生活的作用。

批评家要有坚实的理论背景与丰富的想象力。对于以文艺为对象的高级审美活动的批评来说，理论背景的丰富与否，直接决定着批评的深度与价值。当前批评的乏力，体现为思想力度不足，或精神资源不厚，或价值坐标不明，或审美能力不强。根本原因在于对基本理论的研究和整合做得不够，没有足以解析当前复杂多元的文艺现象的思想穿透力和富于精神价值的审美判断力。由于批评的理论背景和精神资源的薄弱甚至贫乏，面对当今陌生而复杂的文化和文学现状，就显得束手无策、捉襟见肘了。比如，对今天文学全面地大胆地赤裸地铺展开了人性、欲望、身体、利益的方方面面，批评有没有能力加以评判、辨析，弘扬正面的精神价值声音？我们更多看到的是，理论失效，没有说服力，甚至出现了思想瘫痪症与失语状态，剩下的就是跟进性的描述，中立性的介绍，没有理性的尊严。现在思想价值多元，审美意识多元，对同一现象有不同评价是正常的。但是，何为真善美，何为假恶丑，本民族的文化传统和人类普世价值是有其基本标准的，尽管它是变动不居的。有了它，才不致美丑莫辨、善恶不分、是非不明，混沌一片。既然人是一种不但能感觉自身存在，还能反思自身存在的存在，那就必须在物化世界之上，构建一个意义的世界、精神的世界。为此，我们需要的是一种专业素养的批评建构。首先，是历史文化知识的积累。批评家应该对一般的社会发展规律、文化的变迁、文明的影响有更多的了解和体验。我们所说的历史文化知识并不仅仅指文学或艺术发展的历史，当然这是必需的。我们所说的历史文化知识主要是指文学或艺术发展的进程中发生的作用及其规律。批评当然是一种社会存在，但首先是一种文化存在，是文化的一个重要组成部分。因而批评家对文化历史发展的特点和规律的把握就显得至关重要。我们期望批评能够通过文化发展规律的科学把握来揭示现实生活中文化的意义以及它对社会发展的重要作用。其次，是价值观的问题，也是社会文化的重要问题。价值观可以认为是人的社会意义的基础。没有价值的引领，人存在的意义就将消失。人类对价值观的关注有不同的形式、多样化的表达。人在一定的价值观的作用下完成自己的行为，实现自己的意义。文艺是人类表达价值观最为生动、最具有感染力的形式。批评家通过对作品的批评来阐释自己所尊崇的价值观，有助于人们选择正确的行为方式，建立人类理性的规则，有助于人类自身的完善。这样，我们就不能期望只有激情而没有武器的战士能够取得胜利。而这种武器正是我们所说的理论背景。它为批评家提供方法、艺术规范、思想资源和批评的尺度。批评家将拿它冲锋陷阵，驰骋疆场。在批评领域存在许许多多的批评理论，从本质上说，他们都是平等的。但从其影响力对文艺的贡献而言，则又各不相同。批评家选择什么样的批评理论与个人的选择当然有很大的关系，但与他先天的资质也有非常重要的联系。个人的兴趣、爱好、倾向将影响他对理论的选择。但是，我们要强调的是，这种选择不是唯一的、绝对的，而是多变的。在某一理论中也可能融合了许多其他理论。正是这种综合借鉴才确保理论背景的丰富性和批评的权威性。再次，是想象力的丰富。想象力既指审美、创造美中通过联想、想象、幻想将各种相关形象、记忆表象加以组合以认识对象和创新形象的能力，又指形成表象并把表象连接于知性或理性的心灵能力。如果没有想象力，认知和审美都不可能发生。这一点对文艺批评而言尤为重要。一个批评家如果丧失了想象力，又如何能够领悟文艺作品中所蕴涵的生命体验和审美境界？文艺批评要达到对文艺作品这个特殊的精神现象的理解，想象力对文艺深层体验的触及就提供了基本手段。人类如果缺乏深邃的想象力，就会失去对未知事物的感应和向往，就会陷入缺少热情和活力的麻木状态，人类文明的发展和进步的脚步就会放慢，或者停顿。因此，想象力的培养，最直接、最现实也最方便的就是历史文化知识和文学艺术。它们是渗入到人们的日常生活之中，对人们的行为、习惯、言谈、情感都产生潜移默化的影响。所以，文艺的想象力就不再是作家和艺术家的事，而是民族、国家和人类的事。是一定的生活和族群文化决定了某一类人的想象力，并通过作家和艺术家的创作表现了出来。批评家的责任在于肯定这样的精神力量，在于把这样的力量还给社会，并使之增进和强化。

批评家要有最高标准的道德情感的责任担当。这个责任担当就是通过文艺从精神上、情感上提高人、改变人的生存处境，从而达到真理与文化的高峰。这才是评论家最高的道德情感标准。文艺是人类道德情感表达的艺术化。或者可以这样说，人既生活在物质的世界中，也生活在精神的世界中。对物质的渴望，是维持人类生存的必要条件，而对精神与情感的渴望是推动人类进步的基本要求。人类正因为有了爱恨、情仇，有了欲望、追求，才不断地发展进步，不断地完善和健全。尽管这只是一个过程，但这一过程构成了人类的全部。作为社会存在，对人的道德情感关怀可能会有许许多多的方式，但最有效、最实际、最便捷的是文艺。由于社会环境、价值选择、天性等诸多因素的作用，人的道德情感有了高下好坏之分。高尚的、纯净的、朴素的道德情感是我们追求和敬仰的。而那些邪恶的、混浊的、浮泛的道德情感是我们所鄙视的。文艺有责任为培养人们有良好的道德情感作出积极的贡献。而批评家则通过自己的批评来倡导和弘扬那些积极的道德情感，并使人们的心灵得到慰藉。然而，当前批评界道德滑坡、情感缺失现象令人担忧。一些文艺报刊把文艺批评当做牟利的工具。一些毫无代表性和思想深度的作品的评论和一些无关宏旨的话题，铺天盖地，占据了大量篇幅。而在面对当今的时代思潮、历史语境、现实生活、创作实际时，批评却表现得被动、窘迫、乏力，缺乏主体性强大的回应和建构性很强的创意。这无疑是来自于市场经济条件下的包装和潜规则的结果，批评之外的因素对批评写作影响过多，本应是公正的文艺批评渗进了过多的媚俗味儿，使批评工作丧失道德感，批评文章缺乏质量意识，批评行为失去正义感，批评已变成有气无力的使用批评话语的无话语权者，要么就是充当商业炒作和媒体操作的帮手，要么就是"酷评"式捧杀和骂杀的合谋者，批评成了具有"文化意义"和"理论意义"的广告形式。在文艺面对消费年代的滚滚红尘而逐渐失去其社会领域和精神领地时，批评家对世俗的针砭及其引导性的突围，才是他们应有的责任意识和美学姿态。所以，我们必须强调文艺批评的最高道德情感标准的坚守，以一个公正、客观、具有敢批敢说精神的文化作品审美的身份，并以这个特殊的身份去体现批评的严肃性、科学性和权威性。在寻觅特定时代的审美元素和风格精神，寻觅与时代审美前沿相契合的新的形式和新的语汇中，以其睿智、勇气、批评艺术与独特见解，显示出批评家应有的品格与气质，同时能给读者和作者带来审美引导与心灵震撼。这种有深度、有力度、有灵魂支持、有生命感悟的批评，才是捍卫文艺纯洁性，坚持标准准确性，追求发问深刻性的前进方向。

直面现实与审美超越

　　我们在充分肯定文艺大发展大繁荣的同时，也不容忽视某些"消解思想"、"颠覆崇高"的创作思想和娱乐化、低俗化乃至"恶搞经典"的错误倾向，正消解着文艺对人民精神生活的积极引领作用。一些作品渲染情色、暴力、秘闻、野趣，使文学的审美价值消解在了市场的卖点之中；一些作品热衷于表现社会的黑暗、世态的污浊和人性的丑恶，但却无力发现和弘扬一个时代正面的、积极的精神价值；也有的作品认为写人性就是写人的自然属性和"日常形态"，本能的放纵和世俗的琐屑风行一时，而灵魂的高蹈和意志的超越，却被冷落和放逐；还有的作品急于寻找和迫切引入新的精神资源，却明显缺乏历史、现实或民族的辨识能力，缺乏思想的深度与高度，缺乏一种震撼人心的灵魂写作。这些作品的审美超越的弱化乃至泛化，已是不争的事实。

　　创作只有把握了直面现实与审美超越的辩证关系，驾驭了在直面现实基础上的审美超越，并以自己过人的睿智熟悉如何"超越"，然后才能真正写好"现实"。如果没有一个强大的丰富的"主体"，没有一种自我的审美的"超越"，作家的"现实生活"再丰富，也写不出非常优秀的作品。所以，我们的文艺创作既应该立足于和谐社会建设这个宏伟目标、致力于中华民族伟大复兴的历史现实，又要从国家、民族的精神本质、核心价值的高度，来凝聚思想，超越现实，对当下既成的创作现象进行反思、弥补和重构，以克服创作中的各种疲软、困惑和缺失，从而实现个体精神境界与民族整体风貌的健康、和谐与丰富。

首先，作家的创作要有对日常生活的超越。这是一种意识向自身的暂时缓解超越，即指审美活动从一开始就已超越了人的现实非自由状态；进入到一定的感性天地中。因为审美活动和其他实践活动一起构成人类实践整体，是人生实践的有机组成部分。人类文明通过实践活动而提升，作为人类文明标志之一的审美活动也在人类实践过程中得到发展，超越日常生活种种局限，推进着人类实践整体的发展和人类文明的建设。而且，审美活动始终置身于现实人生中，通过敞开自身的存在超越日常生活，它作为人的一种基本存在方式，见证着主客体由日常分裂向着本真交融超越的人生现世性。因此，审美超越"不在于达到一个虚构和空幻的王国，而在于抵达一个具体可行性的天地"，它所带来的崭新天地即成为个体自由自觉生命的全面展开，成为每个人都能够亲身感觉到、体验到的一个新的精神形象。然而，一段时间以来，思想启蒙的声音在部分作家中日渐衰弱和边缘化，因而创作中便告别了神圣、庄严、豪迈而走向日常的自然经验陈述，甚至沉湎于日常艰难时世造成的悲凉、愤懑与哀叹之中，始终未能在琐碎的苦涩的历史体悟、勇敢的坚定的精神探索之后超越日常生活、历史社会所造成的心灵阴影，作品自然只能悲切琐碎的日常生活有余，而雄健开阔的审美超越不足了。这就要求作家的审美活动，从一开始就要超越特定时空的经验，使之摆脱非自由的现实，以宽阔的思想视野，以中华民族奋力前行所包含的文化生机和精神力量为动力，超越来自日常生活的琐碎实录和精神生态的畸形复制。

其次，作家的个体意识向普遍意识的超越。如果一个作家在审美活动中总是局限于自己的个体经验，这种经验便因其封闭的现成性而失去自由的可能。尽管审美活动高度肯定和善待现实生活中的个体生命和自由，绝不依赖于任何现成之物而总是在实践中主动确证着自我的存在，凝聚着个体独一无二的感受和体验，不断超越旧的人生境界，极度自由地展示出个体永无重复、生生不息的创造才能。这种创造才能的表现并非在个体情感而是在个体主动领会到人类情感中，并非在个体的主体性形象而是在个体置身于社会交往的主体间形象中，并非在感性的自动放任而是在理性的自主控制中，审美情感才获得了真实性。所以，这种被超越了的个体情感类型才极其丰富，个体的悲哀、激动、感伤、绝望等基本情感，都在这一审美活动中得到深刻的超越。物质的东西只能是由个人来享受的，不像审美那样具有普遍有效的功能，所以，人一旦陷入物欲世界就会变得越来越自私，越来越封闭，越来越丧失体察他人情感与他人沟通的能力。这无疑是没有把超越性看成是艺术的精神，没有认识文艺在人的生活中应承担起开拓境界和情怀，导引自我超越、实现人的自由解放、建构理想人格的责任。由此可见，个体情感天地向普遍情感维度的超越，才是审美活动开启自由审美境界不可或缺的条件，也才是历史上无数艺术杰作成功的奥秘，只有这样的艺术活动，才能集中地展示审美活动中个体特殊情感向人类普遍情感的质的超越，成为人类最高级、最典型、最重要的审美活动；也只有在这种直面"个人化"的实践中实现审美超越，才能走出当前"个人化叙述"的泥淖。

再次，人的变化本性向一般自由本性的超越，即指审美活动实现了人由非自由人格向着自由人格的全面超越，这是审美超越的最高层次，充分体现了审美超越的人学意义。马克思主义认为，现实的人须向合乎人性的人复归，他把合乎人性的人看做真正占有了人的本质的人，而人的本质是作为总体的人占有自己全面的本质，就此而言，人的一般本性就是人的自由本性。向人的一般自由本性复归，内涵着人的可能性的开启，已经是一种人的存在方式了。在这最高超越层次上，审美活动完成了感性与理性、有限与无限、人与世界的自由交融。这种交融已非人的内在主观心理意识与世界的外在客观物理属性在认识上的统一，而是人与世界相互依存、双向建构所达到的存在论意义上的统一，是有限与无限的统一，无限对有限的超越。然而，如今的创作不仅未能达到这种超越的境界，最缺的恰恰是这种铸造人格精神的能力。在五彩缤纷的背后，是无根漂萍式的精神流散；在淡化理想、热衷小资、玩味感官、追逐时尚的背后，是作品深邃性与思想性的弱化，作品中的人物不仅严重缺钙，而且看不出历史传承过程中的品德传承与递进，既谈不上人格魅力与精神升华，更不应说审美自由塑造着人的自由。而人物内心的无限自由性，需要的恰恰是这种超越性。从空间上看，就是超越一己的利害关系而进入到别人情感生活空间，意识到自己和他人一体；从时间上看，虽然个人的生命是有限的，但当他所从事的活动得到社会和历史的承认，他的生命也就在他人那里得到延续，从有限进入到无限。这样，感性与理性、个体与类、有限与无限经分裂而重新回归统一，这时，作为"有生命的个人存在"，虽然还是以感性的、个体的、有限的形式而存在，但是他的精神、人格却拓展了，已经从个人、当下、纯粹的一切物质、利欲关系中解放出来，而进入到那种"天地与我并生，万物与我合一"的人生的大境界，人也就超越了、自由了。在日常生活中人们很难达到这种境界，审美超越最有助于高尚的道德人格的培养。

总之，不仅要强化自我同时代根本历史趋势和审美理想精神境界之间的联系，"更加自觉、更加主动"地站在"激发全民族文化创造活力"、"提高国家文化软实力"、"推动文艺大发展大繁荣"的时代高度，来认识和驾驭当今中国与世界的复杂现实，更致力于通过意识向自身的暂时缓解超越、个体意识向普遍意识超越、人的变化本性向一般自由本性超越，来实现感性与理性的有机统一。从而在直面现实与审美超越中建构一种生态健全、气魄雄深和胸襟浩瀚的人格精神与文化气象，追问人的生命的存在意义，并使这种建构与追问在百折不回的时代长河中始终焕发出崭新活力，真正抒写出人格精神的自由辉煌、中华文化的伟大复兴。

当今文学缺了什么

　　近年来，社会主义文学创作的成就有目共睹，但也有不少作品漠视人民群众的生活和利益，对农民和农村生活更是缺少热情、表现乏力。即使是一些比较贴近现实的作品，也面临模式化、平面化的困扰，缺乏新的思想和新的形式。还有一些作品则停留在"宣泄"、"黑幕"的层面与趣味上，或就事论事、津津有味地描写争权夺利、钩心斗角、贪污受贿、腐化堕落的过程，或不厌其烦、迎合时尚地渲染宾馆酒吧、名车洋房、大款小蜜、明星艳史。于是，闹市与商海、警匪与贪官、时尚与另类、香艳与言情充斥于文学的一隅。而流泻其间的，是情欲、物欲、支配欲、暴发欲、破坏欲和自我表现欲。一言以蔽之，这些所谓的文学作品软、薄、俗、险、怪，找不到与当代生活、当代读者的精神联结点，也找不到人民群众需求的兴奋点。这就割断了与社会生活本质方面的联系，致使其文化内涵日趋稀薄。

　　之所以出现这些现象，原因当然是复杂的。但从作家主体角度来说，主要有四：一是观念的误区。新时期以来，一些作家从反对"左"的思想束缚走向了另一个极端，即个人主义的泥潭。于是，文学"是一种个人化的创作性活动"，"是生命个体独特体验和感悟的艺术呈现"等观念获得了一定程度上的认同。虽然这种观念有其部分的合理性，但是如果我们的作家把这种观念绝对化而否定社会因素的影响和自己的社会责任，就会使创作成为个人情绪的宣泄，而丧失深刻的社会历史内涵和正确的审美取向。二是思维的误区。在创作实践过程中，一些作家往往只注重艺术的灵性而忽视思辨的理性，从而造成所谓灵性的泛滥。其实，人类思维有其共通性，理性思维与形象思维本身并不是水火不容的，而完全可以是相辅相成、相得益彰的。所以，灵性的发挥需要理性的引导；而灵性发挥出来后，又需要用理性进行取舍和规范。只有这样，才能使灵性焕发出耀眼的光华，作品才能升华到审美的境界。三是心理的误区。不少作家往往只熟悉某一生活领域或某一生活侧面，对其他领域和整个时代的面貌缺乏全面深入的观察和思考。因而，只能将对生活的局部观察与感受作为整个时代的根本特征进行概括与描述，其结果，必然是片面的、错误的。倘若跳出自我的小圈子，他们也许会发现，其作品的不少内容实际上是根基浅薄、眼界低下的。而对于业已拥有的艺术素材，他们完全有可能从人民群众的观点出发，发掘出更为深刻的内容，遗憾的是他们未能达到这样的境界。四是目标的误区。当今，不少作家并没有真正崇高的创作目标，他们只是想从艺术创作中获得一种心理的宣泄，一种即时性的引人注目，或者某种商业的目的。所以，当社会上崇尚某一生活形态时，他们就展示某一生活形态；当市场需要低俗时，他们就炮制和兜售低俗。所有这些，都说明我们的某些文学创作已经脱离群众，脱离时代，脱离文学创作的崇高宗旨，这不能不引起我们深刻的反思。

人民群众是社会实践的主体，也是文学艺术的主人。贴近群众是新时代的呼唤，是繁荣文艺创作的必由之路。

第一，我们的作家必须认识到：文学是人民的文学，不单纯是宣泄个人情绪或获取个人利益的工具。倾听群众呼声，反映群众意愿，发现和表现人民群众的创造精神和真善美，做人民心声的代言人、时代前进的记录者，是社会主义时代作家义不容辞的天职。第二，我们的作家要走出书斋，到工农兵群众中去，到火热的实践中去，到文学最广大、最丰富的源泉中去，观察、体验、研究、分析一切人，一切阶级，一切群众，一切生动的生活形式和斗争形式，一切文学和艺术的原始材料。第三，要尊重艺术规律。文学是以审美的方式来传播进步思想，歌颂真善美，鞭挞假恶丑的。只有把深刻的思想内容与完美的艺术形式统一起来，只有与时代精神相合拍，与人民群众的理想追求相一致，艺术才能真正赢得群众的喜爱与欢迎。第四，要积极推动文学创新。贴近群众，繁荣创作就是一个与时俱进、锐意创新的过程。我们必须在思想内容、表现形式、艺术品位等方面，体现社会主义文化的本质，站在时代前沿，追踪现实生活，创新艺术形式，开辟审美境界，在人民的历史创造中进行艺术的创造，在群众的进步中造就艺术的进步。

论当代作家的历史观问题

　　历史观是人类对于社会起源、本质和发展规律的基本观点与根本见解。它是从历史的变迁和发展的思考中引申出来的，是感受和评价历史现象和历史变化的相对统一的角度和观念。如果说历史观是文学侧重史学的一种表现，不如说这种历史观本身更重文学。但从哲学意义上说，历史观是作家创作的先导，是一面思想的旗帜。所以，文学创作，特别是历史题材的文学创作总是以一定的历史观为指导的，同时又总是体现出一定的历史观的。因此，坚持和发展历史唯物主义的历史观，对促进历史题材的文学创作的繁荣和健康发展，提升历史题材的文学创作的思想文化品位，具有重要的现实意义。

一、历史作为一种本真存在不可能是虚假的，也是不可以随意虚构的

　　诚然，文学创作是具有假定性的，通过想象和虚构，营造艺术真实，尽可能地反映历史真实。历史作为一种本真存在不可能是虚假的，也是不可以随意虚构的。完全拘泥于历史真实，或用随意编造的艺术真实取代历史真实，均不可取。历史题材的文学创作理应尽可能地忠实于历史事件和历史人物的总体面貌，不要随意把事物的基本性质颠倒了。如今，一些倾心前工业社会的宁静与和谐的作家，却把自然经济时代的生态加

文学主流的多维空间

以美化，冲淡和遮蔽了封建宗法社会的封闭、贫困、落后、愚
昧和专制的痼疾，诅咒、抵制和反对现代化的历史进程，自觉
不自觉地宣扬原始自然主义和封建宗法主义。这种带有历史保
守主义和历史复古主义特性的社会文化思潮，一定程度上影响
着当代中国的文学创作，对实现全面建设小康社会的宏伟目标
是不相协调的。阎连科坦称："每一样真实，每一次真实，被
作家的头脑过滤之后，都已成为了虚假。"而他自己近期的创
作，正是这种"历史保守主义和历史复古主义"虚假束缚的结
果。他的《受活》从明朝的移民大迁徙形成受活庄，一跃至
20世纪30年代，红四军解散，女兵茅枝来到受活村。沉寂20
载后，她领着受活人加入了合作社；然后为了退社，她抗争到
死。其间最轰轰烈烈的举动是她在生命的最后一年，带领受活
人到各地进行绝术表演。为了换回受活庄的"自由"，她答应
县长柳鹰雀，演出的绝大部分收入作为"购列款"上交。应该
讲，这是一个在时间脉络上非常明晰的故事，事例都是中国社
会主义建设史上最重大的事件，如1958年的"大跃进"以及
之后的"大饥荒"，1966年的"文革"，1978年的改革开放，
以及90年代的商品经济热潮。然而，作者的思维方式却完全
是前现代的复古主义。在作品中，他完全以中国古代的天干地
支法来代替现代的公元纪年法，不但对中国的事这样记述，连
《参考消息》的日期，马克思、列宁的生卒年月都不厌其烦地
用天干地支重新推演一遍。用历时性取代共时性，用平面性取
代深度感，用破碎感取代连续性，用隐喻性取代真实性，就使
不同历史阶段的不同历史事实的真正意义遭到颠覆和解构，引
发出主观决定历史意义的倾向。其结果就是否定现代文明与
"外来革命"，"退回去"，将历史压回原点。本来，现代性一
个最基本的特征就是时间因素的引进，时间单向性地进展，指

- 282 -

向人类的终极目标。它赋予人类生活以方向感和历史感，生活按照合历史目的的形式进化发展。现代乌托邦制造的每一次狂喜和灾难都无不与人类的终极理想直接相关，其中的现代性含义绝非天干地支的循环历史观可以表达，其中复杂的矛盾困惑更非一个简单的"退回去"可以解决。退回到哪里去呢？老子的小国寡民吗？在《受活》中，作者正好虚构了一个老子、陶渊明式的"'东方自然主义的乌托邦'，以与已沦为意识形态的西方共产主义乌托邦对照，但是，老子的乌托邦有一个致命的弱点，就是他对人类的发展欲望视而不见。如果说'乌托邦冲动'正是人类发展欲望中一个基本欲望的话，西方共产主义的乌托邦是向前看的，小国寡民的乌托邦是向后看的。为什么生活在世外桃源里的'受活人'一次又一次地上外面'圆全人'的当，不也是由于不能拒绝发展欲望的诱惑吗？"刻意用一种当代中国人已废弃不用的纪年法，重新标记他们曾亲历的故事，以此抹去现代的痕迹，让人们退回到"'王法不管'的远方"。这个"远方"就是阎连科《受活》结尾的遐想："花嫂坡、节日、受活歌"，"可以想象'退社'后的受活庄将再次复归于原来的自然状态，再没有任何政府的管辖，没有权力的宰割，他们在耙耧山间水足土肥的峡谷深沟里，自种自耕，自得其乐"。表面看这种"回归自己家园，回归生命自然的生存状态"，似乎将使受活庄进入人间天堂，其实这不过是抹杀中国现代化历程的一种手段。对中国现代化历程真正意义上的反思，必须切合中国现代历史的本真存在，否则，任何"超现实写作的重要尝试"都只能是"历史保守主义和历史复古主义"的虚假或随意的虚构。

事实上，虚假的历史观与消费主义的历史观是紧密相关的。正是消费主义的历史观诱发和刺激了文学领域的造假运动。消闲娱乐的兴起，是历史进步使然。有了消闲娱乐读者才真正享有文化的权利，满足了多方面、多层次、多角度的审美文化需求。同时，文学作品消闲娱乐的渗透加速了文学商品化的过程。一些以"戏说"为旨趣的长篇小说与影视作品，崇奉"快乐原则"和"利益原则"，调动读者与受众的消费欲望，游戏化地对待历史，制造出种种历史的幻景和假相，把历史精神、民族精神、崇高精神、悲剧精神和最为宝贵的人格尊严都"玩"掉了！游戏化和消费主义的历史观，促使市场运作、快乐原则和利益驱动同谋，随意"以荒诞、戏谑、黑色幽默等手法处理政治、苦难等严肃命题"。比如《受活》的县长柳鹰雀为了造假，决定"把列宁遗体从俄罗斯买回来"，就带领受活的残疾人到外面世界去表演，去获得财富。其实受活人的神奇只是外面世界的健全人眼中的神奇。马聋子耳边放炮，断腿猴独龙过火海，瞎子桐花用拐杖辨认树木……在健全人眼中，他们仿佛不是这世上的残人，而是为了身上的绝术才各自残了。人们争相去看表演，出演的节目叫人难以置信，可是"愈是不相信，就愈是要看哩"。由省内演到外省，受活人的节目越演越奇异，门票也越卖越高。在庆贺列宁纪念堂建成的演出中，柳县长以高额奖金刺激，受活人的表演变得空前的奇绝：马聋子原先是在耳朵上挂上二百响的鞭炮放，在观众狂热的掌声、呼唤声中，竟把一个半截萝卜似的大炸雷放在脸上点燃，炸得惊天动地；小儿麻痹的娃儿表演脚穿瓶子跑，这天竟用力跺碎了脚上的玻璃瓶，畸形脚的脚底扎着碎玻璃，"血像雨水样滴在那簇新的帆布上，孩娃的脸半是蜡黄，半是苍白"，当台下有人问能否走一圈时，他竟露出笑容，把脚落在地上，一瘸一拐地走走跑跑，台子上，血像泼上去的水一样浸淫着，孩子额头挂满汗珠，可笑容却是又甜蜜又灿烂。这种对残疾人"绝技"的神化夸张，让人觉得是叫卖奇技淫巧。此类离谱的艺术描写多半是通过猎奇和以搅拌"人格"沦丧为手段，争夺市场份额，攫取文化资本，不仅亵渎了人们的正常的道德情感，而且颠覆了世间的正义和尊严。

二、新历史主义等社会文化思潮对尚处于从前现代社会向现代社会过渡和生成的发展中国家的当代中国来说，只具有前期的镜鉴作用，而缺乏整体的合理性

新历史主义作为一种带有后现代主义特征的社会文化思潮，对传统的历史观和历史题材的创作有着十分重要的渗透作用。特别是超前的后现代主义，它无视资本主义历史发展的两面性，只盯着其压抑人和异化人的负面现象，一味地对现代性和现代化的历史进程加以反思、消解和批判，使凭借审美现代性抨击社会现代性几乎成为一种公理和时尚。这种社会文化思潮对尚处于从前现代社会向现代社会过渡和生成的发展中国家的当代中国来说，只具有前期的镜鉴作用，而缺乏整体的合理性。因此，超前的后现代主义的批判性、消解性和颠覆性就表现出了比较强烈的政治倾向性和意识形态性。宣扬文学的解构功能和批判精神，虽然客观上有助于启发人们从政治视阈观察历史和现实，有助于培育大众对不合理的体制和思想进行批判和变革的意识。但是，其实质是强调对历史的干预和解构。刘震云《故乡天下黄花》中长达70年的叙事时空，就是为了争夺一个小小村长的职务，竟然引起了同宗家族几代人的恩怨仇杀，演出了一幕又一幕惊心动魄的活剧。在这里，刘震云深入乡村叙事的核心腹地，以一个村落的几番沉浮，世事沧桑，发

掘了"权力意识"和"权力崇拜"带给人心的腐蚀和人性的扭曲。小说选取民国、抗战、土改、"文革"四个代表中国现代史上风起云涌的动荡时期来进行叙述，每一次的政治更迭在马村都要引起权力的再分配。而每一次占据权力位置的人都能够对村民颐指气使，耀武扬威，风光无限。而像路小秃这样的村民，都会随着权力的指挥棒，左摇右摆，趋炎附势，而且即便是这样也避免不了悲惨的下场。权力的运作鼓动了人性中最卑鄙、最恶劣的私欲。因此，在权力角逐中的胜利者，往往是那些欺名盗世，泼皮无赖之徒，小说里的孙殿元、李老喜、赵刺猬、赖和尚、卫东、卫彪等都是历史大潮中泛起的渣滓，他们在乡村权力舞台上的表演，注定使庄严的历史变得面目全非，血腥变作无聊，狡诈变作无赖。赵刺猬的上台就是如此。在土改运动中，出于发动群众的需要，要揭发地主的罪恶，赵刺猬为了表现自己进而获得上台的机会，就把他母亲和已死的老地主通奸，被人发现后自杀而死的事，篡改成老地主强奸了他母亲而使她蒙羞含冤而死的阶级压迫故事，横吃"夜草"。这无疑是对主流意识话语中革命的历史庄严神圣面目的解构与颠覆。而《故乡相处流传》的锐利解构锋芒，则能够穿透一切伪装，使崇高变得滑稽，庄严变得虚伪。小说由三国、明初、清末、20 世纪 50 年代四个时段构成，整个就是一部乡村的闹剧。作品中的人物，曹成、袁哨、小刘儿、孬舅、猪蛋、沈姓小寡妇、白蚂蚁、白石头……都是从古活到今的人物。曹成、袁哨是三国时候的曹丞相、袁绍的化身，作为"知识分子"的"小刘儿"是一个从古到今专为当权者捏脚的小文人，孬舅则是一个既惧权贵又慕权贵的民间俗物。在每个时段中，人物古今相传，人物身份地位都发生变化，权贵变贱民，土匪变县官，在身世的沉浮中，构成对人物性格的立体观照，前倨后恭的对比，嘲讽意味更加明显。比如，曹丞相的形象，是一个长着脚气，屁声不断，爱玩小寡妇的无赖形象，而慈禧太后前身不过就是一个柿饼脸姑娘，这样的描写我们在元散曲《高祖还乡》的汉高祖刘邦身上，也可见出渊源。正是通过这种对历史事件的转述，荒诞化处理，才达到对历史权力本质的解构。比如曹操、袁绍的战争，在这里的原因只是为了一个沈姓小寡妇，而慈禧太后到延津视察，发动延津 20 万老百姓去捉斑鸠，目的仅仅是为了重温昔日与情郎的旧梦。朱元璋决定迁徙移民，竟然以抛硬币来决定村民的去留。小麻子陈玉成选美，采取的是吃猪肉的方法，谁的猪肉味道好，就选谁。历史事件的世俗化、游戏化转述，在戏谑的荒诞情节中，权力运作实质的荒唐可笑，昭然若揭。如果说《故乡天下黄花》对乡土权力的批判，顺理成章地上升到了对国家权力的批判，那么，《故乡相处流传》则把对权力的批判开发到一个具有直接针对整个历史上由国家建构出来的话语系统，从而达到对整个由权力建构出来的历史话语的解构。这样，与其说刘震云以寓言的方式解构了笼罩在民间真实生存利益之上的权力话语，不如说他是解构了中国社会传统政治文化的历史；与其说这种解构使人对历史的认识模糊、迷茫、难解，不如说它将使人误入歧途，表现出对历史的怀疑主义、悲观主义、虚无主义的思想倾向。

　　刘震云不仅解构中国政治文化史，他还通过描写当代国人的色欲状态，来解构中国的婚姻史。其实，当代中国的历史状态和已经跨向后工业社会的发达国家的历史状态存在着明显的时代反差和历史错位。从总体上说，超前的后现代主义和滞后的前现代主义并不适合于发展过程中的当代中国的现实。后现代主义作为极度发展的后工业社会的文化思潮，多半关注两性关系、物质力量、科技理性，甚至启蒙理性对人的压抑和束缚，从而对历史往往采取一种非历史主义的态度，或诅咒历史，或消解历史，或肆意把历史碎片化、无序化、边缘化，再按照自然主义原则重塑历史。正如有论者指出："我们从今天《手机》的揭示、西方大量色情作品的揭示和当年《金瓶梅》等著作的揭示就可看出其间没有什么质的区别。"显然，刘震云《手机》重塑的就是"近现代西方社会和中国历史上的明朝中晚期大量的欲望放纵"的历史，解构的却是中国传统的婚姻结构。从表面看，小说主人公严守一作为一个知名的电视节目主持人，充分利用自己的有利条件到处放浪形骸。除了和自己的妻子于文娟外，他还和伍月、沈雪、金玉善、广播学院的女孩等多人上床"胡闹"。严守一正是当代中国社会中放纵色欲的一个文学典型。但是，更能代表当代色欲放纵的人物形象还是伍月。她在色欲放纵上较严守一有过之而无不及。一般来说，由于心理和生理上的特性，女性在性关系方面毕竟还是要保守一些，但这个伍月却毫不保守、放荡无度。在她的欲望对象中，除了严守一之外，还有出版社社长老贺、电视台主管业务的副台长，另外还曾找过一个男朋友并准备结婚（在此期间还要出来和严守一鬼混）。不仅如此，她更为重要的放纵表现还是其在上床时爱说脏话，这在女性之中就更为少见因而特色就更为鲜明。小说在描写到她和严守一第一次"胡搞"时说："在整个过程中，伍月嘴里都在说着世界上最脏最乱的话。严守一被她勾的，也把心底最隐秘最脏最乱平时从无说过的话都说了出来。"就此而言，人的欲望最为极端的部分应该说是存在于心底最深层最为自私、最为丑恶、最不能公开的那些东西，敢将这些东西通过自己的嘴宣泄出来，并将别人的这些东西也勾出来，说明人的欲望已经被发挥到某种极点。从某种意义上说，伍月在个体性欲放纵方面正在趋向这种极点。还有，伍月对待男女关系的态度也能表征当代欲望状态的某些特征。在《手机》中，她将自己和严守一的婚外性关系解释为"饿了吃饭，渴了喝水呀"，也就是说，她认为性爱仅仅是纯粹的生理需要和满足，她并不关心性关系的伦理内涵和社会功能。这就完全滑向自然主义的泥淖。因为它会使人的欲望无限制地奔流，冲决一切社会规范和文明礼仪。首当其冲的就会对道德和婚姻产生强烈的解构作用。从《手机》中可以看出，伍月在这种观念指导下放纵欲望的行为已经造成了别人家庭的破裂、恋情的损毁，同时还干扰了一些单位的正常工作。因此，这种"欲望放纵"既烙有明显的自然主义的印记，又是对中国传统的婚姻结构和道德原则的解构。它既不利于社会的和谐发展与安定团结，也无助于推动和促进当代中国现代化历史过程中的思想道德建设。

三、20 世纪的"革命"对推动中国历史的进步与社会的发展，是不容置疑的

历史的规律是客观的，不以人们的主观意志为转移。唯物史观认为，不是人们的意识决定人们的存在，相反，是人们的社会存在决定人们的意识。因此，社会的发展是客观的，不依人的意识、意志为转移的"自然历史过程"。而唯心史观却坚持社会意识决定社会存在，把社会历史归结为意识史；无视人民群众的创造活动，认为只有少数杰出人物才是历史的主宰；否认历史发展本身所具有的客观规律。新时期以来，受思想解放运动的激发，当代中国文坛劲吹"解构风"，就出现了一些无视历史的客观实际，凭借现时的想象来消解"正史"，重组历史碎片的创作现象。有一部长篇小说竟然将 20 世纪中国的

"革命"视为"血腥"与"暴力",认为这"革命"给广袤的中国大地造成了巨大的灾难。事实上,20世纪初之后的60年间,中国就是通过"革命"才摆脱殖民地半殖民的统治,才将日本鬼子赶出泱泱华夏,才从失误中走向改革开放。正如恩格斯所说:"革命无疑是天下最权威的东西。革命就是一部分人用枪杆、刺刀、大炮,即用非常权威的手段强迫另一部分人接受自己的意志。获得胜利的政党如果不愿意失去自己努力争得的成果,就必须凭借它以武器对反动派造成的恐惧,来维持自己的统治。"① 由此可见,20世纪的"革命"对推动中国历史的进步与社会的发展,是不容置疑的。

在有些人看来,一部20世纪的中国历史就是一部党派利益的纷争史、杀戮史,是一部由种种杀戮与争斗的暴力行为所必然导致的广大民众的受难史。如果我们认为20世纪的中国历史是一部党派利益的纷争史、杀戮史,是一部广大民众的受难史是"唯物史观"的话,那么同时也就必须承认我们以前在"革命历史小说"中所常见的"人民解放、伟大胜利、历史必然、壮丽远景"的历史状貌就是"唯心史观"的。从一个更为阔大的时空背景来看,"革命"并不仅仅是20世纪中国的历史真实,在某种意义上,它完全可以被理解为是20世纪整个人类的一个共同历史境遇。两次世界大战,多少生灵涂炭;日寇侵略中国,多少国民惨遭杀害。有侵略就有战争,有压迫就有反抗。即使在20世纪中对此就有相当思考的人,他们也没有就将"革命"等同于杀戮。法国哲学家、作家加缪"对人是否什么都可以做的回答是,不,不是什么都可以做,那就是不可杀人,不仅不可个人杀人,更不可集体杀人。不仅不可情欲

---

① 《马克思恩格斯选集》第3卷,人民出版社1995年版,第227页。

杀人，激情杀人（那是刑法所禁止的）；也不可逻辑杀人，意识形态杀人（那却常常得到人们意识形态、信仰的鼓励和支持）；甚至也不可'司法杀人'（亦即死刑）"。"我们正生活在一杀戮已变得合法化的世界上，这是一个'恐怖的世纪'。要是我们不希望看到这样的世界，我们就应当改变它。拒绝使杀戮合法化迫使我们重新考虑我们对乌托邦的看法。要求人们不再杀戮任何人，这完全是乌托邦，是空想，但要求使杀戮不再合法化，如果说这是一种乌托邦，也是一种很低程度上的乌托邦，我们不再能理智地希望拯救一切，我们只能选择首先去拯救人们的身体，以使我们还可以保住未来，和平生存这个问题是今天首要的政治问题。"① 显然，加缪并没有说"革命"就是杀戮，至于说"恐惧的世纪"，恩格斯早就说过是"对反动派造成的恐惧"，反动派（如日本侵略者的南京大屠杀）要使所谓的"集体杀人"、"逻辑杀人"、"意识形态杀人"合法化，"革命"就是要"打碎和摧毁"（列宁语）、"杀戮合法化"的行径，为世界和人民赢得和平与幸福。如果说颠覆与消解了这一点，"无疑意味着回避革命，甚至是否定革命。"② 当然，小说是可以想象的，不论是《三国演义》的"七分事实，三分虚构"，还是《李自成》的"深入历史，跳出历史"，但想象都必须"是客观的物质体系"，"是一个合乎规律的辩证发展过程"，这才是唯物主义的历史观，否则，任何改写、解构或颠覆的历史叙事，都是唯心主义的历史观。

① 王又平：《新时期文学转型中的小说创作潮流》，华中师范大学出版社2001年版，第330、325页。
② 《列宁选集》第3卷，人民出版社1995年版，第123页。

四、在当今中国，鼓吹抽象人性论实质上是对某些极不合理的社会现象缺乏深刻的批判

马克思主义认为人性是人的社会属性和自然属性的统一。在阶级社会里，人们的社会关系主要表现为阶级关系，人性也带上阶级性。鲁迅指出："文学不借人，也无以表示'性'，一用人，而且还在阶级社会里，即断不能免掉所属的阶级性，无需加以'束缚'，实乃出于必然。"人性是多方面、多层面的，在存在阶级的社会里，阶级性是人性中最为重要的占主导地位的方面，人性的阶级性方面和人性的其他方面在文学作品中常常是水乳交融的存在状态，人性的其他各个方面无不渗透着阶级性。正如毛泽东所说："只有具体的人性，没有抽象的人性。在阶级社会里就是只有带着阶级性的人性，而没有什么超阶级的人性。"我们认为人性"一定都带着阶级性。但是'都带'，而非'只有'。"可是，有人在匡正过去把人性与阶级性等同的偏差时却否认了人性"一定都带着阶级性"。他们认为，"断言只有阶级的人性而没有一般人性的存在，是违反马克思论人性观点的。马克思认为人身上存在着'不同历史时期变化了的人性'，也同时存在着'人的一般本性'。"也就是说，存在不带阶级性的人性。有些作家不是把握具体的人性，而是极力表现这种所谓的不带阶级性的人性，即一些超越历史、阶级、民族、地域等方面差异的具有普遍性的人性。这种人性就其思想实质而言，不外这两种基本看法：或者把人"物化"，归结为物质本性，如"人是'机器'"的观点；或者把人"神化"，归结为精神本质，如"人是'纯粹理性'"的观点。两种观点相互对立，又在实际上彼此补充，双方既难达到统一，谁也难以

驳倒对方。这就是对人的抽象化观点，所谓"抽象化"，也就是把双重本性割裂开来，只承认单一本性的观点。许春樵在《放下武器》中所表现出来的正是"把双重人性割裂开来"的抽象人性论的历史观。在小说中，30年前，诚实而正直的回乡知青郑天良在村里做兽医，一次偶然事件中，他冒着生命危险抢救了12名中毒的社员，成了典型，上了大学，入了仕途。步入政坛之后，郑天良依然保持着自己作为一位农民的质朴本色，这个时候的郑天良差不多可以被看做是一位焦裕禄式的好干部。他依凭自己的能力，早在改革开放之初就因合和酱菜厂的适时创办而成为引领时代风骚的改革家，他仍然十分难能可贵地保持着农民朴素的本色。就1992年因某种"莫须有"的缘故而被迫离开王桥集综合经济实验区之前的郑天良而言，他的人生原则不仅如是说，而且如是做。因此，当后来成为郑天良主要政治对手的黄以恒不惜耽误正常工作而去讨好县委梁邦定书记的时候，郑天良却因黄以恒贻误了商机而坚持要给他严厉的处分。结果，由于梁邦定书记的介入，黄以恒不仅未被处分，而且后来还和郑天良成为了"第三梯队"的同班同学，并最终获得了仕途的飞黄腾达。所以当黄以恒县长要在合安大搞"五八十"工程的时候，身为副县长的郑天良知道此是形象工程仍然跳出来大加反对。结果，不仅"五八十"工程依然在如火如荼地进行，而且郑天良还被黄以恒不动声色地以重用的名义巧妙地排挤发配到偏远的王桥集综合经济实验区。以至黄以恒依凭着极具浮夸色彩的"五八十"工程的显赫政绩而升任更高一级官职的时候，郑天良却只能独自在狼藉一片的王桥集默默地品尝无言的痛苦。此时的郑天良还表现出了一种格外令人尊重的正直廉洁的品格。郑天良幼时丧母，是唯一的姐姐含辛茹苦地将他拉扯大的。然而，就在他的姐姐身患重病眼看不治的时候，郑天良却仍然坚持按原则办事，不肯以开后门的方式为自己的姐姐筹措动手术的钱。这是一种多么正直、廉洁、无私的品格，为官之道，堪为楷模。然而，恰恰正是这个郑天良，一旦物质本性开始膨胀，他人性的倾斜与灵魂的蜕变也就逐渐发生了。于是，郑天良便一方面大肆地受贿索贿，涉案金额多达四百余万；另一方面，郑天良的私生活也开始变得混乱起来，他先后与沈汇丽和王月玲发生了不正当的男女关系。虽然在面对与自己的女儿年龄相似的王月玲时所曾经产生过的真实愧疚心理确实在某种意义上确证着郑天良的人性之复杂，但郑天良的腐化堕落却又是一个不争的客观事实："这个已经日趋肥胖的裸体已经不属于周玉英一个女人了，它不是周玉英的专利，所以它已经占领过另外两个女人，这种裸体走私并没有给他带来多少罪恶感，也没有背负多少道德上的压力。如果不是道德或纪律或金钱的约束，任何男人都是愿意占领更多女人的，克林顿也不例外。大多数人都这样想，但大多数人都不这样讲。这也应验了，嘴上讲的行动中不干，行动中干的嘴上不讲，这不是人的虚伪，而是人生存表演的一种基本素质。"所以，此时此刻，即使新任河远市书记叶正亭能够使他的命运出现转机，此时的郑天良已经不再是当初那位质朴本色而又正直廉洁的郑天良了。当他获得叶正亭的信任之后，也已经不再可能全身心地将自己的全部精力投入于工作之中了。一方面，郑天良确实具有一种不俗的工作能力，叶正亭的信任与重用使他开始在国企改革方面以纵横捭阖之势施展自己的非凡抱负；但在另一方面，长达六年之久的被搁置的痛苦，这六年中对于自己官场失败教训的反思与总结，突然获得的巨大权力，以及进入 20 世纪 90 年代之后中国所特有的社会主义环境等多方面因素所形成的合力业已非常严重地腐蚀了郑天良的灵魂。因此，在利用叶正亭的信任一展人生抱负的同时，郑天良的物欲也极度地膨胀了起来。然而，正当他准备出任县长的时候，在上任前一天的送行酒宴上被"双规"，最终被判死刑，执行枪决。小说上半部写了正直廉洁坚持原则的郑天良，下半部写了腐化堕落游戏人生的郑天良。作家较为充分地展现了郑天良前后两个有巨大反差的阶段，却没有像马克思说的是"社会属性和自然属性的统一"，而是"神化"精神本性与"物化"物质本性的相互对立，双方既难达到统一，谁也难以驳倒对方，就只能把双重性割裂开来，这就是作家在历史观上对人性总是陷于抽象化理解、难以跳出"抽象人性论观点"的重要思想根源。

当然，"小说在一定程度上也揭示出郑天良人生的前后变化是一种背叛，即'忘记自己是一个质朴的农民的儿子'。这种背叛就不只是一种人性的变化，而且是一种社会背叛、阶级背叛。作家受到抽象人性论的束缚，没有能够在这个基础上开掘人性的变化，而是抛开阶级背叛这个历史基础，挖掘所谓潜伏的人的本性公开化。"① 正如恩格斯早就说过："主要的出场人物是一定的阶级和倾向的代表，因而也是他们时代的一定思想的代表，他们的动机不是从琐碎的个人欲望中，而正是从他们所处的历史潮流。"② 近年来，不少作家摒弃唯物史观，而从抽象的人性出发把握现实生活。这就使不少文学作品在反映和描写现实生活中的腐败势力与反腐败力量的斗争时，无论是写正面的英雄人物反腐败，还是写反面的腐败分子搞腐败，都归结为他们的个人品质问题。当前不少作家自觉不自觉地认为腐败与反腐败的尖锐斗争不过是人性的善与恶的激烈较量，而不

---

① 熊元义:《眩惑与真美》，新华出版社 2005 年版，第 198 页。
② 《马克思恩格斯选集》第 4 卷，人民出版社 1995 年版，第 558 页。

是一场严酷的政治斗争。这是相当肤浅的。当前的腐败问题从根本上说是革命阶级成为统治阶级以后部分成员从"社会的公仆"演变成为"社会的主人",绝不是一个简单的人性的恶压倒了人性的善的问题。当然,在这个历史演变过程中,也不否认存在极少数人是因为意志薄弱、恶欲膨胀而蜕化变质的。但这只是从属的。因此,在当今中国,鼓吹这种抽象人性论,实质上既"掩盖了特殊利益集团或圈子的崛起",又对某些极不合理的社会现象缺乏深刻的批判。这只会起到阻碍历史前进的作用。

作家的历史观问题,是文学创作的核心问题,为了加速现代化的历史进程,构建"以人为本"和"科学发展"的和谐社会,实现中华民族的伟大复兴,一切富有社会责任感的作家,都要坚持和发展历史唯物主义的历史观,自觉地从历史过程、历史事件和历史人物中吸取宝贵的经验和教训,从中发现人民的智慧和群众的力量,创造出无愧于伟大时代的优秀作品。

呼唤贴近群众的文学

胡锦涛同志在"七一"重要讲话中指出："群众利益无小事。凡是涉及群众切身利益和实际困难的事情，再小也要竭尽全力去办。"这一科学论断，站在时代和全局的战略高度，深刻揭示了文学贴近群众的必要性和紧迫性，提出了繁荣当代文学的根本要求。

贴近群众是文学生命活力永不枯竭的源泉。群众是国家的主人，是决定国家前途和命运的根本力量，是历史的真正创造者。

从中外文学的发展来看，那些真实而艺术地表现了广大人民群众生活和心绪的文学作品，才有可能得到一代又一代读者的喜爱，才有可能真正成为一个特定历史时期的人民奋争史、心灵史的真实记录，才能发挥文学的认识功能、教育功能和审美功能。杜甫的诗背负着对于国家和民族命运的沉重责任感，因而历来受到广大读者的喜爱和尊崇，其诗被誉之为"诗史"，其人则被誉之为"诗圣"。

新的历史时期以来，也产生了一批关注改革生活具体进程，关注改革的雄奇和艰辛，讴歌现实生活的光辉篇章，谱写了一曲曲生命的壮歌，汇成了一部雄浑浩瀚的时代交响曲，给文坛带来了一股阳刚之气。《苍天在上》、《抉择》就是作家以理性的眼光、严肃的态度去关注社会转型期的历史关口其政治生活态势，在对生活真实风貌的书写中，传递出民众对清廉政治的期望，对健全社会体制的渴求，疾恶扬善，给我们心灵带来了激荡和振奋、警示和启悟。

文学贴近群众需要严峻的社会思考。但遗憾的是，近年来关注现实生活中处在基层的普通人民群众生活命运及心理情绪的作品较前些年减少了。尤其是真实描绘中国农民当下生存境况、心理欲求的作品更为少见。有的只是"时尚生活、小资情调的自我感受与写真"。即富有阶层的糜烂颓废、知识者的软弱伤感、"新人类"的骄纵迷惘，虽其中不乏文笔精巧凄美、情韵细腻周密之作。但它们缺的就是对于真正能体现时代之重、也能促使中国文学更有作为的严峻问题的深入思考与艺术揭示。于是，当下文学就形成了一种悖反的现象：一方面感慨不断出现的文学作品缺乏从中国社会深层锤炼出的思想与审美的震撼力；另一方面又无人愿意逃脱既定话语模式的束缚去另辟新路。

文学要贴近群众，作家必须转变观念。文学脱离文学大众的原因，首先是文学观念的"错位"。对于全球化、现代化作为一种文化理论的历史合理化及其所可能构成的思想的错位，不少人对此都缺乏全面的思考和足够的警惕，就形成了以观察和描述时代的新信息作为创作的主要目标和文学观念，以为这种对于时尚生活的描述才真是把握住了中国历史发展的敏感的脉搏。结果，由"现代化的陷阱"所构成的底层意识匮乏的状况，就成为了我们这个时代文学的重要的精神趋向。

其次是认识的"越位"。以为时尚化写作就是痛切的人生感受和生命体验，是创作者人生经验的写真。其实，这种个人的体验并不等于历史的全局，某些个人曾经为之欲死欲活的一切，从整个时代历史进程来看，也许其实是微不足道的，甚至有可能只是无病呻吟而已，而且，即使纯粹的个人体验，也有深层和表层、狭隘与博大之分。所以，如何选择与时代精神底脉息息相关而且确实散发着底层民众生命本原意识的体悟，就是作者认识不能"越位"的关键。而那些时尚文学的写作者，恰恰未进行这种艰苦的区分和选择，当然就无法深入时代的底层，也难以触摸到生命的底层。

再次是作家的"缺位"。现在的作家深入生活很少有像柳青、周立波当年那样，在农村一待就是十几年。尽管现在的作家也有自己的观念和思考，有对社会、文化和人生的领悟。但是，他们多半只孜孜以求地致力于在已有的基础上前行，以期通过转换和升华，攀登上文学和文化的高峰，已无余力，也怠于重新深入观察中国社会瞬息万变的底层，即使走马观花式地打量一番，也业已在基本固定的思想和模式上建构，难以容纳和消化种种复杂的中国底层的信息与内涵。此外，受时风影响，不少作家社会责任意识淡薄，把创作视为获取财富的手段。面对滚滚商潮，一些年轻作家自我迷失，摒弃崇高的精神追求，放弃了对现实的针砭与追问，转向迎合庸俗市场趣味的世俗写作。结果，以他们狭窄的人生体验和年轻的生命感悟，再加上"才子气"的自以为是，一挥而就，作品就不可能具有丰沛的底层意识和厚重的历史内涵。

要繁荣当前的文学创作，就要深入改革开放和现代化建设的伟大实践，把握生活本质，关注民众生存，激发创作灵感，从而走出底层意识匮乏的阴霾。

三、文学精神——家园的守护

精神·精神价值·文学精神

一

精神就是客观事物的主观映象。人类社会生活中的思想、观念、理论、学说、情绪、决心、干劲、政策、方针、计划、办法等都是精神性的东西，既包括思维、意志、情感等有意识的方面，也包括人的一般心理活动等无意识的方面。唯物主义常常把精神当做和意识同一意义的概念来使用。精神与物质之间的关系问题是哲学的基本问题。唯心主义者所讲的"精神"是对意识的神秘化，把它看做是脱离物质独立存在的东西，从而否认精神是物质发展到一定阶段的产物，即人脑的产物，是对客观外界事物的反映。在哲学史上，精神的含义往往随哲学家本体论的不同而有所不同。柏拉图认为精神与物质是二元的，以精神为理念。亚里士多德从其形式与质料的学说出发，认为有形式的身体对作为身体形式的灵魂来说是物质，而纯粹的精神就是上帝。笛卡尔把精神与物质看成两种不同的实体，是直接完全对立的。贝克莱和休谟都认为精神的本质在于感觉，存在就是被感知。黑格尔的精神是绝对精神，人的精神只是绝对精神的一种表现形式。在现代西方哲学中，实用主义认为精神是一种"意识流"，而弗洛伊德则把精神看成意识活动和无意识活动的总和，存在主义者萨特把"自在"与"自为"的关系确定为以"自为"的精神活动吞食了"自在",从而两者合而为一,舍勒认为精神指人的本质特点,人与动物相区别的标志,生命冲动的依据。唯物主义认为精神来源于物质,由物质决定,物质第一性,精神第二性。正如马克思指出的:"人们首先必须吃、喝、住、穿,然后才能从事政治、科学、艺术、宗教等等。"①不满足吃、喝、住、穿的要求,人就难以生存,而没有人类的生存,精神便丧失了它最后的根基:在一个无法生存或者根本没有人的世界,是无所谓精神的。因此,人的存在并不是纯粹动物性的存在,并不只是一个肉体的生命物。自从诞生之日起,人就是不折不扣的二重存在物,一如人是社会性与自然性的感性统一,人实际上也是肉体和精神的感性统一。我们把人说成主体,然而离开了精神,人就只是客体而不再是主体,只是东西而不再是人。所以,精神之于人具有本体论上的意义:它是人本体存在的一个不可或缺的组成部分。

如果从精神的最后根源以及物质与精神的最终关系上,说意识根源于物质(是物质高度发展的产物,是人脑的机能),精神是对存在的反映,那当然是完全正确的;但是,这只是指出了精神意识的最后根源,仅仅是精神的发生性定义。除此而外,我们还要进一步追问:精神在人们的生命活动之中究竟还有着什么样的意义?显然,人不仅是物的存在,而且是最高级的生命存在。作为高级的生命存在,人不仅有亿万个无壁细胞在为之协同运动,有呼吸、吸收、消化和排泄系统,有血液的循环流动,有遍布全身、畅通无阻的神经脉络,更为重要的是,它还有情感意识的绵延流动,而且正是后者更鲜明地显示

---

① 《马克思恩格斯选集》第 3 卷,人民出版社 1995 年版,第 776 页。

了人和动物生命的区别。马克思说："有意识的生命活动把人同动物的生命活动直接区别开来。正是由于这一点，人才是类存在物。"①马克思的话为我们昭示了精神活动之于人的本体论意义：精神绝不是可有可无的东西，而是人之为人的本质之所在。没有那精妙无比、复杂难言而又奥妙无穷的精神意识活动，人会是什么东西呢？没有它，无论是个体的人，还是群体的人，又凭什么与动物的生命区别开来呢？所以，精神活动绝不能从存在本体论的视野中消失，它理所当然地是人生命存在的一个组成部分。有了它，人才是有思想、有感情、充满了生命与活力的人；没有它，人就成为白痴，沦为动物，变成人们所说的行尸走肉。这就是精神意识的本体论意义。

当然，无论是肉体的物质活动，还是精神意识的活动，抑或是二者之统一的实践活动，其最高价值最终都在于为统一的人的存在与发展服务。如果我们把意识只看做是物质存在的反映而忽视它作为生命存在的本体论意义，忽视了精神情感本身也是人生命存在的一个部分，在这个时候，所谓整体的人实际上就变成了片面的人，二重之中去掉了一重，只剩下肉体的物质存在。于是，当我们进一步考察人为什么需要精神意识、需要情感体验、需要反映世界的时候，精神意识就仅仅变成了对肉体行动的调节，为肉体的需要服务。有人把上层建筑、意识形态的功能仅仅看成为经济基础服务，也有人把所有的精神需要统统归结为客观物质需要的主观反映，还有人把文学作品实际上是看成对主题思想的形象阐释，而这些都不过是这种论调的变种。应该说精神最终导源于物质，但是我们不能说精神就是为了物质。诚然，精神要为而且必须为物质的需要服务，但

---

① 《马克思恩格斯选集》第 1 卷，人民出版社 1985 年版，第 46 页。

这并不是精神意识的唯一功能。实际上，精神运动本身就是人的生命的部分展开，在这展开之中，主体不断地感知世界、把握社会、体验人生、追求真理、高扬主体人格、完善心理结构，从而构成了主体生命存在——发展的一极。因此，精神活动不仅是为了肉体的人的存在与发展，而且也是为了（它本身即是）精神的人的存在与发展，最终为了整体的人的存在与发展。

二

由此似乎可以说，我们把肉体生命的存在与发展视为第一性，即物质需要，把精神生命的存在与发展视为第二性，即精神需要。尽管精神有时也会成为物质需求的附属品，饥肠辘辘的人吃了一顿饱饭会感到暂时的心理满足；尽管精神有时也需要一种表层的轻松愉快，当人用脑过度，神经紧张的时候，听听圆舞曲，跳跳迪斯科，也会感到一阵轻松。但是，在这两性之上还有一个更高的境界，即绝对需求，这就是整体的人存在与发展，当从这个视点来看所谓精神需要，我们看到：精神作为对整体的人生存发展的沉思与追索，常常不仅超越了肉体的直接需求，而且也超越了心理表层的直接满足而上升到对人整体实现的痛苦追求。这就是思虑人生、追求自我、忧国忧民，探索民族的发展、国家的兴旺、人类的出路。人类的精神，作为对现实世界不折不扣的超越，对人自身不屈不挠的追求，不仅会着眼于现在，而且要着眼于未来；不仅会执著于追求局部的满足，更要追求整体人的存在与发展，追求人的完整本质之实现。现实的局限使人痛苦、使人思索、使人探求解放之路，从而升起理想的风帆，而理想又召唤着人，使人去努力、去奋斗、去奔向明天。显然，人类的精神需要绝不仅仅是协调各种心意功能的心理需要，更重要的是，它还是整体的人生存与发展的最高需求在精神领域的延伸与升华。从物质生活到精神生活，从群体的社会生活到个体的私人生活。总之，整体的人生活的各个方面、各个侧面的需要都无不反射到人的精神世界，从而形成人的种种追求。在现实世界中，无论是受到压抑、遭到否定，还是得到满足、获得肯定，都要在人的精神世界中形成失望，形成焦虑，形成渴求，形成激动与愉悦、期待与希望、探寻与斗争的种种张力。而主体自身精神生命的存在与发展就实现在这种种失望与希望、探寻与斗争的追求之中，就实现在这种种心理——精神的一阵紧似一阵的漩涡似的生命流动之中，或者说，这流动本身就构成了人内在的精神生命。所以，当我们从整体人的生存与发展来考察所谓精神需要的时候，我们看到了一个大写的人字，我们看到：精神需要本身就具有一种生命本体论的高度。心理平衡是最能体现精神需要与人肯定和发展自身需要之间的一种内在联系。事实上，能够给人带来心理平衡的并不仅仅是物质需要的满足，有些物质并不匮乏的人而心理平衡张力系统却到了土崩瓦解的境地：屈原忧愤满腔而投汨罗，安娜悔恨交加而卧轨自杀，西方现代派艺术所表现出来的那种空前的虚幻感、破灭感，恰恰不是因为物质上没有得到满足，而是因为精神上受到了沉重的打击：作为精神支柱的理想、希望破灭了。所以，人对理想、事业的追求常常不能给追求者带来相应的物质利益，而追求者却始终对此坚持不渝、义无反顾，这其间其实就是一种精神导致的心理平衡。原始人对神话的追求正是这样。马克思说："任何神话都是用想象和借助现象以征服自然力，把自然力加以形象化。"① 但是，想象的征服并非实践的征服。自然力在神话之中被征服了，在现实中并没有被征服。原始人怀着极大的热情真诚地编织神话，只是因为神话使他们发展自己，征服自然的强烈意愿能得到一种象征性的满足，使他们主观上觉得自然力被征服了。现代中国那些在政治斗争中冲锋陷阵的仁人志士很容易招来杀身之祸，然而当他们为着信仰、理想和事业去抛头颅、洒热血的时候却显得异常坚强、异常镇定。"砍头不要紧，只要主义真。杀了夏明翰，还有后来人。"②"生命诚可贵，爱情价更高。若为自由故，二者皆可抛。""满天风雪满天愁，革命何须怕断头？留得子胥豪气在，三年归报楚王仇！"③ 他们坚信他们的信仰是正确的，理想一定能够实现，事业一定能够胜利，所以，当面临杀身之祸的时候，居然能镇定自如，心态达到一种超稳定的平衡度。当代西方的物质文明可算是相当发达了，但是，却有越来越多的人去信仰宗教，呼吁上帝。约翰·奈斯比特指出："今天的美国正在经历一场在宗教信仰和礼拜活动方面的复苏。"据他披露，各福音出版社的书籍在 20 世纪 80 年代占美国国内商业出售书籍总数的 1/3，有 1300 多家广播电视台和几十家电视台以全部或大部分时间供传教使用。④ 宗教尽管在近现代科学的逼攻之下早已显得百孔千疮，毫无说服力，然而随着社会理想新的破灭，随着人们在旋风式的生活中相互角逐而带给人们日益严重的异化，随着高技术引起高情感的缺乏而带给人们日益严重的孤独感、陌生

---

① 《马克思恩格斯全集》第 41 卷，人民出版社 1965 年版，第 46 页。
② 《革命烈士诗抄》，中国青年出版社 1959 年版，第 16 页。
③ 《革命烈士诗抄》，中国青年出版社 1959 年版，第 10 页。
④ 参见［美］约翰·奈斯比特：《大趋势》，梅艳译，中国社会科学出版社 1984 年版，第 247 页。

感和隔膜感，宗教反而能给在现实搏斗中受伤的惊魂们一丝微茫的安慰。旧的理想业已破灭，新的希望并没有升起。上帝死了，人们丧失了一个精神寄托的世界……实际上，中国古人的发愤著书，封建士大夫的忘情山水，末世理论家为自己阶级编造幻想，如此等等又何尝与此没有共同之处？他们都是在现实之外去营构一个乌托邦，开辟一个灵魂栖息的空间，以求得补偿的心理平衡。

然而，精神的痛苦并不是良知的泯灭，恰恰相反，它是人对自身本质的曲折追求。人对自身心态平衡的追求，无论是积极的，还是消极的；无论是古代的，还是当代的；无论是出于显赫一时的丰功伟绩的建立者，还是出于默默无闻的小民百姓，都无一例外地是对理想生活、对和谐而又全面地实现自己，对整体的人的存在与发展的追求的某种折射。这些精神追求的意义和价值当然不可同日而语，但是它们共同构成了人类的精神需求，并且，共同指向整体的人的存在与发展。这就启示我们：一方面，仅仅用物质需要来解释人的精神需要是行不通的（把人生存发展的需要理解为仅仅是吃、喝、住、穿的需要，就是把整体存在的人理解为片面的肉体存在）；另一方面，离开人整体的存在与发展的纯粹精神需要也是不存在的。只用物质需要来解释人的精神活动是一种机械的反映论、一种肤浅而又狭隘的功利主义；把人的精神满足（包括审美愉悦）仅仅归之于轻松轻松、"悦目愉心"是一种肤浅片面的形式主义。它们都缺乏一种生命哲学的高度，都没有把人的精神活动当做整体的人的生命活动来看待。

三

既然精神是人的存在与发展须臾不可离弃的东西，那么，作为"自然界的花朵"的精神现象又是世间一切事物中最丰富、最复杂、最变幻多端的现象。要具体地说明一个时代、一个民族、一个国度、一个群体乃至一个个体的精神现象，就需要在马克思主义唯物史观指导下，对精神是一种改造主观世界和客观世界的重要力量作一番分析。

精神创造力是精神在创造性地反映和改造客观世界的过程中所形成的巨大力量。它主要表现为精神的创造性张力。列宁指出："人的意识不仅反映客观世界，并且创造客观世界。"人的意识、精神具有创造性。这种创造性不仅表现为能动地反映客观世界，而且表现为使观念形态的事物满足实践主体的新的需要，实现主体实践活动的预期目的。观念形态的实践目的一经产生，就会产生一种巨大的创造性精神张力，推动人的实践活动把观念形态的事物变为客观形态的事物。这也就是人的意识在一定条件下创造客观世界的过程。观念形态的实践目的同客观存在的现实状况之间，总是存在一定的矛盾。这种矛盾往往体现为一定的理想目标同一定的现实状况之间的矛盾，这一矛盾是由理想与现实之间的差距引起的。现实是理想的基础，理想是未实现的现实。人们的现实状态和未来的理想状态之间总是存在一定的差距，人们总是不满足于现实状态，总是希望缩小或消除理想与现实之间的差距，把理想转变为现实，实现现实向理想的飞跃。理想和现实之间的差距会促使产生一种创造性精神张力，推动现实向理想靠拢。理想和现实的差距，是人把自己的生命活动作为意识和意志对象的结果，是人的精神在社会实践基础上能动创造的结果。理想和现实差距的产生，会导致理想与现实的不平衡，导致为克服这种不平衡而产生的心理与行为的紧张状态，形成一种力图克服这种差距的张力。这种张力的疏解有两种途径：一是把理想拉回到现实，实现理想与现实在原有基础上平衡与统一，这是一种保守性张力。二是把现实拉向理想，使理想变成新的现实，实现理想与现实在新的基础上的平衡与统一，这是一种创造性张力。理想与现实之间的矛盾，是运用创造性精神张力，推动人们的社会实践活动，不断克服原有的差距，实现平衡→不平衡→新的平衡的过程。理想和现实的原有矛盾解决了，理想变成了新的现实，又会在新现实基础上产生新的理想，出现理想与现实的新的矛盾，即新的理想和新的现实之间的矛盾，导致新的差距及其克服这种差距的新的创造性精神张力的产生，推动人们去不断克服新的矛盾，实现理想与现实的新的矛盾之间的平衡到不平衡再到新的平衡。理想与现实的矛盾的每一次解决，都使社会实践活动发展到一个新的阶段。而创造性精神张力，始终是推动人类社会实践活动不断深化、人类社会不断发展的重要精神力量。

精神凝聚力是把分散的、不同的甚至互相排斥的精神力量通过凝结聚合而形成的集中的、共同的、统一的精神力量，它是凝聚各种不同的目的、意志与情感所产生的精神吸引力、向心力、亲和力。精神凝聚力主要表现为精神合力。精神凝聚力是和精神排斥力相对应的。社会发展不同于自然界发展的一个重要特点就是社会领域中人们的活动都是有意识、有目的的活动，人活动的动力也是有意识的、自觉的。这种有意识的、自觉的动力，又突出表现为精神动力。由于每个人的意识和目的不同，形成的精神动力也有所不同。虽然每个人的精神动力都是有意识的、自觉的精神动力，但从整体社会来看，人们的精神动力存在差异甚至矛盾，时常表现为一定的精神离心力和排斥力。精神动力对社会发展发生作用的过程呈现出很大的分散性、盲目性和无序性。这样，就需要加强精神动力的整合，把精神排斥力、离心力变成精神吸引力、向心力、凝聚力，把不同的思想、情感和意志协调起来，统一起来，融合起来，形成共同的思想、情感和意志，即形成精神凝聚力或精神合力，然后再在共同的思想、情感和意志的基础上，增强群体的、社会的团结，形成集中统一的行动和力量。精神约束力是精神自我控制、自我调节、自我约束以及约束社会实践主体的行为所产生的一种重要精神力量。精神约束力主要表现在精神对社会实践主体行为选择的性质和方向的作用。社会实践的主体选择什么样的行为，选择积极行为还是消极行为，选择正向行为还是负向行为，选择有利于自己还是有利于他人和社会的行为，选择主动行为还是被动行为，这些都在很大程度上受到人的精神力量的约束。人们的思想道德素质及其精神动力不一样，选择的行为的性质和方向也不一样。人和动物不同，动物是根据自己的本能来行动的，人是根据自己对需要的意识和价值判断来选择自己的行为的。人一旦形成了正确的道德观念和价值尺度，就会自觉地选择与之相符合、相适应的满足需要的行为及其方式，放弃与之不相符合、不相适应的行为及其方式。因此，人们是否选择或放弃某种满足需要的行为方式，始终受到人的需要意识、道德观念、价值尺度的调控，即受到精神力量的有效约束。精神约束力内涵着一定的价值尺度，对人的行为起着判断、选择和自动控制的作用。这也就是精神的自律作用。马克斯·韦伯曾深入探讨了精神力量对行为选择的自动约束现象。他说："不是思想，而是利益（物质的和思想的）

直接支配人的行为。观念创造出的'世界图像'，时常像扳道夫一样决定着由利益驱动的行为的发展方向。"韦伯认为，观念世界及其产生的精神力量，像"扳道夫"一样决定和把握着利益行为的方向，它对行为选择的意义甚至比利益的驱动更重要。他的"精神扳道夫"理论，充分表明了精神力量对利益行为选择的重大约束作用。实际上，它与中国古代的以义取利的思想有异曲同工之妙。以义取利，反对见利忘义，唯利是图，也就是要求把义作为利益选择的价值尺度和道德依据，合义则取，违义则弃。因此，在中国几千年的文明史上，义不仅是人们行为的精神动力，而且是人们利益取舍的价值尺度和道德依据，对人们的利益行为的选择，始终起着"精神扳道夫"的作用，即一旦人们的行为离开了一定的价值轨道，就会把它扳回来；人们的行为符合一定的价值轨道，就会推动它前进。可见，精神约束力对人们行为选择的性质和方向有着重要的自动控制作用。同时，精神约束力还表现为意志对社会实践主体行为的持续坚持所形成的重要自律作用。主体的行为在实践过程中常常会遇到困难和阻力，主体要坚持自己的行为，始终朝着正确的方向前进，努力达到既定目标，就要有坚强的精神力量来支持和约束自己的行为。精神约束力的重要表现是人的坚毅的意志力量，意志作为坚毅的精神，具有自律的能力。意志自律，主要表现在意志能控制人们的情绪，控制人们的行为，排除干扰，使人们的注意力始终集中于既定的目标上。精神约束力控制人们的情绪和行为达到最终目标的过程，充分表明了意志自律的重要功能。

四

精神价值虽与有机体周围的环境无关，但它却既包含美与丑的价值，又包揽正确与错误的价值，还包括以其自身为目的的纯粹知识的价值。价值的终极必然走向人的本体存在，因为它不仅是价值的最后根基，而且是一切价值的最高尺度。于是，在主观与客观，主体与对象世界之间便出现了一种十分独特的精神价值关系。即：从主体方面看，它直接表现为一种自我意识的精神需要，而不是一种物质需要，因而它所带来的满足不是生理满足，而是精神享受。从对象方面看，主体所需要的并不一定是物质实体。肯定主体的物质对象固然可以使人满足，如精美的劳动产品、悦人的自然风光、优美的人体形态；虚构、想象和回忆也同样使人愉悦，如文学作品、对未来的展望和对过去的回忆等。实实在在展现在眼前的场面和景象固然可以使人陶醉，仅仅是某些包含着肯定主体因素的符号信息也同样可以使人激动，例如，文学作品、消息报道等。从主、客联系上看，它不是一种物质实践关系，而只是一种精神反应关系，所以，对象给予主体的满足是直接的，而不是间接的（不以实践作为中介环节），消费的方式不是要消耗掉对象的物质实体，而只是所谓的观照和倾听。因此，精神价值作为对人存在与发展自身要求的象征性肯定，显然不同于一般的物质价值。物质价值只有在实践的消费活动中才能实现，而精神价值的实现却并非都要以实践活动为中介：只要主体能感受到、意识到对象对自身的肯定，接收到这种肯定的信息，就会感到满足，感到愉悦。看一幅好画，听一首美妙的乐曲，或者得到什么好消息，常常能给人以极大的满足。马克思说：人不仅通过思维，而且以全部感觉在对象世界中肯定自己。无论是以思维的方式，还是以感觉的方式来肯定自身，都不是一种实践的肯定，然而它们都无一例外地要给人带来愉悦和满足。正是在这个意义上，我们才能够理解：何以马克思要把听音乐称之为"消费音乐"。①

精神价值关系不同于单纯的认识关系，毋宁说它是建立在认识关系基础之上的一种十分独特的价值关系。纯粹的认识关系仅仅是一种反映关系，无论这种反映是多么的富有能动性，它都应该像一面木然不动的镜子映照着一张动人的脸孔，毫不动心。然而情感体验却是价值关系的必然结果。每一次价值关系的产生都必然引起主体心灵的反应与体验，都必然给人带来或者是享受，或者是烦忧。认识并不必然地引起人的情感反应，因为某些认识对象之于人是中性的，它既不否定主体，也不肯定主体。价值关系必然引起人的情感体验，因为它从本质上讲是对象与主体间的肯定否定关系。这种肯定否定，与作为认识判断的肯定否定迥然不同。认识判断是主体断定对象（逻辑判断），而价值关系却是对象肯定否定主体（审美目的判断，即康德所谓"主观的合目的性"）。说一朵花是红的那是主体断定对象（花）具有红的属性，感受到一朵花诱人的芬芳却是花的气味肯定了主体的嗅觉需要。感知、理解、想象的确也经常引起人的喜怒哀乐，给人以各式各样的情感体验，然而这并不是因为认识关系本身，而是因为在认识活动中，主体所接收到的信息对主体有所肯定或否定，换句话说，外在信息又进而与主体发生了肯定否定的价值关系。

这里，必须把价值关系与价值判断作一严格的区分。常常

① 《马克思恩格斯全集》第26卷第1册，人民出版社1972年版，第312页。

有人把两者混淆起来，似乎审美就是价值判断，而价值判断又不属于认识关系的范围。好像这样一来就把审美活动与认识活动区别开来了。但实际上，价值关系与价值判断是根本不同的两种关系。价值判断（Valuejudgements）作为判断仍属于认识判断的范围，只不过它判断的对象不是纯客观事实，而是价值和价值关系，作出判断的依据不是纯客观标准，而是人的需要。这同以纯客观事实作为判断对象的事实判断（fact-judgements）确有较大区别，但它仍属于主体对客体对象及其关系的反映。价值判断的主体置身于价值关系之外，而价值关系的主体作为关系双方之一极，却直接置身于价值关系之中经受着对象对自己的肯定与否定。唯其如此，你在价值关系之中才那样易于动情，才那样真切地觉得对象与你荣辱与共，休戚相关，才感到一个价值关系对象较之一个认识对象，对于你确实远为直接、远为切近。价值判断与价值关系之别，就是艺术批评与艺术欣赏之别，审美认识与审美之别。听一首大型交响乐，你觉得那旋律简直包围了你，又觉得那音响是在你心中爆发流动。你心潮起伏，浮想联翩，因为你直接置身于那旋律之间的价值关系之中，经受着那流动的音响对你心灵的冲击，经受着价值对象对你山洪暴发似的肯定和否定。这就是价值关系。然而，你听完了，起伏的心潮平息了，你根据自己的体验列举出种种理由来判断这首乐曲的美丑，这时你就跳出了价值关系，无论是价值关系，还是乐曲本身，抑或是你自己的感受，都成了你分析研究的内容、评价的对象。所以，价值关系和价值判断绝不能等而视之，它们是两种完全不同性质的关系，它们对人类生活的意义也不可同日而语。但是，这并不是说价值关系就与认识关系不相关联。要与任何对象或信息发生精神价值关系，首先就必须感知对象，接收并理解信息。所以，认识是全部精神价值关系赖以产生的基础。但是，价值关系之于人的内心生活，是比认识关系更为关键、更为重要的一个环节。如果说认识关系决定了主观心理感知、理解、分析、综合等偏于理性的一极，那么，价值关系就决定了主体感受、体验、颖悟这偏于感性的一极。而正是后者直接决定了一个人内心生活的深度、广度和强度。真正的内心生活，主体并不是处在一片心态平静的空白之中，而是生活在不断的体验和感受之中。生活在体验与感受之中，就是生活在人与对象不断发生的价值关系之中。唯其如此，你心中之流才不断地涌起一串串情感、情绪的漩涡，你内心才那样一张一弛、波澜起伏、激荡汹涌，你不断涌动的心理过程才那样灵气灌注、富有生机，你内在生命的绵延才叫名副其实的精神生活。所以，如果说艺术是人类的精神食粮，艺术活动是人们内在的生命活动，那么，精神价值关系，就是艺术逻辑的起点，文学的精神属性。

五

文学的核心品质即文学的根本便是精神，它是人类精神的创造性展示，是人类情感升华中的耀眼光辉。千百年来，文学之所以在人类的生活中有着不可替代的重要作用，就在于它在对人类的现实性遭际的昭示中揭示真理，从而去追求人类存在的终极意义，为人类营造一片温馨的精神栖息之地，成为人类心灵的家园。这就是说，文学之为文学，正是因为它立足于人类的生存与发展，在对人类存在真理的探索中，获得一种形而上的意义。这就是文学的精神指向。

面对古今中外林林总总、形形色色的文学作品的实际，它们之间最基本的共通属性是什么？这就是，无论哪种文学作品，都是人的精神产品，一种特定属性的精神形态——文学精神。

西方古典艺术作品产生于对自然的逼真模仿和对现实的忠实再现，其理论上的反映是亚里士多德为代表的艺术模仿论和别林斯基、车尔尼雪夫斯基为代表的艺术再现论，乃至马克思、恩格斯、列宁为代表的艺术反映论。这种艺术作品无论对自然、社会的再现多么客观，它在形式上仍然是主观的，它在自然本质上属于"第二自然"，是人的精神创造的作品。

西方现代艺术作品沿着情欲表现和形式主义两条岔道与古典艺术理性再现现实的路子分道扬镳。在情欲表现作品的理论概括中，克罗齐、科林伍德、鲍桑葵、开瑞特、朗格等人指出艺术即情感表现，叔本华、尼采、柏格森、弗洛伊德等人揭示说艺术的本质在欲望象征。而克莱夫·贝尔、罗杰·弗莱等人则为形式主义艺术创作的理论代表。他们认为艺术的本质既不在再现了什么现实，也不在表现了什么情欲，而在创造了"有意味的形式"。这是一种纯粹的与真善内容无关的形式，它仅仅具有使人愉快的审美意味，尽管上述诸说及其作品大相径庭，但在同为人的精神产品这一点上却是共同的。

中国古代文学作品分两种情况。一方面，"文，心学也"[1]，"诗，原乎心也"[2]，"书，心画也"[3]，"画者，从于心者也"[4]，"琴者心也，琴者吟也，所以吟其心也"[5]，要之，"诗文书画，俱

---

[1]　刘熙载：《游艺约言》。

[2]　欧阳修语，转引自魏庆之：《诗人玉屑》之一。

[3]　杨雄：《法言·问神》。

[4]　石涛：《苦瓜和尚语录·一画章》。

[5]　李贽：《焚书》卷三《读史·琴赋》。

精神为主"①，文学作品是主体心灵精神的表现；另一方面，"凡云'文'者，包络一切箸于竹帛者而为言"②，由于汉字均为"错画也，象交文"③，具有文饰性特点，"是故榷论文学，以文字为准，不以彣彰（文采——引者）为准"④，文学即文字作品，书画即色彩、线条、用墨、运笔等技艺形式的创造，而这一切均可归之为艺术家精神的造物。

中国现代文学作品在西方艺术模仿论尤其是马克思主义反映论的影响、指导下，强调文学描写人生，是社会生活的形象反映，是一门特殊的社会意识形态。这种情况一直延续到新中国成立以后直至"文革"结束。由于强调文学的意识形态本质，文学发展到"文革"时完全沦为政治观念的传声筒，但我们却无法否认它是"文学"，因为作为"文学作品"，它们的文学属性是被那个时代的广大读者认可了的。新时期以来，文学在忠实再现社会生活中的人性真实的同时，又逐渐走向主体心灵的表现和纯形式美的实验，由于过去我们对人的心灵的欲望层面压抑过甚，而大量译介进来的西方哲学论著又一再揭示无意识的欲望是支配意识的本原，所以新时期的文学无论再现现实人性还是表现主体心灵，都更侧重向人性的深层部分——无意识层的欲望活动开掘。这时，文学成了"欲望手枪"、"无意识形态"，它与以往理性指导下反映现实的"意识形态"已不可同日而语，若在两者之间寻找什么共同性，那就是，它们都是人的精神的表现。

由此可见，我们所说的作为文学基本属性的人的"精神"，

① 东方树:《昭昧詹言》卷一。
② 章炳麟:《国故论衡·文学总略》。
③ 许慎:《说文解字》"文"字条注释。
④ 章炳麟:《国故论衡·文学总略》。

不是与物欲、本能对立的概念，而是指包含的物欲、本能在内的完整的心灵世界。文学作为人类特有的精神现象，必须展示人的精神世界的完整性、丰富性、真实性和深刻性。文学的精神本性决定了文学创作必须恪守以下一些人学原则：一是意识与本能的统一。在人的精神世界中，意识只是浮出水面的冰山一角，本能是深藏水底的大片冰山。不仅人的意识机能是在实现生命本能欲望的物质活动中产生的，而且人的意识形态也是为实现个体本能服务的。意识与本能在人的精神世界中密不可分，艺术创作既不能仅仅是意识的载体，也不能仅仅是本能的象征，否则必然导致艺术作为人的精神的残缺。二是自觉与直觉的统一。人的意识活动是清醒的、自觉的，人的本能活动是迷糊的、直觉的。自觉与直觉，是意识与本能活动方式呈现的相应特征。文学写出人的精神世界意识与本能的统一，也就要求相应写出人的精神活动的自觉与直觉的统一，同时必须承认，创作作为人的精神活动方式，它也不可能仅是自觉的或直觉的，自觉与自发的写作可以并行不悖。三是受动与自动的统一。意识认知外物，接受外界信息指令，具有受动性、他动性、被动性，本能自发产生各种愿望，驱使人们行动，具有自动性、主动性、能动性。受动与自动，是意识与本能活动方式的另一特点。文学要展示人的精神的完整性，势必得兼顾人的自动性与受动性的统一，而不能将人仅仅写成受动的"工具"或只受本能驱动，不受理性及外在规范制约的"两脚动物"。四是个体欲求与社会欲求的统一。本能追求维持个体生命的存在，滋生个体欲求，意识接受群体的社会规范，产生社会欲求，这是人的精神活动的另外一对矛盾。个体欲求的实现离不开社会欲求的满足，尊重社会欲求是为了更好地实现个体欲求。二者同样不能割裂。五是善性与恶性的统一。善是社会公意，是约定俗成的行为规范。恶是对此的突破。合乎社会公意、规范的意识、本能是善，反之为恶，因此，笼统地说意识是善，本能是恶是错误的。同时，意识具有认知社会公意的潜在可能，本能具有突破社会公意的潜在可能，因而人的意识与本能中又藏着善性与恶性的因子。文学作为人的精神表现，应当顾及善性与恶性的统一，而不能将艺术仅仅写成善的或恶的容器。

人的精神世界的二元对立统一，是我们理解文学精神本质特性的指南。迄今为止，中外艺术作品不外乎三类情形。其一，现实的再现。其二，主体的表现。其三，纯形式的构造。在再现现实的艺术中，要注重通过对象的人展示人的精神的双重性、丰富性。在表现主体的艺术中，要注意以"不虚美、不隐恶"的真诚和勇气，展现主体人的精神双重性、真实性。追求纯形式创造的艺术既不再现什么，也不表现什么，似乎与人的精神双重性距离甚远，其实不然。趋乐避苦，是人的本能、天性。艺术追求纯形式的美，体现了人求乐的本能。而认识纯形式美的规律并创造美的艺术形式，则是人的意识体现。

文学精神的理论探寻与当代历程

一

　　文学精神，乃文学之魂。在中外文学史上，那些深为世人喜爱的世界一流作品，在给人以审美、消遣、娱乐的同时，又能给人以心灵的启迪或震撼。这种启迪或震撼，就是文学作品蕴涵的精神作用。目前，在我国文学界，正如许多人已痛切感觉到的"文学精神"已严重"失落"，而文学创作水平的提高必须"坚守文学精神"。但究竟什么是"文学精神"呢？实在又是一个难以把握、难以说清的问题，有诸如"中国现代文学精神的核心是启蒙，反对封建文化和儒教纲常，批判专治制度，维护和张扬人的个性以及世俗生活的快乐，呼唤人的解放"[①]；"否定精神，是文学精神指向中最主要的内涵之一"[②]；"宋代文学精神最大的特点在于理性化"[③]；"我们今天需要有触及人类和民族时代生活命运的多种哲学思考的深沉而浑厚的，

---

① 葛红兵：《中国现代文学精神》，《上海社会科学院学术季刊》2002 年第 1 期。
② 雷体沛：《敢问作家，我们还存留了多少文学精神？》，《文艺报》2004 年 2 月 17 日。
③ 王小舒：《理性文学精神的自觉》，《文艺研究》2003 年第 4 期。

以及悲壮的、讽刺幽默的文学精神"①；也有诸如"现实主义文学精神"、"先锋文学精神"、"长篇小说的文学精神"、"俄罗斯文学精神"、"鲁迅的文学精神"等，在这样一些论断和论题中，"文学精神"的意指即大相径庭。或完全等同于政治、哲学之类的文化精神，或视之为社会批判精神，或指某一时代、某一民族、某一流派的创作特征，或指某类文体特征，或指某一作家的创作个性。有的学者甚至宣称"文学精神是唯美精神，是'为艺术'的精神"。② 文学精神本身的所指是如此的千差万别，但有一点是可以肯定的，一个作家只有拥有文学精神，才会创作出成功的作品；只有拥有大精神，才会有大作品；只有坚守高境界的文学精神，才能成就文学大家。因此，文学精神的坚守，是作品具有深广生命活力的关键，是一个时代文学兴旺繁荣的标志。

文学精神的坚守，首先是人格的坚守，即不为世俗的利益所诱，不为喧嚣的时尚所迷，更不为动听的言论所惑。而这样的坚守，往往是要付出代价的。正是由于这样的坚守，李白、杜甫才会终生失意潦倒，曹雪芹才会"举家食粥酒常赊"，但丁才会被判终身放逐，雨果才会长期流亡异乡，库切才会在自己的国度里成为众矢之的。但却正是这样一些遗世独立、富有血性、众人皆醉而我独醒的人格精神，增添了人类文学艺术的辉煌。而在中国当今的现实生活中，这样的人格坚守，已被许多人视之为"不识时务"了，乃至是"傻"了。当代中国作家以及相关的学者，也越来越少见这样的"不识时务"者、这样的"傻"者了。而在俄罗斯，80 多岁的索尔仁尼琴在 1998 年

---

① 李欣复：《论文学精神》，《西北师范大学学报》2002 年第 6 期。

② 田玉琪：《诗性与文学精神的张扬》，《光明日报》2004 年 4 月 29 日。

岁末曾公开发表声明，拒绝接受叶利钦授予的勋章，理由是俄罗斯有很多人领不到工资正在挨饿。由此可见，一个人，既然选择了以自由性、理想性、超越性为根本精神追求的文学事业，就命定性地决定了人格坚守的生存方式。如果缺乏坚守的勇气，那必然就是文学精神欠缺的时代，亦必然是文学衰落的时代。

真正有价值的文学精神，是沉潜于纷纭的现实之中的，是隐含在时代精神、民族精神、人性精神之中的。因此，要坚守文学精神，又需要作家在深厚学养基础上形成的广博襟怀与超越性视野。只有以广博的襟怀，才能把握到真正的时代精神的脉搏，而不至于为虚假浮泛的时代喧嚣所惑；才能洞彻民族文化中的精华与痼疾，而不至于沦为狭隘的民族文化本位主义者。只有以超越性的视野，才能以文明进步的尺度判定人性的是非，而不至于将赤裸裸的本能宣泄误以为就是本具文明进步意义的"身体写作"；才能以凌空高蹈的笔触，绘出宇宙和谐的文学景观，而不至于将顺天应命、无所作为的避世情怀，或放浪形骸、不知廉耻的"犬儒主义"之类视为生存理想。

作家广博襟怀与超越性视野的形成，除了学养之外，还需要作家能够即置身又挣脱某种社会角色的搅扰与社会地位的羁绊。雨果曾经深有体会地说过："一个完整的诗人，或者出于偶然，或者由于自己的意志，至少在一段必要的时期里置身于政府与党派的联系之外，他也可能创作出一部伟大的作品。""没有任何约束，没有任何牵连。他的思想如同他的行动一样自由。他将自由地同情劳苦的人，厌恶损人利己者，热爱为人群服务的人，可怜受苦受难者。他将自由地堵塞一切谎言的通道，而不论这些谎言来自何处，来自什么党派"；"他爱人民但并不仇恨国王；安慰垮了台的王朝并非对在世统治的王朝不敬；他同情将来的国王但并不侮辱过去死亡了的家族。"① 雨果的见解，虽不无偏颇，但又确实是切中文学艺术规律之肯綮的。当一位作家身为政府的或某一政治团体的一员时，其精力与角色暗示及必须恪守的身份规则，必会或多或少地影响其把握文学精神的视野。在 20 世纪中国文学史上，何其芳、丁玲、艾青等人政治身份变化前后创作水平就存在着落差，茅盾、王蒙、贺敬之身为文化部长期间文学心态的拘谨，即是发人深省的例证。托尔斯泰、陀思妥耶夫斯基、狄更斯以及雨果本人，这些世界文学大师的伟大与深邃正是在于：他们痛恨邪恶，同情人民，但又反对煽动仇恨，反对以暴制暴。显然，只有超越自我身份与角色的局限，才能以独立人格与超越性视野，把握到真正有意义的文学精神；只有超越了与个人身份地位相关的爱恨情仇时，才能以悲悯众生的博大襟怀，把握到更高层次的文学精神。相反，一个作家一旦过于忠诚某一政治组织、过于迷恋某一官位、过于片面倾心某一社会力量，是很难写出真正具有博大浑阔的文学精神之作品的。

二

那么，文学精神的内涵是什么呢？与"物质"相对的"精神"，意谓"人的意识、思维活动和一般心理状态"、"神志；神采；韵味"、"内容实质"等。② 从本质上来看，"精神"是人类对事物的超物性的意义思考与价值判断。用之于文学，则应当主要是指作家，以情感化、直觉化、意象化之类的呈现

---

① 童庆炳、马新国主编：《文学理论学习参考资料新编》（上），北京师范大学出版社 2005 年版，第 889 页。

② 参见《辞海》，上海辞书出版社 1979 年版，第 4432 页。

方式，在传达个人体悟，宣泄自我情感，表现人生世相的同时，自觉不自觉地凝铸于文学作品中的价值取向、文化观念、人生追求，等等。黑格尔曾经强调文艺作品要有"一种灌注生气于外在形状的意蕴"，并解释说"就像寓言那样，其中所含的教训就是意蕴"①。黑格尔这里所说的"意蕴"，其主体构成显然正是"内容实质"意义的"精神"。中国当代作家贾平凹曾这样谈过自己的阅读体会与创作主张："有些人的书，看过了就看过了，有些人的书你看过了还想做一些笔记，在书上画些符号，发些感慨，受到启发，得到顿悟，能联想到更多的东西。所以说，好的作家不在乎你写了些什么，而在乎你给读者心灵唤起了多少东西。""每个作家都要思考，如何使自己的精神更大一些，更广一些，更高一些，有了这个精神基点，写出来的作品才会具有某种伟大品格。"②贾平凹这里所说的作品"给读者心灵唤起"的"东西"，作家应该思考的能够构成作品伟大品格的"精神"，正是文学精神。一位丧失了人类灵性的人，无论身体如何的强壮，也只能是行尸走肉而已；一篇缺乏内在"意蕴"，缺乏"精神"的作品，自然也就缺乏生机、灵性、神采与韵味了。

在文学艺术中，由语言技巧、意象创造、情节结构之类所体现的审美精神，当然是重要的，但构成的往往还只是文学艺术的底线，决定的还只是文学作品的"文学性"，而更能搅起人的情感波澜，化育人心，震撼灵魂的还是在艺术形式基础上形成的更深层次的"文化精神"。正如世界上一些著名哲学家、思想家、文学理论家认识到的："任何一种伟大艺术的奥

① ［德］黑格尔：《美学》第 1 卷，商务印书馆 1979 年版，第 24—25 页。
② 贾平凹、谢有顺：《文学比的就是精神境界》，《南方都市报》2003 年 3 月 15 日。

妙都是'超审美性'"（哈特曼）；艺术并非单纯的"甜美之音"，而是一种服务与效力，要承荷一种使命，"召唤人们走向超个体性"（别尔嘉耶夫）；"艺术作品同另一类价值领域——既有普适性的，也有局部性的——也有最为直接的关系"（哈利泽夫）。[①]从阅读经验来看，如我们之所以喜爱"小娃撑小艇，偷采白莲回。不解藏踪迹，浮萍一道开"（白居易：《池上》）这样一首小诗，不仅是因诗人所描绘的这样一幕有趣的生活小景令人欣悦，更为重要的是：其中的精神内涵，即诗中隐含的诗人对天真无邪的人性向往，会令人激动。如同是咏梅，何以不乏审美价值的"东风才有又西风，群木山中叶叶空。只有梅花吹不尽，依然新白抱新红"（李公明：《早梅》）；"到处皆诗境，随时有物华。应酬都不暇，一岭是梅花"（张道洽：《岭梅》）之类诗作，读后难以给人留下什么印象，因为这类诗作，基本上停留在对外在自然景观的摹写，缺乏能够撼人心灵的深层精神内涵；而当我们面对陆游的"闻道梅花坼晓风，雪堆遍满四山中。何方可化身千亿，一树梅花一放翁"（《梅花绝句》）及高启的"雪满山中高士卧，月明林下美人来"（《梅花诗》）之类作品时，会禁不住心跳眼热，难以忘怀，则是因为，其诗作中的梅花，已超越了自然界的梅花本身，而凝进了独立不羁、圣洁超逸之类的人格精神。

文学创作，当然并非专注于思想创造，但文学作品中隐含的能够善化人心，提升人格，纯正社会，有利于促进人类文明与进步的文化精神，本身又必是作家思想的产物；文学作品中的意象、人物等，当然不应是作者思想的逻辑构件，但只有经

---

① 参见［俄］瓦·叶·哈利泽夫：《文学学导论》，周启超等译，北京大学出版社 2006 年版，第 104、103 页。

由作者思想意绪的浸泡，其意象才会像陆游、高启笔下的梅花那样灼然发光，其人物才有可能像曹雪芹笔下的贾宝玉、林黛玉，鲁迅笔下的阿 Q，雨果笔下的冉阿让那样，成为不朽的文学精灵；作家当然不同于专业性思想家，但如果缺乏思想追求，其作品是不可能具有精神高度的。正因如此，我们会发现，历史上的许多著名作家，无不重视"思想"之于"文学"的作用。郎加努斯在《论崇高》中，强调崇高的条件"第一而且是最重要的是庄严伟大的思想"[1]；英国著名诗人柯勒律治在《文学传记》中指出，诗歌需要想象、幻想、激情，但如果没有"思想的深度与活力"，想象、幻想之类，就不能达到高度的发展，"即使有发展，也只能够给予短暂的闪烁，瞬息的光芒"[2]；巴尔扎克强调："艺术作品就是用最小的面积惊人地集中了最大量的思想"[3]；泰纳认为："一个艺术家没有哲学思想，便只是个供玩乐的艺人"[4]；意大利现代著名作家莫拉维亚也曾这样宣称："长篇小说的共同特性中至关重要的，乃是我们称之为思想意识的存在"，"小说家不是哲学家，而是见证人，但决定一部长篇小说之所以成其为长篇小说的各种东西，全部溯源于思想意识"[5]。就是中国新时期长篇小说中大量的人生回忆内容，都并不是偶然的，它的社会根源是历史否定性转变和

[1] 伍蠡甫主编：《西方文论选》上卷，上海译文出版社 1979 年版，第 125 页。
[2] 伍蠡甫主编：《西方文论选》下卷，上海译文出版社 1979 年版，第 35 页。
[3] 童庆炳、马新国主编：《文学理论学习参考资料新编》（中），北京师范大学出版社 2005 年版，第 1281 页。
[4] 童庆炳、马新国主编：《文学理论学习参考资料新编》（中），北京师范大学出版社 2005 年版，第 1113 页。
[5] ［英］乔·艾略特等：《小说的艺术》，张玲等译，社会科学文献出版社 1999 年版，第 209—210 页。

现实变化提供了反思历史和回首人生的契机和动因。反思历史人们在理智上与历史的否定逻辑一致；但回顾人生对投身这段历史活动的两代人来说，感情上却存在着与历史的悲剧性结果及否定逻辑的冲突，无法割舍凝聚着血汗的生活经历，无法否定为那段历史付出的感情和生命的价值和意义。但是，历史悲剧性的结果决定了为之献身的人生价值的悲剧性，人生价值的悲剧性以及历史否定逻辑的不可逆转就注定了这种感情上人生肯定的感伤性质。因此，感伤情绪是历史否定性转变在人们心里无法避免的投影，是当代社会历史的悲剧性结果和传统文明的悲剧性命运形成的感情重负在人们精神上的表现。它普遍存在于作家的审美意识中，潜在于作品的底层。

虽然有些作家，宣称对思想的拒斥，如博尔赫斯声称："我不认为艺术，写作活动，是一种精神活动。我认为作家应该尽可能少地介入他的作品。""重要的是作家是记录员这一事实，他接受了某种东西，并设法把它传达给别人。"但博尔赫斯力图在小说中传达给别人的诸如"也许每个人都是唯一的，也许我们看不到对每个人有利的唯一的东西"；"在现实的世界上，我们不知所向，我们会觉得它是一座迷宫，是一团混乱"之类见解[1]，毕竟也还是"思"。中国当代诗人韩东表示："作为一个作家我们只有一条真实的道路，那就是指向虚无。""即便是伟大的小说家——曹雪芹、托尔斯泰、卡夫卡也没有资格教化众生，他们甚至拯救不了自己。"但他同时申明："指向虚无与指向价值并不是背道而驰的。像释迦牟尼，就绝对是一个大虚无主义者，他否定一切，兜底一抄，同时他身体力行，以至

---

① ［英］乔·艾略特等:《小说的艺术》，张玲等译，社会科学文献出版社1999 年版，第 243、246、249—250 页。

穿越了虚无抵达真理。指向虚无与指向价值可谓一张纸的正与反，问题在于我们穿不过去。我们对尘世生活中的小恩小惠、小快小乐……充满了依恋，无法真正摒弃，并不虚无。"① 可见，韩东所推崇的"虚无"，本身也还是一种"思"。即使像张贤亮这样一位历经苦难的作家，他仍然"有意识地把种种伤痕能使人振奋、使人前进的那面表现出来"，"把伤痕转化为更为雄健、更为深沉、更为崇高的缺陷美"，② 但对伤痕和苦难所凝聚的积极光彩和道德力量的发掘实质上仍然是对伤痕和苦难价值的寻求和肯定。"缺陷美"必定是以"缺陷"为代价的，"缺陷"又必定是无法弥补和挽回的遗憾和伤逝。主人公章永璘（《男人的一半是女人》）在苦痛中就曾时时感叹自己的命运："我怎么会落到这种地步？""为什么要思考？在宿命面前，思考又有什么用？啊，宿命！"更重要的是对这一残酷命运、苦难经历和痛苦灵魂的挣扎过程回味再现本身才真正意味着内在深刻的感伤——与那苦难的感情纠结。代价越大，感情越难摆脱代价的纠缠。对这种内在深刻的感伤情绪的把握不仅要看作家写什么和怎么写，更重要的是把握作家为什么写什么和怎么写的情感动机和深层心境。这些虽然是潜在的，却是更根本和更真实的精神现象。

三

　　毫无疑问，文学精神也是有其自身的特点的。因为作家毕竟不是哲学家、宗教家、科学家、政治家或其他领域的学者，

---

① 林舟：《生命的摆渡》，海天出版社1998年版，第56、54页。
② 张贤亮：《从库图佐夫的独眼和纳尔逊的断臂说起》，《小说选刊》1981年第1期。

故而作为"文学精神"的"文化精神"，当然又不同于哲学、宗教、科学、政治之类其他"文化精神"。宗教精神的主旨是以对彼岸世界的信仰安抚人心，让人内敛心性，安贫乐道；哲学精神旨在求得成为共识的关于世界与人生的真相；科学精神亦重在以实证的方式求知。借用英国作家劳伦斯的话说："哲学、宗教、科学这三样东西都忙着对各种事物作出定论以求得稳定的平衡。宗教借助一个独一无二、定义明确的上帝，他说'你应当'如此如此，'你不可'这般这般，句句话都斩钉截铁；哲学借助一套固定概念；科学借助一套'法则'——这三样东西无一例外，随时都要把我们钉到这棵那棵树上去。"①在利用"固定概念"与"法则"求得稳定与平衡方面，旨在治国平天下的政治精神，显得尤为酷烈；道德精神的主旨亦是建立秩序与规范，因而往往成为政治精神的附庸。文学精神的思维指向则大不相同，它的外部之"思"呈现出自由性、理想性、超越性之特征。首先，文学精神是一种独立自由的生命精神。文学之思，虽然不一定具有多少原创性但又绝非外来的观念指令，而是来自于作家个人生命意志的自由选择。如在李白的诗、曹雪芹的《红楼梦》、但丁的《神曲》之类作品中，蔑视权贵、反叛封建礼教、揭露宗教罪恶之类精神，本身说不上如何独特，其作品之所以杰出，重要原因正在于：作者敢于遵从自己的生命意欲，以无所顾忌的自由笔墨，在作品中宣泄了自己的精神寄托。事实上，真正有才华的作家，往往正是具有孤傲自负，目空一切，无所顾忌的个性，而时时谨小慎微，处处恪守规范，是写不出真正具有文学精神的作品的。莫言说：

---

① ［英］戴维·洛奇编：《二十世纪文学评论》上册，葛林等译，上海译文出版社 1987 年版，第 236 页。

"要想搞创作，就要敢于冲破旧框框的束缚。最大限度地进行新的探索，犹如猛虎下山，蛟龙入海；犹如国庆节一下子放出十万只鸽子；犹如孙猴子在铁扇公主肚里拳打脚踢翻筋斗，折腾个天昏地暗日月无光，手挥五弦目送归鸿穿云裂石倒海翻江蝎子窝里捅一棍。"① 显然，只有以如此天马行空之胆识，才能使作品闪射出更为夺目的文学精神之光；也只有这样一种自由不羁的文学精神，才大不同于一般的文化精神。而且，这样的文化精神，是极易与强调稳定、秩序、规范、虔敬的政治精神、道德精神、宗教精神等形成对立，而遭到排斥与贬抑的。其原因又正如鲁迅所说："政治想维系现状使它统一，文艺催促社会进化使它渐渐分离。"② 这也就是为什么越是伟大的作家，越有可能在反叛与革命的时代成为弄潮儿，而在革命成功、社会秩序确立之后，每每会为当权者所不容，甚至往往会陷入悲剧命运的重要原因。其次，文学精神是一种最富于理想追求的人格精神。举凡伟大的作家，总会不满现状，渴望更为理想化的人生。比如，在展现一个"黄发垂髫，怡然自乐"，"不知有汉，无论魏晋"乌托邦乐园的中国晋代诗人陶渊明的《桃花源记》中；在杜甫痛恨战乱的"安得壮士挽天河，净洗甲兵常不用"（《洗兵马》）之类诗篇中；在托尔斯泰塑造的能够忏悔罪过，良心复活的聂赫留朵夫之类人物形象中；在20世纪的哥伦比亚作家马尔克斯"在那里，谁的命运也不能由别人来决定，包括死亡的方式；在那里，爱情是真正的爱情，幸福有可能实现；在那里，命中注定处于一百年孤独的世家终

---

① 莫言：《天马行空》，《解放军文艺》1985年第2期。
② 《鲁迅全集》第7卷，人民文学出版社1981年版，第114页。

将并永远享有存在于世的第二次机会"①之类关于一个新型的、锦绣般的、充满活力的世界的向往中，涌动着的正是这样一种理想追求。正是缘于理想追求，伟大的作家们，往往心忧天下，痛恨人间邪恶，渴望改变现实，并由此促成了诸如柳宗元的《捕蛇者说》、关汉卿的《窦娥冤》、杜甫的"三吏"、"三别"、白居易的"讽喻诗"、巴尔扎克的《高老头》、果戈理的《死魂灵》、索尔仁尼琴的《古拉格群岛》等不朽的文学名作。与之相反，那些满足于现状，奉迎时世，动辄以"天子圣明"、"海晏河清"、"和谐盛世"、"伟大光荣"之语歌功颂德的所谓作家，常常是不可能有什么大的作为的。再次，文学精神是一种最具超越性的文明精神。由世界上的一些伟大作品可知，其作者的精神追求，虽常常与政治、道德、宗教之类意识相关，但缘其自由性、理想性的精神指向，其追求往往又是超越某一党派、某一集团、某一时代的政治观念的，超越某些既成道德规范、某种宗教教义的，而呈现为民族精神、时代精神、人类精神、宇宙精神等多种精神形态，与自由精神、博爱精神、批判精神、正义精神、理想精神等多种精神指向的层积交融。正如意大利小说家莫拉维亚说的："作家的思想乃是处于叙述表层之下的各种主题的总和，它们犹如长期埋藏于地下的雕塑的碎片，被挖掘出来，获得整合。"莫拉维亚并以陀思妥耶夫斯基为例指出，俄罗斯文学史上，这位被誉为"思想意识型长篇小说之父"的作家的思想，其伟大之处正在于："永远无法严密地、有序地描画出陀思妥耶夫斯基的思想意识。他既是基督徒，又是尼采主义者；既是人道主义者，又是贵族；既是革命

---

① 朱景冬编选：《我承认，我历尽沧桑》，中国社会科学出版社 1993 年版，第 179 页。

者，又是反动分子。这种矛盾性、含混性的巧妙结合，成全了诗，而诗恰恰存在于所有的矛盾汇合交融的地方，同时也存在于所有的矛盾分道扬镳的地方。"①莫拉维亚这里所赞赏的陀思妥耶夫斯基思想的"矛盾性、含混性的巧妙组合"，实际上正是文学精神的超越性品格。在曹雪芹的《红楼梦》中，我们同样会看到这样一种超越性的"巧妙组合"，在这部文学杰作中，既闪耀着反叛封建礼教的时代精神之光，又不无"补天"意识；既有忧虑时世的现实意绪，又不无"空即是色，色即是空"的出世情怀。这样一种超越性的文学的内部精神之思，更不同于一般的"文化精神"之"思"，而是人类精神、宇宙精神之"大思"。历史的经验证明，面对能够如此"大思"的作家，是不应以简单化的政治视角或道德视角论是非的。若以单一的政治视角来看，"在最伟大的作家中，有的是反动派，如巴尔扎克；有的是彻头彻尾的保守派，如福楼拜。"②但谁又能否认巴尔扎克与福楼拜的伟大文学贡献。若以单一的道德视角来看，劳伦斯的《查特莱夫人的情人》、纳博科大的《洛丽塔》等，也就必然会被视为"伤风败俗"，但这些作品，也终因掩抑不住的独特文学精神之光，得列世界文学名著之林。

与"大思"之作相比，我们会意识到，在文学史上，有许多为读者厌弃的肤浅之作，常常并非是因思想的缺乏，而是因思想指向的单一与褊狭。一部作品中，如果精神形态与精神指向单一褊狭，就难免内涵的肤浅，就不可能达到更为高超的艺术境界。如中国现代文学史上出现的蒋光赤的《短裤党》之类

---

① ［英］乔·艾略特等:《小说的艺术》，张玲等译，社会科学文献出版社1999年版，第202页。
② ［法］雷蒙·阿隆:《知识分子的鸦片》，吕一民、顾杭译，译林出版社2005年版，第43页。

的无产阶级革命文学，"文革"结束之初出现的刘心武的《班主任》之类的"伤痕文学"，等等，思想精神不能说不强烈，并虽曾因此而赢得过当时众多读者的喝彩，但却终因意蕴的浅陋可察，终因缺乏超越性的精神质素，而难具久远的生命活力。显然，"文学精神"之所以独具价值，无法为政治、哲学、道德、宗教等一般文化精神所替代，另一重要原因是：文学精神的内部之"思"，有其不同的呈现形态与发挥作用的方式。一是情感化之思。人类的政治、道德、法律、科技等许多方面的文化精神，往往是基于安邦治国、维护社会稳定、提高人类物质生活条件之类功利目的的思想成果，是人类冷静理智地分析研究的产物。这样一些思想成果，是人类社会所必需的，但同时又会束缚人的自由本性，压抑人的生命情感。而文学活动中的文化精神，正是作家顺乎自由本性，以情感为动力，并为情感所导引的，是在体验与观察现实的基础上，对社会、时代、人生的独特体悟。由于导源于生命情感，故而文学精神，又往往会背离于一般社会文化精神。甚或与其他社会文化精神形成对立。如法律精神是容不得情感的，但雨果的《悲惨世界》、陀思妥耶夫斯基的《罪与罚》之类世界文学名著，感人之处恰在于对犯罪者的理解与同情；科技精神创造了人类的现代文明，提高了人类的物质生活水平，但在美国作家梭罗的《瓦尔登湖》、卡森的《寂静的春天》、苏联作家阿斯塔菲耶夫的《鱼王》、中国作家沈从文的《边城》等著名作品中，表现出来的则是对现代文明的忧虑、厌恨，以及对远离现代文明的乡野湖畔的迷恋；无论如何解释，福楼拜笔下的包法利夫人背叛丈夫与人私通，曹禺《雷雨》中的繁漪的乱伦之恋等，是有违社会道德的，但作者对非道德的主人公的同情，却会在读者那里引起强烈的共鸣。文学精神的独特价值恰恰在此，即作家，以发自生命本原的个人情感之思，填补了社会文明无可避免地在人类心灵中撕开的某些裂口，以虚幻想象的方式，满足了人类的自由向往，维系了人类心灵的平衡。二是直觉化之思。与一般的社会文化之"思"不同，优秀作品中的文学精神之"思"，往往不是径直来自于作家的理性思维，不是呈现为某种太实际太具体的思想，而是作家由对现实与人生的体悟而产生的直觉性、模糊性之"思"。康德曾经指出，艺术美是审美观念的表现。关于审美观念，康德的解释是："就是想象力里的那一表象，它生起许多思想而没有任何一特定的思想，即一个概念能和它相切合，因此没有言语能够完全企及它，把它表达出来。"①康德所说的能够"生起许多思想"的"表象"，即直觉的产物。在康德看来，只有这种直觉性的审美表象，才具有艺术价值。康德这一见解，无疑是符合文学创作规律的。许多作家，正是通过这样的"直觉之思"，而得以成功的。捷克著名小说家昆德拉曾这样谈过创作体会：从政治角度来说，世界是白的或黑的，不能模棱两可，而小说则相反，小说的功能"就是让人发现事物的模糊性"，"在一个建基于神圣不可侵犯的确定性的世界里，小说便死亡了。或者，小说被迫成为这些确定性的说明，这是对小说精神的背叛。"②1984年获诺贝尔文学奖的捷克诗人塞弗尔特的体会也是："诗应该具有某种直觉的成分，能触及人类情感最深奥的部位和他们生活中最微妙之处。""各色各样的思想毕竟太实际，太实用了。它们源于这个世界，又运用于种种利益和冲突。然而，诗又不能完全

---

① ［德］康德：《判断力批判》上卷，宗白华译，商务印书馆1996年版，第160页。
② ［英］乔·艾略特等：《小说的艺术》，张玲等译，社会科学文献出版社1999年版，第76、84页。

没有思想性。它在诗中被运用于另一方面了。"① 逻辑的、抽象的社会文化之"思",能够给人以理论的说服,而直觉化的文学精神之"思",给予读者的则是某些方面的心灵启迪。三是意象化之思。意旨明确的社会文化精神之"思",必须诉诸逻辑性思辨与概念性论证,而作家感悟性的直觉之"思",则只能通过意象才能得以完满的传达。因此,"在真正诗的作品里,思想不是以教条方式表现出来的抽象概念,而是构成充溢在作品里面的作品灵魂,像光充溢在水晶体里一般。"② 别林斯基这里所说的充溢着光的"水晶体",便正是"意象化"之思的产物。正因"意象化"之思,进一步决定了文学精神之于社会与人生的独特作用,即是化育而不是教育,是启迪而不是灌输,是激发而不是强制。

文学精神,虽然本质上是一种思想观念,但因其自由性、理想性、超越性,以及情感性、直觉性、意象性的呈现形态与发挥作用的方式,使之又绝不同于抽象思辨的一般社会文化精神,而是一种"言有尽而意无穷"的"诗化精神"。文学作品的独特价值与意义正在于:这样一种"诗化精神",是任何其他社会文化精神无法替代的。

四

在人类的文学活动中,为什么需要文学精神?文学创作水平的提高,为什么必须坚守文学精神?对此,我们不妨借用法国 19 世纪文学批评家圣·佩韦的见解作答:"一位真正的古

---

① 王诜编:《世界著名作家谈创作》,江苏文艺出版社 1991 年版,第 146 页。
② 《别林斯基论文学》,梁真译,新文艺出版社 1958 年版,第 51 页。

典作家，照我意中喜欢提出来的定义，乃是一位丰富了人类精神的作家；他确实增加了人类的宝藏；使人类又向前跨进了一步。"任何一部伟大的作品，只能由一个灵魂、一个独特的精神状态产生——这是一般的规律。"①

在推进人类社会的文明与进步上，文学当然远不如政治、经济等方面的社会变革与科技手段那样快捷与明显，但政治、经济或科技之类手段，更易促进的是外在社会现实的变革，难以更为内在地化育人性，如果变革不当，有时甚至会导致人性私欲的膨胀，加剧社会的纷争，而文学精神则恰可以弥补其他社会变革手段的过失。正如钱理群指出的："'文学'的核心，文学创作与文学阅读的出发点与归宿，都是'人'，是人的心灵，人的感情，人的精神，而不是其他。""读文学作品唯一的目的（如果有目的的话），是陶冶我们的性情，开拓我们的精神空间——你坐在小屋里，打开书，就可以突破时、空的限制，与千年之远、万里之外的人与生物，宇宙的一切生命进行朋友般的对话，你将出入于'（他）人'、'我'之间，'物'、'我'之间，达到心灵的暝合，获得精神的真正自由。坚持读下去，日积月累的潜移默化，你会发现，你变了，像巴金老人说的那样，'变得更好'了。"② 秘鲁裔西班牙作家马里奥·巴尔加斯·略萨也曾更为深刻地指出，一个没有文学的社会，人类"注定会从精神上变得野蛮起来"，而"阅读过塞万提斯、莎士比亚、但丁或者列夫·托尔斯泰作品的人们，可以互相理解，感觉我们都是人类大家庭的成员，因为从他们的作品里

---

① 伍蠡甫主编：《西方文论选》下卷，上海译文出版社 1979 年版，第 200、204 页。

② 钱理群：《用文学经典滋润下一代》，《中华读书报》1998 年 8 月 12 日。

我们学到了人类的共同精神"。① 即使是先锋文学，它的精神主题，也是十分深刻和独到的。因为任何一个真正意义上的先锋作家，除了必须拥有独立的精神空间之外，还必须拥有超前的审美眼光，深邃的艺术思考以及不断超越的艺术表达能力。真正的先锋是精神的先锋，是体现在作家审美理想中的自由、反抗、探索和创新的艺术表现，是作家与世俗潮流逆向而行的个人操守，是对人类命运和生命存在的可能性前景的不断发现。因此，先锋作家只有对人类的存在进行永无止境的探究，才有可能找到真正能确立自己独创价值的内在动力和审美源泉，像普鲁斯特从客观时间中发现了心理时间，加缪从正常的社会秩序中看到了荒诞的现实，萨特从公众的人性价值中体悟到了另一种人性本质，马尔克斯从既定的史书中发现了另一种全新的历史脉络……这些先锋作家在精神本源上都从不轻易地认同现存的价值尺度，他们总是用怀疑的眼光去审度现实，用拷问的方式去质证现在，用前瞻的胸怀去寻查本质，然后用坚定的信心来表达自己的观念。从而体现出先锋作家自身真实的审美理想，发挥精神内蕴的审美作用。这就是文学的力量，这就是文学精神的作用。

文学精神的作用还在于，经由对人类心灵的启迪，亦可在某些方面直接生成推动历史变革的能量。毫无疑问，人们通过文学的欣赏，能够影响人的思想感情，而且这种影响既是无形的，又是异常深刻的；既是潜移默化的，又是不可抗拒的。文学精神，作为社会变革的先声，曾经在历史上发挥过重要的前导性作用。比如巴金，他就曾"把我的笔当做攻击旧社会、旧

---

① 赵德明：《略萨请男人看文学书》，《环球时报》2004年9月3日。

制度的武器来使用。"①他的《激流三部曲》就成了"彻底摧毁桓于整个社会的封建制度"的尖锐武器。《家》觉慧的出走和觉民抗婚的胜利;《春》淑英经过抗争脱离了大家庭和蕙的悲惨死亡;《秋》高家的"树倒猢狲散"和觉新的结局等,都生动地表现了腐朽的封建势力必将衰亡、新生的民主势力必将崛起的时代主题,而且通过一连串封建家庭里青年一代的痛苦挣扎和背叛家庭、悲惨遭遇和血泪控诉,阐明了封建制度和封建礼教的重大罪恶,描写了中国封建社会必将彻底崩溃的社会图景和历史真相。然而,随着社会变革与现代媒体的发达,文学精神在这方面的作用虽然不像历史上那么波澜壮阔了,但之于人类文明的影响仍是不可估量的。如已获得现代生态文学经典之誉的美国著名海洋生态学者蕾切尔·卡逊博士的报告文学《寂静的春天》,正是以其批判现代科学的危害,反思人类科技弊端的文化精神,唤起了人类对生态问题的关注。美国前副总统戈尔在为该书撰写的再版《前言》中曾经高度评价道:《寂静的春天》堪与斯托夫人的《汤姆叔叔的小屋》相媲美。后者曾经促使了美国南北战争的爆发,加速了美国奴隶制度的解体;而前者则"犹如旷野中的一声呐喊",同样改变了历史的进程。"她惊醒的不但是我们的国家,甚至是整个世界。"②正是得益于这位曾经遭到过"歇斯底里"、"极端主义"之类指责的作者的惊世骇俗的见解,此后,美国政府及各州很快通过立法,明令禁止了包括 DDT 在内的各类剧毒杀虫剂的生产和使用,并于 1970 年,成立了世界上最早的环境保护局。亦正是与这部著作相关,人类开始重新反思科学,从此开始了全

---

① 《巴金文集》(十四),人民文学出版社 1962 年版,第 358 页。

② [美]蕾切尔·卡逊:《寂静的春天·前言》,吕瑞兰、李长生译,吉林人民出版社 1997 年版,第 9、12 页。

球性的现代环境保护运动。由于它在美国历史上产生了巨大的作用和影响，《寂静的春天》已被赞誉为"改变美国的书"，乃至被评为影响世界历史进程的重要著作之一。另如面对苏联的批判、流放，敢于顽强抗争的俄罗斯作家索尔仁尼琴；力图以自己微弱的个体声音，对人类"曾经发生过的、现在仍在发生、而且将来还会发生的堕落"发出警告的匈牙利犹太族作家凯尔泰斯·伊姆莱；坚定地站在被压迫者一边，为推动现代民主体制的完善不遗余力，有"时代的良心"之称的德国作家君特·格拉斯；密切关注着南非苦难的库切等，亦主要是因《古拉格群岛》、《英国旗》、《铁皮鼓》、《等待野蛮人》等作品中具有推动历史进程的精神力量而赢得了世界性声誉。

文学精神与人生及历史发展的重要关联，当然也就决定了文学精神的有无高下，是文学作品成功与否的关键。因为"精神是照亮现象的光源，没有这种光照，现象也就失之为现象"。"如果不显现出精神，或者说没有精神，艺术作品也就不复存在。"[①] 以实际来看，正是因其文学精神的有无，决定了文坛上的这类现象：同是写性，英国的劳伦斯、美国的纳博科夫、日本的渡边淳一可以写出《查特莱夫人的情人》、《洛丽塔》、《失乐园》之类给人以灵魂震撼的世界文学名著，而美国作家欧文·华莱士的《玫瑰梦》、巴巴拉·索尔德的《销魂时分》等，则只能沦为"地摊文学"。中国古代文学史上的《金瓶梅》，亦因其精神价值的不足，只能被称之为"奇书"，而称不上"伟大"。另如同样追求"身体写作"，奥地利女作家耶利内克可以立足于"女性主义"的精神高度，写出荣获诺

---

① ［德］阿多诺:《美学理论》，王柯平译，四川人民出版社 1988 年版，第 157 页。

贝尔文学奖的作品，而在中国当代文坛上出现的"下半身诗歌"、木子美的《遗情书》之类，因其意趣的低下与污浊，则只能是对文学艺术的亵渎。因此，文学的差距，在很大程度上正是文学精神的差距。俄罗斯作家协会秘书长、高尔基文学院院长谢·叶辛曾从文学精神角度，这样总结过俄罗斯当今文学衰落的原因："文学失去了它最基本的思想，作家们在精神上失去了信仰。如果我们把这些东西全都抛弃，文学还剩下什么呢？文学将会以什么样的方式生存呢？在新时期，没有一个作家能全面地、有机地理解这些观点，他们的才能没有达到这种程度。这 15 年来，俄罗斯出现了一批新的作家，却没有诞生一部伟大的作品。在他们的作品里，我们看不到思想。"① 近些年来，中国文学的颓势，关键原因之一也与精神的下滑有关。随着社会的变革，中国作家们创作的自由度无疑是大大提高了，但内在精神的疲弱，已在窒息着文学的生机与活力。同谢·叶辛所说的俄罗斯当代文坛的状况相类，我们的不少作家，缺乏对时代的关注，缺乏自我反思与人性批判的目光，缺乏真正独立自由的知识分子精神，更缺乏博大的人类意识与宇宙襟怀。正如评论家雷达指出的，"尽管有些口碑不错的作品，但与国际上公认的伟大作品相比，仍缺少对时代生活的整体把握，直接导致文学的精神超越性的力量不足。"② 不久前，德国著名汉学家顾彬（Wolfgang Kubin）在接受"德国之声"采访时，也曾一针见血地指出：中国当代作家的"意识是很有问题的，他们的视野是非常有问题的。好像他们还是卡在一个小房子里头，不敢打开他们的眼睛来看世界。所以中国到现在为止

① 张英、董宏杰:《俄罗斯文学：最艰难的时刻已经过去》,《南方周末》2005 年 5 月 19 日。
② 雷达:《现在的文学缺少了什么》,《新京报》2006 年 10 月 8 日。

没有什么它自己的声音，从文学来看，没有。德国到处都有作家，他们代表德国，代表德国人说话。所以我们有一个德国的声音。但是中国的声音在哪里呢？没有。"① 由于视野的拘谨，要创作出跻身世界一流，具有自由性、理想性、超越性的文学精神境界的作品，显然是不可能的。

中国当代文学。虽然一直在期盼着走向世界，但我们这样一个泱泱文学大国，真正够得上世界一流的当代作品毕竟不多。诺贝尔文学奖虽然并不绝对说明问题，但这毕竟是世界公认的影响最大的文学奖，至今仍与中国作家无缘。常常听到的一种说法是：这要归咎于意识形态方面的原因。虽可以此自慰，但终不过是自欺欺人而已，人们似乎忽视了这样的事实：2003 年，南非作家戈迪默·库切获奖的重要理由是"无情地鞭挞了西方文明的残酷理性主义和虚伪的道德观"，如果意识形态在起重要作用，这位鞭挞西方意识形态的作家，何以也能赢得西方人的赞赏呢？如果与意识形态有关，自然科学可是与意识形态无关的，我们不是也没有人获得这方面的诺奖吗？问题的关键恐怕还是作品本身的水平，尤其是精神境界所能达到的高度。

五

新中国成立以来，将现当代中国之历史视为一部革命史，不单单是指它的内容，尤其是指它的精神。引"革命"思维入文化，以"革命"思维为历史哲学基础指导一切实践，便在中

---

① 　网《顾彬采访原文：美女作家是垃圾，中国诗人了不起》，星岛环球，
http://www.singtaonet.com/cul_rcview/t20061215_419786_1.html。

国当代文学中滋生和推广了一种革命现实主义的文学精神。当代中国"十七年"文学中的许多作家，虽然在创作上都已形成了自己的特点和风格，显示了自己的品格与追求，但都牢牢地立足革命现实主义文学精神的基点之上，不论《青春之歌》以白描手法，勾勒跌宕有致的生活画面，《林海雪原》在富于传统美学气韵的艺术描写中，辑构了扣人心弦的故事情节和塑造了栩栩如生的人物形象，《创业史》以充满诗意与哲理的笔触，活画了中国农民的现实心态和中国农村的历史进程；还是《野火春风斗古城》运用富于魅力与激情的描写，艺术地揭橥了抗日战争时期发生在冀中平原上惊心动魄的一幕，《保卫延安》有张有弛、流畅自然地再现了延安保卫战的史诗画卷，《红岩》激荡了读者的心扉，扬励了读者的志气，等等，都是运用刚建的材料、沿着正确的方向，建设性地、富有成效地塑造了自身主体美学形象。而革命现实主义的文学精神，就是这一时期文学的主潮；忠于革命、忠于生活、忠于时代、忠于人民，是这一时期文学的基点。这就历史地决定了这一时期的文学，是以马克思主义的唯物论的反映论，作为考察主客观世界并将之转化为文学行为的基本方式和方法；是以强烈的使命感和高度的责任心，满怀激情地描写新的人物、新的世界、新的事变和新的时代的；是深入生活，深入群众，深入火热的斗争，争做时代的弄潮儿，争绘现实的英雄谱；是通过文学创作激励群众斗志，高扬革命精神，在现实与理想之间架一道彩虹，在卑下与高尚之间掘一条深沟，以文学负载人生的价值和社会的意义，在审美过程和美学机体中楔入审视生活、判别是非和淬砺浩然正气的内容；是以民族特点，乡土特色和地方风味，作为涵负社会主义现实生活内容和人性内蕴的匠意和织机，并对之加以能动地、自觉地、和谐地建构与表达。而且也有效地构建和营造了中国当代文学的理所当然的美学形象，形成和驭运了中国当代文学的个性化审美方式，这就是高扬社会主义精神和民族革命传统，坚持革命化、民族化、大众化、生活化的创作道路，恪守文学的党性原则，以饱满的政治热情、全新的美学构体和具有民族特点，并为广大群众所喜闻乐见的艺术形式，正面切入现实生活和时代脉搏，通过塑造具有社会意义的典型形象，全方位地、艺术地再现由现实、历史和理想所构成的生活的主动脉和时代的主旋律，从而描绘出饱含时代精神、生活内蕴和人性本质的丰富多彩的艺术画卷，起到美娱、启迪、教育、激励广大人民群众和推动社会主义革命与建设事业不断向前迈进的积极作用。但也必须看到这种革命现实主义的文学精神，仍然是单向思维的结晶，缺乏内在的精神高度，虽然这些作品总是盈荡着民族精神、传统特色、乡土气息和革命现实主义的文学魂魄；总是循守典型化的原则，以质朴清新，刚健隽永的笔触，真实地反映和描绘现实生活的变革和现实人性的跃升，但却缺乏站在相同或相近的文化背景中，面对共同的世界局势与人类共同关心的问题而形成的某些共通性的意蕴；缺乏以超时代、超民族、超阶级、超意识形态的人文视野，依据作家自己对生命与死亡、个人与他人、理想与现实、自由与必然、感性与理性的理解，对人的生命价值、生存状态、生存理想、终极意义等作深刻的体悟与沉思。尤其发展到"文革"10年，文学成了绑在政治战车上的"阴谋"畸形儿，即使有低气压下绽出的崭新生命，也是绝境中的生命追求，苦难中的个人探寻，整个创作界不仅思想苍白、道德缺失、精神空虚，极"左"思潮就成了这一时期"文学"的时代病。

20世纪80年代以来，中国文学的成就无疑是巨大的，出现了古华的《芙蓉镇》、张贤亮的《灵与肉》、张炜的《古船》、莫言的《红高粱家族》、路遥的《平凡的世界》、李锐的《厚土》、陈忠实的《白鹿原》、阿来的《尘埃落定》等一大批产生了重大影响的小说，以及北岛、顾城、舒婷、海子等有影响的诗人。从笔墨功夫、艺术技巧、文体探索等方面来看，中国当代作家，也表现出了十分卓越的才华。有许多作品，语言的生动，情采的飞扬，技巧的圆熟，文体的精当，即使置于整个中国文学史上来看，也毫不逊色。但如果以中外文学史为参照，又正如莫言说的："从78年到现在，我们文坛上出了这么多的作品，真正出来一部能够跟《战争与和平》，或者和《红楼梦》相提并论的作品肯定没有，既然连作品都没有，大师从何言起？没有经典作品，所以就没有大师。"① 那么，差距何在呢？我想，关键即在于文学精神的品位，即在数量众多的各类题材的作品中，尚缺乏对国家时代精神的深刻洞察，也缺乏宏阔的世界性视野与人性精神的目光。对此，我们简要回顾一下新时期以来中国文学的精神历程，即可见出端倪。

"文革"结束至20世纪末，中国文学大致经历了政治反思、文化反思、文体反思这样三个阶段。其中，最早出现的政治反思，原本是极富于文学精神探索空间的，但以相应的"伤痕文学"思潮来看，因囿于当时仍然存在的某些禁忌及作家透视生活的主体能力等因素，其探索也只能是浅尝辄止。未能达到真正"国家时代精神"的高度，更谈不上国家时代精神、世界时代精神与人类精神的融合。大多作品尚不过停留在肤浅的呼应"拨乱反正"、揭批"四人帮"的罪恶之类"中央文件"精神的层面上。继之而起的文化反思，应当说，是中国当代文

---

① 《莫言作客新浪访谈实录》，http://book.sina.com.cn/xiaoshuoxuankan/2003-08-28/3/16081.shtml。

学最具实绩，也最具独立性的一场精神突变，在与之相应的"寻根文学"思潮中出现的韩少功的《爸爸爸》、阿城的《棋王》、王安忆的《小鲍庄》、贾平凹的《商州初录》、郑义的《老井》、张承志的《北方的河》、莫言的《红高粱家族》、李锐的《厚土》等，在对民族文化的反思与相关人性精神的开掘方面，是达到了应予充分肯定的中国当代文学的某种精神高度的。但又由于与敏感的国家时代精神与世界时代精神的一定程度的疏离性，使之难以进一步达至世界文学的高峰。至于其后出现的以"先锋文学"为主导，注重形式探索的"文体反思"，在增强中国作家的文体自觉方面，虽然不无意义，但给人的更为强烈的感觉是，难得突进的中国当代文学，似乎终于丧失了信心，而陷入了一场无可奈何而又杂乱无章的精神退却。通过对新时期以来中国文学发展的三个阶段的透视，明显可见的正是中国当代文学精神由跃动而终至拘促的发展轨迹。在这样的发展轨迹中，文学内在精神价值受到的影响是可想而知的。

这里不妨将外国作家与中国作家的创作稍作比较，问题也许会看得更为清楚。例如，苏联作家索尔仁尼琴《古拉格群岛》中的恐怖现实，对中国人来说，原本并不陌生。我们有不少作家，也曾被非法关进监狱，也曾在长期的劳改生活中遭受过精神与肉体的双重折磨；在我们的监狱里，甚至曾经发生过诸如张志新被割断喉管之类远较前苏联集中营中更为野蛮惨烈的兽行。但在我们文坛上出现的同类题材的诸如丛维熙的《大墙下的红玉兰》、《泥泞》、《远去的白帆》，张贤亮的《绿化树》、《土牢情话》之类"大墙文学"之作，在震撼力方面，却没有一部能与《古拉格群岛》相比。究其原因，亦正在于：在《古拉格群岛》中，涌动着国家时代精神以及悲悯人之兽化，自剖血液中的"狼性"因子之类深层次的人性精神。而中国作家显然缺乏这样的襟怀与视野。试以被誉为"大墙文学之父"的丛维熙为例，正如洪子诚这样分析过的："丛维熙继续了中国传统戏曲、小说的历史观，即把历史运动，看做是善恶、忠奸的政治力量之间的冲突、较量的过程。'文革'等的曲折，和这其间正直者的蒙冤受屈，都是奸佞之徒（在他的小说中，他们或者是'国民党还乡团'，或者是'四人帮'及其'帮凶'）一时得势的结果。"① 就在前不久，面对《古拉格群岛》这样的精神境界高超之作，丛维熙读出的仍然是：索尔仁尼琴的基调"是反苏维埃的，与苏维埃作对的，是极端的"②。以这样的视野与观念，中国作家又怎么可能写出世界级的杰作？与丛维熙的见解恰成鲜明对照，且对我们的"文体反思"也恰具启发意义的是，法国现代派剧作家尤奈斯库曾经这样评价索尔仁尼琴：他的作品的"精神力量就在于它越出了像我们这些大部分作家所津津有味津津乐道的文体和结构之类的小问题。总而言之，索尔仁尼琴创作了伟大的文学作品。"③

那么，究其原因何在呢？如果从文学精神的具体形态入手分析，明显可以感觉到的正是精神力度的进一步弱化。一是疏远乃至逃避现实。一批颇具创作才华的中青年作家，对国家时代精神表现出有意无意的漠然。在回答一家文学刊物"记忆中最深刻的一段经历"的问题时，青年作家吴玄这样回答："恐怕跟性有关，这个不好说"；另一位青年作家陈武的回答是："和朋友通宵喝酒"④。张梅则这样谈过自己的创作动机：

---

① 洪子诚：《中国当代文学史》，北京大学出版社1999年版，第266页。
② 陈骏涛主编：《精神之旅，当代作家访谈录》，广西师范大学出版社2004年版，第29页。
③ 王诜编：《世界著名作家谈创作》，江苏文艺出版社1991年版，第235页。
④ 《当代小说》2003年第10期封二、2004年第3期封二。

"我的写作是因为需求和个人在这方面的天赋，而不像很多新时期的作家，是为了表达对这个社会的想法。"①另有一位青年专业作家，在一篇创作谈中这样描述过自己的幸福生活：自己"是一个幸福的人"，"只是觉得幸福"，"真的，只是幸福"。幸福的原因是："现今的中国，我相信，已经很难找到这样一个单位，供给你足够生活的稳定工资，不用天天上班，不，几乎是天天不用上班。也有领导，但是不会受到领导的监督，也不用担心受领导的批评，而且有时候还可以批评批评领导。不用听谁是谁非的闲话，同事们之间几乎也没有什么是非。每个人都在做自己喜欢做的事情，做得越多越好。每个人也都在赚工资之外的外快，赚得越多越好。"另一件令她大感幸福的事是参加了中国作协鲁迅文学院研讨班，在研讨班里，"看着七个男人坐在一起谈文论道，正如朵朵红花向太阳，而我，是最平凡无光的一片绿叶。他们值得我学习的太多了。和他们在一起，我觉得仿佛又回到了文学院那种熟悉亲切的氛围中，还是幸福，真是幸福，只是幸福。""没办法，为了这幸福，只有继续写下去，好好写下去。"②面对目前国内纷扰的现实与文化危机，这样一些仿佛置身于世外桃源的作家，要写出有分量的作品，恐怕是很难的。至少到目前为止，尚没有见到这类作家写出真正引起社会关注之作。至于在另外一些以"身体写作"乃至"胸口写作"为名目的作品中，见出的则竟是对国家时代精神的逃避了。二是无力把握。有些作家，虽然关注现实，富于历史责任感与社会责任感，但其作品，往往停留在一般问题小说的水平上，尚缺乏对深层国家时代精神的开掘。比如王

① 龙迎春：《张梅：我的写作成熟期还没到来》，《广州日报》2004年7月2日。
② 乔叶：《我的幸福生活》，《作家通讯》2004年第3期。

蒙，以他的阅历与才智，是有条件写出深厚作品的，但以他自己比较看重，自以为有所突破的新作《青狐》来看，其内在精神境界，甚至远不如他 20 世纪 80 年代的《坚硬的稀粥》、《暗杀》之类。张平直面官场黑暗的反腐败题材的作品，当然是有重要现实意义的，但仅由他自己确立的揭露"干群之间的矛盾"之类主旨，就不难料到他的新作《国家干部》之精神意蕴的肤浅。而且，仅由作品中那位全心全意为人民服务的市长夏忠民的形象，即可看出作家仍在承袭着《抉择》等作品中落后的"清官意识"。一位青年作家不无愤怒地表示："我无法欺骗我的眼睛，在这个天下最美的神农架，有天下最穷的农民。我要真实地写下我看到的一切，我不是一个带偏见的作家，我不会去有意'丑化'，但也不会昧着良心去粉饰，还振振有词地说这是塑造。""我也想用作品告诉那些养尊处优的人们，包括一些曾是农民的儿子的作家们，他们来到城里，已经蜕变为蝇营狗苟、争名夺利、醉生梦死的一群，不以为耻，反以为荣。或者不痛不痒，踱步客厅，在稿纸上呓语胡言。"① 在当今的中国文坛，这样一种愤世嫉俗、心忧天下的情怀，本是难能可贵的，但要写出真正深刻的作品，则不是仅靠愤怒情怀就能奏效的，还需要作家以超越性的眼光，去捕捉与国家前途与命运息息相关的深层时代精神。因此，从世界时代精神来看，面对全球化浪潮的冲击，面对正在分化与重组的世界格局，面对高科技时代人类面临的共同问题，中国当代作家，大多目光拘谨，感觉迟钝，普遍缺乏全球意识与前瞻意识。在我们的作品中，很少见到对目前人类共同关心的许多重大问题的思考，很少见到与世界和平、民主、自由主潮同步的视野宏阔之作，更少见

---

① 陈应松：《我不是去看风景》，《作家通讯》2004 年第 4 期。

到对当今人类急需的普适性价值观的探寻之作。比如同是战争题材，我们至今没有一部小说能够达到海明威的《永别了，武器》、萧洛霍夫的《一个人的遭遇》那样的世界高度，而大多仍在固守传统的革命英雄主义、爱国主义之类简单化视角；具有当代世界精神意义的生态文学，在目前的中国文坛虽已颇具声势，但在理念上大多不过是停留"环保"层次。以如此的精神视野，当然也不大可能创作出如同列昂诺夫的《俄罗斯森林》、艾特玛托夫的《白轮船》、拉斯普京的《告别马焦拉》那样品级的深入揭示人与自然的关系、人的生存与命运之类精神境界的作品。从表现人类精神来看，最为直接的题材领域大概要数性爱了。作为能够体现人性本原内涵的性爱生活，当然应是文学关注的重心之一。但在我们的作品中，更多见到的则是以官能刺激为目的的"下半身"的裸示以及动物性的肉体动作的描写，至今还没有一部作品能够达到劳伦斯的《查特莱夫人的情人》、渡边淳一的《失乐园》那样的精神高度。与《上海宝贝》之类大为不同的是，大约可以视为同属"身体写作"的奥地利女作家耶利内克，则缘其"在小说和剧本中发出的声音和阻抗之声，如悦耳的音乐般流动，充满超凡的语言热情，揭示了社会的陈腐思想及其高压力量"而荣获 2004 年诺贝尔文学奖。相较之下，可进一步看出许多中国作家与世界级优秀作家在文学作品的精神境界方面的差异。

　　新世纪的中国文学，尽管也出现了像贾平凹的《秦腔》、迟子建的《额尔古纳河右岸》、铁凝的《笨花》、杨志军的《藏獒》、麦家的《暗算》、周大新的《湖光山色》等，我们的不少作家，虽然仍在可敬地固守着文学的精神领地，如张炜坚信："体现文学本质的也许始终有这样几个词，这就是：'批判'，'底层'，还有'纯粹'……是这些品质决定了它的挑战性，并因此而维持了自己强大的生命力。"（《当代文学的精神走向》）李锐表示："如果一定要选择一个主义才有发言权的话，我宁愿选择怀疑主义。"（《我的选择》）但从整体上，我们的文学精神，不仅未能找到新的突进门径，反倒正是沿着新时期以来已经形成的下滑轨迹，进一步沉落。真正要改变蒋子龙所说的"软死、缺筋骨"的现状，向世界奉献一流作品，亟须的正是：作家们要以宏阔深邃的眼光，努力探寻，思考与把握与国家强盛、世界进步、人类文明相关的文化精神，以作为自己创作活动的思想资源，以提升自己作品的精神品位。

作为中国作家，当然应该首先探寻与把握国家时代精神。而国家时代精神，只有从现实入手才能看得清楚。自 20 世纪 80 年代以来，以邓小平为核心的中国当代政治家发起的以经济体制为主攻方向的改革，无疑已获得了令全世界瞩目的巨大成就，但因深层改革的滞缓，暴露的问题也越来越尖锐。诸如政治方面的官员腐败，经济方面的两极分化，道德方面的信仰崩溃、人性堕落，均已在严重地制约着中国的繁荣与进步，在危及着社会的安全与稳定。而要解决这些问题，舆论宣传、学习教育，当然是有一定作用的，但更为根本的是：科学化的社会制度的建设。而制度建设，不只是法律条文的制定，更重要的是法律制度的切实实施。事实上，我们的许多社会问题，并非仅仅是因法律制度的不健全，而主要是因民主监督机制与实施手段的乏力。在一个现代文明国家，宪法本应高于一切，宪政精神应是国家的精神支柱。而现在在我们国家以权代法，权大于法的问题一直未能得以很好解决。其他的相关法律制度，由于缺乏实施保障，也往往难以充分发挥作用。正是从我们的社会现实出发，可以看出，"五四"时代提出的民主与科学，仍是我们这个时代应该进一步高扬的精神旗帜。民主与科学，虽早在"五四"时代已被公认为是救治中国的良方，然而，第一，由于历史战乱等原因，民主意识并没有来得及深入人心，作为"五四"新文化运动首要目的的反封建目标远远未能达到。第二，我们曾经有过的科学观是片面的。科学，不仅是指以反愚昧为目标的自然科学，还应包括政治、法律、经济管理等方面的社会科学。由此可见，当代的"民主"与"科学"，与"五四"时代又是有所区别的。中国当代国家精神的核心是：结合现实，深化"民主"与"科学"的"五四"新文化精神。在新世纪的中国文学中，应该重振的，也正是源之于"五四"时代的民主与科学的雄风。

以全球眼光来看，当今世界时代精神的主潮是：在20世纪的基础上，进一步反思现代性，总结现代文明的经验与教训，为人类谋求更为美好的前途。美国学者大卫·格里芬指出："现代性的持续危及到了我们星球上的每一个幸存者。随着人们对现代世界观与现代社会中存在的军国主义、核主义和生态灾难的相互关系的认识的加深，这种意识极大地推动人们去认识一个后现代世界观的特征，去设想人与人、人类与自然及整个宇宙之间关系的后现代方式。"① 我国虽是发展中国家，但在全球化时代，中国人的命运是与世界联系在一起的。因此，一位有抱负、有追求、有国家责任感与人类责任感的中国作家，不能不关心世界性时代精神：一是和平、安宁的世界秩序的追求。随着人类政治智慧程度的提高，冷战时代的结束，信息交流技术的发达，以及交通的快捷，人们越来越清醒地意识到：21世纪，已不可能再是壁垒森严的中国人的世纪，美国

① ［美］大卫·格里芬编：《后现代科学——科学魅力的再现》，马季方译，中央编译出版社1995年版，第19页。

人的世纪，俄国人的世纪，或是社会主义的世纪，资本主义的世纪，而应是国家与国家相互依存，民族与民族相互关爱，全人类共荣共存的世纪。因此，在诸如反恐、救灾等方面，均表现出了人类空前的团结一致性。世界各国的政治家们，也都在尽力顺应世界潮流，排除原有某些意识形态的匡拘，力图通过对话与交流，建设和谐安宁的世界新秩序。二是普适性的文化价值观的探寻。在 20 世纪的历史上，由于两次的严酷世界大战的爆发，以及科学技术的失控性发展，加剧了人类的幻灭感与虚无感，以及非理性乃至反理性的思想情绪。但人毕竟不是动物，是有理性，有思想，有精神追求的生命存在，不可能在虚无幻灭的焦虑中，总要考虑人生的价值及意义。因此，在理性与非理性之间寻找一种新的平衡与和谐，在人类已有的不同文化资源中重建某些具有普适性的观念与信仰，将是人类的理想状态与社会秩序的明智选择。三是生产生活方面的生态意识。越来越发达的现代科学技术，在给人类带来舒适与方便的同时，也已在气候、水源、物种等方面，严重地危及了自己的生存环境。因此，人类只有一个地球，也早已成为地球人的共识。各国政府，大多也已充分注意到了环境保护的重要性。目前，中国政府力倡的"科学发展观"，也正是这样一种世界时代精神的体现。而在国家时代精神与世界时代精神背后，隐含的又正是相关的人性精神。以我国的情况来看，民主化的宪政追求，科学化的社会体制建设，从根本上来说，也就是人性精神。因为只有置宪法于至高无上，只有科学化的社会体制，才能充分保证人性的平等与自由。从全球视野来看，只有强化国家与国家之间的相互依存意识，才能保证我们的世界充满更多的爱意与善良，而不是相互的争斗与残杀；只有加强对普适性价值观的探寻，人类才有可能重建现代信仰，不致沉沦于无所皈依的虚无之境，而加强生态意识的意义，则不只在于保证人类有一个更为适宜的生存空间，更为重要的是，能够保证人性的更加纯真与美好。

文学作品中的精神内涵，归根结底，是来自于创作主体。作家，当然不是政治家、哲学家、经济学家，依靠文学，也不可能解决政治问题、经济问题以及其他社会问题，但对一位伟大作家而言，博大的襟怀、视野、责任感则是不可缺少的。与之相关，我们应进一步明确的是：在人类的文学创作活动中，褊狭的功利观是不对的，但文学影响世界与人生的潜在功能又是不可否认的；虚幻的宏大叙事是有害的，但切近现实，关乎历史与人类命运的宏大叙事又是不可缺少的；反对概念化是对的，但不等于应放弃内在精神追求；反对为政治服务是对的，但并不等于关心政治就一定会危害文学，事实倒是相反，世界上有许多伟大作家，如屈原、杜甫、鲁迅、雨果、托尔斯泰、萨特等，在文学领域的伟大成就，很大程度上正是缘之于他们对重大政治问题的关切。[①]

作家当然也是普通人，也要吃饭，也要生存，也要养家糊口。但因为你是作家，你的作品能够对人类的心灵产生影响，因此，你的精神境界就应该高于普通人，你就理应对人类与世界有着更多的关爱与思考；作家当然不是圣徒，但你要成为伟大的作家，你就要有成为圣徒的向往。否则。就难以把握真正有价值的文学精神，就不可能写出真正伟大的作品。

---

① 参阅并引用部分观点材料杨守森:《艺术境界论》，上海人民出版社 2008 年版，第 35、82 页。

文艺作品的国家形象与民族精神

一

国家形象既是一个国家文化传统、文化创造、文化实力的集中体现，又是一个国家国民素质和精神风貌的显著表征，还是其国际影响力的重要尺度。它既包括外在的物态形象，也包括内在的精神形象；但是，就其本质而言，它主要是指一种文化形象和道德形象，或者说，是指一个国家在道德水平和文化教养方面所呈现出来的基本风貌。它反映着民族精神的基本性质和国民素质的真实状况。

自古以来，国家作为一定地理空间范围内种族人群的共同生活家园，一直是艺术家精神召唤、文化皈依、艺术吟咏的诗意对象。在国外，果戈理、屠格涅夫和契诃夫作品里的"俄罗斯"，就是一个神圣的具有核心意义的形象。他们热爱俄罗斯的语言，致力于通过写作改变俄罗斯的修养和素质，最终塑造了俄罗斯的国家形象。泰戈尔、川端康成、马尔克斯之所以被称为民族的杰出代表，正是基于他们对国家形象塑造的深刻的思考能力和伟大的审美表现力。同样，我们通过文艺作品读出了法国人的浪漫、英国人的高傲和美国人的强悍，也从《马可·波罗游记》中看到了元代中国的繁华与强盛。而在中国，这种传统不仅是一种道德积累和对文化的综合展示，而且还能够通过对典型形象的塑造来激励人心改造社会。当年，一部《义勇军进行曲》鼓动起全民族抗战热情，后来又确定为中华人民共和国的国歌，正是民族认同和国家形象的主要标志。不管我们今天如何评价新中国 17 年的文学创作，但那些经典形象却一直在发挥着积极进取的教育作用。朱老忠的朴实义气、江姐的坚贞不屈、梁生宝的执著无私等，这些典型形象都在不同层面不同程度上折射出我国在不同历史时期不同社会阶层昂扬向上的精神风貌。今天，像曹征路《那儿》等一批接续传统、勇于担当的文本，也在国家经济面临着重大的考验，在国有资产流失、下岗职工生存艰难的状态下，表现了一个基层普通的工会主席却能承担起拯救的重任，切切实实地维护了国家利益的不容侵犯性。工会主席朱卫国作为典型形象的意义就在于，他始终坚守着"英特纳维耐尔"精神，这是我们民族曾经并一直拥有的理想，折射出在特定历史时期的那种凛然的、庄重的、崇高的国家形象。即使那些技艺精湛、境界醇美的精品剧目，也在《贞观盛世》的谨严精致、典雅优美，《华子良》的激情四溢、技艺纷呈，川剧《金子》的简约跳脱、虚实相生，闽剧《贬官记》的寓庄于谐、曲折离奇，越剧《陆游与唐琬》的文辞清雅、如诗如画，话剧《商鞅》的淋漓酣畅、炽烈凝重，歌剧《苍原》的悲凉沉郁、诗史品格，现代舞剧《红梅赞》的流动意识、新颖独特，京剧《宰相刘罗锅》的诙谐幽默、张弛有度以及杂技歌舞《依依山水情》的跳跃节奏、天籁之声等之中，都表现了一个又一个风采灿然的人物形象，它们既代表着舞台艺术的国家形象，也是我们民族的精神记忆。

在全球化现实语境下，加强文艺实践中国家概念、国家意识的培育，通过当代中国文艺塑造和传播"文艺中国"形象，对于提高国家软实力，增强全体人民的国家认同感和凝聚力，具有重要意义。马克思主义认为，文艺是社会生活的反映，在这一点上，它同政治、法律、道德、宗教一样，同属于社会意识形态的范畴。文艺家生长在一定的国度，受到本民族人民的养育和民族文化的滋养，他通过自己的作品艺术地再现着这个国家和民族的生存状态、思想感情和精神追求。文艺作品既是人们对自己的国家和民族形成认同感和凝聚力的重要载体，也是其他国家和民族的人们了解这一国家和民族形象的重要途径。数千年来，我国各族人民和文艺家以巨大的劳动热情和创造天才，运用文学艺术、造型艺术、舞台艺术、影视艺术等各种文艺形式，塑造了历史悠久、文化灿烂、民族团结的古代中国形象以及欣欣向荣、生机勃勃、积极进取、勇于创新、和平发展、团结和谐的现当代国家形象，涌现了大量文艺精品。一些文艺形式及其经典代表作品生动地凸显了中国文化的精髓，从不同角度和不同层面反映出我们的民族精神和国家形象，在国际交往中已被当做中国形象的艺术符号。国内外观众在欣赏它们的同时，很自然地产生关于中国国家的美好联想。毫无疑问，这一切都是源于生活本身为文艺创作提供了不竭的源泉，但文艺对社会生活的反映并不是一种消极被动的简单摹写，而是积极能动的表现。文艺作品是文艺家创作实践的产物，文艺作品反映什么生活、如何反映生活，必然要受到文艺家自身思想情感和艺术水准的制约。当社会形态发生重大变迁时，与过去那个时代相适应的思想和艺术等社会意识形态并不会自然地退出历史舞台。这体现在文艺实践和文艺作品中，就会呈现优劣并存、良莠不齐的现象。因此，文艺在反映社会生活方面具有不同于其他社会意识形式的独特性。它是一种审美反映，通过唤起欣赏者的内心愉悦，对社会生活尤其是人们的精神世界产生潜移默化的影响作用。正如法国艺术理论家丹纳所指出的那样："人在艺术上表现基本原因与基本规律的时候，不用大众无法了解而只有专家懂得的枯燥的定义，而是用易于感受的方式，不但诉之于理智，而且诉之于最普通人的感官与情感。"也就是说它是通过一种通俗化的方式把最高级的内容传达给社会大众。

社会主义思想和理论的诞生，指明了人类社会的发展规律的进步方向，寄托了人们对美好生活的向往和追求。社会主义国家要求意识形态必须为发展社会主义事业服务。文艺家要在寻求艺术价值的同时，最大限度地发挥文艺的积极社会意义。随着我国改革开放和现代化建设的深入推进，人民群众的精神文化需求日益旺盛，我们越来越重视发展社会主义和谐文化与先进文化，以不断丰富人们的精神生活和精神世界，实现经济社会协调发展和人的全面发展。在中国特色社会主义经济创造了举世瞩目的发展成就时，中国特色社会主义先进思想文化应当也必然会在人类发展史上留下灿烂辉煌的篇章。文艺作品是精神文化和价值理念的现实载体，在当今世界综合国力竞争日趋激烈、各种思想文化相互激荡的现实挑战面前，我们必须从国家文化战略层面，高度关注文艺作品中传递的国家形象讯息，重视发挥艺术作品在构建国家文化"软实力"中的重要作用。在当前我国社会转型期，人们的思想行为的独立性、选择性、多样性和多变性日益增强，加强社会主义核心价值体系建设，既要通过正面教育使人们在理性认知上得到提升，更要懂得并善于借助文艺这一特殊形式，增强其吸引力和凝聚力，使主流意识形态的价值理念，渗透到社会大众文化和人们的日常生活中去，让人们在轻松愉快的审美体验中获得高尚的价值感知和精神洗礼。只有使人们不仅在书本理论上，而且在现实生活和艺术形象中，都体会到同样的价值理念的感召，才能在心灵深处获得真正的教益。

　　文艺要真实地反映国家形象，就要求文艺家心目中对"国家形象"有一个清晰的理念，有明确的认同感和归宿感，如果更高要求，就要有国家自信心和自豪感。因此，文艺家要与国家命运结合在一起，特别在历史的转折关头或者大变革的时期，文艺往往发挥着巨大的凝聚人心、激励斗志、和衷共济的作用。这一点在国家面临危难之时，尤显重要。抗战时期我们多少文学艺术界人士自觉与祖国共命运，同荣辱。在"国防文学"的旗帜下，聚集了不同态度和不同流派、不同风格的文艺家；"中华全国文艺界抗敌协会"更汇集了更为广泛的不同政治倾向、不同艺术取向的文艺工作者。在这些舆论引导和组织领导下，中华大地上最广大的文艺家都为救亡图存、实现民族解放和国家独立建立了不朽的功勋。这都是历史留给我们的宝贵经验！进入新世纪的文艺家，理应保持这样的光荣传统，并在新的历史条件下发挥光大。文艺家要为维护国家利益作出贡献。中国文艺自古以来都是以"国家利益"和"民族利益"为旨归的，虽然五四时期张扬个性解放，推崇个人主义，但除了像周作人那样主张"彻底的个人主义"即极端个人主义之外，绝大多数文艺家仍然是以"国家利益"和"民族利益"为终极目标的。五四新文化运动的实质其实是"文化救国"。连胡适在《介绍我自己的思想》中都激昂地说："争你们个人的自由，便是为国家争自由！争你们自己的人格，便是为国家争人格！自由平等的国家不是一群奴才建造得起来的。"[1]我们已经赢得了国家独立、民族解放，但在全球经济文化科技竞争

---

① 葛懋春、李兴芝编：《胡适哲学思想资料选》（上），华东师范大学出版社1981年版，第341页。

日益激烈的今天，我们仍应自觉地维护国家利益，捍卫国家主权，保障国家安全。"振兴中华"是晚清以来多少仁人志士的共同追求，而经历了几代人的艰苦努力，"强国梦"终于在我们这一代逐渐成为现实。欣逢这样一个伟大的时代，文艺家务必要以自己的笔，为国家的兴盛和富强尽到责任。文艺家当然是以自己的方式去促进国家的兴盛，既是以优秀的作品为繁荣文艺事业、发展文化产业做贡献；又是为国家的建设和改革开放鸣锣开道摇旗呐喊。文艺家自身也体现了一个国家的形象。鲁迅被誉为"民族魂"，其实就是我们民族的优秀代表，是我们这个民族国家的杰出典范。郭沫若、茅盾、梅兰芳、齐白石、徐悲鸿、田汉、聂耳、冼星海等也是我们民族的瑰宝，他们的英名永垂共和国史册。而我们若将眼光投向历史，则从屈原到曹雪芹等文艺家，更是我们民族精神的化身，可誉为我们的国家文化形象、国家艺术形象。故此，在国家形象问题上，文艺家们自身的形象塑造和维护也是举足轻重的。从形式上看，文艺作品是由具体的个人创造出来的，似乎并不是一个"国家行为"，也无涉于"国家形象"。但是，一个国家的文化形象，正是由一个个具体的文化事象形成的，就像一棵树不是森林，但森林却是由无数的树构成的一样。因此，我们不是孤立的个体，在我们的肩上，负载着国家的利益；在我们的心中，怀藏着国家的荣誉；在我们的手里，书写着国家的辉煌！我们的文艺家因而要时时想着：我们是为祖国而歌，是为民族而咏，这样才真正无愧于"炎黄子孙"、"中华儿女"的称号。

那么，如何在文艺实践中塑造"文化中国"的国家形象呢？这就需要在认识上有高度的自觉性，在实践中有协同作战的精神。首先，在文艺指导思想上，必须从深厚博大的民族文化传统撷取营养，牢固树立国家形象意识。建设和谐文化与先进文化，塑造国家形象，必须科学地对待民族的传统文化。中国传统文化承载着中华民族的基本价值追求，有着独特的民族特质。以爱国主义为核心的团结统一、爱好和平、勤劳勇敢、自强不息的民族精神，是中国传统文化的精神内核。比如"天行健，君子以自强不息；地势坤，君子以厚德载物"；"苟利社稷，死生以之"，"君子和而不同，小人同而不和"；"路漫漫其修远兮，吾将上下而求索"；"天下兴亡，匹夫有责"；"先天下之忧而忧，后天下之乐而乐"；等等。但中国传统文化作为一个复杂系统，在其数千年发展中，也积淀了某些消极因素，阻碍了社会的发展进步，如宗法专制、轻视科学、封闭保守、排斥民主等。要剔除民族传统文化中不利于社会发展进步的落后内容，系统而深入地发掘民族传统文化中的优秀成分，并结合社会实际和时代发展的需要，进行创造性的转化。建设这样的和谐文化与先进文化，必须坚持"以我为主、为我所用"的原则，科学对待人类文化。一方面，要警惕西方腐朽文化对我们的渗透，另一方面，要汲取人类一切有益的文化成果，特别是西方文化中的科学精神和人文精神。所以，在继承和借鉴的过程中，我们既要防止把民族文化复兴变成对儒家文化的复古，也要防止西方后现代主义思潮的泛滥，一句话，就是要充分体现出社会主义和谐文化与先进文化的本质特征、历史渊源和时代色彩。如果我们沉醉于历史的辉煌而不进行新的创造，一旦外来文化腐蚀掉我们传递传统价值的能力，那么必将坐吃山空，成为那种面向收视率、广告收入和销售指标的低水准伪文化的牺牲品；如果我们在西方文化面前丧失鉴别能力，自甘顶礼膜拜，在亦步亦趋中成为别人文化的二传手，那么必将导致中华文化主体性的丧失。实现中华文化复兴，需要海纳百川的恢弘气度和勇往直前的拼搏精神，需要站在新的时代高度谋划民族文化长足发展的战略。在这里，祖宗的优秀遗产需要保护、继承和弘扬，但不能一味地孤芳自赏；一切优秀的外来文化精华要勇于接受，但不能全盘西化。必须牢固确立国家形象意识，坚持正确方向，发扬优良传统，把社会主义核心价值体系作为艺术实践中国家形象塑造的重要内涵，促进积极的国家文化认同的形成；同时要切实尊重艺术创作规律和艺术生产规律，根本杜绝艺术创作中的主观主义、急功近利等不良倾向，特别是要警惕在"保护"、"开发"等新型名义下对传统文化遗产所造成的"保护性破坏"和"开发性破坏"。

其次，在创造国家实力的行动上，必须积极发展和壮大文化产业。当今世界日趋激烈的综合国力的竞争，越来越突出地表现为知识和文化力量的竞争。蓬勃发展、潜力巨大的文化产业正在成为文化国力乃至整个综合国力的重要组成部分。伴随着全球性经济结构调整和产业结构升级，文化产业在许多发达国家已经成为重点产业和支柱产业，显示了强劲的发展势头和巨大的市场潜力。这是因为文化产业既是社会化大生产和文化生产力发展的结果，又表现为各行业中文化资源的充分利用。它是在市场化程度发展到一定阶段时，将文化资源转化为可交换的文化商品的必然产物。发展文化产业不仅是为了满足经济文化发展的需要，也不仅是对一种新型战略资源、全球市场的掌握，更是新一轮文化主权的保卫战。文化产品的制作、营销、传播的文化底蕴和科技含量的高低，同国家的经济、政治、外交和科技实力成正比，显示着一个国家生产力发达的程度。它不仅直接影响着这个国家文化产品在全球市场上的份额，而且也决定着这个国家在世界上的文化影响力。一是要集中力量开发具有国际竞争力的高质量的文化产品，重点培育战略性文化产业，迅速形成国家的优势产业。要鼓励国有和民营资本投资文化产业，按照经济规律和商业运作模式，按照现代企业制度，建立以文化企业为核心、以法律为基础的文化产业发展机制，放手让企业自主进行相关文化产品项目开发并制定相关的生产、营销策略。要改变我国文化产业资源配置过于分散、行业集中度不高、市场份额过分狭小的状况，通过有效的产业政策，引导文化产业进行深度整合，特别是对容易整合、容易形成规模的产业要给予优先考虑。要利用具有比较优势的文化资源，把资源优势转化为产品优势和产业优势，并最终形成文化产业的优势竞争力。二是以市场为基础配置文化资源，努力扩大文化产业的市场份额。要促进文化产业领域对外开放，利用好国内国际两个市场、两种资源，借鉴引进国际先进的文化产业营销管理经验、技术、资金、人才和项目，大力开发、积极推动具有优秀民族特色、具有市场竞争能力的文化产品和项目走向国际市场。三是推动科技开发，提升文化产业科技含量。文化产业的核心竞争力就是它的文化创新能力。要充分发挥新兴媒体、创意产业、动漫游戏等产业优势，不断推出一批引领产业潮流的原创性文化产品，进而占据世界文化市场。要把扩大开放、引进技术与引进资金、调整文化产业结构结合起来，坚持以市场换技术，加大先进适用技术的引进力度，带动整个行业技术水平的提高。要加强开发数字化网络化技术，组建一批整合多种文化资源于一体的大型网站，建立大型中文信息平台，扩大网上中文信息量，抢占网络媒体制高点。要采用高新技术手段，丰富舞台表演、影视制作、音像出版、展览广告的艺术表现和制作水平，最大限度地提高文化产品质量和市场竞争力。当然，发展文化产业不能只重产业而轻视文化。所有的文化产品，都直接关系到民族、国家的文化身份、文化形象和文化安全问题。如果受单一的经济利益的驱动，不重视文化基础理论研究和文化的原创性建设以及民族优秀传统文化的保护与发展，大量的优秀人才、优秀文化资源就会浪费，文化产品的附加值就会大大降低，民族文化大师的培养和国家文化事业的可持续性发展就会化为泡影。如果过于放纵文化产业化中的消费主义和享乐主义倾向，过分倚重文化的娱乐功能，无端推崇炫耀性、夸饰性和奢靡化的文化消费，任由各种毫无档次的娱乐、选秀、游戏、恶搞、戏说等恶俗文化流行，引诱大众特别是青少年群体追求享乐主义的文化消费方式，就会导致全社会价值观念的迷失，进而导致全民文化素质乃至道德素养的滑坡。因此，在发展文化产业时，必须始终不渝地把文化产业中的"文化"作为产业的主题，始终注重产业中的文化创造，注重创造中的产业运作，注重消费中的文化品牌和文化内涵，不断推动文化与产业良性互动，社会效益与经济效益统一，推动文化产业的健康发展。

最后，在内外文化关系上，保持开放包容、融会贯通的积极心态。既要认真分析、整理我国的文化遗产，挖掘其在国家形象塑造方面的当代价值，使之与时代精神融合，成为当代文艺塑造国家形象之题材和创作灵感的重要源泉；又要合理借鉴和吸收其他国家包括欧美资本主义国家艺术实践在灌输国家理念、树立国家形象、弘扬民族精神方面的有益经验。此外，随着全球化的深入发展，中国文艺家还要以民族性和世界性相结合的宽广视野，学习运用外国受众熟悉和乐于接受的艺术形式和艺术语言，来表现更为广阔的社会生活内容，并服务于艺术实践中中国形象的塑造。唯有如此，我们才能够不仅从比较的角度借鉴国外的某些文化资源，而且能够建立起一条为国内外社会成员普遍认可的中国文化与世界文化对话、融合的路径。因此，我们必须坚定不移地实施"走出去"战略。一个国家的文化能否走出国门，产生国际影响，直接关系到国家文化形象的建构和传播，在国家文化形象的评价体系中占有重要地位。作为发展中国家来说，文化生态作为一个国家长期形成的生存与发展的全部文化条件的总和，是维系民族社群生存发展的"生命线"，一旦遭到毁灭性破坏，那么失去的不仅是文化"生物链"的有机性，而且也使民族存在失去了"文化基因"的谱系依据。文化资源作为国家和民族的全部文化积淀，是解释一个国家和民族文化身份、显示文化个性的依据，是一个民族自尊自信的精神依据。在经济全球化的条件下，各民族文化资源可以全球共享，但共享的前提是尊重和借鉴，绝不能演变成对别国文化资源的消解和毁灭。联合国教科文组织曾在《世界文化发展报告》中指出，由于发展中国家缺乏对文化资源有效的保护，依赖于国际资本实现其文化遗产的数字化，从而在知识经济时代的国际格局中，再一次成为文化资源的廉价出口国和文化产品的高价进口国。发展中国家由于投资不足、政策滞后，缺乏对文化原创的激励机制，市场发育不成熟且缺少必要促销手段等，仅靠市场自发调节来保护文化多样性、同世界跨国公司进行所谓"公平竞争"，那是不可能的。如果仅受纯粹商业利益支配，许多弱小国家的文化产业很快就会被跨国公司挤垮或被其替代。因此，发展中国家要提高文化自觉意识，加强对本土文化的维护、建设和传播，绝不可受眼前利益的诱惑，置民族文化长治久安大计于不顾，拱手做了世界商业性流行文化的俘虏。除此以外，还必须动员国际社会的一切积极力量来保护发展中国家的文化产品、文化价值和文化身份。至于我国要让自己的文化"走出去"，就必须立足现实，放眼全球，加强对国内外文化产业的市场整合，制定出一整套与中华民族历史、现状及未来相适应且又符合国外受众接受口味的文化传播战略。对外文化推介要强化内功，努力增强民族文化的感染力和吸引力，增强民族文化的品牌意识，从具体的文化产品和文化观念、标识、品牌入手，脚踏实地、循序渐进地开展对外文化交流和文化贸易。在对外文化展示中，要充分体现雍容大度的大国风范，既充分展示中华文化的独特魅力，也充分考虑别人的接受心理，学会用灵活和易于被人接受的方式与外国人打交道，最大限度地增加他们对于中国社会和中国文化的认同感。①

二

民族精神是民族文化的核心和灵魂。所谓民族精神，民族精神就是一个民族在长期的历史发展过程中培育的、为本民族成员所共同具备和追求的民族性格、民族自豪感和自信心、民族道德品格和价值准则的总和。它既是一种富有实践性的民族心理、文化传统和精神风貌，又是一种富有生命力的优秀思想、高尚品格和坚定志向；既是用以维系、协调、凝聚民族成员间的精神纽带，又是激励和推动本民族朝着共同目标积极奋进的精神动力。一言以蔽之，民族精神就是一个民族赖以生存和发展的精神支撑。

古往今来，任何一个民族的文学状况，一定程度上就代表着这个民族的精神文化素质；任何一个民族是否产生过伟大的作家和作品，往往就成了衡量这个民族文化、文明程度高下的显著标志。世界各民族无一例外地受到其在各个历史发展阶段上产生的文艺精品和文艺巨匠的深刻影响。在西方，古希腊

①　参见云德：《重塑国家的文化形象》，《文艺报》2007 年 6 月 19 日。

的战争史诗《伊利亚特》和《奥德赛》就是这些民族伟大的精神史诗，14—15世纪文艺复兴时期意大利的但丁、薄伽丘、达·芬奇，英国的莎士比亚、培根，法国的拉伯雷、莫里哀，西班牙的塞万提斯等一大批在世界文化史上光芒永存的文学家、艺术家，他们为实现其先进的政治思想和文化思想而放歌与吟唱，共同构建起了一个群星灿烂的"巨人时代"；18世纪法国启蒙运动三大领袖伏尔泰、卢梭、狄德罗，德国的莱辛、歌德、席勒等所创作大量的优秀文学作品，就是这些国家与民族的永恒骄傲；19世纪的俄国诞生了一大批伟大作家如莱蒙托夫、果戈理、屠格涅夫等，他们为造就辉煌的批判现实主义文学而名垂青史。在中国，是以诗经、楚辞、唐诗、宋词、元曲和明清小说为人类文明画廊增加辉煌的民族，是产生了屈原、李白、杜甫、关汉卿、曹雪芹这些世界文化名人的民族，是产生了伟大的文学家、思想家、革命家鲁迅，产生了郭沫若、茅盾、聂耳、冼星海、梅兰芳、齐白石、徐悲鸿等现代大文学家、大艺术家的民族。当代文学《黄河东流去》在王跑、徐秋斋、李麦、海长松、海老清、天亮、梁晴等身上，既表现了作为历史创造者的积极优秀品质，中华民族赖以延续的吃苦耐劳、坚忍不拔、团结互爱的团聚精神和反抗压迫的革命创造精神，又体现了受土地和小农经济生产方式束缚的狭隘的乡土感情和封闭自足的局限性，受封建意识毒化的愚昧、固执、温顺的封建因素与奴性。前者让我们看到一个古老而伟大的民族的内在精神文化根基，看到这个民族发展的潜在生命力和光明未来，以树立起民族的自信心；后者又看到历史前进的艰难性和痛苦性，看到传统文化中不能适应历史发展要求的腐朽糟粕所在和民族自身的沉重包袱所在，以增强克服惰性、铲除腐朽的自觉性。它是一个古老民族、古老文明伟大的再生过程，也是一个古老民族、古老文明艰难的、痛苦的蜕变过程，希望与痛苦同时存在，这一切都是由历史所注定的，小说就深刻地揭示了中华民族这一历史命运的内蕴。《末日之门》则集中地展示了当代军人"国家利益至上，民族利益至上"的爱国主义和英雄主义的精神风采，在肯定了传统的不怕牺牲、无私奉献等大无畏英雄气概的同时，又十分强调了扎实而广博的现代科学知识对于当代和未来军人的极端重要，同时还赋予了新型英雄以更广阔的全球视野和科学思维方式。由此可见，不论东方还是西方，不论历史还是当下，优秀的作品，永远都是民族自尊心和自信心形象的历史记录，永远都是再创民族光辉宝贵的精神财富。

文艺是民族精神的火炬，是人民奋进的号角，在培育和弘扬民族精神中有独特的重要作用。点燃民族精神的火炬，吹响人民奋进的号角，是发展和繁荣中国文艺的一个极为重要的任务，是我国当代文艺工作者肩负的庄严使命。

第一，中华民族的伟大复兴，需要文艺在培育和弘扬民族精神上，发挥独特的作用。人类社会发展的历史证明，一个民族，物质上不能贫困，精神上也不能贫困，只有物质和精神都富有，才能成为一个有强大生命力和凝聚力的民族。一个民族，没有振奋的民族精神，没有高尚的民族品格，没有坚定的民族志向，不可能自立于世界先进民族之林。社会主义社会作为人类历史上崭新的社会形态，是坚持物质文明和精神文明同时全面发展、全面进步的社会。只有经济、政治、文化协调发展，三个文明都搞好，才是有中国特色社会主义。胡锦涛总书记提出科学发展观，从建设有中国特色社会主义的战略高度，从党的根本任务和历史要求的全局高度，"立足社会主义初级阶段基本国情，总结我国发展实践，借鉴国外发展经验，适应新的发展要求提出来的";"第一要义是发展，核心是以人为本，基本要求是全面协调可持续，根本方法是统筹兼顾。"①只有重视科学发展与和谐文化建设，才能人心凝聚，精神振奋，民族兴盛；忽视科学发展与和谐文化建设，就会人心涣散，精神颓废，事业难成。建设社会主义精神文明，发展有中国特色社会主义文化关系到党和国家的前途命运，关系到中华民族自尊、自信、自强地屹立于世界民族之林。中国改革开放30年，更是点燃了广大作家、艺术家火山般喷涌的创作激情，他们创作的文学艺术作品的数量之多，形式、风格、流派之纷呈，体裁、题材、主题之丰富，优秀人才和作品之接踵而出，是前所未有的。一大批无愧于时代和人民的艺术精品，反映了时代的呼唤和要求，或者为社会变革而呐喊，为时代进步而欢呼，或者为敢于取胜的英雄人民而赞美，为知难而进的顽强勇士而颂扬，或者给人们以美好的愉悦，给人们以理性的启示，真正发挥了文学艺术巨大的鼓舞作用，美的启迪作用和潜移默化的教育作用。

第二，优秀文艺是提升国民素质的重要途径，是增强民族凝聚力，激励人民奋进的火炬与号角。人是社会文明进步的主体，国民素质是综合国力的重要组成部分。国民素质包括体力素质、智力素质、文化素质、科技素质、政治素质、道德素质等。在社会各种资源中，人力资源具有能动性，对其他资源具有整合功能。在人的各种素质中，思想道德素质是灵魂。人的全面发展必须靠先进文化来引导，人的素质的提升要靠文化教育的力量才能实现。文艺作品在社会主义思想道德建设中具有

① 胡锦涛:《高举中国特色社会主义伟大旗帜为夺取全面建设小康社会新胜利而奋斗——在中国共产党第十七次全国代表大会上的报告》,《求是》2007年第21期。

积极而重要的作用。文艺作为人类把握世界的重要方式，则不能不去反映人类社会的文明进程。反映人类自身在改造客观世界过程中所实现的道德升华和精神升华。文艺与道德既各属不同领域，又相互渗透、相互依托、相互促进。文艺是反映道德实践，推动道德进步的手段和形式，道德是文艺得以灌注生气，获得价值的依据和内容。文艺与道德的结合与凝聚，确证并推动人类社会的文明进步，促进民族精神与时代精神的培育和张扬。当然，文艺不是哲学，也不是政治学和伦理学，它必须从自身的特点和规律出发，首先是对美的把握和创造，在多姿多彩的艺术表现中，给人以美感和愉悦，使人在潜移默化中得到文明的熏陶和道德的洗礼，实现心灵的净化和精神的升华，实现素质的提高和精神的振奋。文化还是一种强力的黏合剂，是维系民族团结和祖国统一的纽带，是增强民族的凝聚力、激励人民奋进的火炬与号角。先进文化不仅将共同领域、共同历史背景、共同社会心理和共同语言的人联结在一个民族共同体中，而且可以超越地域、风俗、语言的界限，将国内各个民族联结成团结和睦的民族大家庭。历史悠久、薪火相传的中华文化是联结中华各民族的纽带，使中华儿女凝为一体，同心同德地为民族整体利益和长远利益而不懈奋斗。在我国漫长的历史中，各族人民在建设伟大祖国和美好家园、抵御外来侵略和克服艰难险阻的奋斗中，不断培育和发展着中华民族的民族精神。这个民族精神，就是中华民族五千多年来生生不息、发展壮大的强大精神动力，也是中国人民在未来的岁月里薪火相传、继往开来的精神动力。这种共同的中华文化和民族精神，没有因政治制度的更迭变迁而被中断，也没有因经济的变革而被分离，而是随着社会、经济、政治的发展而发展，始终成为凝聚各族人民的强大力量。在当代中国有中国特色社会主义文化，始终代表先进文化的前进方向，更成为凝聚和鼓舞人民实现中华民族伟大复兴的强大力量。而优秀文艺作为先进文化重要组成部分，在培育和弘扬民族精神方面，更是可以发挥独特的重要作用。因为，中华民族的精神不仅体现在中国人民的奋斗历程和奋斗业绩中，体现在中国人民的精神生活和精神世界里，也反映在几千年来我们民族产生的一切优秀文艺作品中，反映在我国一切杰出文学家、艺术家的精神创造活动中。

第三，在文艺中进一步培育与弘扬民族精神，是我国适应新形势、新变化，参与世界综合国力竞争的必然要求和迫切愿望。世界多极化、经济全球化的深刻背景，国内经济成分、生活方式、就业形式、价值取向多样化的客观现实，都提出了我们在新形势下应怎样形成民族的巨大凝聚力和文化认同感的问题，提出了如何保持国家的独立、民族的独立、文化的独立的问题。当今世界激烈的综合国力竞争，不仅包括经济实力、科技实力、国防实力等方面的竞争，也包括文化方面的竞争。世界多极化、经济全球化的深入发展，引起世界各种思想文化，历史的和现实的，外来的和本土的，进步的和落后的，积极的和颓废的，展开了相互激荡的冲突与融合，可以说是有吸纳又有排斥，有融合又有斗争，有渗透又有抵御。在这种形势下，文化发展与独立上的竞争与挑战主要来自两个方面：一是如何在对外开放中保持和发展本民族文化的优良传统，大力弘扬民族精神，激励人们始终保持奋发有为、昂扬向上的精神状态；二是如何在对外开放中积极汲取世界其他民族的优秀文化成果，实现文化的与时俱进，使我国文艺在社会前进的历史洪流中，造就艺术的进步。历史和现实告诉我们，国家要独立，不仅政治上、经济上要独立，思想文化上也要独立。植根中国社会主义现代化建设的实践，反映中国人民创造自己新生活的进程和中华民族自强不息的精神，是中国社会主义文艺的立身之本。只有首先赢得中国人民的喜爱，具有中国风格、中国气派，才能堂堂正正地走向世界和屹立于世界文化之林。总之，保持和发展本民族的文化传统，大力弘扬民族精神，积极汲取世界其他民族的优秀文化成果，实现文化的与时俱进，是关系广大发展中国家前途和命运的重大问题。

当代中国的文学艺术要有独立品格，就既要坚定不移地走民族化的道路，又要不断赋予民族精神新的内涵，以便创作出众多经典的、伟大的作品，进而形成自立于世界民族之林的伟大精神气质。首先，要牢牢把握"弘扬主旋律与提倡多样化"的辩证关系，在提升原创力中发展多样化。所谓"李杜文章万口传，至今已经不新鲜。江山代有才人出，各领风骚数百年。"就是指文学艺术的生命正在于不断地推陈出新，春兰秋菊，各逞一时之秀。而要达此目的，必须是提倡多种样式、多种风格并存共荣，并行发展的文学艺术，必须是"弘扬主旋律和提倡多样化圆满地统一起来"的文学艺术，而绝不是单一的、枯燥的、模式化的文学艺术。因此，当代文学艺术要"支持学术上、艺术上不同形式、不同风格的自由发展和竞赛"。正如邓小平在《祝辞》中指出的："雄伟和细腻，严肃和诙谐，抒情和哲理，只要能够使人们得到教育和启发，得到娱乐和美的享受，都应当在我们的文艺园地里占有自己的位置。英雄人物的业绩和普通人们的劳动、斗争和悲欢离合，现代人的生活和古代人的生活，都应当在文艺中得到反映……文艺题材和表现手法要日益丰富多彩，敢于创新。要防止和克服单调刻板、机械划一的公式化概念化倾向。"[1] 应该说，当代文学艺术在题材的

---

[1] 《邓小平文选》第二卷，人民出版社1983年版，第210—211页。

创新和手法的多样化方面，较之"文革"前17年，已经有了长足的进步。但是相对于丰富多彩的改革开放的新的社会生活，还远远不够，一是在题材上，还存在着"一窝蜂"的"撞车"现象，甚至出现几个作家同时写作同一个历史人物这种有悖于文学创作的规律、同时也是造成人才浪费的现象。二是风格手法上的公式化概念化倾向。一个作家、一种风格成功之后，往往群起而效之，比如，模仿沈从文、莫言、卡夫卡、马尔克斯风格的风行，"小女人散文"、文化散文的盛行，等等。可见，公式化概念化并不是极左文艺的专利品，任何新的艺术模式都有可能在不长的时间内沦为陈旧，尤其在当代的电视文艺作品中，这种情况更是司空见惯，很大程度上导致了观众读者胃口的败坏。三是艺术见解和风格上的"党同伐异"，是当代文学艺术大胆创新，风格样式多样化的大敌。在当代文学艺术的大舞台上，古今中外，凡是可以拿来的手法、手段，只要对表现积极的主题思想有益，不管是现实主义也好，浪漫主义也罢；古典主义也好，现代主义、后现代主义也罢，都应该在我们选择的范围之内。此外，提倡多样化还要加强对多样化文艺的引领。因为"人类文明进步的历史充分表明，没有先进文化的积极引领，没有人民精神世界的极大丰富，没有全民族创造精神的充分发挥，一个国家、一个民族不可能屹立于世界先进民族之林"①。所有的文学家、艺术家都应该在共同的旗帜下团结奋斗，辛苦耕耘，当代文艺群星灿烂的大发展大繁荣的局面，将是为期不远、很有希望的事情了。

其次，要勇于创造，不断探索。文学的生命就在于创造。

---

① 胡锦涛：《在中国文联第八次全国代表大会中国作协第七次全国代表大会上的讲话》，《人民日报》2006年11月11日。

马克思主义文艺理论认为，文艺属于社会意识形态，它的唯一的源泉就是人们实践着的社会生活。文艺的内容以及文艺的形式，其发生、发展以及种种变化，归根结底，取决于社会生活的发展与变化。不同的民族，由于特定的地域环境、特定的生活条件和生产水平，构成了每个民族社会生活的民族色彩，因而也就形成了他们与其他民族不同的心理、气质、习惯、风俗以及独特的审美意识等。这些反映到文艺创作上，就会使作品表达的情趣、塑造的人物、追求的理想，无不具有民族的风味。既然民族的风格最终取决于本民族的社会生活，那么，任何民族的社会生活又不可能是铁板一块，而总是处在一个不断发展变化着的历史进程之中。那么，由此而产生的民族风格也就必然产生相应的发展与变化。尤其是世界已经进入现代化的当今时代，现代科学技术的飞速发展以及各国度之间的横向联系的加强更使各个民族社会生活的变化急遽加快，这样，来源于其中的文艺以及文艺的民族性是否也要更快更猛地发生变化呢？我想，结论是不难得出的。尽管这种变化有时十分迅速，而且其面目与传统的东西呈现着巨大的差异性，但我们绝不能否认它照样是我们的民族性，因为它产生于我们这块民族的土地，它受孕于我们这个民族的社会生活。对此，鲁迅在评价陶元庆的绘画时曾说：

他以新的形，尤其是新的色来写出他自己的世界，而其中仍有中国向来的魂灵——要字面免得流于玄虚，则就是：民族性。

……

我于艺术界的事知道得极少，关于文字的事较为留心些。就如白话，从中，更就世所谓"欧化语体"来说罢。有人斥道：你用这样的语体，可惜皮肤不白，鼻梁不高呀！诚然，这教训是严厉的。但是，皮肤一白，鼻梁一高，他用的大概是欧文，不是欧化语体了。正唯其皮不白，鼻不高而偏要"的呵吗呢"，并且一句里用许多的"的"字，这才是为世诟病的今日的中国的我辈。

但我并非将欧化文来比拟陶元庆君的绘画。意思只在说：他并非"之乎者也"，因为用的是新的形和新的色；而又不是"Yes""No"，因为他究竟是中国人。①

鲁迅所指出的陶元庆的绘画所用的是"新的形"、"新的色"，这里的"新"自然是与"旧"，也就是与传统相异的东西。因而，这新也就是变，进而这新，这变，也就是创造；新了，变了，创造了，旧的、传统的也才丰富了，发展了。然而，另一方面，不论其怎样新，怎样变，怎样发展，"其中仍有中国向来的魂灵"——这就是民族精神，这就是万变中之不变。那么，这变中又有不变的原因究竟何在呢？从根本上说，就因为它是生长在中国的东西，就因为创造它的人"皮肤不白，鼻梁不高"——"他究竟是中国人"。一个人、一个艺术家所处的客观的民族地位，也就注定了他的作品不可能完全摆脱本民族的特色。同时，也还必须明确，创造并非无源之水，无本之木式的天外飞来，创造也绝不可能是随心所欲的凭空臆造。那么，作为一个民族文艺创造的基础又在哪里呢？这就是"纵向承传"与"横向汲取"。在我国的现当代文艺史上，凡是具有强烈的创新意识的作家，凡是渴望民族之振兴而呐喊呼号而增光添彩的作家，凡是向往民族文艺大踏步走向世界的作家，无不是更多地把眼光投向异邦，广泛地吸收外来文艺的营养，从而更雄健地创造新的民族精神内涵的文艺，比如，歌

---

① 《鲁迅全集》第3卷，人民文学出版社1981年版，第549—550页。

剧《白毛女》的创作，作者在酝酿、构思的过程中，考虑得最多的是如何拿外国的东西来改造我国旧有的东西，以西洋歌剧的形式去创作《白毛女》。于是，伴随着《白毛女》的成功，一种新形式就创造出来了，现代文艺史上一个新的剧种也就诞生了。

再次，要有创新思维与世界眼光，既立足民族文化精髓的现代转化，又吸收世界文化中的优秀成果，使文艺达到民族性、时代性与世界性的完善融合。和经济相比，文学艺术有自己的特点，它具有不同社会制度意识形态的独特性，具有不同国别民族文化精神的独特性，也具有个体创造性精神活动的不可规范性。因而同处世界格局中的各民族文化，除了许多共同性，也必然会出现许多差异、尤其是价值层面的深刻差异。经济全球化并不一定能消除不同国家之间的冲突，在一定情况下还可能加剧不同文化传统的国家、民族之间的冲突。也许正因为如此，我们在谈论文学艺术全球化问题时，常常更多地从抵御和反对新形势下的文化霸权主义，维护民族精神和保存民族文化传统的角度着眼，这显然是十分必要的。但对于民族文学艺术如何在创造、开放中弘扬发展，则更多集中在工具理性和市场运作层面，即民族文化如何通过现代市场操作进入世界格局。但是，不要忘了问题还有更重要性的一面，这就是换一种眼光，以全球眼光对民族文学艺术定位；换一个坐标，以开放、融会、更新、创造的坐标思考民族文学艺术加快走向世界的步伐，以在全球文化格局中占得更大份额，发挥更大作用。在这个层面上，民族文学艺术的保存、维护和民族文学艺术的走向世界、走向现代，就需要以世界眼光和现代科学体系对民族文化精髓、民族美学体系和民族文艺现象重新扒梳整理，发掘更深更新的内涵，作出科学而有力度的再肯定。只有在当代的、全球的大时空里，才能判断、识别民族文化中的先进因素——这是我们应该大力弘扬并能丰富世界文化的瑰宝；也才能发掘民族文化中那些适应全人类、被人类普遍认同的精神资源——这是民族文化和世界文化的衔接点，是民族文化进入世界格局的历史通道。而要建立自己特有的民族文化科学话语体系，将中华文学艺术在当代仍然有着鲜活生命力的精神，如灵象触发特色、意象传输特色、整体感悟特色和模糊表述特色等，融化到现代世界通用的话语体系和传播渠道、运作方式中去。既不"言必称希腊"，也不把立足点放在国外流行的现代概念上，还不完全沿着中华文化已经形成的格局走，而要从世界文化坐标系出发，尽量返回民族生活的源头和民族文化的原生点去解读中国文化密码，经过切实的发掘、化育，创造出一种能对民族文艺作新的整体表述、能和当代世界对话的话语体系。这是在现代世界的语境中，大力弘扬民族文化的有效途径。这种有效途径就是全球化和民族化，全球意识和民族精神，一体性和多元化，融合与创新的辩证统一，是一个问题或一对矛盾的不同方面。高度自觉的民族立场和民族精神，对于中华文化和文艺，具有根本性的重要意义。它关乎中华文化和文艺的生存和发展，关乎中华文化和文艺的属于全人类的价值和地位。而且，在全球化进程中，中国完全可以引进新的文化要素和文化样式，推动新的文化"杂交"，激活中国自身的文化创造活动。从而提高文化资源的创新活力，推进资源配置的国际化程度，那更是会树立历史悠久的中国传统民族文化在世界文化之林的崭新形象。有鉴于此，当代文学家、艺术家必须将世界先进文化转化为我们民族的文化营养，世界文化的优秀成果经过民族的、大众的、科学的话语转换，在中国文化的土壤中生根开花。必须努力探索传统的审美意识与当代审美理想的联系和转换，不断发现和引导读者新的审美趣味，不断学习和探索新的艺术形式，实现从艺术观念到语言风格、从文学主题到人物形象，从体裁到题材，从结构手法到叙事技巧的不断创新与发展。努力创作立足本国、面向世界，体现民族精神，具有中国风格、中国气派的文学瑰宝，既向世界展现中华民族的民族精神，又点燃民族精神火炬，吹响人民奋进的号角，进一步培育和弘扬我们伟大的民族精神。

理想精神与和谐思维

一

　　理想精神是营造艺术生态和谐环境的思想灵魂，是倡导身任天下、包容多样的精神境界；它是引领社会进步的灯塔，文学发展的风帆，是令人惊赞、崇敬、仰慕的美，激发人的尊严和自豪感的力；它是引导人意识到自身力量，使人精神振奋、道德高尚的美，是使人克服脆弱与渺小，唤起巨大生活热情的力。理想精神"存在于自然与人生之中"，人不仅能够认识客观世界的特征和规律，而且能够遵循客观事物的规律，提出自己短期与长远的奋斗目标，制定出宏伟的理想蓝图，进而通过实践，将理想转化成现实。因此，它是现实的规律性必然性在人的头脑中构筑的图像。这种体现客观事物规律性、必然性的理想图像或目的，决定着人们活动的方式和方法，指引着人们行动的方向。它是驱使着人们执著追求、顽强奋进的强大动力。对于文学艺术来讲，理想精神同样是一种普照的光，它是照耀作家从事文艺活动的总光源；它是推动作家顽强地去从事文学创作活动的强大动力；它是引导作家不断追求、不断探索、不断攀登的崇高信念和目的；它是指导人们进行文学阅读、鉴赏与批评的最高的审美尺度。人类艺术地掌握世界的历史表明：没有理想精神，就没有真正的文学艺术；没有理想精神，就没有真正的艺术美。一个没有理想精神的民族，是一个没有希望的民族；一个没有理想精神的作家，是一个鼠目寸光只知爬行的"作家"。

理想精神本身不是抽象的，而是历史的、具体的。它具有多层次、多方面的内容和特点。由于每个人都在一定的社会中生活，因此每个人都有自己的人生理想精神、科学理想精神、道德理想精神、艺术理想精神等。文学理想精神则是艺术理想精神的组成部分。它是以感性观照的方式，以语言为媒介，显示出人的本质力量和生活活动的完美形态和最高境界，进而给人以巨大的感染力量与无穷的美的享受。它是作家植根于生活的沃土，按照"美的规律"，创造出来的一个美的世界。它来自社会生活，反过来又给予社会生活以影响。鲁迅曾说过，"文艺是国民精神所发的火光，同时也是引导国民精神的前途的灯火。这是互为因果的，正如麻油从芝麻榨出，但以浸芝麻，就使它更油。"[①]鲁迅在这里生动而又辩证地阐明了艺术理想精神与社会理想精神的关系。正是由于在优秀的作品中，凝聚了作家的审美理想精神和社会理想精神，生动地反映了人民情感的海洋，是"国民精神所发的火光"，所以，这样的文学作品，才能成为"引导国民精神的前途的灯火"。时代呼唤这样的作品，人民需要这样的作品，然而，在当今中国文坛上真正称得起既是"国民精神所发的火光"，又是"引导国民精神的前途的灯火"优秀作品，实在不是太多。虽然中国当代文学的文艺思潮、文学生成、作家心态都与理想精神有着必然的联系，它内部蕴涵着崇高精神、人道精神、先锋精神都曾使中国当代文学具有震撼灵魂的魅力，也给中国当代文学带来了丰富

---

① 《鲁迅全集》第1卷，人民文学出版社1981年版，第240页。

的智慧和独特的意义，从而丰富了剧烈变动中的中国当代文学的精神素养和艺术表现形式，并以其自身文化品格的神圣性与永恒性使中国当代文学熠熠生辉。但理想精神对中国当代文学建设的经验与教训，还是值得我们深长思之。

毫无疑问，如果把崇高理想精神的"巨大的力量"强调到"唯我独尊"的境地，就会强制推行一种风格，禁止另一种风格，出现单一化的创作格局。中国革命的胜利使毛泽东等更加坚信人的意志的作用，延安的艰苦环境和战争中的献身精神，给经历了那一时代的人培育了崇高感和英雄主义。为了永葆人的意志的坚定性，抗拒资产阶级思想的侵蚀，必须抑制个人的物质欲望，抑制人对日常生活多样性的要求。与此相对的则是对牺牲个人利益、献身精神的持续倡导。对一个民族一个国家来说，强调这些精神无疑是重要的，它是发展社会生产，弘扬民族精神，增强国家观念的必要条件。但把这种对人的作用和意志的强调逐渐演变为一种崇高理想精神，成了对一切创作领域的要求，并将背离这一要求的任何人，都将视为"人性和人道主义"、"写中间人物和现实主义深化"、"大毒草"与"黑八论"等遭到批判甚而遭到打击和迫害。最终，将理想精神对创作的要求和强调强化到是对人的尊重，是对人的解放的重视程度，并把这种创作现象作为一种模式来贯彻、来推行时，这种理想就没有成为繁荣创作的理论，而恰恰是一种对作家的创作自由和心灵世界的压抑和控制：人需要有理想追求，社会也需要崇高的理想精神，但作家并不总时时需要神圣和献身。日常生活的多样性要求和心灵世界的丰富表达，本来具有无可争议的合理性，但在唯一崇高理想精神规约下的文学，不仅没有对这一合理性作出揭示，反而在对作家的意志强调和控制的过程中，强化了它的不合理性。因此，文学作为表达人类生活和心灵世界的创造，就不再是自由的。尽管曾以政府的名义出台过大量的文艺方针政策，并召开过许多关于文艺工作会议，但这些方针政策和会议，并不是鼓励作家自由创作，而是不断地灌输精神意志的巨大力量，不断地告知作家如何创作。其间的不确定性和非连贯性给人印象深刻：在对作家的创作思想控制过于紧张，文学创作明显失常的情况下，便会出现一些宽松的方针和政策；而当文学创作超越了限定的范围时，又会出现紧缩的方针、政策甚至运动。而这恰恰是新的单一化模式存在的潜在因素，超越了生活真实和它所规约的理想范畴，就只能导致"假、大、空"和"高、大、全"。于是，历次对作家创作思想的规范与清理，作家的创作观念都渐渐地统一到一种创作思维的模式之中，最后就只剩下形式和内容最具"民族性"的"样板戏"。形式上它是地道中国的，内容上它是地道"无产阶级"创作思想的。超越资本主义的"中国化"在这时达到了极致：它既实现了对人的意志的极大神化，实现了对崇高、神圣、献身、英雄主义的向往，也实现了用民族形式（京剧）表达的愿望。显然，这种对人的顽强意志和理想精神的想象与夸大，隐含的却是对人的压抑和控制。那种对物质神话的批判和抵制，同时排斥了日常生活的合理性。致使与人学相关的文学难以在"人"的范畴内展开，而流于伪崇高、伪理想的一部分；"民族性"的强调，也离开了原来的意义，从而加剧了东西文化的对立和紧张，使民族文化在这一时期失去了与西方文化交流、对话的可能和机会。这既导致了创作单一化格局的发生，又出现了理想和信仰的最后危机（四·五运动）。即使我们今天张扬与呼唤理想精神，也并不是鄙视现实，更非弃绝俗世。我们曾经在伪理想的幌子下受尽现实的苦难与想象的嘲弄，所以，现在一谈理想精神便引起许多人的责难甚至惊悸，便拿出当年的伪理想、伪崇高来抵挡精神的探索与漫游。好像言精神，便不吃粮食；言理想，便不直面俗世。二元对立的思维模式使他们宁愿怀抱着一点点俗世里物质的安慰，也不奢谈理想，在务实与务虚之间他们选择了务实。他们把伪理想和真正的理想精神混为一谈，伪理想是集体的想象与冲动，建立在泯灭个体与消解自由的基础上，以空说的承诺与虚拟的想象泯灭思考的独立个性。真正的理想精神是在理性光辉的烛照下对精神与真理无限向上的追求，使个体成为自由的个体，使存在成为本真的存在，使想象成为有所依托的想象，不断地增加每个人身上责任与自由的总量，使人成为真正意义上的人。这就要求我们：强调理想不能忘记生活真谛，不能不讲艺术真实；而注意艺术真实，又不能不提倡理想。理想运用于生活真实会产生意想不到的杰作；真实，从其本身考察以及将其变为与理想相配合的基因，不仅不会限制理想，而且会加强它。因此，我们既希望真实的理想，也期盼理想的真实。在真实与理想的交切点上升腾起诗情，从而使创作进入一种比较完美的境界。

社会的巨大转型使文学面临着从来也没有的挑战。这种挑战是以文学自身深陷于危机而表现出来的。这种危机一方面表现为传统的文学信念变得似乎难以支持，坚信文学应有某种承担的作家，对自己的信念似乎失去了信心，他们患了"失语症"。那些执著地坚持自己信念的作家顷刻间也成了"守望者"，他们不断受到质疑乃至嘲弄。另一方面，在市场经济的操纵下，玩文学，把文学作为商品加以制造的潮流却表现出了前所未有的大胆和自信。作家们于是就反思文学是什么，重新评估文学的功能与作用，试图从探索文学的本体入手，确立新的文学规范。可是，文学在皈依自身的过程中还没有获得足够的自信，商品经济引起的社会转型又把文学带入另一种现实处境中，文学于是面临着新的更为严重的挑战与抉择。人类的历史进程并不一定要以道德沦丧为代价，商品化的进程也并非必然以精神衰退为补偿。可是由于中国人长久对现代化进程的无知和生疏，文学缺少内在精神资源的支持，商品经济彻底打碎了笼罩在文学头上神圣的光环，艺术品成为商品的过程裹挟着作家流入随机与功利。即便如此，文坛也不乏坚守精神高地的作家，但更多的作家却被滚滚红尘冲击得翻天覆地，不能自持。作家不再是灵魂的探索者，而是务实的"码字工"，视文学为手中的玩物，在把玩与抚摸中泯灭掉最后一点精神的火花。作家不再执著于表象下面的本质，偶然背后的必然，生存后面的意义，他们打碎深度模式，抹平精神差别，在把一切平面化的过程中把文学的意义变拆成碎片。此时的文坛里便漂浮着一片没有灵魂，没有意义的风景。作家们在"零度写作"中沉沦，先锋小说已褪掉探索的锋芒而归依到市民生活里，还有一部分作家倾向于暴露个人隐私，在极端个人化的写作中寻找栖息的缝隙。尤其是那些 20 世纪 60 年代出生的作家，在他们的笔下，是一些不言精神与理想，匍匐在现实与金钱面前的"现代人"。巴尔扎克也曾写过金钱奴役下的萎缩与异化，隐藏在文本后面的却是批判与反思。而我们的作家们却和他们文本中的主人公一同被金钱奴役，甚而欣赏，甚而认同。作家和普通人在一起沉沦，滑落在无所依靠的精神空虚里，我们的作家连面对这种虚空的勇气也没有，沉落其中，却忘却现实。于是，文学中只剩下情欲而没有爱情，只剩下日子而没有生活，只剩下粗鄙而没有崇高，生命的正面价值如理想、道德、正义、职责、崇高、爱情等被需求与欲望挤压得无处的皈依。曾记否！我们的文学不是受到过各种各样的非文学的压制和束缚，可是，一旦它们在获得自由后，却因为没有支撑自由的精神又忘乎所以。纪德说过："艺术依赖强制而生存，但却因为自由而死亡。"加缪在解释这句话时说："艺术仅仅依赖于自身的强制而生存；而受到其他一切强制就会死亡。相反的，如果艺术不强制自己，就会沉溺于胡言乱语，并成为仅仅是幽灵的奴隶。"① 当代中国文学缺少的恰恰是自身对自身的强制，缺少的恰恰是对人类苦难的深情抚摸，缺少的恰恰是对人文与生命的深沉关注，缺少的恰恰是对精神向度的不懈追求，缺少的恰恰是文学本源性的理想精神。于是，虽然没有理想精神作支撑的作品，仍在不断面世，却既没有人读，也没有人收藏，更没有人视为神圣、视为经典而洛阳纸贵，文学的社会影响因此而不断的下滑，甚至成了一次性的、快餐性的、用完即扔的物品。文学终于从中心走向边缘。面对如此窘境，我们再次警悟，伟大的艺术是从人的心灵里流出来的，而不仅仅是模拟世俗。当然，我们也并不是用理想精神来统一文学，重塑一种新的意识形态来束缚文学的自由发展，并取代业已形成的多元格局。文学不需要统一，也无法统一，真正的文学总要以其对现实的反叛与想象冲破既定的模式，不断地探索生存的意义与价值。我们张扬与召唤理想精神也正是从文学的本真意义上来说的，唯有如此，文学才能活活泼泼地发展。我们也不是要求所有的作家都来坚守精神高地，而是呼唤总有那么一批人对人类怀有责任，对价值有所期待，对意义有所承诺，对苦难有所肩负，沉入现实的底层，打破浮世的遮蔽，使人类精神飞腾到一个新高度。新的世纪人类仍会面临许多问题，甚至是灾难，文学应该在对现实痛苦而有深度的召唤中，给人类提供一片灵魂

---

① ［法］加缪:《冒着危险的创作》，见《诺贝尔文学奖获奖作家谈创作》，北京大学出版社1987年版，第287页。

的栖息地。新时代的文学应该是饱经苦难之后的开放、大度、具有精神向度的文学。

崇高既然是一种强大的精神力量，特定情境中的行为又与众不同，那么，我们直觉所能感受到的感性形式，也应该是多样化的。正如生活是极其丰富的，同人物有着多方面的联系一样，人对生活也有多种要求。理想精神不是寡欲清心的"清教徒"，也不是仅仅为完成指令而存在的"机器人"，除了那些为实现理想而进行的紧张的社会实践以外，他们还有与此相关的日常生活，衣食住行，喜怒哀乐，需要友谊和爱情，对生活有着广泛多样的兴趣。这时，他们的思想感情、行为举止，普普通通、平平常常，对生活的关系也显得平静和谐。这与表现理想精神不但有关，而且关系很大。有些作品为突出人物，把环境描写搞得单一化，始终让人物处于生活矛盾的漩涡中心，有张无弛，人物一招一式、一笑一颦都不同凡俗，这就违反了生活逻辑和人的一般特性，割断人物与生活的广泛联系，结果反而使形象单薄无力。诚然，表现理想主要依赖于人物矛盾冲突所由构成的社会实践，但是，创作经验表明，如果唯有此而舍其他，并不能塑造出血肉丰满的崇高形象。黑格尔早就指出了性格丰富性的重要意义：它是艺术形象的生命力所在。而这种丰富性，怎么可能在单一的生活情境中创造出来呢？因此，应该丰富与拓宽生活的表现面，围绕理想精神（即崇高），既把人物置于各种矛盾的焦点上，又把人物放在一个更为广阔的生活背景下，刻画其他侧面。这样，人物特殊品质的表现，才具有亲切感、血肉感，人物才与生活作为一个多方面联系着的完整世界呈现在我们面前，更"接近我们的感觉和情感"。同时，鉴于繁复的现实生活和创作实践呈现为复杂的精神现象，只有分别对待，才能解决复杂的创作问题。理想精神是内容的特性，是一种内在的心灵世界的品质，在文学中体现为人物高尚的情操、坚定的意志、忘我的献身精神等，虽然这必须借助具体的性格形态来表现，但这绝不意味着直接表现在感性形式的某一种或几种规定的特征上，没有也不需要遵循某个程式。内容与形式应是多样的统一，且不谈内容本身的差异，即使是同一内容，也可以用多个不同的形式来表现。惊涛裂岸是有力的，滴水穿石不也很有力吗？陆文婷虽不粗犷刚烈，更多的是温柔文静，可我们却深感到她的崇高；冯晴岚没有叱咤风云的气势和举止，性格反倒深沉内向，这并不妨碍她成为"须仰视才可见"的崇高形象。就美学范围而言，提倡表现崇高理想、情感及其相应的艺术规模与气势，本身是一个宽广的概念。艺术内容的崇高感在审美能力有别的作家那里，可以扬长避短和互相弥补，其繁复、流动的交互补偿构成了崇高的审美对象被广泛地表现于艺术的可能。且从史的发展去看，随着实践的拓展和深化，作为人类本质力量之一的对于崇高的审美统觉力，亦将不断从潜在转化为现实，使被把握的、属于崇高范畴的生活现象（作品的题材）也不断地被充实而丰富，崇高自然成为无比宽广的领域。另一方面，强调作品美学的崇高感，强调表现一个确定时代的主旋律，因是服膺于创造高度的精神文明之花朵和灿烂艺术之奇葩，本身也有一个宽容的气度。它不搞"只此一家，别无分店"，不排斥"风花雪月"，更不一般地轻视"低吟浅唱"，而只是寄希望于美的领域里的各种形式，能将那一类自身较窄的题材与大千世界相通，求得心物之间健康、美妙的和谐。这样，既有一时代的号音，又有多样的牧笛，就足可为我们壮丽的现实和人生奏出动听的交响乐。所有这一切都生动地说明，崇高形象的感性形式是无比多样丰富的，换言之，有多少个别的对象，就有多少独特的形式。面对万千仪态的生活的文学，作为一种艺术的创造活动，其要旨就在于有力地表现形象的丰富与独特。崇高表现在艺术上的价值，就是创造出鲜明真实的个性形式。

二

伴随着和谐社会的建设与发展，崇尚和谐追求和谐的思想观念、行为规范、社会风尚的基本价值取向，就反映着人们对和谐的总体认识、基本理念和理想追求。文学是一种燃烧着民族火种、闪烁着时代火光的艺术创造，它就应当与社会主义和谐社会的要求相适应，倡导和谐理念、培育和谐精神，引导读者用和谐的思想方式去认识和处理各种矛盾。促进社会和谐发展。

和谐的思维方式是唯物的、辩证的思维方式，是在对立统一中以建设性态度促进发展的一种思维方式。说它是唯物的，意味着强调尊重事实，一切从实际出发；说它是辩证的，意味着强调用联系的、发展的方法看问题。这种思维方式讲求的联系是整体优化的联系，讲求的发展是低成本、高效率的发展；它绝不回避矛盾，也绝不强调矛盾的同一性而无视矛盾的斗争性，而是追求一种高质量解决矛盾的方式。同时，它还主张尽可能求同存异，焕发各个矛盾主体的活力，推进矛盾群体的有序运动。把斗争片面化、绝对化，用绝对斗争的思维方式认识和处理矛盾，就不可能有社会和谐；把同一片面化、绝对化，企盼绝对的同一，也不可能有社会和谐。和谐的思维方式以和谐为价值取向，尊重差异，承认矛盾，既不激化矛盾，也不回避矛盾，而是着眼于发展，致力于和谐，尽最大努力化解矛盾，从而实现和谐。因此，和谐思维的意蕴：第一，既承认多元和差异。即和谐社会并不是一个单一的、物质的社会，不是简单的同一。而是要培养多元、互动、互补、互惠的思维，克服单一、互斗、互抑、互损的思维。风和日丽、莺歌燕舞是自然的和谐，黄钟大吕、琴瑟和鸣是艺术的和谐；和而不同、多元融通是社会的和谐；还要承认对立面的存在，具体分析、善于利用对立面的和谐。即既要具体分析矛盾双方的力量、比重、发展态势、解决方案等，又要敢于和善于扶植对立面形成相辅相成的态势，促进对立面的结合，发掘新的力量源泉。第二，现代和谐是一种感性与理性的统一，价值性与工具性的统一。这种协调、均衡、有序的发展状态：既有终极理想关怀的指向，又有对现实的关切，还凝结着对历史的反思。既包括个体主体价值的诉求，又充盈着社会主体价值的企盼。现代社会需要的是理性思维、逻辑思维；社会生产力的进步、科学技术的发展，需要的形式逻辑和实证方法等。一种理想的社会理念和状态，应该向社会制度规范等现实和理性的层面过渡。从而推进社会生活理性化和制度化。第三，和谐思维应能超越静态美和超稳定性、在动态中保持和谐。社会系统的优化和社会和谐不是一种静态的完美，而是动而有序、活而不乱，管而不死、和而不同。事物的和谐是在矛盾同一性和斗争性相互作用中，从不和谐——和谐——不和谐——更加和谐的矛盾运动中一步一步实现的。和谐是为了促进发展，和谐也要在发展中来实现。发展是和谐的本质与核心。活力是构建和谐社会的基础和前提。没有发展，再和谐的状态终究为不和谐状态所取代。所以，动态和谐就是构建动静适宜、弛张有度和谐社会的有效途径。由此可见，和谐思维对中国文学进行创造性转换和现代阐释，具有重要的理论与实践意义。

毫无疑问，"以和为贵"就是文学作品中人物关系的一个至高境界。文学是人学，"和"不仅是文学作品中人际交往的最高境界，还是人世间一条平正通达的大道。《礼记·中庸》中说："喜怒哀乐之未发谓之中，发而皆中节谓之和。中也者，天下之大本也；和也者，天下之达道也。致中和，天地位焉，万物育焉。"人的喜怒哀乐在心里面还没有表达出来的时候叫做"中"，表达出来之后都能够恰到好处叫做"和"。所谓"中节"，就是符合音乐的节拍、节奏，也就是调和、适当的意思。所以"中也者，天下之大本也"，这可了不得，天下就在人的心中。事实也正是如此，我们经常说"心有多高，天有多大"，与人相处也好，与物相处也好，乃至与天地间一切相处，不都取决于人的寸心之间吗？"和也者，天下之达道也"，"和"是什么？就是一条四通八达、宽阔平正的大道啊！所谓"退一步海阔天空"，这不就是"和"嘛，所以说和是"天下之达道"。故而《中庸》提出"致中和"这一重要思想，认为只要不偏不倚，中正平和，达到了"中和"的境界。也就"天地位焉，万物育焉"。"位"，郑玄注："位犹正也。"就是说，"致中和"，能够使心胸开阔，天地平正，万物化育。比如王跃文长篇历史小说《大清相国》中的陈廷敬，他在处理人际关系上，才真正叫做达到了"化育"的至高或最高境界。康熙王朝名臣辈出，千古传诵。然而，宦海风高，沉浮难料。明珠罢相削权，索额图身死囹圄，徐乾学去官之后郁郁早逝，高士奇备享尊荣却被斥退回籍。满朝重臣名宦少有善终，唯独陈廷敬驰骋官场五十多年，历任工、吏、户、刑四部尚书，官至文渊阁大学士，乞归之后仍被召回，最后老死相位。其核心价值在于他在处理人际关系上的和谐完美简直是天衣无缝：清官多酷，陈廷敬是清官，却宅心仁厚；好官多庸，陈廷敬是好官，却精明强干；能官多专，陈廷敬是能官，却从善如流；德官多懦，陈廷敬是德官，却不乏铁腕。显然，陈廷敬在"德""能"上是做到了"情深而文明，气盛而化神，和顺积中，而英华发外"。他少年老成，皇上金口玉牙赐名与他；在处理鳌拜、索额图的谋略上，"深合朕意"，还立了"头功"。在"仁义"上做到"老吾老以及人之老，幼吾幼以及人之幼，天下可运于掌"。他"仁者爱人"，傅山长吁短叹，牢骚满腹，他那"牢骚太盛防肠断，风物长宜放眼量"的锦囊妙计就是"顺天安民"四个字，爱民，亲民，让人民丰衣足食，生活安定溢于言表。在"恕道"上做到"己所不欲，勿施于人"，他从晋身官场之日起，就同后来权倾天下的明珠、索额图恩怨难断，又遭遇徐乾学、高士奇等康熙心腹的明争暗斗。真是同僚似狼，如履薄冰。但他始终做到"恕以待人"，"和以处众"，慢慢悟透了官场秘诀。在"无为"、"不争"上，他的"无为"不是不作为，而是不妄为，不做那些不该做的事情；"不争"不是与世无争，而是不妄争，不争那些不当争的东西。"无为"与"不争"，都是他在特定的历史条件下处理与皇上、与同僚、与部下关系的哲思与智慧。当然，"以和为贵"同样存在着一个价值取向问题。我们应当和先进的、美好的、有生命力和发展前途的人与物"以和为贵"，不应当和阻碍历史前进和危害人民利益的腐朽的专横的体制和思想"以和为贵"，不应当和不民主、不科学、不合理和不合法的现象"以和为贵"。只有这样的"以和为贵"，才是社会协调的保障——它旨在实现人际和谐与社会和谐的道德原则，把构建和睦、和平、和谐的人际关系与社会关系，作为文学人格修养的重要方面，作为社会协调的价值尺度。今天的文学要高举和谐文化的旗帜，在构建和谐社会中发挥重要作用，更应该形象而生动地再现出和谐社会是公平正义、诚信友爱、安定有序的社会，要使社会各方面的利益关系得到妥善协调，人民内部矛盾和其他社会矛盾得到正确处理，社会公平和正义得到切实维护和实现；要实现全社会互帮互助、诚实守信，全体人民平等友爱、融洽相处；要做到社会组织机构健全，社会管理完善，社会秩序良好，人民群众安居乐业，社会保持安定团结，等等，如此，才能构建社会主义的新型人际关系，"以和为贵"的价值取向在当代文学中有着重要的实践意义。

和而不同则是文学作品中人物关系的普遍规律。所谓和而不同就是不同的东西依然可以和谐地存在和发展。史伯在《国语·郑语》中提出："以他平他谓之和"，"和实生物，同则不继"。这一提法就奠定了中国传统的"和"与"同"的内涵。即"和"是不同因素、不同事物之间的相互作用、相互补充基础上的融合，这种事物的"多样统一"所造成的和谐与互补，促使万事兴旺，是以谓之为和而贵、和而美，所以也有"中和之美"说。"同"，指排斥差异的简单的同一，是事物的简单相同或相加，这不仅于事无补，且容易引起纷争，使事物难以生存和持续发展。因此，当孔子说"君子和而不同，小人同而不和"①。不仅把"和"与君子、与礼相联系，"同"与小人、与非礼相联系，而且将"和而不同"上升到一种哲学理论层面，"和而不同"解释了中国古代文明源远流长的符合辩证法的哲学意蕴：差异是和谐的基本前提。因为"和而不同"的落脚点是达到"不同而和"的和谐状态。"不同而和"承认和尊重差异与不同是达到"和"的基础与前提。"不同而和"中的"和"有更为丰富的内涵。它不仅指儒家伦理上的人与人的和睦相处，而且还包括了家庭团聚的"安详之和"，人们相互

---

① 《论语·子路第十三》。

尊重相互理解的"平等之和"，人的内在心灵的"宁静之和"，人与人性格差异的"不同之和"，乃至于人与人都处在一个你中有我，我中有你，相互渗透，相互弥补的和谐的稳定的和睦的状态。如由中国作协重点扶持的长篇小说《红魂灵》所描写的故事就发生在湘西的一个小镇：一对流淌着相同的红色血脉，却交织着爱恨情仇的养父继子，相继执政湄湾镇，却凸显出完全不同的执政理念。在父亲肖山执政的年代，湄湾镇山水依旧；在继子肖跃进执政的改革开放时期，湄湾镇日新月异。作品通过湄湾镇这两代人两种观念的消长变化，形象地展现了中国乡镇近半个世纪经济生活和思想文化的变迁。肖山、肖跃进父子在情感和思想观念上的相互对立、相互隔阂到相互忍让、相互谅解、相互融通。肖山对肖跃进既有愧疚之心爱护之情，也有偏见之举打压之为；肖跃进对肖山既有杀父之仇切齿之恨，又有养育之恩培养之情。这种错综复杂的血缘姻缘关系和情感纠葛导致了这两个人物关系具有多向组合的可变性。但作者没有将这一故事演绎成世俗的情仇故事，而是在富于历史的厚重感、人生的沉淀感、感情的凝重感中，为历史和时代记录了一颗具有典型意义的"红魂灵"——对改革开放给中国创造奇迹的讴歌。更为难能可贵的是，作者并不就此止步，他用肖山父子两代鲜活的文学形象，匠心独运地将有着仇杀背景而且思想、性格、思维方式完全不同的养父继子作为整个作品的矛盾主线，通过他们之间的行为差异与观念相悖，来铺陈长达半个世纪的故事情节，也通过改革开放后生产力的解放，使湄湾镇发生翻天覆地的变化，其实也是具有象征意义的两代人的在"恩怨积恨"中实现和谐。即父子之间终于在和而不同中走向和谐。事实上，我们的许多文艺工作者，为了实现中国社会的和谐发展，大都创作出了不少类似"和而不同"的优秀作品。特别是一些革命历史题材和反映长征的影视作品，塑造出了一批批为了人民的和平解放事业和共和国的诞生而艰苦卓绝和浴血苦战的"和而不同"的英雄。他们身上闪耀着的"亮剑"精神，成为我们战胜新长征道路上一切艰难险阻，构建和谐社会的法宝。一些描写改革开放和反腐倡廉的小说所塑造出"和而不同"的新人形象，对推进现代化的历史进程，抨击腐败现象，揭示一些观念和体制上的深层次的问题，呼唤社会的公平和正义，起到了令人震惊和警醒的重要作用。如果我们把大量"和而不同"的"新写实小说"之类作品当做"社会问题小说"来阅读，可以发现这些作者真是做到了"三贴近"。他们所描绘的处于社会底层的普通老百姓的生活，被抛掷到大城市的边缘地带，住着简陋的"河南棚子"，被"烦恼的人生"所煎熬着的人们的生存状态是如何困顿、窘迫和焦灼。解读此类小说，对提醒社会关注弱势群体，疗抚民瘼，维护稳定，克服两极分化和失衡现象，解决尚未脱贫的大多数群众的人生问题，具有重要的社会价值。这些作品就承载了民族乃至人类的精神与智慧。它们不仅承载了本民族既有的那种善良坚韧、吃苦耐劳、自强不息的传统精神，也承载了新中国独立于世界民族之林并进行伟大复兴而正在形成的新的优秀文化精神与智慧。这就是小说对当代"和而不同"精神的扬弃与整合。

对立面的沟通结合，就是在承认矛盾斗争性的同时，强调矛盾的统一性。因为正确认识和扶植对立面的直接目的是为了实现对立面的结合，发挥对立面斗争所不能起到的更大的积极作用。过去我们只看到斗争、"分"的一面，而忽视了矛盾统一、"合"的一面。尽管没有分就没有合，没有合分就失去意义，合是分的目的。而且，还存在着对对立面之间的作用关系理解过于狭窄，只承认它们之间的对立和斗争，否认它们互动和协作的余地。既然对立面双方有相互一致的共同方面，它们就可以相互结合；既然对立面双方又有各自不同的特点和优势，那么，它们之间的结合就有可能迸发出比对立面斗争更大的力量和作用。一方面，一切对立面双方必有其一致和共同的东西，否则它们就不可能相互依存和相互转化。对立面也应该坚持对立统一的观点，既要看到对立面相克的一面，又要看到对立面相宜的一面。从对立面中汲取有利成分，壮大自己，是和谐思维的鲜明特点；另一方面，它不是传统意义上的一方消灭另一方，而是对立面的共存和双赢。在经济全球化与信息化高度发展的今天，人们的交往增多，活动空间增大，彼此协调，选择和实现共同利益的机会和余地空前地增多了。在这种情况下，实现双赢不仅是必要的，而且是可能的。所以，我们应该重视"合"的力量，通过"和"塑造典型，凝聚人心。从而促进对立面的结合，发掘新的力量源泉，杨少衡《林老板的枪》中的新任县长徐启维，面对私藏枪支的林老板所代表的江湖话语和商业话语，他既不丧失自身的话语立场（官商结合），又不僵化地固守于政治教条而拒人于千里之外，而是以一种实事求是的灵活而机智的姿态，与异己的"社会方言"展开了积极主动的沟通。在这种"沟通"中，既有着容忍不同声音多元共存和谐相处的胸襟，又有着严守法律底线的不苟精神。在小说中，徐启维与林老板的"沟通"，是通过"菜豆事件"和"嫖娼风波"来进行的。沟通的结果，不是以往善／恶二元对立意义上的一方战胜另一方，而是"彼此终于加深了了解，形成了一些概念，因而渐趋和谐，互相温暖起来"。当然，林老板的"枪"最终还是被"缴"了。更为有趣的是，林老板的"枪"在小说中，不仅是展开故事的焦点，而且构成了一个富有寓意的隐喻系统。林老板是个半江湖半商圈的草莽人物，酒色财气样样齐全。他不仅在自己的企业里包养着"秘书"宋惠云，而且还要在外面找"三陪"打野食。有关"枪"的性联想，就是最先由宋惠云暗示出来的。当徐启维问宋惠云："你们林总那支枪怎么样？"宋惠云竟抗议道："县长是性骚扰吗？"……如此一来，看似与"枪"无关的"嫖娼风波"，在语义的深层，也成了"枪"惹的祸。而最终林老板的"枪"被缴，小说中有一段意味深长的话："协议签字后县城里流传一个笑话，说活该林菜豆骂娘，人家不是只剩一条裤衩，是裤衩里只剩一丛乱毛加两个蛋，他那支枪已经没了，不知去向。"这实际上是在巧妙地暗示着，林老板以往违法违规的劣迹，也已经得到收敛了。毫无疑问，像林老板这样"社皮子"（小痞子）出身的暴发户，是在特定历史语境中生成的。随着社会的进步与规范，他们也有一个从混迹江湖到自我规范的过程。对于这些既不符合传统道德规范，又介乎于以往的善恶标准之间的人群，小说中也有另一种代表着传统"独白"性僵硬教条的声音："来者说，有人反映宋惠云是林奉成的姘头，在老家兰州是无业人员，到本县谋生后，曾在省城当坐台小姐。据说她根本不是什么大学生，她有张大学文凭，是假的，买的……"对此，徐启维的态度则非常开明："不管说谁有违法行为……没有确凿证据就不能随便认定。这个宋惠云是否上过大学会不会那么重要？林奉成自己好像初中都没有毕业，这不影响他当奉成集团的老板，不影响他办民营企业，挣大钱并在市工商联挂副会长。……宋惠云在本县没有犯罪记录……除了自己企业的工作，对县政府和各有关部门要求办理的事项也都比较认真。总的说起的是一种积极作用。……林奉成这样的老板可以有钱，也可以有女人，但是不能有枪。这是一个法律问题，原则问题。"显然，两种声音代表的是两种不同的价值观念：一

个是传统的道德层面的，一个是现代的法制层面的；一个是
"独白"的僵化的和排他的，一个是"沟通"的弹性的和包容
的。徐启维正是由这种新的话语方式塑造出来的新型形象，其
对构建和谐的社会文化是富有启发性的。作者以和谐思维方
式，通过小说形式去消解二元对立的话语，容许不同的乃至异
己的"社会方言"多元共存，并呈现出一种和谐共处相互沟通
彼此对话的融洽状态。这既是解决矛盾的动机，又是结果；既
是解决矛盾的出发点，又是归宿点。从不和谐状态，走向初级
和谐状态，再达到高级和谐状态，既是理想的目标，又是现实
的运动。《林老板的枪》表现的正是这种经过沟通和斗争所取
得的"竞和"、"赢和"和"胜和"。

理想精神与中国当代文学

　　理想（ideal）是人类所特有的一种精神现象。理想主义是人类永恒的追求，也是文学永恒的主题。真正伟大的作家从来没有放弃对精神的探索与追求。中国古代诗人屈原坚守自己的奋进精神，"路漫漫其修远兮，吾将上下而求索"，不懈不悔，不改初衷。陶渊明的桃花源几乎成了人们摆脱烦恼、忘却忧愁、渴望恬静、追求安逸的精神家园。李白佯狂笑傲，神思飞扬，坚守理想，精神长存。我们今天来读歌德的《浮士德》，为什么感到浮士德的精神至今仍敲击着我们的灵魂？就在于他"不断向崇高的存在奋起直追"，永不疲倦，永不放弃。托尔斯泰为什么具有永恒的意义，就在于他对自我精神处境的不懈追求。每一部伟大的作品就是人类精神探索的不朽丰碑，它标示着人类曾经在灵魂和精神上在此停留，并启示着灵魂将从此继续漂流下去。诺贝尔文学奖为什么已成为人类社会最高旨趣的一种精神趋向，就在于他的"纯洁的理想"、"高尚的品德"、"诗意的奇想"、"高贵的理想主义"。① 文学的发展有一个内在的精神关联，它一直在与社会联结的诸关系中寻找意义与形式的空间，一直在探索生命的无限丰富性与可能性，文学的发展历史便成为人类精神之旅的漫长冒险。

---

① 王孟举：《诺贝尔文学奖的"理想倾向"原则》，《文艺报》2005 年 12 月 27 日。

　　理想精神在中国当代文学的激荡与高扬，有两个时期：新中国成立初期和改革开放后的新时期——它们那青春的热情、集体的狂欢、灿烂的理想、深情的责任，都将作为永远的追忆留在我们的想象里。但在生命中青春期只有短暂的一瞬，从青春和热情走向成熟与反思是生命也是文学的逻辑发展。谁也无法留住历史的脚步，在诸多偶然与必然，细节与本质，想象与现实的历史缝隙中，文学作为上层建筑的一部分和历史的泥沙一起翻滚流变。青春期虽然转瞬即逝，但青春的理想精神却留在生命的记忆与文学传统里，作为一种精神资源丰厚着文学的历史进程。毫无疑问，青春期的退潮大多伴随着社会的转型与价值的变动，伴随着精神的断裂与意义的交替，伴随着心理的颤动与主体的变异。新中国成立初期退潮，是"乌托邦"理想的激进推向极致，连"用爱和人格为文学立法"的巴金也陷入了"我完全用别人的脑子思考"①的精神苦闷里。新时期退潮却远比新中国成立初期退潮来得猛烈与突然，从政治文化型社会向市场文化型社会转变，从计划经济转向市场经济，从农业文明转向商业文明，一系列价值规范、道德意义、生命指向都发生了变化。清理与总结中国当代文学的这些变化，梳理与描述精神价值的认识过程，从来都是建构意义空间的积极因素。

一、理想精神与当代文艺思潮

　　如果说，确立"中国人民站起来了"是1949年中华民族推翻了压在身上的三座大山——帝国主义、封建主义、官僚资本主义的统治，脱离了"半殖民地半封建的命运"，建立了

---

① 巴金:《随想录》（上），三联书店1987年版，第379页。

"独立、自由、统一和强盛"①的人民共和国，是当代社会思潮的伟大理想，那么，"新的人民文艺"带着战争的烽烟和胜利的喜悦，带着反"围剿"的征尘和庆解放的心情，带着追求真理的热情和献身进步事业的愿望，踏入旭日东升、壮丽灿烂的新中国，就是当代文艺思潮的理想精神。在这个新的时代开始之际，中华民族的每一个人都在扬眉吐气，都在激情燃烧，都在憧憬着、企盼着、思考着为理想而自觉奋斗。当代日本著名学者池田大作说："在走向人生这个征途中，最重要的既不是财产，也不是地位，而是在自己胸中像火焰一般熊熊燃起的一念，即'希望'。因为那种毫不计较得失、为了巨大希望而活下去的人，肯定会生出勇气，不以困难为事，肯定会激出巨大的激情，开始闪烁出洞察现实的睿智之光。只有睿智之光与时俱增，终生怀有希望的人，才是具有最高信念的人，才会成为人生的胜利者。"②毛泽东等政治家及其"成千上万的先烈，为着人民的利益"，从小就立下了"问苍茫大地，谁主沉浮"之"希望"和"理想"，以"为有牺牲多壮志，敢教日月换新天"的崇高目标和远大志向，来拯救苦难深重的中华民族。正是这一理想，燃烧了毛泽东一生经久不衰的炽热的斗争激情，还有多少英烈为此而抛头颅、洒热血，创造了不朽的井冈山精神、长征精神、延安精神。这就是毛泽东等政治家革命的"原点"或出发点。这种"原点"或出发点，是照亮毛泽东等人生行路的、指示行路方向的星；是推动伟大创造与前进的原动力；是育成大树的种子，是燃起正义信念的"核"；也是毛泽东等为

---

① 毛泽东：《在新政治协商会议筹备会上的讲话》，见《毛泽东选集》第四卷，人民出版社 1991 年版，第 1464 页。

② ［日］池田大作：《我的人学》（上），铭九译，北京大学出版社 1990 年版，第 5 页。

了能客观地凝视自己的坐标轴。这就是人生的真理，具有普遍的意义。"凡是……思想家、具有经纶的人以及许多一流的人物，在他的一生中、在他的胸中，总要具有足以决定他的人生的、各自牢固的出发点和光源。从某种意义说，他们的一生，可以说是确认自己的出发点、并在行动中加以实证的'奔向出发点之旅'。不能忘记，正是这种'一以贯之'的信念的翅膀，将他们带到人的伟大的高度上来。"①这种决定人一生的牢固的"出发点和光源"，就是指的理想。正是这种理想精神，使中国当代文学的"十七年文学"，大多采取歌颂毛泽东领导的革命斗争和建设为题材，运用刚健的材料、沿着正确的方向，建设性地、富有成效地塑造了自身的主体美学形象，并形成了只属于它自己的、个性化的审美方式。这从作家队伍的思想和艺术素质与具体作品的思想和艺术成就中，便可以清楚地看出来。革命现实主义，是这一时期文学的主潮；革命现实主义与革命浪漫主义相结合，是它的发展方向。这就历史地决定其理论基础是辩证唯物主义和历史唯物主义。它是我国人民高度的革命热情和实事求是的科学态度相结合的精神境界在文学艺术上的鲜明体现。讴歌革命，讴歌生活，讴歌人民，讴歌时代，就是这一时期文学的基本主题。同时又是马克思主义世界观对文学史上形成的现实主义和浪漫主义两大文学流派的批判继承和革命发扬。它的美学风格，是以崇高为主调，以优美、幽默和喜剧为变奏，将作家与时代和人民融为一体，在同一意志、同一观念、同一审美趋向中，淬砺时代生活的浩然正气，抒发大气磅礴的崇高理想，高扬勇往直前的革命精神。由此可

---

① ［日］池田大作：《我的人学》（上），铭九译，北京大学出版社1990年版，第208页。

见，理想本身并不是抽象的，而是历史的、具体的。它具有多层次、多方面的内容和特点。它显示出人的本质力量和生动活泼的完美形态和最高境界进而给人以巨大的感染力量和无穷的美的享受。它是作家植根于生活的沃土，按照"美的规律"，创造出来的一个个美的世界。它来自社会生活，反过来又给予社会生活以影响。鲁迅曾说过"文艺是国民精神所发的火光，同时也是引导国民精神的前途的灯火。这是互为因果的，正如麻油从芝麻榨出，但以浸芝麻，就使它更油。"[1]鲁迅在这里生动而又辩证地阐明了艺术理想与社会理想的关系。正是由于在优秀的作品中，凝聚了作家的审美理想和社会理想，生动地反映了人民是"国民精神所发的火光"，所以，这样的文学作品，才能成为"引导国民精神的前途的灯火"。时代呼唤这样的作品，人民需要这样的作品。20世纪50—60年代的文学才总是盈荡着理想精神、传统特色、乡土气息和革命现实主义的魂魄；总是循守着典型化的原则，以质朴清新、刚健隽永的笔触，真实地反映和描绘革命历史的变革和现实人性的升跃。这种斑斓之象和新异之貌，像狂飙烈火一样撼动了千百万读者的心灵，以致成为风行另一个时代的"红色经典"。

在理论上说，毛泽东的设定是没有问题的，他既强调了"革命的政治内容和尽可能完美的艺术形式的统一"[2]，又强调了"艺术上不同的形式和风格可以自由发展"。[3] 这对繁荣与

---

① 鲁迅:《论睁了眼看》，见《鲁迅全集》第1卷，人民文学出版社1981年版，第240页。

② 毛泽东:《在延安文艺座谈会上的讲话》，见《毛泽东选集》第三卷，人民出版社1991年版，第869—870页。

③ 毛泽东:《关于正确处理人民内部矛盾的问题》，见《毛泽东文集》第七卷，人民出版社1999年版，第229页。

发展中国当代文学是大有裨益的，或者说，它既是有所规约的，又是开放的。但实际情况离这种理想的设定十分遥远。"诗人固然也追求一种理想美，但是他的理想美所要求的不是静穆而是静穆的反面。因为他们所描绘的是动作而不是物体，而动作则包含的动机愈多，愈错综复杂，愈互相冲突，也就愈完善。"① 认为"完善"就是美，"完善"就是艺术的理想。"每一种认识的完善都产生于认识的丰富、伟大、真实、清晰和确定，产生于认识的生动和灵活……假如这些特征得以显现，它们就会表现出感性认识的美，而且是普遍有效的美，特别是客观事物和思想的美，在这种客观事物和思想中，那种丰富、崇高的样式和动人的真理之光都使我们感到欣喜。"② 怀着这种热切的心情，要去凭自己创造出一个世界，发掘出真理，解放全人类。于是，就只能通过政治运动的方式将认为是或者说可能是异己的、传统的、他者的思想观念加以清除，让人变成纯而又纯的高尚完美的人，让世界变成纯洁无瑕的人间天堂；力主"公意"克服"私意"，用"有道德的整体生命"代替"孤立的自然生命"。③"文革"文学就是这种伸张"公意"贬抑"私意"的典范。对于 20 世纪 60—70 年代的诗歌创作，研究界一直认为精品太少，"绝大多数作品还是政治概念的图解或标语口号的堆砌"④。的确，单从艺术水准来说，这个时期数量惊

① ［德］莱辛：《拉奥孔》，朱光潜译，人民文学出版社 1979 年版，第 204 页。
② ［德］鲍姆嘉滕：《美学》，简明、王旭晓译，文化艺术出版社 1987 年版，第 20 页。
③ 朱学勤：《道德理想国的覆灭：从卢梭到罗伯斯庇尔》，上海三联书店 1994 年版，第 73—80 页。
④ 金汉等主编：《新编中国当代文学发展史》，杭州大学出版社 1997 年版，第 85 页。

人的诗歌作品鲜有精品，那些内容空洞、形式单一的标语、口
号诗，说它们盗用了诗歌的名义，也不为过。但是，如果从政
治或理想精神的角度来看中国文学，这个时期的诗歌可谓是典
范之作。与那些在书斋里苦思冥想的诗人完全不同，无论在广
场街头，还是校园厂矿，或是田间地头，那些血气方刚的诗人
总是能"放眼大江东去，昂首万里云天"，脱口而出地抒发出
他们的豪情壮志。还有诸如"毫不利己，专门利人"，"天塌
下来地接到，砍掉脑袋碗大疤"这样的激情表白，简直就是一
种道德圣战宣言。显然，这个时期的诗歌创作，对于理解和深
化 20 世纪中国精神，无疑是最有研究价值的文本。作为诗歌，
我们或许可以说它是空洞的，但我们丝毫不怀疑诗人的真诚，
即使这种真诚无可避免地带着盲目和幼稚，它仍然不难使我们
看到，鄙弃物质、鄙弃自我、高扬献身的革命精神，是诗歌最
流行的主题。尽管恰如卡尔·波普曾经指出的，"审美热情，
只有受到理性的约束，受到责任感和援助他人的人道主义紧迫
感的约束，才是有价值的。否则，它就是一种危险的热情，容
易发展为某种神经官能症或歇斯底里"，[①] 理想主义者"尽管有
着创造人间天堂这个最善良的愿望，它只能造成人间地狱——
这个地狱只能是人给自己的同胞准备的"。[②] 以卡尔·波普上
述有关政治与理想之关系的观点来看这个时期的诗歌，我们当
然不难看出热血沸腾的诗人们身上那种危险的热情，他们确实
如卡尔·波普所说的那样怀着创造人间天堂的善良愿望，而
这种善良的愿望却不可能如愿以偿地创造出人间天堂。它只不

---

① ［英］卡尔·波普：《开放社会及其敌人》，戴雅民译，山西高校联合出
　　版社 1992 年版，第 173—174 页。
② ［英］卡尔·波普：《开放社会及其敌人》，戴雅民译，山西高校联合出
　　版社 1992 年版，第 177 页。

过是一种热衷于高尚的理想而对世俗生活不屑一顾的创作现象。然而，这种创作现象的文艺思潮并非空穴来风，它渊源于古典美学，具有高度规范的美学特征，它显示某种重要属性的表达方式，即提供一种把握对象的框架，一套可遵循的方法，一个可仿效的范例，是美学形式与美学原则之中的一种；从哲学上讲，它符合主要矛盾的存在和发展决定着其他矛盾的存在和发展的辩证法。运用这种创作方法指导创作实践，同样能产生好的和比较好的作品。因此，不管人们对样板戏有何看法，这一点应该是很难否认的：样板戏中的灯光、服饰、唱腔、形象设计和正反人物的强烈对比效果，以及其中所揭示的更为复杂和矛盾的文本意义，等等，对我们了解这一时代独特的审美思潮有着不可取代之价值。像《智取威虎山》、《沙家浜》、《红灯记》等几个样板戏，人物语言、人物描写、灯光、唱腔、服饰等都是那样的光彩夺目！将这种美艳照人的观赏形象与产生样板戏的文艺思潮联系起来，这种唯美倾向更是显得夺目。其实，就这个时期的审美风尚而言，这种唯美倾向不仅体现在样板戏上，在浩然的小说创作中也表现得相当突出。暂且撇开其政治寓意，浩然的代表作《艳阳天》和《金光大道》中的"艳阳天"和"金光大道"这两个光彩夺目的意象，可视为其唯美倾向的缩影。《艳阳天》通篇洋溢着"艳阳天"式的暖色调。"北方的乡村最美，每个季节、每个月份交替着它那美的姿态，就在这日夜之间也是变幻无穷的。在甘于辛劳的人看来，夜色是美中之美，也只有他们对这种美才能够享受的最多最久。"① 这类诗意化抒情笔墨在《艳阳天》中并不少见。不过，尽管把审美作为一种纯粹的精神却似乎仍然是各种各样的

---

① 浩然：《艳阳天》第 2 卷，人民文学出版社 1966 年版，第 732 页。

审美主义者天经地义的选择。但由于物质欲望的低俗与精神的高尚已然成为了一种天经地义的对立。最终出现"八个样板戏一个作家一个诗人"狭窄的创作格局，的确是理想的设定者也始料不及的。

在中国，"世俗化"是与"政治化"相对立的一个词。如果说，"改造国民性"的主张体现了中国知识分子的理想主义情怀，那么，以"发财主义"为代表的民本主义则体现了中国普通百姓的世俗要求。文学的世俗化思潮从根本上说来自社会生活的世俗化思潮。它既是一种文学现象，也是一种社会现象。新中国成立以后直至"文革"时期，中国社会生活的特点是极端的政治化。政治运动频仍，政治意识强烈。改革开放以来，由于商品经济的发展，出现了一大批私营企业主、经济管理者和个体经营户。这是一个以经商作为谋生手段的新兴阶层。它以赚钱为奋斗目标，纯经济的头脑，对生活采取极为现实的态度。这个阶层给予政治、经济、文化、社会结构诸方面的影响，所造成的对既定的阶级关系，价值观念以及生活方式的冲击，正在影响不同的阶级和阶层，逐渐形成一种不同以往的社会风尚和审美风尚。不止于此，伴随着社会转型产生的一系列社会问题：忽视和遮蔽农民问题的巨大存在，警匪与"贪官"激发的社会不满，钱欲与情欲掀起的浮躁大潮，"分配"与收入不公导致的心理失衡，大众文化对精英文化的冲击触发的一片叹息……这一切，都改变了当代人的价值观。这个深刻的变化同样深刻地影响着文学。对于当代中国来说，这是一种全新的文化背景。对新时期文学来说，这是一种全新的文学现象。在这种情况下，文学的"代言人"身份开始变质。读者不再指望文学作品说出他们的心里话，只不过把它当做节奏不断加快的现实生活中一种精神的调剂。于是，"欣赏世俗"、"理解世俗"、"坚持世俗立场"就成了"老百姓自有他们的活法"的人生主题——那些卑琐、庸俗和唯唯诺诺的人生却因为依傍着生存这个头等大事而显出人情人性的本色，令人不由得怦然心动。那种挣脱禁锢和停滞的生命冲动，就被更为冷静和沉重的生存意识所取代。甚至那些描写世俗人生的作家们也未必都意识到自己创作中的世俗文化气息所具有的深刻意味：他们的作品正在渐渐远离崇高和沉重，正在悄悄回归世俗生活，回归被政治扰乱了的、为绝大多数人所喜爱的世俗生活。对于"新写实"展示的"原生态"的丑恶、琐碎、无聊、无奈，有评论家作过恰当的描述："新写实"是对"世俗生活的一种认同"，"是对个性主义的一个反动……'自我实现'的情绪整个没有了，承认现实，悟透了，无可奈何"。在"新写实"作品中，"语言也世俗化，非个性化了"①。面对无尽的烦恼，面对司空见惯的悲剧，"新写实"作家"没有惊讶，缺少感慨万端的情绪"，至多不过是"骨子里却渗透了对人世的哀伤"②。而在"新人类"的生存状态里，"所谓的幸福不也就是对痛苦烦恼的遗忘吗？要的就是这种遗忘。""我们的生活哲学由此而得以体现，那就是简简单单的物质消费，无拘无束的精神游戏，任何时候都相信内心冲动，服从灵魂深处的燃烧，对即兴的疯狂不作抵抗，对各种欲望顶礼膜拜，尽情地交流各种狂喜包括性高潮的奥秘，同时对媚俗肤浅、小市民、地痞作风敬而远之。"酒吧、流行音乐、现代艺术、白日梦、性解放、时装……这一切构成了消费社会中的"新人类"忘却烦恼的法宝。不论"新写实"是冷漠的极端，还是"新人类"小说是狂

---

① 王干等：《新写实小说的位置》，《上海文学》1990年第4期。

② 刘恒：《断魂枪》，《小说选刊》1988年第11期。

欢的极端，"新写实"的审丑溢恶和"新人类"的纵欲狂欢都是鄙俗化倾向的表现。冷漠使人绝望，狂欢也不能使人的灵魂得救。而且，随着世俗化思潮在当代中国的不断发展，当代文学中的世俗化倾向又呈现出从明朗演变为阴暗、从朴实演变为鄙俗的趋向。那么，超越鄙俗化的可能性和现实出路又在哪里？其实，现实生活中的不同人群，哪一个没有自己的理想、追求和奋斗目标？理想是一种观念的存在。它是现实的规律性必然性在人的头脑中构筑的图像。这种体现客观事物规律性、必然性的理想图像或目的，决定着人们活动的方式和方法，指引着人们行动的方向。它是驱使着人们执著追求、顽强奋进的强大动力。事实上，在我们祖国广袤的土地上，确确实实生活着千千万万个埋头苦干、自强不息、无私奉献、执著追求的工人、农民、士兵、教师、医生、科学家等等，他们是真正被鲁迅称为"中国的脊梁"式的人物。他们的心中燃烧着民族的火种，闪烁着时代的火光。他们代表着祖国的未来和希望。我们的作家，应当像鲁迅那样，像赵树理那样，从自己创作的"原点"出发，博采众长，勇于实践，努力去发现那些能够体现"国民精神所发的火光"的因素，并在自己的作品中生动真实地显示出来，使中华民族本来具有的理想之光普照神州大地，使中国的文学作为一枝绚丽多彩的奇葩开放在世界文学之林。

二、崇高理想与当代文学生成

如果没有崇高，我们到哪里去寻找一个民族的心脉，寻找时代的声音和历史前进的动因？崇高就是精神世界的博大、深邃和复杂，是一种强大的精神力量。它在中国当代文学的生成，既表达了国家现代性追求的方式，又是大有希望的民族文化的精魂；既是一种令人惊赞、崇敬、仰慕的美，又是一种引导人意识到自身力量，激发人的尊严和自豪感的美。第一，诗美的崇高，是中国当代诗人们在曙光中踏进新中国的门槛时，心中充满欢欣，面对着全新的生活和火热的斗争，他们满怀激情地创作了许多歌颂革命胜利与宏伟建设的诗篇。这一时期诗的概念和革命理想主义的概念相一致，因为从社会的观点来看，理想主义毕竟是生活中表现崇高的最鲜明的形式。但同时，进入诗中的崇高，既是对客体的崇高——现实与实践的对立、冲突和抗争的真实揭示，又是对主体的崇高——审美感受中的斗争动荡的愉快的动人体现，从而使二者达到合规律性合目的性的结合。这一境界不是靠描摹人视之为"崇高"的那种生活现象才能达到，而是在当时出现的政治抒情诗中，始终跳动着一个带有时代感应的声音，正如贺敬之说的，"必须有理想"，而且是"革命的理想主义"①，那就是对于来自生活底蕴并表现了崇高的思想、情感和非凡的向上力的呼唤。这种对生活主旋律的呼唤，不仅符合人民的审美意识与理想，而且也符合中国新诗歌的实际。雷声，是庆贺新生的礼炮；喜悦，是对日新月异新生活的赞歌。何其芳的"雷声"是："中华人民共和国 / 在隆隆的雷声里诞生……像雷声一样发出震动着世界的声音……"（《我们最伟大的节日》）阮章竞的"喜悦"是："太阳从蓝海里升起来 / 祖国的早晨来临了。"（《祖国的早晨》）贺敬之曾经这样"放声歌唱"："啊，多么好！ / 我们的生活，/ 我们的祖国……"并自觉为理想而奋斗："我的 / 鲜红的生命 / 写在这 / 鲜红旗帜的 / 皱折里。"郭小川也曾经满怀激情地欢

---

① 贺敬之：《漫谈诗的革命浪漫主义》，《文艺报》1958 年第 9 期。

呼:"随太阳一起 / 滚滚而来的 / 是胜利和欢乐的高潮。"并表示为了未来美好的图景要"以百倍的勇气和毅力 / 向困难进军!"这些诗,是理想的吟唱,更是力的积聚,它能给人以高尚绮丽的情怀和积极向上的力量;这些诗,像插了翅膀一样在中国的大地上飞翔,激扬了读者的心扉和扬励了读者的志气。

第二,英雄传奇的崇高,是客观地存在于自然对象和人们实践活动的对象本身,并集中表现为在实践对现实的艰巨斗争中引起的敬畏、激动、奋发、喜悦等特殊审美感受。它要求显示实践的艰难历程和斗争痕迹,显示审美客体为审美主体带来的强烈刺激以及喜怒哀乐的感情潮汐,从而在伦理感知的激励昂扬中表现理想精神。王瑶说:新中国的成立,"不仅是全国人民的社会的和物质生活的解放,而且同时也必然是人性上的、智能上的和情感上的整个解放;这当然也就给新中国的文艺带来了最丰富最伟大的主题内容。"① 显然,那些为了民族的独立、人民的解放而喋血沙场的先烈们,为着新民主主义和社会主义而勇往直前的共产党人,他们本身就是理想的化身,就是强大的精神力量,就是人们心中永远的丰碑。在杜鹏程《保卫延安》中,我们既看到了"用特殊材料制成的"钢铁战士特殊的勇敢、机智和顽强,以"自觉的意志力量"创造出一个又一个奇迹,又看到了高级将领在战场上的沉着、从容、机智、果敢、精细,显示出万难不摧的坚强性格和质朴无华的高尚品质。罗广斌、杨益言的《红岩》中的共产党人,无论敌人如何威胁利诱、严刑拷打以至杀头,都不能动摇他们对理想的信念。江姐十指被钉上竹签,却仍斩钉截铁地说:"休想从我口里得到任何材料!"敌人的屠刀已架在许云峰的脖子上,他

① 王瑶:《中国新文学史稿》(下册),新文艺出版社 1953 年版,第 446 页。

却"生能舍己"地说:"人生自古谁无死?"为了"革命事业","那是无上的光荣!"这种坚定的革命信念和崇高的理想精神,感天地、泣鬼神。那排山倒海、所向无敌,慷慨悲壮、震撼人心的威慑力量,那赴汤蹈火、视死如归,矢志不渝、勇猛顽强的崇高精神,那浩气长存、肝胆相照,多谋善断、机智灵活的英雄气概正由此而生成。第三,乡村叙事的崇高,是指表现农业合作化建设新生活的理想与实践。作为一种崇高的理想追求——农业合作化应该有一幅新社会尽善尽美的蓝图。然而,农业合作化题材作品描写的生活又并非尽善尽美,不过作家心中还是有一幅新社会应该尽善尽美的蓝图,并用他们认为"生活应该是这样的"想象,努力去编织这幅蓝图,以便展示出建国后在幅员广阔的农村所发生的变化,特别是这亘古未有的历史变动对中国农民心灵的震撼。显然,它符合源于生活、高于生活的艺术规律。因此,作为农民理想的代言人,他们的作品极力抒发对中国未来美好的想象,或者说,他们以代言者的身份,把农民对生活的想象在反映现实的作品中表现出来,也就体现出了新时代昂扬奋进的革命理想主义精神。柳青的《创业史》就是在燃烧着一种理想的火焰,闪烁着一种追求和探索的光芒中,表现农民的苦难与仇恨、精明与能干,表现他们的觉悟与骨气、尊严与自豪,表现他们的刻苦耐劳、坚忍不拔,表现党对他们的领导和教育。作品总是在开阔高亢、明朗豪迈的政治气氛中,抒发出了一种创立社会主义大家业的理想和气魄,展示出了"崭新的青年农民英雄"思想上的先进性与生命力。周立波的《山乡巨变》在清丽爽新的社会生活图景中,在淳厚质朴的湖湘人物故事里,表现农民勤劳俭朴的生活、忠厚谦逊的品德,善良而幽默的自信、平和而有诗意的劳动,心灵手巧的智慧、纯洁崇高的心灵。在优美的意境中,在邈远而高尚的情怀里，揭示出了一种崭新的精神氛围，表达出了人们对一个充满热情、理想与纯真的世界的渴求。如果说，用《创业史》苍茫的关中，高昂而爽朗，粗犷而雄浑；用《山乡巨变》翡翠的山林，清新而明净，纤细而深情，回答了"中国农村为什么会发生社会主义革命和这次革命是怎样进行的"，那么，借助主体本质的建构来建立现代理想精神空间的创建，其所包含"民族魂"的宝贵精神资源，至今仍不失为一座乡村的自审与张望的碑碣。

崇高理想在当代文学的生成，来源于严峻的昨天、艰辛的今天和美好的明天的历史关联，因而是现实的图画和理想的光芒的交辉。"在最崇高的土壤上成长起来的许多高尚的强有力的思想"①，"不仅要显现为普通性，""还要显现为具体的特殊性"；不仅是一种使人克服自身脆弱与渺小，唤起巨大生活热情的力，还是一种使人精神振奋、道德高尚的美。其一，正义感的崇高，集中体现为个别人物所具有的人生理想、信念和愿望。虽说这些反映着生活的本质和规律，却绝不是本质和规律的演绎图解。这里，有两种不同的认识，一种认为，凡是正义感的理想，都是一式一样，相差不多的，另一种认为，理想是个别独特的。它们的分野就在于前者忽视个性，后者强调个性。实践证明，从前者出发，必然导致不是从政治概念中"移植"，就是凭空杜撰，使之失去活生生的人物这一坚实的土壤而虚空起来；从后者出发，则是正确的途径。理想、信念和愿望，总是个别人物在其特定的生活经历和背景中形成的，是从他身上反映出来又为他所特有的，包含着具体的社会内容。因此，没有正义感的行动的强有力不能构成崇高；同理，仅有正

---

① 《马克思恩格斯论艺术》（四），人民文学出版社 1966 年版，第 345 页。

义感而无强有力的社会实践，也不能构成崇高。这就表明，正义感不能只存在于个人主观精神领域，必须"外化"于行动，在与不合理生活相冲突的紧张的社会实践中，通过人物的行为表现出来。改革开放，实现四化，国家强盛，人民富足，就是新时期社会发展的总趋势，它反映在不同人物身上，则是迥然相异的。张洁《沉重的翅膀》中郑子云要大刀阔斧整顿和改革重工业部的企业，这一理想既同他所处的工作环境、领导地位有关，又与他"出奇的超拔"才干气魄相一致。谌容《人到中年》中的陆文婷则不然，她听到"大千世界"到处是"断裂"的声音，只希望用自己默默无闻的工作，用忘我的献身精神，解除别人的病痛，弥合那些"断裂"。作为一个普通的眼科大夫，她不具备郑子云要改革一个部的企业的气魄与条件；同时，温柔、文静、内向的性格气质，又决定了她不可能抱有郑子云那样博大的雄心。同一时代的生活规律和发展趋势，就是这样投身在不同人物身上，反射出五彩纷陈的个性光彩，它从不同的方面反映了历史的必然要求，成为正义感中构成崇高精神个性最有价值的部分。其二，复合型的崇高，即"人是一种力量与软弱、光明与盲目、渺小与伟大的复合物"。就像自然界没有绝对纯净的物质，金无足赤一样，现实的人包含着多方面内容的统一体，亦无完人。也就是说，人不只有无比英武、刚直无私、鲁莽粗豪、刚勇义烈，也有浓厚的情感、高度的同情心、细微的思考、温柔的行为。人物掌握了生活的真谛，并不会"羽化而登仙"，变得超凡脱俗，通体透明。在接近生活规律的过程中，人物所摒弃的，只是直接与之相对立那些内容，而与之相异但并不直接相悖的内容，则依然存在。人物的崇高精神，也是一个瑕瑜互见、瑕不掩瑜的世界，是一个显示人的复杂性和生活的多样性的世界，只是体现着崇高感的内容占据主导地位而已。如果说，崇高形象是在与非崇高形象的对比依赖的关系中表现的，那么，崇高的素质又是在与非崇高素质相辅相成的关系中揭示的。辩证而具体地展现这种复合的状态，那高尚的品德、先进的思想、英雄的壮举就会显得更加真实而丰满。古华《芙蓉镇》中"北方大兵"谷燕山，不是那种一言一行、一颦一笑都显示着与众不同的身份和气质的干部，他虽"长了副凶神相"，却有"一颗菩萨心"；他打游击时丧失夫妻生活功能，却一直给离他而去的女人寄生活费；他是"为革命立过汗马功劳"的南下干部，却悄然出席沦为"黑帮"的胡玉音和秦书田凄凉的婚礼，并在风雪黄昏拯救胡玉音母子生命，坦然承担起孩子义父的责任；他心灵的创伤尚未抚平，就立即着手治理已被污染的芙蓉河、玉叶溪。而李存葆《高山下的花环》中的靳开来、梁三喜也是这种位卑而心不卑，"位卑未敢忘忧国"的复合型先锋战士。虽满腹牢骚但一身正气的靳开来，在战斗中立了大功，牺牲后却得不到嘉奖；而梁三喜临死前掏出的却是染血的欠账单。他们这种普通而独特的生活、平凡而崇高的人生，的确沉重地撞击着读者的心灵，撼人心魄，催人振奋。其三，使命感的崇高，是指人在行动过程中所体现出的高度的责任心，无畏的献身精神，坚忍不拔的意志等。受使命感的支配，人物的活动是一种具有强烈"动"性的实践，这种"动"既是一种献身精神为主要内容的主动性；又具有确定不移的趋向性，始终指向合乎生活规律的个人理想，百折不回；还是艰难的、非自由自在的运动，包蕴着深广的社会矛盾，带有剧烈斗争的深刻印记。凡此种种，崇高人物最易与不合理的生活发生冲突，并导致这种冲突的不可调和与白热化。黑格尔说得很深刻，"人格的伟大和刚强只有借矛盾对立的伟大和刚强才能衡量出来，心灵从这对立矛盾中挣扎出来，才使自己回到统一；环境的互相冲突愈众多，愈艰巨，矛盾的破坏力愈大而心灵仍能坚持自己的性格，也就愈显出主体性格的深厚和坚强。"① 在冲突构成的特定情境中，崇高人物的行为方式与一般人所惯有的行为方式常常不一致，甚至截然对立，以此显示出强大力量，给人以摇撼心灵的强烈印象。李准《黄河东流去》中的李麦，当难民在死亡线上挣扎时，她能在绝望的境遇中找到活，在西安街头揽一宗手工，顾住了几个人；当地霸刁难时，她不信神、不信命，敢同财主当面锣对面鼓讲理，为众流民争得栖身之所；当为谋生手段产生分歧时，她超越农民传统旧观念的识见，扔掉狭隘的"面子观"，使各家的冷锅灶冒出了烟。黄水滔滔，她精神不散架；灾民受辱，她"豁出命来。"这就是她豪爽、精细、质朴又刚强、机智、厚重的精神品性。而路遥《平凡的世界》中孙少平，为了幻想、精神、开放、未来、"远行的梦"，他忍受饥饿和贫穷，怀揣苦闷和躁动，否定父辈的活法，向往外面的世界，既充满想象和冒险精神，又脚踏实地。小说结尾，孙少平工伤痊愈出院，看见"蓝天上，是太阳永恒的微笑"。这里，不论是李麦坚强的使命感，还是孙少平倔犟的意志力，他们为求得生存而苦斗，为盼望运转而忍耐，执著地走着符合自己理想的人生道路。在他们身上，我们深深地感到了崇高的生成。

先锋文学"是为了在叙事的基础上动用所有理性的和非理性的，叙述的和沉思的，可以揭示人的存在的手段，使小说成为精神的最高综合"②。米兰·昆德拉所说的"精神的最高综

① ［德］黑格尔:《美学》第1卷，朱光潜译，商务印书馆1979年版，第227—228页。
② ［捷］米兰·昆德拉:《小说的艺术》，孟湄译，三联书店1992年版，第15页。

合"，就是指创作主体必须站到应有的精神高度，对人类的存在作出特殊的发现，使人们通过他的作品，看到许多熠熠生辉的灵魂，展现富有活力的理想。首先，先锋在终极上就是捍卫精神的自由。尤奈斯库说："所谓先锋派，就是自由。"① 自由是先锋精神的内核，没有自由，先锋文学就不可能具备生命的活力，不可能在创新的意义上有所建树。拥有自由，恪守自由，用自由的生命形态去对视大众现实，对视庸常的心灵，才能使先锋作家不受任何意识的潜在规约，才能保持先锋作家永不枯竭的创新能力。先锋作家之所以反对任何一种整体主义价值观和各种强制性的秩序，对抗一切世俗的、外在的物质化意识形态，拒绝一切固有的传统生存方式，就是因为它们制约了作家自我的心灵漫游，规囿了作家对存在领域的深度开发，压制了作家自身精神人格的迸射。所谓争取自由的过程，就是要以个体本位论的方式独守自己的心灵空间，以想象和虚构的方式来记录他在茫茫的精神原野上的漫步所得，来表达他在无拘无束的精神之地的发现。余华的《十八岁出门远行》将一个少年的渴望寄托在远离熟悉的生活，到远方去寻找生命的意义，所以他像个古代的骑士背起行囊开始了寻找理想的旅途。而他的《许三观卖血记》就是通过"人"与"生活"复活的主题表达自我对延续的迷恋和憧憬。本质上，血是"生命之源"，但许三观恰恰以对"生命"的出卖完成了对于生命的拯救和尊重，完成了对自我生存价值和存在意义的确认。他的血是越卖越淡，但他的生命力却越来越强盛，他的血是为家庭、为子女、为妻子而卖的，他的生命自然在他们身上得到延续。这种

---

① ［法］欧仁·尤奈斯库：《论先锋派》，见《法国作家论文学》，王忠琪等译，三联书店1984年版，第579页。

灵魂自由的生成却是生命力的崇高。其次，先锋文学的英雄主义具有后悲剧风格。它从战争、天灾、祸患中表现一种生死壮举，从历史颓败情境中透视出美学蕴涵，通过对历史最后岁月进行优美而沉静的书写，通过某种细微的差别的设置而导致生活史自行解构，先锋文学讲述历史故事总是散发着一种无可挽救的末世情调，一种如歌如画的历史忧伤，如同废墟上缓缓升起的优美而无望的永久旋律。因此，它与峻拔的崇高、具有创造力的崇高等等同样令人动容而又催人振奋。但大体上说，崇高感呈现为崇高事物展示的巨大力量，而在悲剧中，这种力量呈现为命运。朱光潜在论及悲剧的崇高感时，指出"它唤起不同寻常的生命力来应付不同寻常的情境。它使我们有力量去完成在现实生活中我们很难希望可以完成的艰巨任务。①" 像悲剧、伤痕、灾难毕竟是历史的真实，文学要回避它就是回避生活。问题在于美的毁灭中生发热力。莫言的《红高粱》就是妄想英雄主义的一个集大成。作品中对酒的崇尚就是屈原式的豪放兼有苏轼式的粗犷，高粱地里男人的无畏、粗放都构成了现代英雄主义的再解读。余占鳌杀死和母亲姘居致使自己受辱的和尚，又对奶奶的钟情而杀死她婆家的父子俩，进而是杀死侮辱奶奶的土匪白脖子，这种最朴素的尊严感，使他最终成为乡民领袖，和侵略者进行殊死的搏斗。他的外部经历虽然起伏动荡惊心动魄，但其内在的心理逻辑却非常的简单，全部行为几乎都是由生命的本能驱使着争强斗勇，虽然终不免失败的英雄末路，但正合于中国项羽式本色英雄的人格理想。苏童的《妻妾成群》和格非的《风琴》故事的弹性和张力也属英雄的范

---

① 参见朱光潜：《悲剧心理学——各种悲剧快感理论的批判研究》，张隆溪译，人民文学出版社1983年版，第91页。

畴，但他们身上投射的不是毁灭的西方悲剧，也不是中国传统的愁苦悲剧，而是无可奈何、无法阻挡的命运悲剧。这种英雄主义和悲剧更多的是个人被生活的诘难压垮后依然坚持理想的悲剧。再次，宗教情怀是先锋精神一个显在追求目标。宗教对社会的观照是虚幻的，但它还包含着观照人生的功能。"人生的本质问题或核心问题乃在于对生命意义的追究，而这是一个关涉'实体世界'的终极性问题。这一问题乃是宗教关怀的真正领域。"① 宗教的人生观所反映的正是人类的终极需要，因而具有某种普遍性和永恒特征。所谓宗教情怀，就是在这种终极需要激发下所产生的一种超越世俗的、追寻精神境界的普泛的情怀。孙甘露说：先锋作家"就是灵魂上彻底孤独的人，但他们的肉体却留在大众中间……用最不先锋的肉体作为代价，去换取最先锋的灵魂的自由。"② 残雪也说："我所描写的就是、也仅仅是灵魂世界"③，先锋作家带着伤痛的心灵不只是通过供奉一尊英雄主义的塑像或者能够实现到远方去朝拜，他们在带着血泪的叙写中期待着升华，到达彼岸的天国，最终实现精神的信仰，当然这种信仰不单单为自我而存在，关键的是怀抱着人类的关怀。扎西达娃通过《系在皮扣上的绳》的主人公用尽一生去朝拜喀隆雪山谷，这种朝拜是纯粹意义上的精神之旅，丝毫不沾染功利色彩，他在叙写圣地的时候心灵是纯净的，是虔诚的。北村《施洗的河》则是在宗教的想象中完成心灵之旅。小说并没有把恶人们全送进地狱，在淋漓尽致地表现了他们的

---

① 檀传宝：《试论对宗教信仰的社会观照与人生观照》，《浙江大学学报》2003 年第 2 期。

② 孙甘露：《保卫先锋文学》，《上海文学》1989 年第 5 期。

③ 易文翔、残雪：《灵魂世界的探索者——残雪访谈录》，《小说评论》2004年第 4 期。

生命罪恶和精神恐惧之后，又进一步描绘了他们绝望的救赎途程，表达了对于生命的神性关怀以及对永恒归宿的追问。对于罪恶的主人公来说，惩罚的恐惧和被拯救的企盼是互为因果的人生情绪，只不过他们自身的罪恶使他们的获救之路比常人更多曲折而已。主人公的人生救赎在经历了由人→鬼（妖）→神（上帝）之后，最终在对上帝的归附中超越了罪恶超越了存在而获得生命的澄明。这就是先锋文学宗教情怀所特有的完善性与超越性，从而显示出强烈的人性发现和终极关怀的光芒。

三、理想追求与当代作家心态

政治心态的坚定性与矛盾性，是当代中国作家的一种主导心理特征。寻找和创造"理想"是作家的责任和使命。理想不仅能改善自然，而且能改造自然。一个作家要是仅仅为了自己的目的而满足于自然界已有的事物，他与理想就是毫不相干的。"理想是用来以感官可以接受的方式表现抽象概念的最大真实性。"正像费希特说的："寻求理想毋宁说是我的精神的一项任务，一项从我的精神的绝对设定中产生出来、然而只在完成了向无限接近的过程之后才能得到解决的任务。"①"努力制造理想，把它高悬在自己的心灵之前，并忘掉其他一切。"作家才能"以自己职业的神圣鼓舞自己。"②对政治理想坚定不移的追求，是许多当代中国作家一种以"神圣鼓舞自己"的真诚

---

① ［德］费希特：《全部知识学的基础》，见蒋孔阳主编：《十九世纪西方美学名著选》（德国卷），复旦大学出版社1990年版，第178页。
② ［德］费希特：《道德学说的体系》，见蒋孔阳主编：《十九世纪西方美学名著选》（德国卷），复旦大学出版社1990年版，第175页。

心态。它既符合人类社会本身的特点，决定了政治在人类社会历史进程中的巨大作用，特别是在阶级斗争或民族矛盾尖锐的时代条件下，在历史发生重大转折的关头，政治将构成社会运转的轴心；又符合中国当代作家本身就是革命战士，早就受到了革命文艺思想熏陶的时代特点。于是，为政治服务、为人民服务，歌颂党、歌颂以往的革命斗争，歌颂社会主义道路、歌颂改革开放，自然是天经地义的，是一种真诚的个人意愿，而不是另外某种背离艺术规律的异在力量。当代文学史上，一大批激动人心的表现革命斗争、工厂改革题材的作品，正是这样一种心态的产物。比如参加过大大小小无数次战斗，在战火中成长起来的作家峻青就这样说过："在战争中，我看到了许多英勇顽强忠诚无比的英雄人物，他们为了党和人民的事业，奋不顾身地战斗着。许多战友在我的身边倒下去了，直到流尽了最后的一滴血以前，还不肯停止射击。这一切，都深深地感动着我，教育着我，给我打下了永恒不灭的烙印，每一想到这些人物的时候，我的心就强烈地激动起来。而在这种时候，我就开始意识到：我必须把这些使我感动的英雄事迹讲出来，写出来，使得更多的人都知道。于是，我开始写作了。"①峻青正是基于这样一种创作心态，成功地创作了《黎明的河边》、《最后的报告》、《海燕》等。曲波、吴强、梁斌也有过类似的创作体会。而当各种新鲜时髦的社会思潮、文艺流派纷至沓来的时候，蒋子龙从祖国和人民的事业出发，仍然以高度的政治责任感，坚守着文艺为现实服务的心态。他认为："我们是在中国的土地上成长起来的，我们的作家有自己的大地和天空，对

---

① 峻青：《〈黎明的河边〉的创作》，见《作家创作谈》（上），花城出版社1981年版，第64页。

祖国的大地和天空也负有义不容辞的责任"，"真正的艺术品，都有那个时代的高度，其创作也是站在时代高度观察生活，努力使创作时所选择的矛盾既符合生活的真实，又能反映那真正触动千百万人的思想和情感的现实问题。"[①] 蒋子龙的《乔厂长上任记》、《一个工厂秘书的日记》、《开拓者》、《赤橙黄绿青蓝紫》等作品，正是这样一些翻腾着时代风云的震撼人心之作。张洁、张贤亮、谌容等都有敏锐的政治视角和过人胆识。可见这些作家当时为革命而创作的真诚心态，不仅切合了"为政治服务"，"为人民服务"的时代要求，也完全是作家个人创作意志的体现。

政治心态成就了大批优秀作品，而频繁的政治运动又束缚了大批作家。经过政治运动，作家逐渐觉察到哪些题材在当时形势下可以写的，哪些题材写了就要受批判，一旦成为批判对象，不仅作品受指责、个人遭攻讦，而且"带上一个'落后分子'的帽子，就会被打入冷宫，一直会影响到物质基础，因为这是'德'，评薪评级、进修出国、甚至谈恋爱、找爱人都会受到影响"[②]。这说明从公众领域到个人生活，政治的影响和干预无处不在。于是，作家的心态始终没有从一种紧张、焦虑的状态中解脱出来，有的搁笔，有的转行，积极一点心态的想到要"发挥集体智慧，提高集体创造，来迎接经济建设与文化建设的高潮"[③]。他们审慎、尽忠心式的表述方式，在那个时代是普遍流行的。即使像茅盾那样资深的作家，除了"保持沉默"、"谨慎"外，很大一部分精力也用在"为了赶任务"而"常常写些小文章"，并认为"这十年来我所赶的任务是最为光荣的。

---

① 蒋子龙:《路，弯弯曲曲》,《青春》1981 年第 11 期。

② 费孝通:《知识分子的早春天气》,《人民日报》1957 年 3 月 24 日。

③ 马寅初:《北京大学学报》(人文社科版) 发刊词。

在党的领导下，有意识有目的地鼓吹党的文艺方针和毛主席的文艺思想，这不是我们的最光荣的任务么？"[1]茅盾虽然是以一种欣然的语调谈论他的体会，但"赶任务"本身就隐含着一种唯恐不及的紧张和焦虑的心态。何其芳作为著名诗人，20世纪50年代很大一部分精力是"参加文艺界的思想斗争和政治斗争"，诗的灵感再没有那种"自由的空气，宽大的空气，快活的空气吸引了"。他文章的题目也多用一些"批判"、"批评"、"保卫"等充满战斗紧张的词语。何其芳当时的心态也可想而知。当一切成为历史之后，何其芳内心充满了遗憾和无奈，所谓"学书学剑两无成，能敌万人更意倾。长恨操文多速朽，战中生长不知兵。""既无功业名当世，又乏文章答盛时"；"一生难改是书癖，百事无成徒赋诗"等[2]，正是这种心情的真实写照。类似茅盾、何其芳的心态，在当代作家中间，是相当普遍的。其实，国家意识形态对作家的态度也是相当矛盾的，一方面，必须维护政治权威，作家必须服从这个权威；另一方面，整齐划一的要求又使创作题材的贫困化、单一化。因此，在要求文学创作服务于政治的同时，又要不断地调整和放宽文艺政策。这种矛盾心态也就不言而喻了。

人文心态的永恒性与忘我境界，是中国当代作家向往"爱、自由与美"的现实体现。对人的生存状况的关注，对人的尊严与符合人性的生活条件的肯定和对人类解放与自由的追求等，都能使人的生命冲动在美的王国中得到升华，精神获取自由，意义得到形而上的超越。汤用彤说："人生观之新型，其期望在超世之理想，其向往为精神之境界，其追求者为玄远

---

① 茅盾：《鼓吹集·后记》，见《茅盾评论文集》（上），人民文学出版社1978年版，第214页。

② 《何其芳诗稿1975—1977》，上海文艺出版社1979年版，第141、133页。

之绝对，而遗资生之相对。从哲理上说，所在意欲探求玄远之世界，脱离尘世之苦海，探得生存之奥妙。"这种既把"人"视为终极关怀的目的，尊重人的权利、尊严和价值，承认人追求自由、幸福和美丽的权利；又承认人的理性，追求完善的道德和理想的人格，重视教化的作用，重视"自由艺术"的功能以提高人的思想和精神境界。从而达到契合人生需要，解脱人生痛苦，重建人格精神。陈忠实就是以"我突然强烈地意识到 50 岁这年龄大关的恐惧"心态，写出一部"到死时……可以当枕头的书"[①]。《白鹿原》就是一部以人道主义为至高无上原则的书。内省、自励、慎独、仁爱，是小说主人公白嘉轩的毕生追求。"麦草事件"中，于情急中长工鹿三代他出头，他大为感动，那评价是这样一句话："三哥，你是人！"这个评价也是他心迹的表露。人者，仁也，包含着讲仁人，重人伦，尊礼法，行天命的复杂内涵。白嘉轩不把鹿三看做只是一个奴才或者奴仆，而是看做一个同宗，看做自己家里的一个"非正式的，但是不可或缺的"成员，是"仁义"二字，是对东方特有的一种"儒效"精义的领悟与身体力行。因此，他的沉着、内敛、坚强、豪横、慎独精神仿佛是天生的。他既淡泊自守，一生从不放弃劳动，又心理素质强韧，精神纪律一丝不苟；既有"三军可夺帅，匹夫不可夺志"的勇毅，又"尚志"精神贯彻始终。这种"仁政"、"德治"，正是传统的儒家伦理政治哲学，一直是治人者的一种理想。如果说白嘉轩只达到道德境界，那么小说塑造的关中学派的大儒朱先生，就进入天地境界了。每当事关民生疾苦，他就挺身而出，如只身却敌，禁绝烟土，赈济灾民，投笔从戎，发表宣言等等，突出表现了他的民本思

---

① 　陈忠实：《关于〈白鹿原〉的答问》，《小说评论》1993 年第 3 期。

想。但他又与政治严格保持距离，绝仕进，弃功名，优游山水，著书立说，编撰县志。国民党想借他的名声欺骗舆论，威胁利诱他发宣言，他绝不屈从，表现出富贵不能淫、威武不能屈的凛凛气节。他又料事如神，未卜先知，状类半人半仙，像是文化理想的"人化"，更接近于抽象的精神化身。而在韩少功、贾平凹、王安忆等人的作品中，我们看到那些不再满足于着重从政治的角度控诉和揭露极"左"思潮导致的灾难，而是希望透过现实生活的表现，从民族人文心理的历史积淀中，清理批判其中的消极因素，寻找推动中国社会进步的契机，同时实现中国当代文学的深层突破。也正是这样一种人文心态。

忘我境界，抑或就是类似佛道的虚静坐忘的境界。也就是从"以我观物"、"以我感物"到"以物观物"、"以物感物"的转换。只有达到道家所说的那种虚空，才能容纳万境；只有消除了人为的局限障碍，破除了主观的虚妄，才能让世界"呈现"出来，让事物与事物自成一种境界，达到物我同一，即海德格尔所描述的，物既客亦主，我既主亦客。也就是"相看两不厌，只有敬亭山"（李白）的那种坐忘、浑然、自在的境界。只有在这种境界中，作者才能体验"天地有大美而不言"（庄子）的真谛，才能澄怀观道，心与道合，才会感觉到，"不仅仅是你在写诗，而且诗也在写你"（王家新）。在这种看似"被动"的状态中，主体才能真正进入"神与物游"的奇特境界。阿城的作品尽管总有一个自我形象，但这多半是扮演叙述者的角色，而且这个我总是具有很淡泊的情致。简直是不著不黏，一派天籁，但于无言中自有深刻的悟性，在一种"悠然见南山"的浏览中点化着我们身边的世俗人生，在无言之中企求超越生活的表象，而把握其背后的博大精神。这个意义上，他追求道家的审美情趣和境界，追求佛教的悟性，尤其是禅宗的顿悟。《棋王》中王一生下棋时的那种坐忘虚静的情态，无疑是阿城的创作心态的形象体现。而汪曾祺那种"达济天下"和"独善其身"的人生态度，以及由此而来的豁达自如的心境，正是一种飘逸情怀的人文心态。他说："我的小说也像我的画一样，逸笔草草，不求形似。"①正道出了他小说艺术品格的精髓。即以"逸"为精神外射的"简约"和"空灵"。笔墨极简，却传神显韵，表现出一种"灵气"，一种生命的跃动。因此，"逸"的人格审美内涵包容着朴拙自守、淡泊功利的"超"、"高"、"清"的德行与风怀；它的本质特征在对人生价值的看重，对人格尊严的维护，遂成我们民族的一种理想人格美。也正是作家忘我境界理想追求的艺术结晶。

新潮心态的感觉化与宣泄性，是当代中国作家表现对象世界的一种基本方式。真正的艺术韵味是在对传达内容的深层体验和丰富神奇的意物交合中获得的。赋予思想以奇幻的色彩和沉实的形体，从而把思想理念转化成感觉。这种感觉就是保持住与对象接触的刹那间来自生命本身的充满奇幻色彩的感觉。从创作实践来看，用感觉来把握和展示对象内容，并不等于创作心态中就没有抽象，没有逻辑推理的成分。恰恰相反，在感觉中追求无限和真谛，在现象中开掘对象的内核深意，仍然是不少创新者乐此不疲的兴味。莫言就曾明确表示："这种想象也是对原始素材的加工和蒸馏，升华和提高。"②事实上，当这些创新者选择感觉作为吐纳对象内容的基本方式的时候，就已经把它提高到洞悉事物真谛的真实而有效的途径这一层次上赋予了新的含义。它不是通常理解的生活中的实用感觉，不是

① 《汪曾祺小说选·自序》，《文学评论》1992年第3期，第121页。
② 莫言：《天马行空》，解放军文艺出版社1986年版，第116页。

个人在其感性存在中用直接受制于生存、欲求等利害关系的眼光，来看待世俗秩序的那种感觉。那种感觉无疑有很大局限性，无法超越表象去把握和体会对象的丰富属性，就像马克思指出的那样，"忧心忡忡的贫穷的人对最美丽的景色都没有什么感觉；经营矿物的商人只看到矿物的商业价值，而看不到矿物的美和独特性"，因此，"囿于粗陋的实际需要的感觉只具有有限的意义"①。文学新潮的感觉，本质上是非功利性的审美感觉，是"思理为妙，神与物游"（刘勰）的想象中的感觉，是辐射性的通联感觉。这种感觉往往能达到艺术抽象的创作效应。不论是以第一人称的方式，从"我"的主观视角去展开作品所描述的内容的北岛《迷途》、王蒙《春之声》、陈村《死》；或是让作品中的人物在自己的感觉中生活、行动的王蒙《杂色》中的曹千里，陈村《一天》中的张三，残雪《突围表演》中的 X 女士等；还是让作品中的不同人物交替地感觉一种特殊的心理氛围、一件事件的演进过程的张辛欣《在同一地平线上》、王安忆《小城之恋》、余华《活着》中的男女主人公等，都是在感觉中完成的艺术境界，往往既为读者提供一种朦胧的和不能一举复述的体验，一种想象的提示，一种若有所悟而又难以定向的框架；又是一种主观的真实，一种区别于其他创作心态的"精骛八极"（陆机：《文赋》）的自由驰骋，一种通感或称复合感觉。

"超越限度"地裸露敞开自己，无疑是追求创作过程的宣泄状态。这种敞开宣泄会出现两种情况，一种是基于理性主义的立场来强调非理性的创作过程，另一种是无所顾忌地进入非理性的自我放纵境界。前者的思维心态是持审慎态度，王蒙就

---

① 《马克思恩格斯文集》第一卷，人民出版社 2009 年版，第 191 页。

说"有时人的潜意识里头也非常真实地反映着这个人的情操、灵魂、志趣境界。但是把它夸张成主要的、首先的甚至唯一真实的，并认为人的正常的思维判断反倒是不足取、无关宏旨的，那就成了蒙昧主义、神秘主义、非理性主义了"①；后者则提倡不加控制的情态宣泄和尽兴挥洒，有作家宣称，"创作的自由状态，就是作家自我的充分蒸发和释放状态"②，"一个作家理所当然地应该完整地表达自己的所有观点，完整地宣泄自己的所有感受"③。这种不作人为的过滤显然是不可取的，按鲁迅的说法"感情正烈的时候，不宜作诗，否则锋芒太露，能将'诗美'杀掉"④，就是这个道理。因此，无论是不是自觉，纯粹的个体体验和动机，在输出过程中总要被相应地"净化"、"共性化"，即理性化、社会化。这样，作者在创作中的思维心态便同时具有两重身份：既是输出者，又是接受者；既是创造者，又是欣赏者。他表现了他的感知，他又感知了他的表现。作者从他人的角度，从社会的角度来反思其主观的和个体的乃至最深沉隐秘的委曲心境（道德上的、政治上的），从而做一些调整、节制是可能和必要的。莫言小说的宣泄不但经常编织大喜大悲、大憎大爱、大奇大怪的艺术内容，而且还着力描写人类情感和心理处于极致状态下的裸露方式。魔幻般的气氛和变态心理使他的想象力获得自由驰骋的天地，潜隐的印象纷然杂处，奔涌而至，汇成想象性的感觉之流，使作者亢奋得不能自制。在这种极富刺激的创作心态中，作家被从想象中升

---

① 王蒙：《漫话小说创作》，上海文艺出版社 1983 年版，第 84 页。
② 《几位青年军人的文学思考》，《文学评论》1986 年第 2 期。
③ 陈薇、温金海：《与莫言一席谈》（上），《文艺报》1987 年 1 月 10 日。
④ 鲁迅：《两地书·三二》，见《鲁迅全集》第 11 卷，人民文学出版社 1981 年版，第 97 页。

腾起来的感觉力量所包围，所吞噬，所淹没，他不能自主，也不愿自主。即便如此，强烈的社会责任感使他仍不愿意在无所顾忌的状态下完全裸露自己，而是力图通过对原始野性的呼唤，重振为现代文明压抑而萎缩了的人性。而残雪的《苍老的浮云》则通篇是随意的兴之所至的挥洒，是痛苦地裸露内在的"真的恶声"。难怪有评论称这种"该疯的时候不疯"的状态是感觉流之类的"卡壳"。这或许正是作家太强调随意性，写起来反倒不通畅，有些滞涩。在某种程度上，它就是非理性创作状态的必然现象。

创新文学的精神空间

　　创新是民族进步的灵魂，更是弘扬与培育文学精神的灵魂。创新永远是创作不竭的活力，也是作家生命的源泉。历史没有止步，创新就不应该停止，文学精神也就不会终结。

　　创新文学精神空间，应当是在传承中国优秀文学遗产基础上的发展。诗经、楚辞、唐诗、宋词、元曲和明清小说等艺术瑰宝，是人类文明画廊丰富多彩的原创性的优美艺术旋律；屈原、李白、杜甫、陆游、辛弃疾、曹雪芹等文化名人，是世界文学殿堂异彩纷呈的经典性的壮丽文化景观。大量创作实践表明，在中国社会的变革与建设的每一个重要历史关头，都会孕育出新的文学精神。它不是传统文学精神的简单重复，而是在新的历史条件下的发扬光大。五四新文化运动，中国作家以极大的热情、优美的韵律、正义的呐喊和热烈的呼唤，将哲理和激情撒遍神州大地，使光明照进了黑暗中国的铁窗，唤起了人们对真、善、美的憧憬与追求，引导和鼓舞了一代又一代青年人去追求理想与光明。抗日战争爆发后，中国作家以民族大义为重，团结一切可以团结的力量，结成最广泛的爱国统一战线，共御外侮，保家卫国，表现出中华民族强大的凝聚力和向心力。许多进步的作家，用血泪创作了大量鼓舞斗志、反抗侵略的优秀作品，激励四万万同胞"把我们的血肉筑成我们新的长城"，为民族独立和人民解放"鼓"与"呼"。新中国成立后，作家们以其宏伟的架构、先进的思想和优美的艺术，塑造了一代人乃至几代人的灵魂，并且赋予他们不竭的美感和不泯的激情，不仅使之彪炳于文学的史册，而且照亮了读者的心扉，以至成为中国人民前进道路上的壮美史诗与英雄碑碣。特别是改革开放以来，作家们致力于先进文化建设，解放思想，实事求是，坚持真理，与时俱进，"通过有血有肉、生动感人的艺术形象，真实地反映丰富的社会生活，反映人民在各种社会关系中的本质，表现时代前进的要求和历史发展的趋势"，来启迪人们的智慧、鼓舞人们的斗志和提高人们的思想道德水平，等等，都是在传统精神的感召下再创文学新辉煌的宝贵精神财富，是历史性与时代性的统一，继承与创新的统一。

创新文学精神空间，必须是在世界文学背景下走民族文学精神发展的道路。当今世界的各种文学思想，既有进步的又有落后的，既有积极的又有颓废的；文学思想的相互激荡，既有吸纳又有排斥，既有融合又有斗争。关键是我们要有足够的精神力量去吸纳进步的、积极的文学思想，使之与自己的民族文学相融合，同时排斥落后的、颓废的文学思想，与之进行坚决抵制与扬弃。凭借这个精神力量，去积极汲取世界其他民族的优秀文学成果，并从本国国情和实际需要出发，结合时代精神，不断丰富和发展民族的文学精神。譬如，世界文学中那些在急剧变动的时代和世界面前表现出雄浑博大的整合的力量，表现出殚精竭虑的搏斗的精神。就是那些伟大作家既保持着对人性的尊重和对人类取得进展的艰难，以及为此斗争而需要支付的巨大代价，往往能给予我们精神的激荡。希腊悲剧中英雄的无奈、绝望和抗争，歌德对于德国民族文学中强劲、健康和有力的素质的召唤，托尔斯泰晚年抛弃一切甘愿重新开始追问的无畏，波德莱尔面对丑恶与颓废强调的革命性精神，无不体现出人类前行的历史的悲壮，同时也坦露出文学精神内部的优秀素质；不可动摇的果敢，为认知自身而承受的苦难挣扎，以及建立使人性挺拔的精神殿堂所必须具备的力量。这种内心中存有的精神力量，这种从艰难的历史和文化进程中汲取的精神力量，这种知道要保卫人的自由和幸福必须依赖的精神力量，都曾是启动中国文学精神创新的触媒。由此似乎可以说，近百年来几次西方文学引进的高潮，如五四时期和改革开放初期，常常是从对域外文学生吞活剥的模仿，逐步走向与本土精神、民族生活相融相洽，逐步走向深入地描绘作家对民众生存的真切体验，而完成了自己的整合和更新。从 20 世纪二三十年代狂飙派的前卫色彩，到后来巴金、老舍、茅盾、赵树理的民族现实生活写真；从 20 世纪 80 年代中期开放之初西方现代思潮对诗歌、小说铺天盖地的影响，到后来现实主义精神在作品中的高层次回归，以及平民化的新写实作品的出现，等等。都是在不断吸收异域文学精神因素，化为自己的血肉，取得周期性的更新。

创新文学精神空间，一定要在时尚化写作消退的文学精神中更新、开拓、创造。近年来的时尚化写作，往往与文学功能的变化和市场的需求起伏相连。在从农业文明向现代化文明的过渡中，作为诗意的栖息之所，作为人类和民族的痛苦与欢欣的承受之地，文学中的精神价值不但不会完结，还会发展和变化，它将与民族性格的现代转型密切联系，它将蕴涵现代人亟须的精神元素。因此，用睿智的眼光，超越题材表层时空的有限意义，开拓逐渐消退的文学精神的思维空间，拓展时代性的精神主题，就是文学精神创新迫在眉睫的当务之急。第一，突破欲望化，寻求民族灵魂。20 世纪 90 年代以来，由于商品化、实惠哲学带来物质对精神的覆盖，"欲望化写作"、"欲望现实主义"成为时尚。于是，过分依赖感官和本能，必然导致放弃对多重人生价值的参照和探索。创新意义空间，突破欲望层面，就必须由家族、乡土、政治文化进入民族灵魂。即不满足于描绘世相的喧嚣、人欲的横流，而是直接进入道德判断、人文关怀。从而使作家们能在广泛地审视苏北平原、荆楚大野、阿坝草原、陕南僻壤以及青春的骚动、土地的热力、人性的张扬中，关注当代文学的精神生态，思考文学精神的当代生长，开辟另一种文学的意义空间。第二，穿越世俗化，突出崇高性。近20年来，由于扬弃"假""大""空"和伪崇高，作者就大幅度向真实生活回归，向平民百姓生存回归，向写实主义回归。于是，相当多的作品就停留在知足常乐、健康长寿上，停留在平安舒适、物质利益的低俗趣味上，或崇高感缺失，或理想精神不足，或英雄文化疲软，使得这种世俗化日渐"凝固化"。穿越世俗化，提倡崇高感，就必须让当代文学发挥出阳刚的一面，像《英雄时代》、《大江沉重》、《天高地厚》一样，充满憧憬，激荡人心。既致力于日常化、世俗化生活流程中潜在的崇高精神的挖掘，又致力于对当代生活中真实的英雄精神的发现和重塑。第三，超越"人性化"，高扬人格美。近年来，有的作者随意颠覆"红色经典"，以为注入一点小资情调，做一些翻案文章，颠倒一下原有的人物关系，让高大降为平庸，坚贞变为放荡，刚强变成窝囊，就算完成了人性化处理。其实，这只不过是旋生旋灭的泡沫而已。高扬人格美，发掘积极意义，就应当准确把握历史观和道德观的辩证关系。创作现象是五花八门、缤纷浩繁的，人们需要的东西也是多种多样、丰富多彩的。问题的关键，文学的真诚与深邃要体现在作品的精神追求上，体现在作家的人格精神上，体现在对人的灵魂的关注上。这种创新才既是时代的需要，也是读者的需求。

"四有"新人·崇高精神·伟大理想

塑造具有时代特色的社会主义新人形象，充分展示当代新人、当代英雄的崇高精神与伟大理想，是促进人的全面自由发展，践行邓小平文艺思想的关键。

邓小平同志指出："我们的文艺，应当在描写和培养社会主义新人方面付出更大的努力，取得更丰硕的成果。要塑造四个现代化建设的创业者，表现他们那种有革命理想和科学态度、有高尚情操和创造能力、有宽阔眼界和求实精神的崭新面貌。要通过这些新人的形象，来激发广大群众的社会主义积极性，推动他们从事四个现代化建设的历史性创造活动。"何谓社会主义新人？邓小平解释说，就是"有理想、有道德、有文化、有纪律"的新人。那么，这种"四有"新人同过去时代的"新人"有什么本质的不同呢？

一般来说，新人就是具有他所处的那个时代的先进思想，能够站在时代潮流，反映时代要求，表示出时代前进趋势的先进人物。各个时代都有一批代表着那个时代的先进人物，即时代的新人出现。各个时代的文艺，也总有一批作品描写了作家所处的那个时代的新人。我们的"四有"新人，既不同于曹雪芹笔下的贾宝玉和林黛玉这样的封建社会的叛逆者，也不同于普希金笔下的达吉雅娜那样被称为"俄罗斯灵魂"的"新人"；既不同于屠格涅夫笔下的罗亭、拉夫列茨基、英沙罗夫、叶琳娜、巴扎洛夫这样的"新人"，也不同于受到列宁称赞、对列宁产生过影响的车尔尼雪夫斯基笔下的拉赫美托夫这样的新人。这些所谓新人，都是属于过去时代的新人。我们这个时代的新人，是具有社会主义、共产主义理想，积极为实现这种理想而奋斗的、具有高尚的社会主义道德情操的新人；是能够凭借先进的文化思想自觉地从事变革现实的伟大的社会实践的新人。这种新人，无产阶级革命时期被称为"叱咤风云的革命的无产者"，社会主义建设时期被称为"改革者"、"创业者"或"社会主义新人"。邓小平把这种新人形象誉为"全面发展的人"，就像马克思所说的"有实践力量的人"，即能够比较自觉地掌握和实施新的实践理性的人。邓小平也把能否通过掌握和实施实践理性去"改变旧环境"和推动社会进步，视为区分"新人"和"旧人"的重要标志。不愿改变和安于旧环境，不管声称自己多么不愿再做"旧人"以及他们多么不愿人们再做"旧人"，这种人"依然是旧人"；"只有改变了环境"，并"在改造环境的同时也改变自己"的人"才会不再是旧人"，才配称为能够通过"使用实践力量""改变旧环境"的"新人"。今天的文艺应当为培养和造就具有先进文化素质，能够掌握实践理性和显示出实践力量的"四有"新人作出更大的努力。

崇高的精神是伟大事业的灵魂，伟大的事业是崇高精神的结晶。崇高的精神，代表着社会进步的方向，凝聚着绝大多数人的意愿和根本利益。邓小平认为，就整体而言，社会主义文艺应是表现推动历史前进的人民群众的崇高精神。他说："我们的文艺属于人民。我们的人民勤劳勇敢，坚忍不拔，有智慧，有理想，热爱祖国，热爱社会主义，顾大局，守纪律。几千年来，特别是五四运动以后的半个多世纪以来，他们满怀信心，艰苦奋斗，排除一切阻力，一次又一次地写下了我国历史上光辉灿烂的篇章。任何强大的敌人都没有把他们压倒。任何严重的困难都没有把他们挡住。文艺创作必须充分表现我们人民的优秀品质，赞美人民在革命和建设中、在同各种敌人和各种困难的斗争中所取得的伟大胜利。"这段论述是邓小平对中国人民历史与现实的崇高精神的生动概括。从中也不难看出他坚持的正是马克思主义实践论的美学观，即主张以人民群众在改造世界的实践中所体现出来的本质力量作为崇高精神美的主要表现对象。这种在斗争中所体现出来的人的本质力量，属于一种崇高美。它展现的是作为社会实践主体的人民群众那种一定要战胜一切敌人和困难而绝不被敌人和困难所压倒的崇高力量、崇高精神、崇高品格、崇高理想以及他们所创造的伟大业绩。众多英雄人物身上所体现出来的这一共同品格，既是民族精神的辉煌写照，又是崇高精神美的高度体现。对此，邓小平曾大声疾呼，要把中国人民在革命和建设中所表现出来的那种崇高精神"推广到全体人民、全体青少年中间去，使之成为中华人民共和国的精神文明的重要支柱，为世界上一切要求革命、要求进步的人们所向往，也为世界上许多精神空虚、思想苦闷的人们所羡慕"。由此可见，抒写崇高精神应看做是中国特色社会主义文艺在社会主义精神文明建设中的一项神圣使命，也是文艺反映现实的必然要求和无法推卸的历史责任。

伟大的革命理想和高尚的道德情操，是"四有"新人的本质特征与精神支柱。邓小平说："我们多年奋斗就是为了共产主义，我们的信念理想就是要搞共产主义。在我们最困难的时期，共产主义的理想是我们的精神支柱，多少人牺牲就是为了实现这个理想"。邓小平在这里说的社会主义"四有"新人的理想，就是共产主义的理想、信念和道德，就是当代的先进人物，其中，作出英雄业绩的就是当代英雄。在他们身上既体现了艰苦朴素、廉洁奉公的品德，又有忠于祖国、忠于人民的高度的爱国主义感情；既体现了共产主义理想必然胜利的坚定信念，又有为共产主义理想而奋斗的坚忍不拔的斗争精神；既体现着我们时代历史发展的趋势，代表着人类未来的希望，又有勇于自我牺牲的崇高的精神面貌和崇高的共产主义的道德力量。这样的人物必然是我们事业的脊骨，我们国家和民族各条战线的支柱。

然而，随着市场经济、自由竞争和讲求经济利益时代的到来，有人就开始嘲弄这样的英雄和新人了，认为现在还歌颂这样的英雄和新人，岂不可笑，岂不违逆时代精神？对此，邓小平又语重心长地说："我们要建设的社会主义国家，不但要有高度的物质文明，而且要有高度的精神文明。所谓精神文明，不但是指教育、科学、文化（这是完全必要的），而且是指共产主义的思想、理想、信念、道德、纪律，革命的立场和原则，人与人的同志式关系，等等。……我们不是靠马克思主义的科学理论和上述的革命精神参加革命到现在吗？从延安到新中国，除了靠正确的政治方向以外，不是靠这些宝贵的革命精神吸引了全国人民和国外友好人士吗？没有这种精神文明，没有共产主义思想，没有共产主义道德，怎么能建设社会主义？"对于我们共产党人来说，对于社会主义的"四有"新人来说，我们的旗帜仍然是共产主义；为共产主义而奋斗仍然是我们的最高理想和最终目标。

新人文精神与近三十年中国文学的走向

一

从物质世界到精神世界到艺术世界，中国近三十年发生的巨变，简直就是"翻天覆地"、"沧海桑田"。总结、反思近三十年中国文学的经验，即从"人文精神"的恢复到"新人文精神"的建构，有利于促进当前的社会主义现代化建设，并以此为出发点来处理市场经济建设中的自然与人、科技与人文、物质文明与精神文明的关系，从而实现提高国民素质和培养现代人格的目的。所谓新人文精神是指在发扬我国原有的人文精神传统，包括近代以来形成的人道主义传统的基础上，立足于现实发展起来的人文关怀，适度地吸取西方人文精神的积极因素，融合成既有利于个人自由发展，又使人与人之间关系协调发展的有利于促进目前社会主义现代化建设的新的人文精神。

提出从"人文精神"的恢复到"新人文精神"的建构为近三十年中国文学的走向，我们首先遇到的问题便是，何谓"人文精神"？在何种意义上才是"新"人文精神？应当说，人文精神是作为西文 Humannism 的译词而被广泛运用的。[①] 它在中

---

① 虽然中国也古有"人文"一词，《周易》有"观乎天文，以察时变；观乎人文，以化成天下"的名句，但其中"人文"应是指与自然的"天文"相对的人类创造的文化。

国早期有以下几种译法：学衡派大将胡先骕在1922年评论《尝试集》时，译为"人文主义"；周作人在1919年出的《人的文学》中译为"人道主义"；而梁实秋在《现代文学论》中则将其译为"人本主义"。有趣的是，这三种译法正好印合了西方人文精神的三个重要阶段：人文主义——人道主义——人本主义。确实，这几种译法也只有在表明人文精神在各个历史阶段的不同具体情况时才可以理解；否则，正如其他一些抽象名词一样，一旦译成汉语以后，人们对它的理解往往绝对化了，或者根据中国的特殊文化背景，衍生了与原意有所出入甚至背离的含义。比如"人道主义"原本是人文精神（humanism）在一定历史条件下产生的新内涵，是人文精神的一个重要表现阶段，也就是强调对文艺复兴时期人文主义的新发展时才用的译名。但是，"人道主义"现在在汉语中好像具有了独立存在的含义，它有时成了人文精神的代名词，有时又是人文主义的另一种译法。回想起20世纪90年代中期在中国知识分子之间关于"人文精神"的大讨论，之所以没能产生应有的作用，很大程度上是人们对于人文精神概念运用的混乱。

人文精神无非就是关怀人的精神，其核心应该是人，它是对人的关切，有对普通人、平民、小人物的命运和心灵的关切，也有对人的发展和完善、人性的优美和丰富、人的意义和价值的关切。人是不断发展的人，人对自己的认识也是历史发展的，因此，人文精神必然也是历史发展的。同样，由于人的需求的多层次，人文精神也应分层次：有对人的终极关怀，即追求人的意义、人的全面和自由的发展；有对人的现实关怀，它是针对具体的现实的人的生存处境。在西方思想史上，文艺复兴时期的人文主义所力图做到的是用人权来反对神权，确立人自身的价值，把人从专制制度和神学的桎梏下解放出来，它试图表达的思想是：人是万物的灵长。但是，这时的人文主义者对人自身的认识还不完善、深刻，它还处于人文精神的初始阶段。在启蒙运动时期，人文学者所注重的是人的理性。这时，体现人文精神的所谓人道主义，高扬"理性"的大旗，开始对封建及宗教蒙昧主义的挑战。人们相信通过理性的创造力和支配力，人完全自由地支配世界和自我。正如康德所言："人最重要的启示是，他为了对自己负责，正在放弃受监护的地位。在这一启示之前，是其他人为他思想，他只是模仿他们，或者让他们牵着绳索拉着他走。现在，尽管他步履蹒跚，但是，他还是用自己的双足，在经验的基础上铤而走险。"[①] 这时的人文精神由于过分推崇理性，而忽略了人们的感性及非理性的一面。19 世纪末，尼采高呼"上帝死了"，人文精神进入了所谓人本主义时代。此间，弗洛伊德、萨特等大行其道。20 世纪后半期，西方又进入了丹尼尔·贝尔所说的后工业化时代，从海德格尔、维特根斯坦、卡尔·波普到福柯、德里达，等等，都力图表明"人已死了"，过去人们对人的一系列价值标准和理性、非理性尺度都成了问题。

在文学上，人文精神在不同的历史时期所关注的人也在不断地变化。例如，在传统的现实主义和浪漫主义文学创作中，人道主义比文艺复兴时期的人文主义有了新的针对性，人们更加关注人的生存状态，尊重个人的价值和独立性，为了个人的自由权利而不懈追求。雨果、巴尔扎克、托尔斯泰等文学大师的作品无不显示出对人类生存状态的高度的人道关怀，表现出对人们生存欲望的深刻理解和同情。他们在作品中所揭示的人

---

① 康德:《什么是启蒙运动？》，见《历史理性批判文集》，商务印书馆 1991
年版，第 34 页。

性困境主要来自于社会的压迫、强暴、专制、金钱、权势。到了现代主义文学时代，由于人类生存状态的改变和改善，人们所关注的重心转向人自身的精神和心灵状态，也就是说，当人们的物质欲望有所满足，肉体痛苦有所缓解之后，人性发展中的心灵困境成了新的主题。在波德莱尔、卡夫卡、福克纳等现代大师的作品中，我们一再发现一个被自己心灵所困的现代人形象。现代主义文学所推崇的人本主义并没有背离人文精神，只是把目光投向更内在的追求。进入"后工业化时代"后，"现代化过程已大功告成"，"自然"已一去不复返了，整个世界已不同以往，成为一个完全人文化了的世界，"文化"成了实实在在的第二自然。文学也不再仅仅是文学，人也不再是原来意义上的人。

那么，中国的情况又如何呢？在中国传统文化中，人文精神的发展较西方要单纯得多，而近代以来形成的中国人文精神的现代传统则要复杂得多。中国传统的人文精神与西方的人文精神最大差异在于对"人"的不同理解上。西方自古希腊开始，就一直强调人的独立个性，而中国则几乎相反："把人看成群体的分子，不是个体，而是角色……认为每个人都是他所属关系的派生物，他的命运同群体息息相关。这就是中国人文主义的人论。"① 中国人文精神的现代传统的形成，体现了古代与现代、中国和西方的相互诠释和对话。因为，中国现代化运动一开始就是在西方的逼迫下起步的，其最初的形态就是向西方学习，中国现代化观念有相当部分源自西方意识的移植和媒介。人文精神的传统也不例外。作为现代人，我们的意识内容、知识结构和精神理想主要是由现代传统所提供的。换言

① 庞朴：《中国文化的人文精神（论纲）》，《光明日报》1986年1月6日。

之，人文精神的现代传统已代替古代传统成为当代社会大部分人的信仰和行动规范，成为当代社会的共同意识。当然，这种现代传统本身也需要再诠释，新人文精神正是希望在对其的不断诠释中，挖掘那些足以作为现代人价值取向的思想内核。这样，我们所说的新人文精神，就包含了三个方面的理论关系：第一，新人文精神以"现代人性"为指针，以推动现代社会、文化、文学艺术发展的现代人文精神为其理论组成部分，包括对弱势群体的关注，对残疾人的重视，树立人与人之间的平等意识，官本位意识的下降，法律意识的增强，追求公正公平，等等；第二，新人文精神把"新理性精神"视为自身的内涵和血肉，其中包括了人文精神对人的生存的关怀，对人的生存意义、价值的追求与确认；第三，新人文精神努力奉行"交往对话主义"，目的在于改造人们长期以来形成的、走向极端的思维方式，提倡宽容、对话、综合与创新。这里显然吸收了巴赫金的对话主义与哈贝马斯的社会交往理论的合理因素。而且，新人文精神不仅在由人的终极关怀层面看到了文学中人文精神发展的现实关怀方面，而且始终关注现代化建设中人的现代化，以全面提高国民素质和培养现代人格为其根本内核。作为文学艺术，理应以审美的方式关心人的生存与发展，充满人文关怀。然而，现实中存在的问题是，许多文艺家拥有足够的才华，但他们缺乏体现时代精神的人文关怀，因而，倡导以新人文精神作为当今文学的价值目标是极有必要的。因为新人文精神之"新"，在于体现了对传统人文关怀的超越，又体现了对后现代主义非理性倾向的纠正，因而新人文精神是近三十年来文艺理论探索创新中最值得重视和最坚实的成果，它对于当代文论话语转型和建设具有重要意义。尽管市场经济给文学带来的冲击和机会是双重的，它终结了原来的价值观，给文学带来了朝气和自由，文学的价值观念已由封闭走向开放，由传统走向现代，由单一走向多元。而且，新人文精神还采用了一种兼容的方式：启蒙主义话语、平民主义话语、人道主义话语、自由主义话语、道德理想主义话语、现代主义话语，等等，都汲取了它们特有的人文精神价值取向的合理内核。当然，新人文精神这一理论命题的提出前提，是有感于新时期文学世俗化倾向蔓延和道德精神滑坡乃至失落，其着眼点也正在于倡导恢复乃至增强具有现代性内涵的文学人文精神，从而克服那种文学感性欲望膨胀、价值低迷的状态，引导比较健康的文学方向。

二

新人文精神在 20 世纪 80 年代初的中国文学中就已开始萌芽。经过近三十年间时代环境、社会思潮、价值观念、审美意识的发展变化，中国文学虽然有明显缺失，有泡沫，有诸多的不足和不满意，但是，整体地看，文学的人文内涵的广度，文学功能的全方位展开，文学的方法、题材、风格、样式的多种多样，汉语叙事潜能的挖掘和发扬，以及生产机制和书写方式的解放，作家队伍构成的丰富层次，特别是第四媒体——网络化带来的冲击，皆与三十年前不可同日而语。不管有多少干扰，受多少限制，中国文学在这三十年间仍然经历了一个不断解放自己、实现自己和壮大自己的过程，像是从狭窄的河床进入开阔的大江，较之前大大成熟了、丰富了、独立了。这种局面是怎样形成的？实际上就是一种精神的作用，它或隐或显地始终顽强存在着，那就是相当一批作家批评家在如何使文学走向自身、回归文学本体、卫护文学的自由和独立的存在上所进行的坚韧努力。这种努力保证了新时期文学在最主要的方面，其人文精神含量和艺术技巧品位达到相应的高度。这里所谓的"文学自身",可以视为对文学规律和审美精神的一种理想化境界的追求,以及对于文学本身的价值和意义的肯定。文学在失去轰动效应甚至走向边缘化的情势下仍然活着,而且仍然不可替代地活着,顽强地活着,就是由于这个原因。其实,世界上并不存在绝对的一成不变的纯粹的"文学自身",她就像一位飘忽的女神,眼看快接近她了,伸手可及,她又飘然远去了,因为文学永远是现实的、具体的、个别的、变动不居的;只有裹挟了现实的风雷和历史的必然要求的文学,才是有力量的和回到了自身的文学;而"文学自身"作为一种境界,也只能在历史发展的过程中延续她自身的生命。我们用不断回归不断游离再不断回归的复杂的交叉的过程来描述文学发展之路,也许是符合事实的。

回眸这三十年新人文精神的发展与审美意识的变化,可以用这样几个关键词来表达,它们是:启蒙、先锋、世俗化、日常化。三十年大致可以划分为三个时段,第一时段从 20 世纪70 年代末到 80 年代末。这一时段又可分为三个小段:复苏期、繁荣期和 1985 年的转折期。这个阶段现实主义的回归、人道主义或人的文学、对民族灵魂的发现与重铸成为主线。在启蒙主义的大旗下,在"五四"传统的启迪下,"伤痕文学"曾是新时期文学潮流中奔涌的第一个浪头。"天安门诗抄"和最初的一批政治抒情诗,是最早对为极"左"政治服务的文学的反叛。诗人愤怒地控诉"以太阳的名义,黑暗在公开地掠夺",发出"救救孩子"的呼声。即使今天来看,这些诗歌仍然是当代文学史上最沉重有力的铁的声音。"伤痕小说"正面描写"文革"留下的心灵创伤,揭示个人或家庭的悲剧命运,它冲破了"四人帮"极"左"的牢笼,向现实主义传统回归。就在"伤痕文学"兴盛之时，一批敢于独立思考的、阅历丰富的作家，提供了一批更富理性精神也更有思想深度、在更大范围回溯和反省历史的作品。这就是"反思文学"的出现。它大大拓展了文学的视野，增加了历史深度和思想容量，现实主义由此得以深化，种种禁区被冲毁，文学发挥了干预现实、干预灵魂的能动作用，开启了反思意识。之后，"改革文学"崛起，作家们纷纷将历史反思的目光转向沸腾的现实生活，着力表现经济体制改革的深化，以及改革中人的思想观念、伦理道德、心理结构的变化。另一部分作家则越过社会现实政治层面进入了历史的或地域文化的深处，对民族文化性格进行文学的或人类学的思考，引出了又一文学思潮——"寻根文学"。

"80年代"就像一个紧张的思考者。在现实主义与现代主义的激荡中，1985年成为新时期文学的一块界碑。新人文精神也在这股文学思潮中得以确立。文学由此打破了现实主义独尊的格局，呈现出多元发展势头，对原有的文学思维和观念进行清理、辨析，开展"方法论"大讨论。一部分作家从生存、叙事、语言等层面进行文学的实验，"先锋小说"在对启蒙理性解构的同时，试图提供一种新的真实观和对世界的解释，并崇尚"恶"的力量。"新写实文学"的兴起，可能是20世纪80年代末最重要的文学现象了，它因为对"先锋派"的反拨而兴起，收获不菲，终因平面化和原生态倾向而缺乏大的精神提升。在这里，特别值得一提的是"先锋文学"。它不仅指马原、余华、苏童、残雪、格非、孙甘露等人开创的小说世界，同时也应该包括于坚、韩东、李亚伟等人的诗歌王国。韩东的《大雁塔》从宏大叙事模式格式化了的阅读中解放出来，还原了一个普通个体的真实；于坚的《尚义街六号》像叙家常一样展开了他和朋友们的日常情态；李亚伟的《中文系》在今天读来，似仍能闻到那间大学宿舍里的臭袜子味道。这些"先锋诗歌"意味着文学降落到人的最真实的日常生活中了，或者说，撩开了观念的屏蔽，还原了个体人的日常真实。时至今日，"先锋文学"的成败得失仍然是文学界莫衷一是的话题。重估"先锋文学"是必需的。与人的命运一样，文学也不应以成败论英雄，而应该探讨它的价值。"先锋文学"对于中国文学的精神即是如此。在文学与政治的拉力赛和异常尴尬的情景中，先锋作家们从"写什么"转换为"怎么写"，是一个进步和变奏。原先我们多以线性的思维来认识"必然和本质"，但"先锋文学"说，命运是非线性的，是偶然的，甚至是不可知的，不仅有一种命运，可能有多种命运。中国当代文学精神就这样从原来的总是质询时代的政治性主题和群体意识，转变为对个体存在意义的探索，从集体的人指向了个体的人，人被从当下政治和种种社会环境制约下的现实的人转变为一种抽象的甚至模拟的人。"先锋文学"后来遭遇质疑甚至冷落是必然的。对文本形式的迷恋和沉溺，空心化、抽象化、叙事的游戏化，使"先锋小说"与时代现实人心越来越远，成为读者身外的"冷风景"，不仅仅小说，诗歌也一样，文学精神在这片实验田里被技术之剑刺杀了。

　　第二个时段包括整个 90 年代，主要表现为市场化、商品化背景下的以世俗化和大众文化审美趣味扩展的文学。整个 90 年代文学是在喧哗与骚动中结束的。小说界在不断地突围，诗歌界没有英雄。文学不但失去了轰动，而且失去了旗帜。随着 80 年代的终结，思想启蒙的声音在生活中和文学中都日渐衰弱，文学普遍告别了虚幻理性、政治乌托邦和浪漫激情，告别了神圣、庄严、豪迈而走向了日常的自然经验陈述和个人化叙述，走向了世俗化和欲望化，一句话，走向了解构与逍遥之途。但是，这又恰恰是一个重新建构新人文精神的时代。80年代，文学是文化舞台的主角，90年代，文学差不多成了市场的弃儿。小说界和文化界的"人文精神"讨论，诗歌界的"知识分子"与"民间写作"力量的博弈，都是对文学精神进一步认识的表现。这种认识使文学精神回到了原点：无论是否找到了我们所需要的人文精神，也无论真正的知识分子精神是否已经归来，但所有的参与者都认为，新的文学需要一种新的人文精神，文学要为人类创造一个精神信仰的王国和安顿灵魂的家园。

第三个时段是指新世纪以来至今的文学。这个阶段是全球化、市场化、传媒化、信息化大大改变和影响了文学生产机制的时期，文学出现了许多新的质素和新的特点。进入新世纪前后，文学开始分化，并显示了一些重要征兆。伴随着中国社会的市场化、现代化和全球化进程的深入，文学逐渐把表现重心向都市转移。相对于茅盾的"阶级都市"、沈从文的"文明病都市"、张爱玲的"人性残酷都市"、老舍的"文化都市"，新世纪文学的都市主要是倾情于物质化、欲望化、日常化的"世俗都市"。一个日常化的审美时期来临了。一是"亚乡土叙事"值得重视。城市是当代中国价值冲突交会的场所，大量的流动人口涌入城市，两种文化冲撞，从而产生了错位感、异化感、无家可归感。这类作品一般聚焦于城乡结合部，描写了乡下人进城过程中的灵魂漂泊状态，反映了现代化进程中农民必然经历的精神变迁。当然不限于打工者，整个"底层写作"，作家们由最初的关注物质生存状态，转而关注其精神和灵魂状态。精神的贫困远比物质的贫困更为可怕。二是生态主题的萌蘖。由于生存与发展的需要，中国人对自身的生态问题并没有足够重视，致使生态破坏、自身的健康和可持续发展也受到严重制约。当然，这仅仅是一个表象。以马丽华的《走过西藏》系列、姜戎的《狼图腾》的部分描写、杨志军的《藏獒》等作品为代表，文学开始深入思考人与自然、人与其他生命形态之间的关系。一批评论者不仅从西方生态思想汲取有益养分，而且开始发掘中国文化精神中的生态思想。虽然现在生态文学和生态思想还没有在中国文学界形成大的气候，但它必将成为未来文学不可忽视的力量。因为生态哲学思想的兴起会广泛地影响人与人、人与其他生命之间的伦理关系，也必然会深刻影响到人们的日常生活。三是文学不只是停留在人的终极关怀层面，而是更多地看到了在文学中人文精神发展的现实关怀方面以及青春与成长主题与"80后写作"一起，也悄然占据了文学的一席之地。比如，关注弱势群体的生存状况（如方方的一些作品）；呼唤人的尊严与人的主体意识的觉醒（如"打工文学"中，对打工仔、外来妹新形象的塑造）；呼唤公平、公正与法的意识（如陈源斌的《万家诉讼》，后被改编为电影《秋菊打官司》）；批判官本位意识（如周大新的《向上的台阶》中通过写一个乡文书如何爬上副专员的台阶，将官本位社会的登龙术揭示得淋漓尽致）。此外，还有一些商界小说开始对新的人际关系和道德关系进行探索（如《岁月无敌》、《大商无界》）。一些作品也显示出对人与自然关系的深刻反思（如《老海失踪》）等等。这些作品较80年代初期简单地呼唤人道主义要深刻得多，涉及面广得多，思考也深入得多。文学变得更像一个万花筒和多棱镜，折射出社会生活的五光十色，表现出人们在进入现代化进程中复杂多样的精神面貌和文化心态。正是有了这样一些小说、影视创作所体现出的对新人文精神的追求，才使文学表现出新的价值取向。

一言以蔽之，这三十年，在禁锢化与人性的解放之间，在欲望化与道德理想之间，在世俗化与崇高精神之间，在日常化与英雄情结之间，在城市化与现代性乡愁之间，文学在苦苦地建构着自己的新人文精神与新理性精神，也在苦苦地寻觅着自己的理想形态和审美方式，这种寻求还将一直继续下去。

三

新人文精神始终关注现代化建设中人的现代化。回眸这三十年从人的寻找与发现到人格的张扬与重铸到素质的塑造与提升，也可以用这样几个关键词来表达，它们是：人性、人格、国民素质。第一，寻找人、肯定人实际上就是对国民灵魂的发现与重铸。1980 年，梁小斌的《中国，我的钥匙丢了》让所有中国青年为之动容。"那是十多年前／我沿着红色大街疯狂地奔跑"，说的不就是刚过去的十年浩劫吗？"红色大街"、"疯狂"都是那个时代的特征，但是，"我"心灵的钥匙丢了。这就是那个时代中国人的精神状况。诗人敏锐地道出了这种存在，并且"在这广大的田野上行走／我沿着心灵的足迹寻找／那一切丢失了的／我都在认真思考"。这里，揭示一个时代存在的现状还不够，还需要寻找新的价值，还需要新的构建。不独在诗歌，在"伤痕"、"反思"、"寻根"小说和"先锋小说"里，作家们已经自觉或不自觉地进入生存的深处、人性的敏感处、历史的内里，在寻找着"人"。与之相伴随的是，关于人性、人道主义和异化问题的大讨论。20 世纪 80 年代，是一个人性、人的权利、人的尊严被不断重新提起和研究的时代。弗洛伊德、叔本华、尼采、弗洛姆、萨特、海德格尔、本雅明的思想被译介，它们在中国文学的殿堂里喧哗和回荡。莫言、张贤亮、刘恒、贾平凹、韩少功、李锐们的一些中短篇小说，将我们带入一个与以往不同的文学世界，人性的复杂性在最低的生存中被打开，人与性的关系、人与历史的关系，以一种紧张的甚至魔幻化的形态呈现出来。事实上，寻找"人"和回答"人是什么"是新时期文学最根本的一个精神向度。从那个时代过来的人，都不会忘记戴厚英的《人啊，人》。尽管现在看来，那时对人的认识多限于政治层面，但它开启了一个"人学"的寻找道路。"知青文学"、"寻根文学"在表现男女之间的爱情时，实际上是在寻找一种与传统的中国伦理不同的新伦理。这种伦理首先就是崇尚爱情的价值。在中国的传统伦理中，只存在婚姻，不存在爱情。在80年代的文学中，爱情是一个超越其本身意义的大主题，是寻找"人"和发现"人"的一个重要场合。从张洁的《爱是不能忘记的》，张贤亮的《男人的一半是女人》，到王朔的《爱你没商量》、《过把瘾就死》，苏童的《离婚指南》，80年代的文学经过了对性的初次探索和对爱情与婚姻的质问，进入了90年代。从贾平凹的《废都》，王小波的《黄金时代》，陈忠实的《白鹿原》以及陈染、林白、卫慧、棉棉等女性作家的涉性小说，我们看到，透过性对人性的探索变为一个最强烈、最集中、最尖锐的声音。

第二，培养现代人格实际上就是人的现代化的根本内涵与内核。尽管关于人在宇宙中的位置和人与自然的关系的争论还将不断地以新的形式被重新提起，尽管人本主义和科学主义在人的主体问题上的理论分野还将继续存在，尽管一些人出于某种文化心理而继续贬抑人的主体地位，但在全球化进程已全面展开的今天，人们有理由相信：现代化或社会发展的最高衡量标准只能是人自身的发展。无论是社会生产力尺度、科学技术尺度、物质财富增长的尺度、人与自然相统一的尺度，归根结底，都要服从人自身的自由和全面的发展。但就中国目前建设现代化的具体情况而言，如何培养与现代化相适应的现代人，如何使中国人从传统农业文明条件下的自在、自发和自然的生存状态进入工业文明所要求的自觉和创造性的状态才是根本出发点。应当说，同以经济起飞、技术发展、体制完善等为主要内涵的社会现代化相比，以文化转型、素质提高、生存方式和行为方式转变的人自身的现代化是更为深刻的历史进程。现代化必然是一场异常深刻的人格革命。正如英格尔斯所言："现代化的人产生现代化的国家。""一个国家只有当它的人民是现代人，它的国民从心理和行为上都转变为现代的人格，它的现代政治、经济和文化管理机构中的工作人员都获得了某种与现代化发展相适应的现代性，这样的国家才可真正称之为现代化的国家。否则，高速稳定的经济发展和有效的管理，都不会得以实现。即使经济已经开始起飞，也不会持续长久。"① 确实，我们很难想象，一个没有现代人格的民族何以支撑起现代化的大厦。对此，中国共产党的十四大报告就曾明确指出"社会主义市场经济体制的建立和现代化的实现，最终取决于国民素质的提高和人才的培养"。那么，现代人格的内涵又是什么？如果说，支撑现代文明的基本精神即以科技为核心的工具理性和以个体完善为中心的人道主义应是现时代占主导地位的价值取向，是新人文精神的主要内涵，那么，现代人格当然也应以其为基本内容，它具体表现为现代意识精神即科学、人道、理性、民主、自由、平等、权利、法律、创新、进取、竞争，等等。正是基于这样的前提，我们才可以说，培养现代人格是新人文精神的根本内核。

---

① ［美］英格尔斯:《人的现代化》，殷陆君编译，四川人民出版社 1985 年版，第 8 页。

第三，提高全民素质就是要使全民的人格成为与现代化相适应的现代人格。文学作为人类重要的精神产品，它以审美的方式关心人的生存、人的发展。比如，我们的文学作品可以去关注下层、关注普通百姓、关注弱势群体，去写他们的生老病死，写他们的悲欢离合，这自然充满人文关怀。但我们不能容忍甚至欣赏他们固有的缺点，而要对他们那种缺乏竞争上进意识，抱残守缺，持"好死不如赖活"的思想进行批判，去唤醒他们作为人的尊严。文学不怕写世俗，关键是怕流于世俗。流于世俗的现代作家恰恰是自己缺乏一种对理想与人生目标的向往与追求。再比如，现在的"打工文学"，写得好的都是充满着对下层人物或小人物命运的人文关怀，表现这些人对理想和新的人生追求，《别人的城市》中的农村青年尽管难以认同城市，但一旦进入了城市就与城市有缘分，还要以奋斗的勇气在城市中去努力拼搏。同样，我们对充满物质欲望的倾向也应持批判态度，而不是只从肯定人的享受的一面去鼓吹人对金钱的一味追求，《我爱美元》中的那种贪婪欲望是不可取也不可捧的。又比如对竞争的看法，市场经济能释放人的潜能，也释放人的各种欲望，它能发挥人的主体性，激发人的风险意识、挑战意识和进取意识。这是富有现代性的人格因素，但是如何遵守市场法则，遵守法律，遵守做人的一般准则乃至遵守信用又是必须考虑的。近年来，伴随着现代化及城市化进程的加快，以表现现代城市人生存状态和心灵状态为主题的"都市文学"开始兴起，塑造了一系列体现了现代人格的新形象，如邱华栋推出的"都市新人类"系列人物小说，诸如《蜘蛛人》、《环境戏剧人》、《时装人》、《公关人》、《直销人》、《持证人》、《化学人》、《新美人》，等等。在文学中倡导新人文精神不是"神话"，也不是"梦想"，而是现代化进程中的应有之义。文学的人文关怀也应是充满时代精神的，是从建设现代化人格的高度去表达这种关怀。新人文精神就体现在现代化过程中的现代人格的建设。文学的现代化过程同样也体现在新人文精神的建设过程中。

然而，必须看到，"人"不是抽象的人，而是具体的、现实的、打着民族文化烙印的人。从人性的发现，到人格的现代化，再到整个国民素质的提升，就是作为人学的文学一种更科学、也更具长远战略眼光的归纳。它是与一百年来中华民族追求伟大民族精神复兴的主题紧密联系的。"五四"时期，鲁迅承继晚清梁启超等人的"新民"主张，提出了"立人"思想，自觉地以"改造国民性"为自己的创作目的。他说："说到'为什么'做小说罢，我仍抱着十多年前的'启蒙主义'，以为必须是'为人生'，而且要改良这人生……所以我的取材，多采自病态社会的不幸的人们中，意思是在揭出病苦，引起疗救的注意。"[①]鲁迅的这一追求，虽不能包容全体，却具有极大的代表性，显现出中国现代小说的主导思想脉络。比如，《阿Q正传》就最充分地体现了这一追求，阿Q遂成为共名。在对阿Q的阐释中，有人指出它表现了人类性的弱点，固然不无道理，但它首先是写出了中国的沉默国民的灵魂，写出了中国农民的非人的惨痛境遇，以及他们的不觉悟状态。国民灵魂的发现这一主题在新中国成立后仍然没有中断，只是它在政治意识形态的巨大声浪的覆盖下以更隐蔽的形式潜在着。比如柳青《创业史》中的梁三老汉，实际上是对中国肩负着几千年私有制社会因袭精神重担的农民形象的高度概括，他那谨小慎微、动摇、观望的矛盾心理是中国传统农民的典型心态。这一

① 《鲁迅全集》第4卷，人民文学出版社1981年版，第512页。

形象即使在当时，也被有些人认为是最成功的，其魅力到今天也没有散失。到了新时期，高晓声的《陈奂生上城》让人过目难忘，有人评论说，"陈奂生性格"是国民性格中美德与弱点的一面镜子。我们还可以从《原野》的仇虎到《红旗谱》的朱老忠再到《红高粱》的余占鳌，清楚地见到中国农民代代相传的英雄梦想和对原始强力的渴望。在诸多理想型的人物中，陈忠实的《白鹿原》中白嘉轩这一形象的文化意蕴颇为复杂，也很新颖，至少以前没有人这么直接把性格诉诸文化。他的思想是保守的、倒退的，但他的人格却充满了沉郁的美感，体现了传统文化的道德境界，东方化的人之理想。这里包含着作者对中华文化及其人格精神的观照与思考。在关于知识分子主题的作品中，其发展脉络同样曲折复杂，但贯穿性清晰可见。鲁迅在《狂人日记》中通过狂人这一叛逆者的疯言疯语，使我们感同身受一个"独战庸众"的个人所承受的巨大压力和有所发现的紧张，以及最终不得不向现实妥协的苍凉心境；在钱钟书的《围城》里，方鸿渐是个充满了自我矛盾的人物，是中国知识分子中的"多余人"。在几十年后王蒙的《活动变人形》里，倪吾诚上演了另一出文化性格的悲剧，他向往西方文化，却无时不在传统文化的包围之中，被几个乖戾的女性折腾欲死，受虐而又虐人，忍受着无法解脱的痛苦。在杨绛的《洗澡》里有对中国知识分子人格弱点的解析；在宗璞《东藏记》里有对知识分子节操的追问，这些都是这一主题的延展。同时，我们在《活着》、《小鲍庄》、《日光流年》、《苯花》、《生死疲劳》、《玉米》里可以看到，其中既有对民族文化性格中的惰性因素的深刻挖掘，也有对其中的现代质素如执著、坚韧、顽强并将之作为中华民族的精神支柱和动力源的大力弘扬。

今天，伟大的文化转型时代，提供了产生伟大艺术的契机，也向文艺家提出了无可回避的要求，这就是要求文艺家能以新人文精神为价值目标，站在时代的行列中，去触动时代的脉搏，去关心现代人的生存与心灵建设，去塑造现代人格。

论新时期文学的精神缺失问题

    文学自产生开始，就是记载和表达思想感情的一种方式，其本质就在于对存在和灵魂的探寻。然而，中国文学自 20 世纪 90 年代（亦称后新时期）以来，由于市场经济的强大冲击，正面临着严峻的挑战，作家们在世俗化的现实生活面前不断地妥协与认同，放弃了自己的神圣职责，把文学逐步推出了文学之所是的领域——精神，从而使文学失去了自身的色彩，异变为人们日常性的消费品。文学精神的消失，正是文学的消失。文学便成了空洞的娱乐文本与纯粹的文字游戏。

一

    否定精神，是指事物内部所包含促使事物发展和转化的方面表现出的一种境界。既指事物发展中的一个转变关节点，通过它一事物转化为另一事物；又指事物发展过程中新事物代替旧事物的一个阶段。从哲学意义上说，一切否定都只能是一种相对的概念，并无彻底的、纯粹的、绝对的终极否定，因为否定一切者对"否定"本身也无可否定。所以，否定精神就是文学精神中一种最主要的内涵。文学史上那些闪烁着耀眼光芒且具有永久魅力的作品，大多都是否定精神照耀下产生出来的。人们常说，文学的世界是理想的、自由的、完美的世界。这是因为人所生存的现有世界是不完美的、是非理想的和对人有某种限定性的，于是，人就只好通过想象来在文学中获得某种精神的满足。一般来说，文学建立起它的审美的理想和完美的世界有两种方式：一种是直接满足人的精神渴望的理想世界，如陶渊明的《桃花源记》以及许多浪漫主义的作品，这是作家们所愿意看到的生活世界的建立；另一种是通过对残缺的、不自由的、非理想的现有世界的否定来显示出对理想世界的渴望，如《芙蓉镇》以及许多伤痕作品，这是作家企图通过对现实的否定希望看到另一种生活形态的建立。否定现有，不就意味着对被否定者对立面的渴望吗？渴望理想来取代这个应该遭到否定的现实。渴望中的理想实际上就是还没有到场的理想。由此我们可以说，理想是文学世界的全部色彩。作家是人类社会活动中一个特殊的群体类型，因为他们是人类的理想主义者，他们把寻求完美寻求理想作为自己的职业，他们总是希望在自己的创作中接受这种创造并在这种创作中改变着自己的生存领域。他们的创作冲动来自于他们与现有世界的认同危机，不完美的现实使他们对理想完美的渴望情绪更加强烈，这种深切的体验就使得他们总是在对不完美的现实的否定中建构着理想的艺术世界。否定精神也就成了作家的主体精神，成为了文学精神指向的主要内涵。莎士比亚对不完美的人性的否定，巴尔扎克对资本主义社会金钱丑恶的否定，艾略特对造成人精神荒原的现代社会的否定，鲁迅对"吃人"的中国文化负面影响的否定……一部辉煌的世界文学史，可以说就是否定精神建构起来的历史。文学中的理想精神正是基于否定精神才得以确立，因为作家是生存于不完美的现有世界，他只有在与现实发生认同危机的情况下，才有可能激起他去探索去建构理想的渴望与冲动。我们很难想象，一个在现实中处处感到满足感到惬意感到自由的人会有追求理想完美即创作的冲动。然而，后新时期以来，中国当代文学出现了令人忧虑的危机，其显著的现象就是文学的这种否定精神被作家们抛弃。比如池莉的小说创作，在她早期的《烦恼人生》中，我们还可以看到她在对印家厚琐细平庸人生生活的描绘中，透出了对造成这种人的生存困境人生价值失落的不如意不合理现实的否定情绪。可是到了她的《太阳出世》、《来来往往》、《不谈爱情》、《生活秀》、《看麦浪》、《水与火的缠绵》等作品，就表现出了对世俗庸常生活的认同，否定意识与否定情绪被她彻底抛弃。《太阳出世》从赵家胜夫妇的婚礼写起，随后对他们孕育、抚养孩子的全过程进行了日常生活式的平实叙述，既无情节寓意，又无人物性格开拓，像芸芸众生的生活本身一样，就是世俗生活和世俗人生的原生态。《不谈爱情》中叙述的是知识分子庄建非与市民出身的妻子吉玲之间的夫妻感情纠葛，每当他们吵闹之后却又清醒地发现他们的婚姻并非与众不同："就是性的饥渴加上人工创作。"于是，庄建非从理想化的空中楼阁中走向了现实，在现实的法则中找到了平衡感，一场婚姻危机终于结束。池莉通过主人公庄建非表明了自己对现实原则认可的态度，而作家走向理想的否定精神则在她的身上荡然无存。这种向世俗庸常生活认同的态度，我们还可以从《来来往往》和《生活秀》中看到。康伟业在与妻子的感情出现裂痕以至到出现婚姻危机后，曾与他商业场上的合作助手林珠进入他所认为的完美爱情生活，谁知白领丽人林珠又无法与他过俗常生活，离他而去，之后他又与另一个女人过着没有感情交流只有金钱交易的生活。这就是池莉在对理想爱情的解构中对庸俗的商业社会生活的认同。《生活秀》里的来双扬本是汉口吉庆街一个夜间卖鸭颈的女人，但她却凭着她那武汉人特有的精明能干，解决了生活中的一个个难题。小说在叙述来双扬在与各种人物打交道的过程中的周旋、应对中的胜利过程，就透露出作者对来双扬作为生活胜利者这样一个世俗人物的世俗行为的赞扬。池莉笔下的人物都是一些芸芸众生，都是一些生活在困境中又安于困境的人物。这就是池莉的小说只表现了"真实的生活"而没有表现"真正的生活"，只有写实而没有价值支撑，也就只能是对媚俗化的认同，而缺失了文学的否定精神。我们知道，文学不只是对生活的平面展示，更不只是对生活细节的无休止描绘。一个作家的小说，哪怕他把生活的流程描写得再细致，如果没有价值判断，如果没有审美精神的提升，其文学价值就必然是缺失的。乔伊斯在《尤利西斯》中也曾对弗洛姆庸俗而卑琐的一天生活作了琐细的叙述，但乔伊斯却给了这部小说一个宏大的神话结构框架，将世俗人物弗洛姆放在古希腊英雄奥德赛的背景的映照之下，让人看出失去了价值意义的现代人人格的支离破碎，现代流亡者的绝望、孤独和无家可归的可悲处境，乔伊斯赋予庸常人物以如此深刻的精神意义，很值得我们的当代作家去体悟。文学的否定精神不在于写出具有反抗性的人物和反抗行为，而在于作家在写作时应该具有否定精神的精神素养。

　　然而，这种认同世欲、放弃文学必备品质的否定精神的现象，不仅没有随着池莉的创作发展有所抑止，反而在一些新生代作家中变本加厉地扩展了。当市场经济打开了人们奔向幸福和财富的梦想之门后，人的纯生存的自由愿望也从人的心灵深处放开了被一直禁锢着的"欲望"这个魔鬼。是的，当下时代的人们有了更多的自由，但自由也带来了欲望的膨胀。这种现象有点类似于走过中世纪禁锢时代的文艺复兴时期，人们在畅快于自身自由的同时，却在人性的过于放纵中也释放人性的丑恶。莎士比亚之所以能远远超越他的同时代人，站在时代之巅，通过哈姆雷特这个忧郁的王子去苦苦思索着现实与未来、命运与归宿的问题，是因为他看到了个性解放下欲望的膨胀所导致的社会恶果，又不可能从根本上清除，因为人的恶的一面的存在说明恶和罪同属人性，即人与罪恶同在。那么人的出路何在？这就是莎士比亚对人的深层次思索的深刻之所在。而我们当今时代的一些作家们又是如何思索的呢？融进时代、认同世俗、赞美欲望，这就是我们所看到的。比如在邱华栋的小说中，欲望就成了他的人物的动机和目标。《生活之恶》里的罗东光拼命地获取财富，原因在于他的第一次失恋，于是发誓要拥有财富，"因为只有财富他才可能去任意选择自己的生活"。几年后他果然积累了两千多万的巨资。然而他并未用财富买到爱情，却以此为诱饵买到了一夜之欢，并在性消费的满足中化解了由失恋带来的自卑和懦弱。吴雪雯也在欲望中放任自流，以征服男人为快乐来获取物质的极大满足；眉宁以一夜肉体交易来获取一套住房，在被爱人摒弃后又成为一个高级妓女来获取金钱。在邱华栋的笔下，金钱成了他人物的价值意义的唯一"尺度"。《哭泣游戏》中的黄红梅最初只是一个受过中等教育的小护士，她来到京城，其目标仅仅是想挣一点钱后回偏僻的四川山区老家去养猪和种花，从小保姆、按摩女开始，在金钱的轨道上往前滑行，一旦她在餐饮的经营中赚了很多钱后，便一发而不可收拾，再多的钱对她来说都"还不够"，于是又走向赚更多钱的娱乐业和房地产业。人从为了赚取金钱获得生存自由走向了金钱的魔狱。金钱成为邱华栋小说故事情节必不可少的要素，而豪华气派的饭店、高级商厦、歌厅、各种名牌服装、高级轿车成为他小说审美内容的有机组成部分，他对这些豪华场所不厌其烦地描述，对金钱数目的津津乐道，表现出他对世俗化现实生活的认同感和对物质的赞美与爱慕。由此可见，一个作家缺乏了应该具有的理性思维、否定精神、批判立场。这种作家的精神危机就来自于他在现实中的认同危机。文学的精神向度就在于作家认同危机中的否定精神，文学必须与现实抗争，去超越现实。因为超越才是人类生存的目标，是人类不断走向完美的泉源。而对生存环境的认同和适应只能使人堕落，使人放弃寻求自我完善的途径与动力。

二

探索精神，是分析人们由摆脱怀疑而达到确立信念过程的一种执著。人们为了有效地行动必须确立适当的行为规则或习惯，一旦它们被接受之后也就成了人们的信念。因为确定信念是人们有效采取行动的前提。而作为文学精神的探索，它也是一个循序渐进的寻觅过程：既是对不完美的现有的不满足而激发出的对完美和惬意的寻求与创造的开拓精神，又是对现有的怀疑而激发出为了取代怀疑的对象所获得的探索精神和反叛精神，还是为寻求真理而敢于献身的执著追求精神。实现这三者需要一个基本条件，这就是绝对坦诚的精神，这种绝对坦诚才是探索精神所必备的条件。因为坦诚是人的自我释放，是人在没有任何外在因素束缚下的身心俱释的自由状态，唯有这种坦诚和自由，才能将人引向更自由、更真实、更完美的探索中。人类的这种面向真实与自由、追求完美的探索精神得到最集中、最准确、最生动的体现，便是在文学之中，因为文学活动本身就是人类追求理想，追求完美的活动。人正是因为对现有的不完美的不满足才激发出了寻求完美的想象活力，而文学正是通过想象活动来创造一个完美的世界的。这种完美实质上就是终极的意义。在现实生活中人的探索是一个不断走向完美的过程，而艺术中的完美世界则是终极意义的完美，就是说是不可超越的完美。这正是文学获得形而上意义的价值所在。在所有的事物与活动中，唯有创造性的探索精神才是完美的，因为探索精神的活动是寻求完美的创造活动，文学所创造的世界就是这样一个在探索精神的指向活动中完成的完美世界。但是这个完美的世界并非全部彻底的完美，就具体文学作品所表达的意义而言，它仅仅是某一或某些方面的完美，人的探索显然指向的是全部彻底的完美世界，但探索活动本身却是在一个领域一个方面进行的，完美是一个方面一个方面地获得的。唯有无数的方方面面的完美才组成一个完美的世界。从作家的探索精神在作品中的体现看，应该说，任何一部文学作品，都毫无例外地包含着作家的这种探索精神。作家的探索并不仅仅是指作品形式的花样翻新，这种探索精神更应体现在对人类现实遭遇的深刻洞察上，体现在对人类生存状态的终极关切上。因此这种探索应该是在已知的前沿向更高水平的挑战，是对普遍认同的现实提出变革性的质疑。然而，后新时期以来的中国当下文学，这种本应具有的探索精神已被作家们彻底抛弃，一个个急不可耐地卸下对现实对人生对心灵拷问与拯救的精神面具，在世俗浪潮的冲击下以媚俗姿态去迎合市场，迎合庸俗心理的需求。1993 年贾平凹《废都》的出版，是一件具有标志性意义的事件：它标志着知识与权力的临时同盟的终结，标志着在写作领域娱乐道德观开始取代行善道德观，标志着利己的私有形态写作开始取代利他的社会化写作，标志着理性、道德、责任和良知的全面崩溃，标志着服从市场指令的写作倾向和出版风气的形成。从此开始，贾平凹开启了肉欲化描写之先河，不仅使其无法回到精神探索的轨道，而且成了市场订货与叫卖的成功典范。《废都》之后的贾平凹，又相继创作了《白夜》、《土门》、《高老庄》、《怀念狼》、《秦腔》等，在这些小说里，贾平凹的探索全部化为一股浓厚的怀旧情绪，由于作者在面对或身处现代文明世界的无所适从，便选择了返回过去，返回到偏远的乡村，通过建构乡村话语来改变和化解文化人在城市现代文明的失败和焦虑。乡村成了贾平凹对传统无限追念的生命依托，人只要离开这里就会陷入绝境和灾难，就会成为丧家之犬。在《土门》里，贾平凹就用这种情绪指出，城市总是在制造着肝病患者，而"仁厚村"则成了肝病患者得到救治的福地。在他最近出版的《秦腔》中也"都不缺少才气"，而"缺少了一点点直面精神痛苦的魄力和勇气"①。显然，在对传统和乡村的建构中，贾平凹总是缺乏一种对传统乡村反思的审视和批判，一味地只是审美关照和钟爱。这正是他陷入精神孤独、永被自我排斥在现代文明之外的原因。当然，乡恋与怀旧是人类的一种普遍情感，在新的文明尚未被接受之时，人们往往会回过头去从旧的文化和价值体系中寻找精神上的支撑。文学史上成功的例子很多，哈代就是其中的一个，他以他家乡为背景的"威塞克斯"系列悲剧小说就是这种复杂情感的反映，哈代虽然是站在这种怀旧与乡恋的立场上，但他揭示的却是新旧两种文明形态的碰撞带给人的悲剧命运，他的精神指向是探索新文明对人性的扭曲、践踏。相比之下，贾平凹就仅仅是一味的怀旧而已，而对现代文明除了恐惧与排斥外，没有任何精神探索意义。同样的怀旧情绪，哈代之所以成为世界文学史上一颗耀眼的星星，正在于他的小说有着这种鲜明的精神探索指向。这就是肩负使命作家与一般作家的区别。

文学的探索精神是既不能浅尝辄止，又不能裹足不前。一

① 《文艺沙龙:〈秦腔〉是乡土中国叙事的终结》，《北京青年周刊》2005 年 6 月 7 日。

部辉煌的文学史，就是因为一代又一代作家孤独而又执著的探索精神的结晶。我们很难想象，如果没有作家的勇往直前、有踪可寻的探索精神，文学还能流传发展到今天？这就是为什么人们面临新的经验事实和新环境而缺乏或失去信念以致无法采取行动，行为因此受阻而发生停顿状态，然后通过探索使人摆脱怀疑而达到确定信念，并据此采取行动就能达到一次又一次成功的可能。然而，当代作家中哪怕那些最为成功的作家，也都还缺失这种锲而不舍的探索精神。比如王安忆，从 20 世纪 80 年代以来，她一直是文学界最受瞩目的作家之一，早期的数度转型她都获得了成功。但从《纪实与虚构》开始，继而又有《长恨歌》、《富萍》和《上种红菱下种藕》等，人们就很难从中寻找出一条王安忆精神探索的线索。虽然她的语言可以说极其优美、细腻，小说的故事也极其精彩，可是她的所有故事，几乎没有一个精神价值的统领。《悲恸之地》仅仅是以时间为序，细之又细地讲述着山东汉子刘德生带着乡野的自然习性来到大都会上海后的种种遭遇的故事，故事中没有任何作者精神探索的价值意义的支撑。《米尼》和《我爱比尔》分别讲述了 60 年代的知青米尼和现代大都市社会里的女画家阿三的欲望生活，最后皆走向沉沦的故事，但故事中本应包含的对现实的探索和人性的挖掘却毫无踪迹。在《纪实与虚构》里，王安忆试图通过追寻祖先的历史来摆脱对平庸现实的厌倦以及孤独感。为了体现她的思想力度，王安忆在描述中堆积了大量的议论性文字，但这种有意为之的所谓思想又未能作为一个有机整体中的灵魂与核心而出现，完全游离于整体之外。在被评论家们大加赞赏并荣获茅盾文学奖的《长恨歌》里，王安忆虽然用精细传情的笔触记述了 40 年代"沪上淑媛"王琦瑶 40 年来与四个男人间没有结果的爱情故事，但小说中对她虚度时光仅仅是为了打发日子的平庸生活的描绘，却倾注了热情，我们看到的是王安忆对王琦瑶的所谓优雅高贵生活方式的着力渲染，一种对王琦瑶式的生存方式的向往和怀念。作者在对王琦瑶式的生存方式完全表示认同的同时，丝毫也感受不到她理应具有的批判情怀。因此，不管是对历史，还是对现实，她这一时期的文学表现都是有所偏执或欠缺的：对历史她失落了其中的残酷性，对现实她漠视了其中的多面性，而对于乡村和都市的关系、人性变化与社会发展的关系她又仅仅表现了单向度的一面，其中的丰富和复杂却都没有得到基本充分的表达。总之，她是偏执一端地又是虚拟性地赋予了这几部小说的特定"哲学"理念。它们其实是非常软弱、虚假的，以致足以伤害到她的小说的精神力量和她的理想的价值可信度。一个有成就的作家，一个真正意义上的作家，总是将自己不懈探索的主观精神置于他的创作之中，不管他有多少作品，其作品的形式、体裁、题材如何不同，但他的主观精神之魂却贯穿着他的全部作品。在王安忆的创作中，不仅单篇作品中无法找到她精神探索的痕迹，在她整个作品中更是没有一个一以贯之的精神核心，这说明王安忆精神探索的严重缺乏，她没有自己的精神立足点。由此可见，作家的探索精神，就是一种为人类为社会的奉献和牺牲精神，是为人类寻找幸福、拯救苦难的勇往直前的辛勤奋斗精神，他们要在前人没有走过的地方开辟道路，这种开创既是沉重惊险的，又是激动人心的。只有具有了这种探索精神的作品，才是最具艺术震撼力的。

三

崇高精神，是事物客观具备的确证了人的本质力量的事物性质的一种形式。它一般指称为精神上伟大雄浑，令人震惊、崇敬、神往的事物特性。精神的崇高是人在为进步事业而斗争中所表现出来的博大胸怀、坚强意志、非凡才能和勇敢行为等高尚伟大的思想、品格、行为，是人的本质力量的最充分的显现。它不使人惊惧，却使人信服、赞叹、神往、感奋。崇高是崇高感的源泉，是使人在对崇高事物的体验、叹服、效仿中对人类本性产生自信，让人性日益完善的巨大动力。表现崇高，塑造崇高的形象是艺术的重要任务。在文学的艺术形象、结构、风格、意境中都可以表现崇高，正如古罗马朗吉弩斯在《论崇高》一文中所认为的，庄严伟大的思想，强烈激动的情感，高雅的措辞，堂皇卓越的结构是崇高的来源和特征，这些都能以其感人肺腑、动人心魄的力量催人自新，推动人改造社会，创造美和崇高。因此，崇高就是一种人类趋向真善美的精神选择，就是一种为国为民、自我牺牲的信念追求，就是一种至圣至洁灵魂升华的思想境界，它是古往今来仁人志士崇尚的目标。无论时代怎样变化，文坛怎样变化，文学的宗旨都是千古不变的，真正有志向、有操守的作家的信念是坚定不移的：那就是对崇高的向往和对真理的追求。诚如席勒所言："崇高为我们从感觉世界挣脱出来，提供一条出路，因为美总是把我们拴在其中"，"飞翔于美的崇高的自由王国"。① 文学史上那些传世之作和不朽之作无不闪耀着崇高的光芒。创造传世之作和不朽之作的经典作家，无不是追求崇高和美的"信念过于执著的人"。像拉伯雷笔下的"巨人"（《巨人传》）竟然把象征教会权威的巴黎圣母院钟鼓楼上的大钟摘下来作为马铃，体

---

① 伍蠡甫主编：《西方文论选》上卷，上海译文出版社 1979 年版，第 486 页。

现了资产阶级对人性、人道的赞颂和对封建神性、神道的蔑
视。莎士比亚笔下的鲍西娅（《威尼斯商人》）是那样的淳朴、
聪明、自信，富于同情心，代表了作者理想中的资产阶级新女
性。雨果笔下的加西莫多（《巴黎圣母院》）外形丑陋，却有着
一颗金子般的心，忠诚、勇敢，具有牺牲精神。在这些震撼心
灵的作品中，都能找到崇高与美的影子，听到真理的涛声。由
此可见，具有崇高精神的理想主义和英雄主义的作品，应当就
是社会主义文学的重要特征。毛泽东要求"新的人物，新的世
界。"邓小平强调："我们的文艺，应当在描写和培养社会主义
新人方面作出更大的努力，取得更丰硕的成果。要塑造四个现
代化建设的创业者，表现他们那种有革命理想和科学态度、有
高尚情操和创造能力、有宽阔眼界和求实精神的崭新面貌。要
通过这些新人的形象，来激发广大群众的社会主义积极性，推
动他们从事四个现代化建设的历史性创造活动。"这种表现崇
高，张扬理想主义和英雄主义的观点，应该就是社会主义文学
无限丰富的本质力量的形象体现。然而，后新时期的曾几何
时，躲避崇高、亵渎崇高乃至践踏崇高却成了一股创作倾向。
王朔奉行的"我是流氓我怕谁"的痞子精神，就使他的作品弥
漫着一股世纪末的颓废情调:《一半是火焰，一半是海水》、《过
把瘾就死》、《玩的就是心跳》、《我是狼》崇尚消费人生，玩
世不恭，就不登大雅之堂。这里有的是利令智昏、铤而走险的
欲望化的金钱下积累的历史，坑蒙拐骗，违法乱纪，走私贩
毒，盗版制黄成为他们致富的手段。《我是你爸爸》、《顽主》、
《一点正经没有》、《千万别把我当人》是痞子加俗气，油滑加
玩闹，为浅薄媚俗之文。赌博、嫖妓、抢劫、诈骗成为他们
生活的主要部分。于是，描写形形色色的痞子、流氓、骗子、
浪荡子的浑浑噩噩、花天酒地、鼠窃狗偷、尔虞我诈等丑行，

就是"我最感兴趣的，我所关注的这个层次，就是流行的生活方式。在这种方式里，就有暴力，有色情，有这种调侃和这种无耻，我就把它们弄出来了。"[①] 王朔笔下的这些主人公们把一切社会公德、民众良心、理想信念统统踩在脚下，一律认为是"傻帽"，"冒傻气"，百般鄙视嘲笑。这与其说是"撕开了崇高的假面"，不如说是对中华民族为崇高事业前仆后继的一切仁人志士的一种亵渎。正如一些青年学者指出的，崇高本身是晶莹无瑕、光芒万丈的，"崇高是无须躲避的，关键是看作家是不是具有这种崇高感，它决定了作品的品位。"这才是区别作品崇高与否的分水岭与标尺。试想 20 世纪三四十年代鸳鸯蝴蝶派作品的跑红，为什么昙花一现，尔后就逐渐衰落？即使如今有人借尸还魂，也不过只是回光返照的虚影，不足为奇。当时鸳鸯蝴蝶派即令盛极一时，但到底有多少文学价值和审美价值，在现代文学史上到底有多高地位，这似乎是不刊之论。他们的作品与同时期的鲁迅、茅盾、巴金、老舍、郁达夫、叶圣陶、沙汀、艾芜、沈从文等严肃作家的作品，简直有天壤之别，不堪与之比肩，这谁又能否认呢？美国的欧文、华莱士、谢尔顿这类迎合小市民低级趣味的通俗作家，拥有大量读者，他们的作品销售量大得惊人，可是他们在美国当代文学上几乎不占什么地位。代表美国当代文学高峰的仍然是海明威、福克纳、索尔·贝娄、契弗等文学大师。他们才真正为美国当代文学创造了世界性巨大成就的殊荣，欧文、华莱士、谢尔顿之流只能望其项背。所以，崇高焉能躲避？作家躲避崇高，必然厌弃崇高，叛卖崇高，趋向丑恶、庸俗和卑下。

摒弃崇高，就是将表达的内容的意义从文学中抽空。文学

---

① 王朔：《我的小说观》，《人民文学》1989 年第 3 期。

缺少了意义这个中心，就成了散乱无章的纯粹语言文字，就像一群没有统领的散兵游勇，没有目的，不知何往。因为任何一种文学文本的构成，都包含着三个层次，即感性（外在层面）、意象（意蕴层）、理想（感情层），这个中心意象是外在感性的统领，感性内容指向的意义就是这个中心意象；而意象（意义）指向的就是形而上的精神领域即理想层。作家的创作是从理想出发去寻找意象，寻找感性的过程，即他的精神理想必须通过意象找到一个最能完美地表达的感性显现方式。对于欣赏者来说，则是首先在感性层面的通道里，通过自己的悟性逐步进入意象（意义）最后到达理想领域（形而上的精神层面），去获得人生的颖悟和精神升华。一旦将文学的意义清除得干干净净，文学的崇高精神也就彻底丧失了。比如一批年青新潮的女写作者们。她们是一群名副其实的写作者而非作家。因为作家是有使命感的，是用自己的崇高精神去照亮文学并照亮读者心灵的人；而写作者仅仅是叙述事件，是纯语言文字的把玩，是闲着没事用操作文字的游戏来占有别人时间的人。写作者们一般都以这样一种方式存在着：酗酒、吸毒、纵欲、手淫、追求性高潮快感、泡酒吧、进舞厅……这些成为这一代女写作者们所谓小说的全部内容，这些也是她们这一类人的主要生活内容。海男《粉色》在叙述大学哲学系毕业的女生罗韵与医生肖克华结婚，一面享受着肖的爱抚，一面却又与青梅竹马的律师陈涛频频约会，并在陈涛的"性爱风暴"中陶醉。随后当广告公司的广告员余刚把她推上广告模特儿的位置并获得成功后，她的内心起了变化，容不得丈夫肖克华对她所喜欢的玫瑰花在颜色上的不同意见，为此离家出走，又在广告人余刚的怀抱中渴望着"风暴"。罗韵总是在她的生命中渴求男性对她的"性爱风暴"，她可以强烈地在"风暴"中"被燃烧"、尽情享受死后又活过来的感觉。这似乎成了她被征服，能找到自己位置的关键。这就是《粉色》所告诉读者、所展示的女性的全部。无疑，罗韵情感经历叙述的背后不仅没有崇高连"意义"的指归也没有了，读者满足的或许就在于女性撩起衣裙的一切。在《糖》里，棉棉像日记一样记录着"我"的酗酒、吸毒、与众多不同男人性交的经历，这些作为这部小说的全部内容，已经将它的"意图性"全部抽空，成为纯粹的游戏，就如这一代人的生活本身也是没有崇高精神的游戏一般。"在我看来我和酒的关系是柔和的，亲密的……酒的最大作用是可以令我放松让我温暖。我开始寄情于酒精。""我开始和不同的男人睡觉，我冷了很多，我懂得了性交和做爱的不同，仿佛性让我找到了另一个自己"。"我曾经试过各种毒品，海洛因只是其中对我影响最大的。我的肺已千疮百孔，我的声带已被毒品和酒精破坏"。感性在这里成为纯物质性描写，意义的真空状态使作品的想象贫乏和价值缺失。由此可见，生存的刺激不仅是她们生存的全部内容，也是她们小说的全部内容，不见"崇高"的痕迹，不见思想的烙印。有的只是对生活的复制，文学在此与生活重叠，那文学还有什么必要存在呢？如果说海男的女性写作，是挑战了崇高的话，那么，棉棉的语言操作则完全摒弃了崇高。崇高精神对于她们这一代作家来说，还是一个极陌生的创作奢侈品，这种现象不能不引起我们的警醒。

四、文学选择——空间的拓展

世界文学背景下的中国文学选择

  "世界文学"初步形成的大致上限，可以确定在 19 世纪末，20 世纪则是它总体形成的时代。从世界文学背景中来考虑中国文学选择，有三个带根本性的选择方向促进与催发了中国文学形式"大换班"，从而以它自身的独特性，丰富和补充了世界文学，影响了其他国家的文学。因此，在 20 世纪世界文学的版图上，中国文学以崇高的道德精神、改造国民的灵魂和艺术上的独创性占据一席之地。

一、"舶来"之后在"阵痛"中的盲目选择

  中国文学第一次滋生世界文学的欲望，是从鸦片战争开始的。鸦片战争的失败，开启了"中学为体、西学为用"的新纪元。从学"船坚炮利"到学政治、经济、法律，再到学习文学艺术，经过了漫长的历程。从 1840 年到 1897 年这半个世纪中，业已衰颓的古典中国文学没有受到根本的触动也未注入多少新鲜的生气。直到 1898 年严复译的《天演论》刊行，第一次把先进的现代自然哲学系统地介绍进来，以一种前所未有的世界历史的眼光和自强精神，影响了中国好几代青年知识分子。同一年，梁启超作《译印政治小说序》（翌年林纾译《巴黎茶花女遗事》正式印行），西方文学开始大量地输入，小说的社会功能被抬到决定一切的地位。同一年，裘廷梁作《论白话文为

维新之本》，文学媒介的问题被明确地提了出来。与古代中国文学全面的深刻的"断裂"开始了：从文学观念到作家地位，从表现手法到体裁、语言，变革的要求和实际的挑战都同时出现了。异域文学（这在当时主要是强盛民族的文学）进入中国，并非异域文学本身突然强化了它的辐射力，亦非中国文学在全面地了解了世界各民族文学之后，坦然地找到了彼此接轨的内在契机，而是惊慌失措中的极端之举。以至傅斯年明明白白地说："极端的崇外，却未尝不可……因为中国文化后一步，所以一百件事，就有九十九件的不如人，于是乎中西的问题，常常变成是非的问题了。"①这是被动接受世界文学而非主动参与世界文学。在这种一边倒的局势下，民族文学自卑从根本上限囿了自身的世界文学选择权利，世界文学也就成了民族文学之外的文学天国。正因为民族文学对世界文学的选择，发端于被动接受的起点，所以这种选择带有极大的盲目性，造成世界文学选择进程中民族主体性缺席和异域价值膨胀。任何民族，在其健康心态下进行世界文学选择，世界都只能是自我评估的参照物，只能是促使其人类发展同步的激活力量，而不可能成为忠实模仿的神圣范本。对许多成熟的民族文学历史而言，缺乏其民族文学智慧的独特介入，或者只是异域民族意识的语种转译或地域转述，都是不可思议的事情，所以韦勒克才认为，"事实上，恰恰就是'文学的民族性'以及各个民族对这个总的文学进程所作出的独特贡献应当被理解为比较文学的核心问题。"②由于我国这一代作家有厚重的民族文化支撑，使其最大限度地获得了与世界文学大师们对话和交流的权力。冰心说：

---

① 傅斯年：《通信》，《新潮》1919 年 3 月 1 日第 1 卷第 3 期。
② ［美］雷·韦勒克、奥·沃伦：《文学理论》，刘象愚等译，三联书店 1984 年版，第 47 页。

"我从书报上，知道了杜威，和罗素；也知道了托尔斯泰，和泰戈尔。这时我才懂得小说里是有哲学的，我的爱小说的心情，又显著地浮现了。"①郭沫若诗的直白发端于朗费洛的《箭与歌》（*Arrow and Song*），"那诗使我感觉着异常的清新，我就好像第一次才和'诗'见了面一样。"②鲁迅1932年回答"北斗"杂志社"创作要怎样才会好？"时说，"看外国的短篇小说，几乎全是东欧及北欧作品，也看日本作品"③，"不相信中国的所谓'批评家'之类的话，而看看可靠的外国批评家的评论"。于是，一方面，他们如饥似渴地向那打开的外部世界去寻找、学习、引进，不管三七二十一"拿来"再说，开阔宽容的胸怀和顶礼膜拜的自卑常常纠缠不清被人混淆。另一方面，又必然以是否对本民族的大众有用有利并为他们所接受，作为一种对"舶来"之物进行鉴别、挑选、消化的庄严的标准，严肃负责的自尊和实用主义的褊狭便也常常纠缠不清令人困扰。中国文学的现代化同时展开为互相对立的两个侧面：所谓"欧化"（其实是"世界文学化"）和"民族化"。在这样一种相反相成的艰难行进中，正如鲁迅曾精辟地指出的，存在着内外两重桎梏亦即两重危险，这都是由于我们的"迟暮"（即落后）所引起的。当着世界的文学艺术已经克服了"欧洲中心主义"，开始用各民族的尺度来衡量各民族的艺术的时候，我们却可能误以为旧的就是好的，无法挣脱三千年陈旧的内部的桎梏。当欧洲的新艺术的创造者已开始了对他们自己的传统勇猛的反叛的时候，我们因为从前并未参与世界的文艺之业，只好对这些新的反叛"敬谨接收"，便又成为可敬的身外的新桎梏。鲁迅

---

① 《中国现代作家谈创作经验》（上），山东人民出版社1980版，第159页。

② 《中国现代作家谈创作经验》（上），山东人民出版社1980版，第37页。

③ 《鲁迅全集》第4卷，人民文学出版社1981年版，第364页。

指出，必须像陶元庆的绘画那样，"以新的形，尤其是新的色来写出他自己的世界，而其中仍有中国向来的魂灵"，"内外两面，都和世界的时代思潮合流，而又并未梏亡中国的民族性"①。这样，"世界文学"中的中国文学选择，就超出了最初的"师夷长技以制夷"的狭隘眼界，改革诗文，提倡白话，看重小说，输入话剧。这是一次艰难而又漫长（将近历时五分之一个世纪）的"阵痛"。一直到 1919 年的五四运动，才使 20世纪中国文学越过了起飞的"临界速度"，无可阻挡地汇入了世界文学的现代潮流。

五四时期是 20 世纪中国文学的第一个辉煌的高潮。"扎硬寨，打死战"的精神，彻底的不妥协的精神，是一种在推动历史发展的水平上敢于否定、敢于追求的伟大精神，显示了一种能够把现实推向更高发展阶段的革命性力量。而"科学"与"民主"，遂成为 20 世纪政治、思想、文化（包括文学）孜孜追求的根本目标。这意味着用当代的眼光、语言、技巧、形象，来表达本民族对当代世界独特的艺术认识和把握，提出并关注对一个时代有重大意义的根本问题，从而自觉不自觉地与整个当代人类的共同命运息息相通。从这样开阔的角度来看 19 至 20 世纪之交的文学上的"断裂"，就能理解：这一次的变革为什么大大不同于漫长的中国文学史上众多的诗文革新运动；落后的挨打的"学生"为什么会既满怀着屈辱感又满怀着自信"出而参与世界的文艺之业"；世界的每一个文学流派、思潮为什么无论怎样阻隔或迟或早地总会在这里产生"遥感"；貌似"强大"的陈旧的文学观念、语言、规范为什么会最终崩溃并被迅速取代，等等。在一个以"世界历史"为尺度的"竞

① 《鲁迅全集》第 3 卷，人民文学出版社 1981 年版，第 549—550 页。

技场"上，共同的崇高目标既引起苛刻的淘汰又唤起最热烈的追求。

任何苟且、停滞、自我安慰或自我吹嘘都只能是暂时的和可笑的。"世界文学"逼迫着每一个民族，不管你有多么辉煌的过去，请拿出当代最好的属于自己的文学来！这是一个仍在继续的进程。中国文学将不仅以其灿烂的古代传统使世界惊异，而且正在世界的文艺之业中日益显示其自身的当代创造性。

二、权力话语掣肘下的单极选择

中国文学选择即使在权力话语时代，依然是以世界文学为其目标的，只是那时的"世界文学"，不同程度地被苏俄文学所替代，而且又构想出了一个由海涅开始的"无产阶级文学"的世界文学神话。在这个神话里，现存的世界是被涂抹得视而不见的，所以中国文学就只得沿着"走俄国人的路"去预设自己的未来，"走向世界文学"客观上就是"走向苏俄文学"。这样，按照新的世界史观，社会主义是历史的必然方向，只有新兴的无产阶级才有未来。于是，描写在新的世界史语境中的中国社会和中国革命的发展规律，就显得更为重要，革命文学依赖于乡土，从民间文学中获取了一种"民族形式"，又用革命文学改造了民间文学，就使文学有了与苏式世界史规律相一致的革命内容。正如普列汉诺夫曾经指出的："一个国家底文学对于另一个国家底文学影响是和这两个国家底社会关系底类似成正比例的。当这种类似等于零的时候，影响便完全不存在。例子：非洲的黑人至今没有感受到欧洲文学底任何影响。这个影响是单方面的，当一个民族由于自己的落后性，不论在形式上亦不论内容上不能给别人以任何东西的时候。例子：前世纪的法国文学影响了俄国的文学，可是没有受到任何俄国的影响。最后，这个影响是互相的，当由于社会关系底类似及因之文化发展类似的结果，交换着的民族底双方，都能从另一民族取得一些东西的时候。例子：法国文学影响着英国文学，同时自身亦受到英国文学的影响。"[①]"五四"文学的形式西化是与从洋务到"五四"的第一次中国现代性主潮完全契合的，革命文学的民族化形式的重出是与第二次中国现代性主潮一体共生的，是"无产阶级的'五四'"（瞿秋白语）的必然结果，是苏联建立了先进的社会主义制度，产生了大批代表先进意识形态的具有国际意义的文学作品，中国无产阶级革命文学和进步的文学运动，就把选择方向调整到苏联文学，并深受苏联文学的影响，出现了从赵树理的《小二黑结婚》、《李有才板话》、李季的《王贵与李香香》、贺敬之等的《白毛女》、周立波的《暴风骤雨》、丁玲的《太阳照在桑乾河上》，到孙犁的《风云初记》、杜鹏程的《保卫延安》、杨沫的《青春之歌》、柳青的《创业史》、梁斌的《红旗谱》、欧阳山的《三家巷》、姚雪垠的《李自成》等，人们可以看到，鲜明的民族风格在不断得到加强。而在文学内容上，作品的主要人物都显示出了在革命历史中农民的本质：不觉悟—觉悟—斗争—胜利。而这一过程同时是在一个结构三角形中运作的，农民的对立面，地主；农民的帮手，党的领导。这三角形的三项可以置换变形为各种人物，也可从三项衍生出一些小项，使它更复杂丰富生动，但主项不变，本质不变，主要人物显出革命的主体。在主要人物的

---

① ［俄］普列汉诺夫：《论一元论历史观之发展》，博古译，人民出版社
　1953 年版，第 285—286 页。

关联项中，社会的阶级划分及其各阶级的本质被揭示出来；在主要人物的转变中，历史发展规律呈现出来。而且，革命文学模式随着革命的发展而发展，并在全国解放后，成为文学的主流，向苏联文学转型获得了空间范围的成功。革命文学的实质是：革命理论家指出历史和现实的本质及其发展方向，文学家则悉心体会这一本质和发展方向，并深入生活，收集材料，将它转化为生动的文学形象。因此，当中国革命于1958—1976年在深信以共产主义为终极目标的世界史的基础上，转入无产阶级专政下的继续革命的高扬斗争性的发展道路时，革命文学又发生了一次转变。以不觉悟—觉悟—斗争—胜利为历程的普通工农形象为主的模式转到工农兵高大英雄为主的模式中。新民主主义革命的主要任务是唤起工农大众去打倒敌人，因此文学的主角应反映工农被唤醒、去斗争、得胜利的过程。1949年以后，特别是工业的社会主义改造和农业集体化成功以后，工农兵已经成了社会的主人，他们应该是社会主义革命英雄。在政治力量的支持下，1949年以来的文学史，就是工农兵英雄的出现，不断扩大，最后在样板戏和文革小说中确立高大全形象并获得一统地位的历史。第二次世界文学背景中的中国文学选择的成功，靠了政治的力量，这是在中国现代性的革命主潮中，文学服从于革命，又主动投身于革命，自觉做革命工具的中国文学选择。

如果把"世界文学"（苏俄文学）作为参照系统，那么，除了个别优秀作品，从总体上来说，权力话语时代的中国文学对人性的挖掘显然缺乏哲学深度。陀斯妥耶夫斯基式的对灵魂的"拷问"是几乎没有的，深层意识的剖析远远未得到个性化的生动表现。大奸大恶总是被漫画化而流于表面。真诚的自我反省本来有希望达到某种深度，可惜也往往停留在政治、伦理层次上的检视。所谓"普遍人性"的概念实际上从未被这一阶段的中国文学真正接受。与其说这是一种局限，毋宁说这是一种特色。人性的弱点总是作为民族性格中的痼疾被认识被揭露，这说明对本民族的固有文化持有一种清醒严峻的批判意识。"立人"的目的是为了使"沙聚之邦，转成人国"，更体现了文学总主题中强烈的民族意识。就其基本特质而言，权力时代的中国文学乃是现代中国的民族文学。那么，为什么俄罗斯的民族文学则是杰出的，苏联文学的权力话语表现实绩亦不可等闲视之，如高尔基、马雅可夫斯基、肖洛霍夫、邦达列夫这一类大师，可以成为影响我国文学进展的世界文学作家？这里有两点被我们忽略，一是苏联文学最大限度地继承了俄罗斯民族文学的传统素养；二是苏联文学长期被我们推到极限价值状态，通常谓之"方向"。当苏联人说："整个地球都被吸引到无产阶级文化协会诗人创作的轨道上。世界革命和劳动人民国际合作的主题决定着选择相应的诗学，这种诗学的特点是极度的夸张、全球性、宇宙主义、宣传号召的语调、演讲的方式、群众集会的词汇和高昂动人的调子"① 时，中国文学就心悦诚服地将其作为权力话语时代的激进诗学原则，而此时的世界，正是景象纷呈的波澜壮阔时代。我们就这样拥有过一个狭隘的世界文学选择阶段与时期。

三、多种选择的可能与走向世界的艰难

重凝世界文学情结，已经是 20 世纪 70 年代末期的事了。

① ［苏］列·费·叶尔绍夫:《苏联文学史》，北京师范大学苏联文学研究所译，北京师范大学出版社 1987 年版，第 14 页。

此时，中国进入了社会主义发展的新时期——向现代化进军的时期，文学也与旧的囹圄告别，走向了重新全方位开放的欣欣向荣的春天。新时期中国文学空前繁荣，成为自有新文学以来少有过的黄金时代。外国文学也像潮水一般地涌进了中国，中国文学竟然像发现美洲大陆一般对待世界文学。于是，背景转折之后，中国文学在张望世界中大惊失色，匆匆发泄了一通本能性的憎恨情绪之后，便顾不得现实生存的责任和处境，充满激情地踏上了西方取经的精神通道。一股股异域文学思潮，在本土平静之后重新携浊浪排空之势荡着东方的古老土地，那些思想家和文学家的名字，轮流着作为最高真理化身的身份到中国文学殿堂大大咧咧地端坐一回，并且在这过程中，各各招募一批信徒和拥戴者。对虔诚模仿的信徒们来说，"真经"（交叉于时代和民族纽结点上的原版文学精神）并不曾得到，"纸符"（失去生命活力的表层语词和这些语词的各种连缀方式）倒是收揽了一大批。荒诞派、精神分析、意识流、存在主义、心理现实主义……所有这些文学流派，之所以能确立其独立生存位置，是因为在独特的文学表现方式中创造出了杰出的作家和作品，因而获得各自不同的世界文学辐射力点位置。这时期对中国作家影响最大的三位外国作家，恰恰就代表了世界文学的三个主要潮流。

一是苏联的艾特玛托夫。由于他是吉尔吉斯族人，作为社会主义现实主义作家，创作中便表现出强烈的民族特色。他善于汲取民间文学的传统，把神话故事、民间传说与现实生活结合起来，并以洋溢诗情的描绘使小说带有强烈感人的抒情色彩。中国出版了《艾特玛托夫小说集》。他对于社会主义时代现实生活的卓具艺术个性的反映以及他的作品所流露的社会主义思想倾向，对中国新时期许多作家都有强烈的影响，在张贤亮的《绿化树》、张承志的《黑骏马》中，都可以看到这种影响的痕迹。他的创作标志着第二次世界大战后社会主义现实主义文学走向更加开放，以及文学的民族性得到进一步加强的积极成果。

二是奥地利的卡夫卡。他在 1924 年便已去世，但他的作品的九分之八出版于 50 年代。他生活在西方现代主义崛起的初期，创作手法与这股思潮相呼应，善于通过奇特夸张的构思，把现实与幻想、合理与荒谬、常人与非人描写在一起。他笔下的人物几乎全是受凌辱、受欺压的弱者、小人物，勤恳工作却得不到应有的报偿，愤愤不平却又无力反抗，孤独、苦闷、恐慌、自咎，相当深刻有力地反映了资本主义社会条件下人性的异化。他的超现实的怪诞的笔法，对中国新时期的"伤痕文学"尤有影响。许多作家从他的作品得到借鉴。例如宗璞的《我是谁》等。在王蒙的《布礼》、《蝴蝶》和《杂色》中，似乎也不难看到这种影响的存在。

三是哥伦比亚的加西亚·马尔克斯。作为 20 世纪 60 年代以来崛起于拉丁美洲的魔幻现实主义的代表作家，马尔克斯由于不但从西班牙文学汲取养分，也从印第安文学传统中汲取养分，因而大大加强了作品的民族色彩，使魔幻现实主义成为当时世界民族主义文学潮流的一个令人注目的富有光彩的分支。这种魔幻现实主义在中国新时期已为西藏一批青年作家，如扎西达娃等所极力赞赏，以致他们提出了"西藏魔幻现实主义"，广西的壮族青年作家也标榜"百越境界"，以魔幻现实主义为借鉴，以加强文学民族性的表现。这种影响在韩少功的《爸爸爸》、《女女女》、《马桥词典》和郑万隆描写兴安岭少数民族的"异乡异闻"系列小说等中也得到了折射。

这三位作家所代表的世界三大文学潮流在中国新时期文学

中得到广泛共鸣和感应，不是偶然的。这固然与改革开放的政策分不开，但外因总是通过内因才能起作用。这种外来的影响被接受，应该说，跟20世纪70年代末以来中国在世界政治、经济、文化背景中所处的地位、所担当的历史责任、所发展的内在社会结构分不开。

然而，中国文学在统统操练过一遍之后，却失去了任何称雄的资格。推进是显而易见的，但推进的成果却小得让世界毫无反应，甚至最自鸣"先锋"的作品也不能使异域读者为之过目，更何谈影响人家的精神生活与文学创作。那么，新时期中国文学与世界文学的结构关系呈现出了哪些明显的历史移位呢？第一，世界性的文学推进整整延伸了半个世纪，不仅文学的自身裂变已经面目全非，而且世界文学背景态势动荡。第二，中国文学之世界文学参与，因时间落差而更加显示为前后黏连关系而非同步互动关系。于新世纪之初，胡适与杜威们共同面对着传统的形而上僵化而意欲更新，与西方现代派大师共坐巴黎之夜，平等地谈着文学现代性话题，那个时代的中国文学弄潮者，尽管同样陷落在西方崇拜的不能自拔中，但是因其处于共时状态共处层面，那种尴尬似乎还不是特别的刺目。然而到了新时期文学之后，所有这一切对尽显风流的一代年少来说，便都已经成为一种传统。当世界文学的"现代"演绎为中国文学的"传统"时，中国文学当然地失却了参与世界文学当下的权力和机遇，因而所谓中国文学走向世界文学，就使中国的读者弄不明白，异域民族的读者同样弄不明白，站在适当的距离去审视，样子是很窘的。第三，新世纪之初，走向世界文学是站在传统和历史梯级上的，因而更加是一种中国文学对世界文学的选择，但是到了新时期，我们虽然兴致勃勃地"在路上"，但我们事实上没有任何传统和历史，所以这"在路上"

更加没有方位和参照，主体性和自恃力。刘心武说："这便是被压抑得太久，并且在'文化大革命'中几乎被斩尽杀绝的与世界文学沟通、来一个文学大变革这两种愿望的一种大爆发、大涌动。本来是一出从废墟上、从骨灰盒前开始演出的悲剧和正剧，不曾想几年以后竟演成了喜剧和闹剧。"① 作家们的感受虽然简朴，但却痛切，但这是任何力量更改不了的历史必然延伸。

四、从中国式的独特言说看民族精神的个体性

20 世纪中国文学在世界文学背景中寻求力点位置，抛弃异域传统救中国文学的主张，重塑民族文学流畅的绵延和优美的弹性，这是中国文学超越传统、拥有时代同步并且走向世界文学的唯一出路。这种选择与"开放和吸纳"不仅没有矛盾，而且对开放和吸纳将有更高要求。这里有两种不同的开放态度，一是以"他者"为本，二是以"吾"为本。前者意味着民族文学的消亡，后者意味着民族文学的强大。中国文学将在排除极端民族主义和极端世界主义的干扰中保持这样一种发展态势：在世界话语氛围中，作出中国式的独特言说迫使世界不得不倾听这种别具诱惑力的声音，从而达到辐射和影响的结果，而这一切都维系于中国文学的"民族精神个性"的建立。所谓世界话语氛围，是指在共同拥有"地球村"的时代，不同民族间的政治经济文化生活有了广阔的交流，并且可对话和可理解的公共性，使得彼此间从隔膜走向共处，相互交谈的话语日趋"同步语种转换"。世界话语氛围不等于世界话语同一，话题

---

① 刘心武:《近十年中国文学的若干特性》,《文学评论》1988 年第 1 期。

的共同兴趣不等于谈论角度和立场的消失。所谓中国式独特言说方式，其指向即源自民族生存的现实思考和真实体验，这种思考和体验为任何其他民族所不能代替，因而也能在世界交谈语境中，建构中国式谈论而世界性倾听的诱导语境。

20世纪中国文学"形式大换班"不是那种"递增并存"式的兴衰变化，而是被一种不妥协的"形式革命"所代替。20世纪世界诗歌语言所发生的惊天动地的巨变，唯有物理学语言及绘画语言的变革可与之相比。在这种情势下应运而生的中国新诗，不能不在一个古老的诗国中走着艰辛曲折的道路。新诗的每一步"尝试"都可能显得"古怪"、变得"不像诗"。好不容易摸索、锤炼，开始"像"诗的时候，又立即因人们群起效之而很快老化。在诗体上，这一过程表现为"自由化"和"格律化"在某种程度上的"轮流坐庄"。诗体解放、复活、创新等等复杂的运动，最鲜明、凝练、集中地体现了20世纪中国文学在艺术思维上的挣扎、挫折、进展和远景。而且在各类文体中，新诗最敏感最密切与当代世界文学保持着"同步"的联系。尽管如此，这些新诗仍是中国独有的，它不过是民族土壤中升华出的"先锋性与世界同步罢了。"

如果说诗体的发展显示了最活跃的艺术神经敏锐的努力，那么，戏剧形式的发展则显示了现代艺术与大众最直接的"遭遇战"。它成为整个艺术形式队伍中缓慢然而扎实前进的一个强大的"殿军"、"后卫"。因为戏剧不但以"观众的接受"为其生存条件，而且直接受物质条件（舞台、演员、剧团组织、经济支持等等）的制约，"矛盾的主要方面不在戏剧本身的探索，而在观众素质的提高"。所以，物质条件有其活跃的推动力的一面，不能低估现代物质文明对20世纪中国戏剧艺术的影响作用（包括电影、电视消极方面的压力和积极方面的启示）。戏剧艺术的创新一旦有所突破，常常得到巩固和持久的承认。这与诗歌风格的迅速更替又成一对比。从 20 世纪 60 年代起，布莱希特的戏剧体系开始影响中国话剧，新时期以来，它与"斯坦尼"体系，与中国古典的写意戏剧体系开始形成多元发展和多元融合的趋势。由此可见，不论戏剧的"遭遇战"是什么，它始终没有离开中国的民族与古典，这真是万变不离其宗。

介乎诗和戏剧之间的小说。从 20 世纪初鲁迅创作小说一开始就显示了与当代世界文学有着"共同的最新动向"（普实克语），这一无可怀疑的"同步"现象，即自觉地打通诗、散文、政论、哲理与小说的界限的一种现代意识，使得抒情小说这一分支在鲁迅、郁达夫、废名、沈从文、萧红、孙犁、茹志鹃、汪曾祺、张洁、张承志等优秀作家手中得到充分的发展。这在中国小说现代化的过程中，民族的"抒情传统"（文人艺术）对"史诗传统"（民间艺术）的渗透起了决定性的推动作用。由赵树理所代表的以讲故事为主的叙事分支则显示了"史诗传统"的现代发展。新时期崛起的中篇小说和被称为"重武器"的长篇小说是文学对一时代的历史内容具有"整体性理解"的产物，它们在寻找全新的思维方式、感觉方式和表达方式，以开掘现代人类丰富复杂的内心世界及其对外部世界的"掌握"上与世界文学是息息相通的。鲁迅就是一位对文学形式具有自觉意识的大师，他所创造的一些文学体裁几乎不但"前无古人"，而且"后无来者"。在东、西方文化的碰撞、交流之中，一些崭新的、既是民族的又是现代的艺术形式，已经、正在和将要创造出来，显示出中华民族在世界历史的现代进程中，在艺术思维方面的主体创造性。

每个民族都有自身存在于世界状态中的必要性合理确证，

由此而获得世界性参与的资格，这在民族文学与世界文学的关系中尤其如此。民族精神个体性是一个极为复杂的话题，但至少有如下三个方面构成其铺垫：一、民族文化的根性。对于一个强盛健康的民族来说，异域文化的渗透会带来新的文化景观，并导致社会转型过程中的裂变效应，但这并不能动摇民族文化进展过程中的"坐定"和"自持"，由此而进行的文化撞击才会呈现积极和建构的风貌。二、民族生存的血性。痛苦或忧郁不可能是抽象的，所有的情感和情绪都存在于民族生活的日常状态中，文学言说人类的处境最终是通过具体生存描述而得以实现，从这个意义上说，痛苦不能模仿。三、民族智慧的悟性。在文学横向位移的过程中，异域文学经验和文学理解与表现的进展，可以成为本民族文学推进的借鉴和参照，但更重要的则是在输血中强化本身的造血功能，孕育民族文学走向世界文学的生长基因和生命内驱力，进而在世界文学背景中尽显其前导位置的风流。20世纪中国文学选择了漫长的历程，选择过世界文学的各种传统和不同范型，选择着一个缠绕几代人的文学强国梦，终于在世纪之末获得结论：只有确立中国文学精神在世界文学背景中的独立存在意义，中国文学才能产生世界文学意义上的作家和作品。

文学原创与中国声音

多年来，从"我们为什么没有托尔斯泰"的发问，到"呼唤中国的托尔斯泰的出现"；从"为什么没有出现杜甫、鲁迅"的焦躁，到"为什么没有《红楼梦》这样的巨著"的呐喊，都表现出一种时代性的精神焦虑，对中国当代文学在反映现实生活、开掘新的精神审美价值方面，缺乏独到的发现，缺乏创新能力的不满。那么，怎样才能加强中国当代文学原创，从而才能在世界文学巍峨殿堂发出属于中国的独特声音呢？

首先，面对真实的现实生活，进行独立的思考，唯陈言之务去，以宏大的气魄开拓原创，在全球化进程中建构中国话语。文学原创力，是创作主体在艺术实践中的开拓能力和创新能力。它是检验一个作家特殊个性及艺术潜能的核心标志。而原创的匮乏，最终将导致创作主体缺乏洞察力与想象力，失去再造一个艺术世界的能力。很多创作者在与现实生活脱离血肉联系的同时，愈发熟练地使用电脑技术在互联网上复制、粘贴、组合，不断地"生产"出一篇篇"急就章"。这种关起门来的"创作"，怎能带来新鲜的气息，如何能给人丰厚的精神营养？

其实，原创的危机不只出现在当下中国，德国文艺批评家瓦尔特·本雅明早在20世纪30年代就指出，机械复制使艺术作品已经渐渐失去了它们的"灵韵"。原样复制尚且如此，照猫画虎、依样画葫芦的"山寨"之作更像是文化"注水肉"，浪费社会资源，贻害无穷。

我们并不否定为市场的写作，市场对文学的创作是一柄双刃剑，既能鼓励创作，同时也会催生一些短视、速成的文化产品。这就要求创作者务必克服一时的诱惑，有所坚守，有所追求，有所为有所不为。

面对一个前所未有的中国，面对日益全球化的人类社会，创作者不能甘当历史的匆匆过客，而应当重新感知人与人、人与社会、人与自然的关系，从活生生的现实生活中把握不断变化的世界，以独立的精神和视野，去发现富有时代意义的文学素材与新人形象，去挖掘和书写人类共同的精神困境。独立观察，独立思考，词必己出，是文学原创的必由之路，舍此，难免堕入人云亦云、千篇一律的窠臼，也就无法以气象一新的艺术作品穿透心灵的距离和文化的差异，在世界文坛发出响亮的中国声音。

其次，转益多师，树立精神的高度，锤炼思想的深度，张扬刚健的审美气象，克服病态化的审美倾向。一段时间以来，大量畅销作品拘囿于现实生活的具体情态及其日常感触，精神内涵简陋，浅层人生欲望及其病态性的趣味，成为其审美观照的核心内涵。更有创作者剑走偏锋，专好污浊、畸形、诡异，或者为着力表现强悍型的生命形态，却显示出狰狞和芜杂的精神特质……凡此种种，不一而足。

文学的原创和创新并不等于去精神化、剑走偏锋和刻意偏离主流，文学更需要刚健的精神趣味和丰厚的人文内涵。那些津津乐道极端、变态人性之作以及专以轻浮、猎奇的赚取眼球的作品，放逐了文学的精神追求，只能戕害文学的想象力和原创力。要对这种既成的审美气象进行反思、弥补和重构，以克服创作中的各种矛盾、困惑和缺失，作家必须以渊博的知识、丰厚的阅历、厚重的内涵来支撑创作。

古今中外杰出的精神成果，尤为创作者锤炼思想深度、树立精神高度所不可或缺。个人的直接经验难以支撑创作者长久的文学创作，要保持旺盛的创作能力，必须不断与丰富高质的精神产品和文化传统对话，在对话中获得滋养和启发，融会贯通，最终铸就精神的高度和思想的深度，提升个人境界。如果说个人经验和文学素材是创作的矿藏，那么崇高的个人境界便是点石成金的金手指，个人境界的高下，决定了经验材料利用的程度乃至文学作品水平的高下。

文学原创还离不开对中外文学作品的转益多师。文学原创不等于孤陋寡闻、闭门造车。卓著的文学功底不是天生的，而是通过实实在在的学习、锤炼而获得的。所谓"入门须正，立志须高"、"取法乎上，仅得乎中"，创作者锤炼自己的语言一定要揣摩那些代表人类精神最高成果的文学精品和经典之作，通过大量的阅读和练笔，感悟语言的精妙，并最终做到用笔自如、炉火纯青。

只有经过精神的砥砺、思想的对话和技艺的切磋，创作者才能对精神资源进行创造性转化，使之融入我们的血液，化为我们的精神营养，提升我们的文学原创能力，也才能立意刚健，融会创新。

最后，面对多媒体信息时代，重新思考文学书写的价值所在，超越传统的文学书写格局，彰显文学的独特魅力。多媒体信息时代的全面到来对文学形成了巨大的考验，比如，在电影、电视、网络视频无处不在的今天，讲故事是否还是文学的特长？巴尔扎克"百科全书"式的文学写作是否要为经济学和社会学著作所取代？这种种疑问看似离奇，却已经实实在在地摆在我们的面前。可以说，这是文学自产生以来遇到的前所未有的挑战，是每一个文学创作者都不得不重新面对和思考的。

在知识的结构和意义发生了巨变的今天，人们汲取信息的途径更多样了，文学能给我们带来什么？可以说，它带给我们的主要不是知识，而是一种拨动心弦、启人心智的力量。文学不仅要展示社会生活的广度，更要集中笔力深掘人性的深度，以精妙的语言编织情感和精神的家园。这就要求文学创作者以卓越的智慧、全新的格调、现代的手法去提升创新，突破书写体式和文学语言上的陈腐之气，也摆脱小说"剧本化"的倾向，为读者带来全新阅读体验。

语言是文学的根本，文学形式和语言的发展变化，决定着当今文学实践的盛衰。作为文学实践原创外在、直接的体现，文学形式和语言的精妙程度决定着文学能否留住读者、引人入胜。可以说，在多媒体时代，文学要创新，乃至要生存，创作者一定要更加注重锤炼其文学语言和形式，酝酿出具有独特意蕴和阅读体验的文学力作。

在各种形式的艺术作品喷涌而出的今天，文学面临着浴火重生的挑战，融会创新是唯一的出路。我们的文学创作者需要仰望星空，脚踏实地，用原创精品为读者带来阅读的盛宴，为时代留下精神的足迹，为世界文学的天空添一颗恒星。

中国文学现代性的转型与发展

一、现代性品格的双向选择

近代至清末，以洋务运动和维新运动为代表，"现代性"的表达通过中西、新旧之争确立其在工具理性与科技主义等方面的"现代性品格"。严复对洋务派的"中体西用"观和在传统文化中寻找现代化的合法性的思路的否定①，是这一阶段有关"现代性"的最高的思维成果。他创立了以差异性和异质性为基础的中西文化比较模式，把西方的现代化理解为一个具有普遍性和完美的内在逻辑结构的人类文明，从而以中与西、个别与一般的矛盾置换传统与现代的矛盾，指出现代化乃中国的必由之路。这与辜鸿铭把"中国人的精神"当做某种区别于"动物性"的"人类性"②，构成了有意味的对照。作为中国现代化进程一个组成部分的中国文学的现代化，它由古典形态向现代形态的转变，必然受到中国现代化历史进程的制约和推动，同时又反映着中国现代化历史进程，含纳着中国现代化历史主题的独特内涵。也正因如此，中国文学的独特的不可逆转的现代性特征正是在现代化与民族化的双向选择中得以呈现

---

① 参见韩毓海:《中国现代性修辞方式的建立及其批判》,《战略与管理》1997 年第 2 期。

② 参见辜鸿铭:《中国人的精神》,海南出版社 1996 年版, 第 29—77 页。

出来的。因为中国文学是在近百年中国社会内部发生历史性转折、变化的条件下，在中外文化思潮、文学思潮的空前冲撞、汇合中，在宏大的传统和外国的、历史和现实的参照系统之中形成的。中国文学将自身置于全球现代化和世界文学总体格局的这一现代化历史进程，从近代开始直到现在仍在继续。鲁迅说："世界的时代思潮早已六面袭来，而自己还拘禁在三千陈年的桎梏里。于是觉醒，挣扎，反叛，要出而参与世界的事业"，其中就包括"文艺之业"。① 当然，正如各个国家的现代化具有不同的价值取向和模式选择一样，中国文学的现代化也有一个如何在现代与传统、外国与本土的维度上实现现代化与民族化的双向选择问题，也就是有一个将现代意识、现代思维方式与民族精神、民族形式结合起来以建构有中国特色的新文学的现代品格问题。所以文学的现代化绝不是西化，传统与现代的关系也绝不是传统——抗拒、现代——发展的二元对立模式，文学的现代化是现代化、民族化的双向选择及传统与现代交错发展的复杂过程。在文学本身的发展上，既认定文学自身独立之价值，又不忽视文学社会政治功能，同时更应具有"世界性"的人性的眼光。滥觞于近代，形成于"五四"的这种五四精神和思维方式，作为一种具有强烈"现代性"的转型模式，影响了几乎整个 20 世纪。正是这种转型模式及其在各个时期的变异、丰富和发展，形成了贯穿整个中国文学的以现代化追求为指归的现代品格特征。这种现代品格特征，从人文精神和思想内涵来说，以爱国主义、民主主义和社会主义为旗帜，注重时代性、意识形态性同时又揳入民族灵魂重铸的核心，注重人格独立，人性解放，生命意识的深层揭示。从文学

---

① 参见《鲁迅全集》第 3 卷，人民文学出版社 1981 年版，第 549 页。

思潮和创作方法看，以现实主义为主，又有着浪漫主义、现代主义以及后现代主义的多元发展和交织融合。在总体审美特征上，有着崇高、悲凉、焦灼、和谐等多重审美特征的并存互渗，加以文体形式上，各种文体实验、多种话语体系以及白话文作为文学语言所激活的生命力……这些特征共同铸造了大陆中国文学主流突出而又形态多样的现代化品格。台、港、澳文学既受到以反帝反封建为旗帜的五四新文化运动和五四精神的影响，又有着不断深化的民族主义、爱国主义思潮的推动，因此台港澳文学都继承了中国文学的民族传统，容纳了多种外来文化的影响并有着浓郁的本土特色。它们的主导倾向鲜明又多样开放的特征正与祖国文学的现代品格相一致。

毫无疑问，中国文学是与中国现代化的特殊进程相一致的具有"现代性"的文学，它有自身独特的现代品格。这里有两点值得注意：一是要注重中国新文学的现代性的独特品格。正如社会现代化不只是西方发达国家一种模式一样，文学的现代化、文学的"现代性"特征也不会与西方文学具有同一模式。尽管中国文学的现代化还不够成熟、不够充分，但中国文学的现代性正存在于古今中外多种文学观点所形成的多维度空间的悖论和张力之中。因为中国新文学，在其发展过程中往往出现充满悖论和张力的"现代性"情结。例如，既要向西方大幅度开放，全盘地反传统；又痛心于西方物质文明带来的偏颇，时时强调要回归传统，不断掀起"寻根"浪潮和返璞归真运动，或注重建构现实的、历史的民族基点。既认定文学与革命化、现代化时代主题的密切关系，强调群体意识、集体精神，高扬民族主义、民主主义乃至社会主义旗帜，反映救国、建国、兴国为建立和完善现代化政治共同体而作的斗争，又不能忘却文学思想启蒙、改造国民性的任务，仍时时需要发现人，揭示个体心灵的丰富和复杂。既表现与讴歌人的个性与主体性，借助悲剧、崇高、美丑以揭示理性与良知、尊严与自由、民主与法制的"现代"意识，又表现人的分裂和对人的怀疑，以悲凉、焦灼、荒诞表现生命和本能、存在和价值的"后现代"观念。既要求文学具有审美的功利价值观和意识形态性，又追求文学之所以为文学的艺术独立品格，时时强调文学向自身回归，乃至封闭于文学的文本本体之内。既要坚持和发展作为主流文化和精英文化一个组成部分的精英文学、严肃文学和纯文学，又要充分估计作为世俗文化、消费文化一个组成部分的通俗文学、大众文学和杂文学的独立价值和商品性特征。总之，西化与传统、救亡与启蒙、现代与后现代、功利与审美、雅与俗种种"现代性"情结是中国近百年中西文化冲撞、交会中特定时空的产物。其间相互对立的文学观念、思潮既向两个极端倾斜，又不可能像西方那样各自得到充分发展，但从它们之间的悖论和张力、纠结和交错中可以看到，中国新文学在文学观念、思想内涵、创作方法和艺术形式等方面，都呈现出以现代化追求为旨归的主要品格特征，同时又吸收与融合了前现代传统文学思潮和后现代非理性文学思潮许多合理因素而展示出主导倾向鲜明又开放多彩的面貌。

当然，中国文学现代化内涵不仅是包含着现代主义文学和非理性主义文学的，还贯穿于中国文学现实主义、浪漫主义的发展轨迹中，因为中国文学的现实主义、浪漫主义具有开放性特征，它们随着时代和文学本身的发展一再表现出顽强、鲜活的生命力。比如在五四时期的文学中，有郁达夫的《沉沦》等在被认为属于浪漫主义的创造社的作家身上表露了他的全灵魂，表明他的作品完全出自他的特有的"零余者"的生命体验和人性状态，人们绝难把他的小说与什么"道"联系起来。人们可以对他的作品作出不好的社会的、道德的评价，但却无法否定它是真正的文学作品及其人性"来由"。有郭沫若、成仿吾关于文学的宣言和《女神》等郭沫若的早期诗作，也表明他们是视生命体验为文学的本原的。被称为现实主义流派的文学研究会的作家作品，比较精细、冷静地观察和描写社会现实，剖析人物心理，与创造社不同；但他们同样富于主观情感，那些社会事件、现象和人物心理是他们独特的发现，而不是离开他们的自我的"客观"现实，更不是什么外在的"道"的驱使。还有文学研究会的代表性作家叶绍钧一再说，文艺家不必"计虑""什么'派'或'主义'"，否则会落入传统的"像'为圣人立言'，'文以载道'，'语必有本'"的窠臼，"埋没了自己的创作的冲动"，而应当写出"那深深地感受于最初的"东西，就是写出最真实的情感，最真切的生命体验。[1]他因此强调"文艺家不得不于外面的观察之外，从事于深入一切的内在的生命的观察"，表现出人的"内心"[2]，他的《潘先生在难中》、《倪焕之》等即是他的卓越的实践。

总之，中国文学的"现代性"，它的现代品格，是几经周折，在多元化和一体化起伏消长的文化语境中，向西方思潮全方位开放，继承和转换传统并与中国的社会实际、文化实际相结合而产生和形成的。忽视它的独特内涵，或对它作片面的理解，都会对中国文学的"现代性"和"现代品格"起着消解和抹杀的作用。

---

[1] 参见叶圣陶:《文艺谈》，见《叶圣陶论创作》，上海文艺出版社 1982 年版，第 3—4 页。

[2] 参见叶圣陶:《文艺谈》，见《叶圣陶论创作》，上海文艺出版社 1982 年版，第 18—19 页。

二、革命性的现代化转化

由新文化运动发端的中国现代文化，在日益高涨的"救亡图存"的民族主义主旋律中，以启蒙、理性、主体性等观念为内核，大大丰富了"现代性"的具体的历史内涵和现代化的民族内涵。从"五四"前后的东西文化论战，到20年代科学与玄学论争，到三四十年代的大众化与民族化运动及民族解放运动，"现代性"从不乏冲突的多方面得到新的确认：陈独秀、鲁迅、胡适等倡导的民主与科学，陈序经文化激进主义的"全盘西化论"，国粹派、学衡派文化保守主义的"国故新知论"，张东荪文化自由主义的"多元文化论"，梁漱溟、张君劢等标举中国文化主体性的现代新儒学，毛泽东强调民族化的"新民主主义"……其趋势是由确立个人主体性的"启蒙"，逐渐转向确立民族主体性的"救亡"。[①] 这是"现代性"在现代中国的逻辑主线。沿着这一轨迹，随着主权国家的建立和强化，民族主义、工具理性和民粹主义（大众化）成为20世纪中国中期占主流地位的文化意识。革命性的现代化转化成了当代极具中国特色的表现形式。从梁启超到资产阶级革命派文学，从中国共产党人建立的后期创造社、太阳社到左翼文学运动、工农兵文艺运动、社会主义17年文学乃至新时期"高唱主旋律"的文学都采取了明显的革命性叙述。对此，美国比较现代化学者布莱克曾说，所谓现代化，一是现代性的挑战：现代观念和制度，现代化拥护者的出现；二是现代化领导的稳固：权

---

① 参见李泽厚：《启蒙与救亡的双重变奏》，《走向未来》1986年创刊号；汪晖对此有不同看法，见《预言与危机》，《文学评论》1989年第4期。

力从传统领袖向现代领袖转移，需经过几代人的斗争才能实现……① 他还指出，在现代化进程中，前一段落的主题，即从传统领袖向现代领袖的权力转移，建立一个具有现代导向的、高效率的、开放的政治共同体，为未来的经济腾飞和文明结构转型创造前提，其间尖锐的革命斗争通常可达数代人之久。在西方是这样，在中国更因为现代化运作背景的严酷——人口过剩的负累、民族的生存危机以及国家的四分五裂，这种种半殖民地社会带来的恶果，更使得为建立现代政治共同体而作的斗争变得漫长曲折、尖锐激烈。其间，有着两次重建现代国家（中华民国取代满清王朝、中华人民共和国取代中华民国）的斗争和国家形态内部更换领导集团或领导核心的斗争。由此可见，正是为中国现代化道路和主题的特殊性所决定，一方面，现代化涵盖了革命化，却不能取消革命化。革命化在中国被极度地强化，因而是革命推动了现代化，现代化的权力分配和资源配置就是在革命和战争中进行的，现代政治共同体也是在这一斗争过程中取得和建立的。这种革命化过程作为一种意识形态体系、精神动力和价值指向，为新的时代的意识形态话语所融合，贯穿到经济腾飞和社会文明结构转型的现代化高潮中去。当今大陆市场经济必须坚持社会主义方向，台湾工商型经济仍与独立的民族国家立场相关，都说明了这一点。另一方面又要看到，革命化推动了现代化，却不能替代现代化。现代化对革命有着涵盖、渗透和终极指导的作用，因而无论革命化道路如何曲折漫长，它自身都不是目的，革命的目的是为了解放生产力，促进经济增长、制度变革和文化建设，满足广大民众的物质和精神文化需求。因此，革命化与现代性相辅相成，交

---

① 参见许纪霖、陈达凯主编：《中国现代化史》，上海三联书店1995年版。

织发展，最终汇入到现代化的历史总进程中去。我们既应该珍视近百年文学历史上各种文学现象和作家作品的革命化因素，同时又要发掘出过去在革命化过程中被湮没了的现代化因素，用现代化眼光重新透视革命化过程，进一步总结其间的经验、教训，概括出新的发展规律。如对鲁迅，就应该从"民族魂"与"世界性"、"思想启蒙"与"政治救亡"、"形而下"与"形而上"等多种维度上将他当做一个具有深邃复杂的现代意识构成的精神个体来研究。鲁迅不仅是伟大的民族英雄，我们民族优秀精神的集合体，而且是一个有着自己独特的性格、情感、心理素质和思维方式的精神个体，他有人类普通一员的矛盾、焦躁、激愤和痛苦，而这种普通人的情感与心态又是世界的、人类的，他是探索人类真理的代表。五四时期面向中国大众所持的"启蒙主义"态度自不待言，即使在他实现世界观转变乃至已成为共产主义者的后期，在他十分重视政治、强调政治的威力的时候，仍然不停止深沉的文化反思，坚持改造国民性，注重文艺作品涵盖政治的现实的历史内容，他的思想启蒙观点始终与民族救亡的危机感和使命感交融在一起，在任何时候他都不忘人的灵魂改造这一最根本的任务。他的文化反思启蒙工作往往超越了政治救亡、思想斗争等"形而下"的层次而带有探索、发掘、塑造人的灵魂的"形而上"的性质，既反对文学简单地追随政治，又主张以深远的历史高度和开阔的心灵幅度来看待文学和政治的统一。再则，在"形而上"的层次上他还达到了超越启蒙的程度。他一生都对人生存在的意义进行着带有哲理意味的思考。在他的思想性格和全部作品中，往往有一种对人生超越意义的探索而产生的看透了人生的孤独、悲凉感和对于死和生的强烈感受。他的对个体存在意义的追求与对国民性的改造、批判以及执著于现实的民族危机感、政治参与意识相融合，使鲁迅具有真正中国现代型的深沉的历史悲剧意识和人类命运意识。从现代化的视野来观照鲁迅，就可以看到鲁迅人格和作品形象世界涵蓄着纷繁的政治、伦理因素而又展示出开阔深邃的境界，从这个角度出发，来揭示人的心灵的变化史、人的意识现代化的历史，就必然在现代心灵探索的历程中显示出无穷的生命力。

然而，在寻求现代化的过程中，这种斗争性的现代化转化产生深刻的社会与文学变革的同时，在另一方面又产生出反现代的社会与文学实践和乌托邦主义：对于官僚制国家的恐惧、对于形式化法律的轻视、对于绝对平等的推崇、对于高大全模式的独尊，等等。现代化的努力与对"理性化"过程的拒绝相并行，构成了深刻的历史矛盾与悖论现象：一方面以集权的方式建立了现代国家制度，另一方面又对这个制度本身进行"文革"式的破坏；一方面用公社制和集体经济的方式推动中国经济的发展，另一方面在分配制度方面试图避免资本主义现代化所导致的严重的社会不平等；一方面以公有方式将整个社会组织到国家的现代化目标之中，从而剥夺了个人的政治自主权，另一方面对国家机器对人民主权的压抑深恶痛绝；一方面是为了建立富强的现代民族国家，另一方面又是以消灭工人和农民、城市和乡村、脑力劳动与体力劳动的"三大差别"这一平等目标为主要目的；一方面是一种现代化的意识形态，另一方面是对欧洲和美国的资本主义现代化的批判；一方面在理解和执行"百花齐放、百家争鸣"思想中犯"左"的错误，另一方面提出了文艺反映现代化建设时期如何正确处理人民内部矛盾的理论和在正确方针指引下走向开放的文化、文艺的战略性方针；一方面提倡读《红楼》、评《水浒》，另一方面又将许多文化精典视为糟粕加以批判。总之，中国社会主义现代化实践中的革命性，既对促进社会主义文学现代化有着久远的生命力，也包含着反现代性的历史内容。这种悖论式的方式有其深厚的文化根源，但更需要在中国现代化运动的双重历史语境（寻求现代化与对西方现代化的种种历史后果的反思）中解释。

三、后现代性在现代性中的渗透

当20世纪70年代后期开始的"新时期"文化已经出现明显的转型征兆之际，有人就匆忙将这一文化的新变化定名为"后新时期"。不论这一概念是否科学或准确，但80年代和90年代的中国同时面临着"现代"与"后现代"社会和文化的转型与过渡。而90年代以后的中国文学也确实走进了一个"现代性"与"后现代性"并存交叉的文化语境之中。于是，"一种垄断不再时兴了，新的垄断又重新出现！资本主义不免一死，但祖父和父亲死后，儿孙辈仍将生息繁衍"①。"后现代主义导致了当代社会中文化领域的转型。"②也就是说，具有"现代性"的资本主义固然不免一死，但是，我们更难看清楚的却是"后现代主义"在反"现代主义"文化的过程中，所表现出的更加反文化的立场："后现代主义中代表欲望、本能与享乐的一种反规范倾向，它无情地将现代主义的逻辑冲泻到千里之外，加剧着社会的结构性紧张与恶化，促使上述三大领域（即

---

① ［法］费尔南·布罗代尔：《资本主义论丛》，顾良、张慧君译，中央编译出版社1997年版，第44页。

② ［英］迈克·费琴斯通：《消费文化与后现代主义》，刘精明译，译林出版社2000年版，第179—180页。

政治、文化和经济）进一步分崩离析。"①此外，文学经过了10年"现代性"的反复回归与"后现代性"的超前演练，以及政治风浪的磨洗和西方后现代文化理论的倾泻，变得愈来愈趋向于单一化，在表面多元化的掩盖下，文学的本质却愈来愈向"后现代文化"设置的单一物质化的理论陷阱坠落。于是，一些西方"后现代文化"理论家们正努力批判和克服的种种"后现代文学"的弊端却毫无保留地出现在90年代以来的中国文坛。文学的媚俗化、商品化、感官化、物欲化、非智化、非诗化、唯丑化、唯恶化……凡此种种，正预示着中国文学在"全球一体化"经济的框架中，后现代性在现代性的并存交叉中出现的矛盾与弊端，以一种二律背反的审美方式呈现了出来。

在90年代"晚生代"的作品里，我们看到了性与爱、灵与肉之间已经没有瓜葛，爱情的价值已不复存在，精神性的欲求已削减到简单明了的地步：爱情是无足轻重的，肉欲才是货真价实的。这里已经没有社会群体的人应有的伦理操守和羞耻之心，有的只是对性的放纵和无节制的带着原始状态的性技术性的演示。

这种"复制"生活而缺乏深度的"后现代文学"，正是詹姆逊认为"后现代主义的第一个特点，是一种新的平淡感"，"这种新的平淡阻碍艺术品的有机统一，使其失去深度，不仅绘画如此，就是解释性的作品也是如此。也就是说，后现代主义的作品似乎不再提供任何现代主义经典作品以不同方式在人们心中激起的意义和经验。""后现代主义的那种新的平淡，换个说法，就是一种缺乏深度的浅薄。"②显然，这些"晚生代"

---

① ［英］迈克·费琴斯通：《消费文化与后现代主义》，刘精明译，译林出版社2000年版，第179—180页。

② 转引自［英］迈克·费琴斯通：《消费文化与后现代主义》，刘精明译，译林出版社2000年版，第69页。

作家对"后现代性"尚缺乏一种逻辑的、理性的自觉自主意识，"这些作家脱离了旧的东西，可是还没有新的东西可供他们依附；他们朝着另一种生命体制摸索，而又说不出这是怎样的一种体制；在感到怀疑并不安地作出反抗姿态的同时，他们怀念的是童年那些明确、肯定的事物。他们的早期作品几乎都带有怀旧之情，满怀希望重温某种难以忘怀的东西，这并不是偶然的"。因此，在他们的作品中，虽然其理性上主张平淡化的生活"复制"与"克隆"，但是，那种乌托邦的浪漫主义情结还时时在他们的描写中"闪回"。如果说他们对"后现代性"的理论还没有足够的逻辑把握的话，他们似乎更像达达主义那样"采取反人类的活动"，"他们把德国浪漫主义哲学家们的美学全然与伦理学分离的原则加以改写——'艺术和道德毫无关系'"①。作为"后现代主义攻击艺术的自主性和制度化特征，否认它的基础和宗旨"② 有其文学史的必然的，但是，将文学反叛置于对人类进步优秀的审美经验和亵渎框架之中，恐怕也是"后现代性"的一次审美误植："后现代主义发展了一种感官审美，一种强调对初级过程的直接沉浸和非反思性的身体美学，这被利奥塔称为'形象性感知'"，"后现代主义无论是处在科学、宗教、哲学、人本主义、马克思主义中，还是在其他知识体系中，在文学界、评论界和学术界，它都暗含对一切叙述进行着反基础论的（anti-foundational）批判。"利奥塔强调以"微小叙事（petits recits）来取代'宏大叙事'（grands recits）"；"在日常文化体验的层次上，后现代主义暗含着将现

---

① ［美］Malcolm Cowley：《流放者的归来——二十年代的文学流浪生涯》，张承谟译，上海外语教育出版社 1986 年版，第 133 页。

② ［英］迈克·费琴斯通：《消费文化与后现代主义》，刘精明译，译林出版社 2000 年版，第 179—180 页。

实转化为影像，将时间碎化为一系列永恒的当下片段。"①这些
文学叙述的征象都一一表现在 90 年代以来许多"晚生代"的
作家作品之中，这不能不说是他们对"后现代性"文化和文学
审美的集结。从而使他们的小说既呈现出一种反本质主义和反
道德的态度，又从总体上跻身到了一个新的美学境地。

如果"晚生代"是处于"后现代性"浸淫于中国文坛的先
锋和前卫的位置的话，那么，90 年代以来的一些所谓"现实
主义冲击波"的作家们却是从另一个端点来解构文学的"现代
性"，与"后现代性"的作品解构"现代性"一样，达到了殊
途同归的目的。于是，这些作家们放弃了早期创作中那种境
界迷离，意象朦胧，似幻似真而又富于象征性、神秘性的路
子，以其逼近现实和人生，活现了处于计划经济向市经济转轨
期人们所面临的生存困境和复杂心态，表现了他们在社会转型
期的热望和追求、苦闷和忧虑、艰辛和无奈。在 90 年代这个
同一时间维度面上，为什么会出现两种不同的创作观念和方法
呢？究其原因。我以为，恐怕是一大批作家仍然沉湎在农业文
明乌托邦的田园牧歌之中使然。农民与平民的阶级本位、对静
态文化形态的现实主义再现与描摹的本位与本能，对一种宗教
情绪顶礼膜拜的本位与本能，就决定了他们必然站在更加保守
的立场上来对这种"现代性"与"后现代性"交混而失序的社
会文化形态，作出自己的文化价值判断。但是，值得注意的问
题是，他们在回归旧现实主义时，并不是恪守古典写实的价值
立场："这种思想鼓励我们向生活提示尽可能高的、启示录式
的要求，并告诉我们说，我们能够冲破索然无味的日常生活方

---

① ［英］迈克·费琴斯通：《消费文化与后现代主义》，刘精明译，译林出
版社 2000 年版，第 179—180 页。

式，而达到光彩夺目的大同和完美。它断言，我们和我们生活于其中的世界，比社会或原罪观念想要我们相信的，具有更大的可塑性，更充满可能性，更不受环境的约束。"① 从某种意义上来说，在他们悲凉而无奈的身影中，又带有一种对某种权力的肯定，而这又恰恰是"后现代性"之义中的重要内涵，这一点不幸被"后现代主义"的理论家所言中："乌托邦现实主义的观点承认权力是不可避免的，而不认为只要使用权力就一定有害无益。最广义的权力是实现目标的工具。在全球化加速发展的情况下，最大限度地抓住机会并把有着严重后果的风险降到最小，需要协调权力的使用。这对解放政治和生活政治来说，都是如此。同情弱者的困境是所有解放政治的内在组成部分，但是实现解放的目标通常又要依赖特权阶层的代理人的参与。"② 因此，当我们来解读那些经理、厂长、乡长、镇长、县长们与工人、农民、平民之间"分享艰难"时的文化疑惑，就会猛然顿悟了。文学表现上的"后现代性"症候不仅在创作观念之中，而且已经渗透到了具体的描写技巧技法之中了。90年代以来的物化境遇，使90年代以来小说的自然景物叙写，映射出物质精神双向侵袭中作家们的叙写姿态：抗争中的守望与戏谑，受难中的偏执与迷误，隐匿中的剥蚀与拯救。诗性品格与自然景物的悄然淡出，使风景浑然一体的审美功能在他们的叙写文字中已经坍塌，从而宣告了小说叙事中自然景物描写这方诗性栖居的沦陷。于是，一个不易被人觉察的巨大描写空洞已经形成——风景画面的逐渐消亡！它预示着人类在"现代

---

① ［美］Morris Dicksten：《伊甸园之门——六十年代美国文化·前言》，上海外语教育出版社1985年版，第1页。

② ［英］安东尼·吉登斯：《现代性的后果》，田禾译，译林出版社2000年版，第142页。

性"的历史过程中忽略了它的延展性与成长性，在"后现代"的文化语境① 中，我们在将文学的重心一味地"向内转"时，全然舍弃了对于外部世界的关注，堵塞了人与自然的和谐沟通的逶迤天路。而那些坚信"现代性"的写作会给文学带来一幅美丽图画的梦想已然在"后现代性"的文化语境中冰释和解体："它把森林和沼泽地变成乡村和花园；它修建了数以百计宽广、井然有序和美丽的新城市；它的产品直接丰富和改善了平民百姓的生活……静与动之间、乡村与城市之间、活力与机械力之间都取得平衡。"② 可惜的是，这幅美妙的图画在"后现代性"的描写语境之中，已经成为碎影与泡沫。如果稍加留意，你就会发现，不知何时我们的小说、散文、诗歌里已经很少再见景物与环境描写了；就连戏剧舞台的布景中，风景也多在删除之列。从中我们可以看出文学在物化的历史变迁中的症候

---

① 　从根本上说，后现代理论的批判价值体现在它对西方主导意识形态的现代理性观和历史观的对抗。当后现代理论是一种以西方社会和文化为视野的、内向的、自我反思的思想批判时，它具有不可忽视的积极意义。但是，它的积极意义又受到它彻底相对论的限制。而且，尤其是当我们把后现代思想从它的特定西方环境挪开，勉强把它套用到处于现代化进程的非西方社会环境的时候，它的政治色彩和作用都必然发生很大的变化。这与其说是后现代理论本身的保守性，还不如说它的运用已经超过了它原先积极性的条件和限度。正如海伦·泰芬所说的，西方后现代思想的文化相对论是它最重要的理论洞见，如果我们把后现代这个植根于西方后工业文化的概念强套到非西方的文化上去，任其对后者形成后现代思想本身深恶痛疾的文化霸权，这实在太讽刺了。(Helen Tiffin, "Post-Colonialism, Post Modernism and the Rehabilitation of Post-colonial History", *The Journal of Commonwealth Literature*, Vol 23, No 1(1988), P.170.)

② 　［美］RicHard H. Pells：《激进的理想与美国之梦——大萧条岁月中的文化和社会思想》，卢允中等译，上海外语教育出版社 1992 年版，第 128—129 页。

性表现。用"装饰美化"的方法来拯救溃败的非人性化描写，显然是徒劳的，文学描写的滑坡是不以人们意志为转移的："把日常现实理想化，使美国场景同阿瑟王的宫廷和耶稣的巴勒斯坦相一致；在诗歌中给动词加上古体的词尾，使美国语言诗歌化；高度赞美美国风光，使其能与阿尔卑斯山和尼罗河媲美——总之，装饰美化。"① 这种具有"现代性"的乌托邦描写的消亡，是人类在返归与自然沟通的路途中须警惕的命题。

---

① ［美］Larzer Ziff：《一八九〇年代的美国——迷惘的一代人的岁月》，夏平等译，上海外语教育出版社 1988 年版，第 13 页。

现代性的文化内涵与民族灵魂的重铸

一、现代化与现代性的基本价值内涵

现代化与现代性的概念相关，但二者的社科属性却有别。现代化是一个社会学概念，它指对传统社会的根本变革，包括发达的市场经济和工业化，政治的民主化以及相应的文化变革。

"现代化"一词在英文中是一个动态的名词：modernization，意谓 to make modern，即"成为现代的"之意。在第二次世界大战以后特别是 20 世纪 60 年代以后，"现代化"这个术语才在西方社会科学研究中逐渐流行。早在五四时期，中国报刊经常使用和谈论的"西化"、"欧化"，实际上指的就是现代化。中外学界对于"现代化"虽没有一个统一的定义，但根据我国学者罗荣渠教授的归纳，迄今为止，"现代化"定义大致可以归结为四种。

其一，现代化是指近代资本主义兴起后的特定国际关系格局下，经济落后的国家通过大搞工业化建设和技术革命，在经济和技术上赶上世界先进水平的历史过程。这是一种来自列宁的、被前苏联和中国所认同、实践的"社会主义现代化"。

其二，现代化实质上就是工业化。工业化浪潮肇始于 18 世纪后半叶英法的工业革命，对西欧北美而言至 20 世纪中叶工业化高度成熟。工业化的过程不仅限于经济方面，它还涉及社会的各个方面。尤其是造成对传统农业社会的破坏。

其三，现代化是每个社会（民族、国家）在科学技术革命冲击下，在社会各个层面已经经历或正在进行的转变过程。这些层面涉及政治的、经济的、社会的、思想价值的、精神文化的各个方面。它包含工业化但又不等同于工业化。

其四，现代化是一种心理态度、价值观和生活方式的改变过程，是一种代表我们这个历史时代的"文明形式"，是一种"合理化"即全面的理性在社会各个方面的实现过程。此种观点主要以德国著名社会学家马克斯·韦伯为代表。

此外，还有的学者强调现代化在人的素质方面的要求和改变，即从传统主义到个人主义的现代性转变。如美国著名社会学家阿力克斯·英格尔斯在《迈向现代：六个发展中国家个人的变化》等书中认为，如果没有从心理、思想和行为方式上实现由传统人到现代人的转变，使之具备现代人的人格与品质，就不能成功地使后发展国家迈向现代化。现代化既是经济发展，也是政治、文化和精神发展。

上述的各种有关现代化的定义和规范各自切入与论述的角度不同，结论和内涵自然也不尽相同。但是它们之间也有相互包容渗透、相辅相成之处。综合上述各种现代化定义和理论，我以为对现代化比较正确的理解应是：现代化是一个世界性的历史现象，它指人类社会从工业革命以来，在科学技术和工业革命的推动下，在人类社会各个方面所发生的一系列巨大的、深刻的变革。这种变革体现在物质经济、制度规范、价值取向、思想意识、精神心理等所有领域，并使那种合理化的科学和工业主义精神渗透、体现于这所有领域中。

而现代性（modernity）则是一个哲学性的概念，它指一种不同于古典时代的新的生活方式，它被一种理性精神所支配。这种现代理性包括工具理性（科学）和人文理性（自我价值）。或者说，现代性就是社会在现代化过程中，在社会各个领域所出现的与现代化相适应的属性，包括物质、制度、精神文化等领域发生全面变革过程中所形成的应和现代化的属性。比如，在社会启动和实施现代化的过程中，与经济（物质文化）的现代化相适应，便会出现工业化、都市化、社会分工化、职业化、科层化等趋势和现象，这些都是现代化过程中必然产生的物质文化的现代性。工业化虽然不能代表现代化的全部，但却是现代化的核心内容，而工业化必然要求有合理化的企业设施、合理的工艺技术、合理的核算与管理、合理的产销市场体系，合乎工业化需要的技术专家集团和源源不断的人才资源、便捷的交通和信息传播，等等。因此，与此相适应，在社会的制度领域和制度文化规范上，就必然出现了现代企业制度、完善的现代法律制度、提高国民整体素质和大量培养人才的普及化教育制度、发达完善的信息媒体制度、人口自由流动和大众广泛参与的民主化政治等一系列"制度的现代性"。在精神文化领域如价值观念、人格结构、心理态度、文化结构等方面，也会相应出现自我本位的个人主义价值取向，习惯于都市化生活节奏和模式的心理态度，强调和追求效率利益、富裕文明、自我价值实现的人格素质与结构，以及文化公共空间和大众通俗文化的日益扩大与"猛增"，等等。形成一系列精神文化领域的"现代性"事物与标志。总之，社会现代化进程必然在从物质到精神文化的各个领域引起相应的、全面的、深刻的变革，形成与现代化历史进程相应的现代属性。与此同时，现代化历史过程所导致的巨大现代性变革，也开始暴露出它的越来越明显的负面价值：科学技术的进步一方面使人类对自己身处的自然环境和社会环境的控制力极大增强，另一方面又造成对自然和社会的极大破坏；一方面使人类理性的空间大大拓展，另一方面又削弱乃至摧毁了人们的神性信仰和终极关怀，以至19世纪的德国哲学家尼采发出"上帝死了"的绝叫，表达人们丧失终极性精神家园的无情现实和对此的恐慌；都市给人们的生活带来极大便利，同时也消除了前现代的乡村农民生活的自然性、道德性、亲和性和礼俗性，使都市人生活的自然空间、心理空间、道德空间日趋缩小，并加剧斩断着人与人之间的自然礼俗性和道德亲情性联系；以大工业大机器为代表的工业文明带来了纪律守时、规矩秩序，也带来了单调刻板、机械雷同和千篇一律；带来了生产力即人类征服自然能力的极大解放，也带来了人对机器的依附、人的重要性和地位的下降以至于人变成机器的奴隶；工业化带来了快节奏，也造成社会心理的普遍紧张与焦虑；个人主义价值观带来了自由，也造成了人与人之间的距离隔膜……凡此种种，使西方在现代化和现代文明高歌猛进的过程中，也不可避免地出现了"反现代性"倾向和思潮，这种倾向和思潮，在文化上演变成一种"文化保守主义"，在文学艺术上演变成反文明、反理性的现代主义——一种美学上的现代性。于是，在西方现代化历程中，便产生了两种现代性：一种是作为科学技术和工业文明产物的，以进步、理性、个人主义为核心价值并渗透到社会各个领域的"资产阶级（资本主义）现代性"；一种是对此予以否定批判的"美学现代性"——在文学艺术上它表现为诸种现代主义派别，如19世纪后陆续出现的象征主义、表现主义、超现实主义、存在主义、意识流小说等等。美国学者M.卡利奈斯库对此曾作出清晰的解释，他指出，从19世纪上半叶以来，"在作为西方文明史中一个阶段的现代性——这是科学、技术发展的一个产物，是工业革命的产物，是资本主义带来的那场所向披靡的经济和社会的变化的产物——与作为一个美学观念上的现代性之间产生了一种不可避免的分裂。"①

美学观念上的现代性——象征派、先锋派这样的现代主义文学艺术和思潮，出于对前者所代表的"资产阶级重商主义和俗气的功利主义"，对资产阶级和世俗阶层的现代价值观的厌恶而对之进行了激烈的反叛，它是一种产生于一般的现代性进程中的现代性，是一种反现代性的"现代性"。

二、中国的现代性历程

从宏观上说，中国现代史就是中国从分散的世界史中相对独立运转的古代中国史进入统一的世界史后在世界史框架中，为新的世界史"规律"所规定制约而运行发展的历史。在这一意义上，理解中国现代史的关键是统一世界史里的一个核心东西：现代性。

中国的现代性肇始于鸦片战争。相对而言，是鸦片战争使中国被动地为外在强力拉入世界，而洋务运动则是中国主动地融入世界，因此，洋务运动可算作中国现代化转变的开始。这样似乎中、日都可说是从 19 世纪 60 年代进入现代化转变的，而实际上，日本是进行的实质上的体制转变，中国仅是在器物层面的"西化"，而这器物层面的变化，不被认为是朝向世界史的，而被认为是朝向中国史的变化。洋务运动处在两种意义体系的交织之中，从中国史的观点看，1840 年以来历史表

---

① M. 卡利奈斯库：《现代性面面观》，见《剑桥中华民国史》第 1 部，上海人民出版社 1991 年版，第 538 页。

现为王朝的衰败；从世界史的观点看，则表现为中国融入世界史，按照新的世界标准和规制进行新的历史运作的过程。洋务运动，从客观上看，是中国进入世界史的运作，但在运作者的主观上，被定义为中国史的王朝复兴运动。这就难怪当日本明治天皇在五条誓文中声称，日本将"为帝国统治根基的强盛，拓新知于海外"时，而代表同治中兴的曾国藩、左宗棠、李鸿章一方面竭力推进洋务，一方面大力复兴儒学。其结果是日本进入了现代化的轨道，而中国却在 1894 年的甲午海战被日本击败。从 1840 年到 1894 年，中国花了半个多世纪的时间去维护旧的中国世界中的虚幻的中心地位，这里充满了中国精英固执老子天下第一的中心化情结所遭受的不断打击和痛苦，以及遭受打击时的悲壮和悲怆。半个多世纪的固执一旦梦醒，中心化情结就激励着中国精英以一种世界罕见的难能可贵的精神投入赶超过程；从而使中国现代性进入一个新的发展阶段。

中国现代性的第二阶段，即 1917 年到 1989 年，是以两个世界史的十月革命为开端，到苏联阵营崩溃，两个世界史重新成为一个世界结束。十月革命对中国的影响，是由确立个人主体性的"启蒙"，逐渐转向确立民族主体性的"救亡"。于是，毛泽东在这一历史时期，真正承担起了中国现代性的中坚与领袖，共产党在毛泽东的领导下完成了三大任务：在广大农村进行反封建的现代改造；以农村包围城市，最后夺取了全国政权，实现了国家的统一；继而在国内以一系列的运动（三反五反、农村的合作化改造、工业的社会主义改造……）显示了民族的活力，在国际上以一系列军事的、思想的战争（抗美援朝战争、中印边境反击战、中苏思想大论战）捍卫和重塑了民族的尊严和荣誉。共产党革命成功了，但它一方面在社会制度上，按照马克思主义历史观，达到了人类的最高级，另一方面在一系列社会发展指标上，仍处于低水平。这一历史的实际拼贴所产生的矛盾，已经框架了多种酸甜苦辣的可能。这样，苏联阵营一旦崩溃，中国的改革就成了整个社会主义改革的先锋。所有社会主义国家都有一个共同的道路——从计划经济到市场经济。而世界史在20世纪末演进的趋势，就是从政治——军事为主轴转向经济——文化为中心。从两个世界史向一个世界史的演化，在某种意义上，也可以说是以政治全球化主调向经济全球化主调的转化，以经济——科技——信息——文化全球化来重新组织一个新的统一的世界史。

从1978年到2003年，是中国现代性的第三阶段。这一阶段是从新的现代性目标走向新的世界史，在新世界中确立新的现代性目标：市场化、全球化、中国化。中国的社会与经济在经历一场改革的阵痛之后，迅速地进入全球化的生产和贸易之中。中国通过生产、贸易和金融体制的进一步改革，日益深入地加入到世界市场的竞争之中，而内部的生产和社会机制的改造则是在当代市场制度的规约之下进行的；商业化及其与之相伴的消费主义文化渗透到社会生活的各个方面，从而表明国家和企业对市场的精心创制并不仅是一个经济事件，相反，这一社会过程最终要求用市场法则规划整个的社会生活。所以，全球化不仅意味着在经济、文化甚至政治领域打破民族国家的界限，而且也同时意味着人们对自己在全球经济关系和内部经济关系中的利益所在更为清楚了。值得注意的是，全球化的经济进程仍然是以民族国家体系为其政治保障的，因此，尽管民族国家的功能发生了变化，但它作为一个全球经济进程中的利益单位的含义反而更加凸显出来。在一定意义上，国际经济体系中的利益关系的清晰化反而有助于民族国家内部的整合。由此可见，中国的现代化是在建立社会主义市场经济体制过程中，它虽然已经取得了巨大的成就，但仍然有许多艰巨的任务要完成，有许多深层次的矛盾要解决。还要在更大程度上发挥市场在资源配置中的基础性作用，创造各类市场主体平等使用生产要素的环境，促进商品和生产要素在全国市场的自由流动。继续深化市场取向的改革，努力形成比较完善的社会主义市场经济体制，使之更加成熟、定型。

三、民族灵魂的重铸

现代性伴随着新文学民族灵魂的重铸，它是渗透到文学的人学主题中去了。基于中国复杂丰富的现代人学结构，在重铸民族灵魂的启蒙思想母题激发下，同样兴起了三次大规模的全民性反思活动，也出现了三次现代意识鲜明强烈的文化再造和文学繁荣时期。第一次是维新改良、辛亥革命连续失败后引起的剧烈震动和民族反思。这时候西方霸权威胁加剧，中国急速陷入半殖民地社会，人们对现代化的认识经历了由器物到制度再到思想文化的转变。从维新改良到五四思想启蒙的先驱者们对"人"的理解，将西方近代启蒙主义思潮、浪漫主义思潮与西方20世纪初的现代派思潮融合起来，不仅接受了与神权、王权对立的启蒙式的"人"的类概念，而且将个体、自我、心灵、精神放在了首要地位，并感染到了现代主义对人的怀疑以及人的孤独、焦灼、精神缺失的"世纪末"情绪。这样，便不仅以"人"的名义对外在封建伦理、政治和传统文化进行了冲击和反抗，而且更重要的是，基于进化论的发展观，由个人到民族贯穿着内省的、反思的思维方式，也就是说，每一个个体作为历史活动参与者的自我反省、自我批判与全民族的深刻反思融合在一起，从而由呼唤"精神界之战士"以"新民"、"改造国民性",到强调个体意识、个体生命价值,以展示爱国救亡观念,"世界性"的视界,"人类之爱"的渴求。在这种对现代人的复杂概念认识的前提下,以维新时期的诗界革命、文学界革命、小说界革命到五四时期的语言革命、思想革命、文学革命,促进了具有真正现代意义的新文学的诞生,为20世纪中国文学的现代化奠定了基础。第二次是八年抗日战争引起的反思。这种反思无论是政治反思,还是文化反思,都是以人的反思为前提的。人们以鲜明的民族自审意识,从政治文化救亡的高度反省过去,与民族共忏悔共忧思。而这种反思的结果,使人们清晰地看到了个性意识与民族群体意识,人的解放与民族解放、阶级解放关系中的种种问题。与人的反思相一致,作家的创作个性明显地趋于成熟,代表着民族意识精华的艺术、哲理思维更加深入到错综复杂的动态的历史现实和文化生活中去,进一步奠定了新文学面向世界、走向世界的基点,这是新文学经过现代化与民族化的双向选择走向成熟的时期,创作上出现了丰收局面,如长篇小说、长篇叙事诗、多幕话剧和历史剧的涌现,其数量之多,质量之高是此前时期不可比拟的。第三次反思是在"文革"十年浩劫之后,随着政治上的拨乱反正和经济上的改革开放而来的。这次大的反思虽然也经历了从政治反思、文化反思到人的反思的历程,但这一次人的反思的一个最有现代意义的特点,是人的主体性的强调和增强。不仅强调作家主体(这一点过去有胡风主观战斗精神的提出)和文学表现对象主体(这一点过去有钱谷融、巴人的文学应"以人为注意中心"、文学应表现"更多的人情味"和"人性的光辉"),而且进一步强调读者接受主体和文学文本主体。这种在作者、世界、读者和作品四维空间中活动的人的主体又不仅是人与世界外在关系的主体,而且强调人的情性主体,强调以情感为中介，融合着理性意识和非理性潜意识的具有人性深度、丰富情感和无穷个性的精神主体。因此这一次民族性格重铸的反思和再造，便在新的人文核心的探索上达到了前所未有的高度，具有了前所未有的广度和深度。因为我们知道，主体性的加强，启示每一个独立的个体都反观自身，主动承受灵魂的剖析和重铸，同时也就意识到自己对民族、社会和文学的使命和责任；而这种贯穿着自审意识、交融着人性心灵丰富性和群体使命感的主体，就可能通过多次的创作实践和理论探讨，开拓出文学创作与文学理论批评的新局面。巴金和周扬将民族反思与个体自省结合在一起进行的结果，不仅前者写出像《随感录》这样饱含血泪的划时代系列散文创作，后者提出了社会主义社会也存在着人的异化的哲学观点和相应的一系列开放的文论观点；而且他们在饱经沧桑后所锻造出的新的人格素质——反思自身的思维方式、主体的能动选择和创造精神以及执著地追求真理的态度，都为新时期的作家和理论家树立了榜样。新时期文学在对现代主义的创造性引进和运用上，出现了许多使人耳目一新的文学流派和作家作品。特别是现实主义出现了前所未有的开放形态，它或多或少、或显或隐地吸纳、融合了现代主义、后现代主义的文学观念、运思方式和技巧手法，乃至出现了新写实、新历史、新体验、新社区等现实主义文学流派。而那些以表现时代生活主旋律，深入现实人生，提出了亿万群众所关心的重大时代课题的作品，也因为视野的开阔，技巧手法的新颖、历史现实深广度的开掘而时时生发出感人心魄的思想艺术力量。

如果说上述三次以民族灵魂重铸为核心的大的反思活动，主要与为建立现代政治共同体而进行的斗争密切相关，那么，文学上人文内涵的更大变化则发生在以经济起飞为动力的文明结构转型中。20世纪的八九十年代，中国大陆社会主义市场经济取代计划经济的体制大变革，使人们从生活方式到精神面貌、思维方式乃至生命存在方式都发生了巨大变化，文学的生存空间和本身形态也发生了重大变化。在市场经济浪潮中绝大多数文化文学产品开始进入市场，其商品属性日趋明晰。在文学界，商品观念、消费意识逐步与意识形态话语和启蒙观念并置，还出现了通俗文学冲击严肃文学、台港文学冲击大陆文学、纪实文学冲击虚构文学的特殊局面。这个时期的文学，包括主旋律小说、商界小说、新市民小说、晚生代小说、新生代诗和留学生文学，等等，我们从中可以看到，它们在文学的人文内涵上至少有以下几个方面大不同于以往的变异：一是人的精神价值的失落与传统文学观念的消解。当商品规律、消费文化渗入社会和家庭时，不仅历来被作为良知和真理代表的作家产生了精神危机，而且整个社会传统的生存方式受到挑战。因此，广泛地产生了精神的缺失和生存的困惑。作为启蒙文化、精英文化一个组成部分的文艺、文论，甚至寄寓着闲适、避世情怀的文艺、文论都受到贬抑和消解。二是对文学的传统人文精神的寻求和呼唤，对艺术独立品格的选择和坚持。这类文学作品或者以对文学的思想、良知、崇高、正义、终极关怀的崇尚追求以拯救人文精神，重建精神价值；或者以闲适、独善、避世、超脱自居来保持人文品格，构筑精神家园。与此同时，它们都主张文学向自身回归，坚持艺术的独立品格，或者追求具有人性深度和情感力度的崇高美，或者按照个人的生命意志从艺术中寻求精神自由。三是新的人文价值观的呈示与新启蒙使命感的萌生。市场经济的正负多方面的复杂效应在文学的人文内涵上充分显示出来。上述文学作品一方面揭示了社会各方面生活在拼搏竞争中激发出来的新的人格因素，如自主自强、进取冒险、敬业守法与惶惑焦虑、孤独失落、浮躁享乐等杂糅在一起；另一方面则是人为物役、物欲横流，情感的沦丧、人性的异化，人与自然、个性与社会、精神与物质、使命与生命、功利与审美、雅与俗展示出前所未有的错位与失重。而新的人文价值观正在这种现实社会、世俗潮流与文化语境中萌生出新启蒙的使命感，以便从生存困惑与价值失落中探寻新的人的活法，并铸造那担负着"现代性"立体工程的华夏文明与民族灵魂。在这未来的文学作品中，生命体验与时代体验结合起来，为生存与为人生结合起来，情绪性消解与理性批判相融合，人与自然生态和合相亲、依存转化。这样，便预示着一种新的生命系统和理性气度的新型文学的到来。

历史与现实

一

在历史题材作品的创作中，强调强烈的现代精神和"现实"对"过去"的渗透与参与，是历史与现实的一种剪不断、理还乱的精神联系与呼应诉求。站在今天时代的高度，去重新认识、阐释、评判历史，历史就不仅仅是客观事实的铺排陈列，而是对历史的透视。可以说历史是永久性和瞬时性的结合体，既有人类发展的线性轨迹的属性，也有凝固于各时各点的散射特征。正因为如此，克罗齐大胆断言："一切历史都是现代史"[1]；尼采也认为："我们只有站在现在的顶峰才能解释过去。"[2] 现实是历史的延续，历史是现实的由来，历史的"活的现实"是不受任何规律束缚的，历史必须满足"一种现在的兴趣"。于是，人们在现实中的渴望、诉求和感慨往往就借助于历史表现出来。比如对王安石变法，对于王安石、司马光、苏轼等人过去的创作往往以政治倾向为标准，把他们分别判为改革派和保守派。颜廷瑞在《汴京风骚》中则"站在现在"、去"理解过去"，进行重新的认识和评价。他不独写他们的政见，

---

[1] 转引自卡西尔:《人论》，上海译文出版社 1985 年版，第 226 页。

[2] 转引自卡西尔:《人论》，上海译文出版社 1985 年版，第 226 页。

写他们之间复杂尖锐的斗争，写他们个人的悲剧命运，还写他们的人品、学识和道德文章，写他们之间的友谊。这不仅使人看到历史的法则，感到历史的沉重与苍凉；还让人从"熙宁变法"和改革派与保守派的尖锐复杂的斗争中，看到改革自身的艰难。还有《天下粮仓》从历史深处发现许多现实的忧伤；《白门柳》写历史转型时期知识分子对自身命运的选择，等等。都是由于作家站在历史与现实的连接点上，对历史与现实的思考有深厚的积累，这些作品所具有的深度，才超过许多同类创作。

用当代的思想照亮历史，这种"以史为鉴"按照黑格尔的观点就是"反省的历史"。"反省的历史"即注重从历史中找到道德和政治的经验教训。中华民族是一个特别重视自身历史传统的民族，从三皇五帝到秦汉唐宋元明清，有相对完备的史料记载；除正史之外，还有地方志、家谱，乃至个人的行状、墓志铭等。其浩繁、严密、系统是世界其他民族无法相比的。历史小说家唐浩明说："读研究生的时候……大家谈到国家和民族的未来，都深切地感到应该对我们过去的历史进行冷静的思考，应该尽我们的力量和才智重新书写我们所认识的历史。"①这种对历史和文化的思考正是引发他写《曾国藩》的主要契机。

二

时代文化精神应当是历史的灵魂，历史是时代文化精神的

---

① 董之林整理：《叩问历史　直面未来——当代历史小说创作研讨会述要》，《文学评论》1995 年第 5 期。

外在显现过程，正如人的行为是人的精神灵魂的显在表现一样。相应地，历史题材创作，就不仅仅是要叙述显在的历史故事、历史情节，还在于对隐而不显的历史灵魂的审视，对历史深处的文化精神的追寻——是怎样的文化精神凝聚着、支撑着、推动着我们这个古老民族从昨天走到今天，古人的足迹为后人昭示了怎样的价值选择，古人的身影留下怎样的人性启示？如果说历史题材创作是今人与古人的一种"对话"，是今天对昨天的呼应，那么，我们的创作，就不能不从历史中吸取文化智慧，辨善恶之分、明兴衰之道、察治乱之理，就不能不追溯我们这个民族赖以生存和发展的自强不息、奋发不已的时代精神。看出在历史这一条长河、一眼深井、一座矿藏里，潜藏着人类进步的激情与动力，显示着人类追求进步的时代文化精神。二月河《康熙大帝》、《雍正皇帝》、《乾隆皇帝》中表现的"康乾盛世"，正是历史深处时代文化精神的艺术再现。康熙、雍正、乾隆是清代，也是我国封建社会的三个有作为的皇帝。康熙、乾隆在位都达60余年，做了许多稳固国防，奖励生产，有利于社会安定的大事；雍正虽只做了13年皇帝，但他在位期间国力也得到极大的加强，为"康乾盛世"的最后辉煌打下了坚实的基础。因此，不论康熙的四下江南，三征西域，征台湾，靖东北，修明政治，疏浚河运，开博学鸿词科；或是雍正的整饬吏治，严禁党争，废除"贱民"，发展生产，巩固边防，加强中央集权，铲除腐败现象；还是乾隆的机智果断，精明强干，历世练达，狂放不羁，勤于政务，潇洒自如等，都经天纬地地把我国几千年的封建政权统治推向了最后一个辉煌。作者以历史的、辩证的态度充分展示和肯定他们对国家和民族所作出的积极贡献，难道不正是中华民族伟大复兴的一种时代文化精神呼应的诉求吗？

　　同时，我们还不应忽视历史题材创作解构时代文化精神的"戏说"现象。所谓"戏说"，仅仅把历史作为"玩偶"而"取乐"的对象，或是抱着以杜撰与捏造史实为"创新"的哗众取宠、耸人听闻的目的，或是抱着完全把历史作为一种文化消费而极尽搜奇猎僻的目的，把严肃的甚至是严酷的历史存在游戏化，使历史题材完全丧失了应有的"历史性"，使历史规律与历史内容的价值在游戏化中被解构一空。毫无疑问，历史题材创作不是历史教科书，应该允许虚构，没有虚构就没有真正意义上的历史小说和戏剧，这是毋庸置疑的。然而虚构不是"戏说"，虚构的历史中包含了严肃的旨趣，而"戏说"则以迎合世俗为目的，格调轻佻。对这二者，我们必须加以明确的区分。前者如鲁迅的《补天》，这篇新型的历史小说并不取材于正史，所写事件也显然不是历史事实；作者的意图也不是普及历史知识，而是有感于中西文化的碰撞，对本土历史文化作审视、反思。他说："原意是在描写性的发动和创造，以至衰亡的，而中途去看报章，见了一位道学的批评家攻击情诗的文章，心里很不以为然，于是小说里就有一个小人物跑到女娲的两腿之间来。"① 借题发挥，并根据自己的现实感受讽喻性地创造情节，俨然已有"戏说"的意味。这里，风格是轻松戏谑的，内涵却是严肃深刻的。作者借用一个神话题材，表达了他的历史文化观念，其高度哲理性和浓郁的象征意味，能引发读者对中华民族命运的思考。换句话说，它表面是"戏说"，实质是"庄说"。而我们现在的一些影视剧，诸如戏说乾隆、戏说慈禧之类。作者的写作不是致力于创造历史的情境和氛围，不是致力于复活特定时代的社会风尚以及这种风尚中的人物行

---

① 《鲁迅全集》第 4 卷，人民文学出版社 1981 年版，第 513 页。

为方式，而是借人物特殊身份之便，编造种种"佳话"、"韵事"。要么是编织一路游戏，一路行侠，一路恋爱的故事，要么是油嘴滑舌地宣扬某种道德伦理，兴高采烈地铺叙种种风流韵事；在风格上，插科打诨，玩弄噱头，消解崇高，一味滑稽，化庄重为笑谈，使作品大失品格。

三

在古代生活的画面里夹杂现代生活材料，是历史题材创作渗透当代意识的重要艺术手段，这种夹杂一般不外乎三种情况：或一致，或微殊，或迥异。一个当代作家不可能具有古代生活的直接经验，除史料的参考之外，自然要参照今人今事作为线索，自然要利用他在现实生活中的生活积累，作为重塑古人的填充料。也就是说，他须得运用现实生活的材料。因此，尽管作者小心翼翼，仍然有可能将现实生活的材料（不管是与古一致还是迥异或微殊的材料），夹带到古代生活的画面里。由此似乎可以说，对于历史题材创作中现实生活材料的有意或无意的夹带，历史发出的不是禁令而是限令。在一定的限带量以内，不管是有意或无意的夹带都不应引为诟病。

历史题材作品既然是一种艺术创造，就必须渗透作家的主体意识。这样，其叙述就常常摆脱历史客观时空的拘囿，而以一种主观的时空构架来强化叙述对象与现实的精神连接，从而缩短历史与现实的客观距离。它促使作家在历史与现实之间获得了更多的灵性发挥，让人物也可以获得尽情表现的空间。

历史观、叙事性与 20 世纪中国历史小说

在中国古代文化史上，"小说"与"历史"是由一种统一文体逐渐分化而成的。"历史小说者，专以历史上事实为材料，而用演义体叙述之，盖读正史则易生厌，读演义则易生感。"[①]历史观与叙述方式的变革，是 20 世纪中国历史小说这种统一文体极其有限的独立性的延续，又是"五四"新文化运动之后的一种新的文学体裁，它包括既定的历史事实或故事以至神话传说为题材的创作，大体"是指由我们一般所承认的历史中取出题材来，以历史上著名的事件和人物为骨子，而配以历史的背景"[②] 的创作。这就是 20 世纪中国作家以现代的历史文学观念作支配，以现代意识去观照历史事件和历史人物而创作出来的新型文学形式。

从总体上来说，历史小说是 20 世纪中国文学"再造中华文明"的一道亮丽风景，这道风景的出现既是这个世纪中国社会风云变幻在文学艺术中的形象反映，也是这种小说形态最终完成分化的过程取得与历史并立的独立的文化地位的一个重要标志。它不仅融会了现代人"复杂情感的千古人生、丰富多彩

---

① 参见《新小说》报社撰写的广告《中国唯一之文学报〈新小说〉》征稿第三项内容，《新民丛报》1902 年，第 14 页。

② 郁达夫：《历史小说论》，见《郁达夫全集》第 5 卷，浙江文艺出版社1992 年版，第 193 页。

的文化底蕴和难以尽述的历史风流"①，表达着对历史的哲学观照，对人类精神境界的执著追求，而且在题材上开辟了新的疆域，在历史由叙述赋予意义上进行了许多有益的尝试。从20世纪中国历史小说这一独特的窗口，既可观察20世纪中国社会发展的基本状况，也可透视20世纪中国知识分子的艰难人生历程和曲折心路历程，从而表现出别的小说类型所不可能具有的深厚的文化意蕴。因此，作为一种具有独特品格的文学史现象，其借鉴意义的深刻性是毋庸置疑的。本文试对此进行宏观的整体性综合研究。

一

20世纪中国历史小说的发展轨迹大致可以分为四个阶段：第一阶段为1916年至1926年，这是新的历史文学观的诞生期；第二阶段为1927年至1948年，这是多种历史文学观并存繁荣期；第三阶段为1961年至1979年，这是单一历史文学观曲折生存期；第四阶段为1980年至2000年，这是历史文学观念多元互渗的发展期。综观20世纪中国历史小说走过的发展道路，其演变的动因：一是社会经济、政治的时代潮流的影响，二是历史小说家自我文化环境和内在文化感受的作用。

"五四"文学革命运动的兴起，意味着近代思想观念在中国的传播和确立。西学新思潮的传入，对当时中国的维新改良及反满革命派都有影响，对当时中国的文化学术，也颇有触动。梁启超提出的"小说界革命"，极力推重小说的社会"群

---

① 董之林整理：《叩问历史　面向未来——当代历史小说创作研讨会述要》，《文学评论》1995年第5期。

治"作用，指出小说有"四种力"，主张提高小说的地位等，就是受到西方近代小说观念的影响。但是，受西方新思潮影响最深的还是作家。新学的侵入，使绝大多数新文学作家都把自己的目光专注于对现实社会生活的描写和对自我现实苦闷的宣泄。而且，在他们的眼里，现实与历史是没有严格区别的，现实就是历史，历史就是现实；对现实的解剖就是对历史的解剖，对历史的解剖同样也是对现实的解剖。于是，他们就运用历史小说的形式来实践自己的文学主张，即在形式上突破传统历史小说的束缚，在内容上注重表现个人道德与解剖文化，而不那么注重历史小说以"拘牵史实"的确凿历史资料来刻画历史人物所具有的优越性，所"用的只是历史家记录下的事实的一鳞半爪"的这样一种新型的历史小说形态。鲁迅1922年发表的《补天》，就是这样一篇具有开创意义的历史小说。在一部《中国现代小说史》中，作者说："如果说，'意在暴露家族制度和礼教的弊害的'的《狂人日记》是中国现代文学史上第一篇白话小说的话，那么，歌颂创造精神的《补天》则是新文学史上第一篇历史小说。《补天》同《狂人日记》、《孔乙己》、《药》等一样，它从一个侧面显示了五四文学革命的实绩，并标明中国历史小说艺术发生根本变革，为现代历史小说发展奠定了基石。因此可以毫无夸饰地说，中国文化革命的主将鲁迅是中国现代历史小说的伟大的开创者和革新者。"①1926年鲁迅发表的《奔月》、《铸剑》，也是"取古代的事实，注进新的生命去，便与现代人生出干系来"。它们或取材传说，讽刺那些"挂新招牌的利己主义者"；或据史实点染，鼓吹反抗和复仇，

---

① 田仲济、孙昌熙主编：《中国现代小说史》，山东文艺出版社1984年版，
第455—456页。

对人世有所劝诫，这些都有明显的讽喻现实的意味。又如郁达夫《采石矶》、郭沫若《漆园吏游梁》、《柱下史入关》、《马克思进文庙》、冯至《仲尼之将丧》等，不仅把小说的触角伸到了历史人物的心灵深处，不只是一般性地揭示其成败忧乐问题，而且作家的视点已经深入地洞察到了隐藏在历史人物身上的"现实"，表现出了对固有历史记述的超越态度。此外，这一时期历史小说在长于知己而暗于知人，强于主观抒情而弱于客观描写上也是明显不同的。个性主义是表现怀才不遇的知识分子的苦闷、忧郁的心情，带有明显的自我哀怜的性质和对现实理念进行反叛的色彩。如郁达夫《采石矶》中的黄仲则，郭沫若《司马迁发愤》中的司马迁，《贾长沙痛哭》中的贾谊等，都"从那精练的文字中表示一种单纯的情感"。而个人主义则把社会矛盾个人化、道德品质化，带有个人道德的谴责的色彩。它更多地从个人道德品质上来感受自己与周围社会的矛盾和分歧。如郁达夫笔下戴东原固有的文化权威和个人的道德品质，郭沫若把孟子想象成一色情狂和宗教狂的畸形结合体，孔子则是一个虚伪多疑、领袖欲极强的人，等等。在表现手法上也摆脱了纯粹的纪实倾向，有了较浓厚的抒情意味和象征色彩。虽然这一时期这类历史小说数量还不是很多，但由于它们在内容形式上与白话小说的主题形态与表现方法在精神上有相通之处，因此，我们说20年代是20世纪中国历史小说的诞生期则是无可置疑的。

20年代后期到40年代，中国历史小说开始了它的繁荣期。这种繁荣并非空穴来风，它是中国社会的政治、经济、文化动荡变迁的直接结果。首先，阶级矛盾、民族危亡激发了作家悲愤的创作之情。1927年大革命的失败使全国处于一片白色恐怖之中。1931年"九·一八"事变之后，日本帝国主义侵占了中国的东北，并不断向内地侵蚀；1937 年以"七七"事变为标志，日本帝国主义发动了全面的侵华战争。面对"中华民族面临生死存亡的实际威胁"，中国新文学作家是"坚持民族主义立场，坚持民族气节的人"的中坚，他们内心的焦虑不安，引发内在的精神需求，极大地刺激了他们的创作欲望与灵感。这样，普遍高涨的阶级意识、爱国意识和革命意识就转化为新文学作家共同的思维定式。郭沫若回顾他的历史小说创作时说："我的好恶的标准是什么呢？一句话归宗：人民本位！"① 这不仅指导着他对历史人物的评价，也指导着他在历史小说中对人物形象的艺术处理。1936 年他出版的《豕蹄》，就是站在这一立场来褒贬毁誉历史人物，并以在历史上有无进步作用及对当时的人民态度为出发点。郑振铎在民族危机日益深重的形势下，其爱国思想与革命热情更加炽热。他的历史小说《桂公塘》高歌民族英雄文天祥的不屈精神，肯定人民群众推动历史进程的伟大功绩，就是这一爱国思想的具体体现。其次，文网森严的险恶环境，限制了作家的创作自由，但这种积压又使他们在历史的尘埃中找到适意的化解方式——把笔触从现实伸向历史，由当前转向远古：或对现实的印证、鼓励，以振奋民族精神激发自信力；或对现实厌恶、逃避，作纯情感的描摹与探索，寻找一种没有对应的讽喻方式。前者如茅盾的《大泽乡》、《石碣》，它"善于从阶级意识去描写人物的立身行事"，集体的力量和作用得到充分的表现和肯定，革命斗争的前景也充满了希望和光明；后者如谭正璧《奔月之后》、《女国的毁灭》，它是历史爱情小说意义却不在"爱情"，而是冷酷无爱的现实

① 郭沫若：《历史人物·序》，见《郭沫若全集·历史篇》第 4 卷，人民出版社 1982 年版，第 3 页。

与历史的爱情梦幻故事之间的对立。正如有论者所说："在那时能够选取又有些趣味性的历史题材，也就主要是爱情的故事了。但也正因为他只选取这类的题材，所以这里的爱情的题材所表现的也就不主要是爱情了。"① 正是这两者的错位才从不同侧面为历史小说的繁荣提供了厚实的基础。

这一时期历史小说的繁荣突出地表现在两个方面。一是创立了具有自己独特艺术品格与文化属性的长篇小说，在内容上通过对普通人日常生活描写来表现特定的历史氛围，强化普通人在生命体验上的新异性、现场性与行动性，同时注意揭示普通人与人类自己创作出来的特定历史之间的分裂、对立与抗衡；在形式上以技法的娴熟性、创新性与开放性为动力，构建典雅的词藻、现代的形态，前卫的观物角度与想象方式，使历史小说在艺术上保持一种鲜活的自我更新力量，以适应历史生活的真实、繁复、多元与变异。李劼人《死水微澜》、《暴风雨前》、《大波》就是这样一种开拓。有论者指出："李劼人历史小说的新创作模式……借助于无主要人物和主要情节的全开放性框架，力图把历史还原为由重大历史事件、社会日常生活、家庭私生活组成的宏大生活流，熔政治、军事、风俗史为一炉。"② 它们的出现是这一时期历史小说创作中重要的文学史现象。二是历史小说的创作形成了类型纷呈的局面，这里首先应提到以施蛰存 1932 年出版《将军底头》为代表的心理分析型历史小说。严格说来，施蛰存的心理分析历史小说，并非为了表现"历史"，只不过是从古代历史人物中寻找题材，来写

---

① 王富仁：《中国现代历史小说论》，见《现代作家新论》，山西教育出版社 1998 年版，第 428 页。

② 杨继兴：《长篇历史小说传统形式的突破》，见《李劼人作品的思想与艺术》，中国文联出版公司 1989 年版，第 5 页。

心理分析小说。所以，它们自身的"历史"的意义是极小的。但是，它们又确实为历史小说的创作开辟了一条崭新的途径。此外，以孟超的创作为代表的农民起义型历史小说，用主流的旋律、急促的节奏、坚实的语言表达农民起义对现实的反思；在写法上有所开拓的刘圣旦，"他写农民的朴素意识，那么浩大的事件，就是这么简单的登场了"，从容、轻松而又开阔。还有政治斗争型历史小说，如宋云彬《玄武门之变》、许钦文《牛头山》；人生哲理型历史小说，如冯至《伍子胥》以及谷斯范《新桃花扇》等，都堪称这一时期历史小说的力作。在文学历史上，类型纷呈、观念并存往往是一种文学现象成熟与繁荣的标志。虽然就这一时期的历史小说而言，我们所说的类型并非就是历史小说本身已出现的所有类型的全部，而是指由于大量新的历史小说作者的涌现和一些重要作家的纷纷介入，不仅促进了历史小说创作的成熟与繁荣，而且也是我们民族当代精神风貌的展示与体现。

新中国成立后的近30年间，历史小说创作一直在低潮、曲折、停滞之间徘徊，因为新中国是从废墟上的重建，通过形象化的手段，反映与促进社会主义政治、经济制度的建立与巩固，是当代文学义不容辞的责任。在如此重大的政治问题面前，历史小说所热衷关注的历史问题已经显得相当的渺小与不合时宜，至少是已经退居很次要的地位。而1957年的反右运动，展开的对"现实主义深化论"、"干预生活"的批判，又使得作家不得不回避直面人生、指陈时弊的创作而转向历史。于是，郭沫若、田汉在50年代末都转向了历史剧的创作。"相形之下，历史小说却成了'冷门'。"直到1961年至1962年，陈翔鹤、黄秋耘、冯至、姚雪垠等才创作出一批"让人闻之而喜"的短篇历史小说，这是因为小说所受到的审查与限制要少一些，因而不时从层层夹缝中表现出一种真实的个人性的东西。所以与田汉相比，陈翔鹤等人表现知识分子心态的小说有更多的私人话语成分，被称之为当时的"空谷足音"。1963年姚雪垠出版了长篇历史小说《李自成》第一卷，它以李自成起义为题材展现了一幅中国封建社会百科全书式的画卷，是当代文学史上罕见的鸿篇巨制。正是这样，在历史小说创作基本处于停滞与曲折的时候，这些作家却执著地用他们对历史的诗意的思考，保持了历史小说特有的文化属性与精神品格，也就"引发了一个小小的历史小说创作高潮"。然而，随着1964年《海瑞罢官》遭到批判，影射之说纷起，"文革"发生，陈翔鹤的《陶渊明写〈挽歌〉》被诬为"通过历史题材进行反党反社会主义的宣传"，"替反革命、右派作家喊冤控诉"，"影射两条路线斗争"[1]，要翻"庐山会议"的案，姚雪垠的《李自成》也受到所谓"歪曲了农民革命领袖形象"的谴责。从此，历史题材被视为畏途，历史小说的写作实际上已经丧失了它内在的精神冲动，此后十多年间几乎是一片空白。

　　新时期历史小说的走向繁荣与多元发展，是1976年10月"文革"宣告结束，知识分子精英意识的觉醒，"五四"新文学传统回归的形象反映。第一，作家对民族的反思，推动了历史小说的发展。"文革"后对民族的反思作为文学来说，是从历史题材创作方面找到了一种方式，或一种载体，即从民族心理、文化意识和传统观念等各个方面，反思我们民族的优秀传统及其劣根性，以便从中找到抚慰灵魂的精神寄托、振兴民族的发展道路。80年代的历史小说家，像姚雪垠、任光椿、徐

---

① 颜默：《为谁写挽歌——评历史小说〈广陵散〉和〈陶渊明写挽歌〉》，《文艺报》1965年第2期。

兴业、蒋和森、杨书案等，"都是在政治上遭受过不公正待遇的人。生活途程上的颠簸，使他们常常陷于极大的痛苦、矛盾和忧愤之中，也锻铸他们对现实和历史的深沉思考。但命运的困境又使他们无法直抒胸臆，吐露自己对祖国、人民的一片真诚，更无法通过对现实生活的深刻表现以阐发自己的思想见解，于是，也就很自然地把探索生活的眼光转向了历史，希望从历史生活中寻找现实生活的镜子，从历史发展的辩证法中获得生活的信心和精神解脱。"[①]而90年代，像凌力、刘斯奋、唐浩明、二月河、颜廷瑞等，则是创作上革故鼎新的开拓者。精神枷锁的废除，现代社会结构形式的初步形成，从根本上改变了知识分子的命运，传统儒家和道家文化为中国古代知识分子提供的人生哲学观念已经很难满足中国现代知识分子的需求，用一种新的人生哲学观念代替固有的人生哲学观念已成为一种内在的需要，于是，他们很自然地把笔力集中到中兴帝业与文化底蕴的开掘上，以"整体水平的稳步上升"，推动着历史小说创作走向繁荣。第二，作家突破了过去阶级斗争的单一视角，采取宏观的文化视角，使艺术视野变得空前开阔，"禁区"、"死角"相继打破，历史小说由此获得多元发展，呈现出一个五彩缤纷、绚丽多姿的艺术新天地：既有科学文明与愚昧落后的斗争，为民请命的"脊梁"与贪官污吏的交锋，嫡庶之间争夺君权的冲突；也有骑马打天下的开国皇帝，纵情声色的末代亡国之君，苦心经营的中兴之主。既有农民起义军内部的纠讧，封建知识分子的失意痛楚，深宫闺阁的儿女之情；也有民族矛盾的烽烟尘器，焚书坑儒的流血事件，戊戌变法的惨

---

① 陈美兰：《中国当代长篇小说创作论》，上海文艺出版社1991年版，第27页。

痛结局等，其题材领域的广阔多样，是"五四"以来所仅见的。而且，这种广阔的艺术天地留给人们的思考，几乎是没有止境的。比如，从《李自成》、《风萧萧》、《星星草》等，写先胜后败农民英雄起义的小说，它告诫人们的是怎样防止胜利以后蜕化腐败、骄奢淫逸和封建皇权思想死灰复燃，怎样防止起义者内部分裂，出现叛徒等；从《戊戌喋血记》、《少年天子》、《雍正皇帝》等，写革故鼎新、变法图强的皇帝、大臣的形象，目的在于或以变革成功、开一代新风的胜利来祝福今天的改革进程，或以审时度势、循序渐进的经验教训警策今人，或以古代改革家可歌可泣的悲壮情怀激励当今等；从《白门柳》、《曾国藩》、《老子》、《孙武》等，写古代思想家和文人学者形象的小说，是为了对当代文化的批判、反思、价值重构和对传统文化的再评价。第三，写出人物精神思想的深度与人格人品的崇高，更能深化作品的历史感与震撼力。历史小说，是以描绘历史上人的生活、深入并展示人的灵魂为目的的。而且，历史小说所塑造的典型形象，大都是"历史上著名的人物"，他们都曾以其历史作用而名垂千古、流芳百世。所以，他的胸怀大志、勇往直前的精神，坚忍不拔、百折不挠的斗志，临危不惧、宁死不屈的气概都是可歌可泣、震古烁今的。比如，耶律大石的英雄气概和勇武韬略，就是《金瓯缺》最为精彩的篇章；李自成的高瞻远瞩、骁勇善战，又是《李自成》最为动人的画卷；还有侧重于清代前期帝王业绩的《百年辉煌》，侧重于南明王朝士子生活的《白门柳》等，都蕴涵了深刻的人民性思想，记载着高洁的人文主义精神。这些人物既是一个时代历史风貌与特征的显示，又曾推动过社会的进步，历史的发展。而表现历史人物人格人品和人性人情的作品，更是满含特定的历史内容、社会内容和文化内容。因为信念、气节、操守、文明等为人的品性和精神境界，除了其内容的真实性与深刻性，还能引起人们的关注和共鸣。谭嗣同（《戊戌喋血记》）令我们肃然起敬，庄妃（《庄妃》）令我们感叹不已，王安石（《汴京风骚》）令我们同情惋惜，曾国藩（《曾国藩》）令我们深长思之，等等。这些作品中人物形象的闪光之处，与其说是他们政治倾向性及政治行为的成功与失败，不如说更在于他们人性的光辉，人格的力量，感情的丰富与力度。正是这些，为 20 世纪中国历史小说这一独特的风景增添了光彩夺目的一笔。

二

历史的观念是从历史的变迁和发展的思考中引申出来的，是感受和评价历史现象和历史变化的相对统一的角度和观念。与其说历史小说的历史观念是文学侧重史学的一种表现，不如说这种历史观念本身更注重文学。但从哲学意义上说，历史观念是历史小说家创作的先导，是一面思想的旗帜。所以，历史观念的变化对历史小说创作的发展具有重要的意义。20 世纪中国历史小说的发展，就是伴随着历史文学观念的演变而更新、而发展的。它的新颖性、独创性，就像"反对旧文化，提倡新文化"的"五四"新文化运动一样，是一场深刻的革命。

英雄创造历史的历史文学观，是中国历史文学一个颠扑不破的文学观，从神话传说的"羿射九日"、"精卫填海"到史前文学的《左传》、《史记》，从宋元话本的《汉书》、《变文》到明清小说的《三国演义》、《水浒传》，英雄创造历史都是它们生生不息、延绵不断的历史文学观念，以至积淀成一种根深蒂固、牢不可破的精神文化。然而，"五四"新文化运动之后诞生的中国现代历史小说，却解构了这种英雄创造历史的历史文学观。如果说鲁迅的第一篇历史小说《补天》是中华民族的创始者的悲剧，《奔月》则是中华民族的英雄悲剧。古代神话传说中的羿是一位曾经射落九日、拯民于水火的英雄，在他身上体现了英雄战胜邪恶的理想力量。但《奔月》却承接着古老传说的思路去续写后羿在射日之后生存于农耕时代的种种际遇。故事的重心转移之后，作品合乎逻辑地展开了一个有高粱田、母鸡、锄头、纺锤的生活环境，这里再也没有封豕长蛇，没有黑熊和山鸡，野兽猖狂的狩猎时代早已过去。在这种环境中，善射的羿已经英雄无用武之地而陷入了"无物之阵"的悲哀。这样，作品又水到渠成地倒转成了英雄末路的故事。逢蒙的背叛和妻子的遗弃更使羿雪上加霜，只能深深地陷入孤寂、困顿的境地，并随之而萎缩下去。作品最后射日的场面只能是对当年射日的滑稽模仿：用射日的强弓利箭对准月亮，"这一瞬间，使人仿佛想见他当年射日的雄姿"。但射日的英雄现在连射月都不成，无奈之下只好奔月，拯世变成了弃世。在这个文本中，羿作为古代英雄的精神终于被世俗性社会所消解，表现出某种人生的错位。正如有论者判断："这是一个有英雄但却没有普遍的英雄精神的民族，多少英雄都被它白白地牺牲了，而到头来它仍然只能败于金，败于元，败于满，败于帝国主义侵略者。"①鲁迅对英雄的解构，超越了历史家对历史人物和历史事件的历史记述。不论是女娲、羿、墨子、禹、老子、孔子、伯夷、叔齐，都使我们看到了他们的另外一些侧面，从而对他们产生了一种新的印象，改变了对他们固有感受和理

---

① 王富仁：《中国现代历史小说论》，见《现代作家新论》，山西教育出版社 1998 年版，第 361 页。

解。施蛰存对英雄的解构，则是从人的性心理出发，把人的性本能的潜在作用普遍地纳入到对历史的理解和表现中。在《将军底头》背后，在"爱"与"死"的故事模式叙述中，都隐藏着一种反叛历史的动机。而这，正是《将军底头》的深层意义。那个表面慈善和虔诚的佛教大师鸠摩罗什，那个有着赫赫战功的花惊定将军与平章王段功，还有那个执侠仗义的水浒英雄石秀，不都是在中国传统文化语境中被人称赞的人物吗？然而，在施蛰存的笔下，他们一个个都被剥落了神圣的灵光和威严的光泽。虽然他们有着非凡的一面，但同样也有着平凡的一面；他们有理性的追求，更有着情感的渴望；灵与肉、崇高与卑下、神性与人性，纠缠、交织在一起，构成了一个立体感的真实可信的人物形象。这样，施蛰存一反几千年来的传统历史的定论，大胆反叛中国古老的英雄观、伦理观与宗教观，这是其解构历史动机的核心所在。于是，他通过形象的文学作品解构掉英雄的、神圣的、威严的历史，呈现在读者眼前的是一种崭新的、人性的历史，即施蛰存心中自我的历史。施蛰存正是根据自己对历史的理想来撰写历史小说的，在创作过程中又有意无意地对历史史实进行扭曲与变化，以便符合人性的历史真实。类似的作家，还有郭沫若、王独清、废名等，他们对英雄的解构，都表现着对固有历史记述的超越态度。然而，正是这种超越深化了历史文学观的变革，从而催发出一种崭新的历史小说形态的诞生。

人民创造历史的历史文学观，是马克思主义阶级和阶级斗争学说在中国知识分子中传播的结果，也是马克思主义这一学说在中国具体转化为历代政治统治政权与低层社会群体自发反抗二者之间的斗争，并以这种斗争看待中国历史的发展和社会的进步的。毛泽东说："中国历史上的农民起义和农民战争的

规模之大，是世界历史上所仅见的。在中国封建社会里，只有
这种农民的阶级斗争，农民的起义和农民的战争，才是历史发
展的真正动力。"① 孟超在 1929 年发表的《陈涉吴广》，就是作
家面对社会的专制和腐败而找不到现实地改变社会的和平方
式，转而希望用武装的力量推翻现实政权而重新建立新的社会
制度。第一次把中国历史纳入到统治阶级和被压迫阶级的对立
和矛盾中来描写的。小说写的虽是大泽乡起义的过程，却似在
告白中国共产党领导的革命是在受到国民党的残酷镇压之后不
得不采取的生存方式，也似在号召那些在新的更残酷的专制压
迫下走投无路的人必须起来反抗。刘圣旦《新堰》、《突围》、
《白杨堡》又从朴素的生活写起，把农民起义的过程写成他们
日常生活发展的一种自然结果。这些都是此前中国历史小说家
还未涉及的题材，作为一个历史现象和文学现象，其意义都非
同小可：在马克思主义史学之前，中国的历史学家只在社会上
层的各种不同政治势力之间的斗争中描述中国的历史发展，它
无法使人看到广大没有社会权力的人民群众在中国历史发展中
所起到的作用。中国的马克思主义史学第一次把中国历史纳入
到统治阶级和被压迫阶级这个上下两个社会集团的对立和矛盾
中看待和分析，虽然这并不是一个唯一有效的角度，但至少是
一个可能的、有重要意义的角度，它揭示了此前中国历史家所
未曾揭示过的历史内容。虽然中国现代的历史小说家是在一种
极特殊的境遇中发现中国古代农民起义这个历史题材的。

　　但在新中国成立以后，姚雪垠的《李自成》则把这一题材推
到了主流的位置。《李自成》选取的是中国古代许多次农民起义中

---

① 　毛泽东:《中国革命和中国共产党》，见《毛泽东选集》第二卷，人民出
　　版社 1991 年版，第 625 页。

最著名、规模最大、最有代表性的一次，它起自陕西，横扫中原，席卷大半个中国，前后经过长达16年之久的反复、曲折、艰苦的斗争，最后终于打进北京，推翻了明王朝。这说明，在阶级社会的历史上，生产关系的根本变革，社会制度的新旧更替，都是通过阶级斗争，由人民群众推翻反动统治阶级的社会革命来实现的。人民群众是社会革命的主体，一切真正的革命运动，实质上都是劳动人民自己起来摧毁那些腐朽的社会制度的斗争。尽管后来李自成建立的政权在清兵入关后迅速失败，但明末李自成起义却是一件了不起的历史事件，是一次惊天动地的革命壮举。选取这样一场革命斗争作为描写的题材，这本身就富于开创性。《李自成》不仅因此成为20世纪中国历史小说题材创作中的鸿篇巨制，而且也是"一部无愧于我们伟大时代的文学巨著，成为一部较好地体现我们伟大国家风貌的作品"[1]。从此，人民创造历史的农民起义历史文学观在之后的几十年间，一直是中国历史小说致力开垦的一块热土，无论在数量或质量上都创作出了一批成就较著的优秀作品，如《星星草》、《天国恨》、《大渡魂》、《风萧萧》、《九月菊》等，纵观这一历史的长河，人民群众、社会中大多数人的人心向背，始终是社会发展中经常起作用的因素。人心之所向，体现着不可抗拒的历史潮流，代表着每一历史时代的时代精神，预示着社会进一步发展的方向。因此，这些作品就揭示出了一条颠扑不破的真理——人民群众才是推动历史前进的主体力量。

偶然创造历史的历史文学观，是较多地关注和表现历史的偶然性、历史的不确定性，来揭示历史本质的一种创作观念和

---

① 严家炎:《李自成初探》，见《历史小说评论选》，湖南人民出版社1983年版，第13页。

创作方法。在真实的历史中，辉煌的东西只是历史的偶然，平凡的才是历史的本体；在历史的表层上演的戏剧，是在历史的深层酝酿而成的，所有的历史人物和事件都是在自己的关系中产生和发展，它们的真正意义是在这关系中可以这样出现也可以那样出现的、不确定的趋势中呈现出来的。《戊戌喋血记》中谭嗣同为推进新政，毅然奉召入京，协助清德宗——光绪主持变法维新事业。当谭嗣同从接到清德宗的"衣带密诏"开始，"知道皇上处境险恶，新政难保"。于是，谭嗣同夜见袁世凯，企图说服他"带数千新兵入津，宣读皇上密诏，捉拿荣禄正法，然后布告安民，入京勤王，守护皇上，保卫新政"。谁知，袁世凯连夜告密，慈禧、荣禄发动政变，"戊戌六君子"倒在血泊中，从而改变了维新志士的命运，改变了清德宗的命运，使袁盖棺论定为告密者，也改变了小站新兵的命运，使之由推进新政的生力军沦为百日维新的刽子手。这样的结局谁也没有料到，连处于争斗旋涡中心的清德宗也没有料到，谁会想到有意去说服袁世凯，要袁世凯来除去当时手握兵权的荣禄，结果反被袁世凯出卖呢？谁会想到，因为一个夜访而了却"戊戌六君子"悲壮的一生呢？这一切都显得有些荒唐。时乎？命乎？谁能说得清楚呢？凌力《暮鼓晨钟》中当朝第一勇士鳌拜，一个战功显赫、英勇无敌的辅政大臣，他对少年康熙，抱有父亲般的情感，又爱又恨，恨铁不成钢，既宠又怕，怕他毁掉祖业，由于被误认为是急于取康熙帝位而代之的篡逆者而被"智擒"。鳌拜惨死在少年康熙的手下，没有历史的必然性，纯粹是出于被以为的偶然原因。如果顺治皇帝不是因为 23 岁就去世或出家，那么就没有鳌拜的悲剧发生。历史的偶然因素不经意地参与到历史事件中来，却能产生谁也无法预测的严重后果，甚至彻底改变一个人的命运。

那么，历史是确定的么？历史的发展究竟是必然的，还是偶然的？应该说，历史的偶然性是历史生活中大量存在的现象。历史正是由于诸多偶然事件的参与而经常发生奇特的变化，使之呈现出某种无确定性。马克思主义重视历史的偶然性，因为它是一种客观的历史存在。恩格斯说："在历史的发展中，偶然性起着自己的作用。"[①] 马克思也说："如果'偶然性'不起任何作用的话，那末世界历史就会带有非常神秘的性质。"[②] 但另一方面，历史的偶然性又是历史必然性的反映。对此，恩格斯还接着说："而它（偶然性）在辩证的思维中，就像在胚胎的发展中一样包括在必然性中。"[③] 试想，如果不是施政方针上恪守祖制与时移事异及时变通的复杂而尖锐的斗争形势，如果不是形成了一支拥帝派的拱卫力量，那么鳌拜也许不会惨死在自己辅政主人的刀下，满人勇武剽悍之气也许不会最终迅速退化。如果不是袁世凯在小站新兵中的巨大影响，不是袁世凯对清德宗的"忠心"以及谭嗣同对袁世凯的"信赖"，那么夜访袁世凯也许就不会发生。正因为有了这些特定的条件，才使得这种历史的偶然中反映出历史的必然来。因此，偶然创造历史文学观，较多地关注历史的偶然性，有利于拓宽文学对丰富复杂的历史生活的反映，对历史真实的触摸。当然，历史小说家在肯定历史偶然性的同时，既要看到它是一种有益的调整和补救，具有创新与开拓的意义，又不能将它与历史的必然性对立起来，否认历史的必然性，着意表现一切事物都是偶然的，偶然性支配、主宰一切，根本没有历史的必然性和规律性可言，历史毫无确定性，甚至不可知，这就失之偏颇值得

① 《马克思恩格斯全集》第 20 卷，人民出版社 1971 年版，第 565 页。
② 《马克思恩格斯全集》第 33 卷，人民出版社 1973 年版，第 210 页。
③ 《马克思恩格斯全集》第 20 卷，人民出版社 1971 年版，第 565 页。

研究了。

三

20世纪中国历史小说历史叙述的氛围创造、审美取向和结构形态，都是由于历史观念的演化及其影响而发生深刻的艺术变革，并形成了自己独立的品格与特征。

"分久必合，合久必分"作为传统历史文学观，它是社会发展过程中的一种历史辩证法。从历史观上说，是指中国封建社会不断地从统一走向分裂，同时又不断地从分裂走向统一的一种普遍的、带规律性的历史现象；从艺术辩证法上说，它是一种审美趣味的调整，当一种欣赏习惯成为定式，人们就需要新的审美对象的轮回，从而把欣赏心理螺旋形地推向更高的层次。历史叙述氛围创造的写意求真，就是以轮回的方式出现在创作实践中的。20年代，鲁迅《故事新编》在写意氛围的创造上就不是停留在忠于历史和历史事件本身及其过程的表面铺陈上，而是深入到历史及历史人物的精神实质中去，进行了充分诗意化、哲理化的艺术再创造。也就是说，在对待历史的态度上，鲁迅十分忠于史实，他在对神、英雄、哲人的叙述中间，每每都横亘着古文献的叙述，但鲁迅的叙述是对叙述的"重新"叙述，他不是在外部把握其恒常的特征，而是进入内部发现其精神的动态发展、变化以及重新组合重新解构的可能性，特别是在史无明载的地方，他又加上大量不违背历史常情的、能融洽于那个时代氛围的虚构。所以，《故事新编》的真实不是那种纤毫毕现的真实，而是形神兼备、虽幻犹真的写意真实。在此基础上再加上一点"油滑"，就在"似与不似"之间碰撞出新奇的美学火花，它包括了指涉对象却大于指涉对象，遥与社会人群中或一生态、事态、心态契合，所讽者小，所刺者大，把艺术内涵提高到了超越个人攻击和简单影射的"形而上"层面。到了 40 年代，历史小说创作又出现了从哲学上透析古代人物精神生命的写意的真实氛围。冯至《伍子胥》以精神历程、人生体验的思辨写意，写出伍子胥为父兄报仇，不是主动的接受，也不是任何人的给予，而是他内在精神的呼唤。他只有在这复仇的意向里，才有生存的意义和价值。于是，他承担了它，他就成了一个充满英雄气质的人，一个在精神上顶天立地的人；成了有力量的人，成了可以历尽千辛万苦而精神意志不疲的人。这就是他以自己的独立的力量完成自己的历史使命，完成自己的生命价值。透过这种以思辨为主体的理念结构，在伍子胥的精神生命中，他是感受到世界的爱，也感受到世界的恨；感受到和平生活的美，也感受到战争带来的灾难；感受到人的崇高的追求，也感受到卑鄙无耻的叛卖；感受到人的聪明智慧，也感受到人的愚昧迷信。所有这一切，都丰满着他的内在精神，但都无法使他放弃自己的生命的价值，从而也感受到自己的存在价值。这种精神历程的深刻性，都是从历史小说的创意与文体，在整体上富于思辨意识中显示出来。这种精神氛围的创造与鲁迅的人生氛围的创造都是独创的，但又是在较高层次上艺术辩证法的轮回。

而写实求真，就是以历史生活中的真实为基础，营造真实的历史氛围。20 世纪 30—40 年代是中国现代史上民族矛盾最为尖锐的年代，暴露黑暗、反抗现实，鞭挞丑恶、激励爱国，成为历史小说的艺术使命；真实地再现历史社会生活氛围，成为历史小说集中的聚焦点。于是，以朴素氛围写起义的《夥涉为王》、《陈胜起义》、《禁军教头王进》、《北邙山》等，以对比讽刺氛围写爱国的《桂公塘》、《瞿式耜之死》、《东窗之下》、

《叶名琛》等，以智慧幽默氛围写政治的《牛头山》、《玄武门之变》、《焚草之变》、《垓下》等，整体而言，使原来择取史实逸闻入书的历史演义，被再现历史风云的逼真氛围所代替。新中国成立后及其80—90年代，这种再现逼真历史氛围的传统得到延续和发展。我们从姚雪垠《李自成》、徐兴业《金瓯缺》、任光椿《戊戌喋血记》、二月河"帝王系列"等作品里看到了农民起义的风起云涌、金瓯残缺的曲终生寒、戊戌维新的失败告终、三代帝王的百年辉煌的历史真实，看到了历史社会中人格的崇高，也看到了人性的扭曲；看到了传统文化的精髓，也看到了知识分子的严重"异化"。正如《死水微澜》作者李劼人说的："把几十年来所生活过，所切感过，所体验过，在我看来意义非常重大，当得起历史转折点的这一段社会现象……把它反映出来。"①《白门柳》的作者刘斯奋"不仅致力研究历史事件档案中记载了的东西，同时也力图旁及历史事件档案中所'没有'记载的东西……充分调动起来为创作服务"。②郁达夫写黄仲则，唐浩明写曾国藩，都源于此。而且，还要"让读者明白你写的是明代而不是晋代；同是写清代的故事，要写出清初、清代中叶，或者晚清不同的历史氛围"③。比如凌力写清初《少年天子》与写晚清《梦断关河》的历史氛围就几乎不同。而姚雪垠《李自成》写明末风情的长城内外、秦淮风月、京都繁市、乡村僻野、宫廷官邸、战场军营以及北京

---

① 李劼人：《〈死水微澜〉前记》，见《李劼人选集》第1卷，四川人民出版社1980年版。
② 刘斯奋：《白门柳·跋》，见《白门柳》第3部，中国青年出版社1998年版，第627页。
③ 董之林整理：《叩问历史 面向未来——当代历史小说创作研讨会述要》，《文学评论》1995年第5期。

的灯市、米脂的乡俗、河南的婚礼、相国寺的风光、百姓的朝山、巫婆的下神，同二月河"帝王系列"写清初风情的饮食服饰、里巷杂业、蓬门荜户、宫廷庙堂、青楼红粉，勾栏瓦肆以及帝王的祀祖、皇家的婚娶、王位的争夺、满族的围猎、骚人的宿命、江湖的郎中等，又完全是不同氛围的一种风情画。由此可见，20世纪中国历史小说是在十分广阔的背景下展示了氛围的创造是由写意到写实，又由写实到写意的一幅螺旋形辩证发展的艺术画卷。

从历史观念上看，循环论带有悲剧色彩，它认为事件的发展只有量变，没有质变，只是不断地循环往复，简单地周而复始。古希腊阿那克西曼德说："万物都在无限中产生，而又消灭复归于无限；因此有无穷个世界连续地从它们的始基中产生，又消灭复归于它们的始基。"[1]鲁迅一贯认为历史是循环的，古今是相似的，他说："试将记五代，南宋，明末的事情的，和现今的状况一比较，就当惊心动魄于何其相似之甚，仿佛时间的流逝，独与我们中国无关，现在的中华民国也还是五代，是宋末，是明季"[2]；"现在的情形，和那时的何其神似，而现在的昏妄举动，糊涂思想，那时也早已有过，并且都闹糟了。"[3]显然，鲁迅是在对中国社会的劣败感受中建起了自己的历史观念。其感受是刻骨铭心的，观念是根深蒂固的，这就促使鲁迅自觉不自觉以对应的古今杂糅的悲凉而严肃的讽刺方式，纵横捭阖地写出文明起源与"末日"的奇特关系和新旧循环交替的历史规律，以唤起人们在审美过程中对中国社会长期停滞现象的思

① 修斯:《学述》，见《哲学大辞典》，上海辞书出版社1992年版，第1580页。
② 《鲁迅全集》第3卷，人民文学出版社1981年版，第17页。
③ 《鲁迅全集》第3卷，人民文学出版社1981年版，第139页。

考。所以，从美学原则与发展规律上看，悲凉、严肃使 20 世纪中国历史小说呈现出凝重、雄浑的艺术风格。从郭沫若《秦始皇将死》、《楚霸王自杀》，郑振铎《桂公塘》、《毁灭》，施蛰存《鸠摩罗什》、《阿褴公主》，谷斯范《新桃花扇》，到新时期姚雪垠《李自成》、徐兴业《金瓯缺》、任光椿《戊戌喋血记》、顾汶光《大渡魂》等；不论是 30 年代左翼作家的主流历史小说、40 年代沦陷区的爱情历史小说，还是建国后写农民起义的历史小说、新时期写将相创业的历史小说，整个就是一部悲怆深沉的大型交响乐，少见旋律明亮的音符，多呈苍凉沉郁的声响。这里的历史似乎就是一曲曲"悲凉"的循环。"悲凉之雾，遍被华林"，它的核心是一种深刻的"现代的悲剧感"，在这个核心周围弥漫着愤怒而感伤、激昂而迷惘、明快而痛切的美感氛围。也就是说，从传统忧患意识到现代忧患意识，都刻骨铭心而又深蕴作品的，都不曾有过根本性的动摇。这种悲凉既是一个历史如此悠久的文化传统面临着最艰难的蜕旧变新，又是现代文明尚未诞生就暴露出前所未有的激烈冲突；既是历史目标的明确和迫切常常激起最巨大的关切和不顾一切的投入，又是历史障碍的模糊（"无物之阵"）和顽强又常常使得这一关切和投入徒劳无益。在古老的中国，超出常规的历史运动带来了巨大的进步同时也带来巨大的失误；灾难常常不单是邪恶造成的，受害者也往往难辞其咎；尖锐对立的四分五裂与近乎凝固的缓慢前行并存同在。这些就不是平面上的简单圆圈和过去的重复，而是局部特征的重复，是在新的更高基础上的重复，是从低级到高级，从简单到复杂的螺旋形上升运动的重复。正是这一切，使得 20 世纪中国历史小说既具有与同时代世界历史小说相通的现代悲剧感，又具有自身独特的悲凉色彩。

以"循环论"为其核心深层结构的美感意识，还包裹着两种绝不相似的美感色彩：一种是政治理想的激昂，一种是文化底蕴的沉思。由于历史小说家个性的不同、时代环境的不同，这两种色彩，时而消长起伏，时而交替出现。大致是在变革的步伐变缓或遭到逆转的时候，或是历史矛盾微妙地潜存而显得尖锐的时候，政治的敏感和理想化的激昂成为一种主导色彩；在变革的历史运动迈进比较顺利的时候，或是在历史冲突比较舒缓而稳定的时候，洞察世事并洞察自身的沉思成为主导色彩。在20世纪中国历史小说中，代表政治理想美感色彩的是郭沫若《豕蹄》、姚雪垠《李自成》、任光椿《戊戌喋血记》；象征文化底蕴美感色彩的是施蛰存《将军底头》、杨书案《老子》、《孔子》、刘斯奋《白门柳》。政治理想化对历史的超越，不但努力超越个别的历史人物，还超越中国古代历史人物的事实记述，达到对于历史故事"作了新的解释或翻案"；文化底蕴对历史的超越立于整个历史的高度，从对历史的思考入手，把历史人物和历史事件放在完全不同的关系中进行表现，达到超越历史家对他们的历史记述。大致地说来，着眼于民族的新生的辉煌远景，着眼于历史目标的明确和迫切的作家，倾向于引发出一种政治热情；着眼于民族灵魂重铸与再造的艰难任务，着眼于弘扬历史传统的作家，倾向于冰一般冷峻的沉思。激昂与沉思同是一种令人不满现实状况的产物，前者因其明亮和温暖常常得到一种鼓励，后者却因其严峻和清醒，往往更深刻地揭示历史发展的本质。

而进化论历史文学观，是充满乐观色彩的。它在人类社会发展变化中，是作为"革命"的对称，指社会发展的量变阶段，革命的准备阶段。斯大林说："进化为革命作准备，为革命打下基础，而革命则完成进化，促进进化的进一步发展。"①
列宁也说："有两种基本的（或两种可能的？或两种在历史上
常见的？）发展（进化）观点：认为发展是减少和增加，是重
复；以及认为发展是对立面的统一。"②又说："发展显然不是简
单的、普遍的和永恒的生长、增多（或减少），等等。——既
然如此，那首先就要更确切地理解进化，把它看做一切事物的
产生和消灭、相互过渡。"③显然，这互相过渡，是含有极为丰
富的辩证唯物主义哲学内容的。它表明自然界是一个历史过
程，生物界也有自己的历史，现今的生物，包括人类在内都是
物质自身发展和变化的历史产物，不是上帝创造的或永恒不
变的。20世纪中国历史小说进化论历史文学观，不仅是一种
说明观念进化机制的科学理论，也体现了艺术结构从单一到
多样、从简洁到复杂的发展原则。20世纪初传统情节结构型
的中国历史小说，一般都以单纯发展为主。比如30年代描写
爱国志士、揭露卖国权奸的历史小说的主要结构形式，就是这
类小说的两大主题：一是在一篇之中，二者相互对照、相互斗
争，构成主要的情节线索。茅盾《豹子头林冲》主人公不再
逆来顺受，他反抗朝廷的态度果敢而决绝，与朝廷较量的结
果，革命的力量得到充分的肯定。二是在篇与篇之间，有的以
表现爱国志士为主，有的以揭露卖国权奸为主。郑振铎《桂公
塘》主要表现民族英雄文天祥，《毁灭》则主要鞭挞卖国权奸
阮大铖。这类作品的外表很完整：轰轰烈烈的背景，曲折动人
的描写，各式各样的人物，应有尽有。然而提供给我们的生活
内容却是单一的。我们至多只能从一个角度、一个层次对它们

---

① 《斯大林全集》第1卷，人民出版社1953年版，第277页。
② 《列宁全集》第55卷，人民出版社1990年版，第306页。
③ 《列宁全集》第55卷，人民出版社1990年版，第215页。

进行分析考察，除主线外其他矛盾都不充分展开，故事仅仅跟随着主人公向前推进。读者只能从中获取一些有教益的观念和思想，并得到某种理性的满足。这就是单线发展在艺术结构上的优势与局限。到了 20 世纪中后期，社会的进化推动着人的思维的发展。历史小说的艺术结构出现了由单式向复式发展的趋势。比如蒋如森《风萧萧》中两条色彩鲜艳长线，时隐时现地贯穿全局，把千头万绪的大小事件连成一个有机的整体。既金针暗渡、波谲云诡，又跌宕生姿、离奇紧张。而到了姚雪垠的《李自成》，则出现了结构宏大、情节内容多线条的复式发展，小说以李自成农民军与当时大地主阶级的阶级矛盾作为纲，各条线索纵横交错相互制约，螺旋式地向前推进，做到有主有次、各得其所，一张一弛、舒卷自如。这类作品的人物是血肉丰满的，情节是合情合理的，主题是意蕴丰富的。它以主要矛盾为主线，其他矛盾为副线的多线条平行推进、衬托发展。既做到主次分明，虚实得体，统筹兼顾，繁而不乱，又能够浓淡相间，疏密映衬，首尾照应，均衡对称。它们一环扣着一环，浑然一体，可以让人从不同的角度、不同的层次去欣赏分析。从而找到了一条沟通形式与内容、主体与客体的最佳结构方式。

心态结构是结构形态由外向内进化的一种深层次历史小说结构形态。它虽然没有完整的情节，清晰的形象和细致逼真的生活画面；但人物的内心世界却历历在目。这种以情绪为主体的心态结构，每一篇一个人物，或每一章一个人物，一个叙述角度，围绕一个情绪中心写下来。如施蛰存《将军底头》着眼于人物心理的复杂性和矛盾性，表现人物的心理活动历程，就是每一篇小说一个主要人物，而且心理分析的方法主要用于主要人物，其他人物仍保留其相对的单纯性。而在内部丰富性和外部复杂性的对应关系中展开故事的。如在李拓之《文身》中，人的性本能欲望是可以战胜的，但这种被战胜了的性欲望却在内部和外部以炽热的形式得到象征性的表现。在外部，它流溢成艺术的美，爆发出生命的活力；在内部，它激发出奇丽的幻相，充满一团生命的火。小说就是在这样一种结构意义上展开了对一丈青、扈三娘的心理刻画，实际上，水浒英雄身上的"文身"花纹，同样是性本能欲望的化身，它体现着这些英雄人物被压抑的性本能欲望、被压抑的生命活力。正是这种旺盛的生命活力，点燃了扈三娘被压抑的本能欲望，构成了她的一幅奇美壮丽的梦境。这种结构形式处理得好很有立体感，层次感，能够造成更加强烈的艺术效果。使读者在一种极其丰富与复杂的状态中进入历史小说的艺术世界，领悟到某种心灵的感应与哲理的沉思。

四

从规律认识、价值意义上看，20 世纪中国历史小说在多样的叙述话语中，历史由叙述赋予意义。

历史的发展是必然的，不以人们的主观意志为转移。荀子说："天不为人之恶寒也辍冬，地不为人之恶辽远也辍广。"[①]客观规律的东西，是不以人们的喜恶而转移。历史小说对历史人物的塑造，不论历史观念如何演变，都必须写出不以人的意志为转移的历史人物的"铁的必然性"，在鲁迅《故事新编》中，既有中华民族的脊梁，也有中华民族的创始者；既有

① 荀子:《天论》，见王先谦撰:《荀子集解》（下），中华书局 1988 年版，第 311 页。

超凡脱俗的消灾者，也有"吾与汝偕亡"的抗压者；既有革新精神的政治家，也有服务社会的知识者。但是，中华民族却没有把他们的精神转化为自己的整体精神，而把他们置于了极难发挥自己创造才能的困窘境地。在这里，作为他们的精神的销蚀力量出现的有下列几种人物。一是专制暴虐、争权夺利的统治者；二是谈玄说理、对中华民族的生存和发展漠不关心的知识分子；三是自私、庸俗、愚昧的社会群众。《铸剑》中的大王是个专制暴君，是社会仇恨的制造者；《补天》中的共工、颛顼是政治野心家，他们为了王位的争夺不惜发动战争、毁灭世界；《理水》中的考察大员们是些腐败的官僚，为了个人的利禄而献媚求宠、欺上瞒下。几千年的专制政治无非是围绕一个"权"字进行的，民族的生存和发展从来没有进入过中国政治家的意识中去。它产生的不是这么三种人物吗？在中国的文化史上，无非是儒与道，儒是走官府的，道是走流沙的。前者以柔进取，后者以柔退守，但都不立足于中华民族的生存和发展。儒的末流成为《补天》中"小东西"那类的道学家，他们自己没有任何的创造精神而又专门诋毁具有生命活力的人们；道家代表人物，前有老子、庄子，其末流分裂为二，一是连自己的哲学思想也没有了的隐逸之士；二是求仙炼丹、访求长生不老药的方士、道士，最后演为道教。他们追求的不是生命力量的发挥，而是自然生命的保存。所有这些知识分子的"知识"，都不与中华民族的生存和发展发生关系，"知识"只成了个人身份的标记，招摇撞骗的资本。在《故事新编》中，他们全得到了自己的表现。第三类人如《奔月》中的嫦娥、逄蒙、老婆子，《铸剑》中的看客，《采薇》中的小穷奇、小丙君，《理水》中的灾民，《出关》中的关尹喜，等等，他们既与社会无涉，也与文化无关，只是社会的旁观者，历史的界外人，关心的是个人眼前的实利，自己一己的命运，像一盘散沙，不相粘连。以上三部分人，充斥于中国社会上、中、下三层，从春秋战国贯穿到宋元明清，将中国脊梁式的人物分割包围，蚕食着他们的创造成果，磨损着他们的奋斗精神。灾难来时由中国脊梁式的人物去顶，灾难之后故态复萌，继续着原来的历史，重整昔日的文化。中国历史就这样进一步，退两步，径一周三，蹒跚了两千余年，蹒跚出了一个半封建、半殖民的中国。①

这就证明：历史，无论是人们喜欢还是不喜欢，承认还是不承认，它都按照自己固有的方向和道路前进。客观规律的作用是必然的，不以人们的主观意志为转移。

农民起义英雄的定型化为历史小说的人物塑造提供了"半成品"的专利。这些英雄"人物性格已有一半是建筑了的"，容易给读者"一个深的印象"。从历史人物到小说人物，他们已走完了一半的路。因此，历史小说对农民起义英雄的塑造，一开始总是将他们置于尖锐的矛盾冲突之中，在急风暴雨、惊涛骇浪中，通过大起大落、尖锐激烈的矛盾冲突，把他们写得意志刚强、百折不挠、光明磊落、毫不动摇。各种各样的矛盾汇集在他这里，给他造成巨大的压力和困扰，但他不会软弱不会低头，认准一条路，九牛拉不回，死亡也不能改变他的意志。对他来说，只有环境的顺逆，没有心灵的彷徨，更不会在两种选择面前犹豫不决，进退两难。然而，他们最终的结局却都是悲剧的。李自成（《李自成》）一开始在任何条件下不放弃自己的旗帜，不低下自己的头颅，拒绝任何妥协退让而勇往直

---

① 参见王富仁：《中国现代历史小说论》，见《现代作家新论》，山西教育出版社 1998 年版，第 363—364 页。

前。即使失败，也是十分壮烈的失败，是真正英雄的失败。潼关南原大战，几千将士陷入兵力比自己多十几倍的敌人的重重埋伏圈中，却不是坐以待毙，束手就擒，而是上下一心，奋力苦战，以一当十，以寡敌众，尽管自己遭受惨重损失，却给敌人最大的杀伤。于此，起义队伍飞速发展，并建立了自己的政权。然而，最后还是以失败告终。王锡彤（《莽秀才造反记》）被迫揭竿而起，领导了轰动浙东的"反教抗暴"斗争，烧教堂，杀教民，一路杀进县城……结果，起义只几天就归于失败。还有《风萧萧》、《星星草》、《九月菊》、《天国恨》等历史小说所塑造的农民起义英雄的结局，几乎如出一辙。全部的历史都已证明，中国古代的农民起义是一种没有实际力量的革命形式，它的命运只有一个：失败。不是失败在自己被镇压里，就是失败在自己胜利后所建立的政权里。这就似乎可以说，中国古代农民起义不是一种完美的革命形式，它是一种社会情感的总爆发，是那些平时被传统政治窒息了的本能生存力量的无节制的释放，它是以一种盲目的报复力量出现在中国历史上的，是一种冲破了堤坝的洪水的泛滥。所有这一切，都是那些农民起义题材的历史小说家自己也知道的。他们无法疏通他们的创作要求和基本的历史认识之间的矛盾。他们的创作目的使他们不能完全自由地对待这一题材，他们使用的题材也使他们无法自由地贯彻自己的创作意图。虽然历史的进步和文学的发展并没有实际地帮助这类历史小说的创作；但这类历史小说却揭示了一个客观规律：历史是不以人们的意志为转移；历史小说家在塑造农民起义英雄时，历史可以被超越，却没有违背"规律本身"。

历史由叙述赋予意义。这叙述就不仅是一种方法，同时也是一种观念审视，一种价值标准。因此，20世纪中国历史小说同整个 20 世纪中国文学一样，是中国新文化革命的产物。"它的'历史'的界定，主要不是由社会经济、政治形态的变化为依据的，而是以文化观念的变化为根据的。'五四'新文化革命的产生，使中国现代知识分子感到中国古代的历史已经结束，一个中国文化的新的时代已经到来。尽管中国在经济、政治形态上较之中国古代社会仍没有根本性质的变化，广大社会群众的思想状况也没有明显的改观，但中国现代知识分子却认为，再也不能用中国古代人的思想看待中国古代的历史，现代中国人正在追求的是不同于中国古代人的新的社会理想，因而中国的社会也就有了历史和现实、古代和现代的划分。这种划分是在社会进化论或社会发展观的基础上实现的。古代社会是作为一个不完美、不理想的社会形态出现在中国现代作家的观念之中的，所以，像西方早期历史小说那种通过美化历史而否定现实社会的创作倾向，在中国现代历史小说中并不具有代表性，也没有形成一种带倾向性的创作潮流。他们更多的是通过历史的表现，而表现对现实社会的认识。这是中国现代历史小说不同于西方历史小说，也不同于中国古代历史小说的独立特征。"① 比如鲁迅《故事新编》，它不仅是中国历史小说史上的一块丰碑，就是在世界的历史小说史上也具有重要的历史地位。世界历史小说在鲁迅这里，首先实现了由浪漫主义、现实主义向现代主义的转变。接着，又有施蛰存的现代主义历史小说，把世界的庄严性、历史的庄严性、人的存在的庄严性同世界的荒诞性、历史的荒诞性、人的荒诞性交织在一起，从而将历史小说这一题材带向现代主义高度。那么，从世界历史文学

---

① 王富仁:《中国现代历史小说论》，见《现代作家新论》，山西教育出版社 1998 年版，第 431 页。

格局看，20世纪中国历史小说的价值意义何在？首先，在先的西方历史小说家，主要是为了表现他们之前的一个时代的事件、人物或风俗，因而他们的表现都不是对历史的概括的、抽象的、整体性的表现，而在"五四"新文化运动中走上文坛的鲁迅、施蛰存等，产生的是综合地、抽象地、整体地表现中国历史和中国文化的企图，这使他们能够超越浪漫主义历史小说的激情表现和现实主义历史小说的细节真实的描绘，而走向现代主义高度哲理性概括和广义象征的表现中去。其次，西方的历史小说家是在认同历史的基础上开始历史小说的创作的，而中国作家则是在反抗历史的压迫，对中国几千年的封建历史进行批判的意图下走上历史小说的创作的。因此，他们不拘泥于历史人物与个人、历史环境与现实的一一对立关系或影射关系，也没有狭隘地运用历史文本来宣泄自己的心态，而是以此来传达自己的哲理思考。其思考的方法常常不是从情节、事件和人物性格内部的具象性、行动性而来，而是作家的一种精心营造，一种象征技巧和"文本"效应。由此而创作出的历史画面更是荒诞的、乖谬的乃至滑稽的，而这恰恰把历史小说的概括力提高到了概括全部中国历史的高度。

20世纪中国历史小说的价值意义，还表现在对历史小说创作模式的突破和宏大规模的建构。传统的史传文学，无论是散文体的《左传》、《史记》，还是传奇式的历史小说《三国演义》、《水浒传》（以及它们的前身宋元讲史话本），都板着封建道德"正统"的面孔，专写帝王将相、英雄奇人之事，宣扬"忠君"、"守礼"和封建"节""气"的封建思想，其宗旨是"补正史之阙"，为大人物树碑立传。而中国20世纪历史小说从它产生之日起，中国历史小说的概念就与西方的历史小说有着明显的差别。它的含义是从文化与生活双重意义上取得的：

即除对中国古代人曾经表现过的人物、事件用现代人的意识重新予以表现的小说外，凡是古代社会日常生活中可能出现的，在创作者本人都自觉不自觉地意识为历史小说。它们是在与现实题材小说的区别中被界定的。因此，中国20世纪历史小说比西方历史小说包括的范围更加宽泛。西方历史小说主要包括被认为是历史的真实人物和事件的表现，而中国20世纪历史小说则不但包括被认为真实的历史人物和事件、古代人曾经表现过的神话、传说和民间故事的表现，同时也包括特定历史背景中普通人日常生活与"正史"之外的"野史"。比如30年代李劼人出版的连续长篇历史小说除《大波》是写保路运动这一历史事件的以外，《死水微澜》、《暴风雨前》写的都不是"历史上著名的人物和事件"，而是被郭沫若称为"小说的近代史"①，包括广大普通人民生存状况的"风俗史"。他不拘泥于历史的"重大事件"和事实真实，而着眼于历史背景下的世态风物的状况和变迁；他不是为复活往事而创作，而是将整个社会作为一个动态的力量，在客观描写中揭示历史发展的原因和走向，欲为他那个时代堪称"壮剧"的社会生活"留下印痕"。毫无疑问，这两个作品填补了中国历史小说以普通日常生活，来反映一定历史背景的历史小说的空白，具有开拓性意义。此外，农民起义题材还出现了规模宏大的、划时代意义的全景式作品。这类题材的历史小说除少数描写起义者内部矛盾斗争的篇章外，大都着眼于特定历史情节的描绘，人物性格的刻画不是这类小说的重点，它们的主要情节线索是社会外部的矛盾对立，由物质的对立引发出的情感的对立则是这种历史情景的主

---

① 郭沫若:《中国左拉之待望》，见《李劼人选集》第1卷，四川人民出版社1980年版，第6页。

要特点。它们的叙述者并不介入故事情节，也不直接向读者说明评价，而是以情节的推动来揭示作者的写作主题，其叙述态度保持客观，只发挥叙述作用，历史由叙述赋予意义。它们的取材都在中国封建王朝更迭的关键时刻，但都是片断的，除了《水浒传》外，像姚雪垠《李自成》这样的描写农民起义全过程的历史小说，在 20 世纪中国文学史上是第一部。

现实题材：长篇小说空间的拓展

现实题材长篇小说创作在时代的挑战下正在逐步走向复兴，而且我们必须珍视现实生活这块广袤的生活领地，关注随时代的发展现代人所具有的多样化的现代意识、现代精神、现代情感，不断拓展和深化现实题材长篇的表现内涵和层面，进一步拓宽现实题材长篇小说的精神向度。

吕雷、赵洪的《大江沉重》正是以沧宁县赶上特区快速发展的历史机遇，选择打破常规自主发展的新思路、新举措：焚烧乡镇干部的"送钱黑账"以试炼人心，聚拢意志；用"瞒天过海"方式更易县治，掌控土地资源；为筹过江大桥资金闯荡香港炒楼花；劈开鹰嘴崖、圈占静水湾及沿江滩涂以谋地利；向香港谢氏集团敞开门户、千方百计拉住各种民间资本，搞"你发财，我发展"的双赢；打通中线走廊搞活搞旺待开发的死角。这一切惊世骇俗，令人眼花缭乱的思路和举措，既是冲决网罗，突破陈规的发展，又创造了中国发展奇迹的中国人的活的灵魂。然而，改革并不是一帆风顺，发展也不是一蹴而就。面对守成与创新、破与立，尤其是"经济体制改革"中的国有企业的发展，更是当今中国社会最被世人注目，也最需要被解决的社会问题。要改革，就需要冲破妨碍发展的思想观念，改变束缚发展的做法和规定，革除影响发展的体制弊端；就需要一个似林中响箭、江里腾蛟、时代尖刺、历史骄子式的中坚人物。长篇小说以这样的定点切入，其客观效果正好契合了主流意识形态的迫切需求和社会大众的情绪愿望。陆天明《省委书记》中的马扬，正是这样一位刚健有为的改革派。他面对大山子前后十万工人下岗，每天都深入现场解决工人下岗后的"急、危、难"问题，但仍然不可避免地出现了一系列问题。而且马扬是自愿跳入这个"火坑"，自愿推辞到外省任省委副书记，也要与大山子的工人弟兄们同甘共苦，与大山子共存亡！即使在头部被砸伤之后，他扛着颅骨裂伤的剧痛，面临着生命危险，仍要为大山子这个特大型国有企业的改革贡献一切。这种为中国进步勇于自我牺牲的精神，闪耀着智慧的风貌，理想的光芒，浪漫主义的神采。尽管这类长篇小说还存在着人物类型化与情节模式化的毛病，生活开拓与文学品性都有待进一步的深入与提高。但总的来说，它们善于设计矛盾、渲染氛围，情节跌宕起伏，注重塑造代表群众利益的党的各级干部形象和其他领域的改革者形象，可读性强。

"更多地关注农村，关心农民，支持农业，把农村、农业、农民问题……放在更加突出的位置。"在时代潮汐牵引掣动下来直面农村社会人生、社会矛盾；直面农民求生存、求温饱、求发展的坚韧意志、不息奋争和所遭逢的曲折、挫败、困顿、辛酸；直面农村改革的命运浮沉、心理变迁、歌哭悲欢。作家把它们表现出来，就是在惊世骇俗中寻求开拓，在传统现实主义基础上寻求创新。长篇小说《天高地厚》是一幅尽展中国农民命运的斑斓画卷。作品以冀东平原的蝙蝠村为场景，通过三个家族三代农民在改革大潮中交织展开的爱恨情仇和坎坷人生，折射了时代的变迁，描绘了全球经济一体化和发展社会主义市场经济时代从传统农业经营方式向现代化产业农业经营方式蜕变过程中的历程阵痛：恐惧与执著，浮躁与焦虑，身不由己的迷茫与颠覆、缱绻与决绝。面对农村出现的新矛盾和农民所面临的新困境，作者怀着强烈的社会责任感，在对世纪之交社会躁动进行清醒观察，对国内外农业进行广泛调查及审慎冷静地思考之后，以满腔的激情对中国农业的发展前景，中国农民的前途命运进行了充满诗意和理想的预测和描绘，如实地反映了他们的悲欢成败、苦乐歌哭和农村社会发展的坎坷历程。这种与人民大众同呼吸共命运的"分享艰难精神"，是多么难能可贵！

写农民的情感历程，既有生的酣唱，爱的波流，又有力的鼓荡，美的回旋。作家在乡村那片飞扬的浪花，翻滚的旋涡，平缓的波纹，扑水的云雾，掠江的飞鸟，饮河的牛羊，傍岸的草坡中，以一种全新的文学观念，整合农村社会的历史和现实秩序，使小说生发为人的生存本相的形而上概括。长篇小说《歇马山庄》就在一个村子的场景上，在不到一年的时间里，展示了现实乡村新的人际关系，新的人格榜样，以及青年一代新的土地观念。比如翁月月与林小青，就各有各的活法，各有各的追求。月月经历了纯洁的恋爱，热烈的野合，狂欢不终的新婚，苦涩空洞的婚姻，自然而又奇怪的移情，以及婚外恋中的喜和悲，希望与幻灭之后。即使是在不断丧失与被掠夺之中，却也始终做到不欺骗自己，也不欺骗他人。小青阅历不深却善于谋划，外明朗乖巧而内工于心计，既敏感又执著，需要假戏真做的时候，她不顾一切地去行动，只要有碍于自己的利益，除了传统血缘基础上的感情，一时尚不易割舍外，她几乎没有什么情感是不可丢弃的。她的爱从来只是手段，满足自己是目的。这种现代乡村的现代情感，构成了现代乡村人生价值的多元。显然，不论作者是写改革的乡村，或情感的乡村，都要善于在绚丽多彩的生活画面，淳朴浓郁的风土乡情中，化乡村社会的思想性格、家族矛盾冲突为人物情感和心灵的冲突，叙述从容优雅，文笔优美抒情，人物命运起伏，情节悬念丛生，具有乡土牧歌般的特殊韵味。

贴近地表现严酷的自然境况、艰难的生存条件和苛严的人文情境中的人格风范，更能强化人的血性与雄健，倡扬坚忍、敬畏、苦其心志而磨其心力的"硬汉子"的刚强与霸悍，并由"硬汉子"形象生发出沉雄、义烈、粗犷的艺术风格和悲怆、苍凉的悲剧性美学基调。从而在一种生存的真实，甚至严峻的真实中，使作品起到了催人奋进的作用。长篇小说《大漠祭》以"西北风"特有的凌厉、浑厚和闷重之音，在腾格里大漠那雄浑、酷厉、悲壮的意象中，写出了大漠边缘一群艰苦、顽强、诚实、豁达而又苍凉地活着的乡民，以倔强的生命顽强地打破大漠固有的沉寂，以生存的悲歌如哨音似利剑的铿锵作响，唤醒大漠疲惫的心灵，揭示西北农民生之艰辛、病之痛苦、死之无奈和爱之甜蜜。驯鹰老手老顺及其三个儿子，他们或吃苦耐劳、善良本真，或沉默寡言、吃苦勤作，或率直憨厚、粗俗朴实，或文质彬彬、灵秀聪慧。即便如此，不是坚韧与无奈达到极致，就是悠长的悲凉让人思索，都无力摆脱窘困的折磨。还有爽朗诙谐的猎人孟八爷，风风火火的婆姨凤香，赌博成性的白福，疯疯癫癫的五子，贫困潦倒的瘸五爷……他们如"死"般"生"，比"死"更不如的"生"，为了"死"而降临的"生"，虽然凄楚、阴冷，却有一股坚韧与豁达，劬劳与奉献之气。正是他们在支撑着我们明朗的天空与大地。然而，贫困总是与愚昧并存的，环境的闭塞，传统的浸染，宿命的默认，使生活在恶劣环境的人迷信而又无知，虔诚而又无望。从而使人们透彻地感受到他们灵魂深处的荒芜与麻木，个体意识的丧失与疲惫。

作者展示当代边地农民这种精神自由的缺失，生活渴望的压抑，灵魂深处的焦虑以及面对生存困境时的无奈。既是从现实出发又超越现实，又是对现实主义精神和时代理想的情感担当与"本土化体验"。

《故园》描写了当今农村中很普遍的贩卖人口的现象。本来，贩卖人口既不合法也不道德，但它在作者的笔下却极为真切，具有泥土般的质感。像奉公守法，忠厚老实，且年过三十的金贵，其人性跟普通乡亲们一样没有什么瑕疵，可他却从人贩子手中买人，他之所以这样做，不是因为心中有什么邪恶的冲动，仅仅是因为这确实是他娶上媳妇的唯一途径。又如土匪老烈，他在一次抢劫时抢得一闺女，竟从此洗手不干，领着这闺女回了老家，更奇的是，被抢的那闺女也死心塌地跟他过日子，后来政府要法办老烈，她却一口咬定她是自愿跟老烈走的……原始的惰性，凝重的境况，固化的秩序，已经麻木了他们的神经。作者在这里绝不只是对边远地区、弱势群体的生存状态作原生态展示，而是在感同身受的人文关怀中，表现出一种深刻的思想穿透力和独特的艺术表现力，是对中国农民精神品性的深刻发掘。

现实题材长篇小说创作在时代的挑战下正在逐步走向复兴。只有真正认识中国现状，中国现实的作家，才能写出揭示当代深层文化结构的作品，才能表现出一个民族心灵的历史。也只有贴近群众、贴近时代生活，走现代化、民族化结合的道路，对现实进行审美的诗性表达，创造出充满激情和张力及富有故事魅力、结构力量的厚重的阅读文本，塑造出能立得起站得住的文学形象，在主旋律与多样化之间，在"精英表达"与"大众文化"之间，作出我们合理的正确的选择，才能写出无愧于我们时代的精品力作，让现实生活这块沃土再次透射出民族振兴的精神锋芒。

第六届茅盾文学奖现实题材创作论

第六届长篇小说茅盾文学奖已经尘埃落定。熊召政的《张居正》、张洁的《无字》、徐贵祥的《历史的天空》、柳建伟的《英雄时代》、宗璞的《东藏记》共五部小说荣获桂冠。特别是现实题材长篇小说《英雄时代》初选并没有入围，而是通过补充提名竟然获得茅盾文学奖，说明文学作为一种特殊的社会意识形态，决定了其与社会现实具有不可分割的紧密关系。本文试从"三贴近"入手，谈谈近年现实题材长篇小说创作。

一

现实，既指一切实际存在的东西。即自然现象、社会历史现象和思想的总和，又指现有事物在发展过程中表现为必然性的东西，即作为合乎规律的存在。文学要面对现实，就应该面对当今社会客观存在的事物。胡锦涛总书记要求宣传思想工作认真"总结经验，深化改革，在'三贴近'上取得新进展"[①]。这个"三贴近"就是我们今天文学创作面对的最大现实。

所谓"三贴近"，就是贴近实际、贴近生活、贴近群众。它是推动我们解放思想、实事求是、与时俱进，一切从实际

---

① 李长春:《从"三贴近"入手，改进和加强宣传思想工作》,《求是》2003年第 10 期。

出发的指南，是找准解决当今文学创作存在问题的方法与途径，能为文学创作开创新局面奠定更加坚实的群众基础；抓住了"三贴近"，文学创作就能把体现党的意志和反映人民群众的心声结合起来，从人民群众的实际需要出发，写出特色，写出风格，更好地实现用科学发展观引导人；抓住了"三贴近"，文学创作就能紧紧围绕现代化建设实际生活中的现实问题，进行新的创造，使创作紧紧围绕广大群众的生活、思想、情感实际讴歌抒发，更好地实现用真挚的情感感染人；抓住了"三贴近"，就能在文学创作中把继承和创新结合起来，使我们的现实题材创作更加可亲可信，入情入理，更好地实现用高尚的精神塑造人；抓住了"三贴近"，就能把弘扬主旋律和提倡多样化结合起来，做到思想性、艺术性、观赏性的统一，满足人民日益增长的文化需求，更好地实现用优秀的作品鼓舞人。只有做到"三贴近"，现实题材的文学创作才能面向全面建设小康社会的实践，紧紧围绕发展这个执政兴国的第一要务，更好地服从服务于全党全国工作大局，最大限度地激发广大人民群众的积极性和创造性，为改革开放和现代化建设提供强有力的思想保证、精神动力和舆论支持，把代表先进生产力的发展要求落到实处；只有做到"三贴近"，现实题材的文学创作才能深深植根于中华文明沃土和火热的现实生活，始终坚持"二为"方向和"双百"方针，发展面向现代化、面向世界、面向未来的民族的科学的大众的社会主义文化，不断丰富人民的精神世界，增强人们的精神力量，满足人民的精神文化需求，把代表先进文化前进方向的要求落到实处；只有做到"三贴近"，才能使我们的现实题材文学创作扎根现实生活，从生活中汲取营养，与时俱进，始终保持生机与活力，把充分体现尊重人、理解人、关心人，弘扬以人为本的人文精神落到实处。

现实题材文学创作迫切需要贯彻"三贴近"，这是现实的要求，时代的呼唤，理论的深化。因此，从文学创作上来讲，"贴近实际"，就是要贴近我们处于社会主义初级阶段这个最大的实际，贴近我们正在全面建设小康社会这个最大的实际；就是要求我们紧跟时代步伐，适应现阶段经济、政治、文化发展的实际状况和要求，适应不断发展变化的客观现实，真实反映改革开放和现代化建设的实践，使文学创作更加具体、实在、扎实、深入；就是要求我们的文学创作贴近群众的实际接受能力，形成与现阶段基本经济、政治制度相适应的艺术风格和美学观念，不能盲目地超越现实，也不能迎合某些时尚，落后于急速发展的现实。"贴近生活"，则是指文学家"艺术要上去，生活要下去"，要风雨同舟地深入到社会生活和群众的日常生活中去，跟上生活变化的新节奏，传递生活的新信息，满足群众精神文化生活的新需求。这种"贴近"，是一种融入、一种汲取、一种服务、一种引导。它表明文学创作要始终把视点对准真实的生活，关注那些朴素平凡的细节，聚焦那些丰富多彩的场景，从现实生活中挖掘提炼生动的人和事，使创作更加入情入理，更加洋溢普通百姓所喜闻乐见的生活气息和泥土气息。"贴近群众"、"贴近实际"和"贴近生活"是联系在一起的。它重点强调的是文学家要想群众之所想，急群众之所急，反映群众疾苦，体现群众意愿。民众关注的东西，文学家和理论家要格外关注。要把自己的艺术生活和精神生活深深地植根于群众之中，更好地成为人民群众切身利益的代言人。"群众利益无小事"，这一至理名言，也应成为文学创作和理论阐释在内容、方法、价值取向和审美趣味上的座右铭。

二

在历届茅盾文学奖的评选中，现实题材生活的作品得到相当的重视。第一届六部获奖作品，就有《许茂和他的女儿们》、《将军吟》、《冬天里的春天》、《芙蓉镇》四部现实题材作品获奖；第二届三部获奖作品，就有《沉重的翅膀》、《钟鼓楼》两部现实题材作品获奖；第三届五部作品获奖，就有《平凡的世界》、《都市风流》两部现实题材作品获奖。然而，由于20多年的改革开放，我国的社会现实产生了极大的变化，乡村和城市的人际关系大幅变动，新的矛盾和冲突登上了历史的舞台，人们的精神和感情生活也涌现巨大的动荡和变异，各种世界观、人生观、价值观都在生活中互相冲撞并展现各自的特色。特别是经济成分多元化和市场经济体制的确立，使原来的社会关系和社会思想，以及人们的情感，都出现了新的波澜。尽管我们仍沿着中国特色社会主义的轨道前进，但社会生活各个领域的深刻转型，令人眼花缭乱，也给作家认识生活的波涌，带来很大的困难和挑战。不少作家在复杂的生活现象面前，不免感到困惑和迷惘，甚至视描写当代现实为畏途。于是，自第三届茅盾文学奖以后，写现实题材长篇小说的佳作难觅。以致第四届茅盾文学奖唯一一部获奖现实题材长篇小说引起了很大的争议，第五届茅盾文学奖获奖名单中没有一部农村题材作品。

自胡锦涛总书记要求"在'三贴近'上取得新进展"以后，一股关注现实题材长篇小说创作的春风便扑面而来，一大批作家迎难而上，勇敢地去迎接生活的挑战。于是，读者又能看到迅速反映现实变动的作品被创作和出版，这不能不令人感到欣慰！尽管也有人主张长篇小说创作应有更长的时间酝酿，使得作家对生活能够充分地把握和消化。但毕竟有些敏锐的作家能够相当迅速地反映正在前进的生活及其涌现的新的矛盾、新的人物。从第六届茅盾文学奖的整个评奖活动来看，现实题材长篇佳作难觅的现象得到改观。比如获奖作品《英雄时代》的涌现，就既得力于它反映生活场景的广阔和塑造人物形象的突出，也得力于它揭示的思想主题的丰富时代内涵和多重意义。在迅速反映当代生活前进脉搏的作家行列里，柳建伟是近年表现相当突出的长篇小说作家，他曾写过《北方城郭》、《突出重围》等有影响的长篇。《英雄时代》应该说是他的一个新的突破：从地方和军队走出，以宏大的格局和开阔的视野走向关系国家历史前途更具意义的体制思考。新时期我国社会生活的转型必然使人们的命运和性格产生新的变化。许多过去文学作品中没有出现过的人物形象在新的作品中出现了。他们不能不有自己的新的典型意义。《英雄时代》中的史天雄、陆成伟两兄弟就是。小说以宏阔的视野，烛照现实生活改革激流中的种种矛盾和冲突，从高层领导写到社会各阶层的形形色色人物，展开富于时代特征的历史画卷，表现了作家把握急剧变化的现实律动的敏锐和才华。两兄弟都是高干子弟，生于战火中，长在和平环境里。但父母对他们的不同态度却使他们成为完全不同的两类人。哥哥史天雄因为是烈士遗孤被收养，养父养母都给予更多的爱，更多的要求和期待，他受到革命人生观的教育，使他始终不忘要为大多数人谋利益。尽管他的家境足以保证他在仕途上飞黄腾达，青云直上，但他却毅然从副司长的高位退下去，去担任一家民营百货公司的经理，以实现他对所有制改革的抱负；使股份制的民营企业成为富于活力的社会主义公有制的新的形式。其中虽有爱情纠葛的感情成分，但为革命理想和人民利益而奋斗却是他的行为的主要动机。他是利他主义者。所以，后来他又能听从党的召唤，去接手濒于破产的国营企业集团的重组和求生的艰巨领导任务。他不愧为老一辈革命家的合格接班人。《英雄时代》中的弟弟陆成伟由于父母的放松乃至放纵，又被送到美国留学，归来后他完全成为利己主义者，甚至贪得无厌，唯利是图，道德败坏，不择手段，走上犯罪的道路。这两类高干子弟，在现实生活中都确实存在。后者作为新时期的暴富者，他们是走向共产党对立面的另类，是依靠父荫的噬父者。其警示意义尤发人深思！小说既是改革洪流中理想者的赞歌，也是啃吞人民果实的社会蛀虫的葬曲！它实际上还提出了当今时代究竟谁是英雄的主题。英雄总是时代先进生产力和生产关系的代表者，也是先进文化理想和人民根本利益的代表者。在现实生活矛盾错综复杂，人们思想价值取向走向多元的情况下，作者能够清醒地把握时代的典型环境，认清历史前进的方向，将主要的笔墨用于塑造史天雄这样的具有典型意义的人物的血肉丰满的形象，正足以说明小说所达到的难能可贵的思想和艺术的高度。

在第六届茅盾文学奖终评备选篇目中，还有许多现实题材的入围作品，都在关注当下的现实生活方面，展示出了独特的风采。周梅森的《绝对权力》就提出了一个人们普遍关注的现象——过于集中的权力可能引发的社会效果。小说写这样的权力哪怕掌握在一位好的市委书记手中，也会产生何等负面的影响！齐全盛书记尽管自己廉洁奉公，作风正派，辛勤工作，并无私心，堪称难得的好干部。但人们阿谀他、奉承他、也蒙蔽他，为他的女儿安排要津，为他的夫人白送股票，几个他所信赖的干部内外勾结，腐化堕落，几乎搞垮这个市的重要企业，激起广大群众的不满甚至动乱。而他的政治对手、妄图取而代之的女市长赵芬芳，也在他的眼皮底下阳奉阴违，里外其手，或策划于密室，或点火于基层。要不是省委书记和新来的工作组长兼市委副书记正派和实事求是，他几乎就要陷于难以洗清的冤屈之中。小说的艺术描写虽有不够精致之处，但几个主要人物形象都活灵活现、有血有肉，情节也波澜起伏，悬念迭出，紧紧地抓住了读者。另一部反映现实题材的好作品，是军人作家马晓丽的《楚河汉界》。它描写一位老将军周汉和他的三个儿子南征、东进、和平。老大、老二是军官，小儿子和平是商人。他们不但存在性格的差异，还各有不同的人生追求。老将军卧病不起，怀念他长征中已牺牲的战友油娃子和他一生战斗中收藏的装在铁皮箱里的枪。唯利是图的小儿子为与美国商人达成一项交易，想拿父亲在抗美援朝战争中缴获的一支短枪送给美商，却被老爷子拒绝；老将军去世后他还想趁机取去，又被两个哥哥所拒，不得不悻悻离去。而身为军区机关处长的大哥为了自己升迁也创造条件帮当团长的二弟升迁，不惜劝说东进掩盖该团发生的一件事故，等于制造假的"先进典型"，却被东进所拒绝。小说相当丰满地创造了老二东进正直刚毅、严于责己、自尊而固执的现代军人的进取形象。否定了小弟和平自私自利的人生观和价值观，并对大哥也给予善意的批评。从而为老一代革命者提出培养怎样的接班人这个严肃的问题，也向年轻一代提出怎样继承老一辈革命传统的问题。小说还写到政委黄振中和他的女儿黄妮娜、老鞋匠魏驼子和他的儿子、后来当了军分区司令的魏明坤等其他人物，写到亲情、爱情、友情的种种纠葛，以衬托周汉和周东进两父子的高大军人形象。这部和平时期的军歌，虽然小说的题旨和格局略嫌狭小，但几条线索却在构思中开阖自如，描写各种场面也游刃有余，语言简洁有力，明快中透出刚劲！它体现了和平时期的军歌的一种创作趋势，即把军队生活与社会生活交织起来描写，以显现更开阔的视野和更厚实的容量。再有一部反映当代改革开放并涉及官场的作品是吕雷、赵洪的《大江沉重》。这部小说以珠江三角洲的一个偏隅县份如何在新的县委书记邝健童的带领下，通过改革和引资，使城乡旧貌换新颜的故事，把事业的发展和爱情的挫折，人民群众的支持和野心家的破坏，以及官场上下的复杂关系都交织在一起，还把情节和人物引向香港的商界和澳门的黑社会，使得小说所展现的生活波澜更见广阔和多姿，更能反映珠三角作为改革开放的前沿地带的特色。小说后半的情节虽有过于戏剧化之嫌，但其主要成就则是塑造了一个迎难而上，敢于负责，有胆有识，不惜背水一战，却功成身退的县委书记的有血有肉的形象。

在现实题材中农村的变化和"三农"问题更是全国关注的重心。对农村生活的描绘，历来是我国新文学作家倾注最多心力的方面。此次入围的反映农村现实题材的几部作品中，孙惠芬的《歇马山庄》、雪漠的《大漠祭》、关仁山的《天高地厚》、黄国荣的《乡谣》都给人较深的印象。《歇马山庄》在乡村改革开放的新背景下，着力写一山村女子月月在农村复杂的人际关系和爱情婚姻纠葛中，在新的时代环境里所经历的感情生活和人生追求的嬗变。她舍弃平庸的又无法满足她的性要求的丈夫，爱上了一个力图改变农村面貌和自己命运一样的刚健男子，在与丈夫离异后又不能与使她受孕的新欢结合，堕胎后决心凄苦地陪伴母亲独立生活。小说还写了月月的公公林治帮、丈夫国军、情人买子、罪犯虎爪子、人民代表古本来等许多人物及其不同的命运，烘托出新时期农村生活的复杂变化。而它在农村题材作品中的突破，主要在于以极有特色的语言对月月的内心世界作了非常细腻和深致的描写，反映了新时期农村女性从男权社会获得解放的艰难而曲折的感情历程，从而使小说为维护女性的尊严、独立和幸福追求发出自己的深切呼唤！小说的不足是对农村变革缺乏有力的描写，未能更深刻地揭示林月月所以能挣脱旧的社会关系和旧的思想羁绊的历史助力。

《天高地厚》则突出刻画了一个农民荣汉俊在新时期如何从落拓中崛起，成为干部，成为乡镇企业家，在时代的风云际会中展开他的"创业史"和他的复杂的性格与悲剧性的爱情故事；小说还描画出两个乡村青年女性鲍真和荣荣如何进城打工又回乡创业，不怕蒙羞，不屈不挠地为美好的爱情和美好的未来努力奋斗的坚韧历程。全书既反映了这些年我国农村所产生的新变化新气象，也提出新干部、新的共产党员企业家如何提高思想素质，树立正确理想，保持先进性的新问题。小说的语言富于冀东的风土韵味，只是情节和细节略嫌臃肿。雪漠的《大漠祭》也是一部值得关注的反映农村生活的小说，作者以大西北粗犷的具有浓郁乡土气韵的语言叙事，主要通过一家农民的命运，把农村男女贫困的生活、疾病的灾厄和精神的愚昧以及他们为摆脱困境而作的挣扎和奋争极其真实地展现给读者，令人心灵为之颤栗！小说对西北高原和大漠所做的逼真描写，加上穿插其中的段段民歌《花儿》，构成了一幅幅油画般充盈诗情的雄奇图卷，让读者不能不感叹作者的才华！这是一部严酷逼近作者生活体验的作品，而其局限也在于过于拘泥实地状况和人际关系的体验，缺乏视野更广阔的典型概括。黄国荣的《乡谣》则富有江南乡土文化韵味。诚如作家周大新所说："作者以他对农民和农村生活的深刻了解，写得从容自如，如同把一幅又一幅江南农村的生活画面展现在我们面前。"① 小

---

① 周大新：《黄国荣和他的"日子三部曲"》，见《乡谣》，作家出版社 2002年版，第 428 页。

说展开从解放前到今天农村人际关系和社会结构的深刻变化，并且是透过二祥的心灵感受去写这种变化，从而突出地刻画了汪二祥这样一个憨厚、善良不乏精细的中间型的农民形象。

三

长篇小说创作要积极面对现实，就是作家要自觉注意文学发展的变化、动态，既自觉进行小说观念的变革与更新，又主动注视文体特性的变异与创新。从第六届茅盾文学奖来观察近年的现实题材小说创作，都能感受到这种时代特色的凸显。

第一，贴近生活、贴近实际、贴近群众的作品成为主流。"三贴近"的实质是贴近人民大众的生活和他们所从事的实际斗争。现实生活包括历史的和当今的，永远是文学创作的源泉，是文学灵感所由生发的丰腴土壤。离开丰富的现实生活，要写出具有丰厚内容的作品是很难的。应当说，近年大量的现实题材长篇小说大多深深扎根于不同的生活土壤中，即使充盈想象、虚构性很强的作品，也有一定的生活根据。当代我国文学曾在相当长的时期强调作家要"为工农兵而创作，为工农兵所利用"。这种号召，当文艺还脱离人民大众时并非没有必要。固然人民的范围不仅仅是指工农兵，但毕竟任何时候工农兵都构成人民的主体。新时期以来我们强调文艺应为最广大的人民大众服务，包括为一切拥护社会主义的各个阶层的群众服务，不但文艺应该表现他们的广泛的生活，也要满足他们多种多样的审美需求。这自然都是正确。可是，自20世纪90年代以来，随着市场经济体制的确立和社会生活产生的重大变化，有相当多的文艺作品脱离了工农兵，甚至完全淡化广大人民为建设社会主义现代化而奋斗的时代背景，只写男欢女爱，纸醉金迷，乃或走向"下半身写作"，以致引起广大工农兵群众的不满。所以，"三贴近"口号的提出并不是没有针对性的。《绝对权力》、《天高地厚》、《歇马山庄》、《大漠祭》之类的作品不仅贴近群众的生活，而且贴近现实生活所提出的社会实际问题。可见，"三贴近"无疑是强调直面当下现实人生的现实主义精神，是充满阳光和绿叶的理想主义精神，是"指点江山，激扬文字"的宏大叙事。在相当一些人背对现实、躲避理想、消解宏大叙事营造文学的俗气的时候，柳建伟却给我们奉献出大气磅礴、生机盎然的《英雄时代》。这不仅是净化读者心灵，而且是净化文坛的绿色文学。《英雄时代》以中国1998年的政治、经济宏观格局为叙事语境，正面表现了党和政府在党的十五大关于国企改革、发展民营经济、政府机关机构改革等一系列政策的实施，但她与过去的必然性叙事模式有别的是，作者采取了一种与必然性叙事不同的过程性和可能性的叙事方式。小说并没有按照传统模式表现实行这些政策之后的必然性辉煌，而是正面描写实施这些政策引发全社会各种利益矛盾冲突的错综复杂状况，用一种宏观视角广阔地再现了中国在向社会主义市场经济体制转型过程中的艰难历程，叙写出这一时代人们的生存环境和生存状况。小说尖锐地展示了旧有国有企业体制不适应市场经济发展局面的弊端，廉洁奉公的陆承业没有挽救红太阳集团的衰败，能干老练的王传志贪污受贿陷天宇集团于不利，陆川县的各种小型国有企业在亏损中被民营老板陆承伟悉数收购……而与市场经济同时出现的民营企业却在国有企业的颓势中崛起，如鱼得水，欢蹦乱跳：陆承伟的实业有限公司在短短的时间里，资产达到好几个亿。由几个下岗职工凑钱开设的都得利百货零售公司对国营百货公司造成严重威胁。就连两次下岗的毛小妹两次摆"一元小面摊"也免受生活的困窘……小说所描写的国有企业和民营企业的不同生存状况，是实际生活的真实情况。这部小说就是贴近生活、贴近实际、贴近群众结出的硕果。

第二，突出地表现了文学创作的多元化状态，同时主旋律也比较昂扬。从 20 世纪 80 年代以来，我国文学创作就走向多元化，不仅题材和主题日益多元，形式和风格也日益多样。但在多元中突出主元，在多种音部的交响中突出主旋律，却不是很容易做到。往往顾及了题材、主题、形式、风格的多样，主旋律便显得不够突出。但对主旋律也不应做过于狭窄的理解。江泽民指出："弘扬主旋律，就是要在建设有中国特色社会主义的理论和党的基本路线指导下，大力倡导一切有利于发扬爱国主义、集体主义、社会主义的思想和精神，大力倡导一切有利于改革开放和现代化建设的思想和精神，大力倡导一切有利于民族团结、社会进步、人民幸福的思想和精神，大力倡导一切用诚实劳动争取美好生活的思想和精神。"① 这段话对主旋律的阐释是相当宽泛的。因而，不仅贴近当代我国社会主义建设的作品能够表现主旋律，即使历史题材，乃至幻想未来的作品，包括童话、寓言等题材和体裁异常广泛的作品也都有可能表现主旋律。在这届茅盾文学奖入围的长篇小说中，表现主旋律的作品很突出。像描写现实政治生活中权力过于集中而导致种种弊端的《绝对权力》，再现珠三角改革开放前沿的《大江沉重》，画出农村改革开放历程中不同男女追求美好生活的苦涩与喜悦的《歇马山庄》，以及《天高地厚》、《大漠祭》等凸显时代矛盾冲突的脉动和人们充盈时代精神的奋斗的作品，

---

① 江泽民：《在全国宣传思想工作会议上的讲话》，《人民日报》1994 年 3 月 7 日。

自然堪称体现主旋律。而反映当前经济建设中寻求不同理想的《英雄时代》，读者可以明显地感受到，作家以作为人的善良之心，作为炎黄子孙的爱国之心，作为平民百姓的向往追求，作为共产党人的理想信念，以拥有这种多层次内涵的心灵世界，去直面现实，体察生活，体验民情，形成作家自己对中国当下状况、未来走向的切身感悟，以此作为对现实进行多元化、可能性叙述的价值准绳。小说真实地描写了人民群众，特别是国有企业下岗职工，为社会转型承受的负担。都得利公司和"一元面店"的出现，是这些下岗职工面对时代难题所作出的英雄壮举。1998年中国遭遇了特大洪水的袭击，都得利公司和员工心系灾民的真挚情感和员工王小丽未婚夫英勇殉难，王小丽及其未婚夫家里把两个年轻人准备结婚的9万元全部捐献给灾区的情节，必定会使读者深受感动。审美情感具有伦理的导向性。读者在接受情感感染的时候，可能会感受到，中国改革真正的英雄是人民，中国前途发展的多种可能性的选择权最终在人民手里。承担着改革沉重负担，决定着改革命运的是人民，人民是真正的时代英雄。毛小妹、金月兰、王小丽是人民群众的代表性人物形象。主人公史无雄之所以能够成为时代英雄的代表，只是因为他从毛小妹等人身上感悟到了人民在改革中的坚忍不拔的奋斗精神。小说结尾，史天雄将成为天宇和红太阳两个大型集团公司合并后的老总。而像史天雄这一类有共产主义理想信念，又有运作资本实际能力的人，如果真正能够成为国有大型企业的法人，也有可能使国有企业在市场经济中生存和发展下去，使市场经济前面戴上社会主义的桂冠。读者在柳建伟的艺术假定性中，看到的是现实生活的充满矛盾、扑朔迷离的人生世相，是现实发展趋向的多种可能性，更是一种充盈时代精神的主旋律。

第三，力求叙事艺术和语言做到民族化与现代化相统一的创新。我国长篇小说在 20 世纪从古典到现代的转型，是以大量引进外国、特别是西方小说的现代技巧和文学语言特色为潮流的。从而使长篇小说的艺术表现张力得以大大扩充。这期间出现了两次过于欧化的弊端。一次是"五四"之后的二三十年代，以至引发民族化、大众化的讨论和毛泽东在延安对"为人民所喜闻乐见"的"中国作风、中国气派"的提倡。此后，解放区文学和建国初的文学都沿此方向作出可贵的努力，包括长篇小说的创作在内。八九十年代由于中西文化又一次大规模撞击，"西化"之风又披靡于文坛，长篇小说也不例外，艺术上脱出五七十年代流行的窠臼，从西方现代主义和后现代主义的作品里吸取了艺术构思和表现的种种新的技法，甚至语言上也再次欧化和拉美化，连"意识流"的呓语和无标点的长句都学来了。于是又产生了一批让读者读不太懂和许多段落干脆读不懂的作品。近年现实题材的长篇小说不乏在艺术上的创新，鲜有让人读不懂或读不太懂的。因为它们的创新多顾及既现代化又民族化。像《歇马山庄》对农村女性心理的细微刻画，既兼西方心理小说之长，但语言又是十足中国化、乡土化的。《英雄时代》的宏大叙事在具体操作上具有个性特点，很有故事性、情节性，不少情节的编织十分精巧。小说中的主要人物都在事业矛盾和个人情感纠葛交织的情节冲突里活动，构成了人物灵与肉、理想追求与世俗生活、精神狂欢与物质狂欢的立体性形象。我们知道，在传统现实主义的宏大叙事受到解构以后，充满情感、感官愉快、欲望冲动的作品填充了理性主义宏大叙事留下的空白。这些有看点的作品，有其自身优势。在重构现实主义的宏大叙事时，不能走传统作品纯粹精神追求的老路，而创新的一个途径就是吸收现代大众文化的感性狂欢特

点，拥有精彩奇特、引人注目的情节。《英雄时代》里，主要
男性人物史天雄和陆承伟，他们每一个人都在与两个女人的特
殊关系中进行选择。史天雄离开副司长高位，到西平市都得利
公司任职，有时代大叙事的浓墨重彩骨架，而这种抉择也不能
说和 20 年前与金月兰相见恨晚的心痛无关。陆承伟的疯狂敛
财、玩弄女人，是原始积累时期资产者的禀性使然，同时也因
为他对初恋情人求之不得的伤痛。陆承伟对都得利公司实行残
酷的商战，既有企图拥有梅红雨的谋划成分，又有将史天雄挤
回北京，维系姐姐陆小艺残败婚姻，维护陆家体面的因素。家
族情愫、男女欲求、市场商机，交织结合在一起，构成好看的
故事。这应当是柳建伟长篇小说具有广泛社会影响的重要因
素。作家的这种思路从总体上说符合现时代公众的审美心理和
欲求。当然，作家的探索还不能结束。感性狂欢的心理激发与
时代宏大叙事的理性把握，还应当寻求更生动、更融洽的结合
点，具有更为深刻的激动人心的结合。小说结尾处，陆承伟因
为顾双凤的堕落而引起的良心发现，使同情史天雄、金月兰以
及梅红雨的读者心有所安，同时给中国改革的前途透露出希
望。作者的用意是良好的，这个结尾也是可以接受的。但是，
总让人感到情节的这种收束，在叙事上不够流畅。

第七届茅盾文学奖的时代感与地域性

荣获第七届茅盾文学奖的《秦腔》、《额尔古纳河右岸》、《湖光山色》、《暗算》已揭晓一段时间了。除了专业性《文艺报》、《文学报》、《小说评论》等报刊有所"表示",几大权威报刊都不如前几届茅盾文学奖一旦公布,不是单篇获奖作品的重头评论,就是刊发一组笔谈,可谓热热闹闹,浓墨重彩,可这几大权威报刊(《光明日报》除外)从公布至今,几乎是集体失声。一方面,"真的不知道现在还有多少人在真诚地关注着文学,关注着茅盾文学奖",以致权威报刊也失去了信心;另一方面,"业已持续三十年历史之久的茅盾文学奖,正在日益丧失其本来应该拥有的公信力"[①]、经典性、权威性。我认为,作为初评读书班或者终评评委,都应该在评奖过程中有一种国家至上、民族使命的意识,评奖不仅要对评奖本身负责,还要有对国家文学形象尊严负责,才能真正评出一个历史时段国家文学的最高水准,即使宁缺毋滥,也要维护尊严。

一

每一个作家都是生活在自己的时代与现实中,现实生活必然成为他们笔下的内容和主题,尤其是代表着国家与民族一个

---

① 　王春林:《依然如此的茅盾文学奖》,《小说评论》2009 年第 1 期。

历史时段最高水准的优秀文学作品，更应该具有鲜明的、强烈的、深邃的时代感。

文学应该有直面现实的精神担当。这种直面现实的精神不是顾影自怜，不是孤芳自赏，不是匍匐权贵脚下的奴颜，不是垂涎富翁指缝间的乞讨，不是沉溺少数人情感世界的纠葛，也不是猎奇光怪陆离的社会现象，而是要具备自觉关注底层大众民生的良心和责任，满怀对人民大众的真情挚感，爱其所爱，憎其所憎，哀其所哀，痛其所痛，善其所善，美其所美。这才是一个有精神担当的作家的作品应有的这个大时代的生动写照。贾平凹的《秦腔》正是这样一曲既传统又现代，既写实又高远的时代强音。小说直面了乡村的矛盾和困境，敏感地抓住了现代化给农村造成的巨大冲击，以及在这种冲击下乡村复杂的情绪，他为逐渐消逝的农耕文明唱了一曲悲伤哀婉的"秦腔"。但仅有这些还是不够的，这只不过是加入了当代文学对于乡村困境呼吁的合唱，其独特性就在于，作者贾平凹是怀着一种敬畏之心去书写这一切的。在《秦腔》中，作者不是一味地揭露乡村的苦难和困顿，而是力图从凋敝、委琐的现实中去发现乡村文明的精神价值，他对这种精神价值心存敬畏，因而他对这种精神价值的日渐式微表示惋惜，并期望以自己的文字挽留这一切。所以他一再声称他写这部小说是要"为故乡立一块牌子"。《额尔古纳河右岸》是一部风格鲜明、意境深远的作品。迟子建怀着真诚的心态，进入到鄂温克族人的生活世界，讲述了他们在二十世纪现代化大背景下的艰难生存、顽强抗争和文化变迁，小说具有史诗的品格和文化人类学的思想厚度。作者以现代文明的"他者"眼光去探询一个弱小民族的兴衰过程，展现出鄂温克族的文化精神以及他们在现代文明抗压下的文化危机，作者从多种文化碰撞和冲突的现实中寻找文化交融与和谐的途径，体现出一种宏大的文化理想，这样一个世界性的文学主题，被迟子建以一种温柔的抒情方式诗意般地表达出来。小说可以看做是作者与鄂温克族人的坦诚对话，在对话中，尊重生命、敬畏自然、坚持信仰、爱憎分明等这些被现代性所遮蔽的古典精神和人类文明长期积淀的精神价值得以充分彰显。《暗算》讲述了具有特殊禀赋的人的命运遭际，书写了个人身处封闭的黑暗空间里的神奇表现。在这个几乎与外界完全隔绝的弹丸之地，一群天才和智者与有形或无形的敌人进行着生死较量，他们要么深入敌穴窃取谍报，要么以超强的意志力和惊人的智力去破解神秘莫测的密码。在那逼仄狭小的空间里，他们的肉体和心理都经受着非人的煎熬和磨砺。麦家在人们淡忘革命历史、消解英雄精神的当下，重回革命史的长河，寻找他心目中的英雄。这样一种精神担当显然是一种具有强烈现实感的精神担当，因此尽管麦加所讲述的故事与现实拉开了距离，但他在作品中所表现出的精神担当则是与贾平凹、迟子建等直面现实的作家相一致的。

作家有选择"写什么"和"怎么写"的自由。创作主体可以歌颂真善美，也可以抨击假丑恶。揭露和批判假恶丑可以从反面间接地肯定真善美，引导人们向那些丑陋和龌龊的东西揖别，从而具有一定的预防、教训和警示作用，然而，它却不能从正面告诉人们应当做什么和怎么做。而只有塑造了能充分体现社会主义的思想体系和价值体系新人形象和新人形象体系，并通过宣扬先进人物和英雄人物的理想信仰、人生态度、道德情操，才能对广大的人民大众起到示范、感化乃至鼓舞的作用。周大新《湖光山色》的清新可人，就是写出暖暖这样一个富有时代气息的人物形象。小说通过暖暖这个外柔内刚的乡村妇女，写出了乡村妇女如何自尊自强，在改革的浪潮中选择自己的命运。暖暖一开始也出现苦难，那时的她困苦不堪。暖暖打工从城里急忙往家里赶，把在城里打工辛苦挣来的八千元送去给娘治病。再把娘从医院接出来的时候，家里的钱也花光了，暖暖也不得不在楚王庄下地干活。暖暖不愿屈从于村长的权势与村长弟弟成婚，却要嫁给穷光蛋旷开田，结果开田被诬告进监狱，暖暖付出巨大的代价才把开田弄回来。小说写出普通农民在乡村权势的压迫下所处的艰难险恶的处境，在这种境况中，暖暖发奋而起，她从旅游业找到突破口，利用村里的楚国长城遗址，吸引四面八方的游客，做起了绿色旅游业。暖暖的事业一步步走向兴旺发达，最后与五洲公司合资成为当地的龙头企业。显然，小说在暖暖的身上寄寓了鲜明的理想主义情怀，暖暖几乎是新时代的圣母，是自我拯救的新女性，是乡土中国再生的开拓者。她既有传统中国女性的优良品质，又有新时代的精神和胸怀。她甚至可以包容和原谅像詹石磴这样严重伤害过她的人，她的身上不只是会聚了中国农村改革开放的历史进程，也寄寓了当下中国建构和谐社会的全部理想。在这种特殊的历史机遇中，只有暖暖这样的妇女抓住了时代精神，表达了中国农村变革的愿望和面向未来的希望。麦家则把中国特工战线的 701 所，当成一个塑造非凡英雄的圣地来书写。他笔下的特工人员具有一种内在的英雄气质。英雄们将自己的智慧乃至生命都奉献给了一桩默默无闻的事业，但他们也以自己的非凡之举保护着密码背后所承载的国家和民族的利益，并赋予枯燥的密码数字以伟大的人生意义。最重要的是，麦家笔下的英雄形象不同于我们以往在革命战争小说中见到的英雄形象，作者更多的是从现代哲学和人性的角度来揭示英雄品格的。而《额尔古纳河右岸》塑造的本部族的英雄传奇，也是一个民族创造神话的一部分，是民族图腾的传接。小说中妮浩明知道天要把一个人带走,"我把他留下了,我的孩子就要顶替他去那里",但在危难降临别人身上时,她还是强忍着又要失去一个孩子的悲痛跳起了神舞,在她内心没有恶人,为那偷盗氏族驯鹿的汉人孩子、为那令人讨厌的马粪包、为给失火的森林祈雨,她先后失去三个孩子。作为自然智慧的宠儿,她怀有对神职的虔诚、对一切生命的敬畏和从容舍己的美德,她把个人生命升华为自然流转的生生不息的万物。无疑是一个"散发着神性"和人性光辉的有个性的生命,迟子建是把她作为一个英雄来写的,对苦难坚忍和对神圣的牺牲,让所有人不得不对这个鄂温克女人肃然起敬。

作家的忧患意识实际就是一种责任与使命。早在《易·系辞下》的时代,就有"作《易》者,其有忧患乎?"所谓"知生于忧患而死于安乐也","是故忧患不能入也,而邪气不能袭"。说明忧患一直是作家对民族与国家的一种担当。在文学中,凡是人类思维所及之处都可以表达作家忧患意识,但忧患意识的表达在不同的时代,不同的题材,不同的作家中,会体现出大小、轻重、缓急之别。越是忧患意识重大而紧迫的作品,越能关切到更多人的切身利益,越能引起更多读者的注意,因而越能产生更广泛的社会影响。《秦腔》中乡村社会的陈年流水账,一天一天琐碎泼烦的日子,每天的日子似乎都没有怎么变——或者说,其中小小的变化似乎不值得太过注意,然而一天天的变化一点一点积累着,一年多时间积累下来,最后的结果却类乎天翻地覆。不知不觉间,乡村生活已然发生了几乎是不可逆转的巨变——而且是让人忧心的巨变:不想让它走的一点一点走了,不想让它来的一点一点来了——走的还不仅仅是朴素的信义、道德、风俗、人情,更是一整套的生活方式和内在的精神;来了的也不仅仅是腐败、农贸市场、酒店、卡拉 OK、小姐、土地抛荒、农民闹事，来了的更是某种面目不清的未来和对未来把握不住的巨大的惶恐。比如，小说中夏君亭建农贸市场的决定，一开始并不是非常强调地写出，一直到一连串的后果发生，某种几乎是不可逆转的情势已然形成，我们才恍然发现，某种似乎是偶然占上风的意见，结果却导致了清风街整个生活方式发生变化。显然，农贸市场的建立给当地带来了一定程度的效益，有先见的人借着这个机会模仿城市建立了酒楼，酒楼招引来了大吃大喝，招引来了投机客商，招引来了舞女和妓女，招引来了当地的家庭不睦——人心本已不宁。如此一来更是推波助澜：更多的人进城去追求发财梦，有人见利忘义打劫杀人，有人四处飘荡卖笑卖淫，土地更加抛荒，原本在人们想象中宁静的乡村，跟在剧变中的城市一样，奇闻逸事层出不穷，错乱悖德之事被视为寻常，看得人眼花缭乱，目瞪口呆。而迟子建在《额尔古纳河右岸》中写出了现代经济对一个民族的挤压，结尾处洞悉世事的"我"发出这样的疑问："这几年，林木因砍伐过度越来越稀疏，动物也越来越少，山风却越来越大。驯鹿所食的苔藓逐年减少……他（激流乡古书记）说我们和驯鹿下山也是对森林的一种保护。驯鹿游走时会破坏植被，使生态失去平衡，再说现在对动物要实施保护，不能再打猎了。他说一个放下了猎枪的民族，才是一个文明的民族、一个有前途和出路的民族。我很想对他说，我们和我们的驯鹿，从来都是亲吻着森林的。我们与数以万计的伐木人比起来，就是轻轻掠过水面的几只蜻蜓。如果森林之河遭受了污染，怎么可能是因为几只蜻蜓掠过的缘故呢？"这是对破坏自然生命的深切痛楚和对外来经济进行强词夺理掠夺的温婉控诉。人与自然的悖论就在这里出现了：森林哺育了自己的子孙，而这些子孙为了改变生存境遇又毁灭了森林，这使他们再也不能与森林相依为命，心灵的灾难史开始了。不仅如此，迟子建还有对原生态生存非人道处的批评，如《额尔古纳河右岸》中尼都萨满晚年对达玛拉的爱恋却是族规所不容的，所有人都予以抵制，结果他们疯癫了，还有依芙琳的乖张、金得的被逼成婚、瓦霞的刻薄等。依莲娜是作者所塑造的有意味的形象。她是这个家族走出去的第一个大学生，并成为画家。她结婚一年就离婚了，每次她返回山林疗伤都会说城市的喧嚣和无聊，但她又嫌山里太寂寞，于是在城乡之间反复往返，最终她"彻底领悟了，让人不厌倦的只有驯鹿、树木、河流、月亮和清风"，结果回归自然的依莲娜还是被丛林河流夺去了生命。

二

文学有地域性，《文心雕龙》称北方的《诗经》为"辞约而旨丰"，"事信而不诞"；称南方的《楚辞》为"瑰诡而惠巧"，"耀艳而深华"，就区别了它们的殊异。法国文学史家丹纳甚至明确把地理环境与种族、时代并列，认作决定文学的三大因素。显然，地域性正是第七届茅盾文学奖获奖作品的一个鲜明特征。

在中国，对于高原人与原乡者来说，运用民歌抒写情感与书写人生，是其返归自然、接近灵魂的有效途径。在一个个没有现代狼烟所污浊的自然神话中，歌颂自然、祈祷神佑、超度灵魂、排遣困惑都离不开歌唱，这些"歌"与"腔"正是这些民族生存本相和文化本体的一部分，歌唱一切就是他们的自然生存状态。在《额尔古纳河右岸》中，"正午"部分出现了5支跳神歌：第一首是尼都萨漫为魂归天堂的心爱女人达玛拉而歌，第二首是妮浩为驯鹿玛鲁王所歌，第三首是达西向新寡的杰芙娜求爱时妮浩为死去的金得祝福的神歌，第四首是妮浩祭熊的歌，第五首是为她夭折的孩子果格力吟咏；"黄昏"部分也有5首，第一首是妮浩为马粪包跳神时，她的孩子交库托被马蜂蜇死，妮浩为孩子所唱；第二首是瓦罗加为"我"唱的；第三首是妮浩以歌怀念交库托；第四首是妮浩为偷驯鹿的汉族孩子跳神时造成流产，她为夭去的孩子所唱；第五首是在贝尔娜失踪的晚上马伊堪唱的；"尾声"中那支妮浩唱过的流传在这个氏族的祭熊神歌再次由"我"唱出。而这个氏族史的亲历者和叙述者"我"，"不想留下名字了"，"走的时候，……（要）葬在树上，葬在风中"，化为森林的一部分，等等，都是这个民族特有的地域性。其实，缭绕的神歌是这个民族个体的隐痛也是民族的隐痛，它凄凉的散去正是这一个个逝去的部落的挽歌。

《秦腔》唱出的同样是这样一曲衰败的挽歌。《秦腔》也写到了秦腔，或者不如说，写到了秦腔的衰败。在很长的历史时间中，秦腔已然与秦人的精神生命联系在一起，而它也在相当大的程度上，连通感应着秦人的生命脉搏，高亢苍凉的唱腔中流动着生命的悲怆与放肆，亦因此，秦腔在秦地的普及程度，在过去大概也是其他地方戏剧难以比拟的。然而，这样的情况似乎在渐渐消失。小说写到的秦腔的命运，让人印象深刻。夏中星当了县剧团的团长，好大喜功，把团员聚起来送戏下乡，不曾料到，每到一个地方，敲锣打鼓，观众却寥寥，有时只有几个人在看，甚至没人看，如作品中所写的：

我说："你们做演员还有脸红的？"那演员说："演员总该长了脸吧？中午演到最后，我往台下一看，只剩下一个观众了！可那个观众却叫喊他把钱丢了，说是我拿了他的钱，我说我在台上演戏哩，你在台下看戏哩，我怎么会拿了你的钱？他竟然说我在台下看戏哩，你在台上演戏哩，一共咱两个人，我的钱不见了不是你拿走的还能是谁拿走的？"

　　不管作者是不是编段子，秦腔在丧失观众，大概总是不假的。小说还写到，这个村子的村民竟然和演员们打了起来，"说是戏台上是他们三户人家放麦草的地方，为演戏才腾了出来，应该给他们三户人家付腾场费。"对比以往秦腔在乡村的受欢迎程度，如今竟是这种情势，秦腔似乎真的是气数尽了？这种情势的形成，一方面是来自于流行文化的竞争（譬如小说中写酒楼开张时秦腔竞争不过流行歌曲），另一方面，却也来自于下层干部以之作为表现工具帮倒忙。小说里的中星，为了政绩，把演员聚拢起来下乡演出，每次演出前，"都要讲秦腔是国粹，是优秀的民族文化传统，我们就要热爱它，拥护它，都来看秦腔，秦腔振兴了，我们的精气神就雄起了……"然而不仅他的这套大道理不惹人喜欢，这个剧团便是毁在他手里。中星升了官，回家参加长辈的丧事，老演员王老师对他说："……事情过去了，我说一句不该说的话，咱们剧团在你手里不该合起来，当时分了两个分队，但毕竟还能演出，结果一合，你又一走，再分开就分成七八个小队，只能出来当乐人了。"唱净的乐人接着说："这有啥，咱当了乐人，却也抬上去了一个县长么！"有些东西，不喜欢它的人能毁了它；喜欢它但目的是拿它去派用场，却会更快地毁了它。秦腔这样的民间文化却同时面对着这两种力量，内外交攻，焉得不败？如果说迟子建的神话有着更加苍郁的民俗色彩，更能传递一方游牧民族血脉中浪漫、坚韧、善良、生机酣畅以及生命意识的悲壮，那么，贾平凹的秦腔则更多的是原始、粗野、一片聒噪，直至消亡的必然结局。正是这些歌谣和苍凉的秦腔，一起构成了迟子建和贾平凹文本浓郁的神秘色彩和诗性特征，诗性叙事又反过来晕染了人与自然相通的情怀。

在中国社会，"死亡"是一种具有光荣传统的文化禁忌。孔子说："未知生，焉知死？"[①]庄子也说过："三日而后能外天下；已外天下矣，吾又守之，七日，而后能外物；已外物矣，吾又守之，九日，而后能外生；已外生矣，而后能朝彻；朝彻，而后能见独；见独，而后能无古今；无古今而后能入不死不生。"[②]这种禁忌以及与此相适应的对死的规避心态一直恪守在中国人的心理结构的深层，不但影响了中国人的行为和生命方式，甚至影响了中国人的语言和话语习惯。所谓"一生样，百样死"，正是指"死亡"形态的多样性与地域性。在《额尔古纳河右岸》的一片"原始风景"中，就充满了"有活力的死亡"。在笃信神灵的北方少数民族中，"他们的死亡观念和汉民族是不一样的"。他们把身体看做是神灵的一部分或者是自然的一部分。神灵随时都可以把他们的生命取走，无论是在痛苦或者快乐的时候，生命都可以戛然而止。也就是说，它们的死亡不仅是奇异的，而且还是即兴的。死亡对他们来说只是生命的另一种存在形式。他们或冻死、病死，或酗酒而死，或溺水而死，或被黑熊咬死，或被雷电击死，或跳舞累死……无论何种形式的死亡都是那么的从容。这是一种"庄严的死亡"也是"有尊严的"、具有宗教感的死亡。他们的生活是热情奔放的，死亡也是热情奔放的。比如，鄂温克这个老女人一直与死亡连在一起。少女时，父亲林克在一次打猎中被雷雨击中，死了。她的母亲达玛拉热爱跳舞，最后她的母亲穿着尼都萨满送

---

① 《论语·先进》。

② 《庄子·大宗师》。

她的羽毛裙子，脚蹬一双高腰豹皮靴子在篝火旁孤独地旋转
着，直至死去。于是她的父母"一个归于雷电，一个归于舞
蹈"，而她的二儿子安道尔多年后被她的大儿子维克特"一枪
打在脑壳上，一枪从他的下巴穿过，打到他的胸脯上"，那是
维克特误以为野鹿而错杀。她的第一任丈夫拉吉达是在一次寻
找驯鹿的途中被活活冻死在马背上。眼看着亲人一个个离她而
去，悲伤的她依然充满活力与热爱。第二任丈夫就是酋长瓦罗
加最后死于黑熊的魔掌。生命中的悲剧有时也像戏剧一样，所
以她感慨地说："我和拉吉达的相识，始于黑熊的追逐，它把
幸福带到了我身边，而我和瓦罗加的永别也是因为黑熊。看
来它是我幸福的源头，也是我幸福的终点。"酋长死后不久，
1978年她的大儿子维克特因酗酒过度而死亡。这是个通篇充
溢着死亡气息的长篇，而所有的死亡中，妮浩萨满孩子们的死
是最具有悲剧震撼力的，一个作为氏族英雄的萨满形象就在一
个个孩子的死亡中凸显出来。妮浩（也就是鄂温克老女人的弟
媳）在成为萨满之后，每跳一次神救一个人，她自己的孩子就
会死去。果格力是她的长子，死去后按照鄂温克人的习俗，被
装在白布口袋里扔到向阳的山坡上。在注定的规则面前，妮浩
认定拯救同族人的性命是自己作为萨满神圣的天职，于是她为
了救别家孩子的性命不得不舍弃自己的孩子。面对一个又一个
孩子的离去，她只能在悲伤中为死去的孩子唱上一首神歌，她
这样唱道："孩子呀，孩子／你千万不要到地层中去呀／那里
没有阳光，是那么的寒冷／孩子呀，孩子／你要去就到天上去
呀／那里有光明／和闪亮的银河／让你饲养着神鹿。"于是在
额尔古纳河右岸的森林里，一个母亲疼痛的歌声经久不息。

《秦腔》却弥漫着一股不经意的死亡气息。比如，夏天义
对土地本来就有着质朴而执著的感情，他坚信农民离开了土地

就不成其为农民。所以，他才要租种出城打工的俊德家抛荒的土地，他才要坚决反对君亭建农贸市场、反对用鱼塘换七里沟的计划，他才要让孙子辈们到七里沟接受教育，他才要一个人到七里沟去像当代愚公一样独自翻地，他才会对孙子辈离开土地如此的伤感。小说最后夏天义吃土的细节以及最终死于七里沟地震的情节无疑有着强烈的象征意义，它隐喻了夏天义这代农民与土地割舍不断的情感与命运。但是令人遗憾的是这种情感和命运又充满了悲剧性，不仅与时代的气氛，与君亭等后代的追求格格不入，而且同代人对他也并不理解，具有反讽意味的是我们看到在小说中夏天义最坚定的支持者其实只有哑巴和白痴引生两个人，其他人如三踅等只有需要利用夏天义时才会成为他的支持者。某种意义上，夏天义算得上是中国大地上的"最后一个农民"，在这里，贾平凹令人痛心地唱响了一代农民对于土地的挽歌，把"农民之死"和"土地之死"的悲壮图景真实而心酸地展现在我们面前。而夏天智对秦腔的热爱，对乡村的文化人格和道德化生存方式的执著，则象征他这一代人对乡村生存方式的迷恋。作为乡村退休的小学校长，他享受着乡下人对他的知识崇拜、道德崇拜和精神崇拜。他乐善好施，无论在家族内部还是在清风街都是令人尊敬的"权威"。但是，他内心的矛盾以及与时代的不可避免的冲突注定了他悲剧性的结局。一方面，夏天智有着根深蒂固的文化虚荣感，他所浸淫其中的乡村文化本身就具有相当的复杂性和两面性，其中封建性愚昧文化因子对他的影响本身就难以摆脱；另一方面，无论在家族还是在秦腔问题上，他也慢慢地成了"失败者"。"文化"的虚荣不但不能拯救夏天智和乡村的命运，甚至连其自身也正在成为"问题"。他无法挽救夏风与白雪的婚姻，把夏风赶出家门也并不能掩盖他的"失落"。秦腔是他的精神寄托，但秦腔的衰落他同样无可奈何。他出版了秦腔脸谱，每天坚持在家里播放秦腔，可他的收音机最后还是哑了。他身患癌症，最后死去，他的死既是身体的死亡，又更是一种"心死"，他所隐喻的正是乡村文化之死。由此可见，迟子建笔下"人物"的死亡带有浓郁的文化色彩，而贾平凹笔下"人物"的死亡带有醇厚的政治意识，不论是前者笔下的"死亡"或是后者笔下的"死亡"，都充满了原始的地域性。

在中国人的情感中，"故乡"是灵魂的栖息之所，有一种挥之不去的情结。《木兰诗》中就有"愿驰千里足，送儿还故乡"。在第七届茅盾文学奖获奖作家笔下，既有对故乡山水巨变、旧貌换新颜的赞歌，也有对故乡乡愁乡思乡恋的恋歌，还有对故乡衰败乡村文化的挽歌。第七届茅盾文学奖鲜明的地域性——四部获奖作品就有三部写的是"故乡"。迟子建就生长在北疆纬度最高的大兴安岭北麓，是在漠北的山林江水中长大的，地域性的自然、文化环境塑造了她、成就了她，即使她离开了家乡，进入了都市，骨子里、灵魂中那种"故乡"印记仍是擦抹不去的。由于迟子建的家乡在中国的最北端，她主要是接受大自然和民间文化的哺育，是大自然和民间神话传奇让她生成了自由的天性和富有生命力的想象。而北方民族的宗教信仰，尤其是萨满教和泛神论思想对她的世界观和文学创作也给予了具有深远意义的影响。正如她曾说的："也许是由于我二十岁以前一直没有离开大兴安岭的缘故，我被无边无际的大自然严严实实地罩住。感受最多的是铺天盖地的雪、连绵不绝的秋雨以及春日时长久的泥泞。当然还有森林、庄稼、生灵等等。所以我如今做梦也常常梦见大自然的景象。大自然使我觉得它们是这世界上真正不朽的事物，使我觉得它们也有呼吸，我对它们敬畏又热爱，所以是不由自主地书写它们。其实我在作品中对大自然并不是'纵情地讴歌赞美',相反,我往往把它处理成一种挽歌,因为大自然带给人的伤感,同它带给人的力量一样多。"[1]迟子建那些以故乡大兴安岭一带为背景的小说也真的让读者在木刻楞房、白夜、极光、大雪、渔汛、秧歌等极富地方特色的景致和民俗中流连忘返,在那个如梦如画的世界品味它的美好、它的忧伤。故乡,"那些梦幻般的生活像山野的野菊一样烂漫在她的心间",但也像泪鱼这个凄美的意象一样,让她的挽歌"响彻晨昏"。

故乡对她的文学生命意义是重大的,故乡的一切就是流淌在她文字中的血浆。故乡给了她最早的生命领悟,"我从早衰的植物身上看到了生命的脆弱,同时我也从另一个侧面看到了生命的从容"。而故乡的人们,"也许是由于身处民风淳朴的边塞的缘故,他们是那么善良、隐忍、宽厚,爱意总是那么不经意地写在他们的脸上,让人觉得生活里到处是融融的暖意。我从他们身上,领略最多的就是那种随遇而安的和平与超然,这几乎决定了我成年以后的人生观,至今那些令人难忘的小动物,我与它们之间也是有着难解难分的情缘"。故乡让她认识到"大自然是世界上真正不朽的东西,它有呼吸,有灵性,往往会使你与它产生共鸣……"使她走上文学道路以后,"脑海里还时常浮现出童年时家乡的山峦、河流、草滩的自然画面,似乎还能闻到花草的香气,闻到河流的气息;也常常不由自主地想起童年故乡的生活场景,乡亲们言谈举止的方式和表情,他们高兴时是什么样子,他们发怒时是什么样子……一下笔故乡的人、事、景、情就扑面而来"。是父老乡亲为她的文学启

---

① 文能、迟子建:《迟子建〈畅饮天河之水——迟子建访谈录〉代序》,人民文学出版社 2000 年版。

蒙，是那些关于鬼和神的传奇故事，给了她无穷的幻想和最初的文学感觉。是由于神话的滋养，在她的记忆里，那房屋、牛栏、猪舍、坟茔、山川河流、日月星辰等等，统统沾染了神话的色彩与气韵，她笔下的人物也无法逃脱神话的笼罩。使她所理解的活生生的人，"不是庸常所指的按现实规律生活的人，而是被神灵之光包围的人，那是一群有个性和光彩的人。"《额尔古纳河右岸》从"清晨"到"正午"、"黄昏"，直到"半个月亮"升起来讲述的，正是故乡那片"原始风景"的神奇记忆。同样，贾平凹《秦腔》的这个故乡，不仅仅是现实中那个陕西小镇上的"棣花街"（书里面变成了"清风街"），还有贾平凹心底对这条街道、这个小城的全部念想。周大新《湖光山色》也是作家对中原乡村如归故里般的一次亲近和拥抱，在为家乡人民勾画一幅新的蓝图：农家田园与幽静古刹、先秦都城、烟波碧水相映成辉，融为一幅具有现代意味的时尚场景。然而，作家又是以上帝的目光俯视着故乡，他知道财富在腐蚀着农民，瓦解着古朴的民风，因而他的目光中不能不带有温柔的怜悯。

三

长篇小说是一种极具"难度"的文体。任何忽视艺术独创与圆熟把握，都只能使长篇小说创作"一半是海水，一半是火焰"，有的甚至是地地道道的垃圾。只有在艺术上获得比较成功的运用与把握，才有可能在茅盾文学奖评选活动中获得成功。

现实主义叙事诗学，不仅仅指一种写实性的叙事方式，更是指一种创作精神。从这个意义上说，现实主义至今仍是当代文学尤其是长篇小说的创作主潮。事实上，现实主义在当代越来越富有革命性，它采取开放的姿态，大胆吸收现代思想成果，借鉴新的创作手法和叙事方式，使现实主义不断地得到深化和发展，始终保持着旺盛的活力，贾平凹的《秦腔》在叙事上有了明显的突破，这就是承袭以《红楼梦》为代表的古代文学的日常叙事传统，从而以细腻的笔法触摸到当代农村日常生活的肌理。在中国现当代文学的叙事史中，存在着两种叙事的交错，一种是革命叙事，一种是日常叙事，一直以来革命叙事占据着文学史的主流，自从上世纪 80 年代以来，日常叙事逐渐兴起，成为当代小说重要的叙事方式。日常叙事改变了作家看世界的方式，拓宽了文学的表现力。但人们主要承袭的是现代文学史上以沈从文、张爱玲等为代表的日常叙事。事实上，《红楼梦》的日常叙事独具特色，达到了登峰造极的地步。但《红楼梦》这样一种独具传统文化意蕴的日常叙事在现代小说中未曾得到有效的继承。恰是在这一点上，《秦腔》具有叙事革命性的意义。重要的是，贾平凹并不是简单地在语言形式上追随《红楼梦》，而是深得《红楼梦》的神韵，《秦腔》与《红楼梦》的写作背景有相似之处，都是处在社会脱胎换骨变革的动荡之中，旧的秩序正在溃散，而新的东西仍是迷茫和朦胧的。因此贾平凹在《秦腔》中化用《红楼梦》的叙事风格，便更能传神地表达出他对当代乡村文明衰落的切肤体验。《额尔古纳河右岸》中有大量传奇性的情节，但迟子建以她所擅长的亲切平易而又富有情感煽动力的叙事，便将传奇也讲述得充满人间情怀。尤其在艺术结构上独具特色，作者以音乐的结构，通过"清晨"、"正午"、"黄昏"、"尾声"四个乐章，谱写了一支鄂温克族的"命运交响曲"，而作者娓娓道来的叙述方式和抒情的文字，使曲调具有一种委婉和凄美的色彩。而小说中有一种神奇魔幻的色彩，它会让我们联想到拉美小说中风靡世界的魔幻现实主义。然而《额尔古纳河右岸》的神奇魔幻不是来自对拉美魔幻现实主义的模仿，而是直接从本上经验中生成的。迟子建说过小说中的传奇故事很多都是她从小就听过的，后来她为了写这部作品又到鄂温克族部落内部采访。因此她能将神奇魔幻与现实生活融为一体。周大新在《湖光山色》中，给规规矩矩的现实主义掺进乌托邦的色彩。乌托邦是逐渐被我们疏远的文学圣地。这个术语最早由英国著名的人文主义者托马斯·莫尔创制，它的词根是两个希腊词，一个词的意思是"好的地方"，另一个词的意思是"没有的地方"。这就决定了乌托邦的双重含义。一方面人们将其视为"空想"、"白日梦"的同义词，另一方面，人们在为某种指向未来的"理想"、"规划"或"蓝图"命名时也往往不约而同地想到"乌托邦"。正因为此，作家们往往愿意在作品中建构一个乌托邦，来寄寓自己的美好理想。人们把柏拉图的《蒂迈欧篇》视为最早的乌托邦文学。文学中的乌托邦可以说是作家建构的一个虚无的存在，但正是通过这种虚无的存在，作家表达了他对现实的不满与批判和对理想的憧憬。当周大新把物质与精神的矛盾引入到乌托邦时，他就使乌托邦具有了现代的意识。今天，不少作家意识到文学精神向度的重要性，努力提升叙述的精神品格。而重建文学乌托邦无疑是一个重要的途径。周大新在《湖光山色》中作了有益的尝试。

对传统艺术方式输入现代技法，不论是怪诞、神秘、夸张、魔幻性情节渗入的设置，或者是为了长篇小说的好读，将通俗类的侦探小说的方法运用到纯文学小说技法之中，从而在二者的结合上实现艺术创新。这种创新不仅能产生现代艺术的审美效果，而且能获得读者的赞赏与肯定。《秦腔》所采取的叙事手法总体上看是非常写实（传统）的，但他思维的奇特、情感的执著、认知的怪异又恰恰赋予了小说叙事以更大的自由度与灵活性。可以说，经由他的目光、情感和思维的过滤，小说对于日常生活叙事的逻辑困难被自然而然地化解了，而平淡、沉闷、流水账似的生活经由他主观性、偏执性的"误读"也变得神秘、荒诞充满了戏剧性。这是贾平凹的特长与魅力所在，也是他的小说最受人诟病的地方。贾平凹对神秘、荒诞的事物有特殊的偏好，这既是他的文化背景、审美趣味和思维习惯决定的，也与他的个人气质和话语风格密不可分。《秦腔》中怪诞、神秘、荒诞等"怪力乱神"的"神来之笔"正来自于此。比如，三踅嘴里进蛇、引生自残、夏生荣之死、乡人打狗、引生坟地里砸自己粪便以及夏风小孩没屁眼等细节都有夸张和极端之处。对贾平凹来说，对乡土生活这种怪诞、神秘、夸张的处理，既是他的认识论决定的，他始终认为乡土民间的生活就是一种"混沌"的、"藏污纳垢"的生活，他自言："建立在血缘、伦理根基上的土性文化，它是黏糊的、混沌的"，而"以往许多写农村的作品写得太干净"①，在贾平凹的世界观中生活的神秘与荒诞从来都是无法掩盖的；同时，这种处理又更是一种叙事手法，正是这些荒诞、神秘而夸张的情节使小说中原生态的"生活"不断被"搅浑"，生活的皱褶被放大，并使"密实的"生活细节有了惊奇和"延宕"的效果。麦家的《暗算》则是一部好读的小说，在图书市场上也十分畅销，被改编的同名电视剧更是吸引了众多的观众。这正是《暗算》借鉴了通俗类的侦探小说技法的结果。事实上，麦家的确借用了

---

① 《贾平凹与王彪对话：有关〈秦腔〉的几个问题》，《南方都市报》2005年1月17日。

侦探小说或悬疑小说的外壳，其内在结构仍是以独立的精英思想为骨骼的。麦家《暗算》的创新正反映出当前精英化经典与大众化经典的分野越来越模糊的趋势，也正是在这一趋势下，麦家凭借其精致娴熟的小说叙事能力，可以自由地攫取各种叙事元素为我所用。有人曾指出，麦家的《暗算》是一种博尔赫斯式的叙事。博尔赫斯对中国的当代小说影响极大，也许麦家是真正吃透了博尔赫斯的中国当代小说家。受博尔赫斯"迷宫思维"的启发，麦家在其《暗算》等一批小说中创造性地以"密码思维"来阐释世界。最困扰我们人类的密码还是人自身，人性的善恶，人的情感，人的命运，它们的真实信息多半都以密码的方式在我们耳边回响。这大概是麦家小说所要表达的基本主题。麦家则是在通过小说来一点一滴地破解"人"这一最玄奥的密码。

长篇小说语言的规范性与本土性的结合，也是一种艺术上的成功选择。规范性讲究准确、清新、典雅，它是一种绘声绘色的文学语言；本土性讲究朴实、自然、方言，它是一种民族的身份认证。二者的结合，就既清淡素雅、凝练自然，又准确生动，情趣盎然。从而使一部优秀的长篇小说，既有文学的本质特征，又有地域的原乡意识。迟子建具有一种民族语言的自觉。作为叙写鄂温克的汉族作家，她敏感意识到语言是一个民族统合力的"粘胶"。不过作为旁观者，她笔下鄂温克的语言乡愁是一种"温暖的信仰"。比如《额尔古纳河右岸》中的西班，他是鄂温克文化的传承者，当他听说好听的鄂温克语没有文字时，他迷上了造字，最大的梦想"就是有一天能把我们的鄂温克语，变成真正的文字，流传下去"，但是就连本氏族的人也嘲笑他："现在的年轻人，有谁爱说鄂温克语呢？你造的字，不就是埋在坟墓里的东西吗？"迟子建笔下的人物离开了语言原乡后就将在母语之外的汪洋漂泊一生，这些认识使她的文本充满了对"语言"的诗性愁绪，而这种语言的乡愁正体现着精神的原乡意识。小说正是借助"母语之外"的规范性与"原乡意识"的本土性的结合，才使为猎物举行风葬、萨满唱神歌等等描述，跨越了启蒙的话语逻辑，取消了他者叙述中对大地的"蒙昧"指认，发现"二结合"语言的诗性美学，成为乡土生态文学的独特审美诗征。又如贾平凹《秦腔》语言层面上方言土语的运用，以及"粗俗"语言的大量登场，既是对语言等级性和意识形态性的打破，又有助于完成对乡土"混沌"形象的还原，因为对一部由"无边无际没完没了的闲言碎语"组成的小说来说，语言的陌生化常常是克服语言滞闷压力的有效途径。然而，尽管《秦腔》的语言总体来看是以生活化的方言、口语为主，但作者对大量对联和"秦腔"曲牌的扦入又加重了作品的文学性功能。也就是说，知识和文化气息的语言在小说中的大量存在，就深化了小说的文学品性。比如关于脸谱的那些"诗赞"以及日常生活中不时出现的"对联"，都有着从语言的惯常流向中被"打断"、"惊醒"的叙事功能。"秦腔"当然是小说重要的价值寄托，但这种寄托可能更是虚化的而不是实在的。"音乐还在放着，哑巴牵着的那只狗，叫来运的，却坐在院门口伸长了脖子鸣叫起来，它的鸣叫和音乐高低急缓，十分搭调，院子里的人都呆了，没想到狗竟会唱秦腔。"这样的描写无疑是反讽而象征性的。在小说中，"秦腔"首先是一种更高分贝的"声音"，它是一种唤醒的声音，既是一种道德唤醒、文化唤醒、价值唤醒，又更是一种叙事唤醒，它让读者不至于被"密实流年"的生活窒息；同时，"秦腔"还是一种"形象"、一种"图谱"，它在小说中的频繁出现，无疑有着特殊的视觉效果，它使平面的密实的文字大幕被撕开了

"天窗"，从而有了立体感和"透气口"，也因此在语言的视觉层面上达到了规范性与本土性的完美统一。

长篇小说消闲娱乐因素的理性思考

一

自 20 世纪 80 年代以来，随着经济模式的转换，文化观念的流变，商品意识的弥散，造成人们文化心理系统的化解与重构。这在长篇小说的创作与阅读双方，都引起了复杂的变化，创作主体要适应接受主体的需要，接受主体又影响创作主体的思想，在被阅读与阅读的关系上，形成了某种或多种意义上的导引、契合、共振、摩擦、撞击和间离。这便是复杂多变的创作主体和复杂多变的接受时空，两者共同产生出复杂多变的创作与阅读的客体。所以，长篇小说极易成为社会文化的不同层次、各种观念的关注对象和焦点。

消闲娱乐，是指人们在悠闲的时光，出于主体自身的需要，从某一类艺术品中得到精神的调剂和补偿。长篇小说最适宜于提供这种愉悦而舒适的阅读享受。因为长篇小说除了精神的审美性、典型的永久性和艺术的创造性，还应该能引发某种心理——生理的舒快之感。所谓舒快之感，就是从艺术感受过程中产生的快乐。一般地说，读者从小说获取的快乐，大半来于男女情爱、衣食住行、柴米油盐、人际关系，等等。一言以蔽之，俗才是人生的内核，一个俗的世界能积淀人文内容，包括民族、地方的文化性格、心态、风习、价值观的变迁，社会生活的内幕和黑幕，历史的更替等等。它既是生活的原生状态，又有世俗的美。钱钟书从接受美学的角度多次说过，"肉书的好处之一"是"令人阅后大快朵颐"①。

可见"俗"描写也有多元的意义。此外，出色的故事也能够满足人们的猎奇心理，心理流小说家施蛰存都承认这一点："无论把小说的效能说得天花乱坠，读者对于一篇小说的要求始终只是一个故事。"②

这个故事不能一般化、虚虚实实、变幻不定。再次，要有趣味，既要迎合休闲者的口味，又要"吊"休闲者的口味。这种口味有落后的一面，也有永久价值。用一句话来概括，就是力求活得有滋有味，所谓"找乐"是生活态度，也是审美风韵。休闲不要说教的，要洋溢着生活的原汁原味。虽然每个作家追求的趣味不同，或喜庆甜腻，或幽默潇洒，或畅快睿智，但需轻松不沉则是一致的。只有这样才能把文学的消闲、休憩功能发挥到极致。

消闲娱乐与实践相关，人们的物质和精神活动，都由一定内涵的艺术格调来控制。艺术格调虽呈现出动态结构，但在具体的历史时期内，却有着极强的稳定性与一般态势。这是它在某一民族文化心理深层上的延续和积淀。中国传统文化层层累及在"乐极生悲"、"无巧不成书"的深层结构，就是我们民族在"乐"上的人生态度。这样，当代长篇小说，特别是八九十年代的长篇小说，不论是纯娱乐性的《津门大侠霍元甲》、《楚留香传奇》，还是渗透消闲因素的《金瓯缺》、《曼哈顿的中国女人》。它们之间的娱乐消闲因素或明晰、或隐蔽、

---

① 转引自水晶:《侍钱"抛书"杂记——两晤钱钟书先生》。
② 《小说中的对话》,《宇宙风》1977 年第 39 期。

或含混不清，或者是二者对立与对立双方的转换，但都统归在娱乐功能的唤起、强化和创造上，并在创作与接受两个时空内运作。这就是当代长篇小说的消闲娱乐因素的具体内容。

二

娱乐与审美是不可分割的。人类最早的审美活动起源于娱乐（或曰游戏）。原始人的"手之舞之，足之蹈之"就是在如痴如醉的娱乐游戏中产生的，现代人的"卡拉OK演唱，迪斯科舞会"本身就包含了极为强烈的娱乐因素。所谓"无乐不成美"是言之成理的。而且，娱乐一般也都具有一定的或强或弱、或雅或俗的审美意味，通过选择、提炼、纯化、升华，也能逐步过渡到审美的境界。审美既包含娱乐又高于娱乐，是娱乐的诗化与升华；娱乐只是审美的一种方式，是达成审美的手段、途径。因此，娱乐因素的渗透，对于增加长篇小说可读性、人生感、审美感、商品性都具有强烈的现实针对意义。

阅读过程中的人生错位，是情感宣泄与补偿之后一种重要的娱乐功能。就接受时空而言，现有的文化基础下大多数读者还是愿意透视人生的原义，试图在情感的宣泄与补偿中，得到某种与自身利益和志趣相近、相合的感应。这是中国传统文化"情理合一"的情感方式，也是传统文学艺术"文以载道"的深远而现实的影响。所以，当多数读者还没有把阅读长篇小说仅仅看做为一种纯粹的消遣时，那消遣之后的娱乐功能层面是人生错位感。

长篇小说中的消闲娱乐因素的主旨，是强化娱乐功能，只在深层或宏观的把握上兼及认识、教育的功能，这样，读者把小说所叙说的人生，往往看做是自身位置的一种变位，在这变位之中，感受另一种人生的生活方式和人生价值，从而达到较高层次的娱乐功能。金庸、梁羽生、古龙的武侠长篇小说，便是在阅读中起到这种效用的小说类型。武侠长篇小说《射雕英雄传》、《萍踪侠影录》、《绝代双骄》的叙述方式，几乎总是辗转在遭难——习武——复仇或结拜——杀斗——离合的模式内，情节调度也是古刹、酒肆、会馆、客栈、青楼、坟地等转换交替，逐渐形成一套独特的情节话语。这使一些读者颇感平庸俗气，不够品味，另一些读者则又百读不厌沉迷上瘾。在接受时空内，后者显然占据着较大比例。这些读者感应着、幻想着实现而又绝难实现的人生样式——"侠士"、"侠女"、"武林豪杰"等，无疑是一种在人生错位之中领受到的某种心理的排遣与满足。而言情小说《在水一方》、《聚散两依依》，社会小说《钟鼓楼》、《旧址》虽与读者身处的物质文化环境基本相同，但由于职业、事件、个体生存环境的陌生或是在日常生活中对一种人生境地的企盼，可以带来人生错位之后的愉悦。特别是那些映现普通事件中的异常言行和心理，使读者既熟悉又陌生，更增加了人生错位的鲜烈程度。香港学者黄维梁说：武侠、言情、社会小说"十九耽于虚幻、情节离奇、巧合太多，与现实的人生有一大段距离"①。因此，无论它们说的或探险寻宝，或命案缉查，或家族兴衰，或恩爱情仇的并不复杂的故事，但是人性的深度和青春期性心理的畸变，却给小说的两种人生——复仇犯罪的人生状态与亲情相知的人生状态，增添了文化与心理意义的厚重和深刻。因为读者一方面不可能与小说中的人生样式完全叠合，另一方面暴力打杀的实际威胁并不大，所以读者在一阵刀光剑影、一阵醉生梦死之后，昂首吐

---

① 陈必祥主编：《通俗文学概念》，杭州大学出版社 1991 年版，第 85 页。

纳，自有别样的宽慰和坦然。对于这种人生错位，若作者不能适度把握，就会变成排斥、间离；但若机智巧妙地运用，自有其展现魅力的余地。人生错位是读者与小说一种若即若离，形影相随的关系。读者情感忽儿维系人物身上，忽儿又飘然回归，获得自有紧张、释然混杂的满足。

阅读过程的距离感，能使长篇小说的娱乐因素升华为审美的效果。审美是一种高尚的人生境界，"一种出于内心生活需要的活动"①。鲁迅说过，在"美的愉乐的根柢里"，"伏着功用"，但这种功利性只能是无目的的合目的性。审美主体自身只是在追求美的过程中的自然而然地合乎社会功利的目的。因此，审美更注重于社会、伦理、思想、道德等抽象的意识评价，是一种社会文化现象。

阅读距离、即读者与审美对象之间保持一定的距离，这既有利于对客观事物作整体观照与总体轮廓的统觉，又有利于读者展开想象的翅膀飞翔于美的世界，从而获得美感的享受。因此，审美是能够有距离的超越自身去作宁静观照，在参与投入之中达到忘乎所以、物我一体的境地；而用冷静的审察直观自身，更能从中体验到一种反思、超越的愉快。比如读《女巫》，我们就能在虚静中获得愉悦。天上出现的莲花，赵婆婆死而复生，小尼姑被放水灯杀害，老族长借肚皮生子，北池甸畔老柳树喊救命，冤鬼附身须二嫂，以及"吃公祭"、抬"老爷"、圆光、骆驼相面、乌龙取水、菩萨娶亲，以及撒尿庙里丑和尚给疯子治病，女巫作法"咒死"了仇人阿柳，夕阳下老柳树上挂着的怪胎等。对这些具有浓烈江南乡村地方风味的审美客体。倘若读者是无距离身心一致的激情投入，那么，由此感到

---

① 蒋培坤：《论审美需要》，《湖北大学学报》1991 年第 1 期。

的只能是一种新鲜的宣泄，身心的畅快与满足，读过之后，主体也就自然淡忘，依然故我，并没有给自我的人格、心情、思想、意志和自我生命意义以深刻强烈的感悟。如果读者是在反思自身带来的平静的精神愉快。这种审美的愉快无疑就是一种宁静的满足感，是对激情沸腾的冷却和升华。有了这种冷却和升华，娱乐就演变成了审美。难怪鲁迅说，"感情正烈的时候，不宜做诗，否则锋芒太露，能将'诗美'杀掉。"①可见，对自身观照、审察、反思和感悟的程度，决定着将娱乐演变为审美的程度。而距离正是形成这种程度的必要条件。有了一定的距离，主体才能从客体身上觉察出它们的差异，从而自觉引发仿效客体，提高自身的动力。因此，进入读长篇小说的最佳状态、最佳境界是：废寝忘食、欣然忘我，充当其中一个角色、与书中人物同愁同喜，浑然一体，这是一种身心怡然的娱乐；但在这种阅读中，既能进得去，沉浸于书中的情感世界，又能出得来，冷静地观照反思自身的内在世界和周围的现实世界，以书中的人物境界作为自我奋斗、完善的巨大参照系而孜孜以求，如阅读《战争与和平》、《红与黑》、《百年孤独》之类深沉厚重的世界名著，就是获得对人生、对人性的深刻启示，它们不仅能让读者获得阅读小说所带来的娱乐，而且还能进入主体互补、同情共感、品鉴回味的审美境界。

审美获取深层的身心感悟与宁静，必然导致心理美感的产生，从而获取对人生、世界有益的启迪，"具有内在的价值"②。毫无疑问，心理美感的产生必然建筑在生理快感的基础之上，没有肌体的轻松适意，也难以带来心理精神的宁静怡悦，但美

---

① 《鲁迅全集》第 11 卷，人民文学出版社 1981 年，第 97 页。

② □ 英 □李斯托威尔：《近代美学史评述》，上海译文出版社 1980 年版，第 137 页。

感绝不能简单等同于快感，它需要在肌体生理条件的触发下，通过社会评价，道德伦理观念这些意识形态的激活才能最终完成。"在审美观照中，我们却能神驰身外，使情欲平静下来，我们认识到了一种我们并不想占有的善而感到快乐。"① 无疑，审美是一种能量的吸取，只有从中获得了知识、哲理、信念、意态等精神性的东西，心理才会感到充实、富有，才会因此而导致灵魂的宁静怡悦，这才是深层的满足。张贤亮《男人的一半是女人》中黄香久的人体美描写，以及章永璘总是不自觉地朝黄香久那个最隐秘的部位看，作者并没有仅仅满足于肉体感官和情欲，去唤起读者粗鄙的联想，而是将其转化为诗意的抒发，用审美感悟的方式对人体美作抽象描写，从而在女性胴体美中升华出精神的美丽。对此，英国美学家李斯托威尔曾说："只有当我们凭借我们想象的同情的力量，分享了特累斯坦和伊索尔德（瓦格纳歌剧中人物）那不朽的快乐，分享了罗密欧与朱丽叶的喜悦和痛苦，分享了俄狄浦斯、曼弗雷德（拜伦诗剧人物）或沈西（雪莱剧作人物）的悲剧性的激情；只有当我们尝到爱情那种不可思议的温柔、甜蜜以及所有的辛酸痛苦，而没有把我们变成可怕的阿沸洛狄忒（希腊神话中的爱与美女神）的牺牲品；只有这时，我们方才纯化了，提高了，才可以在美的神圣的王座面前顶礼。"把人类生物学层面的需要提高到精神文化学层面的需要，正是把娱乐提高到审美的关键。

阅读行为的商品性，长篇小说创作的目的，其根本在于丰富和满足人的精神需要，培育全面发展的个性、充实人的生命价值的历史内涵和提高国民的文化素质，为人类的美好的心灵世界创造一块圣洁、希望的绿洲。然而，从创作一开始它就已

---

① □ 美 □乔治·桑塔耶纳:《美感》，中国社会出版社 1982 年版，第 25 页。

成为买与卖的对象，带有商业性交易及流通的特色。亦即在被读者阅读和接受过程中，它具有了商品性与营利性。

一般地说，文学是精神产品，它的价值相对于物质来说，表现为超功利、超实用的性质。然而，文学一旦进入市场，就必然要受市场经济的转换而被商品化。在竞争的市场上，作为无经济实力支撑的文学一经成为商品，就要受市场那只"看不见的手"的牵引，去尽力采取并非它本意想采取的方法去达到出版和营利的目的。不这样，作品难出版，即使出版了，也少有人问津。在一个时期内，读者最需要什么，最想看什么，常常决定着市场导向。文学的商品化，意味着文学创作和读者阅读过程被转换成一个商品生产与销售的过程，商品化的运行机制主宰着文学。市场信息反馈也反复证明，凡带有很强娱乐色彩的长篇小说，一概畅销。这就向人们提供了一个信息，长篇小说的娱乐性因素具有永久的魅力。抓住人类这一普遍的文化心理，将娱乐性纳入长篇小说的艺术营造中，往往就使作品成为"热门书"，产生"轰动效应"。比如《废都》，在出版前夕，一种十分有利于它的畅销的氛围就已经形成，一时称《废都》是"当代《红楼梦》"，一时说《废都》是"九十年代的《金瓶梅》"等等蛊惑人心的宣传把人们的胃口吊得很高。《废都》开始发行，同一时刻，全国所有的书店书摊几乎都被《废都》所占领。《废都》中琴、棋、书、画、字、吃、渴、玩、乐、色的消闲娱乐性名不虚传，这正是《废都》畅销的潜在因素。

长篇小说与生俱来的商品性，在改革开放的社会文化环境内，是被刻意突出了。长篇小说与读者的关系很明确：一面叫你阅读中娱乐，一面要你掏钱买书。娱乐功能的另一层面，就是以"营利性"为目的，这是经济价值观的实际运用。"利"，可以看做是娱乐功能的一个隐含的目的层面。20 世纪 80 年代中期，发行量大的均是通俗长篇小说，1984 年出版天津作家冯育楠的长篇小说《津门大侠霍元甲》，"该书第一版就印了100 万册"，内地出版香港作家金庸、梁羽生、古龙的武侠长篇小说，还超过了国内最高发行量的作家。这是长篇小说娱乐因素带来的摸得着、看得见的实际效益，对出版方与作者都具有强大的吸引力。90 年代销售量最大、赢利最多的长篇小说是《废都》。可见，消闲娱乐性强的长篇小说能够赚钱，这是出版社坚信不疑的。

在一些作者与出版社看来，"利"是突出、强化甚至纯化娱乐功能的目的，其与娱乐性价值取向根本内容的关系，是目的与基础的关系，并且这一主观性目的，在接受时空里与读者的阅读目的及实际起到的精神作用，恰恰是不一致的。"利"是一些作者与出版社的价值理想，而价值评判却是由作家与读者双方面的文化观念系统来决定的，这在价值取向上的深层表现，当然是文化观念上的总体指归与冲突。所以，那种认为"娱乐性"长篇的价值取向便是"利"的观点，是不很全面的。不要以为"娱乐性"长篇的作者与出版者一言"利"，便是以利为目的，失去了艺术良心，更不能把以"利"作为目的与目前长篇小说创作整体水准不高的局面，看做是一种因果关系。当然，"利"的作用，也还多少改变着长篇小说作家的价值观念系统，使他们在遵循与违逆传统伦理道德观念上，采取更地道或更新奇或更模糊的手段、方法，将娱乐功能试着推向极致。也不容忽视，还由于"利"的作用，长篇小说的艺术探索、认识、教育的功能，都或多或少被冷淡、漠视，有时还作为与娱乐功能难以调和的矛盾方面来对待。这里面所应该具有的高度把握和一定的张力被放弃，是造成长篇小说消闲娱乐因素品位不高的直接原因。

三

当代那些可读性强的长篇小说，主要是通过娱乐功能来吸引读者、增加发行量的。但是，从客观实际效果来看，它还造成了读者思维方式、文化观念、心理模式的动荡与变革。这是全面而正确地探讨当代长篇小说娱乐因素价值取向的一个关键话题。长篇小说消闲娱乐因素的价值取向，在价值评判标准和行为观念的核心上，是遵循传统伦理道德观念与违逆传统伦理道德观念的双向选择上，是一个二律背反的复杂现象。

从中国古代文化"文以载道"、"原径"、"宗圣"、"征经"的思想原则上说，当代长篇小说中的娱乐因素勇敢地冲决"存天理灭人欲"的封建藩篱，突出、强化娱乐功能，这无疑是践踏、冲破了传统的规范。但是，在对娱乐功能的运用上，又没有打破与超越传统的伦理道德观念和行为方式的框架。金庸的《天龙八部》、梁羽生的《云海玉弓缘》等武侠小说，琼瑶的《我是一片云》、岑凯伦的《姻缘》等言情小说，王亚平的《幽山迷雾》、田中乐的《剑峰之雾》等侦探小说，它们既在浅层次上迎合了读者一般的欣赏口味，又在深层次上自觉不自觉地尊重与恪守传统文化观念。因此，纲常伦理、宗法亲情，几乎成了这几类小说暗含的主题，也是"正义战胜邪恶"所基于的原则。这既与这些小说映现的社会生活内容相关，也由于它们左右传统文化的深重影响。《幽山迷雾》、《剑峰之雾》除了必须遵守现行的法律法规，还在伦理道德观念上，对罪犯一类形象进行或多或少的漫画处理。虽然有些侦探小说试图客观展现这一形象的内心世界（转化、矛盾等），但毕竟是极少数，因为这容易引起读者的不同理解乃至同情。《月朦胧，鸟朦胧》、

《我的前半生》之类的言情小说，不论出现怎样的周折，最后都是对拜金主义和门阀主义婚姻的一种净化，有助于冲破传统和世俗的旧观念，也有助于青春期的情感宣泄，具有感情的补偿作用。尽管它们最终都没有跳出传统的樊篱，都被纳入了传统婚姻观念的轨道内。所有这些作为长篇小说消闲娱乐因素的主体构成，它们在文化观念上究其根本，显然都不是反传统的，而是对传统的道德规范的一种潜移默化的承续。同时，正由于这些娱乐因素的价值取向在评判标准、行为观念上，统摄在传统文化观念内，所以，知恩图报、为君贤尊者讳、不能众叛亲离、对一次婚姻的认知、善恶绝对对立、忠臣不贰等等封建的伦理道德观念和某些封建政治观念，倒真正成为当代长篇小说的负面效应，它们在读者中间都不同程度地埋下了与当代社会精神文明难以匹配的隐患。这是我们应该认真对待和必须增强的变革意识。

20世纪80年代以来的长篇小说，无疑都是现代的，《天堂之门》、《黄河东流去》、《沉重的翅膀》、《九月寓言》、《醉太平》、《尘埃落定》、《长恨歌》等都不同程度地表现出了新的文学观念、新的思维方式。但从这些小说的形成、内容及两者的关系看，又很难在现代与传统之间，确定它们应属何方。

长篇小说的娱乐功能的强化，是随着商品经济的发展和市场机制的开发与逐步完善而被唤起的，娱乐功能是小说与生俱来的属性，《红楼梦》、《金瓶梅》不是一直被认为是"奇极之文，趣极之文"①吗？所以，这一强化不是产生或发现，而是回归。这样，当代长篇小说形式上有着的基本特征，不是现代的，而是原有的传统的产物，然而，这些基本特征，又是随着

---

① 孙逊、陈昭：《红楼梦与金瓶梅》，宁夏人民出版社1982年版，第1页。

历史与社会的发展要进行适度变化的，特别是具体的内容会因随着不同时期的文化态势而更替、嬗递，以适应读者发展的娱乐需求。20 世纪 80 年代初期的《芙蓉镇》、《许茂和他的女儿们》中的情爱都是当时历史环境的政治晴雨表。胡玉音的丈夫黎桂桂被整死了，只能与"右派"秦书田偷偷相爱；许秀云的妙龄青春只能被主宰葫芦坝命运的政治恶棍——郑百如占有。而 90 年代的《骚动之秋》、《世纪贵族》就是另一种形态的情爱模式了。农民企业家岳鹏程与秋玲的关系，作者意在表现一种新观念——现代人性爱观。所谓性爱，干脆就是性。岳鹏程对秋玲就是一种强人加情人、英雄爱美人的性关系。思维敏捷、善于决断，有独立性和创造力的于松涛与黎少荣，他们有克制力和忍耐性，有竞争意识和自我超越能力，但在商战中又冷漠无情、孤傲自负、自私残酷。这样，他们就精神空虚，无所寄托，只能在经济法则与道德力量、市场规律和本真情感的纠葛中，不是与商战"劲敌"江锦萱暗度陈仓，就是与打工妹阿霞影形不离。在生命所难以承受的轻与重的抉择中，在成功与失败的潇洒和沮丧中，寻找自己的"梦中情人"。由此可见，当代长篇小说在文化形态上所显示的特点是现代的，是在时代的前行之中应运而生的。这是长篇小说娱乐形式的时代特征。而从内容、思想、伦理观念上，它是传统的、纳入在传统文化各个观念的总体框架之内，并没有进行拆卸和再组合。当然，具体到某些小说，却萌生着多种现代思想、观念和情感因素，极易影响着读者的生活方式或价值观念，这也是人们崇尚新鲜、奇异的心态的作用。生活快节奏，物质享受，敢爱敢恨，人格独立，情感自主等等，受到人们尤其青年人的青睐和追逐。这些现代的内容因素，与长篇小说娱乐因素深层的文化心理、观念产生矛盾，与其表现形态产生矛盾，与读者的文化深层内核产生矛盾，并纠缠在一起、混沌相生。可见，长篇小说娱乐因素的现代感，还有待其自身的发展、社会文化的发展、整个社会历史文明的程度去确立和证明。

当代长篇小说娱乐因素从根本的文化意蕴而言，是传统文化观念占据着主导地位，但又在形式特点、具体的内容构成上，表现出现代文化观念的因素。这是在当代长篇小说娱乐因素价值取向的导引下，所存在着的事实。即使有人将娱乐性强的长篇小说单纯作为文化商品来对待，也不会在读者的精神层面上留下空白。

这类长篇小说虽强化了娱乐功能，可娱乐之后一样有着读者的精神感应和理性思考。所以，长篇小说娱乐因素在社会效益上的实践方向，不是着意加重思想、观念的灌注和启示，而是在具体的娱乐功能的宣示中，明确正义、文明、进步、法律的最基本也最根本的人生内涵。寓教于乐，有着轻重、深浅、浓淡、程度的不同，有着层次、方式、形态的不同，不能强行一律，每部长篇小说必要达到一个标准或一种高度。

创作娱乐性的长篇小说作家，在以自己独特的方式把小说作为文化消费品投入文化市场的时候，在面对着把社会文化的"热点"现象作为长篇小说的娱乐因素时，还应有着创作主体的审视和超越。这就要求作家必须在不断提高自身文化素质的基本条件下，进行实践。现在有些娱乐性长篇小说所以平庸、粗劣，主要的就是由于作家文化素质的现有程度造成的。长篇小说娱乐因素的价值取向，在基本内容上是一定的，也是历史的，但在不同文化层次、品质的作家那里，却可以收到不同的甚至是截然相反的效果。因此，当代长篇小说消闲娱乐因素要想有新的发展，就必须在内容的构成上有新的开拓和发展。所谓开拓，应大力减少那些隐含封建流弊特别是封建伦理观念、封建政治观念而又与现代经济建设、精神文明发展相悖逆相砥砺的内容，减少那些低级趣味、说是现代新潮实则庸俗描写，与未来文明社会及文化建设相左相对的内容，多在高智商、高科技，有积极意义的消闲娱乐因素上下工夫，以使读者在阅读的娱乐之余，不知不觉感受与触摸到科学的想象、创造和实证的力量与幽默、讽刺的魅力和愉悦，引发当代的人们对科学的热情和增强幽默感，从而参与整个社会在物质与精神文明建设中，对传统思维方式、情感方式的改造，遗憾的是在当代长篇小说的消闲娱乐因素的大潮中，很少有科学性消闲娱乐因素，长篇小说喜剧性的娱乐因素也缺乏内里的机智和精巧、潇洒的幽默感和轻快、流畅的喜剧氛围。所谓发展，就是深化长篇小说消闲娱乐因素的现有类型、内容，着力在人物或现象中切入一定的深度，加强文化意义（人文精神）的勘探、思考、总结和把握，从而增强当代长篇小说的消闲娱乐因素的文化品质和品位。

当代长篇小说消闲娱乐因素的形态

一

　　长篇小说的主流题旨是审美的、载道的，渗透其间的消闲娱乐因素在艺术表现特征上必然有它的特殊性，即它在可感的趣味性层次上丰富了长篇小说的艺术特征。

　　中国古典小说与 20 世纪 80 年代初自《戊戌喋血记》后的长篇，在娱乐情节的叙述长度上建立了自己的模式，同时，情节的情绪长度上也创造了自己的手法，不管叙述长度与情绪长度之间的关系如何，都是沿着有序或理念、情绪的轨道进行的，消闲娱乐因素的渗透，竭力寻求文化的品位或当代社会文化消费"热点"，搜索可以使读者生理、心理、情感得以满足的素材、话题，或作浓墨重彩式的渲染，或作浮光掠影式的穿插。从琴棋书画到自然风光，从登山旅游到歌舞狂欢，从衣食住行到风花雪月，从吃喝玩乐到性感觉、性心理、性行为的满足等，这一切，都不是作为人物塑造的外化手段，而是用以加大吸引力、增强娱乐性而有意为之。这种以描写动作、情感和"物"来塑造一种逼真的小说氛围，是长篇小说娱乐因素所常见的。特别是一些以娱乐描绘见长的通俗性长篇，如琼瑶的言情小说，梁羽生、金庸的武侠小说，都能使人进入废寝忘食、欣然忘我的境界，进入场景充当一个角色，与书中人物同愁同喜，浑然一体，这是一种身心悦然的娱乐。然而，它们虽然遵循的是传统技法，但在写法与刻画上却更为大胆、开放，即使是段落之间的过渡也都富挑唆性，使之陷入一种人为的混乱或缺失。显然，消闲娱乐因素的这种渗透情况，基本上是建立在人们文化消费心理的总体走向上，换言之，也就是与人们普遍的文化心态（有时是时尚的文化心态）形成默契和统一。这种由某一特定历史阶段上的社会文化心态，来影响、作用长篇小说消闲娱乐因素是现代艺术的重要特征。又对传统的娱乐思维方式，在结构、逻辑、节奏上进行了一定的改变，开始实践长篇小说由社会型向文化型的历史性过渡。它一方面是传统的手段、方法在发展、变化中的失落，一方面是嬗变时期社会文化对长篇小说艺术自身的影响和投入。特别值得重视的是，20 世纪 80 年代以来我国的长篇小说，对娱乐因素渗透，首先注重的是文化感的获得。即从长篇小说的情节进展中，欣赏名画、品鉴古董、聆听妙乐、吟诵好诗……虽然这类琴、棋、书、画既不具口腹之惠，又不能带来肌体之适，也不能轻易占有，然而，读者却乐此不倦，为之浮想联翩，怡然自得，甚至可以漠视物质的匮乏而乐在其中。这正是精神的满足。这种满足绝非那种打球之后的大汗淋漓，跳舞之后的酣畅惬意之类的娱乐享受可比。比如《戊戌喋血记》中的"三王山水，时称珍品，曾被誉为国初画坛之魁首"；"扬州八怪，驰誉江南，其中金农、罗聘以生冷之气袭人，有清奇拙奥之趣；郑板桥人称三色，墨写兰竹，刚劲俏秀，寄寥潇洒"；任伯年一幅《钟进士斩妖图》中的钟馗，"脚踩一只妖狐。那妖狐上身已化作美女，而屁股后面却还拖着一条尾巴。这幅画笔墨泼辣，形象生动，寓意深辟，构图新颖，堪称一帧妙品。"[1] 读者欣赏品评

---

[1]　任光椿：《戊戌喋血记》，湖南人民出版社 1980 年版，第 300—301 页。

这丹青妙境，无不引起一种心旷神怡、流连忘返的感受。由此读者的个体情感、兴趣也达到自我的契合与满足。在《战争和人》中，我们欣赏到画家欧阳素心是一位亭亭玉立的美女和她的画《山在虚无缥缈间》。这里既传递出美女蓬勃旺盛的青春气息，给予我们某种感官满足的激动、快意和异性美的本能好感，又给予我们深邃的联想和严峻的思考，从云雾飘浮波动、高山似隐似现的画境，我们既发现了国统区群众抗日情绪高涨的革命激情，又寻找出国民党腐败统治下的人民得不到幸福的历史心态；既给读者提供了感性世界的狭隘满足，又留下了精神联想的广阔天地。而《金瓯缺》"琼兰之室"① 雪白的墙壁上画着的浙东山水墨画，有如滔滔的钱塘江水一直灌注到东壁三分之一地方，概括、提炼了千里江山的精华；那牡丹、莲花带叶都是碧绿色的，看起来好像浸在一泓清流中的翡翠，碧得晶莹透明，碧得沁人心脾，碧得好像在三伏盛暑中吃一盏"欧碧"② 的冰镇杏酪。那翩然飞来的《国香舞》，轻盈得好像两行剪开柔波、掠着水面低飞的燕子，一会儿单袂飞远，一会儿双袖齐扬，忽然耸身纵跃，忽然满场疾驰。直把观众看得眼花缭乱。小说通过这些消闲娱乐因素的排列、组合形成一种社会文化现象，来与读者的文化心理、文化消费情趣形成同构，达到主客体的相互感应和交流，就使读者获得了情绪的快感。

二

由人的行动本身为特征，形成一种人与人在一定范围内、

---

① 参见徐兴业：《金瓯缺》第一册，福建人民出版社 1980 年版，第 164 页。
② 参见徐兴业：《金瓯缺》第一册，福建人民出版社 1980 年版，第 301 页。

特定时间里的情感交流和共振，是消闲娱乐因素的另一种形态。消闲娱乐的功效，相对于个别读者来说，首要的就是宣泄这一读者的个体情感，并经与其他个体的撞击与互通，达到情感上的补偿（体验）与心理的均衡（满足）。

阅读的潜意识感觉，是一种追寻生理本能的模拟实践。在消闲娱乐因素营造的流动时空内，具有多种行为、生理、心理的假定性，如长篇小说描写的狂欢节、联欢晚会、舞会、灯会、龙舟赛、歌咏比赛，以及各种体育竞技比赛、旅游等。都可以使读者在阅读中直接切入自身意识到的或尚未意识到的生理本能的状态，接受某种体验。而这种体验，若是具备了新鲜、刺激的因素，便可达到生理本能一定程度的满足。比如《金瓯缺》第一册描写东京元宵灯会，那烈火烹油、鲜花着锦的场面，简直把读者推到身临其境的临界状态。灯会的"繁华"、"绚丽"、"热闹"、"喧阗"、"金碧辉煌"、"光彩夺目"让人心旷神怡；灯会的太平灯、普天同庆灯、"福"字灯、"寿"字灯、"喜"字灯、长方胜灯、梅花灯、海棠灯、孔雀灯、狮子灯、西瓜灯、葫芦灯、琉璃灯、藕丝灯和裁锦无骨灯[1]，万盏齐明，照出一片光明的世界，太平的景象，使人真有飘飘欲仙之感。灯会的"人山人海"、"倾国倾城"，"从初九到十八的十个夜晚"，"被踏掉的鞋子每夜就有五六千只之多"[2]的阑珊景象，完全把读者带入了旋转狂欢的情境之中。《摇滚青年》以描叙形式，展示人们通过歌舞（生理机构的一种运动）来使心理、情感得以宣泄与补偿的可能性。

毫无疑问，消闲娱乐活动的描写、刻画，能触动、撩拨读

---

① 参见徐兴业：《金瓯缺》第一册，福建人民出版社 1980 年版，第 94 页。
② 参见徐兴业：《金瓯缺》第一册，福建人民出版社 1980 年版，第 93 页。

者原初的各种欲望和饥渴，这样，就要求作者在适当的条件下和范围内控制笔墨的展开与发挥，不然，就会造成误读后的失控。虽然，娱乐是人的生理本能的需求，对于每一个读者来说，都是机会均等和权利充分的，但在长篇小说娱乐因素提供的时空里，达到了一种释放；所以，还应在这种释放过程中感受到一种控制，有时甚至是要强制性的。如果作家一味迎合读者娱乐释放的需要，漠视、冷淡了人类自我控制的行为与规范的需要，便会造成个别社会性行为的失准，这样，作品仍然不是成功的。所以，把事件本身拆散，再组装起来，就会起到在娱乐休闲中受到启迪，获得收获的作用。《曼哈顿的中国女人》"无忧无虑地去欧洲度假"，并"陶醉于美国名胜大峡谷，被奇绝无比的大自然风光感动得热泪涌流"，是主人公在异国他乡事业上取得成功所获得的自豪感和潇洒感。这是一部将创业与娱乐这一二律背反现象，成功地外化成具体的统一的形象画面的传记小说。又比如在《金瓯缺》第二册里，金明池"瀛洲砖墙，蓬莱阆苑，垂杨蘸水，绿荫如云；龙舟竞渡，彩旗挥舞，浪水四溅，飞箭疾速；拉破嗓子，一片吆喝，万头攒动，众目睽睽"。真是一派歌舞升平的景观。然而，当官家发现师师眼波那一泓碧水，一身绯色裙衫不是为了他，而是为了刘锜。刘锜终于被调到闲散的西北边陲。至此，实使读者心态破碎，虚惊之后，重又组合，欣然徐驰。"执手相看泪眼，竟无语凝咽……今宵酒醒何处？杨柳岸晓风残月。"[1]庆功大典罩上不祥的末日之兆。娱乐消闲造成读者心态的跌宕波动，并不在于一个场景，一种氛围，有时贯穿小说的始终。《金瓯缺》中的金瓯残缺就是这样一种氛围的悲剧结局。因此，读者阅读心

---

[1] 徐兴业：《金瓯缺》第二册，福建人民出版社1981年版，第424—457页。

态的拆散与组装，比之生理本能的模拟意识，要更符合中国传统文化的实际，特别是传统伦理道德的实际；同时，也可在较大程度上实现娱乐因素的娱乐功能，收到效益。由此可见，在阅读长篇小说过程中，娱乐消闲因素对生理本能、心理状态的实践、变化，一同促成了情感的宣泄与补偿，这是读者必有的内在与外在的表现。情感的宣泄与补偿，既可与小说情节本身形成同步同构的关系，也可出现梗阻、互斥的现象。读者之间既可发生某种范围内的交流、共振，也可有着彼此漠然、情不投机的间离场面。这是娱乐因素自身的复杂多变与读者的复杂多变，在同一场合同一时间内进行相互检视的结果。但从总体趋向来看，消闲娱乐因素在娱乐功能上，与接受时空有着文化消费心理相吻合的基本态势。

三

性描写的娱乐感观，是长篇小说的阅读快感与消闲因素又一个不可或缺的形态。一般来说，人在性活动中所获得满足与快乐便是性活动的至极目的，也即是它的最真实的意义之所在。一言以蔽之，性活动遵循快乐原则。20 世纪 90 年代在性爱之美的催发下，继《废都》、《白鹿原》之后，又有《最后一个匈奴》、《热爱生命》、《骚土》、《苦界》、《无雨之城》等，不论是写拥抱、接吻、抚慰等位于亲昵性的性爱、审美性的情爱、生物性的性欲的性行为、性征状，还是写交媾的性行为、性征状，都能满足娱乐的排遣享受，即生理的需求，肌体的快适，心理的怡悦。从性快乐第一个层面说，美与道德是决定长篇小说所写的性快乐是否为普遍心理所承受。也就是说，"需要遮掩的恰恰是快乐"①，美以美为基础，善以美为最高理想，最终达到美善的统一。作家采取虚化蕴藉的诗意描写，避开性活动的赤裸裸展示和性征状的精细描写，就能使性快乐跃入美的境界。比如《热爱生命》，就是一篇写性快乐为主要内容的长篇。主人公南或是一个性快乐的中心人物，小说中一切性感性爱的信息均由他发出，一切爱的风波均由此引发。南或自称是个泛爱主义者，深爱他的叶小昙说他是"心，天字第一号的精神"，最爱幻想，最不安分，一见到漂亮女人，就会产生性的冲动。他宿农家，对农家女子蓝桂桂一见倾心，心旌摇荡，想入非非。一见挑水女子，顿视天仙，忘乎所以，刻骨铭心。他有意与蓝桂桂的舅母保持距离，但又经不起她女色和性刺激的诱惑。他与叶小昙相识，立即坠入爱河而不能自拔。但是，作者并没有把南或写成荒淫无耻的好色之徒，他对挑水女子的爱慕，是风流才子对漂亮女人的欣赏，始终停留在幻想中。他与之发生性关系的三位女人，一个是他的合法妻子蓝桂桂，一个是蓝桂桂的舅母，与她发生性关系，非他所愿，而是经不起性感十足的女色的诱惑，何况只此一次，他当时尚未结婚。一个是他深爱的叶小昙，只这一个令他动了真情。他对自己的泛爱观作这样的解释："我喜欢她的美貌，其实和喜欢一朵好看的花朵、一片彩色的云是一样的，她们都是大自然的杰作，可谓钟灵毓秀，物华天宝！钟爱它们就是钟爱完善，钟爱大自然令人惊叹的能力。她们代表一种境界，当你的精神步入这种境界，你就会从日常生活中的烦琐庸俗中升华。"使读者从中感觉到性的快乐、性的美。这种美是作者作诗化处理的艺术美、含蓄美，从而使性快乐进入雅与美的境界。从性快乐第二层面

---

① 张世英、朱正琳编：《哲学与人》，商务印书馆 1993 年版，第 343 页。

看，"真"的意义价值使性快乐成为小说艺术的有机部分。将性快乐与广泛的人性内容、社会内容、思想意义、价值观念联系起来，就能深化丰富作品的内蕴。《白鹿原》中的性征状所以成为小说的有机部分，就是作者把性与社会性、历史性、人性、性文化心理结合了起来。比如凄艳的"恶之花"田小娥，她本就是郭举人的妾，任意使唤的性奴隶。长工黑娃的出现，激活了她潜存的生命意识。她对情窦初开的黑娃先是悄悄地试探，继而是暗送秋波，频频发出情爱的信息，终于，两情相撞，放射出性爱的火花。从世俗观点看，田小娥与黑娃的偷情，是伤风败俗之举。从人性观点看，田小娥与黑娃的性爱，首先是为了满足性饥渴，是"闷暗环境中绽放的人性花朵"①，合乎人性和人道。田小娥这种合乎人性的生命需要又是与反抗封建压抑一并产生的，她以性的方式获得生命需要的同时，又以性作为反抗社会的武器。这种性快乐描写本身既"真"且美，又是有意义的。而田小娥与鹿子霖的乱伦之淫，本非她所愿，却达到了心甘情愿的效果。于是，一个复杂的性格出现了。她是慑于鹿子霖的权势，还是为了出卖肉体救黑娃？是性欲的刺激，还是心甘情愿？也许这些成分都有。如果说，她第一次用性反抗压抑与黑娃实现了真正的情爱，那么这一次就发生了质变。性在这里不是用来反抗，而是具有本能发泄和出卖的性质。鹿子霖人面兽心的面目也在此得到一次有力的揭露。这种性行为是丑的，却写出令人陶醉的美。田小娥受鹿子霖唆使用性诱陷孝文，是白鹿两家明争暗斗的一次重要行动。在田小娥方面，用性拉孝文下水，是为了报复白嘉轩对她的惩罚，洗刷耻辱。在鹿子霖方面，唆使田小娥用女色把孝文的"裤

---

① 雷达:《废墟上的精魂——〈白鹿原〉论》,《文学评论》1993 年第 6 期。

子抹下来"，表面看来与田小娥的意图一致，报复出气，而他的另一层不可告人的意图则是：让孝文犯淫通奸，给白嘉轩好看，以此击垮白嘉轩，使鹿家在白鹿两家族争斗中占上风。这样，田小娥就被鹿子霖唆使而堕入了一个巨大的阴谋中。在以白嘉轩和鹿子霖为代表的两个家族的冲突中，她不明不白地充当了性的工具。果然，白孝文没有抵挡住女色的攻击。诱陷孝文，本出于报复的恶念，但她达到了报复的目的却享受不了报复的快活，反而顿生内疚感和爱怜之情，责怪自己不该陷害孝文。这时，她人性苏醒，良心发现，一次又一次地忏悔自己的罪恶。"我这是真正地害了一回人啦！"[①] 孝文的性格，也在与田小娥的性爱中得到更深刻的表现。孝文是白家的长子，白姓家族的继承人。他像他的父亲一样，严守封建道德，仁义谦恭，正人君子。他最初被田小娥诱淫，虽然他一开始怒斥田小娥，但很快就被性所软化。意识中时时警告着他的道德随着性禁锢的解除便消失得无影无踪，灵与肉分离了。在灵与肉未完全分离的初次性活动中，孝文心理受道德的强压抑而出现性无能的尴尬状态，一旦道德的束缚被解除，他充分地显示了自己雄性的强健。这种逼真生动具体细微的性活动过程和性征状，以及伴随性活动一并产生的性反应、性感受，确实达到了空前的水平。作者虽然放开写，但一到危险处，便采用虚化和蕴藉的艺术处理，等待露面的淫秽镜头便被冉冉升起的美感代替了。生动优美之笔的浸润，淡化了原生态性快乐的刺激，将性爱作审美的提升。这样它就通过性快乐深刻地表现了丰富的人性、自由的思想、新的人道主义精神、纯美的性关系，以及一个时代社会的、政治的、经济的、道德的内容和社会世相。它

---

① 　陈忠实：《白鹿原》，人民文学出版社 1993 年版，第 303 页。

既能使读者从中获得性快乐的快感，又能从中受到性犯罪的正面启发；在受到性刺激的同时，又获得了美感。

由此可见，写吃喝玩乐、琴棋书画、花鸟鱼虫、奇闻逸事、靓丽美女、言情性爱之类的作品的形态应该是多样的，但有一点却不可忽视，即要有对消闲因素的思想品位的追求。高品位的追求是一切以娱乐消闲为目的长篇小说的内在品质。因为高品位是关系到人的精神建设的问题。所谓高品位，就是要使作品具有人文主义的、民主精神的和历史精神的文化内涵；而一切迎合低级、庸俗趣味的消闲娱乐因素，都是不可取的。

后　记

　　1989 年以来，我在长篇小说、世界文学与湖南文学的研究领域，已经出版了七部著作，而且都得到相关领域许多专家同人的广泛关注。这是我十分欣慰和感激的。2002 年前后，我开始从事先进文化与主流文学的研究与写作。这时，和谐盛世的中国辉煌，以其举世瞩目的伟大成就，日新月异的沧桑巨变，在抒写着中国崛起的壮丽史诗，记载着中国发展的绚丽篇章。一个和平而繁荣、民主而进步、文明而开放的新中国，犹如气象宏伟的雄狮，巍然屹立在世界的东方，并以一往无前的进取精神和波澜壮阔的创新实践，把中华民族伟大复兴的历史伟业不断推向前进。

　　毫无疑问，中华民族的伟大复兴任重道远，它需要的是崇高的精神、坚韧的意志、开阔的视野、辩证的睿智，需要的是万众一心，几代人持之以恒的努力和奋斗。但今天的中国故事、中国理念、中国力量、中国精神，就已深深地震撼着我的心灵。作为意识形态之一的文学，一个义不容辞的责任，就是要在向世界传播中国先进文化和主流文学中发挥作用。这就是我转向先进文化与主流文学研究的一个重要的心态契机。它

　　既是一种民族自豪感的情感抒发，也有一颗赤子之心的问题甄辨。

　　近几年来，我为此撰写出了四十多篇文章，共计四十多万字。先后有七篇发表于《光明日报》，六篇发表于《人民日报》，两篇发表于《文学评论》，一篇发表于《求是》；其余大都发表于《文艺报》、《理论与创作》、《求索》、《湖南社会科学》、《船山学刊》、《湘潭大学学报》、《云梦学刊》等。这些报刊的编辑朋友给予我的支持与温暖，使我感到特别温馨与幸福，特向他们致以深情谢意！

　　多年来得到师友们的鼓励与指点，常有沐浴春风之感。谨在此向一切启发过、帮助过、提携过我的师友们致以诚挚的谢意！

　　人民出版社慨然同意出版拙著，特别是辛广伟代总编辑在审稿过程中提出"书名再斟酌"的意见，就使书名由原来的《使命·家园·空间——先进文化与中国文学选择》改为《文学主流的多维空间》。责任编辑洪琼博士为本书的出版花费了很多时间，并在编辑过程中贡献了他的智慧，也在此向他们表示感谢！

　　本书的出版，得到中共湖南省委宣传部及路建平部长、湖南省作家协会及唐浩明主席的大力支持，在此致以深切的感谢！

胡良桂

2009 年 12 月初记

2010 年 12 月改定